"BEŞ ASIRDIR ANLATILMAYI BEKLEYEN HİKÂYE"

Son Sefarad

İMPARATORLUK II

SULTAN BAYEZİD'İN SAVAŞI

SON SEFARAD / İMPARATORLUK II
SULTAN BAYEZİD'İN SAVAŞI

Yazarı: Beyazıt Akman
Genel Yayın Yönetmeni: Meltem Erkmen
Editör: Filiz Akman
Düzenleme: Gülen Işık
Kapak Tasarım: Pusula Reklamevi

Kapak Uygulama: Berna Özbek Keleş

1. Baskı: Kasım 2012

ISBN: 978 9944 82-596-2

www.imparatorluk.com
www.beyazitakman.com

Baskı ve Cilt: Kitap Matbaacılık
Davutpaşa Cad. No: 123 Kat: 1 Topkapı-İst
Tel: (0212) 482 99 10 (pbx)
Fax: (0212) 482 99 78
Sertifika No:16053

Yayımlayan:
Epsilon Yayıncılık Hizmetleri Tic. San. Ltd. Şti.
Osmanlı Sk. Osmanlı İş merkezi 18/4-5 Taksim / İstanbul
Tel: 0212.252 38 21 pbx Faks: 252 63 98
İnternet adresi: www.epsilonyayinevi.com
e-mail: epsilon@epsilonyayinevi.com

"BEŞ ASIRDIR ANLATILMAYI BEKLEYEN HİKÂYE"

Son Sefarad

İMPARATORLUK II

SULTAN BAYEZİD'İN SAVAŞI

Beyazıt Akman

epsilon®

Mavi Marmara*'da hayatını kaybeden*
sekiz Türk ve bir Amerikan vatandaşının
anısına...

Avrupa Haritası, Piri Reis, Kitab-ı Bahriye
(16. yy. Sonuna Ait Bir Kopya) Istanbul Üniversitesi Kütüphanesi. No:6605
Map of Europe, Piri Reis, Kitab-ı Bahriye
(Copy Belonging to the end of 16. Century) Library of Istanbul University . No:6605

Avrupa 1492
Piri Reis'in haritasından
Istanbul
Osmanlı
İmparatorluğu
poli
Girit

ولا غالب إلا الله

İçlerinde zulmedenleri hariç olmak üzere, Kitap Ehliyle
en güzel olan bir tarzın dışında mücadele etmeyin.
Ve deyin ki: "Bize ve size indirilene iman ettik;
bizim ilahımız da, sizin ilahınız da birdir ve biz
O'na teslim olmuşuz."
(Ankebut Suresi, 46)

Gerçek şu ki, iman edenlerle Yahudiler, Sabiîler ve
Hıristiyanlardan Allah'a,
ahiret gününe inanan ve salih amellerde bulunanlar;
onlar için korku yoktur, onlar mahzun da olmayacaklardır.
(Maide Suresi, 69)

Allah, sizinle din konusunda savaşmayan, sizi yurtlarınızdan sürüp
çıkarmayanlara iyilik yapmanızdan
ve onlara adaletli davranmanızdan sizi sakındırmaz.
Çünkü Allah, adalet yapanları sever.
(Mümtehine Suresi, 8)

Denizlerde yüce dağlar gibi gemilerin yürümesi de
O'nun kudretinin delillerindendir.
(Şura Suresi, 32)

O, karanlığı delen yıldızdır.
(Tarık Suresi, 3)

GİRİŞ

Alef

Reconquista, Granada, 2 Ocak 1492

Tarık bin Ziyad.

Boabdil el Chico, atının üstünden arkasına bakarken sekiz asır öncesini düşünüyordu. El Pucarra Tepesi'nden arkasında bıraktığı rengârenk vadideki şehre baktı. Aklından geçen o heybetli ismi şimdi ağzına alsa, dili, damağı ve dudakları tutuşuverecek, dişleri eriyecek diye korktu. Yanında annesi, vezirleri ve birkaç parça askerden mürekkep maiyeti öyle cılızdı ki, bir kraldan ziyade tahta kılıcıyla yel değirmenlerine hücum eden Don Kişot'a benziyordu. Sabah saatlerine kadar bir sultandı; Granada'nın emiri, İslam'ın halifesi, Endülüs'ün tek Müslüman hâkimiydi. Şimdi ise kafasındaki beyaz sarığı bir mezar taşı kadar ağırdı ve bulunduğu tepede esen rüzgârın havalandırdığı kırmızı pelerini, onun için artık kefenden farksızdı.

"Ağlama!" diye söylendi annesi.

Boabdil hıçkırıyordu. Gözleri az önce anahtarlarını kendi elleriyle teslim ettiği El Hamra'nın duvarları kadar kırmızıydı.

İnsan ölmek üzereyken tüm hayatının gözünün önünden akıp geçtiğini emrinde çalışan onlarca komutanından defalarca dinlemişti. Ama bugün o kendi hayatını değil, Endülüs'ün sekiz yüz yıllık tarihini hatırlıyordu. Sekiz asrın birikimi, yüzyıllarca bu topraklarda yaşamış milyonlarca Müslüman, Hıristiyan ve Yahudinin birbirine karışan sesleri ve onlarca halifenin ruhu şimdi onun bedeninde, sanki ondan hesap soruyordu.

Tarık bin Ziyad'ın yedi bin kişiyle 711 yılında yüz binlik bir orduyu alt etmesini hatırladı; başı döndü. Yarı efsane, yarı gerçek, onlarca çeşidini duyduğu hikâyeler geldi aklına. Dönemin İspanya hükümdarı, Vizigotlu Kral Rodrique, Tarık'a karşı kendinden öyle emindi ki ordunun yanında yüzlerce katır getirmişti. Kazanacağına kesin gözüyle baktığı savaşın ardından Müslüman askerlerini bu katırlara bindirecek, şehir şehir dolaştırıp kendine yeni bir eğlence yaratacaktı. Hâlbuki savaş meydanında Tarık ve askerleri öyle bir cenge tutuşmuştu ki Vizigotlar günlerce bulutlardan yere asker yağdığına yemin eder olmuşlardı. On binlerce askeriyle birlikte kralın ölümüyle başsız kalan İspanya topraklarında Tarık katırların değil, dörtnala koşan atların üstünde teker teker Granada, Seville, Kurtuba ve Toledo'yu almış, Fransızlarla sınır oluşturan Pirene Dağları'na kadar yüzlerce kilometre, bir şimşek gibi ilerlemişti.

Tarık, yedi bin kişiyle Batı Avrupa'da sekiz asır sürecek bir egemenlik başlatmıştı. Adının vuruşlu bir yıldız, bir ışık anlamına gelmesi ne kadar da doğruydu!

Boabdil şimdi üstünde oturduğunun yağız bir Arap atı değil, Kral Rodrique'in katırlarından biri olduğunu düşündü. Adı da, lakabı da şimdi ağzına alamadığı komutanın vakur ismine tezattı. Her zaman iğreti bulmuştu kendisine *Boabdil* denmesini. İsminin gerçek halini, İspanyolların bir türlü dillerinin dönmediği, *Ebu Abdullah On İkinci Muhammed* adını sanki hiç hak etmemişti. O, *Boabdil el Chico*'ydu; yani Küçük EbuAbdul. Uzun, şatafatlı ismi tarih kitaplarında duracaktı sadece, hiç kimse ona şimdi mirasını ayaklar altına aldığı peygamberin ismiyle seslenmemişti, seslenmeyecekti.

Güneş ışıklarının altında ışıl ışıl parlayan Granada'nın kırmızı çatılarına baktı. Etrafındaki maiyeti de hüzünle manzarayı izliyorlardı. Katedraller, sinagoglar ve camilerin maden çatılarının parıltısı Boabdil'in öyle gözünü alıyordu ki, sanki binalar bile artık onun gözlerine görünmek istemiyorlardı. Minarelerden kendi cenazesinin salasını işitiyor, kiliselerden ölüm çanları kulaklarında yankılanıyordu. Hahambaşıları onu çoktan gömmüşlerdi.

Boabdil'in kaybettiği sadece bir şehir değil, insanlık namına güzel olan her şeydi. Granada'nın ışıltısını izledikçe, yitirdiği aşkının hüznünü taşıyan bir maşuk gibi iç çekti Boabdil. Sevgilisinden ayrılmadan önce son bir kez ona bakan bir genç gibi uzun uzun şehri izledi.

İçinden şırıl şırıl ırmakların aktığı, ne çok sıcak, ne çok soğuk, tam kararında gölgeliklerin olduğu rengârenk bahçelerini görür gibi oldu Endülüs'ün. Sahra'nın kızgın çöllerinden, Afrika'nın kuru topraklarından gelen Müslümanlar yağmuru ve yeşili, rahmeti ve bereketi bulmuşlardı bu topraklarda. Kuvvetli akan nehirler, bereketli ovalar, her çeşit bitkinin yetiştiği dağlar Arapların, Berberilerin, Ashab-ı Kiram'ın ve bil cümle Müslümanların en değerli hazineleri olmuştu.

Güzel kokulu rüzgârların ehl-i kitabın yüzlerini okşadığı, yeryüzünün Firdevs'iydi Endülüs.

Şimdi yitik bir cennetti. Nehirleri gümüş, toprağı misk, bahçeleri ipek, çakıl taşları inciydi.

Savaş ve raks, müzik ve ilim burada buluşmuştu.

Sanat âşıklarının Kâbe'si Kurtuba Camii belirdi Boabdil'in gözlerinde. Mimarisi ebedi, sütunları sayısızdı. Melekler sanki onun yüksek minarelerinde tecelli etmiş, peygamberler onun mabetlerinde buluşmuştu sekiz asır. İbrahimler, Musalar, İsalar ve Muhammedler orada sohbet meclislerine katılmıştı.

Endülüs'ün şarapları tertemiz, kılıçları çok keskindi.

Hiçbir gözün görmediği, hiçbir dilin tatmadığı, hiçbir canlının dokunmadığı meyveler, nar ve portakal ağaçları, üzüm bağları ve bunları imkânlı kılan zirai ilmin doruğuydu yitip giden.

Nostalji sanki Endülüs için doğmuş, romantizm burası için ortaya çıkmıştı. Aşklarının peşindeki şövalyeler burada yetişmiş, prensesler kur yapmayı burada öğrenmişti. El Cid efsanesi burada doğacak, Cervantes bu toprakların hikâyeleriyle yeni bir edebiyat yaratacaktı.

Güneş Toledo'da doğar, Kurtuba'da batardı.

Sokak lambaları, yel değirmenleri ve çiçek dizili yollar Endülüs'te icat edilmiş, kâğıt ve kaleme burada gerçek hakkı verilmişti.

Tüm Avrupa'da papazlar vaftiz töreni için gerekli duayı bile okuyamazken, Endülüs'ün Müslüman köylüleri okuma-yazma bilir, Yahudi tüccarları matematik öğrenir, Hıristiyan sanatçıları şiir yazarlardı.

İbn Rüşd, Boabdil'in şimdi gözleriyle süzdüğü binalarda Aristo'yu yorumlamıştı. İbn Arabî, bu topraklarda kalpleri fethetmiş, Maimonides Tevrat'ı burada öğrenmişti.

Sadece İslam'ın değil, tüm insanlığın ortak mirasıydı yitip giden.

"Üzülmeyin, sultanım," dedi Boabdil'in hemen yanındaki veziri Yusuf bin Ebu Kumaşa, onu teselli etmeye çalışan son bir çabayla. "Büyük yenilgiler de büyük zaferler kadar önemlidir. Yeter ki, insan vakarı elden bırakmasın."

"Benimkine eşdeğer yenilgi mi var?!" diye cevapladı Boabdil içini çekerek.

Üstelik vezirinin onu teselliye çalıştığını pekâlâ biliyordu. Zira, birkaç saat önce ne vakarı ne de gururu kalmıştı. Şehrin anahtarlarını Kastilya ve Aragon Kral ve Kraliçesi Ferdinand ve İzabella'ya onların eteklerini öperek, önlerinde eğilerek teslim etmemiş miydi?

Her şey iki buçuk asır önce, Papa'nın İspanya'yı Haçlılara muhtaç topraklar olarak ilan etmesi ve ardından Kastilya-Leon Kralı III. Fernando'nun Müslüman hâkimiyetindeki şehirlere savaş açmasıyla başlamıştı. Tarık bin Ziyad'ın yirmi beş yılda hâkim olduğu İspanya yarımadasını Haçlıların geri alması tam iki buçuk asır sürmüştü.

Fakat son ana kadar Granada Emirliği'nin düşmesini kimse beklemiyordu. Ülkenin geri kalanından kuzeydeki dağların da etkisiyle korunaklı kalmayı başarmıştı Granada. Son asırlardaki diğer Müslüman emirleri gibi, Boabdil de Hıristiyan kral ve kraliçeleriyle türlü işbirliklerine girişmiş, kimi zaman vergilerle, kimi zaman oğullarını ve kızlarını fidye olarak vererek yakasını kurtarabilmişti. O, iki kere Hıristiyanların tutsağı olmuş, iki kere onların ellerinden kurtulmuştu.

Ne var ki son sekiz aylık kuşatma sadece Boabdil'in değil, Granada ve Endülüs İslam Medeniyeti'nin de sonu olmuştu.

Her gün taşan bir sel gibi gelmişti. Hıristiyan orduları. Bir çekirge sürüsü gibi abanmışlardı Granada'ya. Süvarileri gitgide artmıştı, kuzeyden mühimmat ve erzak takviyeleri yapılmıştı.

Kastilya Kraliçesi İzabella ve Aragon Kralı Ferdinand evlilikleriyle bütünleşen Hıristiyan İspanya Birliği'ni Granada'yla tamamlamaya ant içmişlerdi. Az sonra El Hamra'nın içinde yeryüzünün en büyük vahşetlerinden birini başlatmak üzereydiler.

Boabdil, "Keşke biraz daha askerimiz olsaydı, biraz daha mühimmatımız," dedi. "Keşke!"

"Asker sayısı, takvanın eksikliğini kapatamaz!"

Azarlar gibi konuşmuştu annesi yine.

Haklı, diye düşündü Boabdil. Tarık bire karşı on kişiyle girdiği savaşla bu toprakları kazanmamış mıydı?

Granada'nın eski emirinin gözünden bir damla yaş daha yere düştü.

"Erkek gibi savaşamadığın için şimdi karı gibi ağlıyorsun!" dedi annesi.

Boabdil içini çekti, şehre arkasını döndü ve atını ileri doğru sürdü. Maiyetiyle birlikte dağın yamacından kıyıya doğru ilerlemeye devam etti. Kuzey Afrika'ya dönmek üzere bindiği gemilerde dahi Tarık'ı hatırlayacak, sanki onun sekiz asır önce askerleri geri dönemesin diye yaktırdığı gemilerle kendisinin kaçtığını hissedecek, hayıflanacaktı.

On yıllar sonra sefalet içinde ölecek, çocukları ve torunları dilenci olarak yaşayacak Boabdil'den geriye son bir kez Granada'yı izlediği, Cebel-i Tarık'ın öbür ucundaki bu dağın adı kalacaktı.

Puerto del Suspiro del Moro; Mağribli'nin Son İç Çekişi.

Auto da fe, Malaga, 3 Ağustos 1492

Mahkûm, içini çekerek elindeki urgana baktı. Mürekkepli parmaklarının arasındaki urganda tek bir düğüm bile yoktu.

Kuşbakışı bakıldığında İspanya'nın güneybatı ucundaki rıhtım şehri Malaga'nın Plaza Meydanı tam anlamıyla bir tiyatro sahnesini andırıyordu. Sabahın erken saatleri olmasına rağmen ülkenin en büyük limanının hemen yanındaki meydan iyice kalabalıklaşmış, halk, önlerinde yükselen sahnedeki törenin başlamasını bekliyordu. Engizisyon rahiplerinin civar kasaba ve köylerdeki halkı da buraya taşımasıyla kalabalık binlerce kişiyi bulmuştu.

Meydanı çevreleyen binalardaki ahali pencerelerine dayanmış, merakla ve dehşet içinde olacakları bekliyorlardı. Bazı çocuklar evlerin çatılarına ve ağaçların dallarına çıkıp yerlerini almışlardı.

Platformun üstünde beliren ve töreni organize eden Kardinal Ximenes de Cisneros kalabalığı görünce yüzünde sinsi bir gülümseme belirdi. Ne de olsa *Auto da fe,* yani *inanç gösterisi*'nin asıl amacı sapkınları cezalandırmanın yanında, kalabalıkların kalbine Kilise'nin gücünü ve Yüce İsa'nın korkusunu aşılamaktı.

Paseo del Parque Caddesi'nin ağzından itibaren başlayan alanın kuzeyindeki platform o kadar yüksekti ki arkasına aldığı binaların duvarlarını neredeyse tamamen kaplıyordu. Yüksekliği on beş metreyi bulan bu iskele, halkın şaşkın bakışları altında, insanı rahatsız eden çekiç, tokmak ve testere gürültüsünün karmaşasında önceki gün inşa edilmişti. Kenarlarından merdivenlerle çıkılan sahnenin merkezinde iki büyük taht, bunların arkasında ve yanlarında sıra sıra sandalyeler bulunuyordu. Tahtlar Kraliçe İzabella ve Baş Engizitor Torquemada; diğer sandalyeler ise kardinaller, üst düzey yöneticiler ve önde gelen papazlar içindi.

Bu platformun hemen önünde, onun yarısı kadar yükseklikle ve çok daha dar bir alanı kaplayan iskelenin üstünde ise bir düzine kadar, birer karış kalınlığında, ikişer metre yüksekliğinde kazıklar yükseliyordu. Her iki platform da Kraliyet ve Engizisyon muhafızlarınca çepeçevre sarılmıştı.

İnsanı sağır eden sessizlik kös, davul, trampet ve flüt sesleriyle bozuldu. *Justitia et Misericordia* yazılı Engizisyon bayrağının dalgalanmasıyla birlikte önce papazlar belirdi. Yüzlerini de kaplayan, kafalarındaki sivri uçlu beyaz *capirote*leri ile olduklarından çok daha uzun görünen ve ayaklarını örten cüppelerinin etkisiyle yürümekten çok uçuyor gibi hareket eden papazlar sanki birer hayaletti. Kalabalık ile sahne arasındaki boşluğu, ağır ağır ilerleyen dev bir yılanmışçasına kaplayan alay *Auto da fe*'nin artık başlamak üzere olduğunu işaret ediyordu. Bandoyu, her biri bir keşiş tarafından taşınan, kolları kara bezlerle kaplı üç devasa haç takip ediyor, onların ardından da elleri önden bağlı suçlular yürüyordu.

Açlıktan, işkenceden ve kim bilir daha hangi sıkıntılardan dolayı pek rahatsız ve sıkıntılı görünen bu sapkınların çoğu günlerdir, haftalardır, bazıları aylardır karanlık zindanlarda bekletildikleri için günışığında gözlerini açmaya zorlanıyor gibiydiler. Mahkûm olduklarını gösteren siyah çuval bezi cüppelerinin üzerine sapıklıklarının kanıtlandığını işaret eden, utanç simgesi sarı *senbenito*lar geçirilmişti. Bu sarı bezlerin üstüne kırmızıyla, bir çarpı şeklindeki Aziz Andrews haçları çizilmişti. Ellerinde kimi mum, kimi de az sonra boyunlarına geçirilecek urganları taşıyorlardı. İplerin bazılarında bir, bazılarında iki düğüm varken, kimilerinde de hiç düğüm olmadığı göze çarpıyordu. Kazıklardan bir tanesinin önünde ise yarısı kemik, yarısı çürümüş etten oluşan bir ceset duruyordu.

Sadece gözleri delik siyah başlıklar giyen cellâtlar, sapkınların sırtlarını öndeki platformdan yükselen kazıklara dayadılar ve ayak bileklerinden kazığa bağladılar. Sonra ellerindeki urganları alarak boyunlarını da sıkıca sabitlediler. Cellâdın şimdi boynunu bağladığı adamın urganında üç düğüm vardı; bu, onun üç yüz kırbaç yiyeceğini gösteriyordu. Hiç düğüm olmayanlar ise bu kırbacı tadamayacak şanssızlardı.

Engizisyon kâtipleri, rahipler, papazlar ve kardinallerin arkadaki daha büyük iskelede yerlerini almalarının ardından son olarak Baş Engizitor Torquemada ve Kraliçe İzabella merkezdeki tahtlara oturdular. Kral Ferdinand, her zamanki gibi *Auto da fe* törenlerini izleyemeyecek kadar hassas olduğunu söylemiş ve kraliçeye bir bahane uydurarak ortalıktan kaybolmuştu.

Kardinal Ximenes tahttakileri selamladıktan sonra sapkınların suçlarını yüzüne vuran, Yüce İsa'nın öğretilerinden, Kutsal Kilise'nin yolundan şaşmanın sonuçlarını anlatan hiddetli bir açılış konuşması yaptı. Bu dünyalarını heba eden günahkârların ebediyetlerini kurtarmaları, ruhlarının huzura kavuşması için *Auto da fe*'nin gerekliliğinden ve bunun Tanrı'nın kullarına bir armağanı olduğundan bahsetti. İncil'den Latince alıntılarla bezediği konuşmasına bazı azizlerin sözleriyle son verdi.

Ve cellâtlara işaret ederek töreni başlattı.

Kenardaki kısımda kendisine yer ayrılan bir kâtip, törenin başlamasıyla birlikte sapkınların suçlarını okuyan Kardinal Ximenes'in söylediklerini ve törenin kaydını yıllardır alıştığı üzere net bir şekilde önündeki sayfalara geçiriyordu. Elindeki tüy kalemi mürekkebe bandırarak yazmaya devam etti:

"Juan Frances, demirci, Fransa'nın San Mauber yerlisi, Ronda'da yaşıyor. Bazı azizlerin varlığını inkâr etti. *Auto*'ya gömleksiz, elinde bir mum ve bir iple geldi. İki yüz kırbaç vuruldu.

"Rebeco Sanchez, Malaga'nın yerlisi. Evlenmenin, manastır ve kilisenin bekâr yaşam tarzından çok daha iyi olduğunu iddia etti. Söylediklerinin Katolik Kilisesi öğretilerine ters olduğu söylendiğinde yine ısrar etti. Auto'ya bir mum ile geldi. Kırk duka altın ödemeyi kabul etti. Malaga şehrinden beş yıl sürgün edildi.

"Juan Tremino, Almagro yerlisi, Granada'da yaşıyor. Engizisyon rahibi olduğunu iddia ederek insanlar hakkında bilgi topladı. *Auto*'ya bir mum ve iple geldi. Altı yıl boyunca İspanyol kaptanların emrinde olmak üzere küreğe çarptırıldı.

"Pedro Navarro, Granada'nın yerlisi, tüccar. Gizli Muhammedcilerden olduğu kanıtlandı. Mezardan cesedi çıkartıldı *Auto*'da yakıldı."

Kâtip bu satırları yazarken, Bernardus Comensis'in öğretilerini hatırlıyordu. *Mortui hæretici possunt excommunicari et possunt hæritici accusari post mortem . . . et hoc usque ad quadraginta annos.*

Ruhlarının kurtulması için sapkınlar, öldükten sonra bile olsa yakılmalıdırlar.

Kardinal Ximenes sonraki mahkûmun cezasını okurken, pek kimse anlamasa da İncil'den suçun cezasını gösteren ayeti de okuyordu. Latince cümleler, işkencelerine devam edilenlerin çığlıkları arasında iyice anlaşılmaz, garip bir dile dönüşüyordu:

"*Si quis in me non manserit mittetur foras sicut palmes et aruit et colligent eos et in ignem mittunt et ardent.*"

"Bir kimse bende kalmazsa, çubuk gibi dışarı atılır ve kurur. Böylelerini toplar, ateşe atıp yakarlar."

Engizisyon kâtibi, sıradaki sapkının suçunu ve cezasını yazacakken tereddüt etti. Yakılmasına karar verilen adamın parmaklarının ucundaki mürekkebi, onunla arasında on metre kadar mesafe olmasına rağmen rahatlıkla seçebiliyordu. Diğerlerinin aksine bu sapkın, ayaklarının altındaki çalılar tutuşturulurken bile en ufak bir acı ifadesi göstermiyordu. Kafasını kazığa dayamış, sanki etraftaki başka hiç kimsenin göremediği bir dünyayı görüyor, karşısına açılmış bir pencereden o güzel dünyayı izliyordu.

Kâtip, daha bu sabah, bu adamın Engizisyon sorgulamasını da yine kendisi kaydetmişti. Bakışlarını sanki büyülenmiş gibi, adamın parmaklarındaki mürekkep lekesinden bir türlü alamıyordu. Yazmayı unutmuştu sanki. Adam yanmaya başladığında parmaklarındaki mavi mürekkebin onun kırmızı kanıyla karışıp karışmayacağını düşündü.

Sırada, yakılacak üç kişi daha vardı.

Alef, Malaga, O Sabah

Mahkûm, *escalara* adı verilen tahta düzeneğin üzerine yatırıldı.

Karanlık bir odaydı, titrek mum ışıkları belli belirsiz papazların yüzlerini aydınlatıyordu. Kenardaki kâtip mumun tam dibine oturmuştu, önündeki kâğıt görünüyor ama yüzü karanlıkta kalıyordu.

Mahkûmun kafasının, ayaklarından daha aşağı gelecek şekilde yatırılması, işlemin en önemli noktalarından biriydi. Peder Ximenes de Cisneros, Baş Engizitor Kardinal Torquemada'nın *Directorium*'unu harfi harfine uygulamakla ünlüydü. Engizisyon'un sorgulama yöntemlerini tüm ince hatlarıyla anlatan bu kitabı Cisneros sanki ezberlemişti. Muhafızlar, genç adamın iki yanına geçerek, yatık bir tahta merdiveni andıran düzeneğe mahkûmu bileklerinden bağladılar. Sonra ayaklarını da iyice gerdirerek halatlarla tutturdular.

Cisneros adamın el ve ayak bileklerini kontrol ederek sıkıca bağlı olduklarından emin oldu. Mahkûmun parmaklarındaki mürekkep lekelerine tiksintiyle baktı. "Sapkınlığının en büyük alameti!" diye söylendi. Engizisyon yasalarına aykırı olmadığını bilse, genç adamın ince uzun parmaklarını hemen orada kırıverecekti. Sonra genç adamın yüzüne göz gezdirdi; onun hiçbir karşılık vermeyişini neye yoracağını bilemedi. "Sapkın bir *converso* daha!" diye düşündü. Hıristiyan dönmelerinin sonra tekrar Yahudi geleneklerini uygulamalarını köpeklerin kusmuklarını yemeleriyle eş görürdü. Kendisini günlerdir zindanda tuttuklarından, adamın hareket edemeyecek kadar yorgun olduğuna kanaat getirdi. Yüzü kül gibi ve gözlerinin altı kapkaraydı.

Mahkûm ise ne açlıktan ne de bitkin olduğundan karşı koymazlık ediyordu. Pek çok kereler adını duyduğu bu odada direnmenin bir sonuç vermeyeceğini, odaklanması gerekenin ne olursa olsun itirafta bulunmamak olduğunu çok iyi biliyordu. Bütün enerjisini buna yoğunlaştırmalıydı. Dün gün boyu yemek niyetine verilen ıslak, küflü ekmeklerin de kendisine yedirilmediğini fark edince bugün bu odaya getirileceğini anlamıştı. Mahkûmun sorgulama süresince kusması etrafı kirletebilirdi.

Birkaç gündür kaldığı zindandaki insan dışkısı, kurumuş kan ve rutubet kokusunun burnunu artık duyarsız hale getirdiğini sanıyordu. Ama şimdi bu odadaki kesif idrar kokusu ona yanıldığını göstermişti. Bu yüzden burun deliklerini tıkadıklarında rahatladı. Fakat sadece ağzından nefes alabilmesi için işkence muhafızlarının yaptığı bu iş, mahkûmun keyfini düşündüklerinden değil, az sonra başlayacak sorgulamayı daha etkili kılmak içindi.

"Çatal diş!" diyerek emretti Peder Cisneros.

Genç adam, kim bilir daha önce kaç kişinin tükürüğüne bulanmaktan küflenmiş demir ağızlığı gördüğünde irkildi. Kıpırdamaya çalıştı ama ipler bileklerini acıtıyordu.

Cisneros'un emriyle muhafızlardan biri mahkûmun çenesini iyice sıktı ve ağzını gerebildiğince açtı. Diğer muhafız, çatal dişi mahkûmun ağzına sıkıca yerleştirdi.

Son olarak ağzının üstüne bir bez parçası koydular.

Artık her şey hazırdı. Muhafızların gözü yerdeki su kovalarındaydı.

Odada dört kişi daha vardı. Sorgulamanın bütün detaylarını kenardaki masada yazan bir kâtip ve siyah bir örtüyle kaplı uzunca bir masanın arkasındaki üç üst düzey görevli daha: Torquemada'nın başkanlığındaki *Suprema*'dan, yani Engizisyon İdare Mahkemesi'nden hazır bulunan gözlemci bir keşiş, Cisneros'un meslektaşı bir peder daha ve bir hekim. Cisneros, mahkûmun sorgulanmaya hazır hale gelmesinin ardından arkasını dönerek bu doktora baktı.

Hekim, sıranın kendisine geldiğini anlayarak gayet rahat bir şekilde yerinden kalktı ve tahta düzeneğin üzerinde yatan mahkûmun yanına geldi. Genç adamı gelişigüzel kontrol ettikten sonra Cisneros'a dönerek, "Devam edebilirsiniz" dercesine başını öne eğdi ve kenara çekildi. Torquemada'nın Engizisyon yasalarına göre sapkın suçlamasında bulunulan kişi, suçunu sağlıklı ve bilinçli bir şekilde, kendi iradesiyle itiraf etmeliydi; söylenenleri duymalı ve zihni açık olmalıydı. Aksi takdirde itiraf geçersiz kabul edilebilirdi.

Masanın ardındaki rahip ayağa kalktı ve arada önündeki belgelere bakarak konuşmaya başladı. Kâtip tüm konuşmaları kaydediyordu.

"Biz—Yüce Katolik Kilisesi'nin Seville Kardinali Peder Cisneros, Kastilya Kraliyeti'ne bağlı *Suprema* Yüksek Engizisyon Mahkemesi'nden Peder Françesko Sançez de la Fuente ve ben Din Hukuku Uzmanı Peder Pedro Diaz— Büyük Kastilya Krallığı ve Baş Engizitor Torqueamada'nın verdiği yetkiye dayanarak," dedikten sonra önünde yatan adam hakkındaki bilgi ve suçlamaların olduğu kâğıdı eline aldı ve devam etti:

"Toledo'nun Montalban kasabasında yaşayan, Sanık, kuyumcu David ibn Nahmias Marrano'nun 19 yaşındayken 1481 yılında vaftiz edilerek on yılı aşkın bir süredir Hıristiyan olmasına rağmen Musa'nın geleneklerini devam ettirdiğine ve O'nun öğretilerini uyguladığına dair duyumlar aldık..."

"Kendisine karşı Yüce Kilisemize itiraflarda bulunan tanığın verdiği bilgilere göre Sanık David Marrano cumartesi günleri çalışmaktan çekinmiş, Şabat'ı kutlamak için cuma akşamları evinde mum yaktığı gözlenmiş ve evinde İbranice elyazmaları ve kitaplar bulunmuştur..."

Peder Pedro Diaz suçlamaları okudukça Kardinal Cisneros'un yüzündeki nefret giderek artıyordu.

"Ayrıca suçlunun Almanların icadı baskı aletini Montalban kasabasındaki gizli bir yerde kardeşi Samuel ibn Nahmias ile inşa ettirdiği, bu aletle yüzlerce İbranice metni, Talmud ve Gemara öğretilerini çoğalttığı, Eski Granada Emirliği'nde yaşayan Muhammed'in dinine mensup sapkınlarla işbirliği içinde, Kilisemizce yasaklı kabul edilen sapkın Averroes ve O'nun Aristo yorumlarını, eski Helen filozoflarının felsefelerini ve yine sapkın Maimonides'in kitaplarını hem İbranice hem Arapça bastığı öne sürülmüştür..."

Kardinal Cisneros suçlamaların bitmesi için sabırsızlanıyordu.

"Sanık, günler boyunca tüm suçlamaları reddetmiş, yıllardır Yüce İsa'nın yolunda yürüyen iyi bir Hıristiyan olduğunda ısrar etmiş, kendisine yöneltilen iddiaların bir iftira olduğunu ileri sürmüştür. Bu nedenle sorgulamanın en iflah olmaz sapkınları bile bezdiren *escalara* üzerinde devam ettirilmesine karar verilmiştir."

Peder Diaz'ın oturmasıyla birlikte Cisneros muhafızlara baktı. Beklediği an gelmişti.

Biri elindeki metal huninin ucunu sanığın ağzına soktu, diğeri yerdeki kovalardan birini alarak suyu huniden aşağı, adamın ağzına boşaltmaya hazırlandı.

Genç adamın gözleri dehşetten dört açılmıştı.

Cisneros'un işaretiyle muhafız kovayı yavaşça eğdi. Suyla birlikte bez parçası genç adamın gırtlağına tıkandı. Adam burnundan nefes alamadığı için ağzından yutkunmaya çalışıyor, fakat şimdi su bütün boğazını doldurduğundan çaresizce çırpınıyordu. Su, sürekli boşaltılmaya devam ettiğinden mahkûm kendini boğuluyormuş gibi hissediyor, bir an önce ölüp kurtulmak istiyordu. Fakat *escalara*'nın en önemli özelliği, diğer Engizisyon işkenceleri gibi, öldürmeden ve kan dökmeden sanığa en büyük acıyı, uzun sürecek şekilde yaşatmaktı. Sorgulama esnasında kan akıtılması Yüce İsa'nın insanlar için kendini feda etmesini çağrıştırdığından kesinlikle yasaktı.

"Söyle!" diye bağırdı Peder Cisneros, "Musa'nın dinine inandığını kabul ediyor musun?"

"Söyle, cuma akşamları Şabat'ı kutladın mı?! Yahudilerin sünnet törenlerine katıldın mı?!"

Muhafızlar kovayı ve huniyi yere bıraktıktan sonra adamın cevap verebilmesi için ağzındaki metal çatalı aldılar ve boğazındaki bezi çıkardılar.

Genç adam öksürük içindeydi. Başını yattığı yerden olabildiğince dikerek ciğerlerine dolan suyu büyük bir ıstırap içinde çıkartmaya çalıştı. Bembeyaz olan yüzü şimdi kıpkırmızı kesilmişti.

Peder, bir cevap beklercesine adamın yüzüne baktı. Mahkûm soluk soluğa nefes alıyordu. Hiçbir cevap vermedi, kafasını tekrar yere bıraktı.

Cisneros'un işaretiyle muhafızlar metal çatalı onun ağzına geçirdikten sonra tekrar bezle birlikte adamın boğazından, bu sefer çok daha hızlı bir şekilde suyu boşaltmaya başladılar.

Mahkûm panik içinde çırpınıyordu, elleri ve ayakları kendini kurtarmak istercesine iki tarafa, öne arkaya hareket ediyordu. Sanki bir okyanusun dibindeymiş de üzerinde tonlarca ağırlığında su baskı uyguluyormuş ya da diri diri gömülmüş de üzerine küreklerce toprak atılmış gibi hissediyordu kendini.

Escalara, Torquemada'nın keşfettiği en kansız ama en acımasız işkenceydi.

Boğulma ve panik hissi hem fiziksel hem de ruhsal bir çöküntü yaratırdı. Cisneros, ikinci seferden sonra pek çok iflah olmaz sapkının bile bülbül gibi öttüğünü, en ketum suçluların listeler dolusu kişinin adını kiliseye verdiğini çok iyi bilirdi. Masanın üstünde duran İbranice bir baskı sayfasını eline aldı ve tekrar başı öne dikilen mahkûmun karşısına geçerek, "Söyle!" dedi, "Bunu sen mi yazdın?!"

Mahkûm kâğıda baktı ve etraftakilerin şaşkın bakışları altında yüzünde bir tebessüm belirdi. Gözleri, kâğıdın başındaki, diğer siyah karakterlerden hem kırmızı rengiyle hem de büyüklüğüyle ayrılan "א" *alef* harfindeydi. Yüzünde aniden beliren tebessüm, geldiği gibi hızla kayboldu ve genç adamın gözlerinden yaşlar akmaya başladı.

David Marrano, Esther'i düşündü.

Kâğıda baktıkça hatırlıyor, hatırladıkça hüznü ve acısı artıyordu; iki hafta öncesini hatırlıyor, her şeyin başladığı o günün tüm detayları gözünde canlanıyordu.

Peder Cisneros, muhafızlara üçüncü sefer için işaret verirken yandaki hekim, "Çok hızlı gitmiyor musunuz? Adam ölebilir," diyerek karşı çıktı.

Cisneros "O zaman bu, Kilisemizin salahiyeti için göze alabileceğimiz bir risk olur," dedi.

Hekim, "Ama..." diyecek olduysa da Cisneros, "sizin büyükannenizin Yahudi olduğunu duymuştum, doktor, acaba doğruluk payı olabilir mi?" diyerek onu imalı bir şekilde tehdit etti. Hekim, Cisneros'un çok rahat bir şekilde kendisini "sapık" suçlamasıyla yargılatabileceğini düşündü. Bu, Cisneros'un ilk vukuatı olmazdı. Hekim, susarak geri çekildi.

David Marrano, Esther'i ve her şeyi başlatan adamı, nereden çıktığını bir türlü anlayamadığı o Türk'ü; yani Kara Davud'u düşünüyordu. Kardeşi Samuel, Beatrice, Jativalı Abdullah ve Zeyd bin Osman... hepsi de gözünün önünden geçiyordu.

Muhafızlar, mahkûmun ağzından suyu tekrar boşaltmaya başladılar.

Vav, İstanbul, Şubat 1492

Hattat, Üsküdar'da suyun üstünde bir beşik gibi sallanan kayığın yanına geldiğinde soluk soluğaydı. Kaftanının omzundan doğru yan tarafına dolanan deri çantanın içindekiler fazla hırpalanmasın diye iki eliyle de çantayı tutuyordu. Yazı takımları onun için her şeyden kıymetliydi.

"Hemen karşıya geçmem lazım!" dedi kayığa adım atar atmaz.

"Dur be adam, acele işe şeytan karışır." dedi kayıktaki adam.

"Ama geç kaldım, hem de çok geç!"

Gemici, kayığın ortasında yerini aldıktan sonra homurdanarak küreklere sarıldı. Küçük gemi boğazın masmavi suyunda karşıya ilerlerken güneş gökyüzünün ortasına doğru yükseliyordu. Hattatın önündeki şehrin silueti; Topkapı Sarayı'ndaki Adalet Kasrı, Fatih Camii ve Galata Kulesi gittikçe büyüyordu. Boğazın iki yakası arasında küçüklü büyüklü gemiler mekik dokuyor, bir taraftan da ortadan çoğunlukla Venedik ve Ceneviz kadırgaları olmak üzere gemiler Akdeniz'den Karadeniz'e ya da aksi yönde ilerliyorlardı.

Kayık, Sarayburnu'ndaki limana yanaştığında hattat "Eyvah!" dedi. Elini çantasına attığında aceleyle evden çıkarken yanına hiç para almadığını fark etti. Telaşla kaftanının ve gömleğinin ceplerine baktı. Kayığın sahibi işkillenmeye başlamıştı, "Hayırdır?" dedi.

Hattat, "Zannedersem yanımda para yok," dedi sıkılarak.

"O zaman seni bu kayıktan bırakmam! Sen benimle dalga mı geçiyorsun be adam!"

Hattat bir kere daha çantasının içini karıştırırken durdu.

"Aklıma bir fikir geldi!" dedi.

"Ben paramı isterim efendi, ne fikriymiş o?!"

"Biraz bekle."

Hattat çantasından boş bir sayfa çıkardı, dizinin üzerine koydu ve mürekkep kabının içine kamışını batırdı. Beşik gibi sallanan bu kayıkta işi biraz zor olacaktı ama başka çaresi yoktu.

Kâğıdın üzerine bir çırpıda bütün sayfayı kaplayan tek bir harf çizdi. Yazı takımlarını tekrar çantasına koydu ve kâğıdı karşısında merakla bekleyen adama uzattı.

Adam kâğıda baktığında gözleri dört açıldı.

"Ben hayatımda böyle güzel bir *vav* görmedim!" dedi. Usta bir hattat elinden çıkma, anlamı çok büyük olan bir *vav* hattının iyi para edeceğini biliyordu.

"Bu, küçük seyahatimin karşılığını sanırım ödeyecektir," dedi hattat aceleyle iskeleye atlarken.

Solak, sarayda sultanın odasına doğru arkasında hattatla birlikte ilerledi. Kapıya geldiklerinde kapıcı, Solak'a hiç kimsenin içeri giremeyeceğini, sultanın kesin emirleri olduğunu söyledi. Solak yana çekildiğinde hattatı gören kapıcılar hemen kapıyı açtılar. Hattat için bu kural geçerli değildi.

Adam kapıdan içeriye girdiğinde Sultan Bayezid pencerenin önünde ayakta duruyordu. Üstünde lacivert bir kaftan ve kafasında beyaz sarığı vardı. Başı öne eğik, elindeki mektubu okuyordu. Dışarıdaki güneş, sultanın yüzüne vuruyordu.

Hattat yaklaştığında sultan başını kaldırdı ve ona doğru döndü.

"Haberler kötü, kıymetli dostum," dedi. Yüzünde acı ve dertli bir ifade vardı.

"İspanya'daki ajandan mı?"

Sultan evet anlamında başını salladı. "Durum iyice kötüleşmiş. Artık harekete geçmenin zamanı geldi."

Akşam, Hattat Hamdullah sarayı terk ederken, Topkapı Sarayı'nın üç insan boyundaki koca kapıları ağır ağır kapanıyordu. Hattatın altından geçtiği kemerde yazan hat, sarayı yaptıran sultanı işaret ediyordu:

Hanlar Hanı, Allah'ın İnsanlar Arasındaki Gölgesi ve Ruhu, Yerkürenin Hükümdarı, İki Karanın ve İki Denizin Hâkimi, Doğunun ve Batının İmparatoru, Konstantinopol Fatihi, Roma Kayzeri Gazi Sultan İkinci Mehmet bin Murat Muzaffer Daima.

New York, Günümüz

Trenin kapıları, son anda yetişenlerin içeri girmesine izin vermeden hızla kapandı.

Genç adam, New York metrosunun içinde süratle hızlanan trenin camından sabırsızlıkla dışarı bakıyor, varacağı istasyonun yazısının belirmesini bekliyordu. Yarım saat içinde buluşacağı adamı görmek için Şikago'dan iki saatlik bir uçak yolcuğuyla bu şehre gelmişti. Hızla akan bir film şeridini andıran camdan, metronun kara duvarları bir görünüp bir kayboluyor, yer yer döşenmiş ışıklar saniyelik aralıklarla karanlık ile yer değiştiriyordu. Trenin süratle raylara sürtünmesinden çıkan boğucu gürültü etraftaki konuşan insanların sesleriyle karışarak tam bir kakofoniye dönüşüyordu.

Camların yansımasında bir filmin akan kareleri gibi içerdeki kalabalık beliriyordu. Ayakta durarak tavandaki demirlere tutunan Japon bir genç, önündeki kıza eğilerek bir şeyler anlatıyor, yan tarafta oturan, takım elbisesi ve deri iş çantasından bir işadamı olduğu anlaşılan kişi elindeki iPad'den *Wall Street Journal*'ı okuyor, onun yanındaki bir kız elindeki haritayı çevirerek nerede olduğunu anlamaya çalışıyor, karşıdaki bir evsiz Afro-Amerikan iki kişilik yere kıvrılmış, mışıl mışıl uyuyordu. Adamın yanındakiler ondan gelen kokudan rahatsız olmuş olacaklardı ki içerdeki sıkış tıkış kalabalığa rağmen kimse onun yanındaki boş alana doğru ilerlemiyordu.

Camda bakışlarını gezdirirken kendi yansımasını fark eden genç adam mavi gözleriyle yüz yüze geldi. Saçları daha da dökülmüş, çenesinde bıraktığı sakalı iyice ağarmıştı. otuzuna yeni basmış olmasına rağmen, arkadaşlarının ona kırkında gösteriyorsun demesine şaşmamalıydı. Boş işlere kafa yormanın pişmanlığıyla gözlerini yansımadan çevirdi ve elindeki *Kindle*'dan günün gazetelerine göz atmaya başladı. Dünyanın en büyük kitap sitesi Amazon'un kurucusu, yeni Gutenberg diye tarif edilen Jeff Bezos'un önce Amerikan pazarına, daha sonra da tüm dünyaya sürdüğü "kıvılcım" adındaki bu alet pek de çok kişinin tahmin etmediği bir hızla yayılmış, otobüsler, uçaklar, ve trenlerde genç yaşlı herkes ellerinde ince bir tablet görünümündeki bu okuma cihazıyla gezer olmuştu.

Ekranda *New York Post*'un "Kur'an'ı Yakacak" diye başlayan bir manşeti, "Rahip, Kur'an'ı yakmaktan vazgeçmediğini, sadece ertelediğini ifade etti" alt başlığıyla devam ediyordu. Rahip, New York'taki cami inşaatıyla ilgili gelişmelere göre kararını netleştirecekti ama 11 Eylül'ün ardından şehirde bu tür bir İslam mabedinin açılmasının doğru olmadığını da eklemeyi unutmuyordu.

"Bloomberg'un Tarihi Konuşması: Başkan, Cami'yi Destekliyor" başlıklı başka bir haber ise şehrin Yahudi asıllı belediye başkanı Michael Bloomberg'ün önceki gün, Özgürlük Heykeli'ni arkasına alarak, caminin inşasını destekleyen, dokunaklı, halka seslenişinden bahsediyordu.

Tren acı bir fren sesiyle yavaşlayıp da "Times Square" anonsunu duyduğunda, Beyazıt inmesi gereken durağa geldiğini anlayarak Kindle'ını kapatıp çantasına attı. Beyaz kare fayanslarla döşeli, rutubet ve yer yer idrar kokusunun burnuna çalındığı basık tavanlarla kaplı metrodan, yürüyen merdivenle yukarı çıktığında, uzun yeraltı yolculuğunun da etkisiyle dışarıdaki günışığından gözleri kamaştı. *42'nci Cadde* ile *7'nci Bulvar*'ın kesiştiği noktadan meydana adımını attığında bir insan seliyle karşı karşıya geldi. Sanki dünya artık burada buluşuyordu. Yollar bir zamanlar Roma'ya, sonra Bağdat'a, sonra İstanbul'a çıkardı; sanki şimdi o şehir New York'tu.

Kim bilir daha önce kaç sefer bulunduğu bu şehir, her defasında daha da kalabalıklaşıyordu.

Paramount binası ile ABC stüdyolarının köşesinde cebindeki adresi çıkartarak kâğıda bir kere daha baktı. On beş dakikalık bir yürüyüş mesafesi vardı.

Broadway Caddesi'nden kuzeybatıya doğru bir nehir gibi akan renk renk insanların arasına karışarak yürümeye başladı. Uzaklardan bir yerlerden Jay Z ve Alicia Keys'in *Empire State of Mind*'ı kulağına çalınıyordu. Manhattan adasının ortasındaki bu bölgeye adını veren *New York Times* gazetesinin, devasa sayfaları andıran duvarlardan mürekkep gökdeleni üzerindeki, neredeyse matbuatın simgesi haline gelmiş gazetenin adının *Englishtowne* fontuyla yazılı harflerine baktı. Harfler, eski bir parşömen sarısındaki duvarlara siyah mürekkeple basılmış gibiydiler.

İki tarafı da uzunlu kısalı gökdelenlerle kaplı yolun karşı tarafında, çevresindeki betonlardan sıyrılarak kendini hissettiren Chrysler binası yükseliyordu. Endülüs'ün at nalı kemerlerini çağrıştıran, üst üste geçmiş, her biri alttakinden daha küçük yedi çelik kemerden oluşan bina en uçta iyice sivriliyordu. Her katmanı güneş ışığını etrafına yansıtan üçgen camlarla süslenen bu yapı aynı zamanda çelik bir tacı da andırıyordu. Beyazıt, İmparatorluk adıyla anılan bu eyaletin hükümdarının belki de bu gökdelen olduğunu düşündü. Hâlbuki asıl "*Empire State Building*" dedikleri, Manhattan'ın en uzun binası İmparatorluk Gökdeleni daha ötede kalıyor, tepesindeki devasa antenini, tüm dünyadan haber almak ve yeryüzüne haber yaymak ister gibi semaya dikiyordu. Binanın en üst katında bulunan gözlemevindekiler sanki sadece New York semalarını değil, ufkun ötesini de görecekmiş gibi sıraya girerlerdi. Gökdelenin ucundaki dev paratoner, yıldırımlara meydan okuyordu.

Beyazıt, tamamen camekân duvarlardan oluşan MTV binasının, Hard Rock Cafe'nin, birkaç sex-shop'un cüretkâr vitrinlerinin önünden ve çıplak olmayan *gitarlı çıplak kow-*

boy'un yanından geçip Sylvester Stallone, Arnold Schwarzenegger gibi ünlü aktörler tarafından yıllar önce açılışı yapılan Planet Hollywood'u arkasında bıraktı. Karşısında ışıl ışıl parlayan, LED ışıklandırmalı elektronik *Coca Cola* tabelasını görünce Times Meydanı'na geldiğini anladı. İnsan okyanusu bu alana hükmeden iki uçtaki binalardan birini kaplayan bu üç boyutlu tabela, etraftaki diğer yüzlercesi bulunan devasa reklamlar gibi yüz binlerce küçük neon lambadan oluşuyordu. Kıpkırmızı Coca Cola şişesinin tam karşısında *Budweiser* birasından oluşan animasyonlu jumbotronun sarı ışıkları sürekli hareket halindeydi. Broadway ve *7'nci Cadde*'nin kesişme noktası olan bu alandaki elektro-kinetik ışıklı markalar insanları cezbetmek için yarışıyordu. İki stadyum büyüklüğündeki meydanın bir tarafında her harfi sürekli renk değiştiren *Virgin*, sarı patates kemerleri dünyaca meşhur *McDonald's,* ve yanıp sönen Toshiba, meydanın diğer yakasında ise mavi üzerine beyaz, çok keskin bir kontrastla ışıklandırılan *American Eagle* bunların en belirginleriydi. Binaların bir tanesinde büyük bir Amerikan bayrağı asılıydı. Mağazaların duvarları Sony ve Samsung gibi şirketlerce tasarlanan teknoloji harikası daha nice jumbotronlar ve dev HD ekranlar ortalarına aldıkları bin çeşit ırka dünyanın buluştuğu yerin burası olduğunu ima eder gibiydi. Buradaki HD ekranlardan birinde koca harflerle İngilizce "CIA'de su işkencesi skandalı!" yazıyordu. Sorgu altındaki insanların *waterboarding*'le konuşturulması yeniden gündemdeydi...

Meydanda öyle bir enerji vardı ki sanki yeryüzünün trafo merkezi burasıymış da tüm dünyanın elektriği buradan veriliyormuş gibiydi. Bir kurdele gibi kıvrım kıvrım uzayan *NASDAQ* ekranında borsa değerleri akarken, onun altındaki *News* bandından şimdi İsrail-Filistin çatışmasına dair bir haber geçiyordu. Ancak kalabalık, haberleri ya da borsayı dinlemekten ziyade sürekli fotoğraf çekmek veya çektirmekle meşguldü. Her üç kişiden ikisi ya bir dijital kamera tutuyor ya da iphone'una poz veriyordu. Karnı acıkanlar ise Beyazıt'ın, adının anlamını bir türlü öğrenemediği seyyar *Sabret Hotdog*'cuların tezgâhlarını çevreliyordu.

47'nci Cadde'ye geldiğinde Beyazıt aradığı dükkâna artık yaklaştığını anladı ve Broadway'den sola saptı. Üç yüz metre kadar içerilere, beş blok öteye doğru yürümeye başladı. Kalabalık gittikçe tenhalaştı. Az önceki insan kalabalığının yerini garip bir sessizlik aldı, gürültü dindi ve beton binaların hükmettiği kurşuni bir hava ve soğuk kendini hissettirdi. Yerdeki ızgaradan büyükçe bir fare çıktı ve kenardaki otoparkın içine girerek aynı hızla ortalıktan kayboldu. New York farelerinin karınlarının iyi doyduğuna şüphe yoktu.

Beyazıt, köşedeki küçük, mütevazı kuyumcuyu gördüğünde durdu, dükkânın üstündeki rakamları okudu, cebindeki adrese tekrar baktı. Mağazanın vitrininde "*The Al-Andalus Jewellery*," yani "*Endülüs Kuyumcusu*" yazıyordu.

Beyazıt aradığı adamı, David Marrano'yu bulmuştu.

Beyazıt, küçük kuyumcu dükkânının içinde tezgâhın önündeki bir sandalyeye oturmuş, ince belli bir bardakta çayını karıştırıyorken gülümsedi.

"Bu bardakların Amerika'da bulunduğunu bilmiyordum," dedi İngilizce olarak. "Illinois'in altını üstüne getirmiştim de bir çift bulamamıştım." Üstelik bardağın altındaki küçük tabak da genellikle Türk kahvehanelerinde bulunan kırmızı beyaz damalı tam bir çay bardağı altlığıydı.

Tezgâhın öbür tarafında bir tekerlekli sandalyede oturan, doksan yaşına dayanmış adam kendi bardağından bir yudum aldıktan sonra tebessüm ederek, "Torunum Türkiye'den getirmişti," dedi. "Benim onlara sürekli anlattığım bu bardakları İstanbul seyahatinde görünce hemen takım olarak almış. Ben başka bardaktan içemiyorum. Türk kültürü biz Sefaradların da kültürü olmuştur." Sefarad, Endülüs'teki Yahudilere verilen addı.

Beyazıt, David Marrano'nun yaşına rağmen, tekerlekli sandalyesi sayılmazsa şaşılacak derecede sağlıklı ve en az yirmi yaş genç gösteren yüzünde derin bir ifadeyle bardağa baktığını gördü. Adamın saçları tamamen ağarmıştı ama sanki yirmisindeki gibi gür duruyordu. Yüzünde ve ellerinde seyrek de olsa, arkasında bıraktığı yılların alameti benekler vardı ama genel olarak zaman, bu adama gayet cömert davranmıştı. "Bu bardaklar bana hem çocukluğumun İstanbul'unu, hem de şu kırmızı-beyaz kemervari boğumlar Endülüs'ü hatırlatır."

"Hatırlıyor musunuz İstanbul'daki yıllarınızı?" diye sordu Beyazıt.

"En çok çocukluğumu ve Boğaz'ı hatırlıyorum, gemilerin düdükleri hâlâ kulağımda çınlar." Adam duygulandı, devam etti: "Belki de en güzeli çocukluk hatıralarım olduğu içindir. Çocukluk her zaman en güzelidir, öyle değil mi?"

Beyazıt vitrinlerde ve duvarlarda sergilenen mücevherlere, elmas, yakut, zümrüt gibi değerli taşlarla bezeli takılara baktı. Bu küçük dükkâna göre oldukça zengin bir envanter vardı içeride. Duvarlarda ise daha çok Fuat Sezgin Hoca'nın müzelerinde görülen kadran, usturlab gibi değerli bir-iki eşya sergilenmişti.

David Marrano'nun hemen yanında siyah takım elbiseli iri yarı adamın varlığına şaşmamak gerekirdi. Fakat Beyazıt, bu adamın mağazayı mı yoksa Marrano'yu mu koruduğunu pek anlayamadı. Yaşlı adamın tam arkasındaki duvarda tik tak atan, eski tip, ahşap kasa duvar saatleri asılıydı. Sarkaçları iki tarafa sallanan bu bir düzine saatin neredeyse her biri de farklı bir zamanı gösteriyordu. Saatlerin pek çoğunda sarkaçlar gibi, akrep, yelkovan ve kadranların çevresi de altın ya da gümüş kaplamaydı. Saatlerin tam ortasında ise yan yana iki çerçeve metin asılıydı, biri İbranice diğeri Arapça. Beyazıt bu sayfalarda ne yazdığını merak etti ama sormaktan vazgeçti.

"En son ne zaman Türkiye'deydiniz?"

David Marrano, "İkinci Dünya Savaşı arifesiydi sanırım," diye cevapladı. "Babam iki yıl süren askerliğini yeni bitirmişti. Sonra 'kara günler' başladı. 30'lu ve 40'lı yıllarda Batı Anadolu'daki Yahudilere karşı bazı ayaklanmalar oldu. Yüzyılın başında Doğu Avrupa'da patlak veren faşizm hastalığı henüz bitmiş değildi. İngilizlerin etkisiyle Yunanlılar sanki Yunan olduklarını yeni öğrenmiş gibi hareket ediyor, Türkler de buna doğal olarak karşılık veriyordu. Olan yine arada kalan biz Sefardilere oluyordu. 1942'deki gayrimüslimlere uygulanan Varlık Vergisi bizim epey canımızı yakmıştı."

Yaşlı adam, misafirinin yüzüne bakarak devam etti. Marrano'nun bir asırlık yaşı onun bu siyah gözlerindeki derinliklerde saklanıyor gibiydi. "Faşizme hastalık dememem sizi şaşırtmasın. Osmanlı'daki imparatorluk kültürünün altını oyan, çok kültürlülüğe karşı dinamiti fitilleyen, sömürgeci İngiliz ve Fransızların akıllı bir oyunuydu benim karşı çıktığım milliyetçilik. Yoksa vatan sevgisi temelli milliyetçilik kutsaldır. Ayrıca, Amerika'ya bir bakın, milliyetçilik gibi bir şey görebiliyor musunuz? Hindistan ve Pakistan gibi ülkelerin de sonunu bu hastalık getirmiştir."

Marrano devam etti: "Almanya'da Yahudilere yapılanların ardından babam da pek çoğu gibi olabildiğince uzaklara, Yeni Dünya'ya, New York'a göçtü. Gerçi babama 'sofu' derlerdi; dindar olduğu için Türklerden saygı görürdü. Askerdeyken bile günde birkaç kez ibadetlerini yerine getirmiş, koşer diyetini aksatmamıştı. Ama yine de bizim geleceğimiz hakkında şüpheleri vardı. Ben de ilkokulu ve üniversiteyi Amerika'da okudum. Burada bir Amerikalıyla evlendim."

"Zaten koşer diyetinin pek çok kuralına bizde de riayet ediliyordu herhalde, öyle değil mi?"

"Elbette. İnsanlar yanlış bir algıyla Yahudilik ile Hıristiyanlık'ı yan yana koyup İslam'ı karşılarına alıyorlar; hâlbuki Museviler ile Müslümanların dinleri birbirine çok daha yakındır. Üstelik İstanbul'daki Sefarad geleneğini de buna eklediniz mi, geriye nüanslardan başka bir şey kalmıyor. El oyması örtülerden tutun da sinagoglarda okuduğumuz *maftirim*lere kadar pek çok şey Osmanlı kültüründen beslenmiştir."

"Sonra bir daha Türkiye'ye gitmediniz mi?"

"Dünya Bankası'nda çalıştığım yıllarda görev icabı gittim. otuz yılımı verdim o kuruma. Afrika'da Kongo, Mali, Nijer, Sudan; Latin Amerika'da Bolivya, Kolombiya, Brezilya; Doğu Avrupa'da Çekoslovakya, Litvanya, Yugoslavya'da kalkınmakta olan ülkelere fon yardımı yapan bir komisyonun başkanıydım."

Marrano, sonra dertli bir şekilde başını sallayarak yüzünü buruşturdu ve devam etti: "Ama sonra pek çok fikir ayrılığı yaşadım. Bu ülkelerin kanını yıllarca emen Avrupa ülkeleri; İngilizler, Fransızlar, İspanyollar, Portekizliler ve o topraklarda hâlâ akan kanın bir numaralı sorumlusu olan bu devletler iş yardım yapmaya, o ülkeleri kalkındıracak projelere girişmeye gelince ortadan kayboluyorlardı. Parlamentolarında insan hakları diye mangalda kül bırakmıyorlar ama biz kapılarını çaldığımızda bir türlü bitmek bilmeyen 'ekonomik kriz'i bahane ediyorlardı. İşte Türkiye'den Kuzey Afrika'daki bu ülkelerin bazılarına yardım için fon toplayabilmiştik.

"Sonra o paranın akıbeti de belli olmadı. Ama diyeceğim, Dünya Bankası sayesinde Türkiye'nin üst düzey pek çok yöneticisiyle tanışma şansım olmuştu."

"Birleşmiş Milletler'deki görevinize Dünya Bankası'ndan istifa edince mi başladınız?"

"Evet, orada belki bir şeyler değiştirebilirim diye umut ediyordum. Beş yıl da orada uğraştım. Buradan yürüyüşle yarım saat kadar süren o Birleşmiş Milletler binasında az vaktim geçmedi benim. Ama bu sefer de Filistin'in lehine raporlar hazırladığım için kara listeye alındım. Mavi Marmara hadisesinde insanî yardım vakfının tahrirkar hareket etmekle birlikte İsrail'in özür dilemesi gerektiğine dair bir sonuca varmıştık. Emir İsrail'den gelmişti. Ertesi hafta istifamı istediler."

Yaşlı adam, eğilerek tekerlekli sandalyenin üstündeki bacaklarına baktı. "Bu meret de bana o yönetimin hediyesidir. Gençliğimde Filistin'deki uluslararası bir gösteride üstümüze ateş açılınca bir kurşun da tam benim omuriliğime isabet etti. Kırk yılı aşkın bir süredir bu sandalyeye mahkûmum."

Marrano ileriye doğru eğilerek devam etti:

"Bakın Beyazıt Bey, biz yüzyıllar boyu yeryüzünde sürgün hayatı yaşamaya mahkûm olmuş, oradan oraya savrulan, iki bin yıldır periyodik olarak katliamlara reva görülen bir milletiz. Kendimize ait bir toprak bizim en kutsal hakkımız. Ama bu, Filistin halkının haklarına riayet edilerek yapılmalı. Filistinlilere zulmedersek, bizim Nazilerden ya da Katolik Engizisyon'undan ne farkımız kalır? Amerika, hiçbir etki altında kalmadan, bağımsız bir şekilde bu sorunu çözmeli."

Marrano, işaret parmağını görünmeyen bir şeye işaret eder gibi ileri ileri çıkartarak devam etti: "Ama İsrail'deki yönetimin anlamadığı, daha doğrusu unutmak istediği nokta şu: bugün Yahudiler tüm dünyada muazzam bir gücün sahibi iseler, bugün bu şehrin Pek çok mimar ve kurucusu Yahudiler iseler ve hatta, bugün Yahudiler Tevrat'ı, Talmud'u ve İbraniceyi doya doya yaşayabiliyorlarsa, bu, İslam medeniyetlerinin katkılarıyla olmuştur. Önce Endülüs, sonra da Osmanlı olmasaydı bugün Yahudilik olmazdı."

Marrano, kollarını kavuşturarak bir süre durdu ve hiddetle ekledi:

"Ve altın çağını yaşayan Endülüs Museviliği bitmek üzereyken, Avrupa'da bizim milletimizin kökü kazınıyorken, bir Osmanlı sultanı, nihayetinde bir Müslüman hükümdar bize cennetin kapılarını açmıştır."

David Marrano, hiddetini birden unutmuş gibi gülümseyerek öne doğru eğildi ve "Rahmetli babanız beyefendinin size adını verdiği Türk Sultanı," dedi genç yazara bakarak.

Beyazıt, "İsimlerden bahsetmeniz ilginç," dedi ince bir gülümsemeyle. "Aynı benzerlik sizde de var. Fakat ben 'Marrano'nun bir hakaret lakabı olduğunu düşünüyordum. Neden kullanmayı tercih ettiniz?"

"*David İbn Nahmias Marrano*," dedi yaşlı adam, "benim büyük büyük büyük—ki beş asır öncesine gidebilmek için buraya daha ne kadar 'büyük' koymam gerekir bilmiyorum—büyük dedemdir. O dönemde evet, bazıları Marrano'nun bir hakaret olduğunu söylerler ama ben bunu hiç gocunmadan taşıdım, bundan her zaman memnun oldum."

Kutunun ağzına ellerini koyarak tekrar genç yazara baktı: "İşte sizden de onun hikâyesini anlatmanızı diliyorum. Yıllardır bu konuyu araştırdığınızı, sizin isimlere inandığınızı çok iyi biliyorum.

"Bu hikâyenin anlatılmaya ihtiyacı var, Beyazıt Bey. Sizinle paylaşacaklarım tarihin en büyük saklı hazinelerinden biri, Holacaust'tan sonra tarihte yaşanmış en büyük trajedi. Türkiye'nin, İsrail'in ve dünyanın bu hikâyeyi dinlemeye her zamankinden daha çok şimdi ihtiyacı var.

"Gerçi hikâyenin asıl kahramanlarını görmek için biraz beklemek gerekecek ama buna değecektir.

"Öte yandan sonra uyarmadı demeyin, bu tarihi anlatırken dikkatli olmalısınız. Çünkü sırf bunu anlattığınız için size de 'mason,' 'Yahudi' gibi yakıştırmalar yapacaklar. Her iki taraftan da dostlarınız ve düşmanlarınız olacak."

Beyazıt, bu uyarıyı umursamaz gibi tebessüm etti. "Onlar *Dünyanın İlk Günü*'nü okusunlar," demekle yetindi.

Bu arada David Marrano başının üstündeki iki metni işaret etti. "Bunları hatırladınız mı?" diye sordu.

"Yoksa bunlar...?" dedi Beyazıt duvardaki İbranice ve Arapça metinlere bakarak.

Marrano, evet anlamında başını salladı ve anlatmaya başladı.

O anlattıkça Beyazıt bir zaman tüneline girmiş gibi beş asır öncesini görmeye, yavaş yavaş sahneleri beliren, gözlerinin hemen önünde cereyan eden olaylar silsilesini takip etmeye başladı.

Dışarıdan geçmekte olan kalabalık bir grup "Sıfır Noktası'nda cami istemiyoruz! Müslümanlar Arabistan'a dönün!" diye sloganlar atıyordu.

BİRİNCİ BÖLÜM

David ve Davud
1492

1

Sultan Bayezid içinde bulunduğu küçük odanın dar penceresinden tüm güzelliğiyle kendini gösteren güneşe baktı. Işıl ışıl parlayan bu alev topuna hiç bu kadar uzun süre bakabildiğini hatırlamıyordu sultan.

Bunu garipsedi. Güneşe böyle dimdik, uzun uzun bakılabilir miydi?

Gerçi gözleri kamaşıyordu ve onları kısmak zorunda kalıyordu ama sanki bugün güneş ona kendini göstermek istiyor, sultanın nazarında adeta onun için dans ediyordu.

Bayezid'in başında ne sarığı vardı ne de ayağında çizmeleri. Kendini çıplak gibi hissetti ama üstünde tüm vücudunu kaplayan bembeyaz bir gömlek ve bacaklarında yine aynı renk bir şalvar vardı.

Arkasını döndü, içinde bulunduğu basit odayı seyretti. Tahta zeminin üzerinde basit bir halı, köşede bir döşek ve öbür köşede de rahle vardı.

Yatağın bozulmadığını gördü. Demek ki henüz yataktan kalkmamıştı. Peki akşamdı da buraya yatmaya mı gelmişti? Ama daha gündüzdü ve güneş çok güzel görünüyordu.

Karnının acıktığını, hem de çok acıktığını hissetti. Bir paça çorbası yemeyeli kim bilir ne kadar zaman olmuştu? Bir hafta? Bir ay? Bir yıl? Hatırlayamadı.

Ya bir parça et yemeyeli kaç yıl geçmişti? Bir yıl? On yıl?

Canı öyle çok paça çorbası istedi ki, çorbanın sarımsaklı kokusunu, sıcak sıcak tütüşünü burnunda hissetti. Amasya'daki gençlik günlerini hatırladı. Ah ne günlerdi! Gün aşırı bir kuyu kebabı, bir paça çorbası, bir kavurmalı pilav, her öğüne başka bir çeşit tatlı, baklava, sütlaç, revani... hem o hem de dostları yer içerlerdi.

İyi de bu odaya nereden gelmişti? O günlere ne olmuştu?

"Aşçıbaşını çağırın bana!" diye bağırdı.

Odada bir o tarafa bir bu tarafa gitti durdu. Artık dayanamıyordu.

Nefsine karşı açtığı cihadı bugün bitirecek, bu işkenceye tamamen son verecekti. Kaç yıl olmuştu? On yıl? Yirmi yıl?.. O paça çorbasını bugün yaptıracak ve o çorbanın karşısına oturacaktı.

Aşçıbaşı, sultanın emrini yerine getirirken, Bayezid de sıkıntıdan rahlenin önüne oturdu ve açık kitaptan bir iki satır okumaya çalıştı. Bir süre okudu da.

"*...Ve iz kale musa li kavmihi ya kavmi inneküm zalemtüm enfüseküm bittiazilkümül ıcle fe tubu ila bariiküm faktülü enfüseküm. Zaliküm hayrun leküm ınde bariiküm fe tabe aleyküm...*"

Ayetteki "*Rabbinize tövbe edin ve nefislerinizi öldürün*" kısmını okuduğunda sultan neden bu odada olduğunu hatırladı.

Tekrar ayağa kalktı, dışarıya baktı. Güneş gitmiş, yerine bir hilal gelmişti. Gerçi hava hâlâ aydınlıktı ama garip olan, hilalin parlaklığıydı. Bir hurma dalı gibi zarif kıvrımlarıyla göz alan hilal o kadar parlaktı ki, sultan gözlerine eliyle paravan yaptı.

Arkasını tekrar döndüğünde köşedeki sedirde Şeyh Hamdullah'ın oturduğunu gördü. Onu daha önce neden görmemişti? Bayezid rahlenin önündeyken kendinden geçmişti de o zaman mı içeri gelmişti acaba hocası?

Kapı çaldı, hizmetkârlar içeriye paça çorbasını getirdiler.

Halının üzerine bir kürsü, onun da üzerine gümüş bir tepsi koyup sıcacık tüten çorbayı ve yanına da kaşığını koydular. Çorbayı sultanın tam sevdiği gibi, bol sirkeli ve sarımsaklı yapmışlardı.

Hizmetkârlar odadan ayrılır ayrılmaz Sultan Bayezid masaya diz çöktü. Tabaktaki kokuyu iyice içine çekti. İmparatorluk'un en iyi aşçıbaşısı çorbayı öyle güzel yapmıştı ki, üzerine bir de tereyağından gül süsü koydurmuştu.

Bayezid böylesi güzel bir çorbaya çok uzun bir süredir yaklaşmadığını hatırladı. Sağ eliyle kaşığı kaptı, çorbaya tam daldıracaktı ki, durdu.

Şeyh Hamdullah'ın yüzüne baktı. Hamdullah sanki ona kızmış gibi bakıyordu.

Ayeti tekrar hatırladı Bayezid. *Rabbinize tövbe edin ve nefislerinizi öldürün!*

Önündeki çorbaya baktı.

Sonra Hamdullah'ın daha Amasya'dayken ona söylediği sözler kulağına çalındı:

"*Bir çorbaya söz geçiremeyen, ne kendine ne de dünyaya hükmedebilir! Sadece bir kaşık çorba deyip geçmeyeceksin. Şeytan insana kanından girer. Tek bir kaşıkla başlar insanın nefsine hükmü!*"

Afyon içmeyi bırakalı yıllar olmuştu. Sadece kendini değil, tüm muhabbet arkadaşlarını da bu gençlik alışkanlığından men etmiş, hayatına haramı sokmamak için yıllar önce tövbe etmişti. O zamanlarda başlamıştı yeme içme alışkanlıklarını gözden geçirmeye ve nefis terbiyesine.

Ama artık dayanamıyordu. Bu çorbadan bir kaşık, tek bir kaşık almalıydı.

Kaşığı çorbaya daldırdı, ve dolu halde tabağın üstüne çıkardı.

Ama daha fazla ileri gidemedi.

Koca sultansın, bir çorbaya sözün geçmiyorsa, senin sultanlığın neye yarar!?

Ses kafasının içinde mi yankılanıyor, karşısında oturan Şeyh Hamdullah mı konuşuyor bilemedi. Gençliğinde de Hamdullah'tan ders aldığı yıllarda tek başınayken bile üstadının öğretileri kafasında çınlar, sanki onunla sohbet ediyormuş gibi harfleri meşk ederdi.

Kaşığın içini tekrar tabağa boşalttıktan sonra metali tepsiye gürültüyle bıraktı. Öfkeliydi.

"Ey Nefis!" diye sanki kükredi Bayezid. "İşte arzu ettiğin, onun için yanıp tutuştuğun çorba buradadır! İstiyorsan buyur ye!"

Sultan ağzını kapatmamıştı ki, dudaklarının arasından sansara benzer simsiyah, iki gözü de kör bir yaratık çıktı. Hayvan çorbaya öyle bir saldırdı ki birkaç hamlede tüm tabağı boşalttı. Tekrar Bayezid'in gövdesine sıçrayıp, sultanın ağzından içeri girmeye yeltendi ama Bayezid hemen ayağa kalktı. Hayvanı ayakları altına alıp çiğnedi.

Şeyh Hamdullah da o sırada ayakta belirdi ve yerde çırpınan hayvana bir tekme de o indirdi.

Hamdullah yerde cansız yatan hayvanın üzerine kefeni andıran beyaz bir örtü kapatıyordu ki, Sultan Bayezid kan ter içinde beyaz çarşafını başından kaldırdı ve yatakta doğruldu.

Hızlı hızlı yatakta soludu, rüyayı neye yoracağını bilemedi. Alnında boncuk boncuk terler oluşmuştu. Sabah olduğunda ilk kişi Hamdullah'a bu rüyayı yordurmak olacaktı.

Ayağa kalktı, odada dolandı. Yatmadan önce okuduğu kutsal kitap rahlenin üstünde açık duruyordu. Sayfanın başında Bakara suresinin 54. ayeti duruyordu.

Rabbinize tövbe edin ve nefislerinizi öldürün.

Topkapı Sarayı'nın yüzlerce penceresinden biri olan odasındaki camdan dışarıya baktı. Gökyüzündeki hilal, Boğaz'a öyle güzel vurmuştu ki, suların üzerinde muhteşem bir yansıma oluşmuştu. Bir yıldız, bu güzel hilale eşlik ediyordu.

Bu manzara sultana Amasya'daki gençlik yıllarını, o fırtınalı günleri hatırlattı. Daldı gitti. Ne büyük bir savaştı onunki. Başkalarıyla değil, kendisiyleydi. Kendi şeytanını dize getirmek için ne kadar da uğraşmıştı...

Sonra kendini toparladı, arkasını döndü.

Bugün uzun olacaktı. Olağandışı bir Divan toplantısı ve önemli kararlar onu bekliyordu. Daha fazla uyuyamayacağını düşünerek abdest aldı ve tekrar rahlesinin başına geçti.

2

Şeyh Hamdullah, divanın baş ucunda, rahlesinin ucunda oturuyordu. Usta bir hattat oluşunun yanında reisülküttaplık, yani Divan'a genel sekreterlik de yapardı. Sultan henüz gelmemişti. Hamdullah bir hilal şeklindeki duvara dayalı divanın en uç köşesinde oturan iki misafire baktı. Şeyhülislam Ahmet Efendi ile bu iki misafirin aralarında yarım düzine kadar üst düzey diplomat vardı. Her birinin de kaftanları, entarileri, gösterişli başlıkları göz alıyordu ama hiçbiri, Divan'ın bu iki sıra dışı konuğu kadar dikkat cezbetmiyordu.

Aslında Divan-ı Hümayun'un üyesi olmayan bu iki kişi sadece kimlikleriyle değil, kıyafetleriyle de etraftaki bir düzine üst düzey Osmanlı yöneticisinden rahatlıkla ayrılıyordu. Yahudi Hahambaşı Moşe Kapsali'nin üzerinde ipeği ışıl ışıl parlayan, dik yakalı mor bir entari, siyah bir cüppe ve yine ipekten türbana sarılı *memina* başlığı bulunuyordu. Onun hemen yanında oturan Ortodoks Patriği ise boynundan sallanan, Meryem Ana ve Hz. İsa'yı tasvir eden altın *panegia* madalyonu ve başında yükseldikçe genişleyen, Rumların *klobuk* dediği, uçlarından omuzlara sarkan, başın arkasını ve boynu kaplayan başlığıyla dikkat çekiyordu.

Hamdullah önündeki rahlede hazır ettiği kâğıda sırayla Divan'a katılanları listeledi. Sultana ayrılan yerin hemen yanı başında, şeyhülislamın izdüşümü olan yerde Veziriazam

Yakup Paşa, onun hemen yanındaki ikinci vezir Ayas Bey; vezirlerin yanında Anadolu ve Rumeli Beylerbeyleri, onların hemen karşısında yeniçeri ağası ve onun berisinde Kaptan-ı Derya Kemal Reis vardı. Bu seçkin grubu çavuşbaşı, defterdar, kapıcılar kethüdası, büyük ve küçük tezkireciler, tercümanlar ve diğer üst düzey görevliler takip ediyordu.

Hamdullah Divan'ın en genç üyesinin yirmi beş-otuz yaşlarında tahmin ettiği Kemal Reis olduğunu düşündü. Daha birkaç sene öncesine kadar, hakkında idam emriyle aranan bu eski korsanın şimdi İmparatorluk'un beyin kademesinde, en üst noktasında oluşu talihin ve tarihin bir cilvesi olsa gerekti.

Önceki gün Ayasofya'daki sabah namazında yanına gelen Sadrazam Yakup Paşa bugünkü Divan'a sultanın da katılacağını söylediğinde Hamdullah şaşırmıştı. Bugünkü sıradışı konukları gördüğünde ise farklı bir gündemin ele alınacağından emin olmuştu. Gerçi sadrazam onu ilk bilgilendirdiğinde, Sultan Bayezid'in cennetmekân babası Fatih'in reformlarından birini daha kaldırma niyetinde olduğunu düşünmüştü; zira Fatih'ten önceki tüm Divan toplantılarına sultan başkanlık ederdi. Günün birinde, toplantının ortasında patır kütür içeriye bir köylü dalmış, adam koca Doğu Roma Fatihi'nin önünde el kol hareketleriyle, "Söyleyin hanginiz sultan, diyeceklerim var!" diye ricasını dile getirirken ulema ve diplomatlar birbirlerine bakakalmışlar. Fatih de İmparatorluk'un vakarına gölge düşüren bu olaydan sonra Divanlara katılmama kararı almıştı.

Hamdullah bu hikâyeyi düşünürken, Sultan Bayezid'in babasına ne kadar benzemediğini de aklından geçirmiyor değildi. Bayezid'in tahta çıkar çıkmaz yaptığı ilk iş Fatih'in el koyduğu tekkelerin topraklarını tekrar sahiplerine geri vermek olmuş, aşırı liberal olarak gördüğü babasının reform üzerine reformla yorduğu halk nezdindeki olumsuz etkisini bu şekildeki tedbirlerle silmeye çalışmış, devlet ile halk arasındaki bağı güçlendirmişti. Bayezid tahtta oturduğu geçmiş on yıl boyunca babasıyla karşılaştırıldığında yeni sultana "sofu" diyenler de çıkmıştı, onu babası kadar hırslı hareket etmediği için fazla barışçıl olarak suçlayanlar da. Hamdullah'a kalsa, şimşek hızıyla ilerleyen fetihlerin ardından Bayezid manevi fetihlere ağırlık vermeye çalışıyor, toprak kazanımlarını ilim ve kültür ile yeşertmeye çabalıyordu. Aksi takdirde babasının kazanımları anlamsız kalacaktı.

Hünkâr kapısında sultanın belirmesiyle birlikte herkes ayağa kalktı.

Bayezid her zamanki mütevazı edasıyla başı önde ilerledi ve Divan üyelerini elini kalbine götürerek selamladı. Bayezid'in başında tahta çıktığı zaman kendi tasarlattığı mücevveze türden beyaz kavuğu, üstünde yeşil renkli ve dar yenli entarisi, kürk astarlı, menekşe rengi kaftanı, sarı deri çizmeleri ve aynı renkte kuşağı vardı. Yeşil entarisindeki Çin bulutu desenleri, kaftanındaki hilal motifleri kabartmalı olarak elbiseye işlendiğinden gözü yormayan bir zarafetle beliriyordu.

Sultanın yerini almasıyla birlikte Divan, ilk gündemi tartışmaya başladı.

Üçüncü Vezir'in gündemi okumasının ardından Yakup Paşa söz aldı:

"Efendim, Edirne'deki büyük depremde bildiğiniz gibi yüzlerce kişi vefat etti; bunun yanında yaralananların, sakat kalanların sayısı da bir hayli fazla. Biz buraya hekimler ve tıbbi malzemeler sevk ediyoruz fakat felaket büyük olunca yarayı sarması da o derece güç oluyor. Allah'ın inayetiyle bu sıkıntının da üstesinden geleceğiz. Allah büyüktür, bu cezayı bize o verdi, buna katlanacağız."

Sultan Bayezid, her zaman yaptığı gibi önce konuşulanı dinliyor, daha sonra kendi düşüncesini tüm açıklığıyla söylüyordu. Bayezid, Yakup Paşa'nınki gibi aşırı bir kaderci anlayışı hiçbir zaman tasvip etmezdi.

"Allah büyüktür, Vezir Efendi, doğru söylüyorsun. Ed-Dar olan Allah En-Nafi'dir de. Hem cezalandırır, hem ferahlatır. El-Mugni olan Allah El-Ganiyy'dir de; kimisini sıkar, kimisine gani gani verir, bazen daraltır, bazen rahatlatır. Fakat cezayı Allah'a yorup, biz kendimizde bir suç aramayacak mıyız? Allah büyüktür, diye diye, gökten hekim inmesini mi bekleyeceğiz? Yarından tezi yok, Edirne'ye büyük bir hastane yapılacak. Buradan ne kadar inşaat ustası, mimar, hafriyatçı gerekiyorsa gönderin. Kısa sürede, buraya, fırsat bu fırsat deyip, dört başı mamur, memleketin en gelişmiş hastanelerinden birini kuralım. Üstelik sıkıntı çeken halk da şehrin yeni baştan inşa edildiğini gördükçe azimlenecek, kendine gelecektir."

Kenardaki tezkireciler sultanın emirlerini hemen not ediyorlar, ertesi güne yetiştirecekleri fermanların taslaklarını böylece hazırlamaya koyuluyorlardı.

Sultan'ın Amasya'daki şehzadelik yıllarından beri yanında olan Şeyh Hamdullah söz aldı. İmparatorluk'taki ulemanın, medrese profesörlerinin saygı duyduğu bir adamdı Hamdullah:

"Sultan Hazretleri müsaade ederlerse bu yapılacak hastaneyi sadece hastane ile güdük bırakmayalım. Yanına o hastanede çalışacak hekimi de yetiştirecek, hasta bakıcıyı da eğitecek büyük bir medrese inşa edelim. Kütüphanesini İbn-i Sina'larla, Galen ve Hipokrat'larla dolduralım. Buradan, rahmetli babanızın yaptırdığı Sahn-ı Seman medreselerinden Âlimler yollayıp ulema yetiştirelim. Hatta ve hatta, müsaade buyurun, Edirne'de, İstanbul'da bile eksikliğini hissettiğimiz ruhani bilimlere, akli hususlara ait güçlü bir okul kuralım. Kadir-i Mutlak'ın bizlere ibret olsun diye gönderdiği garip-lere, kara sevdalılara, aklı kıt olup da kendine zarar verenlere, büyüklerimizin yazdığı gibi su sesiyle, musikiyle, muhabbetle, çeşitli meşgalelerle şifa vermeye çalışalım." Hamdullah her sözünün sonunda yaptığı gibi yine, "Allah-u Âlim," dedi ve başını rahlesine çevirdi.

Sultan Bayezid ilgiyle dinlediği bu önerinin ardından, "Doğru söylersiniz," dedi başını öne doğru usulca sallayarak. Sadrazam Yakup Paşa'ya dönüp, "Hoca'yı duydunuz," diye devam etti. "Benim bir şey eklememe gerek yok. İnşa edilecek bu külliyeden de Muarrifzade'yi tam yetkili kılıyorum. Hoca, size gerekli detayları verecektir."

Yakup Paşa, "Emredersiniz, efendim," diyerek tezkirecilere işaret etti.

"Sonraki gündem nedir?"

Yakup Paşa ikinci vezir Ayas Bey'e döndü. Ayas Bey sıranın kendisine geldiğini anlayınca sıkılarak, Şeyhülislam Ahmet Efendi'nin yüzüne baktı. Bir süre Divan'ın diğer üyeleri üzerinde gözlerini gezdirdi.

"Baba Tekeli denen bir adam var," diye başladı Sadrazam söze. "Güney Anadolu ve İç Anadolu'daki göçebe Türkmenlerin kafalarını bulandırıyormuş. Ben mehdiyim diye atıp tutuyor, İmparatorluk'ta olan deprem ve sel gibi felaketleri kıyametin geldiğine yoruyormuş."

Mehdi lafını duyunca Divan'daki herkes, başta şeyhülislam olmak üzere irkildiler. Bu, son zamanlarda kendini mehdi ilan eden kim bilir kaçıncı şarlatandı. Ama gel gör ki, bu adamların taraftar toplamaları aniden büyüyen bir çığ gibi oluyordu.

"İki sene sonra, yani Hicri 900 yılında kıyametin kopacağını söylüyor, fakir fukara halkı kandırarak taraftar topluyormuş."

Sultan Bayezid, "Bu karşılaştığımız ilk mehdi değil, Vezir Efendi. Bunlar hızla toplanır, bir o kadar hızla da dağılırlar. Seni bu kadar endişelendiren nedir?" dedi.

"Haklısınız efendim," dedi Ayas Bey. "Fakat bu seferki biraz farklı. Baba Tekeli ve yandaşları, İmparatorluk'un başına gelen felaketlerden sizi sorumlu tutuyor, halkı size karşı galeyana getiriyormuş. Üstelik..."

Ayas Bey yine durdu, yutkundu, sultanın yüzüne baktı.

"Üstelik ne, Vezir Efendi? Konuşsana."

"Üstelik, Cem Sultan'ın hakkına girdiğinizi, Allah'ın bu haksızlığı kabul etmeyerek sizin saltanatınızı lanetlediğini iddia ediyormuş."

Cem Sultan lafı duyulur duyulmaz divanda bir uğultudur başladı. On yılı aşkın bir süredir tahtta hak iddia eden kardeşiyle uğraşmak Sultan Bayezid'i o kadar yormuştu ki, mecbur olmadıkça kimse onun adını ağzına almaya yanaşmazdı.

Bayezid, belirli belirsiz bir la havle çekti. Öfkeyle derin bir nefes aldı.

"Söyleyin Vali Hadim Ali Paşa'ya, ilgilensin bu konuyla. Sıkıntı büyürse haberim olsun. Bulsun, çağırtsın bu adamı, konuşsun güzellikle. Bu davasından vazgeçmezse sonuçlarına katlanması gerekeceğini söylesin. Gözünü korkutsun."

Vezirler başlarıyla kararı onayladılar. Herkes sultanın önerisinin en doğru adım olduğu konusunda hemfikirdi.

Bir süre sessizlikten sonra sultan vezirlerine dönerek, "Kardeşimden bir haber var mı? Sağlığı sıhhati nasılmış?" diye sordu. Kimse bu soruyu beklemiyordu. Cem'in İmparatorluk'a bayrak açısına, ağabeyine yıllar yılı kafa tutuşuna ve neden olduğu onca sıkıntı ve karışıklığa rağmen, yıllar sonra ağabeyinin onun hatırını sorması, hâlâ onu kardeşi olarak bağrına basıyor olması Divan'dakileri şaşırtmıştı.

Yakup Paşa kısaca cevapladı:

"Bir değişiklik yok, efendim. Papalık'ta rahatının iyi olduğunu işitiyoruz. Raporlar gün be gün elimize geliyor." Sultan Bayezid, hiçbir Frenk kralına güvenmediğinden ve özellikle Papa'nın ikili oynadığını çok iyi bildiğinden, Avrupa imparatorluklarının hepsinde de en iyi ajanlarını görevlendirmiş, düzenli olarak hepsinden rapor alıyordu. Cem Sultan'ın hangi gün, hangi prensle yemek yediğinden, bir sonraki hafta hangi kralla görüşeceğine dair Bayezid'in kaydını tutturmadığı, istihbarat toplatmadığı bir konu yoktu.

"Peki ya Valide Hanım ve kızı?"

Sultan bu sefer de Cem Sultan'ın annesi, Memluklulara iltica etmiş olan, Mısır'daki üvey annesi ve kızından bahsediyordu.

"Yıllık nafakalarını henüz yeni gönderdik, efendim. Rahatlarının gayet iyi olduğunu işitiyoruz."

"Tekrar mektup yazın, haber gönderin, onların yerinin burası olduğunu, kendilerine hiçbir zarar gelmeden burada yaşayabileceklerini bildirin."

Kim bilir kaç sefer validesini payitahta çağırmıştı da Sultan Bayezid, onu ikna edememişti. Yıllar sonra bile hâlâ deniyor, gönlü bir Osmanlı validesinin yurtdışında sürgün yaşamasına elvermiyordu. Bayezid kardeşini ülkeye çağırmaktan ise yıllar önce, Cem Sultan İmparatorluk'u ikisi arasında bölüşmeyi teklif ettiğinde vazgeçmişti. Babası cennetmekân Fatih'in tırnaklarıyla, kanıyla, aklıyla kurduğu, tek imparator, tek devlet, tek imparatorluk mefkûresini kardeşine peşkeş çektirmeye hiç niyeti yoktu.

Sultan, "Sıradaki konu?" diyerek konu daha fazla uzamadan bir diğer gündem maddesine geçti. Fransa Kralı'nın bir elçi göndermek istediğinden, Rodos Şövalyeleri'nin Akdeniz'deki saldırılarından, Venedik'le yenilenecek anlaşmalardan ve diğer birtakım dışişleri konularının görüşülmesinin ve gerekli üyelerin görüşlerinin alınmasının ardından gözler Yahudi Hahambaşı Moşe Kapsali'ye döndü.

Divan'ın asıl gündem maddesine sıra gelmişti.

Moşe Kapsali, Sultana baktı. Sultan, "Buyur Hahambaşı, seni dinliyoruz," diye söz verince Kapsali ayağa kalktı, başını önüne eğdi ve konuşmasına başladı...

3

"Pek Şerefli ve Cömert; Haysiyetli ve Vakar Sultanımız Bayezid bin Mehmet Muzaffer Daima ve değerli efendiler, hepinizi tevazuuyla selamlıyorum. Değerli padişahımıza beni huzurlarına kabul edip, meclisinde bulunmaya layık gördükleri için en derin şükranlarımı sunuyorum. Devlet-i Âliyye içindeki tüm Yahudilerin ruhani lideri ve temsilcisi olarak cennetmekân babanız Fatih Sultan Mehmet zamanından bu yana bizlere verilen özgürlüklere, ve bunların kat kat artırılarak bizlere yaşama hakkı, ticaret hakkı, toprak hakkı ve daha pek çok insani özgürlüğü tanıdığınız, Yahudi milletine ev sahipliği yapıp, haklarımızı ezdirmediğiniz için sizlere ne kadar teşekkür etsek az, ne kadar önünüzde eğilsek yetersizdir."

Kapsali övgü dolu sözlerinin ardından duraksadı. Divan üyeleri, yaşlı adamın yüzündeki sıkıntıyı rahatlıkla görebiliyorlar, din adamının üzüntülü olduğunu anlayabiliyorlardı.

"Bugün bir garip olarak karşınızdayım. Yeryüzünün şimdiye kadar gördüğü en büyük barbarlığa, en akıl almaz cinayetlere, cehennemde dahi insana reva görülmeyen işkencelere maruz kalan bir milletin temsilcisi, zalimlerin en zalimine katlanmak zorunda kalan, zulümlerden zulüm beğenmek zorunda bırakılan mazlum bir milletin sesiyim. Hepinizin bildiği üzere İspanya'nın Katolik kral ve kraliçesi Ferdinand ve İzabella, geçtiğimiz ay, Müslümanların, Hıristiyanların ve

Yahudilerin el ele, kol kola, huzurla yaşadığı, birbirlerinin nar sularını içtikleri güzel Granada'yı istila eder etmez Yahudilerin kökünü İspanya'dan kazımak için ant içtiler. Belli ki, sekiz asırlık bir İslam İmparatorluğu'nu bitirmenin onlarda yarattığı zafer sarhoşluğu ikisinin de başını epey döndürdü. Müslüman din kardeşlerinize yaşattıkları sıkıntıların ardından sıra şimdi Yahudilere geldi. Gün geçmiyor ki, benim elime bir kurtarış çığlığı, bir yardım feryadı ulaşmasın!"

Kapsali konuştukça Divan üyelerinin kendisine olan ilgisi ve acısı daha da artıyor, yaşlı din adamı boğazı düğümlenerek, yutkuna yutkuna hitabına devam ediyordu. Yanında getirdiği deri çantasının içinden birkaç parça kâğıt çıkardı ve devam etti:

"İşte bu feryatlardan birkaçı, kıymetli efendiler:

'...*Kıymetli dostum, Moşe, sana evimin anahtarını gönderiyorum. Bunu benim için sakla, çünkü artık bu topraklarda benim bir evim yok. Engizisyon karımı cadı diye diri diri yaktı, oğlum gizli bir Yahudi diye işkencede sorgulanırken öldürüldü, biricik kızım Katolik muhafızlarının elinde bir fahişe oldu. Ben sana bu satırları kuytu bir harabede saklanarak yazarken, İtalya'ya giden bir dosta bu mektubu emanet ederken biliyorum ki bunlar benim son satırlarım. Sen bunu okuyorken, ben ve diğer yüzlerce Yahudi üzerinde huzurla yaşayamadığımız toprağın altında dahi huzurla yatıyor olamayacağız. Çünkü küllerimiz tüm İspanya'ya dağılıyor, derelere atılıyor, domuz pisliklerine boşaltılıyor...*'

Kapsali, gözleri dolarak başka bir mektuba geçti:

"'...*Sana yazıyoruz Moşe Kapsali, Akdeniz'in öteki ucundaki İstanbul'da oturan sana yazıyoruz çünkü, dünya bizi artık duymuyor. Akdeniz'deki hiçbir medeniyet, hiçbir kral, hiçbir hükümdar bize kapıyı açmıyor. Özgürlük umuduyla Fransa'ya kaçanlarımız köle olarak satılıyor, Germen krallarının gönderdikleri denizciler, tüm mal varlıklarımıza el koyduktan sonra bizi kurtarmak vaadiyle gemilerine alıyorlar da, sonra denizin ortasında yüzlerce insanı atıp, sonra tekrar İspanya kıyılarına geliyor, yeniden insanları dolduruyor, yeniden denizin dibine boşaltıyorlar... Sana yazıyoruz, çünkü du-*

yuyoruz ki Büyük Türk'ün topraklarında herkes özgürce yaşarmış, insanın diline, dinine, rengine bakılmazmış. Sana yazıyoruz çünkü, biliyoruz ki Osmanoğulları'nın topraklarında Yahudiler zengindir, tüccardır, özgürdür, istedikleri gibi hakla, adaletle yönetilirler. Sana yazıyoruz, Moşe Kapsali, çünkü yazacak başka kimsemiz yok. Sana yalvarıyoruz Kapsali, çünkü biliyoruz ki, sen Koca Türk'ü tanırsın, ondan bizim adımıza yardım isteyebilirsin...'"

Sultan Bayezid, birkaç gün önce İspanya'daki ajanı Kara Davud'dan aldığı mektupta anlatılanları zaten biliyordu; Davud ona Katolik kilisesinin hedeflerinden, Ferdinand ve İzabella'nın gayri-Hıristiyanlar için yapmaya koyuldukları planlardan tüm detayıyla bahsediyordu. Ancak sultan, Divan üyelerinin de yaşanan işkenceleri birinci elden duymalarını istemiş, bu yüzden cennetmekân babasının da bir dostu olan Moşe Kapsali'yi bizzat Divan'a davet etmişti.

Kapsali devam etti:

"Sadece Yahudiler mi zulüm görenler? Hayır efendiler, ne yazık ki, hayır. Biz Yahudi milleti bir günah keçisi gibi Avrupa'nın tüm günahlarının üstümüze yüklenmesine, vebadan sorumlu tutulmaya, verimsiz hasatların günahını çekmeye, hayırsız yöneticilerin sorumsuzluklarına katlanmaya da belki razı olabiliriz. Ama hayır, sıkıntı çeken yalnızca Yahudiler değil, sizin bizzat Müslüman kardeşlerinizdir, değerli efendiler. İşte onlardan biri."

Kapsali, sultandan izin isteyerek Divan'ın kapısında bekleyen bir adamı içeri çağırdı.

Salona, zayıflıktan avurtları göçmüş, yorgunluktan gözlerinin altı çökmüş, esmer tenli kara kaşlı ve kara gözlü bir Berberi girdi.

Sultan Bayezid, adamdan Arapça olarak kendini tanıtmasını rica etti. Ve bitkin adam bir süre sessiz kaldıktan sonra konuşmaya başladı:

"Ben son Granada hükümdarı Ebu Abdullah On İkinci Muhammed'in bir askeriyim. Hükümdar şehri Ferdinand ve İzabella'ya teslim edip de bizi arkada bırakınca, Katoliklerin bize dokunmayacaklarına dair söz almıştık. Hükümdarımızın yaptığı anlaşma gereğince camilerimize dokunulmayacak, ibadetimize izin verilecek, şehirdeki yaşantımıza karışılmayacaktı. Fakat daha ertesi gün, camilerimizi domuz ahırı olarak kullanmaya başladılar, kadınlarımıza sarkıntılık etmeye. Şimdi tıpkı Yahudilere yaptıkları gibi, bizi de ya Katolik olmaya ya da ülkeyi terk etmeye zorlayacaklarını söylüyorlar. Ülkeden Yahudileri attıktan sonra sıranın geride kalan Müslümanlara geleceğini ima ediyorlar."

Adam bizzat şahit olduğu bir-iki akıl almaz olayı anlattıktan sonra bir İtalyan gemisine köle olarak satıldığından ve İstanbul'a demirleyen gemiden son anda kaçabildiğinden bahsetti ve devam etti:

"Yalvarıyorum efendiler, bir şeyler yapın. Bize dediler ki, Koca Türk sultanı, Endülüs'ü, Tarık'ın gözbebeğini, Müslümanların en batı noktasını, ışıkların ilk defa sokakları aydınlattığı, felsefenin doruğa ulaştığı, ilmin hayatın her alanını kuşattığı bu toprakları sahipsiz bırakmaz. Bize dediler ki, koca bir Türk ordusu her an ufukta görünecek. Hep bu umutla bekledik. Hiç kimse gelmezse bile Türkler gelir, bizi yalnız bırakmazlar dedik."

Endülüslünün her sözü demirden bir balyoz gibi salonun tam ortasına güm güm iniyordu.

"İşte şimdi karşınızdayım," diye bitirdi konuşmasını perişan haldeki adam. "Çok geç olmadan artık bir şeyler yapın. Endülüs İslam İmparatorluğu artık yok. Bari geride kalanlara bir yardım eli uzatın. Çünkü siz uzatmazsanız kimse uzatmayacak."

Endülüslü acı acı öksürmeye başladı. Bir elinde mendil, ağzını kapatarak dışarıya çıktı. Zaten söyleyecekleri de bitmişti.

Yahudi Hahambaşı da yerine oturmuştu.

Divan üyelerinin ağzını bir süre bıçak açmadı.

Sultan Bayezid, İmparatorluk'taki Hıristiyanların ruhani lideri olan patriğe dönerek, "Patrik Efendi, sen nasıl açıklıyorsun bu Katoliklerin yaptığını? Bunun dinde yeri var mıdır?" diye sordu.

Patrik, "Sümme Haşa, Büyük Sultan, Hıristiyanlık'ın felsefesi siz de çok iyi biliyorsunuz ki, bir tokadı yediğiniz zaman diğer yanağınızı çevirmektir. Yüce Hz. İsa, tüm hayatını işkence ve zorluklarla geçirirken bir kere bile zorbalığa yönelmemiş, insanları ikna etmeye çalışmaktan yüz çevirmemiştir. Katolik Ferdinand ve İzabella ve onların dini lideri Torquemada çok açık bir şekilde sapkınlık içindedir. Yaptıklarının hiçbir şekilde onaylanır bir tarafı yoktur."

"Pekâlâ efendiler," dedi Sultan toplantının sonunda, "Bu konuyu düşüneceğiz ve Devlet-i Âliyye'ye yakışır şekilde bir karar alacağız."

Hattat Hamdullah önündeki satırlara Divan'ın son dakikalarını kaydederken gözünün ucuyla Kaptan-ı Derya Kemal Reis'e bakıyordu. Reis, kendinden emin bir şekilde oturuyor, konuşulanları dinliyordu. Hamdullah öyle seziyordu ki, bu Endülüs harekâtının altından olsa olsa Kemal Reis kalkardı.

Hamdullah yanılmayacaktı.

4

"Bu işi en az tantanayla, gizlice halletmemiz lazım," dedi Bayezid. Yanında fikirlerini her zaman dinlediği Hamdullah, az sonra önemli bir görev vereceği Kaptan-ı Derya Kemal Reis, iki kıdemli veziri ve de Yahudi Hahambaşı Kapsali bulunuyordu. Divan toplantısının ardından Bayezid kendi özel dairesine geçmişti.

Bayezid, vezirlerine dönerek devam etti:

"Adamları dinlediniz. Zavallı insanlar... Osmanoğulları bu işte sessiz kalamaz. Gelgelelim, İspanya krallığına topyekûn bir savaş ilan edemeyiz. Ne yapacaksak bunu gizlice yapmamız gerekiyor."

Osmanlılar'ın İspanya Krallığı'na savaşı demek yeryüzündeki en büyük Katolik güçle karşı karşıya gelmek demekti. Gerçi Sultan Bayezid bundan çekinmiyor, sürekli sayılarını artırdığı donanmalarının İspanya armadalarına artık kafa tutacak güçte olduğunu düşünüyordu. Fakat sorun şuydu ki, Katolik bir güce yapılacak harekât Papalığa yapılmış olacaktı ve bu da Papa'yı doğrudan karşılarına almak demekti. Böyle bir durumda da Papa, elinde tuttuğu Bayezid'in kardeşi Cem'i yeni sultan olarak destekleyebilir ve durduk yerde hem içerde hem dışarıda düşman yaratır, devletin bekasını zora sokardı.

Vezirleri sultanla hemfikirdi. Bu iş için özel bir görevlendirme gerekiyordu.

Sultan, Kemal Reis'in yanına yaklaştı. Reis'in deniz gibi mavi gözlerine baktı:

"Reis," dedi, "üç-beş parçalık küçük bir donanmayla eski adamlarından güvendiklerini topla. Asker görünümünde olmaksızın bu adamlarla yola çık ve Malaga Limanı'ndan taşıyabildiğin kadar Yahudi ve Müslümanı bizim topraklarımıza getir."

Reis kendisine söyleneni ikiletmeden, "Emredersiniz sultanım," dedi. Usta denizci, bu iş için kimleri yanına alması gerektiğine çoktan karar vermişti bile. Akdeniz'in korsan dayılarını, üç yıl öncesine kadar devlet görevini kabul etmeden önce borda bordaya, dirsek dirseğe çarpıştığı dostlarını teker teker bulacaktı.

Vezirlerden Yakup Paşa, "Fakat bir sorun var efendim," diyerek söze girdi. "Ufak tefek kadırgalarla ne kadar kişi taşınabilir ki?"

Bayezid, vezire döndü, "Ben onu da düşündüm," dedi. "Tersane amirini bir an önce yanıma çağırın, ona söyleyeceklerim var."

Bu ana kadar sessiz kalan Yahudi Hahambaşı, başını önüne eğerek sultana yaklaştı. Konuşmak için izin ister gibiydi. Sultan Bayezid, Kapsali'ya istediği işareti verince, beriki, "Sultanım, Endülüs'teki Yahudi ahalisi arasında bir adam var ki bizim için çok önemli," dedi. "Bu gencin babasını ve amcasını ben cennetmekân babanız Fatih döneminde bir Avrupa ziyaretinde tanımıştım. Babanızdan sürekli hayırla bahsederlerdi..." Hahambaşı böylelikle sultana David Marrano adındaki bu adamı anlatmaya koyuldu.

Bayezid, dostu Kapsali'yi dinledikçe kendi kendine söylendi:

"Allah bu Ferdinand ve İzabella'ya akıl fikir versin. Bu insanlar nasıl bu kadar budala olabiliyorlar ki kendi ülkelerinin zenginliklerini böyle hunharca gözden çıkarabiliyorlar!"

5

David Marrano, Santa Maria La Blanca Kilisesi'nin bembeyaz kemerli sütunlarını seyrediyordu. Pazar ayinlerinde, Toledo'nun güneybatısındaki Yahudi gettosu ile şehrin geri kalan Katolik bölgesinin neredeyse tam ortasında kalan bu kiliseye gelmeyi çok severdi. Yaklaşık üç asır önce, XII. yüzyılda, yani Altın Çağ adı verilen dönemin sonlarında yapılan bu kilisenin, ki o "tapınak" demeyi daha çok severdi, kendi ruhuna dair pek çok şeyi çağrıştırdığını hissediyordu. Yüzyüz elli kişilik bir grup, yüksek sesle, hep bir ağızdan Peder Ximenes de Cisneros önderliğinde Latince *Ave Maria* ilahisini söylerken, David kalabalığın arasında kilisenin, kendi tarihinin bir izdüşümü olduğuna inanırdı. Mabedin duvarlarındaki bu görsel gezinti, onun belki de inanmadığı bir ilahiyi söylerken yaşadığı sıkıntıdan kurtulmak için geliştirdiği bir oyundu.

Hemen yanında duran kardeşi Samuel, dirseğiyle onun koluna vurarak, "Yine etrafa bakınmaya başlama!" diye fısıldadı öfkeyle. Gözleri, kilisenin ortasında, kalabalığa doğru dönük olan rahipteydi. Onlar arka sıralarda olsalar da, David'in uzun boyu rahatlıkla dikkatleri üzerlerine çekebiliyordu ve Samuel bu durumdan hiç hoşlanmıyordu.

"Yine başımızı belaya sokacaksın!"

Kardeşi sinirden küplere binerken, David tebessüm ederek bakışlarını binada gezdirmeye devam etti. Bir asır öncesine kadar bir sinagog olan bu tapınak, zamanında şehrin en güzel, en asil, en zarif yapılarından biriydi. Yahudilerin kendi mahallelerine itilmeye, zaman zaman sarı yamaları yakalarına bir utanç alameti gibi takmaya zorlandıkları bir dönem olsa da, o zamanların Toledo'sunun şimdiki kadar yasakçı ve baskıcı bir yer olmadığı ortadaydı. Gerçi, üç asır öncesi, Müslüman hükümdarların egemenliğindeki, Yahudi, Hıristiyan ve Müslümanların yan yana oturduğu hoşgörüyle kıyaslanamasa da, Hıristiyan kral VIII. Alfonso, Yahudilere bir sinagog yaptıracak kadar hoşgörü sahibi bir hükümdardı. İbadethanenin geri kalanı gibi beyaz renkli, altıgen onlarca sütun üzerinde yükselen at nalı kemerleri Müdejar ve Müvahhid, yani İslami mimarisinin etkisiyle yapılmıştı. Kemerlerin üstüne bindiği sütunlara yerleştirilen, kahverengi renkteki kozalak ve diğer bitkisel motifler de yine bu geleneğin ürünüydü. Kilisenin içindeki onlarca kemer ise hiç şüphesiz Büyük Kurtuba Camii'ne öykünerek inşa edilmişti. Zira David, dört asırlık Müslüman egemenliğinin ardından Toledo'nun Hıristiyanlarca ele geçirilişinden sonra yapılan bu sinagogun, eski bir caminin kalıntıları üzerine kurulduğunu söyleyenleri de dinlemişti.

Bu söylentiler doğru olsun ya da olmasın, İslamî tarzda inşa edilen bir sinagogun şimdi bir kilise oluşu, onun on yıllar önce Yahudilere karşı gerçekleşen halk ayaklanmasıyla Katoliklik'e zorlanan babasını hatırlatıyordu. Bu yüzden "marrano" demişlerdi onlara; Yahudi dönmelerinin toplumdaki hakir görülen adı.

Samuel bir taraftan ilahiyi söylerken, bir taraftan da David'i uyarmak için ağabeyine bir tane daha dirsek geçirdi.

David ne kadar uğraşırsa uğraşsın, onun kendi Hıristiyanlığı da ancak Santa Maria La Blanca'nın kiliseliği kadardı. Binanın meydanında, şu anda tam karşısında duran koca haç ve onun üstünde çarmıha gerilen Hz. İsa'nın büyük bedeni, hemen altındaki Meryem Ana tasvirinden oluşan Madonna ve kucağındaki bebek İsa heykeli buranın bir Katolik mabedi olduğunu gösteriyordu. Ama binanın Batı Avrupa'da olduğu gibi, bölgedeki diğer kiliselerle karşılaştırıldığında ne Gotik, sivri bir çatısı, ne camlarında rengârenk İncil tasvirlerinin bulunduğu resimlerinin oluşu ona eğreti bir hava katıyor, sonradan zorla kiliseye çevrilmiş binalara özgü o karaktersiz havayı yansıtıyordu. Sinagoga sonradan yama gibi eklenen kilise çanı kulesi de sırıtıyordu.

Samuel bu sefer sertçe ağabeyinin ayağına bastı.

David ayağının acısıyla rüyadan uyanır gibi başını önüne doğrulttu, karşısında duran Peder Cisneros ile birden göz göze geldi.

"Herif yarım saattir seni izliyor!" diye fısıldadı dişlerinin arasından Samuel. Gerçekten de Cisneros başını iki eli arasında tuttuğu ayin kitabından kaldırmış, onların bulunduğu tarafa doğru bakıyordu. Din adamının ne zamandır onlara bakıp bakmadığını tam olarak anlayamadı ama, David durumu fark eder etmez telaşla ağız hareketlerini daha çok belli ederek okumaya, ilahiyi daha belirgin söylemeye çalıştı. Bu Latince ilahiyi ezberlemek için ne kadar da çok uğraşmıştı; tıpkı Katolik geleneğine göre haç çıkarma, itirafta bulunma, dua etme ritüellerini dört dörtlük öğrenmeye çalıştığı gibi.. En ufak bir hatası şimşekleri üzerine çekebilir, Hıristiyanlığı hakkında kuşku yaratabilirdi. Gerçi bu David'in giriştiği işlerle kıyaslandığında endişe etmesi gereken belki de son şeydi. Bir pazar günü kendi kasabası Montalban'daki kilise yerine Toledo'ya gelişi de yine böyle bir işle ilgiliydi. Ama onun asıl merak ettiği Esther'di. Acaba bugün onu görebilecek miydi?

Esther'in yeni doğan küçük kardeşi için yapılacak *Brit Milah* töreni kilise ayininden hemen sonraydı ve David artık sabırsızlanıyordu.

6

Genç adam, karısının geldiğini merdivendeki seslerden değil, sıcacık ekmek kokusundan anlamıştı. Şehr-i İstanbul'un ocaklarında İmparatorluk'un en güzel ekmekleri pişirilirdi.

Salladığı beşiğin içinde uyumaktan başka her şeyi yapmaya hazır gibi duran bebeğe bakarak, "Anne geldi, küçük Filiz," dedi gülümseyerek. Bebeğin yüzüne işaret parmağını getirip hızlı hızlı kıpırdattı. Kızının annesine çeken kahve, toprak rengi gözleri fıldır fıldır etrafta dolanıyordu. Küçük elini babasının parmağına dolayan Filiz bebek parmağı ağzına götürmeye çalıştı. Ahşap bir evin ikinci katındaki genişçe salonun köşesindeydiler. Sedirin üstünde bir tarafına elyazması bir kitap koyan genç adam, diğer taraftan da yanına yerleştirdiği küçük beşiği sallayarak bebeği uyutmaya çalışıyordu. Hemen yanlarındaki camdan, artık iyice yükselen güneşin ışığı vuruyordu. Camdaki manzarada sanki bir tablo gibi şehrin meydanındaki Ayasofya'nın kubbesi görünüyor, mabedin minareleri masmavi gökyüzünü sivri birer kalem gibi deliyordu.

Ekmeğin kokusunu duyduğunda ne iyice acıkan karnını doyuracağına ne de artık annesinin bebeği uyutabileceğine sevindi adam; hayır, en çok, artık kitabını doya doya okuyabileceği için mutlu gibiydi.

"Yine uyutamadın değil mi?" diye sitem ederek merdivenin ağzında belirdi genç kadın. Kucağında bir silibezine dolanmış, az önce mahallenin diğer kadınlarıyla ocakta pişirdiği ekmek somununu tutuyordu. Kızdığında her zaman yaptığı gibi başını yana doğru eğmiş, sanki baba-kıza değil de anneleri yokken yaramazlık yapan iki küçük kardeşe bakıyor gibiydi.

Kadın dışarı çıkarken giydiği feracesini lale işlemeli ahşap bir askıya asarken, adam "Uyumadı, Elif'çiğim, ben ne yapayım," diyerek hemen ayağa sıçradı. Karısının yanına giderek, beyaz zemin üzerine siyah geyik desenleri olan silibezine doğru yöneldi. Elif, ekmeği yan tarafa doğru kaçırarak kocasının etrafından dolandı ve "Sana ekmek falan yok!" dedi şakayla karışık. "Uyumayınca huzursuzlaşıyor, biliyorsun. Yine türlü şaklabanlıklar yaptın, uyutmadın çocuğu değil mi?!"

Baba-kızı ne zaman baş başa bıraksa, adam bebeği uyutmak yerine onun dikkatini daha çok cezbeden, yüzünü şekilden şekle sokan hareketler yapardı. Kadın, salonun öte başındaki mutfağa girerek ekmeği tezgâha koydu. Sonra tam karşıdaki duvarın dibine giderek evden çıkmadan hazır ettiği cabanın altındaki közleri maşayla karıştırdı. Dışarıdaki bahçenin erik ağaçlarında ötüşen kuşların sesleri mutfağının camından içeri giriyordu.

"Ocak da sönmüş! Aferin!" diye söylendi Elif. Bu sefer gerçekten kızmış gibiydi.

Onun peşinden hemen mutfağa giren adam, "Yok, vallahi, uyutmaya çalıştım," dedi suçunu bilen ama yine de kendini savunma ihtiyacı hisseden yaramaz bir çocuk gibi. Karısı ocağın altını karıştırırken o da tezgâhın üstündeki silibezini çözdü ve sıcacık samuna eğilerek ekmeği kokladı. Derin bir nefes çekip "Oh, mis gibi!" dedi. Arkasını dönen karısı bu sefer sevgi ve şefkat dolu bir ifadeyle başını yana doğru eğdi. Adamın sıcacık, taze pişmiş ekmeği yemekten daha çok hoşuna giden bir şey varsa o da yeni pişmiş ekmeği koklamak olduğunu çok iyi bilirdi. Fırından her ekmek getirişinde adam ekmeğin etrafında aç bir kurt gibi dolanır, sonra da şimdi yaptığı şekilde üzerine eğilir, kokuyu derin derin içine çekerdi.

Elif, "Yeme sakın! İştahını keseceksin yine," diyerek tekrar salona, bebeğin yanına gitti. "Hem kapat üstünü, soğumasın. Yemeğin pişmesine daha var."

Adam karısını isteksizce dinleyerek, ekmeği tekrar silibezine doladı ve salona çıktı. Annesi bebeği kucaklarken uzaktan karısına baktı. Elif'in yedi ay önce doğurmuş olmasına rağmen hâlâ, iki yıl önce evlendikleri günkü kadar zarif ve güzel olduğunu düşündü. Kadının başındaki fıstık yeşili yaşmağının uçlarından kendisinin ördüğü dantelalar sarkıyordu. Kırmızı entarisinin düğmelerini açarak dolgun memelerinden bir tanesini bebeğin ağzına verdi. Adam, bebeğin yerinde şimdi kendi olmak isterdi. Karısının dolgun göğüslerini, ama en çok da incecik beline tezat oluşturan geniş kalçasını severdi. Bacaklarının ise antik Yunan mabetlerinin yarı beyaz, yarı ten rengindeki görkemli sütunları kadar mağrur olduklarını düşünürdü. O sütunlar arasında hemen şimdi tekrar gezinmek ister gibi karısına bakıyordu.

Elif'in arkasından yanaşarak onun beline yapıştı ve yaşmağını çözdü. Genç kadın gülümseyerek başını hafifçe arkaya çevirdi: "Görmüyor musun, bebeği emziriyorum canım. Şimdi olmaz.."

Adam "Bir şey yaptığım yok," dedi. Karısının kahveye çalan saçlarına burnunu gömerek kokladı. Sanki afyon çekmiş bir keş gibi kendinden geçti. Vücudunu karısına iyice yapıştırdıktan sonra ellerini onun kalçalarına indirdi.

Kadın tekrar "Şimdi olmaz," diyerek öte tarafa kaçtı. Duvarda asılı, kendisinin yaptığı bir minyatürün altına, yere oturdu. Odanın öte ucundaki camdan giren güneş ışığı kadının tam yüzüne vuruyordu; yüzünü güneşten kaçırmak için başını öbür tarafa çevirdi.

"Fena mı olur, kardeş gelir, beraber oynarlar," diyerek gülümsedi adam.

"Tabii senin için söylemesi kolay," diye çıkıştı Elif. "Odana kapanıp kitapların arasına gömülüyor ya da saraydan saatlerce gelmiyorsun. Canın çektikçe de bebeği sevmesini biliyorsun."

Adam yine söz dinlemez bir çocuk gibi tekrar karısının yanına yanaştı. O sırada ezan okunmaya başladı.

"Haydi abdest al da namazını kıl,"dedi kadın. "Sonra da yemek yeriz."

Genç adam "Sonra?" diye yaramaz çocuk gibi karısına baktı. Karısının yüzünü okuduğu şiirlerdeki gibi ay parçasına, kirpiklerini ise kendine bakanları kıskandıran birer hilale benzetti. Elif utanarak başını önüne eğdi. Bebek, annesini emmeye devam ediyordu.

Kadının yüzüne vuran güneş ışığı gittikçe arttı, sonra adamın gözünü kamaştıran bir hal aldı. Gittikçe beyazlaştı, genişledi ve tüm salonu kapladı. Sonra hızla uzaklaşan bir tünelin ağzındaki ışık gibi küçüldü, küçüldü, küçüldü. Bir karartının ortasındaki tek bir nokta haline geldikten sonra ortadan kayboldu. Simsiyah, zifiri karanlık bir süre devam etti.

Davud o sırada gözlerini açarak yatakta doğruldu.

Terden sırılsıklam, saçları darmadağınıktı. Çok yorulmuş gibi kalbi güm güm atıyor, hızlı hızlı nefes alıyordu. İspanya'da yaşadığı manastırın küçücük, kapkara odasının duvarlarına bakındı. Yatağının hemen yanında üstü kitap dolu, ahşap, eskimiş bir masa, onun önünde bir sandalye ve tahta kapakları olan küçücük bir pencere vardı. Yatağının tam üstünde bir haç asılıydı. Burnuna manastırda her sabah pişirilen ekmeğin kokusu geliyordu.

Başını önüne eğerek "Neden Allahım!?" diyerek umutsuzca söylendi. "Neden?"

Dışarıda öten kuşları duyduğunda geç kaldığını anladı; seher vaktiydi. Abasını giymek üzere yataktan kalktı. Yıllardır beklediği haberi bugün almayı umuyordu.

7

"Bu gettoda yakalanırsak işimiz bitti demektir!" diye telaşla söylendi Samuel.

İkili, kilise vaazının ardından yola koyulmuştu. Yahudi mahallesinin en dar sokaklarından Santo Tome Caddesi üzerindeki bir aralıkta, sırtlarını duvara dayamış, yoldan geçen bir grubun gözden kaybolmasını beklemek için saklanmışlardı.

"Endişe edecek bir şey yok, boşuna telaşlanıyorsun. Etrafta papaz ya da keşiş görünmüyor."

"Papazlardan korkan kim!?" diye öfkeyle cevap verdi Samuel. Ağabeyinin serinkanlılığı onu deli ediyordu. "Şimdilerde Yahudiler, kendi dindaşlarını satmak için Hıristiyanlardan daha hevesli!"

David, Samuel'in haklılık payı var, diye düşündü. On yıl önce Toledo'da ilk defa bir Engizisyon mahkemesi kurulalı beri suçlu suçsuz pek çok kişi "sapkın" olarak yargılanmış, bunların suçları hakkında tanıklık edenlerin pek çoğunun da Yahudi olduğuna inanılır olmuştu. Tanıkların kim olduğundan kesin emin olunamıyordu, çünkü mahkeme kurallarına göre isteyen kişi, istediğini suçlayabilir ve bu kişinin kimliği hiçbir şekilde ifşa edilemezdi.

David kafasını ana caddeye doğru çıkartıp etrafta şüpheli birileri olmadığını anlayınca kardeşiyle beraber tekrar yola koyuldu. Bir süre hızlı hızlı yürüdükten sonra ikili Reyes Catolicos Caddesi'ne çıktılar. Burada inşaatı hâlâ devam eden büyük San Juan de Los Reyes Katedrali'ni görünce tekrar bir ara sokağa saptılar.

"Sanki Katedral yapacak başka bir yer kalmadı!" dedi Samuel kızgınlıkla. "Adamlar koca şehri kurutup Yahudi mahallesinin tam ortasına kilise yapıyorlar. Üstelik en büyüğünü!"

Katedralin inşaat emri bizzat Kraliçe İzabella tarafından verilmişti ve gerçekten de sadece Toledo'nun değil, bütün İspanya'nın en büyük Hıristiyan mabetlerinden biri olması amaçlanmıştı. 1477'den beri, neredeyse on beş yıldır devam eden bir inşaattı. Burada denetim yapan bir keşişin bile onları bu sokaklarda görmesi kuşku uyandırabilirdi. Yahudi dönmesi Hıristiyanların tekrar Yahudi mahallelerinde boy göstermelerine Engizisyon birinci dereceden takiyye suçuna en büyük delil sayardı.

David'in aklı ise ne katedralde, ne de yakalanmaktaydı; tek düşündüğü Esther'in bugün de ona soğuk davranıp davranmayacağıydı. Yol boyunca aklı hep ondaydı.

"Bu törene katılmasak olmuyor muydu?" diye sordu Samuel alacağı cevabı tahmin ederek.

David kızarak kardeşinin yüzüne baktı.

"Yani, diyorum ki," dedi Samuel umutsuzca, "bu riske değer mi?"

"Yapacağımız kâğıt pazarlığı için zaten şehre gelmemiz gerekiyordu," dedi David.

"Müslümanların yaşadığı yer şehrin öbür ucunda, bu gettoya gelmeden de işimizi halledebilirdik."

Bir süre sessizlikten sonra Samuel tekrar, "Yine o kızı görmeye çalışıyorsun, değil mi?" dedi.

"İshak Abravanel ile konuşacaklarım var," dedi David inandırıcı olmayan bir ifadeyle.

"Kraliyetin bir numaralı finans danışmanının gerçekten buraya geleceğini düşünüyor musun?"

"Abraham De Silva ile onun yakın dost olduklarını biliyorsun." David, Esther'in babasından bahsediyordu.

"Yani sen şimdi bu eve Esther için gitmiyorsun öyle mi?"

David, ağabeyinin yüzüne bakmaktan kaçınarak cevap vermedi, Samuel de daha fazla üstelemedi.

"Sakın İshak Abravanel'in de burnuna dokunayım deme, gözünü seveyim, Samuel."

"Merak etme, o gelmez, zaten boşuna endişeleniyorsun."

Bölgenin en büyük sinagogu El Transito'yu gördüklerinde ikisi de rahatladılar; eve yakınlaştıklarını anladılar. Sinagogun hemen arkasındaki bahçeli evlerde şehrin durumu iyi olan Yahudileri yaşardı. Esther'in ailesi De Silvalar da, Tejo nehrine bakan bu güzel evlerden birindeydi.

Samuel, kapıya telaşla vururken, bir taraftan da onları birisinin görüp görmediğini kontrol etmek için etrafına bakınıyordu. "Açın! Açın, biz geldik!" diye fazla bağırmadan sesini içerdekilere duyurmaya çalıştı. David hemen arkasındaydı.

Kapıyı De Silvalar'ın yan komşularının en büyük oğlu Yehuda açtı. İkiliyi gördüğüne pek sevinmemiş gibiydi. Sadece başı görünecek şekilde dışarı bakarak, David ve Samuel'in hemen içeri girmelerini işaret etti. "Başladılar mı?" dedi Samuel.

"Şimdi başlamak üzereydik," diye fısıldayarak cevap verdi Yehuda. "Herkesin geldiğini sanmıştık," dedi onları gördüğüne şaşırdığını belli ederek.

"Komünyon çok uzun sürdü. Kilise bugün her zamankinden daha kalabalıktı. İsa Tanrı'ya inananların sayısı her geçen gün artıyor."

"Ya da ondan korkanların," diye ekledi David kardeşinin cevabına. Yehuda'nın rahatsızlığını anlamıştı.

Evin büyük salonuna girdiklerinde içerdeki bir düzine kadar kişinin yanında yerlerini aldılar ve küçük Yusuf Hamon'ın *Brit Milah,* yani sünnet törenini izlemeye koyuldular. Bölgenin tüm seçkin Yahudileri buradaydı. Nassiler, Yusuf Karo, İbrahim Zakuto ve aileleri hep törendeydi. David'in gözleri Esther'i arıyordu.

Kalabalığın ortasındaki dairede iki sandalye duruyordu. Bunlardan biri Eliyahu peygamberin manevi olarak orada bulunduğuna inanıldığından, onun için ayrılan sandalye, diğeri ise törende *Sadek* sıfatıyla anılan, yani bebeği tutacak erkeğin oturduğuydu. David, bu sandalyede İshak Abravanel'in olduğunu görünce şaşırdı. Esther'in babasının şehrin en varlıklı Yahudilerinden olduğunu biliyordu ama ne kadar bunu umut etse de Senyör Abravanel gibi Kral Ferdinand'ın başdanışmanlarından birini bugün burada görmeyi gerçekten beklemiyordu.

Samuel'in oynatmaya başladığı işaret parmağına vurarak sessizce "Aklından bile geçirme!" dedi. Bir Engizisyon şövalyesi, babalarının burnunu gözlerinin önünde diri diri doğrayalı beri Samuel tanıştığı her kişinin burnuna dokunma gibi garip bir huy geliştirmişti ve olur olmaz zamanlarda bu huyu başına dert açıyordu.

Bu arada yeni evli bir çift içeriye dualarla birlikte bebeği getiriyorlardı. Bebeğin manevi anne babası olacak çift genelde yeni evli bir çift olurdu ki, bu, artık onlardan da çocuk beklendiğinin dolaylı ve zarif bir işaretiydi. Çift utangaç ifadelerle bebeği Sadek'e doğru taşırken David onların hemen arkalarındaki, bebeğin büyük ablası Esther'i sonunda gördü.

Kızın bembeyaz entarisi, siyah saçları ve kara gözlerine tam bir tezat oluşturuyor, belindeki gökyüzü mavisi kuşağı, incecik beline sanki nispet yapıyordu. Her zaman olduğu gibi David, Esther'in saçının arka kısmını kapatacak şekilde başını *tiçel* eşarpla bağladığını gördüğünde yüreği güm güm atmaya başladı. Evli olmadığı halde Esther'in, uçları mavi püsküllü bu beyaz eşarpla başını bağlayışı *tzenuth* geleneğine göre uzun siyah saçlarının çok fazla dikkat çekmesini engellemek isteğinden kaynaklansa da her seferinde David, "Acaba?" mı diye korkmadan edemiyordu. Kızın boynundaki gümüş Hamsa kolyesi etraftaki mumların ışığını yansıttıkça insanın gözünü alıyordu. Hz. Musa'nın kardeşi *Meryem'in Eli* ya da *Fatma'nın Eli* de denen bu kolyenin avuç içindeki gözün, onu takanı kem gözlerden koruduğuna, elin de Tevrat'ın beş parmağını sembolize ettiğine inanılırdı. David, Esther'in bu kolyeyi bir kere dahi çıkardığını görmemişti.

Gözleri kızın buğday tenli yüzüyle buluştuğunda onu fark ettiğini anladı. Zira kalabalık arasında David'in kıyafeti etrafındakiler arasında adeta sırıtıyordu. Onun üzerinde yanındaki erkeklerin omuzlarına dolalı, mavi çizgili beyaz *tallit* şalları, beyaz *kittel* cüppeleri ya da kafalarındaki kippalardan hiçbiri yoktu. Kızın tebessüm dolu yüzü onu gördüğünde birden düştü. David'in her zaman içinde taşıdığı umut yine paramparça olmuştu. Sanki Esther, onun bir pazar ayininden sonra buraya geldiğini sezmişti. David ise bebeği taşıyan evli Yahudi çifte bakarak onların yerine kendisini ve Esther'i koyuyor, kafasında kim bilir kaç kere hayal ettiği bu görüntüyü yeniden izliyordu.

Bebek Sadek'in kucağına verilince, brit'i gerçekleştirecek Mohel duayı okumaya başladı:

"Barukh ata Adonai Eloheinu melekh haolam..."

İşte tekrar oluyordu: Duanın başlamasıyla birlikte David'i içinde bulunduğu hayal kırıklığından bir an da olsa çıkaracak o şey yine oldu. İbranice cümleler, David'in gözünde önce yazı olarak tersinden belirdi, sonra cümlelere, kelimelere ve harflere dönüştü. *Beit*'ler, *alef*'ler, *reiş*'ler, *kaf*'lar ve *vav*'lar sanki birer birer önündeki hayalî sayfaya teker teker basılmaya başladılar. İbranice her metni duyduğunda olduğu gibi David yine içgüdülerinin verdiği bir teyakkuzla harflerin dizilişini düşünüyor, satır sonunda kalacak boşluğu hesaplıyordu. Satır başına gelen harfler kırmızı mürekkeple havada asılı kalıyor, arkadan siyah renkli kelimeler ardı ardına diziliyor, bir aynadaki izdüşümü gibi David'in gözünde tersine beliren harfler, kâğıtla bütünleştiklerinde gerçek anlamlarını kazanıyorlardı.

Fakat bu an fazla uzun sürmedi. Tam karşısında, salonun öbür ucunda, Yehuda'nın durduğunu gördü. Daha da kötüsü Esther, Yehuda'nın tam yanına geçmişti. Bunun bir rastlantı mı yoksa bilinçli bir hareket olduğunu anlayamasa da, David, karşısındaki oğlanın zevk dolu bakışlarından hiç hoşlanmamıştı. Hemen yan taraftaki evde yaşayan Yehuda'nın da öteden beri Esther'le evlenmek istediği biliniyordu. Yehuda, bir tarafı kenara kaymış olan omzundaki tallit'i özenle düzeltti.

Bebek ağlamaya başladığında herkes mutlulukla dua ediyor, karnı iyice acıkan Samuel tören sonrası verilecek yemek için sabırsızlanıyordu. Güm güm kapı çaldığında, hiç kimse yeni bir misafir beklemiyordu.

Misafirlerden biri şeytan görmüş gibi bir yüz ifadesiyle "Engizisyon Muhafızları!" diye korku dolu bir çığlıkla salona koştuğunda bütün gözler David ve Samuel'e çevrildi. Herkes, bu iki kardeşin rahipler tarafından burada görüldüğü takdirde evden birer ölüm mahkûmu olarak çıkacaklarını düşünüyordu.

Yehuda, "Kendileriyle birlikte belalarını da getirdiler," dedi kin dolu bir sesle.

8

Yeniçeri, saklandığı duvarın arkasından, harabelerin ortasında gezinen adama dikkatle baktı. Yıllar yılı adını duyduğu, İmparatorluk'un en gizli, ama ironik bir şekilde en meşhur ajanı şimdi kendisinden bir taş atımı kadar uzaklıktaki bu keşiş miydi? Paris'te bir kralın idamına sebep olan, Budapeşte'de bir prensin hayatının kurtarılmasını sağlayan, sanki bir hayalet gibi tüm Avrupa krallıklarında dolaşıp Sultan Bayezid'e raporlar gönderen gerçekten bu adam mıydı?

Kurtuba'nın beş kilometre kuzeybatısındaki Medine El-Zehra harabelerine gelmek için Granada'dan buraya iki gün boyunca neredeyse hiç durmadan at süren yeniçeri, buluşma noktasına geldiğinde bir süre adamı izlemenin, onun doğru kişi olup olmadığını anlamının iyi bir fikir olduğunu düşünmüştü. Sierra Morena Dağları'nın eteklerinde çok geniş bir araziye yayılı harabeler tamamen terk edilmiş, boş arazilerle sarılmış hayalet bir kasabayı andırıyordu. Koca vadide yeniçeri ve keşişten başka kimsecikler yoktu. Aldığı emirleri tekrar düşünen yeniçeri, karşısında bir keşiş göreceğini biliyordu, ama şimdi 1.90 boyunda, oldukça uzun ama bir o kadar da zayıf görünen bu adamın, aralarındaki uzaklığın da etkisiyle çelimsiz ve sıska olduğunu düşünüyordu. Bu adamın o ajan, nam-ı diğer Kara Davud olduğuna inanmakta zorlanıyordu. Onun bir Türk olduğundan bile şüpheliydi.

Eskiden bir havuz olduğu anlaşılan çok büyük taştan bir

dikdörtgen çukurun kenarında ağır ağır dolaşan keşiş ise, "Bugün bitiyor," diye düşündü. "Bugün, evime gideceğim, ülkeme, topraklarıma geri döneceğim haberi alacağım inşallah."

Yanındaki duvarın kalıntılarına, eski sarayın ruhunu okşar gibi eliyle dokundu. Duvarın paramparça olmuş çıkıntıları, içindeki harcın dışarıya çıkmış taşları, kim bilir kaç asrın rüzgârına, yağmuruna; daha da acısı kim bilir hangi ırkın, hangi gücün darbelerine maruz kalan kalıntıları parmaklarını gezdirdikçe ufalanıyordu. Uçsuz bucaksız bir yeşilliğin ortasında çöl kumlarının rengini andıran harabeler sanki sahiplerinin adlarını semaya haykırıyor gibiydiler. Kuzey Afrika'nın çöllerinden, Arabistan'ın altın sarısı topraklarından göçüp bu bol yağmurlu kıtaya gelen Müslümanlardan geriye ne kadar da az şey kalmıştı.

Davud, Kral Abdurrahman'ı ve onun Zehra'sını düşündü. Çok sevdiği cariyesinin zamansız ölümüyle yıkılan kral onun son isteği olan, onun adıyla anılan bu şehrin kurulması için tam on yıl uğraşmıştı. İlk başta sıradan bir saray bekleyen şehir ahalisinden hiç kimse, yıllar sonra burada yeryüzünün en görkemli, en ihtişamlı yapılarından birinin inşa edileceğini tahmin etmemişti. Kral buraya bir saray değil, adeta baştan başa yeni bir şehir kurmuştu. Bir kilometrekare'lik bir arazinin içinde kaleler, at nalı tarzında yüzlerce kemer, revak ve onlarca kolonun üzerinde yükselen kubbeler, binaların aralarındaki birer tarla büyüklüğündeki avlular, krala ait has daireler, saray çalışanlarına mahsus evler, âlimlere ayrılan kütüphaneler ve dünyanın dörtbir tarafından gelen elçilerin ağırlandıkları gösterişli salonlar... Avrupa'dan adeta buraya akan öğrencilerin ders aldıkları medreseler ve Kurtuba Camii'ne öykünen bir mescit... Davud, havuzun köşesinde durarak onlarca kitapta rast geldiği tasvirleri sanki şimdi gözünün önünde görür gibi hayal etti: Bazıları İstanbul'dan getirilen mermerlerden mürekkep havuzun ortasında aslan, geyik, timsah, ejderha, çaylak, ördek ve şahin gibi çeşit çeşit hayvan heykellerinin ağzından sular fışkırıyor, etraftaki bahçelerden renk renk çiçekler açıyordu. Bu çiçeklerin kokusunu içine çeker gibi havayı soludu Davud. Etraftaki kırmızı ve kum rengi kemerlerin altında zümrüt, yakut, mermer ve inciyle süslenmiş, kimileri tamamen altın kaplı sütun başlıkları ve bunların ortalarında Kufi Arapça ayetler işlemeli ahşap oymalar yer alıyordu.

Davud'un Granada Emirliği'ndeki Osmanlı Sefareti'nin adamlarıyla buluşma noktası olarak bu noktayı tercih etmesinin nedeni, buranın sadece gözden ırak oluşu değil, bu harabelerin kendi geçmişi ile esrarengiz bir bağı olduğuna inanmasıydı. Abdurrahman'ın Zehra'sı gibi, o da Elif'inden ayrıydı. İstanbul'dan gelen taşlar üzerinde gözlerini gezdirerek, "Bugün bitiyor," diye düşündü tekrar. "Bugün evime gideceğimin haberini alacağım."

9

"Peder Cisneros, sizi aramızda görmek ne kadar da mutluluk verici," dedi ev sahibi olarak Abraham De Silva. Şehirdeki huzurunu hayatı boyunca Katolik din adımlarıyla iyi geçinmesine borçluydu. Cisneros'un önünde ellerini kavuşturmuş, endişesini belli etmemeye çalışan bir tavırla onun neden buraya geldiğini anlamaya çalışıyordu.

Peder ise kendisinden belki on beş yaş daha büyük De Silva'nın kendisine hürmet etmesinden hoşlanır bir tavırla etrafını kolaçan ediyordu. Üzerinde Dominik tarikatlarına özgü, ayaklarına kadar inen, yünden yapılma beyaz tuniği ve onun üzerinde yine aynı bollukta ve uzunluktaki, omuzlarını ve göğsünü kaplayan siyah bir pelerinden mürekkep skapüleri vardı. Yine siyah renkteki kapüşonlu cüppesi de Cisneros'u sanki olduğundan daha uzun ve geniş gösteriyordu. Her Katolik papazı gibi, tepedeki saçı *tonsure* şeklinde tamamen kazınmış, sadece bir daire şeklinde kafasının etrafındaki saçlar bırakılmıştı. Cisneros, şimdi etrafındakilere kafasındaki bu bir tutam saç sanki bir taçmış gibi böbürlenerek bakıyordu.

"Bu civarlarda Yahudilikten dönme Hıristiyanlar gördüklerini söyleyenler var," dedi Cisneros, Abraham De Silva'nın gözlerinin içine bakarak. Onlar konuşurken, iki kilise muhafızı da evin üst ve bodrum katlarını dolaşıyordu. "Pek hatırı sayılır De Silva ailesinin evine kadar gelmişken, kendisine soralım, dedim, yakınlarda böyle bir dönme görmüş mü diye." Cüppesinin bol yenleri içinde kavuşturduğu ellerinin dışarıdan görünmeyişi din adamına daha da uhrevi bir hava katıyordu. Salondaki misafirlerin yüzlerine bakarak dolanmaya, gözlerinin içini okumaya çalışıyordu. En ufak bir yanlış hareket, ona bulmayı beklediği işareti verebilirdi. "Gerçi, dedim," diyerek devam etti. "Abraham De Silva, kutsal kilisemize düşman olmayı, tüm malvarlığını, hayatını," burada başını De Silva'nın kızına çevirdi, "çocuklarının geleceğini tehlikeye atmak istemez. Böyle bir sapkın görse, bizi hemen, kendiliğinden haberdar eder."

Abraham De Silva, Cisneros'un onu alttan alta tehdit ettiğini biliyordu. Kiliseye yalan söylemenin, bir sapkını saklamanın, ya da böyle bir sapkını görüp de Kilise'yi haberdar etmememin herhangi birinin bile en hafif cezası tüm malvarlığına el konulması, en ağırı da elbette ölümdü. Ne ki, bu, De Silva'nın Katolik din adamlarıyla ilk yüzleşmesi değildi:

"Yüce Peder, doğru düşünmüşler," dedi, korktuğunu belli etmemeye çalışan bir ses tonuyla, "Gördüğünüz gibi biz sadece kendi dindaşlarımız arasında, bizim için kutsal olan *brit* törenimizi gerçekleştiriyoruz. Bu tür kişileri biz kendi aramızda barındırmayız."

Cisneros, kendisine bakarken De Silva, söylediklerinin hiçbirine de inanmadığını anladı. Pederin gözlerindeki hakir dolu ifade korkutucuydu. Kalabalığın geri kalanından çıt çıkmıyordu, sanki herkes yerinde donakalmıştı.

Cisneros ağır adımlarla hemen yan taraftaki kitaplığa doğru yürüdü. Raflardaki kitaplara dikkatle göz gezdirmeye başladı. Tüm duvarı kaplayan kitaplık neredeyse iki insan boyunda ve on adım genişliğindeydi.

"Büyük bir servetin sahibisiniz," dedi Cisneros. "Hepsi de elyazması kitaplar. Sadece bunlar bile bir ailenin ömür boyu geçinmesine yeterli olur herhalde."

Raflardan birinin önünde durdu ve kırmızı deri kapaklı bir kitabı eline alarak sayfalarını karıştırmaya başladı.

"Bunların arasında İbranice metinler de var mı?" diyerek tekrar De Silva'nın yüzüne baktı.

De Silva, bu basit numaraya kanmayacağını gösterircesine gülümsedi ve "Sevgili Peder, siz de biliyorsunuz ki, İbranice kitaplar yıllar önce yasaklandı, var olanlar da toplatılıyor."

Cisneros, kitabı rafına geri koyduktan sonra tam yüzünü tekrar kalabalığa dönmek üzereydi ki, yerde rafların hemen altındaki salona doğru açılan bir daire şeklindeki çizgiyi fark etti. Aradığını bulmuşçasına mağrur bir ifadeyle, etrafındakilere döndü ve onların endişeli yüzlerine bakarak, "Beni aldatabileceğinizi mi sandınız?!" dedi.

De Silva'nın "Ama Peder..." demesine vakit kalmamıştı ki Cisneros kitaplığı tüm gücüyle iterek gizli kapıyı ağzına kadar açtı. Kendinden emin bir hışımla içeri girdi ama buraya adım atmasıyla birlikte yaşamayı beklediği zaferin tadı büyük bir öfkeye döndü. Kenarı köşesi örümcek bağlamış küçücük odada bir-iki değersiz kupa ve eski bir sandıktan başka hiçbir şey yoktu. Din adamı odanın ortasında tek başına kalakalmışken, evin taramasını bitiren muhafızlar da yanlarına geldiler ve "Hiç kimseyi bulamadık," dediler.

Cisneros'un yüzü, en çok da kafasının tepesindeki tıraşlı kısmı sinirden kıpkırmızı olmuştu.

"Neden bu gizli bölmeyi yaptırdınız?!" diyebildi De Silva'ya öfkeyle.

"On yıllar önceki şehir ayaklanmasında, evin sahibi rahmetli büyükbabam yaptırmış, değerli Peder," dedi De Silva yatıştırıcı bir ses tonu kullanmaya çalışarak, "Ben de öyle bıraktım, hiçbir zaman da kullanma ihtiyacı duymadım."

Cisneros gizli odadan dışarı çıkıp De Silva'ya iyice yaklaştıktan sonra, "Benimle ne tür bir oyun oynuyorsunuz bilmiyorum ama bunun bedelini ağır ödeyeceksiniz!" dedi. O sırada De Silva'nın arkasından İshak Abravanel belirdi. Din adamına keskin bir bakışla, "Ödeyecek bir bedel yok," dedi. "Kraliçe hazretlerine selamınızı iletirim."

Peder Cisneros öfkeyle başını kaldırdı ve "Göreceğiz!" diyerek muhafızları da arkasına alıp evden ayrıldı.

Onların gözden iyice kaybolduğundan emin olduktan

sonra sanki tüm bu zaman boyunca nefeslerini tutmuş kalabalık derin bir oh çekti. De Silva ve etrafındaki bir-iki kişi gizli odaya tekrar girdiler ve odanın köşesindeki sandığın kapağını açtılar. Adamlardan bir tanesi eğilerek sandığın dibindeki gizli kapağı kenara doğru sürdü ve buradaki dar bir merdivenden aşağıya inerek korkuyla bekleyen David ve Samuel'in yanına indi.

Yakalandıklarını sanan David, merdivenden inen Esther'in mavili-beyazlı elbisesini görünce rahatladı. Elindeki mumla David'in yanına gelen Esther, "Az kalsın hepimizi idam mahkûmu yapacaktın!" dedi. "Mutlu musun?"

David üzüntüyle kızın yüzüne bakıyordu. Hiçbir şey söylemedi.

"Dinimize yüz çevirip bize hakaret eden Hıristiyanlar gibi hareket etmeniz, onların kiliselerine gidip onlar gibi dua etmeniz, onlar gibi giyinmeniz, bir Hıristiyan gibi yaşamanız yetmiyormuş gibi bizim hayatımızı da tehlikeye atıyorsunuz!"

Samuel daha fazla dayanamayıp, "Bu hayatı seçmemiz bizim tercihimiz değildi. Üstelik biz de en az sizin kadar Yahudiyiz," dedi arkadan.

"Evet, bizim kadar Yahudi, onlar kadar Hıristiyansınız! Gerçekten neye inandığınızı Yüce Tanrı bilir!"

Samuel bir daha karşılık verecek oldu ama David kardeşine eliyle işaret ederek susmasını rica etti.

Abraham De Silva, kızının arkasından yaklaştı, söylenenleri işitmişti. Kızının omzuna elini koyup, "Biraz fazla ileri gittin," der gibi sitem ederek baktı.

"Sen kızımın kusuruna bakma, oğlum," dedi De Silva. "Son zamanlardaki sıkıntılı hava, hepimizi etkiledi. Kilise bastırdıkça bastırıyor, sen de biliyorsun."

Esther de aslında çok ileri gittiğinin farkındaydı ve David'e söylediklerinin hemen ardından pişman olmuştu bile. David'in ona olan ilgisini biliyor ama bir dönmeyle evlenme fikrini kesinlikle kabul edemiyordu.

David, De Silva'ya "Önemli değil," dercesine başını salladı.

De Silva, özellikle Samuel'e bakarak, "Hadi şimdi yukarı çıkalım da şu yemeği yiyelim," dedi.

İkisi yukarı doğru çıkarken David ve Esther arkada kaldı. Kız da karanlığa doğru ilerleyecekti ki, David arkadan eline yapıştı.

"Bilmiyorsun Esther," dedi, "Hiçbir şey bildiğin gibi değil."

"Neyi bilmiyorum?" dedi Esther şaşırarak.

David, çaresizlikle "Söyleyemem," diyebildi sadece.

Esther, "Ben bileceğimi biliyorum," diyerek elini çekti ve merdivenlerden yukarı çıkmaya başladı.

David ise bir süre karanlıkta kaldı. "Senin güvenliğin için söyleyemem," dedi.

Esther çoktan yukarı çıkmıştı bile.

10

"Abravanel'in burnuna dokunduğuna hâlâ inanamıyorum!" dedi David.

Samuel ise kıs kıs gülüyordu: "Ne yapayım, elimde değil." Yeni tanıştığı insanların burnuna dokunma takıntısı küçüklüğünden beri vardı.

"Neyse, sen ondan istediğini alabildin mi bari?" diye sordu kardeşine. İkili, şehrin meydanına doğru ilerliyordu.

"Beklediğimden daha fazlasını vereceğine söz verdi," dedi David memnun bir yüz ifadesiyle. "Şimdi sırada Abdullah var!"

"Sen kafayı mı yedin be adam?!" dedi Jativalı Abdullah elini savuşturarak. "Tövbe tövbe! O kadar fazla kâğıdı ben bir haftada nereden bulayım?!"

David neredeyse yarım saattir kitap tüccarını ikna etmeye çalışıyordu. Abdullah, Toledo'ya, İspanya'nın kâğıt merkezi sayılabilecek Jativa'dan göç eden tüccarlardandı. Şehrin kuzeybatısındaki, Alkazar Kalesi'nin hemen yanı başında, Zocodover meydanındaki küçük bir dükkânın içindeydiler.

Abdullah, önünde yığınla duran kitapları tasnif ederek raflarına yerleştiriyor, yanındaki çırağı da ona yardım ediyordu. David ise onun peşinde dolanarak adamı ikna etmeye çalışıyordu.

"Bu seferki iş hepsinden farklı, eski dostum. Biliyorum sen istersen bulursun. Benim için çok önemli."

Abdullah sıkıntılı bir yüz ifadesiyle cebinden çıkardığı

buruşuk mendiliyle alnının terini sildi. İkindi güneşi dükkânın tam içine vuruyordu.

David, "İstediğin parayı ödeyeceğim," dedi.

"O kadar kâğıdın taşımasını yapmak, dağıtımı... zaman alan işler bunlar. Üstelik Kilise soluk aldırmıyor,, adamlar sabah akşam ensemizde; bunca kâğıdın dikkat çekmeden satışının yapılması çok zor. Hem zor hem de riskli!"

David kapının önünde etrafı kolaçan eden Samuel'e baktı, "Umut yok," dercesine. Sonra tekrar kitap tüccarına dönerek, "Sen bir yolunu bulursun, Abdullah," dedi. "Bu işi sen yapamazsan kimse yapamaz." Onun Jativa'daki bağlantılarının ve şehirdeki kâğıt depolarının başka kimsede olmadığı kadar zengin olduğunu çok iyi biliyordu David.

Çırak, kitaplardan birini ustasına verirken yanlışlıkla yere düşürünce Abdullah, "Allah kahretmesin seni!" diyerek çocuğun kafasına şamarı indirdi. Kitabı yerden endişeyle alarak kenarına köşesine baktı: "Allahtan sağlam kapağı varmış da bir şey olmadı. Bakma öyle aval aval, şu kahverengi kapaklı olanı uzat."

David bir kere daha bastırdı. "Ne diyorsun? Olmaz mı?"

Kâğıt tüccarı elindeki kitapları yere bırakarak yüzünü David'e döndü:

"Allah aşkına ne yapacaksın bu kadar kâğıdı?"

"Orasını boş ver. Bilmemen senin için daha iyi."

Abdullah, David'in kafasından geçenleri okumaya çalışır gibi, "Yine bir işler çeviriyorsun ama dur bakalım," dedi. Pişman olacağı bir işe girişiyormuş gibi derin bir iç çektikten sonra, "Pahalıya patlar bu iş, çok para tutar o kâğıtlar," dedi.

David buna hazırlıklıymış gibi başını salladı.

O sırada Samuel hızla içeri girerek "Hişşt!" diye işaret etti. Dışarıya baktıklarında siyah cüppeleri içinde bir grup papazın dükkânın önünden yavaş yavaş geçtiğini gördüler.

Papazlar geçtikten sonra, Samuel "Tamam, gittiler," diyerek tekrar onları haberdar etti.

"Paranın hepsini peşin isterim," dedi deneyimli kâğıt tüccarı. "Görüyorsun çektiğimiz çileyi!"

"Üçte biri peşin, üçte ikisi kâğıtlar Montalban'a gelince," diye karşılık verdi David.

"Ha bir de Montalban'a mı taşıyacağız kâğıtları?!" diyerek çıkıştı Abdullah. "Nereden baksan iki saatlik yol!"

"Yarısı peşin, yarısı kâğıtlar elimize geçince?"

Abdullah'ın yüzünde bir gülümseme belirdi. "Tamam," dedi, "Anlaştık!" Yanındaki çırağının kafasına vurarak, "Orada sırık gibi dikilme," diye azarladı çocuğu. "Git de misafirlerimize birer nar şerbeti getir!"

Çocuk şamarı yediği noktayı ovuştura ovuştura, şerbetleri getirmek için ortadan kayboldu.

11

Yeniçeri ile keşiş, harabelerin ayakta kalmayı başaran nadir kemerlerle kaplı, tavanının üçte birinin zamana direndiği bir köşesinde karşı karşıya geldi.

Yeniçeri, "*A posse ad esse*," dedi keşişin gözlerine bakarak. Adamın mavi gözlerinde onu korkutan bir şeyler vardı. *Muhtemelden gerçekliğe.*

Keşiş, "*A fronte praecipitium a tergo lupi,*" diyerek cevap verdi soğukkanlılıkla. Önde uçurum, arkada kurtlar; kayalıkların arasında.

Latince parolanın ilk kısmının doğru olduğunu gören yeniçeri devam etti:

"*Ad eundum quo nemo ante iit.*" *Cesurca hiçbir insanın gitmediği yerlere gitmek.*

Keşiş hemen karşıladı:

"*Accipere quam facere praestat injuriam.*" *Haksızlık yapmaktansa haksızlığa katlanmak yeğdir.*

Yeniçeri, parolanın ikinci kısmının da doğru olduğunu duyunca mektubu teslim etmekten başka çaresi olmadığını düşündü. Kafası karışmıştı. Karşısında çok daha iyi yarı, belki de dev gibi bir adam beklemişti.

Davud, "Neden yarım saattir o duvarın arkasında saklanıyorsun?" diye sordu artık Türkçe olarak.

Yeniçeri şaşırdı: "Ne saklanması?"

"Yarım saattir, diyorum, neden şu uzaktaki duvarın altında beni izliyorsun?"

Şaşkınlığını üzerinden hemen atamayan yeniçeri, "Orada beklediğimi nereden anladın?" diye sordu. "Beni görmene imkân yoktu."

"Keşişim diye beni kör mü sandın?" dedi kısa bir tebessüm ederek Davud.

"Yine de beni görmen imkânsızdı."

"Muhtemelen Granada'da sürdüğün amber misinin kokusunu bir kilometre öteden bile alabilirdim," dedi Davud. Arkasını dönüp binanın ayakta kalan balkonun çıkıntısına doğru yürüdü, bir uçurumun kenarında durur gibi uzaklara doğru baktı.

"Üstelik az ötene bağladığın atının gübresi amberi bile bastırıyordu."

Yeniçeri hem şaşırmış hem de iyice utanmıştı. Oysa o, sefaretin en becerikli, en yetenekli adamlarından biri olduğu için buraya gönderilmişti.

"Yine de o kokuların geldiği yeri bilmen imkânsız!?" dedi son çare olarak.

Davud yüzünü tekrar yeniçeriye döndü. Parmağıyla onun az önce saklandığı duvarı işaret ederek, "Rüzgâr güneydoğu yönünden esiyor," dedi. "Üstelik Granada'nın geliş yönü, yani senin geldiğin taraf da orası."

Keşiş, sorulardan sıkılmış gibi, "Daha sayayım mı?" diyerek yeniçeriye iyice yaklaştı.

Oğlan karşısındaki adamın genç olmasına rağmen çenesindeki sakalların ve saçının yer yer ağarmaya başladığını gördü.

"Mektup," dedi Davud.

Yeniçeri belindeki asılı deri çantayı açarak ağzı mühürlü mektubu adama uzattı. Üzerindeki şaşkınlığı hâlâ atamamıştı.

Davud mektubu alırken, "Bu arada Latinceni geliştirmen lazım," dedi. "Eğer ben, aradığın kişi olmasaydım; yani bir başkası burada seni yakalasaydı aksanlı konuştuğunu hemen anlardı."

Yeniçerinin ağzını artık bıçak açmıyordu.

"Artık gitmen gerekiyor," dedi Davud onun sessiz kaldığını görünce.

Yeniçeri görevini sanki tam olarak yerine getirememiş başarısız bir asker gibi arkasını döndü. Atına doğru yöneleceği sırada, "Cenova'da yaşanan olay gerçekten doğru mu?" diye sordu. Merakını bastıramamıştı. En azından bunu öğrenmeliydi. "Yani bir düzine, tam donanımlı ve zırhlı Venedik şövalyesinin arasından kurtulduğun, üstelik hepsini de öldürdüğün gerçekten doğru mu?" Kim bilir Granada'da bu hikâyeyi ve Kara Davud hakkında anlatılan nicelerini bir masal gibi kaç kere dinlemişti.

Davud az önce üzerinde durduğu balkonun yanına tekrar giderek, "Sana ne anlattılar bilmiyorum ama Ceneviz'de bulunuşum yıllar önceydi. Artık o adam değilim," dedi iç çekerek. Uzaklara doğru baktı. "Hemen şimdi gitmezsen hayatın tehlikeye girecek, bilmiş ol," diyerek çocuğu uyardı.

Yeniçeri onun yanına geldi ve ufka doğru baktı. "Niye, birileri mi geliyor? Ben bir şey görmüyorum," dedi. Elini güneşe karşı siper ederek bir şeyler görmeye çalıştı. Uçsuz bucaksız yeşilliklerden başka bir şey yoktu.

"Bakmasını bilmiyorsun," dedi Davud bu sefer keskin bir ses tonuyla. "Artık git!"

12

Mark, "Bunu kesinlikle görmelisin," dedi.

David'i marangozhanenin arka tarafına doğru götürüyordu. David, atölyenin ortasındaki büyük tezgâhın yanından geçerken bir kere daha hapşırdı. İçerideki kesif ağaç ve sunta kokusu David'in hoşuna gidiyordu ama talaşa karşı alerjisi vardı. Üst üste aksırmaktan burnunun ucu kıpkırmızı olmuş, gözleri sulanmıştı. Yerler ve tezgâhın üstü de tahta tozuyla doluydu.

"Etrafın dağınıklığı için kusura bakma dostum," dedi Mark, "bu sıralar dışarıda işlere gidiyorum. Dükkânda kaldığım vakitlerde de senin bu aletle uğraşıyorum."

Atölyenin içi gerçekten de harabe yeri gibiydi. David tüm takımların duvardaki yerlerinden çıkmış olduğunu, keskilerin, testerelerin, iskarpelaların, çekiçlerin ve eğerlerin tezgâhın üstünde ve yerlere saçılmış olduğunu fark etti.

Mark, iki-iki buçuk metre yüksekliğindeki, üç aşağı beş yukarı aynı uzunluktaki ve bir metre enindeki ahşap yapının üzerinden perdeyi çekerken, "İçeri her giren bunun ne olduğunu soruyor, anlatmaktan bıktım," dedi. "Ben de kapalı tutuyorum."

David, "Boş ver, ne kadar az kişi bilirse o kadar iyi zaten," diye yanıt verdi. Mark'ın korktuğundan değil de insanlara laf anlatmaktan bıktığı için matbaanın üstünü kapatmasına şaşmadı. Mark, Kilise'nin kendisinden şüpheleneceği son kişilerden biriydi, zira o elinde *Saf Kan Ehliyeti* bulunan "eski

Hıristiyan"lardandı. Yani, geçmişten beri, aileden gelme bir Katoliklikti ve onların Kilise'nin gözünde ayrı bir yerleri vardı.

Boylarını aşan, dev bir ahşap sandalyeyi andıran matbaanın "H" şeklindeki gövdesinin arkasına geçen Mark, David'i de tam karşısına aldı.

"Şimdi şu dişlere bak," diyerek kulağının arkasına sıkıştırdığı kalemi eline aldı ve "H"nin tam ortasından aşağıya doğru dikine inen, iki karış çapındaki ahşap merdanenin burgulu yivleri üzerinde döndürmeye başladı.

"Görüyor musun?" diye gülerek David'in yüzüne baktı, "Burgular birer sıra atlayarak aşağıya iniyor."

"Yani üst üste iki burgu var."

"Aynen öyle!" Mark, kalemi tekrar kulağına sıkıştırdı.

"Peki bu ne anlama geliyor?"

"Kolun dönmesini ve baskının daha rahat yapılmasını sağlıyor!" Güldü ve devam etti: "Silindirin üzerinde yanlışlıkla iki sıra oyuk açarken bunu fark ettim."

Bu sırada David, aletteki başka bir garipliği fark ederek, "İyi ama," dedi, "bunun baskı levhası olması gerekenden iki kat daha uzun," diyerek şaşkınlığını belli etti.

Mark yine gülerek "H"nin öbür tarafına, arkadaşının yanına geçti:

"Asıl göstermek istediğim şey de bu zaten."

Bir metrekare büyüklüğündeki tezgâhın üzerindeki yazı levhasını raylı bir sistemle ileriye doğru, merdanenin altına sürdü.

"Buradaki kolu çevirerek," diye göstermeye başladı, "üstüne baskı yapılacak kâğıdı, merdanenin altına itiyorsun. Sayfanın yarısını bastıktan sonra, baskıyı yukarı kaldırıyor, bu kolu tekrar çeviriyor ve bu sefer sayfanın diğer yarısını merdanenin altına itiyorsun."

David sevinçle, "Yani tek seferde, yazı levhasını değiştirmek zorunda kalmadan, iki sayfa basmış oluyorsun," dedi.

"Kesinlikle!"

Bu, David'in Zaragossa'ya gelen Almanların ona öğrettikleri ve onun birkaç yıldır kullandığı aletten çok daha farklıydı. Bu matbaayla iki kat daha hızlı kitap basabilecekti.

"Bunu ne zamana Montalban'da yeniden kurabiliriz?" diye sordu David.

"Orası kolay, ama beni endişelendiren başka bir şey var," diyerek aletin yanından uzaklaştı Mark.

Duvarda, kendi elleriyle oyduğu ve verniklediği, Hz. İsa'nın çarmığa gerili olduğu ahşaptan bir tasvir asılıydı. Bir şey söyleyecek de söyleyemiyormuş gibi başını kaldırarak duvardaki tasvire baktı. Az önceki neşesi ve heyecanı kaçmış gibiydi.

"Neden endişeleniyorsun, Mark?"

"Bilmiyorum," dedi, "Garip şeyler oluyor."

David hiçbir şey anlamamış gibi marangoz dostunun yüzüne bakıyordu. Mark ise endişeli bir yüz ifadesiyle arkadaşına dönerek devam etti:

"Hani dışarıda yeni bir iş buldum, çok yoğunum bu sıralar diyordum ya..."

"Evet?"

"O işi Kilise'den aldım. İyi para veriyorlar. Zaten reddetme gibi bir şansım da yok, biliyorsun."

"Bundan daha doğal ne olabilir, Mark. Senin de geçindirmen gereken bir annen var." Mark babasını hiç tanımamıştı ve küçüklüğünden beri annesine hep o bakıyordu.

"Evet ama... Akıldışı şeyler yaptırıyorlar; daha önce hiç görmediğin aletler, düzenekler, makaralar, ahşap yataklar..." Korkuyla David'in yüzüne baktı, "Geceleri rüyalarıma giren türden aletler. Her gece yeni bir kâbusla uyanır oldum. Senin için endişeleniyorum, kıymetli dostum. Torquemada dedikleri adam kiliseye neredeyse her hafta yeni emirler, yeni projeler gönderiyor. Bazen en büyük kardinaller dahi kendilerinden istenenleri yapmakta zorlanıyorlar, olup bitene bir anlam veremiyorlar."

David, arkadaşının yanına gelerek elini onun omzuna attı,

"Boş ver," dedi, "Sen orasını bana bırak. Biz asırlardan beri kimlerle uğraştık. Adını bile doğru dürüst söyleyemediğimiz bu adam bize hiçbir şey yapamaz."

"Bu adamı hafife alma, David, hakkında duyduklarım insanı çıldırtacak türden şeyler."

"Tamam," dedi arkadaşı, "Sen endişelenme kısmını bana bırak da şu aleti bir an önce bitir, olmaz mı?"

"Peki," dedi Mark boyun eğerek. Arkadaşının ısrarcı olacağını biliyordu. David, yeni bir baskı aleti yapması için Mark'la haftalarca konuşmuş, kendi çizdiği taslak çizimleri ona anlatacağım diye onunla günlerini geçirmişti.

"Ama uyarmadı, deme."

David dükkândan çıkarken Mark da yerdeki kalasları kaldırarak tekrar işe koyuldu. Arkadaşı kapıdan çıkar çıkmaz, hemen onun arkasından bir gölge daha geçti kapının önünden. Marangoz elindekileri yere atarak dışarı koştu. David'in arkasında kimse görünmüyordu. Oysa Mark birinin onu takip ettiğine yemin edebilirdi. Yanıldığını düşünerek tekrar içeri girdi.

Dükkânın dışında, hemen yan taraftaki aralığa saklanan adam kafasını tekrar dışarı çıkardı ve David'in arkasından sessizce yol almaya devam etti.

David, bizzat Mark'ın elinden yapılma, akıllara ziyan bir işkence aletinde ıstırapların en büyüğünü yaşayacaktı, ama bugün iki dost da bundan habersizdi.

13

Baş Engizitor Tomas Torquemada ve alayı, Engizisyon'un merkezi Suprema Yüksek Konseyi'den Granada'ya doğru yol alıyordu. İspanya'daki tek Müslüman krallığı Granada da artık düşmüştü ve Torquemada'nın yüzünde bir kilometre öteden görünen bir gurur ifadesi yüklüydü. El Hamra'da büyük bir tören verilecekti ve Torquemada aylardır hesap ettiği planının son aşamasını orada devreye sokacaktı...

Kardinal, Medine El-Zehra harabelerinin yanından geçerken atının üstündeki Fransiskan Tarikatı'na mensup bir rahibi gördüğünde sefer alayının durması için emir verdi. İki düzineyi aşkın kişiden oluşan alayın çoğu, eski şövalyelerin arasından seçilen Engizisyon muhafızlarından oluşuyordu. Muhafızların başında ve Torquemada'nın hemen arkasında elbette Lukas vardı. İnsan azmanı bu şövalyenin miğferinin vizörü köpek burnu denen delikli, hafif öne çıkık bir düzenekten ve tepesi bir çift boynuzdan oluşuyordu. Lukas'ın bu başlığını görmek bile insanı korkutuyor, onun olabildiğince uzağından geçme hissi uyandırıyordu. Kraliyetin en gözüpek şövalyelerinden olan Santa Hermandad Şövalyeleri, İzabella'nın Torquemada'ya küçük bir armağanıydı ve liderliğini Torquemada'nın kendi ellerinde yetiştirdiği Lukas yapıyordu. Kardinal alayın tam ortasında, başında altın rengi işlemeli külah mitre başlık ve yine üstündeki gösterişli cüppesi ve uçlarında haç desenli saten atkısıyla dikkat çekiyordu. Santa Hermandad şövalyeleri önünde ve arkasındaki üçerli atlı gruplar da baştan aşağı zırhlı ve silahlıydı. Son zamanlarda din adamları, kendi güvenliklerinden şüphe eder olduklarından korumalarını her geçen gün artırıyorlardı.

Kardinalin emriyle hemen yanındaki yardımcısı siyah cüppeli bir papaz atının üstündeki keşişe bağırarak durmasını söyledi.

Davud, İspanyolca işittiği emre uydu ve hemen atından indi. Alayın önünde eğilerek kardinale selamını verdi.

Harabelerin arkasında merakına yenik düşen yeniçeri bu sefer kesinlikle görünmediğinden iyice emin olarak uzaktan olup bitenleri izliyordu. Kara Davud hakkında anlatılanların doğru olduğunu anlamanın tek yolu bu diye düşünmüştü. Eğer işittikleri doğruysa Davud'un tüm bu şövalyelerden kurtulması tereyağından kıl çekmek kadar kolay olmalıydı. Ne ki, bu uzaklıktan alayla keşişin arasındaki konuşmaları duymasına imkân yoktu.

"Peki sabahın bu saatinde burada ne yapıyorsun?" diye sordu Kardinal Torquemada. Vatikan'la olduğu gibi her türlü merkezi otoriteyle asırlardır bir uyumsuzluk halinde olduklarını düşündüğü Fransiskan Tarikatı'nı hiçbir zaman sevmemişti. Torquemada. Sürekli Kilise aleyhine bir işler çevirdiklerini; ya Hz. İsa'nın öğretilerine ters şeyleri insanlara işlediklerini ya da yine piskoposluğa başkaldıracak bir plan hazırlığı içinde olduklarını düşünürdü. Kahverengi abalı bu Fransiskan keşişini de gözü hiç tutmamıştı.

"Kardinal Hazretleri, sabahları biz Tanrı'yı ararız," diye cevap verdi keşiş.

"Tanrı'yı hâlâ bulamadın mı sen?" Kardinalin sesinde alaycı bir ton vardı.

"Biz onu her gün, her saat yeniden bulur, yeniden şükrederiz. Yerdeki otların yeşilinde, gökyüzünün mavisinde, toprağın siyahlığında onu tekrar tekrar görürüz. Kuşların cıvıltısında, tavşanların sıçrayışında, kartalların kanatlarında buluruz biz Tanrı'yı."

Kardinal, keşişin küstahlığına sinirlenmişti. Yüzünü buruşturarak Lukas'a emir verdi: "Üstünü ara bunun!"

Torqueamada aslında basit bir keşişin üstünde bir şey bulacağını düşündüğünden değil de, adamın fevri bir hareketle karşı koymasını istediği için muhafızların onu tahrik etmesini istiyordu.

Davud'da herhangi bir korku ya da heyecan belirtisi yoktu. İnsan azmanı Lukas hemen atından aşağıya atlayarak köpek burunlu miğferinin deliklerinden çıkan, insanı rahatsız eden nefeslerle Davud'un üzerini aramaya koyuldu. Davud, öylece duruyor, şövalyenin görevini yerine getirmesini bekliyordu.

Yeniçeri saklandığı duvarın arkasından, "İşte şimdi yandılar!" diye düşündü. Gerçi Torquemada'nın özel muhafızlarını alt etmek pek de öyle kolay olmayacaktı ama sonuçta bu Kara Davud değil miydi?! Ünlü ajanın yeteneklerine birinci elden şahit olacağı için yeniçeri iyice heyecanlandı.

Fakat Davud tam aksine kollarını iki tarafa kaldırarak şövalyenin onu elleriyle aramasını kolaylaştırmıştı. Bu sırada Lukas adamın bir keşişe göre çok geniş ve yapılı omuzlarından şüphelenerek Davud'u iki tarafa kakıyor, onu tahrik etmeye devam ediyordu. Keşişin en ufak bir tersliğinde kılıcını çekmeye hazırdı. Lukas, Davud'un koynunda bir şey hissettiğinde "Buldum!" der gibi zafer dolu bir edayla kardinalin yüzüne baktı. Elini keşişin koynuna sokarak mektubu çekip aldı.

"Ama nasıl olur!?" dedi yeniçeri kendi kendine. "Nasıl o mektubu almalarına izin verir!?" Yoksa bu Davud, o Davud değil miydi? Acaba mektubu yanlış kişiye mi teslim etmişti? İki düzineyi aşkın asker karşısında bir şansının olduğunu bilse, yeniçeri çoktan yerinden sıçrayarak mektubu geri almak için atağa bile geçecekti.

Muhafızdan mektubu alan Torquemada, atının üstünde, ipekten eldivenleriyle kaplı elleriyle mektubun kırmızı mührünü bozarken artık boynuna bir kılıç çekilmiş keşişin yüzüne bakıyordu tiksintiyle. Onun ne dolaplar çevirdiğini anlamak için sabırsızlanıyor, tutuklanması için emir vermeye hazırlanıyordu.

Bir rulo halindeki parşömeni boyuna doğru açarak gözlerini sayfanın üzerinde gezdirmeye başladı. Yeniçeri sıkıntıdan tere boğulmuştu. "Gitti!" dedi kendi kendine. "Bütün kimliği ifşa oldu. Her şey mahvoldu!"

Kardinal kâğıdın sonuna geldiğinde yüzündeki sabırsızlık ve zafer dolu ifade gittikçe şaşkınlık, kin ve nefrete dönüştü.

"Bu ne!?" diye öfkeyle sordu keşişe.

"Montoro beldesindeki kilisenin çoğaltılmasını istedikleri kitapların listesi," dedi Davud baştan beri koruduğu soğukkanlılıkla. "Az önce papaz yardımcısı bir çocuktan aldım. Manastıra götürüyordum."

Parşömeni öfkeyle buruşturarak keşişin, yani Davud'un suratına doğru atan Kardinal, "Senin bir şeyler çevirdiğini biliyorum. Hislerimde hiçbir zaman yanılmadım!" dedi. Adamlara işaret ederek "Tutuklayın bunu!" diye emretti Davud bu kadarını beklemiyordu. Kardinallerin son zamanlarda iyice saldırganlaştıklarını biliyordu ama tek başına dolaşan bir keşişi kim bir tehdit olarak görebilirdi ki? Lukas keşişin ellerini arkasına götürmüş, bir urganla sıkıca bağlarken Davud olacakları düşünmeye başladı. Kafasında kurduğu senaryoların hiçbirinden olumlu bir sonuç alamıyordu. Engizisyon tarafından tutuklandıktan sonra salıverilmenin neredeyse imkânsız olduğunu çok iyi bilirdi.

14

O sırada bir ses "Hangi hakla?" dedi.

Davud, sefer alayıyla birlikte kafasını sesin geldiği tarafa çevirdiğinde yaklaşmakta olan atlının Peder Paulo olduğunu gördü. Yaşadığı manastırın başpiskoposuydu Paulo. Kendisi gibi Fransiskan Tarikatı'na has kahverengi, çuha bezinden, başlıklı bir cüppe giyen Peder Paulo altmışlı yaşlarda, sakalları neredeyse tamamen ağarmış, yüzünde yılların ona eklediği onlarca çizgiden mürekkep kırışıklıkların olduğu bir adamdı. Sakallarıyla birleşen bıyıkları üst dudaklarını kapatıyordu.

Kardinal Torquemada, Peder Paulo'yu gördüğünde çok eski bir düşmanını görmüş gibi, mağrur bir ifadeyle başını kaldırdı.

"Yüce İsa'nın koruması üzerinize olsun Kardinal Hazretleri, ama hangi hakla keşiş Daniel'i tutukluyorsunuz?" diye sorusunu tekrarladı Peder Paulo kardinali ve alayını hafifçe eğilerek selamladıktan sonra.

"Bu seni ilgilendirmez Peder," dedi Kardinal.

"Keşiş bizim tarikatımızın bir üyesi ve ona yapılan herhangi bir haksızlık siz de biliyorsunuz ki tüm tarikatımıza yapılmış demektir," diye cevap verdi Peder Paulo kendinden emin bir sesle. "Bir suçu varsa elbette onu size bizzat kendi ellerimle teslim etmek benim vazifemdir. Ama gördüğüm kadarıyla Daniel ondan istediğim kitap listesini taşımaktan başka bir şey yapmıyor."

Kardinal, Peder'in haklı olduğunu biliyordu. Ona karşı

çıkıp adamı tutuklarsa durduk yerde tarikatın ayaklanacağı, şehirde huzursuzluk çıkaracakları belliydi.

"Bu adamda bir şey var," dedi Kardinal öfkesi artarak. "Şimdi bulamadığım bir şey."

"Ne gibi bir şey Sayın Kardinal Hazretleri? Size karşı mı geldi? Bir yalan mı söyledi? Saldırgan bir tavır içinde mi oldu? Ben ona kefilim, yıllardır yanımda kalır, hiçbir zararını görmedim." Peder Paulo, keşişin yüzüne baktı.

Kardinal çaresizce ama yine de büyük bir lütufta bulunuyormuş gibi adamlarına, "Bırakın," dedi. "Bırakın kendi çöplüklerinde ötsünler." Lukas, Davud'un ellerini çözdü. Köpek burunlu vizörünün ardından keşişin gözlerine bakıyordu. Bu adamdan fazlasıyla işkillenmişti.

Kardinal, iplerin kestiği bileklerini ovuştururan keşişe "Seninle sonra görüşeceğiz," dedi. Sonra Peder Paulo'ya döndü, "Seninle ise ondan da erken!" diyerek adamlarına hareket etmeleri emrini verdi.

Yeniçeri saklandığı yerden, "Hiçbir şey anlamadım," dedi. Kafası allak bullak olmuştu.

Kardinal ve muhafızları Granada'ya doğru harekete koyulurlarken Davud yerdeki buruşuk parşömeni aldı ve belindeki ipe sıkıştırdı. "Bugün bitiyor," diye düşündü. "Tüm bu saçmalıklardan bugün kurtulacağım!"

Peder Paulo ve Davud katırlarının üzerinde San Jeronimo Manastırı'na doğru yol alıyorlardı.

"Artık bu adamları hiç anlayamaz oldum," dedi Peder. "Kin ve ihtiraslarının ucu bucağı yok. Sadece gayri-Hıristiyanlara değil, kendi dindaşlarına bile her türlü kötü davranışı reva görüyorlar. Yüce İsa bu zamanda yaşasa ölüleri dirilttiği gibi bu dirileri de yerin yedi kat dibine gönderirdi herhalde."

"Peki ama benim burada olduğumu nereden anladınız, Peder?" diye sordu Davud.

"Zaman zaman harabelere geldiğini biliyorum. Seni manastırda göremeyince burada olduğundan emin oldum. Kardinal ve köpeklerinin de Granda'ya doğru yola çıktıklarını dün işitmiştim. Torquemada'nın bir Fransiskan keşişini rahat bırakmayacağını iyi bilirim."

Peder Paulo bu son cümleyi derinden gelen bir ses tonuyla söylemişti. Rüzgâr, yaşlı adamın ağarmış sakallarını hafifçe arkaya doğru itiyordu.

"Kardinal ile uzun zamandır tanışıyor gibisiniz," dedi Davud.

Peder gülümseyerek keşişe baktı: "Küçükken aynı kilisede zangoçtuk."

Davud bunu beklemiyordu. "Kardinal Torquemada ile beraber miydiniz?"

"Çok uzun zaman önceydi, Daniel." Bahsetmek istemediği şeyleri hatırlamış gibi sustu Peder. Konuyu değiştirerek, "Sen şu bahsettiğin kitapların listelerini aldın mı bari?" dedi.

Davud, belindeki buruşuk parşömeni gösterdi. Eve dönüş fermanı olarak gördüğü mektubu okumak için sabırsızlanıyordu.

İkilinin önlerinde manastırın çatısı belirmişti.

15

Jativalı Abdullah, Zeyd bin Osman'ın peşinde dolanırken onunla konuşmakta zorlanıyordu. Adını taşıdığı şehrin en büyük kâğıt değirmeninde, fabrikanın sahibi Zeyd ile yıllardır çalışıyordu. Zeyd'in Jativa'daki kâğıt imalatının geçmişi üç kuşak öncesine, hatta kimilerine göre, şehrin Müslümanlar hâkimiyetinde olduğu zamanlara kadar gidiyordu. Zeyd'in kâğıt değirmenleri sadece İspanya'nın değil, neredeyse tüm Avrupa'nın kâğıt ihtiyacını karşılıyordu. Venedik, Milano ve Amsterdam'da dahi iş ortakları vardı.

"Şöyle rahat bir yere oturup da konuşsaydık, Zeyd," dedi Abdullah sıkıntıyla. Yanında durdukları su değirmeni, Elbaida nehrinin hemen kenarına kurulmuştu. Devasa değirmen döndükçe gürül gürül akan su Abdullah'ı bağırmak zorunda bırakıyordu.

"Her zaman düşünmüşümdür," diye cevap verdi Zeyd, "Bu nehrin anlamı acaba burada asırlardır kâğıt yapıldığı için mi 'beyaz toprak' anlamına geliyor, yoksa sadece bir rastlantı mı?"

Abdullah ne zaman bu adamla buluşsa, söylediklerinin yarısından fazlasını anlamadığını düşünürdü. Şimdi de gerekli anlaşmaları yapıp tekrar Toledo'ya, küçük dükkânına dönmek için sabırsızlanıyordu.

"Bence rastlantıdır," deyiverdi on beş dakikadır anlatmaya çalıştığı konuya yeniden geri dönmek istercesine.

Zeyd şaşırmış gibi Abdullah'a dönerek, "Hiçbir şey rastlantı değildir, kıymetli dostum," dedi. Yüzünü tekrar değirmene çevirdi ve elindeki tabelaya birtakım notlar aldıktan sonra binanın içine yöneldi.

"Ne yapacaksın, kime satacaksın bu kadar kâğıdı?" diye sordu Abdullah'a içeri girerken.

Suyun şırıltısından kurtulduğuna sevinirken Abdullah fabrikanın içinde güm güm vuran, her biri bir insan boyundaki tokmakların gürültüsüyle Zeyd'le bugün bağıra bağıra anlaşmaktan başka çaresi olmadığını anladı. Sıra sıra kurulmuş yarım düzine tokmak, altlarına aldıkları ıslak çaputları önce ezmeye, daha sonra da hamurlaştırmaya yarıyordu. Değirmenin gücüyle hareket eden bu büyük çekiçler altlarına aldıklarını kolay kolay affetmiyorlardı. Üçerli beşerli gruplar halindeki işçilerin bir kısmı tokmakların vurduğu büyük teknelere yeni çaputlar boşaltıyordu.

"Bir Yahudi var," dedi Abdullah önünde durup tekneleri kontrol eden Zeyd'e. "Paranın beşte birini peşin verecek."

Zeyd gülümseyerek eski dostuna baktı: "Sen beşte bir diyorsan kesin yarısını alıyorsundur paranın."

"Yok canım, vallahi değil!" diyerek hemen itiraz etti Abdullah.

Yemini duyunca Zeyd'in yüzü asıldı. Kaşlarını çatarak, "Bir türlü şu yemin huyunu bırakmadın," dedi. İflah olmaz bir adamla konuştuğunu düşünürcesine, "bu saatten sonra da zor düzelirsin" der gibi içini çekti.

"Hiçbir zaman anlayamadım," diye devam etti, "Senin gibi sabah akşam kitaplarla haşır neşir olan, yazıyla kalkıp yazıyla yatan biri; üstelik kim bilir hangi ilimlerin sayfalarında dolaştığı o güzelim kitaplardan hiç mi bir şey öğrenmez, hiç mi iş ahlakı ve etiği bilmez?" Elindeki kâğıda bir şeyler daha karaladıktan sonra, "Ama sen tek değilsin," dedi. "Nerede o günler... Hayat, kitapları sırtında bir yük gibi taşıyan hamallarla dolu."

"Ne yanlışımızı gördün şimdiye kadar Zeyd Efendi," dedi Abdullah.

Onun bozulduğunu biliyordu kâğıt tüccarı ama bu bozulmanın çok kısa süreceğinin, Abdullah'ın işi görüldüğü sürece hiçbir kırgınlığının kalmayacağının da farkındaydı.

Bu arada Abdullah'ın önünden iki kişi geçerek önlerindeki tekneleri başka bir kaba boşalttılar. Çaputlar iyice hamurlaşmıştı.

"Hadi hadi yüzünü asma hemen," dedi arkadaşının omzuna vurarak, "Sana hiç mi nazımız geçmeyecek? Seninle kaç yıldır iş yapıyoruz biz Abdullah..."

İkili bu sefer az ilerdeki, dev bir kurnayı andıran ahşap bir teknenin önüne geldiler. Su ve kâğıt hamuruyla dolu bu teknenin içini bir kişi elindeki kendi boyunu aşan bir sopayla karıştırırken, bir diğeri elindeki kâğıt çerçevesini tekneye daldırıyordu. Tekneye giren bu çerçeve şeklindeki elek dışarı çıktığında suyu alttaki deliklerden akıtıyor, çerçevenin üstünde dikdörtgen şeklindeki beyaz kâğıt hamuru ince bir tabaka şeklinde ortaya çıkıyordu. Onun hemen yanındaki üçüncü bir işçi de bu kâğıdı alıp az ötede biriken yığının üzerine koyuyordu. Abdullah anlatmaya devam etti:

"Sonra da kâğıtları katırlarla Montalban'a taşıyacak."

"Peki Kilise bize 'Bu kadar kâğıdı kime sattınız' derse ne diyeceğiz? Biliyorsun tüm satışlarımız kontrol altında. Manastırların dışında bir kişiye bu kadar kâğıdı satmamız sıkıntı olur."

"Ben onu da hesap ettim," diye cevapladı Abdullah. "Kâğıtları benim Toledo'daki depoya götüreceğimizi söyleyeceğim. Her seferinde buradan parça parça taşıtmak zararıma oluyor ne de olsa."

Zeyd bunu düşünürken, önündeki işçinin kâğıt çerçevesini tekneye yanlış daldırdığını gördü. "Öyle değil, evladım, yanlış yapıyorsun," diyerek Abdullah'a elindeki notları ve kalemi verdi ve kollarını sıyırdı. Çerçeveyi çocuğunun elinden aldı ve kendine doğru çevirerek, "Böyle; bir hilal gibi yarım daire şeklinde bir hareketle çerçeveyi daldıracaksın, yukarı çekerken de dümdüz çıkartacaksın." Dışarı çıkarttığı içi su hamuru dolu çerçevedeki suyunun akması için aleti sağa sola hafifçe salladı. "Aksi takdirde hamur dengeli dağılmaz ve kâğıdın bir tarafı kalın, diğer tarafı ince olur... Al bakalım."

Çerçeveyi tekrar çocuğa teslim ettikten sonra Abdullah'a

dönerek, "Bu, yeni girdi işe. Öğrenecek daha. Birden olmaz," dedi.

Abdullah bu çocuk kendi çırağı olsa kafasına bir tane şaklatacağını düşündü.

Az ileride fabrikanın en uç noktasında yarı bellerine kadar gelen kâğıt yığınlarını iki işçi alıyor, bu yığını bir prese yerleştiriyor, sonra da presin kollarına karşılıklı geçerek büyük bir mengeneyi andıran aletin kolunu var güçleriyle çeviriyorlardı.

Buradan çıkan kâğıtları iki kişi daha küçük tekerlekleri olan bir kasayla yan tarafa taşıdılar. Bir işçi önünde biriken yığından kâğıtları alarak, teker teker, dana sinirlerinden yapılma bir ipe iyice kurumaları için asıyordu.

"Kâğıt yapımında hayvanlardan geriye kalan tek şey bu ip olsa gerek," dedi Zeyd gülümseyerek. "Hâlâ bir kitap için yüz yirmi baş hayvanın derisini kullananlar var! Ne büyük israf!"

Zeyd, işçisi gibi, yığının üstünden bir kâğıda uçlarından yapıştı ve onu kollarıyla havaya kaldırarak fabrikanın camlarından içeriye uzanan güneş ışığına tuttu. Bembeyaz kâğıtta bir kusur olup olmadığını anlamak ister gibi baktı.

"Bak," dedi, "İşte ben kâğıt diye buna derim! Hamdolsun." Günlük kontrolünü yapmanın ve üründeki kalitenin verdiği memnuniyetiyle kâğıdı ipe astı ve "Tamam," dedi Abdullah'a bakarak. "Sen kazandın. İstediğin kadar kâğıdı sana satacağım."

Abdullah zevkten dört köşe olurken Zeyd'in az önce ipe astığı kâğıdın üzerinde, güneş ışığının etkisiyle hızla kurumaya başlayan bölgede, soluk bir filigram belirmeye başladı. Kâğıt çerçevesinden hamura geçen bu işaret, kâğıdın imalat yerini göstermek içindi.

Zeyd ve Abdullah, pazarlığın diğer detaylarını konuşurlarken sadece bu işaretten Engizisyon'un onların kimliklerini tespit edeceğini ve bu işaretin ikisin de hayatlarına mal olabileceğini akıllarından bile geçirmiyorlardı.

Kuruyan tüm kâğıtlarda belirmeye başlayan filigram uçları yukarıya bakan bir "hilâl"den başka bir şey değildi.

16

David, tezgâhın üstündeki parmak kadar büyük çelik çubuklardan birini eline aldı ve mengenenin ağızları arasına sıkıştırdı. Tezgâhın hemen önündeki bir tabureye oturmuştu. Önündeki, masaya sabit daire şeklinde büyüteci gözünün önüne kaydırdı ve daha önce *Arba Turim*'in sayfalarından şeffaf bir kopya kâğıdıyla taklit ettiği harfi, çeliğin üstüne koydu. İnce uzun bir kare şeklindeki çubuğun üstüne harfin tüm hatlarını özenle geçirdi.

Arkasındaki duvarda dizili çeşitli boy ve kalınlıklardaki törpülerden en incesini alıp tekrar tezgâhın başına geçerek maden çubuğun ucunu yontmaya başladı. Büyüteç sayesinde harfin detaylarını daha rahat görebiliyor, yavaş yavaş şekillenmeye başlayan metal çubuğun ucunu ara sıra gözünün ucuna kadar getiriyor, sonra törpülenmiş metali üflüyor ve artık iyice beliren karakterin kenarlarını yeniden törpülemeye devam ediyordu.

Bu harf, diğerlerinden tam olarak dört kat daha büyüktü çünkü bunu kitabın başında kullanacaktı. David, ilk sayfa harfi, diyordu bunlara ve her yeni bölümün başında bunları tercih ediyordu. Ayrıca her harften en az yedi çeşit yapması gerekirdi. Bazı harfler daha geniş, bazıları daha ince olurdu ki bu, satır sonlarının boş kalmaması için, yaptığı işin tüm incelikleri gibi, Zaragossa'daki Alman'dan öğrendiği bir numaraydı.

Harfin tüm hatlarının ortaya çıkması için gerekli gördüğü yerleri yivledi, eğeledi ve çıkıntıları düzledikten sonra bir kez daha metal tozlarını üfledi. Bir mum ateşinin üzerinde bu çelik çubuğu ısıttıktan sonra bir bezle iyice sildi; hiçbir maden tozunun karakterin kenarlarında kalmaması gerekirdi. En ufak bir toz dahi sayfada küçük noktacıklar halinde görünür ve baskının kalitesine zarar verirdi. Sonra bu harfi sınamak için hemen yanındaki mürekkebe bandırdı ve önündeki küçük bir kâğıda bastırdı.

Harfi kâğıtta gördüğünde yüzünde küçük bir tebessüm belirdi. Sanki Esther'i görmüş gibi oldu. Harfin hatasız çıktığına karar verdiğinde yan bölümdeki dökümhaneye giderek ocağın başına geçti ve bir maşayla harfin sertleşmesi için közün üzerinde bir süre çelik çubuğu tavladı. Sonra bunu suya atarak soğuttu.

Sıra, bu harfi tekrar tekrar çoğaltmak için yapacağı kalıptaydı. Bunun için tekrar tezgâhının başına geçerek avuç içi kadar bir bakıra çelik harfi, tahtaya çivi çakar gibi çekiçle soktu. David, bakırın rengini Granada'nın bahçelerinde sık sık gördüğü portakallarınkine benzetirdi. Bakırdan çelik çubuğu geri çektiğinde, topraktaki bir ayak izi gibi, harfin şekli bakıra çıkmış oluyordu.

Üçüncü aşamada tahta bir kutu görünümündeki, iki parçadan oluşan bir hazneye bu kalıbı bir çekmece gibi iterek harfleri çoğaltma işlemine başladı. Tekrar ocağın başına geçti ve burada kaynamakta olan sıvı kurşun, kalay ve antimon karışımıdan mürekkep hareli madenden küçük bir kepçe alarak az önce hazırladığı kalıba döktü. Tahta kutuyu açtığında az önce yaptığı kalıba dolan harf hemen donmuş olarak tezgâha düştü. David, sıvı madenden bir kepçe daha aldı ve aynı işlemi tekrarladı. Sonra bir kere daha ve bir kere daha.

En son tezgâha düşen harfi eline aldı, gözünün ucuna getirdi ve Esther'i düşünerek *alef*'i diğer onlarcasının yanına attı. Kurşun rengindeki *alef*'ler ışıl ışıl parlıyordu.

Üst üste biriken *alef*'lerin yanında, *bet*'ler, *kaf*'lar, *nun*'lar ve İbranice alfabesinin diğer tüm harfleri sıralanıyordu.

Artık her şey hazırdı.

17

Davud, manastırdaki odasında dışarıyı bir kere daha kontrol edip etrafta kimsenin olmadığına emin olduktan sonra odasına girdi ve kapıyı arkadan kilitledi.

Odada az önce hazır ettiği, ağzına kadar suyla dolu bir kovayı önüne çekti, yatağa oturdu ve Torquemada'nın buruş buruş ettiği mektubu açtı. Kâğıdı ters tarafa doğru rulo yaparak iyice düzleşmesini sağladı. İncil'den duaların yazılı olduğu ve Latince kitap adlarının kapladığı sayfayı iki ucundan tuttu ve "Hadi bismillah," diyerek yavaşça suya batırdı. Sonra yine yavaş yavaş kâğıdı yukarı çekti.

Parşömenin üstündeki Latince yazılar suyla birlikte bulanmaya ve sayfanın üzerinde yayılmaya başladılar. Buzağı derisinden yapılma parşömen kâğıt ise yumuşamakla birlikte sapasağlam duruyordu.

Davud yavaş yavaş kâğıdı tekrar suya daldırıp çıkardı. Üçüncü seferde iyice suda bekleyen kâğıt tekrar dışarı çıktığında üstündeki mürekkep tamamen silinmiş, suya karışmıştı. Genç adam, kâğıdın suyunu iyice akıttıktan sonra kim bilir kaçıncı kez yaptığı işlemin ikinci ayağına geçti ve masasına oturarak kâğıdı yanmakta olan mumun üzerine iyice yaklaştırdı.

Kâğıt ağır ağır kurumaya başladıkça Davud iyice sabırsızlanıyor, evine döneceği haberini okumak için heyecanlanıyordu. Sayfayı ateşin üstünde iyice gezdirerek her yerinin kurumasına çalıştı. Parşömen kurudukça üzerinde silik bir şekilde, eski Latince satırların dikine, Arapça harfler belirmeye başladı. Mum ışığının üstünde harfler kelimelere, kelimeler cümlelere dönüşüyordu. Latince yazıların altındaki şifreli metin iyice ortaya çıkıyordu. Soluk da olsa bütün satırlar ancak seçilebilecek kadar belirdiğinde Davud Osmanlıca metni okumaya başladı.

Ama satırlara bakar bakmaz bir şeylerin yanlış gittiğini anlamıştı.

Bu bir çağrı mektubu değildi. Hayır, bu onun beklediği gibi bir an önce Malaga iskelesine gidip bir gemiye atlayarak ona İstanbul'a gelmesini emreden bir mesaj olmaktan çok uzaktı! Eve dönecekti ama hiç beklemediği bir şart vardı.

Keşiş, büyük bir hayal kırıklığı içinde son görevini okumaya başladı.

18

5 Temmuz 1492

Bismillah-ir-Rahman-ir-Rahim
Besmele, nimet bahçelerine giden yoldur,

Hanlar Hanı, Allah'ın insanlar arasındaki Gölgesi ve Ruhu, Yerkürenin Hükümdarı, İki Karanın ve İki Denizin Hakimi, Doğunun ve Batının İmparatoru, Ehl-i Kitab'ın Muhafızı, Hz. Muhammed'in Ayağının Tozu, Sultanlar Sultanı Bayezid-ı Veli Han bin Mehmet bin Murat Muzaffer Daima'dan,

Frenk Ülkelerinin en ucunda, Tarık bin Ziyad'ın mirası; güzel kokulu çiçeklerin ve ışıltılı sokakların beşiği Endülüs'te gazasına devam eden Davud bin Mahmut'a selam olsun.

Korkusuz ve tehlikesiz yol O'nun rahmetinin eseriyledir. Yolcunun azığı onun hikmet meyvesidir. İsimleri Adem'e öğreten, dil ile yazıyı mümkün kılan O'dur, Hâkim'dir.

Demiri yumuşatan Davud'a ve kuşlarla konuşan oğlu Hz. Süleyman'a ilmi veren O'dur, Âlimdir. Onları toprakları üzerinde halife kılan O'dur, Malik'tir. Hz. Davud'a hükmettiren O'dur, Malikel Mülk'dür; Hz. Süleyman'ı varlıkla sınayan O'dur, Gani'dir.

Yıllar yılı Frenk krallıklarında dolaşıp, İtalyan şehir devletlerinin savaşlarını, Fransız ve İngilizlerin kavgalarını, Kastilya ve Aragon Krallıklarının birleşmesini ve Devlet-i Âliyye'yi pek yakından ilgilendiren daha nice tarihi vakayı birinci elden görerek, takip ederek ve bu olayların içinde aktif olarak, yüce devletimizin çıkarlarına, insanlığın kazancına, Allah'ın emirlerine ve Hz. Pey-

gamber'in öğretilerine halel gelmeden, emri bil maruf, nehyi anil münker davasında cihadın yükümlülüklerine uyarak görevini ihya edip, rahmetli baban Mahmut Efendi gibi payitahtın yüzünü her zaman ağarttıktan sonra artık görevinden azledilmeni arzu eden, kendi topraklarına; sıcak yuvana dönmeyi isteyen, sıcak bir çorba hasretinin artık dayanılamaz raddelere geldiğini belirten mektubunu aldık, görüştük ve karara bağladık.

Ülkene dönmen, boğazın havasını soluman, Anadolu toprağında ekinlerini biçmen, şehirlerin kraliçesinde, yaşadığın ve yaşattığın zaferlere layık bir hayat sürmen en doğal hakkındır ve bizim de tabii arzumuzdur. Ancak mektubunda senin de detayıyla anlattığın gibi, cennetmekân Tarık'ın gözünün bebeği, Garb'ın uç noktası, Hilal'in okyanusa selam durduğu Granada Krallığı'nın düşüşü hepimizi üzmüş, Katolik Ferdinand ve İzabella yönetimdeki zorbacı, despot ve yabani; medeniyetten mahrum, insanlıktan aciz, merhametten payını alamamış bir krallığın gayri-Hıristiyanlara işkence ettiğini, topraklarından kovduğunu, evlerinden attığını, insanları zorla muhtedi yaptığını esefle ve insanlığımızdan utanarak öğrendik, işittik ve Yüce Allah'tan merhamet diledik.

Dileğimiz odur ki, yeryüzünde adaletin son adası olarak kalmış gibi görünen bu topraklara geri dönerken bu haktan orada yaşayan bilcümle gayri-Hıristiyan ahaliyi, türlü sorgulama yöntemleriyle Engizisyon'un pençesinde çırpınan bilcümle garipleri, hepsinden de öte rahmetli Tarık'ın, Abdurrahman'ın, ve El-Hakim'in bize mirası ehl-i kitabı; Hz. Musa, Hz. Davud ve Hz. Süleyman'ı sayan, yüce kitabımızda 69 defa anılan Hz. İbrahim, 12 defa anılan Hz. İsmail, 15 defa anılan Hz. İshak, 20 defa adı geçen Hz. Harun, 16 defa anılan Hz. Davud, 17 defa adı geçen Hz. Süleyman, ve 136 defa anılan Hz. Musa'yı sayan ve bu nebilere hürmet eden, vefa gösteren Yahudi ahalisini de mahrum bırakmayasın.

Şuna hiç şüphe yoktur ki, bir kulun koca bir ahaliyi sırtında taşıması ihtimal dahilinde değildir. Kaviyy ve Metin olan Allah'tır. Amma velâkin, insanları kurtaramayan kişinin insanlığı kurtarmaya gayet etmesi gerekmektedir ki böylelikle insanlık kurtulunca insanlar yeniden doğar. İnsanlık ise kültürdür, mirastır, ilimdir;

yüzyılların süzgecinden geçen satırların buluştuğu beyinlerdir. İşte bu yüzden buradaki pek kıymetli din adamı, ulemamın da sevip saydığı, gayrimüslim milletlerinin liderlerinden, hahambaşı dostumuz Moşe Kapsali Efendi bizden ricacı olmuşlardır ki David ibn Nahmias Marrano adlı zat başta olmak üzere Endülüs'ün kültürel mirasını, İslam İmparatorluğu'nun orada yedi asır harmanladığı 'convivenca' medeniyetinin taşıyıcısı sayılabilecek şahıslarla birlikte, cehennemin ortasındaki bir ejderhanın ağzından yemini çekip alır gibi, onları da yanında Devlet-i Aliyye'ye getiresin. Duamız ve gayretlerimiz o yöndedir ki, Malaga rıhtımına geldiğinde imparatorluğun büyük deniz kaptanlarından bizzat görevlendireceğim Kemal Reis ve emrindeki donanmasını, sizleri ve nice garip Yahudi milletini taşımak üzere Allah'ın inayetiyle hazır bulacaksın.

İnanıyoruz ve dua ediyoruz ki, donanmalarımız Nuh'un gemisi gibi, kıyametin ortasından, zulmün göbeğinde kıvranan zavallıları çekip alacaktır. İşte o zaman sen de yeryüzündeki çok az insanın mazhar olacağı bir dava ile anılacaksındır.

Aslımız ve nesebimiz soyludur, lütuf ve keremimiz boldur, zaman bizim adaletimizle süslenir. Ordularımızdan kimse zulüm görmez, kılıçlarımızdan bir kıl ucu kadar bile karınca incinmez. Mülkümüz adaletle ma'mur olsun. Sıfatların en güzelleri O'nundur; O, Mugni'dir, Adil'dir, Afüv'dür. Fetheden O'dur; O, Hayyum'dur, Kayyum'dur. O'nun isteği olmadan yaprak dahi düşmez, zerre dahi oynamaz. Allah utandırmasın.

Davud'un sabrı, Süleyman'ın ilmi, Muhammed'in aşkı seninle olsun. İlim, inananların; zafer azmedenlerindir.

19

"Kim bu David?"

Davud, yatağının ucunda kuzeybatı yönüne doğru dönmüş, dimdik ve huşuyla oturuyordu. Elleri dizlerinin üstünde duruyor, kafası hafif öne doğru eğik, gözleri yere bakıyordu. Fısıldarcasına *Allahuekber* diyerek kırk beş derece kadar öne eğildi ve hamdedişini dudaklarını hafifçe kıpırdanarak okudu. Sonra doğruldu, fısıldamaya devam etti ve tekrar öne doğru ama bu sefer göğsü neredeyse dizlerine yapışacak kadar eğildi. Aynı hareketi bir kere daha tekrarladı ve yine doğruldu. Tüm ibadetlerin Allah rızası için ve Allah'a yapıldığını okudu; Hz. İbrahim ve Hz. Muhammed'e dua etti; tüm Müslümanlara selam gönderdi ve hem kendisi hem de ailesine iki dünyada da mutluluk diledikten sonra başını sağa ve sola çevirerek iki meleğe de selam verdi ve sonra namazını bitirdi.

Venedik'te olduğu aylarda yere oturarak ve alnını secdeye koyarak ibadet etmenin bedelini az kalsın kimliğini ifşa ve hayatını riske etmenin yanında tüm İmparatorluk'un gizli bilgilerini açık ederek ödüyordu. Düzenli olarak namaz kılanların sol ayaklarında, *metatarsus* ve *peroneus* kemiklerinin birleşme noktasında bir şişkinlik oluştuğunu ve alındaki *cranium*'da bir iz meydana getirdiğini bilen bir İtalyan onun Müslüman olduğunu az kalsın ispat etmişti. O gün bugündür bu izlerin kalmaması için Davud zaman zaman oturduğu yerden namaz kılardı. Bu en azından kalabalık içinde gözleriyle ibadet etmek zorunda kaldığı anlardan daha iyiydi.

"Kim bu David?" diye düşündü bir kere daha.

Tüm namaz boyunca kafasında bu soru vardı. Mektubu okur okumaz mumun ateşiyle kâğıdı yakmıştı ama sanki kâğıt yanarken eve dönüş umudu da hepten yanıp kül olmuştu. Mektuptaki ifadelerden onu Sultan'ın bizzat dikte ettirdiğini, elyazısı *rik'a*'dan da hattatın Şeyh Hamdullah olduğunu anlamıştı. Sıkıntısını üzerinden atmak için namaza durmuş ama tek bir dakika bile ibadetine konsantre olamamıştı.

Namaza başlarken, bu sefer her zamankinden çok, yıllar önce *Binbir Gece Masalları*'nda okuduğu uçan halıya binip, kıbleye dönmek yerine bizzat Mekke'ye gitmeyi, Allah'a orada yakarmayı hayal etmişti. Zaten büyülü uçan halıyı, Davud her zaman bir halıdan çok seccadeye benzetmiş, masaldaki bu uçuşu, yeryüzünün sıkıntılarından, hayatın hayhuyundan kurtulup semaya ulaşmanın, maddeden sıyrılıp mana âlemlerine geçişin bir metaforu olarak düşünmüştü. Ama hayır, bugün bu mektup onu bulunduğu ortamdan kurtarmak şöyle dursun, o topraklara sanki mühürlemiş, perçinlemiş, yerin dibine çekmişti.

Kafasından bir türlü o soruyu atamıyordu. Beynini bir kurt gibi kemiren, zihnini her an meşgul eden o soruyu!

"Kim bu Allah'ın belası David?!"

İKİNCİ BÖLÜM

El Hamra Fermanı

20

"*Tanto monta, monta tanto—Isabel como Fernando! Viva la Espana!*"

El-Hamra Sarayı'nın girişindeki Kızıl Kuleler Kapısı'ndan geçerken Kraliçe İzabella ve Kral Ferdinand'ın etrafını saran kalabalık hep bir ağızdan kral ve kraliçeye tezahürat ediyordu. Sierra Nevada'nın eteklerindeki sarp bir tepede kurulan El-Hamra'nın nar ağaçlarıyla, çiçek bahçeleriyle bezeli yolunun iki tarafı Kastilya ve Aragon krallıklarının maiyeti; asilzadeler, baronlar, lordlar, şövalyeler ve Katolik Kilisesi'nin üst düzey yöneticileri; kardinaller, papazlar ve rahiplerle diziliydi. Kral ve kraliçenin gösterişli sefer alayı önlerinden geçip de Granada'nın kalbi "Kırmızı Saray"a doğru yol alırken herkes Büyük İspanya Krallığı'nın zaferini kutluyordu:

"Biri diğeri kadar, ikisi de bir! İzabella, Ferdinand kadar! Yaşasın İspanya!"

Kastilya'nın genç kraliçesi İzabella beyaz atının üstünde mağrur bir edayla ilerlerken her zaman olduğu gibi ilk önce onun adının telaffuz edilmesinden hoşnuttu. Yıllar önce bölük pörçük krallığını birleştirmek için Aragon Kralı Ferdinand ile yaptığı evliliğin en önemli şartı devlet işlerinde kralın değil, kraliçenin sözünün geçecek oluşuydu. Şu anda üstünde oturduğu ve koşum takımları değerli mücevherle süslü atının kral ile baş başa, hatta bir at burnu kadar önden gidişinden, halkın kraliyete dair atacağı naralara kadar kral ve kraliçe arasındaki eşitlik en ince ayrıntısına kadar hesap edilmiş, İzabella'nın emirleriyle şekillenmişti.

Yalnız İzabella saraya doğru çıkarken ona karşı koyan rüzgârdan rahatsızdı; kendisini rahatsız eden bir şeyler hissediyordu.

Otuz yaşına henüz basan genç kraliçenin kestane rengi saçları, El-Hamra tepesine doğru çıktıkça yüzünü okşayan rüzgârla havalanıyor, başından omuzlarına doğru uzanan dantelli ve şeffaf beyaz şalı hafif hafif dalgalanıyordu. Bağrını ve korseyle dikleştirilmiş göğüslerinin üst kısmını açıkta bırakan kare yakalı, sırma işlemeli, kırmızı renkteki brokar elbisesi, belini iyice sıktıran ve yine demir menteşeli korsenin etkisiyle belinde iyice inceliyor, sonra genişleyerek atın sırtını ve gövdesini kapatacak kadar aşağıya uzanıyordu. Elbisesinin altın astarlı dik yakaları boynunu fırdolayı kaplayarak kulaklarına kadar çıkıyor, dimdik önüne bakan kraliçeye daha da muzaffer bir hava veriyordu. Omuzlarından itibaren bir metre kadar aşağıya sarkan yırtmaçlı yenleri onu olduğundan daha da uzun gösteriyor, boynundaki altın haç kolye ışıl ışıl parlarken kendisine uhrevi bir hava kazandırıyordu. Gerçi hemen arkasından gelen Baş Engizitor Torquemada, Kilise'nin tüm gücünün İzabella'nın arkasında olduğuna dair başka bir işarete hacet bırakmıyordu.

İzabella rüzgâra aldırış etmemeye çalışarak bu göz kamaştırıcı zaferin hazzını çıkartırcasına kendinden bir yaş daha küçük kralına, Ferdinand'a baktı. İzabella'nın mavi gözlerindeki hâkimiyet ve zevk hissine aşina olan Ferdinand, kraliçesinin başarısıyla tahrik olduğunu, aklında yine muzır bir oyun tasarladığını düşündü. Geniş kenarlıklı kırmızı kadife şapkasının üstündeki taşıdığı tacı da olmasa, Ferdinand krallığından şüphe ederdi. "İzabella ve Ferdinand, ikisi de bir!" lafı onun için bir zırvalıktan, dosta düşmana karşı "Bu ülke sadece bir kadınla yönetilmiyor, bizim de bir kralımız var" mesajı vermekten başka bir şey değildi. Yıllar önce talih onun yüzüne gülmüş, İspanya'nın en büyük kraliyeti olan Kastilya'ya koca olarak gelmiş, küçük krallığını büyük İspanya ile taçlandırma şansını yakalamıştı. Ama çok geçmeden kraliçenin tüm ipleri onun elinden teker teker alacağını anlamıştı. Çaresizce boyun eğmekten başka hiçbir şansı yoktu. Zaten bu onun da işine geliyordu. Tezahüratlardan ve bu tantanadan çoktan sıkılmış, Granada Emirliği'nden arta kalan bir cariye ya da prensesle ne zaman baş başa kalıp bu günü kutlayabileceğini düşünmeye başlamıştı. On dokuz yaşında İzabella ile evlenme ihtimali ortaya çıktığında da ilk düşündüğü, kızlarla -ve bazen de erkeklerle- yaptığı saray eğlencelerine son vermek zorunda kalıp kalmayacağı olmuştu. Ne ki, İzabella, onun yönetim işlerinden pekâlâ uzak durmasına yardımcı olacak kadın ve erkek düşkünlüğüne sesini çıkarmamıştı. Yeter ki kocalık görevini layığıyla yerine getirmeyi unutmasın! Ferdinand, iştahını kabartmak istercesine kraliçenin yarısı açıkta duran göğüslerine doğru gözlerini indirdi.

Kral ve kraliçenin maiyeti, El Hamra Sarayı'nın Üzüm Bağları Kapısı'na geldiğinde durdu. Atlarının yanına eğilen yamaklarının sırtına basarak inen ikili, sarayın Mersinağaçları Avlusu'na doğru yürüdüler. Aksilik bu ya, taç-kapıdan geçerken duvarlarda, az önceki çatışmada yağmalanan bir çıkıntı kraliçenin eteğine takıldı ve elbise cart diye yarım metre kadar yırtıldı. Dini inancı ve hayattaki işaretlere aşırı bir anlam yükleme alışkanlığı İzabella'nın bu olayı sarayın kendisine geçit vermemesi olarak yormasına neden oldu. Öfkeyle eteğini duvardaki çıkıntıdan kurtararak yoluna devam etti.

Avlunun ortasındaki havuzun başına gelen kraliçe kısa bir süre etrafına bakındıktan sonra durdu ve dışarıda haftalardır süren savaşa, çatışmaya, ve şimdi de etrafında gezinen debdebeli alaya rağmen sükûnetini bozmayan, bir ayna kadar dümdüz, berrak ve mağrur suya baktı. İzabella, El Hamra'nın yıllardır ününü duyduğu büyülü simetrisini, sihirli geometrisini sanki şimdi hissetmeye başlamıştı. Sudaki yansıması kendisine o kadar güzel göründü ki, hayatının geri kalanı boyunca, Narcissus gibi bu suya bakabileceğini düşündü. Ama bu düşüncesi de hemen etrafında beliren ve kendi güzelliğini kat kat bastıran mimariyi fark etmesiyle fazla uzun sürmedi. Sudaki yansımada sonsuzluğa uzanan sarayın ince süslemelerle nakış nakış işlenmiş duvarları, pervazları, saçakları, tavanları, zengin inceliklerle dolu tek, çift, üçüzlü, dördüzlü sütunları, yüzlerce çeşit geometrik desenlerle bezeli seramikleri, güzelliğin kime ait olduğuna şüphe bırakmıyordu.

Sonra havuzun suyunda, sırtındaki bol ve kalın kürküne tezat, incecik bacaklarına yapışan daracık çorap pantolonu kendisini iyice bodur gösteren kocasının yansımasını gördü. Dizginleyemediği bir ihtirasla yansımadan Ferdinand'ın dar pantolonunun kabarıklığından erkeklik organını gözleriyle seçmeye çalıştı. O sırada sağ tarafındaki yansımada basit tuniği ve kapüşonlu siyah cüppesiyle yavaş yavaş beliren, çocukluğundan beri yanından ayırmadığı Torquemada'yı gördü. Baş Engizitor'un kendisine söyleyecekleri olduğunu, onun doğru zamanı kollamaya çalıştığını anlamıştı.

Kendi yansımasına tekrar baktı İzabella. Gördüğü kadın, İspanya'daki sekiz asırlık İslam hâkimiyetine son noktayı koyan bir kraliçeydi. Çocukluğundan beri hayalini kurduğu, Torquemada'nın ruhani rehberliğinde yıllardır beklediği Büyük Katolik İspanya'sını gerçekleştirdiği andı bu.

Kral, Torquemada ve yakın korumaları olan birkaç şövalye hariç, maiyetine gelmemelerini işaret ederek kraliçe, El Hamra'nın birbiriyle bağlantılı sayısız avlularından birine daha geçti. Bir gergef gibi işlenmiş, beyaz bir gelinliği andıran, oymalı ve beyaz boyalı duvarlara ve kubbeye baktı. Burası, Elçiler Salonu'ydu. Üç metreye varan kalın duvarlardan dışarı açılan dokuz büyük pencere içeriye güneş ışıklarını öyle enteresan bir açıyla alıyordu ki gölge ve ışık süzmeleri içeride mistik bir hava yaratıyor, hiç şüphe yok asırlardır Avrupa'nın dört bir tarafından buraya gelen elçilere kendilerini cennetin bekleme salonundaymış gibi hissettiriyordu. İzabella güneş ışıklarının altında banyo yapar gibi kollarını açıp, yenlerini bir kanat gibi havalandırarak dönmeye başladı.

Sonra hızla yürüyerek her biri bir sanat harikası onlarca kermerin ve sütunun arasından geçti ve sarayın belki de en meşhur bölümüne, Aslanlar Avlusu'na girdi. Çifter sütunlu revaklarla çevrili avlunun ortasında, ağızlarından sular akan on iki aslan heykelinin sırtlarında taşıdığı çanak şeklindeki fıskiyeli havuz bulunuyordu. Havuzdaki su, avluyu dört ana parçaya bölen zarif kanallarla etraftaki salonlara doğru akıyordu. İzabella aslanlara baktığında bir rüyanın içinde gezindiğini hissetti. Ancak diğer odalar gibi burada yaşadığı zevk de kısa sürdü; rüyası bir kâbusa dönüşür gibi oldu. Zira aslanların sırtında taşıdığı gözüne sanki su değil de bir alev çamuruymuş gibi görünüyor, şırıl şırıl akarak yıllardır onu dinleyenleri ferahlatan suyun sesi bir yanardağdan ağır ağır akan lav dalgaları gibi kulağına çalınıyordu. İzabella, taştan aslanların şimdi canlanıp üstüne sıçrayacaklarından korktu.

Hiddetle bir sonraki avluya geçen kraliçe kendini İki Kızkardeşler Salonu'nda buldu. Ferdinand şaşkınlıkla onun peşinden geliyordu. Adını döşemesindeki damarlarının iki genç kız figürüne benzetildiği büyük bir mermer bloktan alan salon, Endülüs hat sanatının en güzel örnekleriyle işlenmişti. Salonda artık bir sarhoş gibi dolaşan İzabella buranın hükümdarların özel dairesi olduğunu biliyordu. El Hamra'nın kalbindeydi. Beyaz bir gelinliğin en mahrem bölgesinde gezindiğini hisseden kraliçe, Ferdinand'a baktı. Genç kral, kendinden isteneni anlarcasına etrafına bakınıp kimsenin olmadığını gördüğünde İzabella'nın yanına geldi. Kraliçe, Ferdinand'ı hemen arkasındaki sedef kakmalı bir masaya elleriyle iterek, kralı sırtüstü yatırdı. Sonra kat kat elbisesine ve uzun eteklerine aldırış etmeksizin bir çırpıda kendi de masanın üzerine sıçradı ve bir süre ayakta etrafı seyrettikten sonra Ferdinand'ın beline oturdu. Kraliçe iç çamaşırını hızlı bir hareketle eteğinin altından kenara sıyırırken Ferdinand da kendisinden bekleneni yerine getiriyordu. Kralın kafası masanın ucundan geriye doğru sarkıyordu. İzabella, ata biner gibi ileri geri ve aşağı yukarı hızlı hızlı hareket ederken boynundaki haç da iki tarafa sallanıyor, kraliçe etrafındaki işlemeli duvarlara, ahşap sütunlara, at nalı kemerlere ve kendisini vermek istemeyen utangaç bir gelinin yüzüne bakar gibi etrafına bakınarak, sanki Ferdinand'la sevişir gibi değil de El Hamra'ya tecavüz eder gibi hiddetleniyordu.

El Hamra artık onundu, onun olmalıydı.

Duvarlara hatla işlenen onlarca halifenin ve emirin yazıları sanki yüzlere dönüşüyor, İzabella onların; Emir İbn Nasr'ın, Halife Yusuf'un, Sultan Abdullah'ın gözlerinin içine bakıyordu.

Granada Emirliği'ni bitiren oydu!

Büyük İspanya Birliği'ni sağlayan oydu!

O istese de istemese de Granada'nın alamet-i farikası, Müslümanların nişanı bu saray artık onundu!

Duvarlarda gözlerini gezdirirken genç kraliçe avlunun gösterişli kapısının kenarında beliren Torquemada'yı gördü. İzabella hiçbir utanma duygusu göstermeksizin, hatta tam tersi, şimdi daha da zevk alırcasına, din adamının gözlerine bakarak sallanmaya devam etti.

Tomas de Torquemada ise kraliçenin ölen kardeşi Enrique gibi eşcinsel olmadığı için Tanrı'ya şükrediyordu. Hatta Ferdinand ve İzabella'nın kuzen olmaları bile umurunda değildi. Bugün de kraliçeye sesini çıkarmayacaktı. Kusursuzca işleyen planını artık son aşamasına geçirmenin zamanı gelmişti ve onu bundan alıkoyacak hiçbir yanlış harekete girişmeye niyeti yoktu. İzabella'nın bunu hissettiğini biliyordu. Kraliçe, elindeki kozları her zaman sonuna kadar kullanırdı.

Büyük İslam Emirliği artık yıkılmıştı, Tarık'ın toprakları artık onun olmuştu.

Sırada Yahudiler vardı.

21

"Çabuk çabuk çabuk!" diye telaşla söylendi adam önündeki Afrikalı'yı ittirerek. Hayatı açık denizlerde geçen bu kaptanın yüzünü güneş iyice yakmış, açık ten rengini kırmızıya çalan bir hale bürümüştü. Küt saçları neredeyse tamamen ağarmış, kırkına henüz basmış olmasına rağmen kendisine oldukça yaşlı bir hava katmıştı. Ancak şimdi olduğu gibi yerinde duramaz tavrı ve tez canlılığı, ite kaka önüne kattığı Afrikalı'nın gözünde, bu deli kaptanın olduğundan çok daha genç görünmesine neden oluyordu. Etrafta bir oraya bir buraya koşan Kastilya ve Aragon askerlerinin, korkudan iki tarafa kaçışan Granadalıların arasından bu beyaz ve kara ikili uzun boyları sayesinde rahatlıkla seçilebiliyordu.

"Neden acele ediyoruz? Nereye gidiyoruz?!" diye sordu Afrikalı bir kere daha. Şehrin dar sokaklarından, yüksek duvarlı bahçelerinin arasından, üstelik bir savaş sonrası karmaşasının, yer yer harabeye dönmüş binaların tam ortasından hızlı hızlı yürümeye çalışırken, kartografya uzmanı Pedro Alonso Nino, arkasındaki adam onu kakışladıkça daha da öfkeleniyordu. Üstelik ikili Bibrambla Meydanı'na yaklaştıkça etraftan yukarı doğru yükselen simsiyah dumanlar daha da belirginleşiyor, karmaşa daha da artıyordu. Nino, bu adamın kendisinden ne istediğini bir türlü anlayamıyordu. Ama sesini çıkaramazdı. Sadece yarım saat önce Kraliçe İzabella kendisini onun emrinde çalışmak üzere kölelikten azletmişti.

Pedro Alonso Nino kadere inanırdı. İnanırdı ama kaderin cilvesini hiçbir zaman bugünkü kadar derinden ve ironik yaşamamıştı. Son iki saatini düşündükçe üzülsün mü, sevinsin mi bilemedi. Hayatını haritaların, atlasların, oktantların, cetvel ve iletkilerin yığılı olduğu saray masalarında geçiren bu Afrikalı, Granada Emiri'nin önde gelen kartograflarından biriyken şehrin İzabella ve Ferdinand'ın eline geçmesiyle saraydaki pek çok âlim gibi yeni İspanya Devleti'nin kölesi yapılmıştı. Bir zindanda ölümü beklerken birdenbire ortaya çıkan bu deniz kaptanı, Kraliçe İzabella'dan kölenin kendi emrine verilmesini rica etmişti.

"Dur dur!" diye seslendi arkasından kaptan. Şehrin sayısız çeşmelerinden birinin önünde eğilmiş kana kana su içiyordu. Afrikalı, onun üstündeki alelade ceketine, ceketinin yenlerinden dışarı çıkan fırfırlı beyaz gömleğinin pislikten karaya çalan kollarına ve tüm bacağını saran daracık çorap pantolonuna baktı. Bu İspanyolları anlamak imkânsızdı; daracık pantolonlarla nasıl rahat edebiliyorlardı? Kendilerini neden durduk yerde böylesi bir cendereye sokuyorlardı?

"Gün boyu..." diye devam etti kaptan musluğa ağzını dayayarak. Lıkır lıkır yutkunarak bir süre su içtikten sonra, "...susuzluktan öldüm," dedi. Sonra ağzını tekrar musluğa dayadı.

Afrikalı, onun avucuyla ağır ağır su içmek yerine ağzını musluğa dayayarak, üstelik dilini de bazen dışarı çıkartarak, çenesinden aşağıya ve üstüne akıtarak aç gözlü bir hayvan gibi su içişini tiksinerek izledi. Adam yakasını, göğsünü ve kollarını su içinde bırakmıştı. Nino, musluğun üstündeki çeşmenin kitabesindeki Arapça bir ayeti ve onun üstünde çeşmeyi yaptıran sultanın adını okudu. "*Ebu Abdullah...*" diye başlayan yazının sol tarafını tamamlayamadı. Çünkü çeşmenin bu kısmı parçalanmıştı. Kaptanın diğer tarafına geçerek yerdeki parçayı aldı ve çeşmenin parçalanan kısmına koymaya çalıştı. Kitabenin birleşmesiyle isim de ortaya çıktı: "*...Muhammed.*" *Ebu Abdullah Muhammed* yazıyordu; son Granada Emiri'nin ismi. Bahtsız Boabdil, diye düşündü Afrikalı hüzünlenerek.

"Hadi geç kaldık!" diye söylenen kaptan tekrar Afrikalı'nın kolundan tutup çekiştirince "Muhammed" yazılı parça yine yere düştü ve bu sefer paramparça oldu. Nino bu kaptanı hiç sevmediğini düşündü. Ve hiç şüphe yok ki Boabdil gerçekten bahtsızdı!

İkili, şehir meydanındaki Cennetül Arif Kütüphaneleri'nin Bibrambla binasına geldiklerinde kaptan "Eyvah!" diyerek yumruğunu ısırmaya başladı. "Geç mi aldık acaba?!... Hayır hayır, yetiştik, geç kalmış olamayız!"

Kütüphanenin etrafında bir iki kardinal ve onlarca rahip ile keşiş dolanıyordu. İçeriye eli boş giren rahipler dışarıya ellerinde kucak dolusu kitaplarla çıkıyorlar, bunları normalde gübre çekmek için kullanılan bir at arabasının arkasına yüklüyorlardı. Daha da kötüsü etrafta Engizisyon muhafızları dolanıyordu.

"Ne... Ne yapıyorlar?!" dedi Afrikalı şaşkınlıkla. "O kitapları nereye götürüyorlar?"

"Boş ver, konuşacak zaman yok şimdi! İçeri girmemiz lazım."

Kaptan etrafa bakınarak en rütbeli kardinalin kim olduğunu anlamaya çalıştı. Afrikalı'ya "Sen burada bekle," dedikten sonra kırmızı astarlı siyah cüppesi ve başındaki gösterişli başlığıyla diğerlerinin arasından rahatlıkla sıyrılan bir kardinalin yanına gitti.

Nino, uzaktan olup bitenleri şaşkınlıkla izlemeye devam ediyordu. Kaptanı karşısında gören kardinal eliyle önce "hayır hayır" diye işaret etmiş, hemen ardından da az ötedeki bir muhafıza işaret ederek adamın buradan uzaklaştırılması emrini vermişti. Ama sonra kaptan cebinden bazı kâğıtlar çıkartarak bunları kardinale gösterdi. Kâğıtta yazanlara dikkatle bakan kardinal daha sonra kaptanın yüzüne baktı ve çaresizlik içinde, "içeri gir" der gibi başıyla binanın kapısını gösterdi. Kaptan o zaman Afrikalı'ya dönerek eliyle gelmesini işaret etti. Afrikalı, kardinalin önünden geçerken din adamının ona ters ters baktığını hissediyordu.

Kaptan ve Afrikalı, rahiplerin arasından sıkış tıkış geçerek içeri girdiklerinde kaptan Nino'ya dönerek, "Hadi bakalım, şimdi sıra sende," dedi. "Göster marifetini."

Nino içerde yerlere saçılan, raflarından, çekilen dişler gibi söküp alınan kitapları gördüğünde tekrar afalladı. İki tarafına şaşkınlıkla bakarak, "Ne yapacaklar bu kitapları?" diye sordu karşısındaki adama.

"Şimdi vaktimiz yok buna. Hadi haritalar nerede?"

Afrikalı, başka şansının olmadığını görerek kendini toparladı ve hafızası yerine gelmiş gibi sağ koridoru işaret ederek "Coğrafya bölümünün şu tarafta olması gerekir," dedi. Önde Afrikalı, arkada kaptan, uzun koridordan, bazıları tamamen boşaltılmış, bazıları halen kitap dolu odaların yanından geçtikten sonra durdular.

Nino, işaret parmağıyla önünde durduğu odayı göstererek, "Burası olmalı," dedi.

Kaptan, "Hadi daha ne bekliyorsun!?" diye arkasından onu içeriye itti.

Nino isteksiz bir halde duvarı kaplayan rafları gözleriyle taramaya koyuldu. Bu arada kaptan da cebinden bir liste çıkardı ve isimleri saymaya başladı:

"Al-Idrisi'yi bulmaya çalış önce. En önemlisi bu!"

Nino, sol taraftaki kitaplığın üstten üçüncü rafına uzanarak oradaki bir kitabı eliyle çekip çıkarttı. "İşte," dedi kaptanın suratına atarcasına. "'*Al-Idrisi*' değil, '*El-İdrisi*'!"

Afrikalı'nın tavrı, kaptanın umurunda değildi. Altın bulmuş gibi, diğerlerinden iki üç kat büyük bu kitabı kucağında tutarak sayfalarını alelacele karıştırmaya başladı.

"Şahane!" dedi. Sayfaları çevirip de çeşit çeşit haritaları gördükçe gözleri ışıldıyordu. Arapça yazıları okuyamıyordu ama denizleri, okyanusları ve kıtaların şekillerini pekâlâ seçebiliyordu.

Afrikalının yüzüne dönerek, "Peki ya..." dedi ve sonra yine kâğıdı okumaya çalıştı: "Ma... Ma...mun'un yazdığı atlas?"

Kaptan artık Nino'ya iyice aptal gibi görünmeye başlamıştı. İşaret parmağını raflardaki kitapların üzerinde dolaştırdıktan sonra yine büyük boy bir elyazmasına yapıştı. "*Me'mun* demek istiyorsun herhalde," dedi. "Dokuzuncu yüzyıl İslam Halifesi'dir. Atlas yazmamıştır, kartograflarına büyük bir coğrafya kitabı hazırlatmıştır."

Kaptanın kucağına bu kitabı da hınçla atan Afrikalı devam etti: "Döneminin tüm atlasları bir arada toplanmış, enlem boylam hesapları karşılaştırılmıştır."

Kitapları daha fazla kucağında tutamayan kaptan onları odanın ortasındaki bir masaya koyarak *Me'mun Coğrafyası*'nı karıştırmaya başladı.

"Yüce İsa aşkına! Bunlar... Bunlar mükemmel!" diyordu. Hayatında görmediği çizimler ve pek anlayamasa da daha önce duymadığından emin olduğu hesaplamalarla karşı karşıyaydı.

Nino "Başka ne istiyorsun?" der gibi kaptanın suratına baktı.

Adam zar zor dili dönerek, El Biruni, El Zuhri ve diğer birkaç ismi daha zikretti.

Tüm rafları tekrar tekrar dolaştıktan sonra Afrikalı, "Onların hiçbiri yok," dedi. Boş rafları gösterdi. "Almışlar."

O sırada içeriye rahipler girerek raflardaki kitapları kucaklamaya başladılar. Rahiplerden biri, "Artık gitmeniz gerekiyor," dedi kaptana tehditkâr bir ses tonuyla.

Kaptan, "Tamam biz de zaten çıkıyorduk," diyerek iki kitabı da aldı ve Afrikalı'yla beraber odadan dışarı çıktı.

Rahiplere bakan Nino, "Bu kitapları ne yapacaklar, kaptan, Allahaşkına söyle?" dedi yalvarırcasına. "Nereye götürüyorlar?"

"Yakında anlarsın," dedi kaptan soruyu geçiştirmek istercesine. Aklı hemen şimdi gidecekleri sıradaki kütüphanelerdeydi. V. Muhammed Kütüphanesi, I Yusuf'un yüzlerce parçadan oluşan özel kitaplığı ve Granada donanma kütüphanesi bunlardan sadece birkaçıydı. Elindekileri ve eline geçecekleri düşündükçe kaptan heyecandan ölecek gibi oluyordu.

"Ben artık gitsem?" diyecek oldu Nino ama kaptan lafı ağzına tıkadı:

"Daha işimiz yeni başladı!"

Afrikalı, aklı at arabasına yüklenen kitapların akıbetinde, umutsuzca onun önü sıra ilerlerken, kaptan büyük bir hazinenin kapısını araladığını düşünüyordu. Artık okyanusa açılmak için hazır sayılırdı.

Kristof Kolumbus, dünya tarihini değiştirecek haritaları bulmuştu. Sırada Palos'taki Pinzon Kardeşler'i bulmak vardı.

22

Zaragossa Kilisesi'nin rahibi ufukta beliren iki kraliyet atlısını gördüğünde sıra dışı bir haberin geldiğini tahmin etmişti ama yine de eline verilen sarmal parşömendeki fermanı okumaya başladığında gözlerine inanamadı.

"Kral Ferdinand ve Kraliçe İzabella, Tanrı'nın lütfuyla Kastilya, Leon, Aragon ve diğer mülklerin Kral ve Kraliçesi, prensleri, dükleri, kontları, dini tarikatları, kutsal din adamlarını, kalelerin lordlarını ve komutanlarını selamlar, tüm Yahudilere, her yaştaki erkek ve kadına, bu kanunun ilgilendirdiği herkese duyurur ki," diye başlıyordu mektup.

"Herkes tarafından çok iyi bilinmektedir ki egemenliğimizin sürdüğü topraklarda gizli gizli Yahudi geleneklerini sürdüren ve Kutsal Katolik inancımıza döneklik eden kötü Hıristiyanlar vardır. Bunların çoğu da Yahudiler ile Hıristiyanlar arasındaki iletişimden kaynaklanmıştır. Bu nedenle Yüce İsa'nın bin dört yüz seksen senesinden bu yana şehirlerimizde Yahudilerin çekileceği gettolar inşa ettik ve ve Hıristiyanlarla aralarındaki münasebetleri kısıtlamaya çalıştık. Dahası yine aynı sebeple krallığımızda Engizisyon'u kurduk ve son on iki yılda çok sayıda sapkının ve şeytani gücün cezalandırılmasını sağladık..."

Bir pazar sabahı Burgos şehir meydanında birbirlerini kovalayan, yalınayak koşuşturan iki küçük çocuk, bir papazın etrafında toplanmaya başlayan kalabalığı görünce insanların arasına karıştılar ve boyunlarını uzata uzata papazın elindeki kâğıttan ne okuduğunu anlamaya çalıştılar.

"...Fakat Kutsal Engizisyon bize halen daha Hıristiyanlık'a karşı çok büyük hakaretlerin işlenmeye devam ettiğini, bunun Hıristiyanlara zarar verdiğini ve tüm bunların kutsal Katolik dinimizi bozmak için her yolu denemeye hazır, dindar Hıristiyanları yollarından döndürmek için her şeyi mubah gören Yahudilerin, dindaş insanlarımızı konuşmalarıyla etkilemelerinden ve onlarla beraber yaşamalarından kaynaklandığını bildirmektedir.

"Bu sapkın Yahudiler, Hıristiyan dindaşlarımıza kendi dinlerinin kurallarını, kendi dini vecibelerinin, törenlerinin ve vazifelerinin gereklerini öğretmektedirler. Yahudiler, çocukların nasıl sünnet edilmesi gerektiğini açıklıyor, onlara Musa'nın dinini anlatan kitaplar dağıtıyorlar. Sapkın kitapları Talmud'a göre nasıl ibadet edileceğini, hangi günler oruç tutulacağını, mayasız ekmeğin nasıl hazırlanacağını, Fısıh'ı, Hamursuz Bayramı'nı, sözde yememeleri gereken hayvanların etlerini ve nihayetinde Musa'nın diğer kurallarıyla Hıristiyanların beyinlerini kirletiyorlar, hayatlarını altüst ediyorlar. Tüm bunları ayrıntılarıyla anlatan kitaplar basıyorlar, şeytanın yeni icadı baskı aletiyle Hıristiyan topraklarımızda hızla yayılıyorlar ve kutsal Katolik kilisemize onarulması güç zararlar veriyorlar..."

İspanya'nın güneydoğusundaki Seville Katedrali'nin ayininde papaz *Ave Maria* ilahisinden sonra kilise ahalisinin şaşkın bakışları altında aynı fermanı okumaya devam ediyordu:

"...Ne Engizisyonların ne de gettoların, doğru yolda yürüyen Hıristiyanlara her gün yeni bir tehdit oluşturan Yahudilere karşı tam anlamıyla etkili olabildiği açıktır. Âciz insanoğlunu kutsal Katolik kilisemizin öğretilerinden her an saptırmaya çalışan şeytani güçler bu Yahudilerle işbirliği yaparak kafalarımızı bulandırmakta ve bizi doğru yoldan şaştırmaya çalışmaktadırlar.

"İşte tüm bu nedenlerden ötürü, kraliyetimizin önde gelen lordları ve deneyimli seçkinlerinden oluşan konseyiyle işbirliği içinde, Engizisyon'un merkezi Yüksek Kurul Suprema'nın tavsiyesi, bilgisi ve vicdanının rehberliğinde şu karara vardık ki tüm erkek ve kadın Yahudiler krallığımızı terk edecek ve bir daha bu topraklara dönemeyeceklerdir..."

Bir zamanlar Endülüs'ün en büyük İslam mabedi olan Kurtuba Camii'nin kiliseye çevrilmiş geniş avlusunda şehrin kardinali aynı satırları okuyordu. Krallığın bir başka şehrinde Davud, duyduklarını uzun zamandır bekliyormuş gibi eski bir caminin kemerlerinin dibinde umutsuzca başını önüne eğdi.

"...Dahası bildiririz ki, yaşları ne olursa olsun, kadın erkek, topraklarımızdaki tüm Yahudilerin, çoluk çocuklarıyla, hizmetçileri ve akrabalarıyla, küçük büyük ahalileriyle bu Temmuz ayının sonuna kadar krallığımızı terk etmeleri ve bir daha hiçbir süratle sınırlarımızdan içeriye adım atmamaları emrolunur. Bu fermana uymayan her Yahudi ölümle cezalandırılacak, tüm malvarlığına el konulacaktır. Bu Yahudileri evlerinde saklayan, onları savunan ya da onlara yardım eden Hıristiyanlar da yine aynı şekilde cezalandırılacak, bu şekilde davranan lordların sıfatları, düklerin toprak hakları, ve boyunduruğumuz altındaki baronların ayrıcalıkları geri alınacaktır.

"Yahudiler üç ay içinde evlerini ve topraklarını ellerinden çıkarabilirler, eşyalarını Hıristiyanlarla değiş tokuş edebilirler, istedikleri şeyleri taşıyabilirler. Ancak, yanlarında para, altın, gümüş ya da değeri yüksek herhangi bir malı bulunduramazlar, kraliyetimiz dışına çıkartamazlar. Eşyalarını ellerinde ve sırtlarında taşıyabilirler ama katırlarda, atlarda ya da diğer hayvanların üzerinde bir şey götüremezler, kraliyetimiz dışına hayvan çıkartamazlar. Bu şartlar çerçevesinde Yahudiler, krallığımızı kara ya da deniz yoluyla terk edebilirler..."

Toledo'nun Yahudi gettosundaki El Transito Sinagogu'nda Abraham De Silva ve İshak Abravanel hahambaşının iki Engizisyon muhafızının denetiminde yutkunarak zorla okuduğu fermanı dinlerken şeytan görmüş gibi dehşetle birbirlerine bakıyorlardı.

"...Böylelikle sınırlarımız dahilindeki tüm idari yönetimlere, hakimlere, lordlara, şövalyelere, dini Hıristiyan tarikatlarına, Engizisyon muhafızlarına, kardinallere ve rahiplere duyururuz ki bu kanunnamenin yükümlüklerini kati süratle yerine getirsinler, suçluları en hızlı şekilde cezalandırsınlar, gerekli gördükleri kişilerin mallarına kraliyet hazinemize ve Engizisyon'a devredilmek üzere el koysunlar ve sapkınları tutuklasınlar.

"Bu ferman tüm şehirlerin meydanlarında, kalabalık alanlarında ve

kiliselerinde, büyük köylerin buluşma noktalarında papazlar tarafından okunacak ve bu andan itibaren sınırlarımız dahilindeki hiç kimse kanundan haberdar olmadığını iddia edemeyecek; fermanın hükümlerine, burada belirtilen şartlarına karşı gelen, bunu ima eden, yürürlüğe konmasını zorlaştıran herkes ölümle ve Kraliyet ve Engizisyon hazinesine devredilmek üzere malına el koyma ile en sert şekilde cezalandırılacaktır.

"Bu kanunname Müslümanların elinden kurtarılan Granada şehrinde, El Hamra'da Yüce İsa Tanrımızın bin dört yüz doksan iki yılında, Majesteleri Kral Ferdinand ve Kraliçe İzabella tarafından düzenlenmiş, onaylanmış ve imzalanmıştır."

Baş Engizitor Tomas Torqueamada birkaç hafta öncesine kadar Yahudi şairlerin İslam halifesine methiyeler düzdüğü Kızkardeşler Salonu'nda Kraliçe İzabella'nın imzaladığı fermanı tutarken yüzünde sinsi bir gülümseme taşıyordu. Tanrı'nın çobanı işe koyulmak için heyecanlanıyordu. Artık herkes ya Hıristiyan olacak ya da bu topraklardan defolup gidecekti!

23

Kolombus, katırının üstünde soluk soluğaydı. Elindeki bir bez parçasıyla alnında damla damla oluşan terini sildi. Sanki Granada'dan buraya iki haftalık yolu katırı değil de kendisi çekmişti. Bulunduğu dağın yamacından, şehrin gemilerle dolu rıhtımını gördüğünde Palos'a geldiğini anladı ve derin bir oh çekti. Üzerine bindiği hayvan belki bir at olsa bu kadar yorgun düşmezdi, ama Katolik Kilisesi'nin emirleri çok netti: at, sadece ve sadece kraliyet mensupları ve Kilise görevlileri içindi. Gerçi Kolombus, bu emre daha önceleri itaat etmeyerek, pek çok ata kaçamak binmişti ama şimdi her zamankinden azgın hareket eden Engizisyon papazlarıyla uğraşmak istemiyordu. Hayatı boyunca kaderin kendisine ilk defa güldüğü böyle bir anda, işlerin ters gitmesine izin veremezdi.

Fakat bir katırın üzerinde yol almaktan ziyade, Kolombus'u asıl karadan yolculuk etmek yormuştu. Denizlerde doğup büyüyen her Cenevizli gibi, o da denize âşıktı. Bu adamları deniz değil, kara tutardı. Bir yüncünün oğlu olmasına rağmen Kolombus çocukluğunu Kios adasına demirleyen amirallere, denizcilere, tayfalara bakarak geçirmiş, bulduğu ilk fırsatta da kendini denizlere atmıştı. Öte taraftan, kırk küsur yaşına gelmişti ama şimdiye kadar hiçbir filoya amirallik etmemiş, amirallik bir yana, şöyle tam mürettebat bir karakaya kaptan dahi olamamıştı. İşte biraz da bu yüzden Palos'daydı. Martin Alonso Pinzon ve kardeşlerini, nam-ı diğer Pinzon Kardeşler'i bulmalıydı.

Şehrin eteklerinden rıhtıma doğru katırını sürdü.

Güneş ışıkları, vadideki tarlaları kaplayan ağaçlardaki zeytinleri ışıldatıyor, renkleri parıl parıl parıldayan bir bakıra dönüştürüyordu. Ne var ki, İspanya'nın güneybatısında küçük bir rıhtım şehri olan Palos'un halkını çiftçiden çok denizci oluştururdu. Akdeniz'de volta vuran ve son yıllarda da özellikle Afrika kıyılarına açılan İspanyol denizcilerin bir numaralı konak yerleriydi Palos.

Kolumbus şehrin meydanından geçerken sıradışı bir şey fark etti. Etrafta alışılmadık sayıda Dominik keşişi cirit atıyordu. Bununla birlikte rıhtımda garip bir sessizlik hâkimdi. Denizci rıhtımın hemen yanındaki bir binanın önünde katırından indi ve hayvanı yala bağlayarak içeri girdi. Burası, gümrük görevlilerin ve denizcilerinin karınlarını doyurup, soğuk bir şeyler içtikleri, meyhane ile restoran karışımı bir uğrak yeriydi.

Kolumbus, Müslümanların İspanya'ya hediyesi olan bir çanak nar suyunu solumadan içtikten sonra meyhanenin sahibine Martin Alonso Pinzon'u nerede bulabileceğini sordu. Adam, kendine söyleneni duymamış gibi yaparak işini yapmaya devam edince denizci tekrar ismi, bu sefer yüksek bir sesle tekrarladı:

"Hey! Sana söylüyorum. Pinzonları nerede bulabilirim?!"

Bu sefer meyhaneci, barın arkasından hızla Kolombus'a yaklaşarak, denizci daha ne olduğunu anlamadan kalın bir satır çıkardı ve "Bir daha o ismi tekrarlarsan dilini keserim!" dedi.

Kolombus yutkundu. Neye uğradığını şaşırmıştı. Tamam anlamında, korkuyla başını öne sallayınca meyhaneci silahı onun gırtlağından çekti.

Denizci, "Tanrı aşkına!" diyerek satırın boynuna değdiği yeri kontrol etti. Kendi kendine söylendi. "Sadece eski bir dostu bulmaya çalışıyordum, hepsi bu."

Kolombus'un hemen yanında oturan bir başkası fısıldayarak ona döndü:

"Nereden tanıyorsun Martin'i?"

"Birkaç yıl önce karavelimi onarmıştı," diye cevapladı Kolombus adamı göz ucuyla kestikten sonra. Sessizce devam etti: "Nerede olduğunu biliyor musun?"

Adam fısıldayarak cevapladı:

"Burada yuvarlak kafaların götürdükleri insanlar hakkında konuşulmasını pek sevmeyiz."

Kolombus anlamadı. "Yuvarlak kafalar mı?"

"Sessiz ol be adam!.. Engizisyon'a götürülenler."

Kolombus yuvarlak kafanın Dominik rahiplerinin *tonsure* adındaki saç şekillerine Palosluların taktığı bir ad olduğunu fark etti. Ama şaşkınlığı daha da artmıştı:

"Martin'i Engizisyon mu götürdü?!"

"Onu ve kardeşlerini."

"Hangi suçla?"

"Pinzonların gizli Müslüman oldukları hakkında bir söylenti var."

"Pinzonlar mı?! Müslüman mı?!" Kolombus kulaklarına inanamıyordu. Granada'dan iki haftalık yolu bir grup Engizisyon suçlusu için mi çekmişti yani!

"Neye dayanarak bunların Müslüman olduklarını iddia ediyorlar peki?"

"Adamların sürekli ellerini kollarını yıkadıklarına, çok sık yıkandıklarına şahit olmuşlar. Denizcilik aletleri üzerinde de bir sürü Arapça yazı ve rakam varmış."

Kolumbus sinirle güldü: "İyi de o aletleri eskiden beri Arapların icat ettiğini ve üstlerinde Arapça rakamların kullanıldığını herkes bilir!"

Adam aynı alaylı ifadeyle cevap verdi:

"Yuvarlak kafaların bu detaya aldırdıklarını pek sanmıyorum."

Kolombus'un başından aşağı kaynar sular dökülmüştü. Pinzonlar olmadan okyanusa açılabilmesine imkân yoktu. Palos'ta tanıdığı ve kaptanlığına güvenebileceği tek kişiydi Martin Alonso. Üstelik onun elindeki karavellere ve onun emrindeki adamlara da ihtiyacı vardı. Sinirden yumruklarını sıkıyor, kafasındaki denizci şapkasını çıkarıp kafasını kaşıyor, işin içinden bir türlü çıkamıyordu.

Fakat denizci düşündükçe aklına yeni fikirler gelmeye başladı.

Kolumbus kendini bir kere daha toparladıktan sonra bunun belki de kendine gülen talihin bir başka cilvesi olduğunu düşündü. Martin'in Engizisyon'un elinde olması belki de onun işine yarayabilir, Palos'un en ünlü tersanecisi ve gemi teçhizatçısıyla hesap ettiğinden çok daha ucuza anlaşabilirdi!

Kafasını tekrar yanındaki adama çevirdi:

"Peki nereye götürdüler Pinzonları?"

"Tüm tutukları götürdükleri yere. Şehrin dışındaki La Rabida Manastırı'na. Orayı biliyor musun?"

Kolumbus'un yüzünde sinsi bir gülümseme belirdi. Bilmek de ne kelime, manastırın rahibini bizzat tanıyordu! Bu kesinlikle talihin ona açılan yeni bir kapısıydı!

24

Kolombus ve bir Dominik keşişi La Rabida Manastırı'nın karanlık mahzenlerinde ilerliyorlardı. Keşişin elindeki fenerin ışıkları duvarlarda dans ettikçe Kolumbus manastırın rutubetli duvarlarını görüyor, duvarlardaki ve yerlerdeki kurumuş kan ve kusmuk pisliklerini fark ediyordu. Burnunu koluyla kapatmış, içerdeki kesif kokuyu koklamamaya çalışıyordu. İkili ilerledikçe, parmaklıkların ardında inleyen, yerde yatan, demirlere yapışarak kendisinden af dileyen, hatta ona uzanıp yeleğinden tutmaya çalışan insanların arasından geçtiler.

En dipteki zindanların birinin önünde duran keşiş anahtarları şıngırdatarak, önündeki kapıya ait olanı buldu ve kilidi çevirdi. İçerdeki küçük hücrede, iki duvarın birleştiği köşeye oturmuş bir adam başını ellerinin arasına almış, dizlerini karnına çekmiş, öylece duruyordu. Burada konuşmanın ya da bağırmanın bir şeye fayda etmeyeceğini biliyor gibi hareketsiz, talihine boyun eğmişti.

"Martin Alonso Pinzon," dedi keşiş. "Bugün senin şanslı günün. Yüce İsa sana acımış olmalı."

Martin, yavaşça başını kaldırdı. Ten rengi esmere çalan, burnu, dudakları ve çene kemikleri belirgin hatlara sahip, hafif ama gür sakallı bir yüz, ikiliye baktı. Bir kâbustan uyanmış gibi ne olduğunu anlamaya çalışıyordu. Siyah kaşlarının altından ileri diktiği kara gözlerindeki sertlik sanki içinde bulunduğu hücrenin duvarlarını delecek güçteydi.

"Yarım saatiniz var," dedi keşiş, Kolumbus'a dönerek.

Denizcinin içeri girmesiyle birlikte kapı tekrar üzerlerine kapandı ve kilitlendi.

"Hâlâ anlamıyor musun?!" dedi Kolumbus, Pinzon'a, "endişelenecek hiçbir şey yok! Sürekli batıya gittiğimizde sadece birkaç hafta içinde Çağtay Hanlığı'na ve oradan da Hindistan'a varacağız!"

Denizci, hücreye girer girmez Pinzon'a kendini tanıtmış, hafızası tahmin ettiğinden de güçlü olan Paloslu kaptan bu Cenevizli'yi hemen tanımıştı. Hatta tanımakla da kalmamış, Kolombus'un ona beş bin marevedi borcunu ödemeden ortalıktan kaybolduğunu da hatırlamıştı. O parayla küçük bir karavel alınabilir, hatta Pinzon, iş bağlantılarıyla bu parayı bir karakanın inşasında dahi kullanabilirdi. Ne de olsa İspanya'nın en meşhur tersanecilerinden biriydi. Kolombus, "Sana anlatacaklarımdan sonra beş bin marevediyi değil mislercesini kazanacağız dostum!" diyerek hızlı hızlı planını anlatmaya girişmişti.

Emrinde çalışan yüzlerce insanı hem tersanesinde hem de kaptanlığını yaptığı sayısız seferlerde tanıyarak bir insan sarrafı olan Pinzon, bu adama güvenmenin pek hayır getirmeyeceğini biliyor, anlattıklarında bir tutarsızlık olduğunu seziyordu. Kolumbus aynı şeyi tekrar tekrar anlatıyor, onu ikna etmeye çalışıyor, Pinzon ise içinde bulunduğu hücrede bu adamla anlaşmaktan başka çaresinin olmadığını içten içe acıyla hissediyordu.

"Sen her zaman demez miydin Martin!?" diye devam etti Kolumbus, "Okyanus aşılabilir, suyun öte tarafındaki karalara ulaşılabilir diye! Kaç sefer bana kitaplığındaki haritalardan, adını şimdi unuttuğum Mağriplilerin yazdığı tarih kitaplarındaki okyanus ötesi yolculuklardan bahsedip atalarının bunu yüzyıllar önce başardığını, yeterli gemi ve mürettebatla tekrar yapılabileceğini sen anlatmadın mı?! Üstelik ihtiyacımız olan haritaları da buldum!"

Pinzon, Kolumbus'un El İdrisi ve El Mesudi gibi kitaplardan bahsettiğini biliyordu ama "ataları" sözünü duyunca Kolumbus'un yakasına yapıştı:

"Sessiz ol be adam! Sen beni kurtarmaya mı geldin, ateşe göndermeye mi?"

Pinzon, Fas'taki Marinid Hanedanlığı'ndan gelme geçmişinin bu manastırda yankılanarak söylenen son şey olmasını isterdi. Ataları Ebu Zeyyan Muhammed'e kadar dayanıyordu ama şimdi gizli Müslümanlık ile itham edildiği bu manastırda tekrar akıllara gelmesi onun işini kolaylaştıracak bir şey değildi.

Kolombus sinsice sırıttı. Kendisinden neredeyse iki karış uzun olan bu adamın güçlü bilekleri bile onu korkutmaya yetmiyordu.

"Merak ediyorum," dedi denizci, "Söyledikleri doğru mu? Gerçekten de sen..."

Cümlesini bitiremedi, zira Pinzon adamın yakasındaki yumruklarını daha da sıkarak Kolumbus'u duvara dayadı. Denizcinin nefesi kesilecek gibi oldu.

Son anda çaresizce Kolumbus'u bıraktı ve öfkeyle hücrenin öte tarafına yürüdü.

Kolombus birkaç öksürükten sonra kendine gelerek devam etti:

"Seni anlamıyorum! Ben sana özgürlüğünü vermeye geldim, sense bana saldırıyorsun! Biraz mantıklı ol, Martin."

"Bak," dedi Pinzon, "Senin anlattığın hesaplamalar tutarsız. Evet, daha önce okyanusun öbür tarafına geçildiğini biliyorum ama hiçbir zaman Çağatay Hanlığı'na ya da Hindistan'a varıldığını iddia etmedim."

"Bunları istersen buradan çıkınca konuşuruz. Benim sana ihtiyacım var. Senin gemilerine ve adamlarına." Kolombus yaklaştı ve etrafına bakındıktan sonra, "Öyle görünüyor ki, senin de bana ihtiyacın var," dedi. Pinzon sıkıntıyla iç çekti. Kolumbus haklıydı.

"Peki ya kardeşlerim? Emrimdeki adamlar? O mürettebat olmadan bu işe girişemeyiz."

"Aralarından hangilerini kurtarabilirim bilmiyorum ama bu kâğıtla üç gemiye yetecek mürettebatı toplayabiliriz."

Kolumbus, İzabella ve Ferdinand'ın Granada'da kendisine verdiği izin kâğıdını gösteriyordu. Bununla doksan kişiyi, yani üç gemilik mürettebatı gemisinde çalıştırmaya yetkili oluyordu. Kolombus'un anlattığı türden bir deliliğe hiç kimse yanaşmadığından o da çözümü zindandaki denizcileri ve tutsakları gemi mürettebatı olarak kullanmakta bulmuştu. Çoğu da gizli Yahudi ve Müslüman olan suçsuz insanlar...

"Peki filonun amirali kim olacak?" diye sordu Pinzon.

"Amiral elbette benim," dedi Kolombus. Pinzon kaşlarını çatınca hemen ekledi: "Ama yolculuk boyunca sen ne dersen o olacak. Kaptan sensin, sen ve kardeşlerin."

Pinzon düşünürken zindanın kapısı açıldı.

Keşiş, "Süreniz bitti!" dedi kesin bir ifadeyle.

Kolombus, Pinzon'a baktı: "Anlaştık mı?"

25

Davud, Villa del Rio kasabasının hemen girişindeki hana geldiğinde katırından indi ve günlerdir yol alan hayvanı, yarım düzine kadar atın yan yana dizili olduğu kazığa bağladı. Villa Del Rio, Kurtuba'ya bir günlük, Toledo'ya üç günlük uzaklıkta küçük bir kasabaydı. Hanın girişindeki levhada *La Lucha Contra Gallos* yazılıydı, hemen üstünde de çoğunluğu okuma yazma bilmeyen halk için yapılmış, tahtadan oyma bir çift horoz karşı karşıya duruyordu. Dövüşen Horozlar Hanı ne de garip bir isimdi.

Davud horozlara bakarken, amblemin hemen altındaki kapıdan iki sarhoş sallana sallana dışarı çıktı. Sarhoşlardan biri önünde keşişi görünce kendisine çekidüzen vermeye çalışarak istavroz çıkardı. "Affet Peder," diye tükürükler saçarak ağzında bir şeyler geveliyor, bir taraftan da gülüyordu. Ama ayakta zor durduğundan istavrozun bütün hareketlerini yanlış yapıyordu ve kıs kıs gülmemek için kendini zorladıkça daha da gülünç oluyordu. Adam sonunda önündeki basamaklardan birini kaçırdı ve yüzükoyun yere yığıldı. Yanındaki diğer arkadaşı onu zar zor ayağa kaldırıp oradan uzaklaştırdı.

Hava iyice kararmıştı; Davud, Dövüşen Horozlar Hanı'nda hem karnını doyuracak hem de geceyi burada geçirecekti. Ahşap binanın, bir meyhane olan giriş katından içeri girdiğinde belki de burada kalmanın iyi bir fikir olmadığını düşündü, ama yorgundu ve başka bir yer arayarak vakit kaybetmek istemiyordu.

İçeri girer girmez yılların kazandırdığı bir içgüdüyle binayı ve içindekileri gözleriyle taradı. Karşısında, salonun öbür ucunda, bir bar ve onun önünde yan yana dizilmiş erkeklerin ellerindeki tahta bardaklara şaraplarını dolduran bir barmen vardı. Barın iki tarafındaki merdivenlerden yukarıya, odaların bulunduğu kata çıkılıyordu. Meyhanenin üst katını fırdolayı kaplayan asmakattaki kadınlar parmaklıklara yaslanmış, aşağıdaki erkekleri cezbetmeye çalışıyorlardı. Kimisinin göğüsleri ortada, kimisinin eteğinin yırtmacı beline kadar açık, birkaçı da tamamen iç çamaşırlarıyla ortada dolaşan kadınlardan bazılarının yanında erkekler duruyor, bir taraftan pazarlık yapıyorlar, diğer taraftan da ellerini kadınların kalçalarında ve göğüslerinde dolaştırıyorlardı.

Barın hemen yanından arka taraftaki mutfağa geçiliyor, meyhanenin ortasındaki masalarda yemek yiyen, içki içen uğultulu kalabalığa ellerinde tepsiler ve testilerle kadınlar hizmet ediyorlardı. Ancak asıl gürültü sol tarafta bir daire şeklinde dizilmiş, birbirlerinin omuzları arasından ortadaki küçük alana bakmaya çalışan kalabalıktan geliyordu. Davud, hanın adının neden dövüşen horozlar olduğunu şimdi anlamıştı. Kalabalığın ortasından havaya tüyler uçuşuyor, birbirlerini didikleyen hayvancıkların kanat çırpışları onlar üzerine bahse giren erkeklerin tezahüratlarına karışıyordu.

Keşiş, önündeki barda, yukarıdaki asma katta ve etraftaki masalarda toplam on iki adet kılıç saymıştı. Sağ tarafta, arkadan ikinci masadaki beş kişilik grubun hepsinin de belindeki kuşaklarda bıçakların kabzaları görünüyordu. Fakat Davud'un asıl dikkatini çeken yukarıdaki asma katta, kadınlarla pazarlık eden ikilinin kılıçları ve çizmeleriydi. Hem kılıçların kalitesi, hem de adamların ayaklarındaki deriler bunların Kastilya şövalyeleri olabileceğinin işaretiydi.

Davud, barın en sessiz ve tenha, horoz dövüştüren kalabalıktan en uzak köşesine çekilip de sipariş verdiği tavuğu yemeğe başladığında yorgunluğunun biraz olsun çıkmaya başladığını hissetti. Dışarıdaki katırına da yem verilmesini rica etmişti. Tavuğu yerken, salonun öbür ucundaki horozların bağrışmalarını duyunca iştahı kaçtı. Aslında bunun olacağını tahmin etmişti ama sığır etini hiç yiyemezdi, zira ne eti doğru dürüst pişirirler ne de hayvanı keserken kanını iyice akıtırlardı. Bu yüzden tabakta, güya pişmiş etin içinden kan akmaya devam ederdi. Yıllar yılı, yabancı topraklarda her şeye alışırdı da bir türlü içine sine sine karnını doyuramazdı.

"Peder yolunu mu şaşırdın?" diye kahkaha dolu bir ses işitti arkasından. Horoz dövüşü bitip de etraftaki masalara dağılan kalabalığın arasından çıkan, biri diğerlerinin iki katı büyüklüğünde, insan azmanı olan, biri de oldukça çelimsiz üç kişi Davud'un tepesinde dikiliyordu. Soruyu soran insan azmanı yere tükürdü ve yanındakilere bakarak sırıtmaya devam etti. Adamın en öndeki iki tavşan dişi yerinde yoktu, kenarlardakiler de ya sapsarı ya da siyahtı.

Davud başını bile kaldırmadan önündeki tavuktan bir parça daha koparıp yemeye çalıştı.

"Hey, sana diyoruz!" diyerek bu sefer adamlardan bir diğeri Davud'a seslendi.

Davud ise su dolu kabı eliyle evirip çevirerek suyun temiz yerini ağzına getirdi ve susuzluğunu gidermeye uğraştı.

Başında bekleyen üç kişi Davud'un masası etrafına, altlarına birer tabure çekerek oturdular. İlk konuşan insan azmanı "Sağır mı oldun, Peder?" diyerek yüzünü keşişin yüzüne iyice yanaştırdı. Davud, herifin iğrenç kokulu sıcak nefesini yüzünde hissedince midesi bulandı. Yüzünü buruşturdu ve başını öbür tarafa doğru kaçırdı.

Bu sefer diğer yanındaki, Davud'un omzunu eliyle kakışlayarak, "Konuşsana!" dedi. Arkadaşlarına dönerek, "Bu hem sağır hem calay," diye dalga geçti. Fakat az önce dokunduğu keşişin omzunun beklemediği kadar kaslı ve sert olduğunu düşünmeden edemedi. Davud, adamın böyle hissettiğini hissetti ve ilk defa onun gözlerine baktı. Din adamının abası, omuzlarına düşen kapüşonu, elbisenin içindeki vücudu, kasları ve görünümü hakkında her zaman yanlış bir izlenim verirdi.

Sol tarafındaki insan azmanı az önce arkadaşının yaptığı gibi keşişin omzunu iterek, "Sen hangi tarikattansın peder?" diye sordu alayla.

Onun hemen yanındaki çelimsiz "Bunlar köpek pisliği yiyenler tarikatından," dedi. Diğerleri tekrar kahkahaya boğuldular. İri yarı olan, Davud'un kafasına dokunarak, "Bunun kafası da tıraşlı değil..., nasıl tarikatsa," dedi gülmeye devam ederek.

Davud, insan azmanına, "Bir daha bana dokunursan elini kırarım," dedi. Sesindeki kesinlik ve otorite adamları şaşırttı. Bir an birbirlerine bakan üçlü sonra tekrar gülmeye başladılar.

Çelimsiz olan, Davud'un bakışını ve sesini taklit ederek, "Bir daha omzuma dokunursan elini kırarım," dedi.

İnsan azmanı, sapsarı dişlerini göstererek sırıtırken, "Dokunuyorum işte!" deyip Davud'u yine kakışlamak üzereydi ki keşiş sol kolu hariç hiçbir yerini oynatmadan adamın elini yakaladı ve tek seferde tersine bükerek adam daha ne olduğunu bile anlamadan bilekten ayırırcasına insan azmanının elini kırdı.

Adam "Eliiiimm!" diye çığlık atıp yere yığılırken, onun hemen karşısındaki orta boylu olanı, Davud'un üzerine çullanmak üzereydi ki Davud sol elini sağının üstüne getirerek sağ dirseğini adamın yanağına tokat atar gibi geçirdi. Onun da yere yığılmasıyla tam karşısındaki çelimsiz, belindeki bıçağı çekti ve ayağa kalkarak Davud'un karşısına dikildi. Bir taraftan korkudan titriyor, diğer taraftan arkadaşlarının öcünü almak için sabırsızlanıyordu. Etraftaki kalabalık artık onların masasına dönmüş, soluksuz bir şekilde olup biteni izliyordu.

Davud da ayağa kalkmış, karşısındaki bıçaklının hamlesini bekliyordu. Adam bıçağı Davud'un tam kalbine doğru salladı. Keşiş, adamın bıçağı tutan bileğini kaptığı gibi onu kendine doğru çekti ve kafasını burnuna gömdü. Burnu kırılan adam, yüzü kanlar içinde dizlerinin üzerine yığıldı.

O sırada Davud boynunun sağında ve solunda, iki tarafından da uzatılmış kılıçların sivri uçlarını hissetti. Hana girişinde, üst katta fark ettiği şövalye kılıçlarıydı bunlar. Keşiş, geceyi bu handa ve bu kasabada geçiremeyeceği için üzülürcesine başını önüne eğdi.

Davud, Dövüşen Horozlar hanından çıkıp da az önce yere yıktığı adamlara ait iki attan birine binip diğerini yedeğine koşarak gözden kayboldu. Meyhanenin ortasındaki kalabalık sanki dilleri tutulmuş gibi, yerde yatan beş kişiye bakıyordu. Şövalye kılıçları, sahiplerinin vücutlarında saplı duruyordu.

Davud, atının üstünde Toledo'ya doğru hızla yol alırken David'in daha başına çok işler açacağını içten içe hissediyor, korku ve endişeyle artık iyice kararmış, zar zor seçilen ufka bakıyordu.

26

Genç kadın, önündeki rahleye iyice eğilmiş, artık yavaş yavaş ortaya çıkmaya başlayan minyatürdeki son detayları boyuyordu. Fırçasını hemen yanında duran, resmin başına oturmadan önce özenle hazırladığı renk paletine; kül grisi, salamura grisi ve gümüş renklerinden mürekkep karışıma bandırdı. Genç kadın, hayvan tüylerinden yapılma incecik fırçayı kâğıda dikkatle değdirdi. Sayfaya değen boya bir iskelete et giydirircesine, bir bedene ruh üflercesine, soluk çizgilerin üzerinde yayılmaya, boyadığı hayvana, sayfanın kenarındaki küçücük canlıya hayat vermeye başladı.

"Tavşan!" dedi genç adam. Kadının az ötesinde bağdaş kurarak oturmuş, bir taraftan kucağına aldığı elyazmasını okuyor, diğer taraftan da karısının kâğıdı nakış nakış işleyişini seyrediyordu. Karısının resim yapmasını her zaman büyük bir hayranlıkla izler, genç kadının resmin üzerine eğilerek incecik boynunu bir kuğu gibi iki tarafa döndürüşünü, sayfaya farklı açılardan bakmak için başını bir o tarafa bir bu tarafa oynatışını zevkle seyrederdi. Genç kadının fırça tutan ellerini küçük patilere, fıldır fıldır kâğıdın üzerinde dönen gözlerini ise bir bebeğinkilere benzetirdi.

"Tavşan değil, yavru tavşan o!" dedi kadın sitem edercesine.

Genç adam, kadının ikisi arasındaki ayrımı, farklı tür hayvanlardan bahseder gibi bir vurguyla söyleşine güldü.

"Bana pek yavru gibi görünmedi," dedi. "Hatta ben o şeyin tavşan olduğunu bile zar zor seçtim." Karısını sinir etmek hoşuna gidiyordu genç adamın. Her seferinde onun söylediklerini ciddiye alarak canı sıkılan genç kadın kocasına ters ters baktı.

"Körsün, ondandır!" dedi.

İkili, evlerinin çalışma odasındaydı. Kahverengi ahşap rengin hâkim olduğu geniş odanın bir duvarı tamamen kitaplarla kaplıydı. Yerdeki kırmızı işlemeli, Isparta işi halı odaya renk katıyordu. Halının hemen üstündeki tavanın merkezinde el işlemesi, yıldız bir göbek vardı. Kitaplarının dibine oturan adamın yanı başında, babasından kalma bir yerküre, onun arkasında duvara asılı haritalar ve çeşitli hat levhaları bulunuyordu. Karşı duvarda kadının yaptığı minyatürlerden örnekler asılıydı. Kadın pencerenin altında oturuyordu ve güneş ışığı hemen önündeki rahleye vuruyordu.

Adam kitabını kenara koyarak yerinden kalktı ve kadının yanına geldi. Rahleye iyice eğilerek bir kere daha baktı.

"Sen bunun tavşan –pardon, *yavru* tavşan olduğundan emin misin?" dedi tekrar kadının kızacağını bilerek.

"Ya git ya!" dedi kadın öfkeyle ve dirseğiyle adamın bacağına bir tane geçirdi. Adam oflayarak bacağını ovuştururken, "Bu renk mi oluyormuş yavru tavşanlar?" diye söylendi daha da kaşınırcasına.

Kadın iyice kızarak başını yukarı doğru, adama çevirdi, "Benim tavşanlarım bu renk oluyor, var mı diyeceğin?!"

Genç adam resmin tamamına gözünü gezdirdiğinde aslında kadının ne kadar başarılı olduğunu anlayarak hayretle ve gururla kompozisyona baktı. Resmin merkezinde birbirlerine ters dönmüş bir kız ve erkek figürü yer alıyordu. Hemen arkalarında bu şehrin İstanbul olduğunu anlatan obelisk açık turuncu, yanındaki yılanlı burma sarı renkteydi. Arka planda sıra sıra dağlar pembeye, ara ara da turuncuya çalıyordu. Ama resmin asıl dikkat çeken noktası adamın hemen üstünde uçan, üç kuyruklu, kanatlarını açmış Simurg, yani Anka Kuşu ve sayfaya dağılmış, aynen masalda anlatıldığı gibi

Simurg'un peşinden gelmeye cesaret edemeyen kuşlardı. Harabelerin üzerindeki baykuş, az ötede rengârenk tüyleri göz kamaştıran papağan, beyaz ve lacivert çin bulutlarının arasında, en üstte kaybolmuş ve Simurg'un aksi istikametinde uçan kartal ve elbette yerdeki bahçelerde, gülünden bir türlü vazgeçememiş bir bülbül...

Adam, efsaneye göre hiçbir zaman yere inmeyen, kuşların hükümdarı Simurg'un neden erkek karakterin üzerinde uçtuğunu merak etti. Kız da, genç kadının şimdi çizdiği tavşan yavrusuna doğru dönüktü.

"Erkekle kız neden ters tarafa bakıyorlar?" diye sordu adam.

"Kız bir şeye kızmış olmalı," dedi genç kadın. "Ama neye olduğunu bilmiyorum."

Adam resimde sezdiği hüznü düşündü bir süre. Detaylara tekrar tekrar göz gezdirdi.

"Kadın da erkek de oldukça üzgün görünüyorlar," dedi. Karısının karakterlerin yüzlerindeki ifadeleri bu kadar net yapışı dikkatten kaçacak gibi değildi. Üstelik karakterlerin üzerinde benekleme yapılarak renklerin baskın şiddeti de azaltılmıştı.

"Nakkaş Efendi, yüz ifadeleri için biraz daha çalışmamı söylüyor."

Genç kadın, imparatorluğun baş sanatkârları arasında gösterilen, seksen yaşına dayanmış Baba Nakkaş'tan bizzat ders alıyordu.

Adam neşesini tekrar takınarak, "Bence tavşanların üzerine de biraz çalışmalısın," dedi gülerek ve bu sefer kadın artık yerinden kalkarak onu salona doğru kovaladı. "Göstereceğim ben sana şimdi tavşanı!" diye bağırıyordu adamın arkasından.

Tavşan, yerden kopardığı otu hızlı hızlı çiğnedikten sonra merakla etrafına bakındı ve zıplaya zıplaya ortalıktan kayboldu. Davud, sırtını dibine dayadığı ağaçtan, tavşanı gözleri dolarak izledi. Bir kolunu dizine dayamış, çaresizce karşısına bakıyordu. Aynı ağaca bağlı atı yerde otlamaya devam ediyordu. Bulunduğu vadide, batmakta olan güneşin turuncusu ufka yayılmış, sanki uzaktaki dağları ve gökyüzünü karısının minyatürlerindeki gibi garip renklere boyamıştı.

"Elif!" dedi Davud. Dudakları, sanki ağaca dayadığı kafasından bağımsız bir şekilde oynuyordu. Kafası bir ölününki gibi ağır ve cansızdı.

"Elif," dedi bir kere daha. Kim bilir kaç yıl olmuştu?

"Seni çok özledim... Elif! Seni çok özlüyorum."

27

Burak Reis, fırkatasının ucunda dikilmiş, hızla ilerleyen gemisinin baş kasarasından adeta solumadan ufka bakıyordu. Kartal gözlerini iyice kısmış, güneşi arkasına almış yirmi beş yaşındaki bu ünlü korsanın hemen önünde denize vuran kendi gölgesi ve gemisinin silueti bir devinkinden farksızdı. Oysa o şimdi girişmek üzere olduğu mücadelede küçük bir fırkatada değil de en azından bir berkendede olmayı isterdi. Yanındaki dokuz-on yaşlarındaki çocuğun gözünden hâlâ yaşlar akıyordu.

Ufukta belli belirsiz üç nokta gördüğünde yüzündeki kindar bakışta ve dimdik pozisyonunda hiçbir değişiklik olmaksızın emri verdi. Gür sesi öyle yankılandı ki, sanki emir ondan çıkmamıştı da, semadan gelen bir gökgürültüsü işitilmişti:

"Orsa alabanda!"

Sesteki öfke ve nefret denizi altüst etmeye yetecek güçteki kara bulutlardan gelmiş gibiydi.

Emri duyar duymaz Sessiz Yusuf bir akrobat gibi halattan halata sıçrayarak serendebaz yelkencilere komutu tekrarladı. Sol gözünün altından çenesine kadar inen derin bıçak yarasındaki eğim, sanki onun şimdi üzerinde sıçradığı yelkenlerin şeklini almıştı. Cundabazlar, yelkenlerin açısını rüzgârı doksan dereceyle alacak şekilde, hızla dönen makaraların şıkırtıları eşliğinde yeniden konumlandırdılar.

Burak Reis'in hemen arkasında dikilen, seksenine dayanmış Hacı Mustafa elindeki pusulayı evirip çeviriyor, yelkenlere bakıyor ve "Fena değil," "İşte bu çok iyi," "Bak bu hiç iyi olmadı," gibi mırıltılarla kendi kendine söylenerek rüzgârı ve yönleri okuyor, hızlarını hesap etmeye çalışıyordu. Reis, onsuz hiçbir sefere çıkmamıştı. Hacı Mustafa'nın kılavuzluğunu hiçbir şeye değişmezdi.

Geminin kıç kasarasındaki Serdümen Yunus ufukta hiçbir şey görmüyordu ama reisin komutuna uygun şekilde dümeni kırdı. "Baba'nın elbet bir bildiği vardır," diyordu. Burak Reis'in, geminin tepesindeki çember armada dikilen ve herkesten iyi gören gözcüye rağmen, öfkeli olduğu zamanlarda geminin pruvasına dikilerek hedefi bizzat gözetlediğini ve böyle anlarda herkesten çok daha iyi gördüğünü biliyordu. Serdümen Yunus da, hacıların intikamını almayı en az reis kadar istiyordu.

Geminin en yüksek noktasındaki çanakta dikilen gözcü çocuk, bir eliyle direğe tutunurken diğeriyle de elini parıl parıl parıldayan ufka karşı siper ederek beş-on mil ötesini görmeye çalışıyordu. Burak Reis acaba neyi görmüştü? Onun üç saattir uçsuz bucaksız maviliklerde aradığı Saint John gemilerinden ortalıkta eser yoktu.

Onun tam zıttında, geminin güvertesinin hemen altındaki kürekçi koğuşlarındaki Vardiyan Mikail, "Alberaber! Alberaber!" diyerek sakalını sıvazlaya sıvazlaya bağırıyor, geminin iki tarafına ikişerli olarak dizilmiş forsaların arasında gezinerek, onların kürekleri çok daha hızlı çekmesine çalışıyordu.

"Bana gâvur icadını çıkarttırmayın ulan! Daha hızlı, daha hızlı!" dedikçe forsalar küreklere hınçla yapışıyor, küreklerin uçları suyu hapazlarken forsalar oturaklarından kalkıyor, sonra göğüslerini saplara dayayarak gümden tekrar oturuyorlardı. Çoğu, cezasını çeken mahkûmlardan ibaret bu forsalar, Türklerin Venedik ve İspanyollar gibi sürekli kamçı kullanmadıklarını bilirler, üstelik ele geçirilen yağmadan pay alacakları için şevkle küreklere asılırlardı. Ancak bu sabah Saint John Şövalyeleri'nin yediği halt Vardiyan Mikail'i bile çileden çıkarmış, yıllardır dokunmadığı kamçısını firkatanın alabandasına asmıştı.

Burak Reis'in firkatası şimdi deniz üzerinde hem küreklerin gücü hem de rüzgârın desteğiyle bir yılan gibi beyaz köpükleri önüne katarak ilerliyordu. Reis hâlâ başkasarada ileriye bakıyor, normalde kumral olan saçları güneş ışığıyla iyice sarıya çalıyor, gözlerinin siyahı denizin ışıltısıyla parlıyor ve genç adam sanki gemide değilmiş de, doğanın bir parçasıymış gibi güneşin altın sarısı ve denizin mavisinden oraya damlamış bir heykel gibi görünüyordu.

Babafingo çubuğunun hemen üstündeki gözcü, "Kuzeybatı! Kuzeybatı! 35 derece kuzeybatı!" diye bağırmaya başladı; bir taraftan da eliyle, duyurduğu yönü işaret ediyordu. Gemide sayıları otuzu bulan tayfa ve kırk kadar savaşçı hep birden doğrularak, kimileri de geminin küpeştesinden sarkarak ya da hemen yanı başındaki halatlara sıçrayarak çocuğun gösterdiği yöne doğru baktı.

Burak Reis'in yarım saat kadar önce gösterdiği yönde, firkatanın sağ omuzluğunda, iki Haçlı kadırgası ve bir Türk karavelası artık rahatlıkla seçilebiliyordu. Birbirine çaprazlama giden kadırgaların bembeyaz yelkenlerinde ve sancaktaki bayraklarında kırmızı haçlar dalgalanıyordu.

Çıngıraklı Hacı, kuşağındaki hançerini, sol tarafından sallanan kılıcını ve sağ böğründeki kamasını kontrol etti. Yanındaki bir başka cengâver palasının sapına yapıştı, bir başkası, bir saattir baltasını bilediği bilek taşını köşeye koydu.

"Bu kadar büyük olacaklarını tahmin etmemiştim," dedi Çıngıraklı.

"N'oldu lan korktun mu, Çıngıraklı?" dedi arkada duran, geminin bezirgânı Koca Ahmet gülerek. Etraftaki tayfa ve savaşçılar da gülüştüler. Çıngıraklı'nın yanındaki kartopu gibi bembeyaz Malta cinsi küçücük köpeği yanından ayrılmıyor, minicik pembe dili dışarıda, tepesine bakarak sahibinin yüzünü gözetliyordu.

Çıngıraklı arkasını dönerek, "Kıtmir'i üzerine salmadan

kapa çeneni de şu heriflerin ne mal olduğunu anlayalım," diye çıkıştı.

Koca Ahmet, "Aman aman şu pire torbasını benden uzak tut da ben on şövalye ile savaşmaya razıyım!" diye cevap verdi ama daha fazla söylenmedi. Çünkü o da diğerleri gibi önlerinde gittikçe büyüyen, gerçekten de herkesin tahmininden büyük olan tam donanımlı iki kadırgada kaç şövalye olduğunu anlamaya çalışıyordu.

Her biri, Türklerin firkatasından neredeyse iki kat daha uzun ve iki kat daha yüksek olan bu iki Haçlı kadırgası sabah saatlerinde güney Akdeniz'de, İskenderiye limanın açıklarında içinde iki yüz kadar hacı adayıyla Hicaz'a yol alan bir Türk karavelasına saldırmış, askersiz ve silahsız bulduğu gemide ne kadar yaşlı erkek, kadın ve çocuk varsa kılıçtan geçirmiş, genç erkekleri forsa olarak, genç kadınları ise Mora'daki köle pazarlarında satmak üzere esir almıştı. Yaşlıların pek çoğu da gestado diye denize atılmıştı. Bunlar kürek çekemeyecek ve pek bir işe de yaramayacak yaşlılardı.

Rodos'ta konuşlanan Saint John şövalyelerinin sık sık Türk gemilerine ve köylerine saldırdığını bilen Burak Reis, o sırada Menteşe Beyliği'nin açıklarında firkatasıyla volta atıyordu. Bir hacı karavelasına saldırıldığını duyar duymaz Rodos'a dümen kırmış ve haçlıları bulmaya koyulmuştu.

Reis, bir eli, yanında duran küçük çocuğun omzunda, ona "Bu sizin karavelanız mı?" diye sordu. Babası gözlerinin önünde denize atılan, annesi üç şövalye tarafından geminin güvertesinde tecavüz edilen çocuk, gözleri kan çanağı halinde, "Evet" diye başını salladı.

Burak Reis, Sessiz Yusuf'a işarete edince, serendebaz korsan, çocuğu reisin yanından alarak, "Hadi bakalım," dedi, "Şimdi seninle alt kata gideceğiz. Ve ben seni tekrar gelip alıncaya kadar kesinlikle dışarı çıkmayacaksın." Çocuğu böyle tembihleyerek, ambarda fıçılardan birinin içine koydu, "Gemi ne kadar sallanırsa sallansın, ne kadar gürültü duyarsan duy, sakın dışarı çıkma," diyerek tekrar uyardı. Küçük dilini yutmuş gibi hiç konuşmayan çocuk, Sessiz'in yüzündeki yaranın da etkisiyle bu büyük adamdan korktu ve ne olursa olsun onun dediklerini yapacağına yemin edip başını içeri soktu.

"Hayrola Sessiz! Çocuk bakıcılığına mı başladın?" diyen mutfaktaki Bezirgân Koca Ahmet kıs kıs güldü. Çıngıraklı da pis pis sırıtıyordu.

Sessiz, bezirgânın takılmasına sert bir bakışla karşılık vererek tekrar baş kasaradaki yerini aldı.

Reis'in savaşa hazırlık emriyle beraber, güverteye, az sonra akacak kandan ötürü korsanların ayaklarının kaymaması için kum serpiliyor, küpeştenin iç kısımları gülle darbelerine daha dayanaklı olması için usturmaçlarla kaplanıyor, Topçu Topal'ın yağdırdığı emirlerin altında aşağıdaki cephanelikten her ucuna bir kişinin yapıştığı yelken bezlerine sarılı toplar güverteye çıkartılıyor, toplardan sıçrayacak kıvılcımları etkisiz hale getirmek için yerlere su dökülüyor ve barut ambarının kapısına paravan görevi görsün diye ıslak yelkenler asılıyordu.

Denizdeki zamanı ölçmeye yarayan kum saatinden sorumlu ve aynı zamanda orta güverte çavuşu Selsireci Mahmut, yanındaki korsana, "Ne dersin, Kör Ali?" dedi, "Bu sefer sert kayaya mı çattık dersin?" Önlerindeki devasa kadırgaları ve iki güvertede dizili üç yüzü aşkın şövalye ve savaşçıyı görüp de şaşırmayan korsan yok gibiydi. Güneşin altında şövalyelerin zırhları ışıldıyor, onlara bakanların gözlerini kamaştırıyordu. "Herifler suratımıza ayna tutsalar, bu kadar etkili olmazdı. Ters tarafa düştük vesselam!"

Adını, gözü kapalı attığı okları bin gez ötedeki hedeflere saplamasıyla ünlendiği için alan Kör Ali dudağını bükerek, "Desene o zaman dişimize göre düşman bulduk!" diye gülümsedi ve değme pehlivanların bükemediği yayını bir çırpıda tersine çevirerek çilesini geçirdi. Omzundaki tirkeşin içindeki oklardan birini alıp nişan almaya koyuldu. Çok kısa bir süre içinde şövalyelerin ok menziline gireceğini bilerek gemideki en üst rütbeli amirali seçmeye çalışıyordu.

Rodos'daki Saint John Tarikatı'nın en azılılarından olan Pierro Navarro, önde giden kadırgasının kıç kasarasından, inanılmaz bir hızla kendilerine yaklaşan Türk fırkatasını görünce güldü. Omuzlarından ayak bileklerine kadar zırhla kaplı ünlü şövalye, miğferini kolunun altında tutuyordu.

"Bugün yeterince kârlı çıktık sanıyordum," dedi yanındaki yardımcısına İtalyanca olarak. "Oysa baksana şu koşarak ağzımıza gelen küçük balığa!"

Uzaktan bakıldığında gerçekten de, Burak Reis'in fırkatası, bir köpek balığının ağzına hızla ilerleyen bir hamsiyi andırıyordu.

Hâlbuki Saint John arması taşıyan gemilere saldırmak şöyle dursun, onun kırmızı haçını gören fersah fersah öteye kaçardı. Bu adamlarla şaka olmayacağını, bu gemilerin denizde doğup büyüyen İtalyanların en iyi şövalyelerini ve en iyi denizcilerini taşıdıklarını tüm Akdeniz bilirdi.

Şövalye, miğferini başına geçirirken, başçavuşuna, "Adamlara söyle, hazırlansınlar," diyerek savaşa hazırlık emri vermeyi de ihmal etmedi.

İkinci kadırgadaki kaptan şövalye Helion de Golon da öndeki geminin verdiği işareti alarak bataryalarını lombarlara sürdü. Rodos Hakimi D'Abusson'un bir numaralı adamlarından olan Golon da aynen Navarro gibi kendinden emin bir şekilde üstüne gelen bu küçük fırkatayı izlemeye koyuldu. Onun hemen ayaklarının altında, sağlı sollu 100'er 100'er dizilmiş toplam 200 forsa, sırtlarını yalayan kırbaçların şakırtıları altında küreklere asılıyorlardı. Her bir küreği yan yana beş kişi tutuyor, çoğu Türk ve Afrikalı olan esirler bir şeylerin yanlış gittiğini fark ediyorlardı. Her birinin de ayakları bileklerinden, diğer uçları alabandalara zincirlenmiş mapalar geçirilmişti. Daha dün akşama kadar hacı olmanın hayaliyle yaşayan boylu boslu bir genç olan Yasin de apar topar küreğe vurulmuş, sırtı saatlerdir kırbaç darbelerine maruz kalmış ve sırtında her biri birer parmak derinliğinde, yarım metre boyunda yarıklar oluşmuştu. Ancak hayatı pahasına, tüm gücüyle küreğe yüklendiğinde kırbaçtan kurtulabiliyordu. Bir taraftan içini çeke çeke ağlıyor, diğer taraftan tüm gücüyle küreği çekmeye çabalıyordu. Başına gelenlere acıyacak, ölülerin yasını tutacak zamanı bile bulamamıştı.

Burak Reis, kadırgaların ok menziline girdiklerini görür görmez Kör Ali'ye döndü. Beklediği işareti alan usta okçu, geminin sancak küpeştelerine yerleştirdiği bir düzine adamıyla birlikte "Ya Hakk!" diyerek okları fırlatmaya başladı. Kör'ün attığı ilk ok az önce güvertede Pierro Navarro'nun yanında duran yardımcısını tam yanağından yakaladı. Ok bir parmak yukarı ya da bir parmak aşağı gelse şövalyenin zırhı, onu ölümcül bir yaradan kurtarabilirdi. Ama şimdi adam böğüre böğüre yerde yatıyordu.

Kör Ali'nin adamları da en az onun kadar usta nişancılardı ve önde giden kadırgadaki şövalyelerin pek çoğu bu tür bir saldırı beklemediklerinden ilk turdaki okların hedefi olmuşlardı. Burak Reis, iki büyük haçlı kadırgasına küçük firkatasıyla saldırmasının ne demek olduğunu iyi biliyordu ve tüm hünerini kullanması gerektiğinin farkındaydı. Şövalyeleri şaşırtarak saldırmaktan başka hiçbir çaresi yoktu. Kör Ali'ye önce önde giden kadırgadaki şövalyelere nişan almalarını o tembihlemişti. Öndekiler bu kargaşayla kendilerini toparlarken hızla ilerleyen arkadaki kadırgaya taarruz edecekti. Nitekim Kör Ali ve adamları çok kısa bir sürede önde giden kadırgada maksimum zayiata neden oldular. Ne var ki, hızla ilerleyen firkata altına kattığı dalgaların üstünde aşağı yukarı sallandıkça nişan alması güçleşiyor, hedefler çoğu zaman şaşıyordu. Zaten bir süre sonra Burak Reis'in de umduğu gibi iki güvertede de çıplak gözle görülebilen bir Allah'ın kulu kalmamıştı.

"Tüydüler akıllılar!" dedi Çıngıraklı. "Kafaları biraz geç

bastı amma olsun, haklarını verelim, herifler tam sindi. Bak Baba, sonra söylemedi deme, bu adamlar bu saatten sonra bizi diri ele geçirirlerse bizi şövalye ilan etmezler ha, ona göre!"

Çıngıraklı'nın böyle olur olmaz konuşmasına, aklına geleni söylemesine Burak Reis başta olmak üzere herkes alışıktı. Bezirgân hariç kimse ona cevap vermez, ama aslında herkes onun, tayfanın aklından geçenleri dillendirdiğini bilirdi.

Şimdi planın ikinci aşamasına geçme zamanıydı.

İşte bu sırada yüzer metre önlerinde beş ayrı deniz sütunu birden yükseldi. Arkadaki kadırga bordasını bile tam olarak düşmanına çevirmeyi beklemeden toplarını ateşlemişti.

Çıngıraklı,"Top menziline girmeden ateşlediler! Heyecanlandı avanaklar!" diyerek bastı kahkahayı.

Topal Topçu firkatanın en uç noktasında, önündeki üç topun ardında elinde maşayla bekliyordu. Maşanın ucunda topların falyalarını ateşleyecek bir meşale yanıyordu. Bir gözü Burak Reis'te, bir gözü de az sonra top menziline gireceği kadırgalardaydı. Reis, ona "Henüz değil!" der gibi baktı. Topal'ın önündeki topçu yamakları da onun yüzünü gözlüyorlardı. Her birinin elinde bir maşa, topların dibinde bekliyorlar, onların yanındakiler de bir sonraki atışta kullanılacak topları hazır ediyorlardı.

Arkadaki kadırgaya kıçtan yanaşan Reis, Sessiz Yusuf'a ve Serdümen Yunus'a attığı bakışlarla, gemiye ayar veriyordu. Zira, kadırga kendi bordasını firkataya çevirip onu topa boğmak istiyor, Reis ise bunu bildiği için ne yapıp edip kadırganın bordasından sakınmaya çalışıyordu. Bunun içinse Reis'i rüzgârın, akıntıların yönünü, geminin hızını ve önünde sürekli kendine dönen kadırganın hareketini hesap ederek çok ince bir hesapla gemiyi kontrol etmek zorunda bırakıyordu.

Arkadaki kadırgaya sağlam bir saldırı başlatabilmek için ilk top atışının kusursuz olması gerekiyordu. Aksi takdirde, ikinci tur topların bataryalara yerleştirilmesine kadar kadırga, kıç kasarasına top yığabilirdi. Zaten kadırgalarda, firkataların dört katı batarya mevcuttu.

Yeterince yaklaştığını hisseden Burak Reis, Topal'a "Şimdi!" dercesine başını salladı.

Artık iyice sabırsızlanan Topal, önündeki üç topu da ateşletti ve bir aşağı bir yukarı hareket eden namluların ucundan çıkan toplar, korsanların meraklı bakışları içinde düşman kadırgasının kıç kasarasına fırladı. Güllelerden bir tanesi suya çarparak büyük bir sütun oluşturdu ama diğer ikisi kadırganın arka kısmını tuzla buz etti. Burak Reis bu sefer Sessiz'e bakarak, daha önceden ona ve Serdümen Yunus'a tembihlediği gibi gemiyi yirmi derece açıyla sancağa kırdırdı. Topal şimdi de firkatanın iskele tarafına yakın üç topu ateşledi ve üç gülle de kadırganın az önce harap olan kasarasının yan tarafını, yani geminin arka omuzluğunu paramparça etti.

Gemideki korsanlar talihin kendilerine güldüğüne sevinirken o anda hiç beklenmeyen bir şey oldu ve sancak tarafından müthiş bir gürültüyle birlikte firkatanın sağ omzunda büyük bir gedik açıldı. Küpeştenin parçalanan tahtaları birer bıçak ve ok gibi hemen orada bulunan korsanlara isabet etti; birinin gözünü deldi, diğerinin koluna saplandı, bir diğerinin ise ciğerini deşti. Bir ikinci top ise tam Selsireci'nin bulunduğu noktaya isabet etti ve onun ayağını uçurdu. Etraftaki korsanlar da ağır yaralarla yere yığıldılar.

"Hassiktir!" dedi Çıngıraklı. "Herifler karavelaya top yığmışlar!" Onun çok zorunlu olmadıkça küfür etmediğini bilen korsanlar durumun gerçekten çok kötü olduğunu hemen anladılar.

Sancak tarafında kendi başına gitmekte olan karavelanın iskelesinde yarım düzine batarya onlara bakıyordu.

"Yük gemisine top konulduğunu da hiç görmemiştim!" dedi Bezirgân Koca Ahmet.

"Gâvur zekâsı bu," dedi Çıngıraklı, "hiçbir zaman hafife almayacaksın. Ne yapar eder, bir hinlik bulur. Sen daha ne olduğunu anlayamadan bakmışsın kıçındaki dona bile el koymuş!"

Sessiz, bunun, Reis'in bütün planlarını altüst ettiğini biliyordu. Haçlıların Türklerden el koydukları karavelaya top taşıyacak kadar ihtiyatlı olacaklarını hiç kimse tahmin edemezdi.

"Reis, çok az zamanımız var!" dedi Topal Topçu. "Adamlar bataryaları yeniden dolduruyorlar."

Üstelik şimdi iskele tarafındaki, Helion de Golon'un kadırgası da sağına aldığı firkataya top yağdırmaya hazırlanıyordu. Öndeki Navarro komutasındaki kadırga ise yediği okların şokunu atlatmış, burnunu firkataya doğru çeviriyordu.

Burak Reis, çok hızlı hareket etmezse gemisindeki mürettebatıyla birlikte suların dibini boylayacaktı. O da şansları varsa! Zira haçlıların eline canlı geçmek, ölmekten daha kötüydü.

Arkadaki kadırga ile karavela arasında sıkıştığını hisseden Burak Reis, "Bocaalabanda!" "Siya kürek!" emirleriyle ancak bu küçüklükteki bir gemiyle ve bu ustalıktaki bir kaptanlıkla gerçekleştirilebilecek bir manevra gerçekleştirdi. Firkatanın pruvasını iskele tarafındaki kadırgayla burun buruna getirdi. Bu sırada pruvada yeniden hazır edilen topların fulyaları hemen Reis'in "Ateş!" emriyle tutuşturuldu ve üç gülle kadırganın burnunu havaya uçurdu. Aniden kendilerine dönen firkatadan çıkan gülleler iki düzineyi aşkın şövalyenin bedenlerini de gökten kol ve bacak yağar gibi parçalara ayırmıştı.

Reis, ikinci bir emirle bu sefer hemen kadırganın iskelesine dolaştı ve karaveladan gelebilecek toplara karşı kadırgayı araya paravan yaptı. Şimdi karaveladaki kendi kadırgalarına isabet etme riskinden dolayı topları ateşleyemiyorlardı. Fakat en başından beri firkatayı bordasına almaya çalışan Helion de Golon sonunda istediğini başardı ve geminin lombarlarından çıkan bir düzine top firkatanın gövdesinde büyük delikler açtı. Burak Reis bunun olacağını tahmin etmiş ve tüm korsanlara ve forsalara geminin öteki tarafına kaçmalarını emretmişti. Böylelikle hem firkatanın topları göğüsleyen bordası yükselmiş hem de en az zayiatla bu saldırı geçiştirilmişti.

Ne var ki, bir sonraki turda da geminin aynı tarafı isabet

alırsa firkata batacaktı. Gemi şimdiye kadar açılan deliklerden su yapmaya başlamıştı bile.

Reis, bunu umursamaksızın Topal'a gerekli işareti verdi ve topçu, firkatanın kadırgaya bakan kısmındaki bataryalara hemen zincir ve demir parçalarını doldurttu. Korsanlar bunu görünce sevinç çığlıkları ve "Allah Allah!" nidaları atmaya başladılar. Çünkü bu tür toplar rampadan hemen önce ateşlenirdi.

Nitekim Reis şimdi "Alabildiğine rampa!" diye kükrüyordu.

"Ha şöyle ya!" dedi Çıngıraklı. "Ben de iyice sıkılmaya başlıyordum."

Kadırgayla borda bordaya gelen firkatadaki korsanlar kancalarla, halatlarla ve karşıdan karşıya uzattıkları rampa merdivenleriyle hiç zaman kaybetmeden kadırganın üzerine çullandılar. Gözüpek leventlerden bazıları da bunların hiçbirine gerek duymadan karşıdan karşıya sıçrayarak, ya da denize atlayıp üç-beş kulaç yüzdükten sonra yukarı tırmanarak haçlı kadırgasına geçmeye çalıştılar. Bir heyula gibi şövalyelerin üzerine çöküyorlardı.

Ancak hem kadırganın daha yüksek oluşu hem de şövalyelerin sayıca üstünlüğü geminin rampa edişini neredeyse imkânsız hale getiriyordu. Türk korsanlar ileri doğru atıldıkça, şövalyeler o meşhur kılıçlarıyla, sanki ekin biçer gibi karşılarına gelenlerin kollarını bacaklarını, kafalarını, kulaklarını doğruyorlardı. Gemideki tayfaların bazıları da ellerine uzun süngüler almışlar, beş metre öteden, karşıdan gelen Türkleri şişleyip duruyorlardı.

Şimdi yan taraftan Navarro'nun öndeki kadırgası da usul usul firkataya bordalıyor ve toplarını güm güm ateşliyordu. Burak Reis arkalarından yaklaşmakta olan tehlikenin farkındaydı. Bir an önce bir şeyler yapmazsa savaşı kaybedecekti. Bu sırada Navarro'nun toplarından biri firkatanın tam pruvasına isabet etti ve burada, yön bulma aletlerinin ortasında duran kılavuz Hacı Mustafa'yı da paramparça etti.

"İşte bu çok kötü oldu lan!" dedi Çıngıraklı.

Burak Reis, onsuz hiçbir sefere çıkmamıştı. Hacı Mustafa onun gözüydü, kulağıydı, aklıydı, kalbiydi. Seksenindeki hacı, Reis'in tüm uyarılarına rağmen yine laf dinlememiş, bir elinde pala, diğerinde pusula, çarpışacağım diye uğraşıyordu.

Reis artık yerinde duramazdı. Belindeki kılıca davranarak fırkatanın tam ortasındaki babafingo direğine çıktı ve "Ya Allah!" nidasıyla karşı taraftaki şövalyelerin tepesine atladı.

Çıngıraklı'nın "Baba atladı! Ey korsan dayıları! Baba atladı!" sesleriyle hep birden galeyana gelen korsanlar, reisi takip edercesine daha bir hınçla ve azimle ileriye yüklendiler. Kimisi halatlardan, kimisi gabya direğinden, kimisi pruva'nın ucundan dalkılıç ardı ardına kadırgaya sıçradılar. Çok geçmeden Burak Reis'in yanında, Sessiz, Çıngıraklı, Kör ve Koca Ahmet yerlerini aldılar. Küçük bir daire şeklinde etraflarındaki şövalyelerle çarpışan korsan dayıları önlerine geleni yıkıyor, etraflarındaki daireyi gittikçe genişletiyorlar, fırkatadan gelenlere yol açıyorlardı. Kadırgadaki şövalyeler, Türk korsanlarının ölüme atlar gibi gemiye atlamalarını, kılıçlarının üstlerine koşarcasına arkadan gelen arkadaşlarına yol açmalarını hayretler içinde izliyorlardı. Bir korsanın hızla üzerine koştuğu bir şövalyenin kılıcı o savaşçıya giriyor, ama arkadan gelen bu sefer şövalyenin işini bitiriyordu.

Burak Reis elindeki palayı sanki bir çakı çevirirmiş gibi fırıl fırıl döndürüyor, palanın her parlayışında çelik zırhlı şövalyelerden biri ya yere yığılıyor ya da zırhın ağırlıyla yüzmeye fırsat bulamadan denizin dibini boyluyordu. Çoğunun bağrı açık, yalın sırt savaşan Türkler ise denize düşseler bile hemen kadırgaya yüzüp, gemiye gerisin geri çıkıp savaşa devam ediyorlardı.

Çıngıraklı, "Ulan pezevenkler, silahsız savunmasız garip hacılara saldırmak kolay! Yiyorsa gelin bize saldırın!" diyerek karşısına çıkana sövüyor, sövdükçe galeyana gelip daha bir hınçla saldırıyordu. Bir elindeki kılıcını şövalyelerin karnına karnına saplarken diğer elindeki baltayla adamların kollarını, kafalarını doğruyordu.

"Sus ulan Çıngıraklı!" dedi Koca Ahmet yarı ciddi yarı şakayla. "Herifleri yeniyormuşuz gibi hava basma. Kollarımı artık hissetmiyorum. On adam daha yere yıkarım, sonra kendim yıkılır keyfime bakarım!" diyordu.

"Yok öyle yan gelip yatmak, Küçük Ahmet—Çıngıraklı, onun lakabını hep tersten söylerdi—eğer geberirsen seni ellerimle gebertirim! Bana borcunu ödemeden ölmene izin vereceğimi sanma!" diye cevapladı Çıngıraklı.

Tam bu sırada, çarpışmanın kaderini değiştiren ikinci olay gerçekleşti.

Sessiz Yusuf düşman gemisindeki forsa koğuşuna inerek oradaki vardiyanları üçe bir kıstırmıştı. Her çarpışmada olduğu gibi forsa köleleri oturaklarının altına yatırılmış, düşmana yardım etmesin diye kontrol altında tutuluyor, başını kaldıranın kellesi gidiyordu. Sessiz, önüne çıkan ilk vardiyanın fırıl fırıl ustalıkla başının üstünde döndürdüğü zincirli güllesinden eğilerek bir çırpıda ustalıkla kurtuldu ve doğrulur doğrulmaz kılıcını adamın boynuna çalarak herifi yere yıktı. Karşısındaki ikili ona teker teker saldırmak yerine, aynı anda üstüne çullandılar. Sessiz, sağındakinin kılıç darbesini dikine keserek karşılamıştı ama solundaki şövalyenin keskin metaline hedef olmak üzereydi. İşte tam o anda oturağın altında yatan genç Yasin şövalyenin ayağından yapışıp onun dengesini kaybetmesine ve yere yıkılmasına neden oldu. Bu fırsatı kaçırmayan Sessiz, önce karşısındaki şövalyenin miğferine kafa attı. Adamın kafasındaki miğferin içi sanki boşmuş gibi içeri göçtü, zırh, içindeki şövalye ile birlikte kütten yere yıkıldı. Sessiz, vakit kaybetmeden yerde yatanın ensesine kılıcı geçirdi.

Zincirlerinden kurtulan köleler, yıllardır çektikleri acının intikam duygusuyla, bağlarından boşanan kurt köpekleri gibi güverteye çıktılar ve şövalyelerin üstlerine atladılar. Kimisi yerde bulduğu silahlarla, kimisi sadece elleri ve kollarıyla heriflerin üzerine çullandılar. Helion de Golon'un gemisinde tam on beş yıl kürek çeken bir Afrikalı öyle kudurmuştu ki, eline aldığı baltayla karşısına çıkan Venediklileri öldürmekle kalmıyor, yere yatırdıklarını kıtır kıtır doğrayıp bazılarının kalplerini deşip, kanlarını içiyordu.

Çıngıraklı, "Fesuphanallah, herif delirmiş!" diyerek bir taraftan adamı izliyor, bir taraftan kendi talihlerine dönen savaşın içinde artık iyice kendine yer açıyordu.

"Ne güzel, kendine arkadaş buldun ulan Çıngıraklı," diyerek Koca Ahmet de keyiften kendinden geçiyordu.

Burak Reis, Helion de Golon başta olmak üzere Saint John tarikatının pek çok üst düzey üstadını kendi palasıyla biçti.

Forsaların yayılmalarının da etkisiyle kadırga artık korsanların kontrolüne geçmişti. Dümen ve yelken teçhizatı şimdi tamamen Türklerin elindeydi. Canlı ele geçirilen tayfa ve şövalyeler hemen aşağıya, forsa koğuşuna götürülüp zincirlendi.

Pierro Navarro, Golon'un kadırgasındaki Haçlı bayrağının yırtılıp atıldığını görünce geminin kaybedildiğini anladı. Türklerin fırkatasına rampayı durdurup bu kadırgayla savaşmak için gemisini hazır hale getirmek zorundaydı. Zaten fırkata ha battı ha batacaktı. Tüm Türkler fırkatadan Haçlı kadırgasına geçmişlerdi. Sessiz Yusuf, fırkatada sakladığı çocuğu gidip bizzat kurtararak kadırgaya taşımayı da ihmal etmemişti.

Burak Reis ise yakaladığı bu avantajı ve psikolojik üstünlüğü en iyi şekilde kullanarak çoktan Navarro'nun gemisinin üzerine apazlama bir rüzgârla yürüyordu. Reis gemiyi ele geçirir geçirmez önce küreklere oturtulan şövalyeleri Afrikalılara kamçılata kamçılata gemiyi açığa almış ve içinde bulunduğu kargaşadan kurtarmıştı. Sonra Sessiz'in yelken manevraları ve Serdümen'in ustalığıyla gerisin geri dönüp Navarro'nun kıç kasarasına doğru saldırıya geçmişti. Kadırga şimdi ölü ya da diri neredeyse iki kat fazla insan taşıdığından suya daha çok gömülmüştü ve Reis, Navarro'nunkinden daha çok alçalmış bu kadırgayla, diğerine nasıl saldırılacağını çok iyi biliyordu.

Reis'in kadırgası, Navarro daha ne olduğunu anlamadan bir yıldırım gibi kadırganın kıç kasarasına çarpmakla kalmadı, Türklerin kadırgalarının ucundaki üç metreye varan sivri mahmuzu da Navarro'nun kıç kasarasından içeriye girdi ve forsa koğuşlarındaki beşinci sıraya kadar ilerledi.

Çıngıraklı, "Ah be Baba, bu çok manalı oldu. Amma ayıp da oldu! Haçlıların kıçına soktun bizim çubuğu!" dedi.

Tüm korsanlar kahkaha attılar.

Topal, geminin pruvasında hazır ettiği beş topu da ateşleyince Haçlı gemisinin kıç tarafı kafese döndü.

Bu şokun ardından gemiye bir çekirge sürüsü gibi sıçrayan Türklerin başta Pierro Navarro ve diğer şövalyeleri ve tayfayı esir alması çok kolay oldu. Yedekte çekilen Türk karavelasındaki askerler ise gördükleri dehşetin ardından hemen teslim oldular.

Fakat o sırada arma çanağındaki gözcü "Kuzeyde! Tam kuzeyde!" diye alabildiğine bağırarak Burak Reis'in üzerine doğru gelen üç gemiyi işaret etti.

"Bunlar Rodos'dan yardıma gelen diğer Haçlılar olmasın, Baba!?" dedi Bezirgân Koca Ahmet.

Burak Reis, ufka baktı ve yüzünde ilk defa bir gülümseme peydah oldu.

"Hayır," dedi. "Bu gelenler asıl korsan dayılarıdır. Asıl baba, bu gelen reistir."

Ünlü denizci, bu kadırgayı beş mil öteden olsa, yine tanırdı. Bu Mavi Aslan'dı.

Kemal Reis geliyordu.

28

"Yani, şimdi sen diyorsun ki," diye devam etti Burak Reis üç yıldır görmediği Kemal Reis'e, "biz İstanbul'dan çıkacağız, Haçlı şövalyeleri, Venedik ve Ceneviz korsanları ile kaynayan Ege'ye doğru volta vuracağız, sonra Rodos'daki Saint John Şövalyeleri'ni kovança edip doğu Akdeniz'e dümen kıracağız, ardından Girit ve Mora'daki tarikat şövalyeleri sanki orada hiç kuş uçurtmuyormuş gibi davranıp yolumuza devam edeceğiz..."

Konuşmasının burasında biraz soluklanan Reis devam etti, Kemal Kaptan ise kendine güvenen bir bakışla, ünlü korsanın söylediklerini hiç umursamaz bir edayla ama dikkatle dinlemeye devam ediyordu.

"Eğer hâlâ yaşıyorsak, Malta'nın onar mil etrafında cehennem yabanileri gibi gelenden geçenden haraç toplayan Tapınak Şövalyeleri'ne de el sallayarak Endülüs'e pupaalabanda devam edeceğiz! Daha Sicilya'daki korsanları, Korsaki ve Sardinya'daki Venedikli katilleri, ve hepsini bir kenara bırak, İspanya'nın açıklarındaki kimileri yetmişer toplu, yirmi okkalık gülleler atan, üçer katlı onlarca kalyondan hiç bahsetmedim!"

İkili, Kemal Reis'in mavi bordo renkli, fıstık yeşili kuşaklı, beyaz serenli, otuz beş mürettebatı, yüz savaşçısı ve iki yüz forsası bulunan, toplam üç yüz elli kişiyi taşıyabilen kadırgasındaydılar. Kadırganın ucundaki ağaçtan oyma koca bir aslan figürü, bu gemiye Mavi Aslan dedirtmişti. Osmanlı

Kaptan-ı Deryası Kemal Reis'in üç kalyata ve iki kadırgadan oluşan oluşan eskadronunu görür görmez Burak Reis, gelen "Baba"yı selamlamak üçün üç pare top attırmış, Kemal Reis de buna aynı şekilde cevap vermiş ve ikili güneybatı Anadolu açıklarında buluşmuşlardı. Burak Reis hemen bir filikayla Kemal Reis'in kadırgasına geçmiş ve ikili uzun uzun sarılıp hasret gidermişlerdi. Sonra Kemal Reis, ona Sultan Bayezid'in verdiği görevi anlatmaya koyulmuştu. İki arkadaş, kadırganın kıç kasarasındaki yaldızlı bahçede, yani amirale mahsus bölmede bir saati aşkın süredir konuşuyorlardı.

Kemal Reis, Burak'ı tebessüm ederek dinlemeye devam ediyordu:

"Hadi bunları tamamen yaptık. Sağ salim Malaga limanına vardık. Peki orada İspanyol ve Portekiz gemileri balıkçılık mı yapıyor olacak? Hayır. Adamlar bizi peşrev makamında topa tutacaklar. Büyük ihtimalle limanlarına tabya ettikleri toplarla da rıhtıma yanaşmamıza bile müsaade etmeyecekler!

"Söyle bakalım, Baba—Burak Reis, Kemal Reis'ten bir buçuk yaş büyük olmasına rağmen, ona hürmet için 'Baba' diye hitap ederdi—doğru anlamış mıyım? Tüm bu badireleri atlatırsak oradaki Yahudi garipleri alıp İstanbul'a taşıyacağız, öyle mi?"

Kemal Reis, gülümsedi:

"Bir de bana, saray seni rahata alıştırdı, dersin, Burak Bey. Oysa bakıyorum da, hantallaşan sen olmuşsun," diye cevap verdi. "Küffar ordularından bu kadar korktuğunu bilmezdim."

Burak Reis kendisine takılan denizcinin latifesini devam ettirdi:

"E ne yaparsın be baba, biz sırtımızı koca Devlet-i Âliyye'ye dayayamadık. Önümüzde fırtına, arkamızda girdap, sağımızda Venedikli, solumuzda Cenevizli, altımızda köpek balıkları, tepemizde ise şimşekler bekler. Gece gündüz Azrail'in gözünün içine baka baka insan daha bir temkinli hale geliyor. Sarayın kuş tüyü yataklarında yatmayız biz serdengeçtiler."

Aslında Kemal Reis de üç yıl öncesine kadar Burak'la beraber Akdeniz'de korsanlık yapmış, Anadolu kıyılarını, buralardaki köyleri ve Ege-Akdeniz rotası üzerinde seyahat eden tüccar ve hacı gemilerine dirlik vermeyen Frenk korsanlarını dize getirmişti. Ancak, Sultan Bayezid'in Kemal Reis'i donanmaya davet etmesiyle birlikte, Reis, İmparatorluk'a hizmet etmeyi boynunun borcu addetmiş ve payitahtta donanmanın başına geçmişti. Burak Reis ise ordu disiplinin kendisine ters olduğuna, kendi yerinin serdengeçtilerin yanında olduğuna inanmış ve Aydın, Menteşe açıklarındaki voltasına, hayatının yarısını beraber geçirdiği mürettebatıyla beraber, yelkencisi Sessiz Yusuf'la, Serdümen Yunus'la, Bezirgân Koca Ahmet'le ve elbette Çıngıraklı Hacı ve Baş Kılavuzu Hacı Mustafa ile yoluna devam etmişti.

Kemal Reis, "Hâlâ üç yıl öncesinin laflarını geveliyorsun, Burak Ağa. Küçük firkatan da artık suyun dibini boyladı, bu iki haçlı kadırgası da epeyi tamir istiyor. Sen ve ben Devlet-i Âliyye'ye hizmet etmeyeceğiz de, kim edecek? Savaşların sadece karada yapıldığı dönemler bitti. Akdeniz'de Venedik ve İspanyollara karşı durabilmek için yekpare hareket etmek gerek."

Bu sırada Çıngıraklı ile Koca Ahmet liderliğindeki tayfalar aralarına aldıkları Pierro Navarro ve üst düzey diğer esirleri Burak Reis'in karşısına çıkardılar. Reis, diğer tutsakların esir edildikten sonra kendi huzuruna getirilmesini emretmişti.

"Aha bu zibidi," dedi Çıngıraklı ileri doğru ittiği Navarro'yu göstererek, "iki kadırganın da başkaptanı... Ben buna yarrağımın kaptanı derim ya..." diyecek oldu, Kemal Reis'in kaşlarını çattığını görünce hemen sustu. Koca Ahmet, Çıngıraklı'ya dirseği geçirmişti bile.

"Kusura bakma Baba," dedi Çıngıraklı, Kemal Reis'e dönerek, "biz korsan tayfası öyle pek protokole alışkın değilizdir. Af buyurun."

Burak Reis karşısında dimdik dikilen şövalyeye baktı. Adamın yüzünde en ufak bir pişmanlık yoktu. İtalyanca olarak ona, "Ulan sen neyine güveniyorsun da hâlâ babahindi gibi kabarıyorsun?" diye sordu.

"Ben," dedi başını kaldırarak Pierro Navarro, Rodos Hâkimi, Saint John Tarikatı Üstadı D'Abusson'un yaveriyim. Haçlı gemilerine saldırmanın hesabını fazlasıyla ödeyeceksiniz. Bana işkence yapmanız ya da beni öldürmeniz ancak daha kötü sonuçlara neden olacaktır!"

Çıngıraklı, adamın ne dediğini anlamıyordu ama onun ağzını lakayt lakayt eğip büzmesinden, başını dik dik kaldırışından kıllanmıştı. Herifin kafasına eliyle bir tane şaplattı. "Adam gibi konuşsana lan! Herif Haçlı şövalyesi değil, sanki Papa'nın ta kendisi!"

Burak, Kemal'e dönerek, "Görüyorsun ya Baba," dedi, "Hep aynı hikâye. Bunlar hem suçlu hem güçlüdürler. Adamın, kimseye zararı olmayan, ibadetten başka hiçbir derdi olmayan hacı adaylarına saldırıp onları kılıçtan geçirmesi suç olmuyor, bizim bunun hesabını sormamız suç oluyor!"

Kemal Reis, "Bilmez miyim, Ağa," dedi. Payitahtta Kaptan-ı Derya oluncaya kadar, ömrünün çoğu bu üçkâğıtçılarla savaşarak geçmişti.

Diğeri tekrar Navarro'ya dönerek, "Birincisi," diye başladı, "Korkma, sana işkence etmeyeceğiz. Biz sizin gibi savunmasız insanlara saldırmayı, onların derilerini yüzmeyi, ırzlarına geçmeyi, yaşlı çoluk çocuğu denize atmayı, Afrikalı gariplerin sırtlarında cılk yaralarından kan deryaları oluşturmayı marifet saymayız.

"Amma," diye devam etti, "ölümün hakkında bu kadar merhametli davranabileceğimi sanmıyorum."

Korkudan yutkunan Navarro, "Beni öldürürseniz," dedi hemen, "D'Abusson bunun intikamını sizden alır. Üstelik bunu Osmanlı İmparatorluğu'na karşı savaş sebebi sayar, Sultan Bayezid'in hükümdarlığını geçersiz kabul eder ve kardeşi Cem'i de yeni Osmanlı sultanı ilan eder! O zaman sultanınız acınacak bir hanedan üyesinden başka bir şey olmaz. Gerisini siz düşünün!"

Navarro'nun bu son cümlesi, Kemal Reis'i oturduğu yerden ayağa kaldırdı. Sanki gökyüzündeki güneşli hava gitmiş, birdenbire soğuk yeller esmeye başlamıştı. Yıllardır tüm Avrupa kralları tarafından muhafaza edilen Osmanlı hanedanı üyesi Cem'in yarattığı sıkıntılar herkesçe biliniyordu.

Kemal Reis, eski dostuna dönerek, "Bak Aga," dedi, "bugün yaşadığınız çarpışma, şimdiye kadar yaşananlar senin reisliğindedir. Bu kölelerin ve forsaların akıbeti ve kazandığınız gemiler senin ve korsanlarının tasarrufundadır." Sonra etraftakilere bakarak devam etti: "Amma velâkin, bu deyüsün az önce ettiği laf ulu padişahıma, ve hayatımı hizmetine adadığım yüce İmparatorluğuma hakarettir ve beni bağlar. Ben bu adamın kurtarılmalığını kendi hazinemden, kaç liraysa veriyorum. Artık serbesttir," dedi ve Burak Reis'e baktı.

Burak Reis, olacakları biliyordu ve ne yaparsa yapsın artık Kemal'i durduramayacağının farkındaydı. Çıngıraklı ve Koca Ahmet'e işaret ederek adamın zincirlerle bağlı ellerini ve ayaklarını çözmelerini istedi.

Korsanların, Kemal Reis'in mürettebatının ve en çok da Pierro Navarro'nun şaşkın bakışları altında adamcağız birden güvertede serbest bırakıldı.

Kemal Reis, Pierro Navarro'nun karşısına geçerek, korsanlara, "Kılıç verin buna," dedi. Korsanlardan biri belindeki palasını hemen çıkartıp şövalyeye uzattı.

"Yok," dedi Kemal Reis, "O olmaz. O, buna alışık değildir. Buna kendi şövalye kılıcını getirin, onu daha rahat kullanır."

Korsanlar elleri ayaklarına dolanarak, ne olacağını merakla bekleyen şövalyenin kılıcını bulup buluşturup getirdiler. Navarro, tereddütle kılıcını eline aldı.

Kemal Reis İtalyanca olarak Navarro'ya, "Artık özgür bir adamsın. Az önce İmparatorluğuma ve sultanıma ettiğin laftan ötürü senin canına okumak boynumun borcudur. Devlet-i Âliyye bir çapulcuyla pazarlık etmez. Şunu bil: Benim sözüm, sultanın sözü, benim imzam, onun fermanıdır. Buradaki bir kadırga dolusu insan şahit olsun. Eğer beni yenersen kimse senin kılına dokunmayacak ve özgürce Rodos'taki çöplüğüne geri döneceksin," dedi.

Sonra Burak Reis'e dönerek Türkçe konuştu. "Eğer ölürsem beni şu büyük beyaz yelkene sarıp âdet olduğu üzere denize atarsınız." Babafingo çubuğundaki yelkeni işaret etmişti. "Bu adamın kılına zarar gelirse hakkımı helal etmem, Aga." Sesindeki netlik ve sertlik son haddindeydi.

Burak Reis çaresizce başını salladı.

Kemal Reis, etraftakilere alanı açmalarını söyledi ve "Bismillah," diyerek kılıcını çekip şövalyeye baktı.

Pierro Navarro, Türklerin sözlerinde durduklarını, hele hele bir payitaht erkânının sözünün gerçekten de ferman değerinde olduğunu iyi bilirdi. Saint John tarikatının kılıç ustalarındandı ve başka zaman olsa karşısında duran Türk'ün kellesini bedeninden ayırmayı zevkle yerine getirirdi. Ama şimdi, Reis'in hiç beklemediği bu tavrı, onun gözlerinde gördüğü cesareti karşısında, kılıcını kaldırmak şöyle dursun, kendisinde onu tutacak gücü bile bulamıyordu. Hâlbuki, çatışmadan hiçbir yara almamış, sapasağlam çıkmıştı. Bir süre şaşkın şaşkın etrafına bakındı. Zaten boylu boslu olan Kemal Reis, şimdi ona tam bir dev gibi görünüyordu. Kendisi uzun boylu ve iri yarıydı, ama Kemal Reis'in masmavi gözlerinde, denizlerde geçirdiği hiçbir fırtınada görmediği kararlığı görüyor, yüzündeki ifadede bir kaya parçasını sökebilecek güçteki bir dalganın gücünü hissediyordu.

Kemal Reis, "Hadi ulan D'Abusson'un iti misin nesin, saldırsana!" dedi öfkeyle. Cem Sultan'dan bahsedilmesi ve Sultan Bayezid'in tehdit edilmesi onu çok öfkelendirmişti.

Sonunda Pierro Navarro kılıcı elinden attı ve yere diz çökerek hıçkıra hıçkıra ağlamaya başladı. İtalyanca belli belirsiz af diliyordu. Etraftaki mürettebat anlı şanlı bir Saint John Şövalyesi'ni böyle gördüklerine inanamıyorlardı.

Kemal Reis, küçük bir zafer kendisinden çalınmış gibi, isteksizce kılıcını kınına geri soktu ve tekrar yerine oturdu.

Burak Reis, "Alın götürün bunu forsaya vurun," dedi adamlarına. "Birer yanına da iri yarı iki Türk kürekçi koyun."

İkili yine baş başa kalınca, Burak Reis neden sonra gülümseyerek, "Hiç değişmemişsin, Baba," dedi. "Sendeki bu hizmet aşkı beni öldürecek."

"Nizam her şeydir, Aga," dedi Kemal Reis. "Bir kere iltimas geçip acıdın mı, bir daha sonu gelmez."

Kemal Reis artık gitme zamanı gelmiş gibi ayağa kalkarak devam etti:

"Sen şimdi söyle bana, Endülüs Seferi'ne var mısın yok musun?"

Burak Reis de ayağa kalkıp, "Böylesi bir maceraya bensiz atılacağını sanıyorsan yanılıyorsun, Baba! Elbette varım!" diyerek Reis'e sarıldı.

"Peki, bir şey var aklımı kurcalayan," dedi Burak Reis. "Bu kadırgalarla kaç kişi taşıyabileceğiz? Zaten bunların içi kürekçiler ve savaşçılarla dolu olacak. Haydi diyelim her birine yüzer kişi sığdırdık. Oysa söylediklerine göre binlerce kişi kaçıyor İspanya'dan."

Kemal Reis, "Ben onu düşündüm," dedi, "Daha doğrusu Sultan Bayezid düşündü. Sen işin o kısmını bize bırak. Bir hafta sonra İstanbul'dan çıkıp da Girit açıklarında buluştuğumuzda anlayacaksın bunu."

"Peki öyle olsun. Amma bir konu daha var." Burak Reis'in yüzünün rengi değişti, gözleri buğulandı. Hacı Mustafa'yı düşünüyordu. "Benim başkılavuz şehit oldu, biliyorsun." Hacı'yı Kemal Reis de çok iyi biliyordu ve çarpışmada şehit oluşu onu da derinden üzmüştü. Burak devam etti:

"Ben onsuz hiçbir sefere çıkmadım. Bize öyle biri lazım ki, Akdeniz'i küçücük bir göl gibi avucunun içinde tutsun, yıldızları sanki pusulaya bakar gibi okusun, gece ve gündüz bize kılavuzluk etsin. Yanlış anlama, donanmanın emrinde belki yüz tane kılavuzun vardır amma bizim Hacı başkaydı be Baba. O yaşasaydı, gözümüz kapalı giderdik Endülüs'e."

Kemal Reis yine güldü. Baş kasaraya dönerek, "Ahmet!" diye bağırdı.

Burak Reis korsan dayısının gülüşüne biraz da olsa bozulmuştu.

İkili başkasaraya doğru bakıyor, gelecek kişiyi bekliyorlardı. Güneş geminin pruvasında olduğundan Burak Reis gözlerini ancak kısarak, karşıda hayal meyal beliren, karartı şeklinde görünen delikanlıya bakıyordu. Arkadaki ışıltı, onun yüzünü seçmeyi neredeyse imkânsız kılıyordu. Genç, ağzında kadran, koltuk altında haritalar, elinde kamış kalemi gelip karşılarında durdu ve Kemal Reis'e "Hayrola Amca, beni niye meşgul ediyorsun?" der gibi baktı.

Kemal Reis, gencin omzuna elini koyarak, gözleri Burak Reis'te "Tanış, Aga," dedi. "Benim kardeşim Hacı Mehmet'in oğlu. Benim ve payitahtın başkılavuzudur. Bu çocuğu deniz değil, kara tutuyor. Ne zaman karaya inse 'Midem bulanıyor,' der."

Burak Reis, Kemal'in bu kadar güvendiği birine koşulsuz inanırdı. Elini kalbinin üstüne koyup başını hafif bükerek korsan selamını verdi. "Selamünaleyküm, delikanlı, bize Burak Reis derler," diyerek kendini tanıttı.

Genç, elinin yüküne rağmen onu selamladı, dişlerinin ortasına sıkıştırdığı cetveli çıkardı, ve "Aleykümselam. Bana da Ahmet Muhiddin Karamanlı, yani kısaca Piri derler," dedi.

Burak Reis, bu ismi daha önce de duyduğunu hatırladı.

ÜÇÜNCÜ BÖLÜM

Ateş ve Su

29

Consejo de la Suprema y General Inquisición, ya da kısaca *Suprema*, Engizisyon'un Seville şehrinde konuşlanmış merkeziydi. Şehrin tam göbeğindeki, Avrupa'nın en büyük mabetlerinden biri olan Elmohad Camii'nin on üçüncü yüzyılda katedrale dönüştürülmesiyle birlikte oluşan devasa kompleksin içinde yer alıyordu. Cami, katedrale dönüştürülürken kubbesinin İstanbul'daki Ayasofya'ya rakip olması planlanmıştı.

Suprema'nın bir kaleyi andıran kat kat duvarları ve insanı ürküten Gotik mimarisi yetmezmiş gibi, kompleksin çevresi Engizisyon özel ordusu tarafından sarılıydı. Calavatra, Leydi Montesa, Alkantara ve elbette Santiago ve Santa Hermandad tarikatlerinin şövalyelerinden oluşan bu özel muhafızlar birliği, Suprema'nın etrafında kuş dahi uçurtmazdı. Üstelik bugün tüm askerlerde ayrı bir tedirginlik vardı zira içerde İspanya'nın altı büyük kardinali, Baş Engizitor Torquemada başkanlığındaki olağan toplantılarından birini gerçekleştiriyordu.

Toplantı salonunun kalın duvarlarındaki, ters bir "U" şeklindeki küçük pencerelerden aynı şekli alan ince ışık süzmeleri giriyordu. Ama bunlar, salonun karanlığını bastırmaktan çok uzaktılar. Duvarlardaki meşaleler ve ortadaki kırmızı örtülü masanın üzerindeki şamdanlar kardinallerin önlerindeki kâğıtlarda yazanları seçebilmelerine yardımcı oluyordu. Dikdörtgen masanın etrafını çevreleyen kardinaller, elden ele Torquemada'nın getirdiği kitapları dolaştırıyorlardı. Sayfaların bazılarında Arapça, bazılarında ise İbranice karakterler bu dilleri bilmeyenler tarafından da rahatlıkla seçilebiliyordu.

"Anlamadığım bir şey var dedi," sağ köşede oturan Peder Mendoza, "sayfaların üstündeki bu noktaları neden yapmışlar?" Satır aralarındaki, harflerin kenarlarındaki mürekkep lekelerini gösteriyordu.

"Belki bir tür şifredir," dedi karşı kenardaki bir rahip. Elyazması metinlerde bu tür noktalar bulunmazdı.

"Hayır," dedi masanın başında, ayakta durmakta olan Torquemada. "Bunlar Almanların şeytan işi aletinin ürünleri!" Öfkeliyken olduğu gibi burun delikleri iyice açılmış, yüz çizgileri daha da derinleşmişti. Dümdüz yüzünden çıkan yusyuvarlak burnu sanki böyle anlarda daha bir belirgin oluyordu. Etraftaki kırmızı kadife pelerinli, kadife biretta başlıklı din adamlarından üstüne giydiği beyaz tuniği ve kapüşonlu siyah abasıyla rahatlıkla ayrılıyordu.

Matbaa için kullanılan bu tabiri duyar duymaz, kardinaller arasında bir homurtudur başladı.

"En son İtalya ve Fransa'ya kadar ulaştıklarını duymuştuk," dedi bir kardinal. "İspanya topraklarına kadar geldiklerini yeni öğrendik."

"Geçen yıl, bu şeytan oyuncaklarını Zaragossa'da bulmuş ve yok etmiştik," diye devam etti din adamlarının yüzüne bakarak Torquemada.

"Üstelik onların hepsi de çoğu Latince olan İnciller basıyorlardı," diye karşılık verdi Mendoza. Suprema, İncil'in gerekli bilgi altyapısına sahip olmayanlar tarafından, sıradan insanlarca okunmasına kat'i süratle karşıydı ve İncil'in çoğaltımı ve dağıtımını kendi manastırlarında, tekelinde bulundururdu.

"Bunlar ne tür kitaplar?" diye sordu bir başka kardinal.

Torquemada gittikçe hırçınlaşan bir ses tonuyla cevapladı:

"Musevilerin ve Muhammedilerin kutsal kitaplarına ait metinler, Talmud ve Tevrat'tan bölümler ve sapkın Muhammed'in hayatına ait hikâyeler!"

"Peki bunları nerede ele geçirdiniz?" diye soruldu.

Torquemada, "Salamanca, Valladolid ve Avila'daki Yahudi ve Müslüman gettolarında, Engizisyon muhafızlarınca bulundu," dedi.

Kardinal Ximenes de Cisneros ekledi: "Ama en çok ürüne Toledo'da rastlandı. Biz de dolayısıyla bu işin merkezinin Toledo'da bir yerde olduğuna inanıyoruz."

"Kimin yaptığını biliyor musunuz?" diye sordular Cisneros'a.

"Ele geçirilen kitaplarda yayıncıya dair herhangi bir bilgi, bir isim ya da adres yok. Ancak anlayabildiğimiz kadarıyla bu kitapları sadece İspanya'ya değil, Venedik ve Amsterdam gibi şehirlere kadar ulaştırdıkları."

"Yayıncının kimliğini nasıl tespit edeceğiz peki?" diye sordu Mendoza.

"Bu iş için bir kişiden fazlasına ihtiyaç olduğu kesin. Matbaayı inşa edecek bir marangoz, kâğıtların satın alındığı tüccarlar ve ciltçiler ve elbette harfleri dökecek bir demirci ustası."

"Toledo'da da bu bahsettiklerinizden onlarcası var, kimin yaptığını nasıl bulacağız?"

Bir başka kardinal söylediğine inanmadan, sesli düşünüyor gibi, "Hepsini de sorguya çekmek gerekir," dedi.

Torquemada, hiçbir şey söylemeden masanın etrafındakilere baktı. Onun yüzündeki ifadede din adamları az önce dillendirilen düşüncenin çoktan uygulamaya konulduğunu anladılar.

"Pek çok suçsuz insan acı çekecek," diye bir karşılık geldi masadan.

"Suçlu ve suçsuzların kim olduğuna karar vermek Tanrı'nın görevidir," dedi Torquemada. "Ama biz bu işi hızlandıracak bir çözüm bulduk. Malaga'dan bir kitap avcısı getirdik. Bu baskı kitapların izini sürmeye başladı bile."

Torquemada ve Cisneros güvenle birbirlerine baktılar. Birkaç yıl önce Müslümanlardan alınan liman şehri Malaga'daki kitap avcıları her gün yüzlerce Arapça ve İbranice metni tarıyorlar ve kısa sürede işlerinin ehli oluyorlardı.

Torquemada'nın bahsettiği bu kitap avcıları cami cami, sinagog sinagog, bazen de ev ev gezip yasaklı kitapları bulurlar ve bunları yakarlardı. Bazı kitap avcıları işlerinde o kadar ustaydı ki, basılı kitapların hangi matbaadan, hangi kâğıtçının elinden çıktığını elleriyle koymuş gibi bulurlardı.

Torquemada'nın Malaga'dan getirdiği avcı, işinde bir numaraydı.

Index Librorum Prohibitorum

Önce kitapları yakmaya başladık, sonra insanları.

İnsanları, onların ruhlarını kurtarmak, ahirette daha az acı çekmelerini sağlamak için yakıyorduk. En doğrusunu Yüce İsa Efendimiz bilir. Zira yaktığımız her bedenin günahlarının tamamen affedileceğini hiç kimse garanti edemezdi. Kitapları ise başkalarının ruhları zehirlenmesin, daha fazla insanı yakmak zorunda kalmayalım diye yok etmek gerekiyordu. Kutsal Kilisemizin lideri Torquemada'nın bu konudaki kuralları şüpheye yer bırakmayacak ölçüde açık ve netti. Engizisyon öğretilerinin el kitabı Directorium'un 14. maddesinin 2. fıkrasında temiz ve asil Hıristiyanların yaşam tarzlarına olumsuz etki eden, onların kafalarını bulandıran, Yüce İsa Efendimiz'in öğretilerinden, Tanrı'nın yolundan alıkoyan kitapların yok edilmesi, bunları yazan, satan, dağıtan ya da bulunduranların da suçluluk derecelerine göre cezalandırılmaları tüm detaylarıyla yazılıydı. Biz rahiplere düşen sadece bu kuralları uygulamaktı. Karar mekanizması ve nihai sonuç Kutsal Engizisyon'undu.

Önceleri benim görevim sadece yazmaktı. Basit bir engizisyon kâtibiydim.

Sorgulama boyunca bana ayrılan köşede, basit bir tahta masanın arkasında, tüy kalemimi mürekkebe bandırarak tüm detayları ayrıntısıyla yazardım.. Önceleri hayvan derilerinden yapılma parşömenlerin üzerine yazardık, daha sonradan Jativa'daki Muhammedcilerin icat ettikleri kâğıdı kullanmaya başladık. Kâğıt, hayvan derilerine göre çok daha hızlı ve masrafsız yapılabiliyordu.. Bu satırları düşünürken, şimdi anlıyorum ki, hayatımın en ironik anları zannedersem Engizisyon'un sorgulama odalarında Muhammedcilere yapılan işkenceleri, yine onların buldukları kâğıtlara yazmak olmuştur. Bir keresinde Hıristiyanları kendi dininin öğretileriyle zehirlemeye çalışan Muhammedci bir kâğıt tüccarının sorgulanmasını, Kutsal Kilisemizin yine bu tüccardan ihaleyle satın aldığı kâğıtlara not ettiğimi hatırlıyorum. Engizisyon işkence muhafızının yanlış bir hesabı sonucu rack üzerinde tüm vücudu gerdirilen adamın kolu çıkmış, fışkıran kanların kâğıda dökülmesi tüm raporu sil baştan, hafızama güvenerek yeniden yazmamı gerektirmişti. Hafızamın gücünü hiçbir zaman yabana atmayın; yazmak ve okumak eylemleri bana bazı kitapları baştan sona satır satır ezberimde tutma gücünü vermiştir...

Bir Muhammedci'nin Kastilya krallığımızda icat ettiği, bir başka Muhammedci'nin ticaretini yaparak Kilisemize sattığı kâğıda, yine başka bir Muhammedci'nin kanının değmesi belki de benim bütün dramımı başlatan ilk noktadır. Bütün her şeyi o anda, on yıllar önce görüp hissettiğimi iddia etmiyorum. Tek söylediğim, daha sonraları bütün bütün sorgulamaya girişeceğim hayatım bu tür anlarda benim için bir muamma haline geliyor, cevaplarını veremediğim birtakım sorular çınlıyordu kafamda, ama yine de bu soruları öylece geçiştirip işimi yapmaya devam ediyordum. Enteresan olan şey şuydu ki, bu soruları bastırmak için eskisinden de inatçı ve inançlı bir şekilde işimi yapıyordum.

Ama her şeyi başlatan, şimdiki içler acısı durumumun ilk kıvılcımını yakan –bu kelimeyi burada kullanmam ne kadar da anlamlı!— bir tarih var.

Her şey, Baş Engizitor Torquemada'nın sağ kolu olarak kabul edilen Toledo Kardinali Cisneros'un beni ilk başta çok heyecanlandıran bir göreve tayin etmesiyle başladı. Pis kokulu, karanlık işkence odalarından birazcık da olsa kurtulup dışarıdaki temiz havayı soluyabilecek, farklı kitaplara, farklı tarihlere yolculuk edebilecektim. Üstelik bu yanan insanların kayıtlarını tutmaktan da daha havadar bir işti şüphesiz!

Yeni görevim, yasaklı kitapları tespit etmek ve yok edilmelerini sağlamaktı.

Granada'yı ele geçirdiğimizde, Torquemada'nın emirleriyle tüm krallıkta Yüce İsa'nın öğretilerine ters, sapkın inançları suçsuz insanlara öğreterek onların beyinlerini zehirleyen kitapların ve elyazmalarının bulunup imha edilmesi gerekiyordu. İşin beni ilgilendiren yanı ise, Kastilya Krallığı'nın sınırlarındaki Toledo, Kurtuba, Seville gibi büyük şehirlerdeki tehdit oluşturan kitapların yerlerini tespit etmek, bu kitapları toplamak ve bunların sapkın olanlarını tasnif ederek Index Librorum Prohibitorum'u, yani yakılması gereken kitapların indeksini hazırlamaktı.

Önceleri işim çok kolaydı. Yanıma verilen iki yardımcıyla birlikte büyük şehirlerdeki kitapların bulunduğu binaları, Muhammedcilerin eski medreselerini, eski camiilerin kitaplıklarını ve diğer kütüphaneleri geziyor, raflardaki Arapça yazılı kitapları toplayıp araştırmak üzere manastırımıza, Scriptorium'a getiriyorduk. Zaten pek çok Arapça kitap tahrip edildiğinden öyle fazla kitapla uğraşmak zorunda kalmıyorduk. Ama daha sonra işin içine İbranice metinleri de eklediler. Bu sefer de Talmud ve Tevrat avına çıktık. Birkaç yıl buna da alışmıştık, zira insan gücü sıkıntımız yoktu; etrafta keşiş ve rahipten geçilmiyordu. Engizisyon'un pençesinden kurtulmanın ve güvenilir, sessiz sakin bir hayat yaşamanın en mantıklı yollarından biriydi kilise ve manastır yaşamı. (Tabii kadınlara karşı zaafı olanların bedelini hayatlarıyla ödediği bir hayat.)

Fakat sonra nereden çıktığını bir türlü anlayamadığımız çoklukta kitaplar belirmeye başladı. Girdiğimiz her binada, şüphelendiğimiz her evde çiçek açar gibi kitaplar çıkıyordu. Bu kadar elyazmasını kimin, nasıl ürettiğine, hangi müstensihlerin bunları bu hızla yazdığına akıl sır erdiremiyorduk. Çoğu İbranice olan bu metinler uzun zamandır yasaklı olan Maimonides, Averroes, İbn Arabî gibi isimlerin eserlerini de içeriyordu.

Sonra bunların elyazması değil, bir süre önce Germen Krallıkları'nda ortaya çıkan şeytan işi aletin ürünü olduklarını anladık. Epey bir zamandır bu aletin adını duyuyorduk ama ürünlerini daha önce hiç görmemiştik.

Bunlar, dışarıdan bakıldığında normal, elyazması kitaplara benziyordu; hatta kitaplarla içli dışlı olmayan birinin, bunlar ile normal bir elyazması arasındaki ayrımı anlaması imkânsızdı. Fakat bizim gibi işinin ustası kitap avcıları tarafından bakıldığında, sayfalardaki mürekkep noktaları, bazı karakterlerin çok koyu, bazılarının çok soluk, bazı sayfaların ise kenar çizgilerinin yamuk oluşu gibi detaylar bunların bir bir baskı aletinden çıktığını gösteriyordu.

Birdenbire üzerimize hücum eden bir arı sürüsü gibi yüzlerce kitapla karşı karşıya kaldığımızda bunların hepsini birden yok edemeyeceğimiz ortaya çıktı. Biz on kitap yaksak, ertesi gün yüz tanesini şehrin çeşitli yerlerinde gizli gizli ibadet eden Musevilerin ya da Muhammedcilerin evlerinde buluyorduk .

Ben de bunlardan birer kopya alıp okumaya - çoğu İbranice veya Arapça olan metinleri okumaya - yoğunlaşmamız gereken kitapları incelemeye başladım. Zira beş kitabın peşine düşmek, yüz tanesini yok etmeye çalışmaktan daha başarılabilir bir işti. Hangi kitapların daha sakıncalı olduklarını anlayabilirsek onları daha kolay eleyebilirdik. Gerçi daha sonraları Torquemada ve Talevara o yüz kitabın da peşine düşüp bütün problemi kökünden halledeceklerdi, ama benim hayatımı birkaç kitap altüst etmeye yetti.

İşte ben beynimden geçen cümlelerle ve sayfalarla düşünürken bir masanın dört ayağı gibi insanoğlu mana kütüphanesinin dört sacayağını oluşturan dört kitabın rehberliğine sığınacağım. Hayatımın geri kalan anlarında o dört düşünürü düşüneceğim. Index Librorum Prohibitorum'un ilk sıralarını hiçbir zaman bırakmayan o dört filozof: Aristo, İbn Rüşd, İbn Arabî ve Maimonides.

31

Yaşlı hattat, Topkapı Sarayı'nın en sessiz odalarından birinde, pencereden giren güneş ışığını sağına almış, duvarın kenarındaki kırmızı minderin üzerine diz çökmüş vaziyette pürdikkat önündeki kâğıda bakıyordu. Gerçi sarayın bu kısmındaki tüm odalarında sanki yeryüzündeki bütün sesler saygıdan ayaküstünde bekliyorlarmış gibi bir dinginlik ve huzur vardı, ama yaşlı adam bugün özellikle sarayın bu odasına davet edilmişti.

Ona nazaran oldukça genç görünen bir başka adam, hocasının dizinin dibine oturmuş, üstadının mürekkep hokkasını tutuyordu.

Hattat, sağ elindeki on santimetre uzunluğunda, bir santim genişliğindeki, rengi kırmızıya çalan, açık kahverengi kamış kalemini, öğrencisinin elinde duran hokkaya usulca batırdı. Hokkanın içindeki ham ipek ipliklerinin üzerine oturan kalemin ucu, simsiyah mürekkeple buluşunca sanki yıllarca birbirini görmeyen iki âşığın sarmaş dolaş olması gibi birbirlerine dolandılar. Ya da mürekkebi bulan kalem, Sahra çöllerinde günlerce susuz kalan bir bedeviydi de, şimdi kana kana içtiği mürekkep onun vahasıydı. Kalemin gözeneklerine hızla yayılan siyah mürekkep, kamışın ucunda bir santim uzunluğundaki, kıl kadar kesiği fark edince daha da büyük bir şevkle bu oluğa akmaya başladı. Sanki mürekkep yıllar yılı bu kalemi beklemişti.

Hattat, kalemi hokkadan dışarı çıkardı ve yukarıya diktiği

sağ dizinin üzerine getirdi. Dizinin üstünde deri bir altlık, onun hemen üstünde de hattatın az önce aharladığı sarımtırak bir kâğıt bulunuyordu. Üstat, kâğıdın üst köşesine kalemi, belirli belirsiz bir "Bismillah!" diyerek tek sefer değdirdi ve çekti.

Hattat, altmış yaşına dayanmış olmasına rağmen öyle iyi gözlere sahipti ki, sanki kâğıdın gözenekleri arasında mürekkebin özgürce yayılışını gördüğünü hissetti. Kafasını kaldırdı, yanı başında oturup dikkatle onu izleyen öğrencisine baktı. Öğrenci, hocasının bembeyaz olmuş sakallarının arasında belli belirsiz bir tebessüm fark etti. Hocası, mürekkepte istediği kıvamı yakalamıştı ve kalemin kesilişinden memnundu.

"Her şey nokta ile başlar," dedi Hattat Hamdullah. "Harflere de sayılara da anlamlarını kazandıran noktadır. Sıfır olmadan sayı, nokta olmadan harf olmaz. Ve ikisi de işte bu noktadır."

Hattat, cümlesi bitince kalemi bu seferin kâğıdın tam sağına, ilk satıra getirdi ve yukarıdan aşağıya doğru ilk harfi, harflerin sultanını çizdi. Elinin usta bir manevrasıyla harfin önce başını, sonra da gövdesini elini kâğıttan hiç kaldırmadan çizmişti.

Öğrencisi, kâğıtta beliren *elif*'e hayranlıkla baktı. Bir elif ancak bu kadar güzel çizilebilirdi. Bu kadar basit bir harf, ancak bu kadar derin ifade edilebilirdi.

"Nokta, *elif*'i, *elif* de tüm diğer harfleri oluşturur," dedi Hattat Hamdullah.

Öğrenci, üstadının anlattığı elif felsefesini ilk önce yirmi yıl kadar önce Amasya'da, ondan ilk ders aldığı günlerde öğrenmişti. Ama Hamdullah, âşık olduğu bu harfleri her anlatışında yeni bir şeyler söylüyor, çeyrek asır sonra bile öğrencisine ilham veriyordu.

"Her elif bir kalptir," diye devam etti hattat. "Nokta, elif'e dönüşür, elif ise diğer harfleri belirler. Harfler kelimelere, kelimeler satırlara, satırlar cümlelere, cümleler kitaplara dönüştükçe nokta her aşamada *kalb* kanununu, yani birlikten çokluğa geçişi gösterir. Her satırın özünde bir kelime, her kelimenin özünde bir harf ve her harfin özünde bir elif ve her elif'in özünde bir nokta vardır. Çokluğun başlangıcı Bir'dir, ve kelamın özünde bu Bir'lik yatar. İşte bu Bir'liğin farklı şekillere dönüşmesine kalb denir. İpliğin kumaşa, kumaşın elbiseye; taşın duvara, duvarın binaya; damlanın okyanusa; zerrenin maddeye; dakikanın saate, saatin güne dönüşmesi hep bu ulu kanunun ispatıdır."

Öğrenci saygıyla hocasını dinliyor, hocası da cümlelerinin arasında nefesini tutup bir taraftan da yazmaya devam ediyordu. Kâğıdın üstünde ardı ardına *ha*'lar, *lam*'lar, *mim*'ler, *dal*'lar, *sin*'ler oluştukça harflerin dansı genç adamın gözlerini kamaştırıyordu. Kendisi çeyrek asırdır yazıyordu ama böylesi güzel bir hattı belki de hiçbir zaman yazamayacağını hissetti. Üstadının marifetine birinci elden şahit olduğu için tekrar şükretti.

Kalemi tekrar mürekkebe batırınca, Hattat Hamdullah devam etti:

"Peki, nokta, elif olur da, elif nokta olmaz mı? Satır, kelimeye, kelime harfe, harf noktaya rücu etmez mi? Eder elbet. Her şey, özünü arar, özünü bulur, özüne döner. Buna da *irca* derler. İnsanoğlu bedenle başlar, sonra ruhla bütünleşir, yaşama geçer, elbet yaşam da biter sonra beden yine özüne, toprağa döner. Peki ya ruh? O'nun özü nedir?"

Hamdullah, nefesini bir kere daha tuttu ve yazıya kaldığı yerden devam etti. Oldukça yaşlı olmasına rağmen, hocasının elinde en ufak bir titreme olmayışına öğrencisi şaşıyordu.

Hattat, satırın ortasında bir elif çizdikten sonra durakladı. "O hikâyeyi bilir misin, sen?" diye sordu. "Kadir-i Mutlak, kelamı yarattığında ona ilk secde eden elif olmuş. Kayyum da ona, 'Bana ilk hamdeden sen oldun, bu yüzden seni ebediyete kadar dimdik tutacağım!' demiş. İşte ondan, derler, elif tüm harflerin sultanıdır da, diğerleri eğrilip doğrulurken o hep dimdik durur."

Hamdullah, tekrar kafasını kaldırdı, öğrencisine baktı:

"Allah'a hamdeden, başkasına boyun eğer mi? Rahmeti de, cezayı da O'ndan bilen, başkasına el açar mı? Yeryüzünün en dik, en aklıselim sahibi, en yıkılmaz insanları Allah'ın önünde en çok eğilenlerdir. Elif, âdemoğludur. O, öyle bir harftir ki, Hayyum, kendi adını onunla başlatmış, Adem'i onunla onurlandırmış, efendimiz Ahmed'e de ondan bir isim bahsetmiştir. Hz. İsa ve Hz. İbrahim de yine elif'in önderlik ettiği yüce isimler, yüce karakterler olmuşlardır."

Hamdullah son kelimeye geldiğinde kalemi tekrar hokkaya batırdı. Öğrencisi, hokkayı onun için tekrar tuttu. Zahir'in adını ikinci kez yazacaktı. Elif tekrar dimdik ilk harf olacaktı.

"Sonra derler ki, elif, ışıktır. Yoktan Var Eden, onu ışıktan yaratmış, Levh-i Mahfuz'da her şeyi birer birer yazdırmış, kâinatı onunla anlatmıştır. Evrenin her noktasını dolaşıp, dünyayı defalarca turlayan elif, insanoğlunun kaderini bir bir anlatmış, kitabı kapatmıştır. Bu yüzden, elif'i anlayan harfleri anlar, harfleri anlayan önce kendini, sonra da kâinatı anlar. İnsan, bilmediğini yazıyla öğrenir. Yazının sonunda bu yüzden hep aydınlanma vardır. Çünkü onun özü Işık'tır. İnsana bilmediğini kalemle öğreten O'dur."

Hattat, satırın sonuna geliyordu. Bayezid, kalem hokkaya batıp çıktıkça bir an geçmişe daldı. Satırlar ve hokka ona şimdi artık neredeyse tamamen unuttuğu, hayal meyal hatırladığı bir gençliği anımsattı. Ne günlerdi!

Amasya'daki gençlik yıllarıydı. O zamanlar bir şehzade idi.

Yıllar önce, bir berş masasında, bir zevk-ü sefa meclisinde dinlediği o satırlar kafasında çınladığında eski bir dostu görmüş gibi dudaklarında bir tebessüm belirdi.

Hokka-i çarh-ı laciverdî içre
Bildiniz mi nedir bu şems ü kamer?

32

Müeyyedzade Abdurrahman, cebinden çıkardığı hokkasının içinden bir parça afyonu alıp ağzına götürdükten sonra keyifle şu iki dizeyi okudu:

"*Hokka-i çarh-ı laciverdî içre,*
Bildiniz mi nedir bu şems ü kamer!"

Şehzade Bayezid'in bir numaralı zevk-ü sefa dostu, genç çelebinin gönül meclislerinin vazgeçilmez misafiri Müeyyedzade kafayı bulunca şiir okumaya, nazımlı bilmeceler sormaya pek bayılırdı. Şimdi de Şehzade Sarayı'nda, Amasya'nın zengin ailelerinden olan bu delikanlı, şehzadenin tam yanına kurulmuş, odanın diğer köşesinde çeşit çeşit makamları ardı ardına sıralayan çalgıcıların sedalarıyla kendinden iyice geçiyordu. Şehrin, hatta İmparatorluk'un, en yetenekli müzisyenlerinin ellerinde hangi çalgı aletleri yoktu ki? Ut, kanun, tambur ve daha nice enstrümanın telleri şehzade ve konuklarının neşesine neşe katıyordu. Bazıları kadın olan bu çalgıcıların gülüşleri ve nameleri erkek dinleyicilerin ruhlarını daha bir coşturuyordu.

Hokka bir laciverti içeriyor, onun içinde de ay ve güneş! diye düşündü genç şehzade. "Bizim birader yine elindeki afyon kutusunu sema, içindeki hapları da ay ve güneş yaptı!"diye gülümsedi. "Yine kafayı iyice buldu anlaşılan."

Onunla birlikte etraftaki diğer afyonkeşler de kahkaha attılar. Bayezid, sevdiği dostlarına "biraderim" diye hitap ederdi. Müeyyedzade Abdurrahman'ın yanındaki Hızırpaşazade

Mahmut, Topal Şavur ve onun karşısında oturan Hamzabeyzade Mustafa da Bayezid'in "biraderim" dediği yakın dostlarıydı.

"Boşuna dememişler," dedi Hamzabeyzade Mustafa, "insan kafayı bulunca tüy gibi hafifler diye. Öyle hafifler ki kendini yerçekiminden kurtuldu sanır da gökyüzünde uçmaya, yıldızlarla aşık atmaya kalkar."

Hamzabeyzade, önündeki meze tabağındaki cevizli incir tatlısını ağzına attı.

"Bence," dedi Hızırpaşazade, "Şarap, güneş; afyon aydır." Aralarındaki en gençleri olan bu zat, Farsçayı anadili gibi bilir, en zor algoritma problemlerini kâğıt kalem kullanmadan çözerdi. "Güneşin ışığı olmadan ay bir işe yaramaz. Şarap kafayı bulandırmadan da afyon tek başına pek güdük kalır." Önündeki gümüş tepside duran, Kapalıçarşı'dan özel olarak getirtilen bardağından bir yudum daha içti.

"Amma yaptın!" diye çıkıştı Hamzabeyzade.

"Öğme şarabı zemmidüp afyonu sakiya,

Açtırma ehli keyfte kutunun kapağını

Şarabın sıkıntısı çok olur. Üç-beş bardaktan önce etki etmez, etki edince de sürekli abdest bozdurur. Ya şu güzelim berş öyle mi? İlk çiğneyişte derdi tasayı unutturur, sana mutluluğu buldurur!

Hûyârı tükendi ikiden hâli deildir
Şimdi bu cihân halkı ya ayyâş u ya berrâş!"

Bayezid, "Ya sonra?" diye sordu. "Afyonun mutluluğu yalancıdır, dünya zevki gibidir. Tadı hemen geçer. Sonra mide ağrısı, bulantı, kusma, hele ertesi günün baş ağrısı... Uğraş dur. Şair boşuna mı demiş:

Ne belâdır hele berş ve efyon
Ki ider âdemi süst ü mecnûn
Bengî ketm eyleyemez esrârın
Şîre-keş tatlu sanur güftârun!"

Hızırpaşazade başka bir dizi beyitle şehzadeye eşlik etti:

"Keyfi geldükçe olur gûş-hırâş
Keyfi gitdükçe olur vakf-ı telâş
Tutalum yok eserinden bâkî
Ne belâdur lakâb-ı tiryâki"

"Hayırdır, efendiler, n'oluyor?! Afyon ve şarap karşutu kanunname çıktı da biz mi duymadık?" diye söylendi Topal Şavur. "Afyon şöyle kötü, şarap böyle kötü! İçmeyin ulan, yemeyun, zorunan mı yaptırıyoz!"

Yanındakiler güldüler.

Topal, İstanbul ağzına gıcık kapar, bazen kendi yerel şivesini araya hususi karıştırırdı. Bu konuşması etraftakileri hep güldürür, ciddi bir şey söylese bile şaka yapıyormuş izlenimi uyandırırdı.

Müeyyedzade, "Helal olsun be Şavur!" dedi kahkahayla. "Şarap senin bir bacağını topal bıraktı amma hâlâ daha onu dost edinirsin!"

İçki içtiği bir meyhanenin merdivenlerinden zil zurna sarhoşken düşen Şavur, iki yıl kadar önce bir bacağını kaybetmişti.

"Yahu şarabun ne günahı var!" dedi Şavur. "Cahiller beni ayağum yok diye ayıplarlarmış. N'ola ayağum yooğ ise her fende elim var. Anların, her şeyden anların!"

Bayezid ve arkadaşları bir kere daha güldüler, kadehlerini bir kere daha "Şerefe!" diye tokuşturdular. Gerçekten de Şavur son yıllarda içkiyi iyice artırıp da işin dozunu kaçırıncaya kadar pek çok vilayette kadılık yapmıştı. Fıkıh bilgisi tamdı.

Çalgıcılar, başka bir musikiye geçerlerken, Hızırpaşazade, şehzadeye dönerek, "Geçen ay Kastamonu'daydım," dedi. "Kardeşiniz Cem Çelebi'yi halk çok seviyor. Hele şimdi bir de şehrin meydanına Nasrullah'ın tam karşısına bir han yaptırmış ki, millet konuşa konuşa bitiremiyor."

Kardeşinin ismini duyunca Bayezid'in yüzü bozulur gibi oldu.

Müeyyedzade, "Sen bilmez misin Hızırpaşazade?" diyerek hemen lafa atıldı. Durumu çakmıştı. "Cem Efendi ağaç dikerse Şehzade Bayezid orman diker; Cem Efendi duvar dikse, Şehzade Bayezid saray yapar! O han yaptıysa bizim efendimiz kervansaray yapar!"

Bayezid tebessüm etti. "Doğru söylersin, biraderim," dedi. "Ben o hanı duydum, yeni ve daha büyük bir yeri elbet yaptırırım amma kardeşim oranın sancak valisidir. Kastamonu ondan sorulur. Benim şimdi herhangi bir şekilde oraya imara girişmem uygun olmaz. Hele bir saltanata oturalım Allah nasip ederse, sadece Kastamonu değil tüm imparatorluk kervansaray ve şifahanelerimizle dolar inşallah."

Şavur atılarak, "Yap efendi, yap amma içki meclisinde öyle fazla Allah lafzunu anma. Yukarıdaki şehzade falan dinlemez, sonumuz hiç iyi olmaz!"

"Hay Allah iyiliğini versin!" dedi Hızırpaşazade gülerek. "Yahu ben ne dedim, sen ne diyorsun!?"

Kalabalık bir kere daha gülüştü.

"Ha, bir de," dedi Şavur, "Âşuklara bir şifahane yap. İlkbahar zamanı geldi, yine kara sevdalılar etrafta mahzun mahzun dolaşırlar. Onlar da şu müziği dinleyüb, şu afyonu çeksünler, bak bişeylerü kaluyor mu!"

"Ya da," dedi Müeyyedzade, "ver ellerine afyonu, bak nasıl semaya kürek çekiyorlar!"

33

Filikanın küreklerini çeken Atinalı Pao gece karanlığında endişeyle ilerliyordu. Küçük teknenin sağında ve solunda oturup homurdanan Demir Mikail ve Kasap Diyojen'e baktı. Bu iki insan azmanı Yunan şövalyesi ve arkadaşlarını Sakız Adası'ndan Türk koylarına taşımaktan bıkmış usanmıştı. Yunanlıların, bazı tarikat şövalyelerinin, birkaç da Venedik ve Cenevizli grubun mesken tuttuğu tuttuğu Sakız ve Samoz gibi adalarda yaşayan bu asalakların, canları sıkıldığında ya da kendilerine erzak ve eğlence aradıklarında ilk yaptıkları iş gemici Pao'yu çağırıp onu karşıdaki Türk kıyılarına götürmelerini istemek olurdu. Gerçi adamlar iyi para veriyorlardı onun yaptığı işe ama Pao, kendisini gereksiz yere tehlikeye atmaktansa küçük teknesiyle balık tutmayı, az kazanmayı ama huzurlu yaşamayı tercih ederdi.

Adamlardan sağda oturanı, Diyojen, Pao'ya dönerek, "Daha hızlı çeksene, bunak balıkçı!" dedi ve elindeki şarap testisini bir kere daha ağzına götürdükten sonra boş olduğunu anlayıp balıkçıya doğru fırlattı. Pao, kafasını öte tarafa doğru kaçırınca testi de denizi boyladı.

İşte yine başlamıştı. Bu sarhoş eşkıyaların bir gün onun başını belaya sokmaları an meselesiydi. Pao, ya bu adamların, ya da onu da eşkıya sanan kıyılardaki Türk köylülerinin elinde yitip gideceğine inanıyordu. Sesini çıkarmadan kürekleri daha hızlı çekmeye devam etti ve etrafına bakındı. Karanlığın içinde kendisini birkaç tekne daha izliyordu. Hepsi de eşkıya ve şövalye eskisi olan, çoğu Haçlı seferlerinde aradıkları zaferi bulamayan, dönüşte Ege'deki adalara yerleşen asalaklardı Pao'ya göre. Kim bilir bugün hangi garip Türk'ün kanına girecekler, hangi köylünün bir yıllık buğday erzakını çalacaklar, hangi yörüğün evini ateşe vereceklerdi.

"Geçen gün, Kostas bir Çerkes kızı bulmuş Seferihisar'da, görmen lazım," diye geveledi sürekli sırıtan Mikail karşısındaki Diyojen'e. "Kız o kadar güzelmiş ki daha teknedeyken onun tadına varmış bizim Kostas. Gerçi kız bizim ayıya epeyi karşı koymuş. Hatta Kostas'ın yüzündeki tırnak izleri hâlâ duruyor. Bunun altında çırpınan Çerkes can havliyle Kostas'ın saçını yolmuş, bileğini kemiğine dişini geçirecek kadar ısırmış ama bizimki kıza bir tane patlatmış, on dördünde bile olmayan kız hemen bayılmış. Bizimki vakit kaybeder mi hiç! Kızı daha adaya çıkarmadan baygın baygın halledivermiş!"

İkili kahkahayı patlattılar.

Diyojen, "Ben öyle hoşlanmam," dedi kendini toparlayınca. "Ne kadar karşı koyarsa koysun, canlı canlı, gözünün içine bakarak ona sahip olmam lazım. O küçük piliçlerin altımda çırpınmaları hoşuma gidiyor!"

İnsan azmanları tekrar gülüştüler.

"Artık bizim galiyi göremiyorum!" dedi Mikail, Pao'nun arkasına doğru bakarak. Gökyüzünde o gece ayın olmayışı yüz metre ötesini bile görünmez kılıyordu. Yaklaşık bir düzine eşkıyayı taşıyan kalita Sakız Adası'ndan çıkıp Seferihisar açıklarında demirlemiş, eşkıyalar da beş filikayla Türk koyuna doğru usul usul sokulmuşlardı. Kalitanın içinde ise bir o kadar tayfa bir saat kadar içinde çuval çuval erzak ve köle ile dönmeleri beklenen filikaları beklemeye koyulmuşlardı.

Demir Mikail'in yüzü birden asıldı. "Şu Çeleb grubu mudur, nedir," dedi, "onlara kafam fena bozuluyor."

"Çelebiler," diye düzeltti Pao düşüncesizlikle. Ağzını açar açmaz pişman olmuştu ama birden kendini tutamamıştı. Mikail ve Diyojen, Pao'ya ters ters baktılar.

"Geri dönerken kürekleri kendim çekmek zorunda kalmayacağımı bilsem kafan şimdiye denizin dibini boylamıştı!" dedi öfkeyle. Arkadaşına dönerek devam etti:

"Geçen ay Midilli'nin karşısındaki bir köyde kıstırmışlar bizimkileri. Sağ kurtulan olmamış." Mikail, eşkıyalara karşı Türkleri koruyan Çelebilerden bahsediyordu.

"Ben de duydum onları," dedi. "Kimisi on kişilik bir grup diyor, kimisi yüz kişi. İyi nişancı okçular, kılıç ustaları, iki elinde iki pala saldıran askerleri varmış... Ama bence abartıyorlar. Maceraya atılan bir düzine Türk genci olsa gerek."

Mikail başını salladı. "Doğru diyorsun Diyo. Hem bu koyun korunaksız olduğunu balıkçılardan duyduk," dedi. Seferihisar koyunu seçmelerinin asıl sebebi de zaten buydu.

"Sen şimdi boş ver onları da, az sonra başlayacağımız ziyafeti düşün!" İkili tekrar keyiflerini bulmuştu.

"Geldik, efendim," dedi Pao, kıyıya yanaştığında. Diyojen ve Mikail karşılarına dikkatle baktıklarında gerçekten de kumsalı ve hemen berisinde başlayan ağaçları ve ağaçların içine saklanmış bir-iki evi zar zor seçebiliyorlardı.

Mikail hemen suya atlayarak, fısıltıyla etraftaki diğer filikalara seslendi, "Sessiz olun! Sessiz olun!" Su dizlerine kadar geliyordu. Sol tarafından sarkan kınının ucu suya değiyordu.

Diğerleri de onun gibi yaparak teknelerden atladılar, ağır ağır ağaçlıklara doğru ilerlemeye başladılar. Atinalı Pao ise filikayı karaya geçirip kumsalda diğer kürekçilerle beraber beklemeye koyuldu. Çok geçmeden eşkıyalar omuzlarında körpe kızlar, sırtlarında tahıl çuvallarıyla belirirlerdi. Daha ne olduğunu anlayamayan birkaç köylü onların arkalarından koşarlardı ama iş işten geçmiş olurdu. Zira pek çok erkek ya uykusunda öldürülür ya da bire beş kişi saldıran eşkıyalar kızları ve erkekleri hemen ellerinden ve ayaklarından bağlayıp köle olarak kaçırırlardı. Özellikle gençleri tercih ederlerdi ki hem taşınmaları kolay olsun hem de köle pazarında daha iyi para etsin.

Kasap Diyojen ağaçlara yanaşınca kuşağında sürekli taşıdığı iki baltasını birer eline aldı. İşte bu baltaları kullanmasındaki hüneri ve vahşiliğiydi ona lakabını veren. Seferihisar'ın bu koyunda küçücük bir köy olduğunu biliyordu. Kıyının hemen yanında, tam karşısında üç-beş ev vardı. Gerçi, burada yaşayanlar geçimlerini balıkçılık ya da zeytinyağından çıkarırlardı, ki bu kaçırılacak buğday çuvalı bulamayacakları anlamına geliyordu, ama Kasap, bu köyün kızlarının dillere destan güzelliklerini düşündükçe ağzı sulanıyordu. Yanında yürüyen Mikail'e ve etrafındaki yarım düzine kalabalığa baktı. Mikail de kılıcını eline almış temkinle yürüyordu. Kudüs'te Müslüman şövalyelerle yaptığı savaşları anlata anlata bitiremeyen bu adamla takılması ona güven veriyordu. İlk başlarda onun anlattıklarına pek inanmamış ama adada, üç üstat şövalyeyle Mikail'in girdiği kavgada herifleri pırasa doğrar gibi ikiye biçtiğini görünce onu kendine yaver edinmişti.

Grup orta büyüklükteki, diğerlerinden biraz uzakta, iki katlı ahşap bir evin yanına geldiklerinde durdu. Diyojen, adamlarından beşini yanına çağırarak onlara içeri girmelerini, içerdekileri etkisiz hale getirince de evin üst katından kendilerine işaret vermelerini fısıldayarak emretti. Diyojen, kendini hiçbir zaman gereksiz riske atmazdı. Önce adamlarıyla ortalığı kolaçan eder, sonra insan avına kendisi kaldığı yerden devam ederdi.

Evin bir ucundaki ağacın arkasına Diyojen ve iki adamı, diğer ucundaki kalın gövdeli ağacın arkasına da Mikail ve iki adamı saklanarak beklemeye koyuldular.

Eve giden adamlardan en iri olanı kapıyı bir omuz darbesiyle açıp içeri geçirdi. Grup, ellerinde kılıçlar, baltalar, ve gürzlerle içeri daldı.

Kısa bir süre sonra içerden bağrışmalar geldi. Diyojen sırıta sırıta karşı taraftaki arkadaşına bakarak, "Bizim oğlanlar işi çabuk gördüler," diyordu.

Ama sonra sesler birden kesildi. Bir süre hiçbir şey olmadı. Mikail ve Diyojen'in gözleri üst kattaki penceredeydi. Gerekli işareti bekliyorlardı. Kasap, endişelenmeye başlamıştı ki, pencere açıldı ve eşkıyalardan bir tanesi camda belirdi.

Dışarıdakiler hemen içeri girmek üzere hareket edeceklerdi ki, penceredeki adam iki kat yukarıdan kendini aşağıya bırakarak cansız yere yığıldı. Sırtına saplı kocaman bir balta duruyordu.

O sırada bir asker koşarak kapıdan dışarı çıktı. Tam "Çelebiler! Çelebiler!" diye bağırıyordu ki, o sırada dışarıdan bir şimşek gibi koşan siyah bir atın üzerindeki okçu adamı tam alnından şişledi ve tekrar ortadan kayboldu.

"Tuzağa düştük!" dedi Mikail dehşetle. Kılıcının kabzasına iki eliyle birden yapışarak ağaçların içinde atın koştuğu yöne doğru ilerlemeye başladı. Adamlarına da diğer iki koldan yürümeleri emrini verdi. Öte yakada ise Kasap ve adamları hemen koşarak evin içine daldılar.

Kasap, içeri girdiğinde gördüklerine inanamadı. Adamlardan bir tanesi yerde kafatası paramparça olmuş yatarken, bir diğeri karnından fışkıran kanlarla hâlâ can çekişiyordu. Bir üçüncüsü üst kata çıkan merdivenlere yığılmış, acıyla yutkunarak yerdeki kopan koluna bakıyordu. İçerisi sanki mezbahaya dönmüştü.

"Yüce İsa adına!" dedi Diyojen, "Kaç kişisiniz orospu çocukları!.. Sizi kendi ellerimle kıtır kıtır doğrayacağım, baltalarımla her uzvunuzu ayrı ayrı keseceğim! Kimseniz ortaya çıkın ulan!" diye bağırıyordu.

Evin üst katından aşağıya inen merdivenlerde tek bir ayak sesi duyuldu. Birisi güm güm ama yavaş yavaş merdivenlerden iniyordu. Diyojen'in yanındaki iki adamı korkuyla yutkunarak kılıçlarını sıktılar ve saldırmaya hazır halde beklemeye koyuldular. Kasap ise iki baltasını da havaya kaldırarak merdivenin başında merakla beklemeye koyuldu.

Dışarıda ise Mikail ve adamları karanlığın içinde, ağaçların arasında temkinli, kılıçları havada ilerliyorlardı. Ortalıkta kimse görünmüyordu. Mikail, bu sessizliğin hiç de iyiye işaret olmadığını düşündü.

Evin içinde, merdivenlerden inen sanki bir insan değilmiş de bir devmiş gibi her basamakta bir gümleme duyuldukça alt kattakilerin kalpleri de daha hızlı atmaya başlamıştı. Kasap, aşağıya inen adamın önce ayaklarındaki siyah deri çizmelerini, sonra belindeki beyaz kuşağını, sonra bu uzun boylu, cüsseli adamın bağrı açık beyaz gömleğini ve onun üstündeki, önü açık siyah yeleğini gördü. Adamın bir elinde ucundan hâlâ kanlar akan bir balta, diğerinde ise kandan kıpkırmızı olmuş bir yatağan duruyordu. Kasap, adamın simsiyah pala bıyıklarına, engin iki dağ gibi birbirine çatılmış kaşlarına ve çakmak çakmak parlayan gözlerine baktı.

Merdivenin ortasındaki alanda duran bu adam, "Bana Baba Çelebi derler," dedi. Sanki konuşmamıştı da gürlemişti. "Ama mazlumların kanına girmeyi marifet bilen sizin gibi çakallar Azrail diye de anarlar."

Kasap, hiç vakit kaybetmeden yanındaki iki adamı da Çelebi'nin üzerine yolladı. Adamlar bir kuduz köpek gibi merdivendeki savaşçının üzerine çullandılar.

Mikail bir ok vızıltısı duydu. Karanlığın içinde birden yükselen vızıltı o daha ne olduğunu bile anlamadan sağ yanındaki adamı yere yıktı. Adamın tam boynunda bir ok saplıydı. Solundaki adam artık bunun üzerine, "Benim daha fazla ölümü beklemeye niyetim yok!" diyerek hızla sahile doğru koşmaya başladı. Mikail, "Budala!" demişti ki, adam sırtından onu yakalayan bir okla yere yığıldı.

Demir Mikail bağırdı: "Erkekseniz ortaya çıkın! Adam gibi kılıç kılıca dövüşün!"

Bunun üzerine Mikail'in önündeki ağaçların arasından siyah bir atlı geldi ve durdu. Atın üzerinde kılıcı havada kendisine bakmakta olan Mikail'i süzdü. Siyah atın üzerindeki karartı, "Tüyü bitmemiş çoluk çocuğu kaçırıp köle diye satmak erkeklik mi köpek!?" diye bağırdı.

Mikail sesteki gençliğe şaşırdı. Karşısındaki yirmi-yirmi beş yaşlarında bir gençti belli ki. Karartı elindeki yayı tirkeşine soktu ve attan tek hamlede yere sıçradı. Belindeki kılıcı çekerek Demir'e doğru yöneldi: "Göster bakalım marifetini!" Mikail, bu çocuğu rahatlıkla alt edeceğine güvenerek yılların verdiği ustalıkla kılıcını çocuğun tam boynuna salladı.

Merdivenlerin üstünde duran Çelebi, az önce yere yığdığı iki eşkıyanın üstünden geçerek Kasap'ın karşısına geldi. Diyojen, gözleri önünde en iyi iki adamının ustalıkla alt edildiğini görünce korkmaya başlamıştı ama yine de kendine güveniyordu. Elindeki iki baltayla ondan çok az kişi tek parça kurtulmuştu.

Çelebi, "Aynı anda iki balta birden kullanılmaz," dedi sert bir sesle karşısındakine. "Silahın birini uzun seçeceksin ki hasmına karşı üstünlüğün olsun."

İkili birbirlerinin etrafında iki kaplan gibi ağır ağır dönmeye başladılar.

"Şimdi bir düşün. Sende iki balta, bende ise bir balta bir yatağan var. Sence durum hangimizin lehine?"

Kasap, karşısındaki adamın onun aklını bulandırmaya çalıştığını, kafasını karıştırarak saldıracak an kolladığını düşündü. Önce sağındaki baltayı sonra da hiç vakit kaybetmeden solundaki baltayı çaprazlamasına ardı ardına Çelebi'ye savurdu. Kasap baltaları ustaca kullanıyordu ve silahları hareket ederken fısıldıyordu. Ama Çelebi, cüssesine rağmen öyle hızlı hareket etti ki, ilk darbeyi yatağanıyla, ikincisini ise kendi baltasıyla kesti ve tekrar yan tarafa geçti.

Öfkelenen Kasap, "İki balta her zaman daha iyidir!" dedi ve bu sefer Çelebi'nin yüzünü hedef alarak tekrar baltaları ardı ardına, bu sefer hasmını evin köşesine sıkıştırarak salladı.

Mikail'in, rakibinin boynuna salladığı kılıç, şövalyenin hiç de beklemediği bir çeviklikle oğlan tarafından savuşturuldu. Üstelik, delikanlı bu saldırıyı bertaraf ettiği gibi ters taraftan dönerek az önce paravan olarak kullandığı kılıcını Mikail'in tam yüzüne savurdu. Şövalye, yılların verdiği deneyimle son anda eğilerek kurtulabilmişti ölümcül darbeden. Genç Çelebi'nin kılıcı ağaca saplandı. Demir Mikail, bunu hemen fırsat bilerek rakibinin karnına kılıcı hızla dürttü.

Çelebi üstüne savrulan ilk baltayı çelik yatağanıyla, ikincisini kendi baltasıyla keser kesmez rakibinin tekrar kaçmasına fırsat vermeden yatağanı Kasap'ın yüzüne çaldı. Adamın yanağı iki parça oldu ve Diyojen bir beygir gibi yere yığıldı.

"Yanlış cevap," dedi Çelebi. "Yatağan, baltayı yener."

Bu sırada karnına doğru hızla dürtülen kılıçtan son anda kurtulan delikanlı kenara çekilerek Mikail'in koluna kılıcı öyle bir çaldı ki, adamın bileği kılıçla birlikte yere düştü. Elsiz kolundan kanlar fışkıran adam, sanki bir kâbustaymış gibi yere yığılarak eline bakakaldı.

Baba Çelebi'nin sağ salim evden çıktığını gören, uzaktaki ağaçlıkların ardındaki köylü ahalisi yavaş yavaş saklandıkları yerlerden çıktılar. Çelebi, delikanlının yanına gelerek, yerde bileği kesik yatan Mikail'e baktı. Kalabalıktakiler etraflarında toplanarak, "Allah sizden razı olsun! Allah ne muradınız varsa versin!" diye dualar ediyorlardı.

Mikail tepesindeki ikiliye bakarak zar zor konuşabilidi:

"Geriniz nerede? Kaç kişiydiniz?"

"Ne gerisi avanak!" dedi köylülerden biri. "Onlar baba-oğul hiç ayrılmazlar, başka kimseyle de iş görmezler. Onlara Baba Çelebi ve Oğul Çelebi derler. Yanlış köye dadandınız." dedi.

Mikail, bir düzine şövalye ve eşkıyanın iki Türke yenildiğini anladıkça sanki bunun acısı artık bir sağ elinin olmadığını ona unutturuyor gibiydi. Çelebilerin oyununa gelmişlerdi.

Baba Çelebi, adamın tuniğindeki kirin ve kanın arasına gömülmüş kırmızı bir haç fark etti. Öfkeden gözleri kıpkırmızı oldu.

"Sen...," dedi, "söyle, sen o haçı niye taşıyorsun? Şövalye misin?" diye sordu.

Soruyla birlikte köylülerin de gülüşmeleri durdu. Herkes sırtını bir ağacın gövdesine dayamış, kolundan kanlar fışkıran adama bakıyordu.

"Ne sandın!?" dedi Mikail böbürlenerek. Acısını bastırabiliyordu. "Hem de eski bir Tapınak Şövalyesi!"

Oğul Çelebi, babasının yüzüne baktı, "Baba!" demesine

vakit kalmamıştı ki, Çelebi eline geçirdiği bir lobudu herifin tam suratına indirdi. Lobud adamın yüzünü göçürmekle kalmamış, silah ağaca saplanıp orada kalmıştı.

Çelebiler, kıyıda bekleyen kayıkların yanlarına geldiklerinde, köylüler buradaki askerleri çoktan kontrol altına almışlardı.

"Bunların kadırgalarını ne yapacağız?" diye sordu Oğul Çelebi.

Baba Çelebi kıyıya yanaştığından beri denize bakıyordu. Gözü karanlığa artık iyice alışmıştı. Kadırgayı ve etrafındakileri artık seçebiliyordu.

"Sen onu dert etme, oğlum," dedi. "Kaptan-ı Derya onun işini çoktan görmüş." Koyun açıklarında, Sakız Adası'ndan gelen kadırganın etrafında yarım düzine kadar filo duruyordu. Çelebi, Reis'in Mavi Aslan'ını, kadırganın pruvasındaki öfkeli aslan figüründen ve kadırganın mavi renginden hemen tanımıştı. Şimdi de bir filika kıyıya yanaşmaktaydı.

34

"Bilmiyorum, Reis, çok uzun zaman oldu," dedi Baba Çelebi. "Ayağımı inan şu kıyının suyuna bile değdiremiyorum."

Çelebi ve Kemal Reis ağarmakta olan günün altında, kıyıya vuran küçük dalgaların insanı ferahlatan sesi eşliğinde, kumların üzerinde yalınayak yürüyorlardı. Kemal Reis, ona yarım saat boyunca İspanya seferinden söz etmiş, Burak Reis'in de onlara katılacağını anlatmıştı uzun uzun.

"Sana ihtiyacım var, biliyorsun," dedi Reis. "Girit'ten ötesi tam bir çakallar yurdu. Venedikliler, Cenevizliler, Haçlılar, Sicilya korsanları, Korsika şövalyeleri ve en sonunda da İspanyol ve Portekizli amiraller... Bu seferde hayatımda tanıdığım tüm birinci sınıf denizcilere ve savaşçılara ihtiyacım var, Çelebi. Sen ve adamların olmadan bu iş çok zor. Çaka, Karamürsel... hepsini bulup benimle gelmen lazım." Bir süre durdu, Çelebi'ye dönerek onun gözlerine baktı. "Biliyorsun, sen en iyi savaşçımdın."

Çelebi ve oğlu Kemal Reis'in komutasında Akdeniz'de yıllarca korsanlık yapmışlardı. Midilli doğumlu Çelebi'nin karısı denizdeki bir çarpışmada adaya saklanan Tapınak Şövalyeleri'nce katledilince o da bir daha denize çıkmamaya yemin etmiş, nerede bir şövalye görse lobutuyla onun başını ezmek için ant içmişti. Az önce Mikail'in başını tuz buz edişi de bu yüzdendi, aksi takdirde adamın kopuk bir kolla yaşayıp yaşayamamasını onun kaderine terk etmeye razıydı.

Çelebi Ege ve Akdeniz'de Kemal Reis'le yüzlerce şövalyeyi öldürdükten sonra karısına duyduğu acıyı şövalyelerin kanını gördükçe dindirebiliyordu. Bir daha denize açılamadı ve sağ kalan oğluyla beraber Midilli'de ve Ege kıyılarında barbar şövalyelere ve eşkıyalara karşı savunmasız halkı koruyarak hayatına devam etti.

Çelebi önünde uzanan, gittikçe ağaran sulara baktı. Karanlık iyice kalkıyordu.

"Bu sulara çıkışım benden karımı aldı," dedi. Konuşurken boğazı düğümleniyor, gözleri sisleniyordu.

Kemal Reis, karşısında dağ gibi duran adamın gözlerindeki nemi, dağların üstüne çökmek üzere olan kapkara bir yağmur bulutu gibi görüyordu.

Çelebi zorla devam etti: "Bir daha yapabileceğimi sanmıyorum. O sulara bir daha açılabileceğimi bilmiyorum, Reis... Karada benden bir orduya karşı tek başıma saldırmamı iste, koşa koşa, yalınayak, ellerim bomboş atılayım! Ama benden tekrar oğlumla birlikte denize açılmamı isteme. Hem bu köylüleri kim koruyacak?" dedi.

Reis'e doğru başını çevirdi: "Beni affet, Reis."

Kemal Reis onun sesindeki kararlığı duymuş ve anlamıştı.

Güneş tepeye doğru yükselirken Kemal Reis ve donanması İstanbul'a dönmek üzere yola koyuldular. Şövalyelerin kadırgalarını Çelebilere ve köylülere ganimet olarak arkada bırakmışlardı.

Baba ve Oğul Çelebi, kıyıda, altın sarısı kumların üstünde, gittikçe birer nokta haline gelen donanmanın uzaklaşmasını izlediler. İkisinin de ağzını bıçak açmıyordu.

35

Torquemada, Meşveret Salonu'nun büyük ahşap kapısına usulca sokulmuş, boynundaki haç kolyeyi merakla ovuşturarak içerde konuşulanları dinliyordu. El Hamra'da kral ve kraliçenin misafirlerini kabulü için ayrılan salonda bugün Torquemada'nın hiç de hoşuna gitmeyen bir konuk vardı. Baş Engizitor kapının aralığından sadece içerdeki soytarıyı görebiliyordu ama tüm konuşulanları duyabiliyordu.

Cüce soytarı eşek gibi anırırken kafasını da taklit ettiği hayvan gibi ileri geri sallayınca şapkasının aşağıya sarkık uçlarındaki çıngıraklar da ötüyordu. Soytarı bu şaklabanlıkları yapmasa dahi bu şapkası, üstündeki yamalı yeleği, bacaklarını saran yırtık pırtık çorapları ve birinin ucu kesik sivri ayakkabıları insanda hemen gülme refleksi uyandırıyordu.

"Eşek!" diyerek heyecanla bağırdı Ferdinand. Salonun kadifemsi ahşap işlemeli duvarlarının ve tavanının arasındaki iki tahttan birinde, İzabella'nın yanında oturuyordu. Kraliçe siyasetten konuşurken onun yardımına da soytarısı yetişirdi. Cüce, kralın tahmin etmesi için sıradaki hayvanın taklidini yapmaya başladı. Ellerini göğsüne getirerek kollarını bir kanat gibi çırpmaya, kafasını da ileri geri bir tavuk gibi hareket ettirmeye koyuldu.

De Silva'nın eski dostu İshak Abravanel ise bu şarlatanın yanında dikkatini dağıtmamaya çalışarak yarım saattir kral ve kraliçeye yalvarıyordu. Dökümlü siyah cüppesi, ak sakalı ve başındaki kipasıyla yaşlı adam, soytarıyla tam bir tezat oluşturuyor, olduğundan daha da yaşlı ve üzgün görünüyordu.

"Rica ediyorum, Kraliçe Hazretleri," diye devam etti. "Biz

yüzyıllardır bu topraklarda yaşıyoruz. Burası bizim anavatanımız, evimiz. Rica ediyorum bu kararınızı yeniden gözden geçiriniz. Biz Yahudilerin Büyük İspanya Krallığı'na zararı değil ancak faydası dokunur. Bu, asırlardır böyle oldu."

"Tavuk!" dedi Ferdinand gülerek. İzabella ve Abravanel'e, hayvanı bildiği için onlardan tebrik bekler gibi baktı. Soytarı ellerini birbirine vurarak kafasını aşağı yukarı sallıyordu. "Bildiniz! Bildiniz!" der gibiydi.

Ferdinand, "Sıradaki, sıradaki!" diye emretti. Soytarı sıradaki hayvanın taklidini yapmaya başladı.

İzabella ise düşünceli ama sıkılmış bir yüz ifadesiyle Abravanel'i dinliyordu. Abravanel ülkenin en zengin Yahudisi, kraliyetin bir numaralı mali danışmanı, daha da ötesi pek çok büyük şehrin bir numaralı vergi toplayıcısıydı. Abravanel'in İzabella'nın katında her zaman farklı bir yeri olmuştu; O'nun kendisine sadakatinden hiçbir zaman şüphelenmezdi.

"Granada'nın kuşatmasında bile ordu teçhizata ve yiyeceğe muhtaçken neredeyse bir milyon marevediyi büyük devletimizin kasasına sunmadık mı?" diye perişan bir şekilde sürdürüyordu Abravanel konuşmasını. "Bu ülkenin en zengin tüccarları, en çok vergi veren işadamları, en iyi doktorları, en bilgili âlimleri olan bizler, siz de çok iyi bilirsiniz ki her zaman siz Katoliklerin hizmetinizdeyizdir. Bu, böyle olmaya da devam edecektir. Yahudilerin yokluğu Büyük İspanya için bir kazanç değil, tamir olunamaz bir kayıp olacaktır."

Yahudi'nin söylediklerinde haklılık payı var, diye düşündü İzabella. Sadece kendisinin emrinde sarayda üç ayrı doktoru vardı ve üçü de Yahudiydi. Ayrıca Yahudilerin pek çok dil konuşmalarından ötürü uluslararası diplomaside de tecrübeli ve işe yarar olduklarını fazlasıyla biliyordu. Hazinenin kasası da yine çoğunlukla onların topladıkları vergilerden oluşuyordu. Fakat İzabella, Yahudilerin gerçekten ülkeyi terk etmeleri yerine Katolik olacaklarına inanıyordu ve tüm bu sorunlar da böylelikle çözülmüş oluyordu.

"Bu hizmetlerinizi elbette takdir ediyoruz," dedi Kraliçe, "ama siz de biliyorsunuz ki Katolik olmanızın bu işlere devam etmenizde herhangi bir engeli yoktur. Kilise Granada'yı alarak sekiz asırlık Müslüman egemenliğine son vermemizin büyük bir işaret olduğuna inanıyor. Büyük Katolik Birliği'ni kurmanın bir işareti. Ve biz de bunu haklı buluyoruz." Abravanel'e bir şey ima edecek gibi bir süre durduktan sonra ekledi: "Sizinse yapmanız gereken şey çok basit."

Abravanel, kraliçenin kendisinden elbise değiştirir gibi din değiştirmesi istemesini, üstelik bunun bu kadar kolay olduğuna içtenlikle inanmasını gülünç ama daha da kötüsü sinir bozucu buluyordu. İzabella'nın her zaman taassaub dolu, koyu bir Katolik inancı olduğunu biliyordu ama bu kadar gülünç olabileceğini hiçbir zaman tahmin etmemişti.

"Kanguru!" diyerek araya atladı Ferdinand. Soytarı avuçlarını arkadan doğru yere yapıştırmış, kuyruğunun üzerinde durup bacaklarını sallayan bir hayvan gibi öne doğru tekme atıyordu. Bazen dengesini kaybedip yere düşüyor ama boyu kısacık olduğundan düşmesiyle kalkması bir oluyordu. Sonra yine aynı hareketi tekrarlıyordu.

"Kraliçe Hazretleri, biliyorsunuz, dinimizi değiştirmemizi istemeniz o kadar basit bir şey değil. Üstelik ben bunu kabul etsem bile, buna karşı çıkacak yüz binlerce Yahudi olacaktır. Öte taraftan Engizisyon, din değiştirdiğimiz takdirde hepimizin malı mülkü ve canı üzerinde hak sahibi olacaktır. Zaten bazı şehirlerdeki muhtedi Katolikler üzerindeki keyfi uygulamalara siz bizzat şahitsiniz."

Abravanel kim bilir kaç kere suçsuz yere tutuklanan Yahudilerin Engizisyon'dan salıverilmesi için binlerce marevedi ödemiş, kim bilir kaç kişi için gönüllü olarak kraliçeye fidye ödemiş ve tutukluların hayatını kurtarmıştı.

İzabella, "Değerli Abravanel, bu kararı vermemiz kolay mı oldu sanıyorsunuz?" diye karşılık verdi. "Aslında bu, bizim verdiğimiz bir karar bile değil. Bu, Yüce Tanrı'nın bizden bir isteği." Kraliçe, İncil'den Atasözleri bölümünden bir ayet okudu: "*Kralın kalbi, Tanrı'nın elindedir; bu nehrin suları gibi onu istediği yöne döndürür.*"

Perişan adam, İzabella'nın Torqueamada'dan öğrendiği ayetleri kendine okuduğunda başka çaresi kalmadığını anladı. Abravanel, Yahudileri sınır dışı etme fermanının arkasında maddi nedenler olduğunu, yıllardır yaptığı gibi fidye ile dindaşlarının hayatını kurtarabileceğini tahmin etmişti. Kral ve kraliçeye bir adım daha yaklaşarak, "Ülkenin bütün Yahudilerini seferber edeyim, müsaade edin, herkesten para toplayalım, ben kendi malvarlığımın büyük kısmını kutsal hazinemize aktarayım ve bunun yanı sıra," dedikten sonra durakladı. Kafasında daha önceden hesap ettiği paranın iki katını söyledi: "10.000 altın dukayı Büyük İspanya'nın daha da büyümesi için sizlerin hizmetine sunalım."

Yandaki soytarı "10.000 altın duka" rakamını duyunca kim bilir hangi hayvanın taklidini yapıyorken küt diye yere düştü. Kafasını oturduğu yerden Abravanel'e doğru kaldırdı.

Kral Ferdinand da gülerek sürdürdüğü oyunu kesmiş, karşısındaki adama bakıyordu. Elinin tersiyle soytarıya gitmesini emretti, 10.000 altın duka büyük paraydı. Cüce, oyuncağı elinden alınmış çocuk gibi kös kös salondan çıktı.

İzabella tam ağzını açıp bir şey söyleyecekken, Ferdinand, "30.000," dedi. Bu, milyonlarca marevedi ediyordu. "30.000 altın duka verirseniz sıkıntılarınıza belki bir çözüm bulabilir, kararımızı gözden geçirebiliriz." Kraliçeye dönerek fısıldadı, "Bu parayla yapabileceklerimizi bir düşünsene!"

Fakat Abravanel paranın birdenbire tahminindekinden kat kat daha fazla, neredeyse imkânsız bir miktara çıkmasıyla afalladı, sırtından soğuk terler dökülmeye başladı. Cebinden mendilini çıkartarak boncuk boncuk ter olan alnını sildi. Yaşlı adam, yutkunmakta zorluk çekiyordu. 30.000 altın duka neredeyse yüzlerce zengin Yahudinin servetine eşitti ve toplanması kolay bir para değildi. Öte yandan tüm Yahudilerin varlığının bu paranın ucunda olduğu düşünüldüğünde, denemeye değer bir işti. Abravanel, bu son düşünceyle birlikte rahatladı, ne de olsa bir fidye karşılığında Yahudilerin varlığını satın alabilecekti.

İzabella de kraliyetin kasasının son Granada kuşatmasıyla birlikte iyice boşaldığının, böylesi bir gelirin önemli bir kaynak oluşturacağının farkındaydı. Hem gözü gibi sevdiği Yahudi tüccarlardan ve doktorlardan da vazgeçmek zorunda kalmayacaktı. Teklifi kabul etmek üzereydi, Ferdinand da, Abravanel de onun yüzüne bakıyordu. Yahudilerin sekiz asırlık geçmişi İzabella'nın iki dudağı arasındaydı ve bu dudaklar olumlu bir yanıt için açılmak üzereydi.

O anda kapının ardında bekleyen Torquemada kafesindeki zincirlerinden boşanıp da gelmiş bir aslan gibi kükrercesine salona girdi. Hızından, pelerini ve cüppesinin etekleri havalanıyordu. Boynundaki haçı çıkartmış eliyle kral ve kraliçenin yüzlerine tutarak, "Siz ne yaptığınızın farkında mısınız?" diye bağırdı. Ateş saçan bakışlarını Abravanel'e çevirdi. "Gazabımdan kurtulamayacaksın!" der gibiydi.

Tekrar Ferdinand ve İzabella'ya dönerek, "İnsanlığın kurtarıcısı Yüce İsa'yı da hain Yehuda 30 gümüşe düşmanlarına satmıştı. 30 gümüştü Tanrı'ya biçtiği para! Siz ise 30.000 duka altına satıyorsunuz Tanrı'yı! Bu teklifi kabul ederseniz şunu bilin ki ben tüm işlerimden istifa edeceğim ve sizi de ihanet ettiğiniz Yüce Tanrı'ya havale edeceğim!" Yüzü normalde herkesten beyaz olan din adamı öfkeden kıpkırmızıydı. Sırtını dönüp diğer kapıdan çıkacakken, arkasını döndü, "Neyin pazarlığını yaptığınızın farkına varın!" diyerek elindeki haçı kral ve kraliçenin önüne fırlattı. Altının yere düşünce çıkardığı ses odadaki gergin ortamda balyoz etkisi yaratmıştı.

Torquemada kapıdan çıkarken İzabella büyük bir suçluluk duygusuyla az önceki halini telafi etmek ister gibi Abravanel'e döndü ve burnunu yukarı kaldırarak, "Kararımız kesindir, Abravanel. Size ve dindaşlarınıza önerim, Yüce İsa'nın merhametli kanatları altında toplanmanız ve kendinizi Tanrı'nın şefkatinden esirgememenizdir."

Abravanel ecel terleri dökerek başını önüne eğdi. Tek umudu da böylece uçup gidivermişti. Artık yapacak hiçbir şeyin olmadığını düşündü. Belki de söylentiler doğruydu; 1492, Tevrat'ta geçen kıyamet yılının ta kendisiydi.

Ama eğer öyleyse, Kurtarıcı Mesih neredeydi?

36

Elif... Elif... Elif...

Sonra bir tane daha. Bir tane daha. Sonra bir tane daha...

Şehzade Bayezid, bugün bu çizdiği kaçıncı *elif*'ti, sayısını unutmuştu. Her bir harfle daha çok sabırsızlanıyor, sabırsızlığı arttıkça elinden çıkan *elif* daha bir bozuluyordu. Önce harfleri meşk edeceksin, demişti Şeyh Hamdullah. *Tek bir harfle başlayacaksın. O harfi kusursuz bir nesih hatla yazana kadar bir diğerine geçmek yok! Mürekkebi israf etme, seni o mürekkep temizleyecek!*

Ama kaç tane yazacağım, kusursuz olduğunu nereden anlayacağım, bir harfi yazmak ne kadar zor olabilir ki?! Bayezid'in kafasında aklını kurcalayan daha onlarca soru vardı. Hamdullah gülümsemiş, *Merak etme, harf hazır olduğunda o sana söyler,* demişti.

Bayezid, belki üç, belki beş *elif*'ten sonra Hamdullah'ın onun önüne koyduğu örnek hattaki harfi kusursuz bir şekilde taklit edebileceğini düşünmüştü. Meşk, taklit etmek, uygulama yapmak demekti ve harflerin meşki ona göre bir günlük işten ibaretti.

Amasya'daki şehzade köşkünde Hamdullah'ın ona tembihlediği gibi güneş ışığını soluna almış, pencerenin dibindeki bir mindere diz çökmüştü.

Yine Hamdullah'ın ona gösterdiği gibi sol tarafına oturup sağ dizine yerleştirmiş olduğu altlığın üstündeki kâğıda kalemi bir kere değdirdi ve bir *elif* daha çizdi. Bu sefer olacaktı sanki. Onlarca kâğıt dolusu, belki bin tane *elif*'ten sonra bile hâlâ önündeki hatta mükemmel bir şekilde arzı endam eden harfi çizmekten âcizdi. Sıkıntısını, öfkesini bir türlü üzerinden atamıyordu. Ben daha bir harfi bile çizemezken, yirmi sekiz harfi nasıl çizeceğim diye düşünmeden edemiyordu.

Bir *elif* çizmek nasıl bu kadar zor olabilirdi ki?! Bunun altı üstü yukardan aşağıya tek bir çizgi değil miydi?! *Kamışın ucunu kâğıda değdir, yukardan aşağıya çek. Meylini hafif sola ver, harfin başını unutma. Başsız adam olur mu? Ya başsız devlet? Pekâlâ başsız elif de olmaz, Şehzade!*

Bayezid'in aklı, Hamdullah'ın cümlelerinden şarap meclisindeki arkadaşlarına kaydı. Müeyyedzade Abdurrahman'ı, Hızırpaşazade Mahmut'u, Hamzabeyzade Mustafa'yı ve diğerlerini düşündü. Nasıl olmuştu da kendini bu harf cenderesinin içinde bulmuştu?! Koskoca şehzade nasıl olurdu da bir köşkün odasına kapanır, sabahtan akşama bir harfi tekrar etmeye zorlanabilirdi?!

Öfkeyle yerinden kalktı. Yazdığı *elif*'lerin bulunduğu kâğıdı yırtıp attı, elindeki kamış kalemi tek çırpıda ikiye böldü ve duvara fırlattı. Yerde duran likaya öyle bir tekme geçirdi ki şıranktan duvara çarpan mahfaza paramparça oldu ve siyah mürekkep yerdeki kırmızı halının üzerinde usul usul akmaya başladı. *Bu mürekkep senin ruhunu yıkayacak*, demişti Hamdullah.

Her şey, sadece bir hafta önce şehzadenin müptelası olduğu eğlence meclislerinden birinde başlamıştı. Bayezid'in şimdi bulunduğu tam da bu odada o ve dostları daha günün aydınlığında, muhabbettin ve eğlencenin, ayş ü nuş'ün labirentlerinde dolaşıyorlardı...

"Şerefe!" diye kadeh kaldırdı Müeyyedzade. Köşkün en gösterişli odasında, duvarı fırdolayı kaplayan diğer yarım düzine kişi sırtını mindere vermiş, bağdaş kurmuş, karşısında vur patlasın, çal oynasın üç saattir süreksiz çalan çengicilere doğru uzatıyordu bardağını. Yeri kaplayan büyük bir dokuma halının üzerinde sedef kakmalı bir-iki sehpa ve onların da üzerinde beyaz peynir, çilek, fındık fıstık gibi türlü yemişler duruyordu. Çalgıcıların hemen arkasındaki duvarda göz kamaştıran süs bir tirkeş ve içinde ok ve yaylar bulunuyordu.

"Şerefe!" diye takip etti şehzade Bayezid, Müeyyedzade'yi.

Bayezid'le birlikte diğerleri de kadehlerini etrafta dolaşan hizmetkâra doldurttular ve içkilerini yudumladıktan sonra muhabbete devam ettiler. Çeng, ut ve tamburinin telleri üzerinde parmaklar ustalıkla geziniyor, def ve bendirlerden dum tıkı sesler yükseliyordu. On sekizlik rakkase kızlar vücutlarının kıvrımlarını cüretkârca gösteren ipek ve saten elbiselerinin içinde kıvrıldıkça insanın yüreğini hoplatıyorlardı. Kıvrım kıvrım hareketleri sanki yanan bir ateş gibi dalgalanıyor, bakanları tere boğuyordu.

Tam o sırada kapıda bir gürültüdür belirdi. Şehzade ve arkadaşları birbirlerine, "Hayırdır, ne oluyor?!" diye şaşkınlıkla bakarlarken odanın kapısı büyük bir gümbürtüyle açıldı ve kapıda Şeyh Hamdullah göründü. İki yanında ona engel olmaya çalışan hizmetkârlar duruyordu. Hamdullah'ın gazabı gözlerinden ve sımsıkı tuttuğu yumruklarından okunuyordu.

Müzik sustu, rakkaseler durdu, kadehlerini yudumlayanların içkileri boğazlarında tıkandı kaldı. Herkesin gözü Hamdullah'taydı. İstanbul'daki sultan, oğluna ders vermesi için onu özel olarak görevlendirmişti ama Hamdullah'ı dinleyen kimdi?!

Hamdullah'ın kırmızı gözleri meclisinin ortasındaki şehzadedeydi.

Bayezid, neden sonra ürkeklikle de olsa ilk cümleyi etti:

"Hayırdır, Hamdullah Efendi? Bu ziyaretini neye borçluyuz?"

Hamdullah şimşek gibi cevapladı:

"Bir de utanmadan soruyor musun?!" Sonra sanki zorla ekliyormuş gibi devam etti: "... Şehzade Hazretleri (!)"

Bayezid yerinden kıpırdamadan cevapladı. İki kolları sırtındaki sedire doğru boylu boyunca uzanmıştı.

"Ne yanlışımızı gördün, Şeyh Efendi? Bizim kimseye zararımız yok. Kendi kendimize eğleniyor, meşk ediyoruz."

"Senin en büyük zararın kendine! Yetmiyor mu?" dedi Hamdullah. "Üstelik meşk böyle edilmez! Bu saatte hat dersimiz vardı. Ben onun için geldim."

Bayezid durumu anlayınca kahkahayı patlattı:

"Hay Allah iyiliğini versin. O muydu derdin?!"

Diğerleri de onun ardından gülmeye ve içkilerini yudumlamaya devam ettiler.

"Unutmuşum bugün ders olduğunu. Yarın yaparız, Hamdullah Efendi."

"Olmaz," dedi Hamdullah. "Benim yarın işim var. Bugünümü sana ayırdım. Ders bugün olacak. Her gün seninle uğraşamam!"

Bayezid öfkelenmeye başlamıştı:

"Görmüyor musun, Hamdullah Efendi, misafirlerim var."

"Onların derdi eğlence, şehzade, sen değilsin."

Müeyyedzade Abdurrahman bu sefer söze girdi:

"Ayıp ediyorsun, Hamdullah Efendi. Hem eğlenmek günah mı? Kitapta eğlence günahtır mı yazıyor? Biz de Hıristiyan keşişleri gibi dünyadan elimizi ayağımızı çekecek değiliz ya!"

Hamdullah fesuphanallah çekerek kafasını çevirdi. Bu sırada odanın duvarında asılı duran tirkeşe gözü takıldı. Altın sırmalı kırmızı bir kadifeden mürekkep tirkeşin içinde bir yay ve oklar vardı.

Aklına bir fikir geldi.

"Size bir eğlence vereceğim," dedi Hamdullah. "Ama önce bir anlaşma yapacağız."

Odadakiler şaşkınlıkla birbirlerine, daha sonra da Bayezid'in yüzüne baktılar. Herkes yeni bir eğlencenin eşiğinde hissediyordu kendini, ki bu onları fazlasıyla heyecanlandırdı. Bayezid sesini çıkartmadan Hamdullah'a baktı.

"Şehzade'nin iyi okçu olduğunu duydum," dedi Hamdullah. "Onunla iki ok atacağız. Siz de seyirci olacaksınız. Oku en uzağa kim fırlatırsa o kazanır."

Bayezid tekrar bastı kahkahayı. Diğerleri de bu olmadık meydan okuma karşısında kendilerini fazla tutamadılar. Bir tek Müeyyedzade bu teklife sevinmemiş gibiydi. Şehzade eline geçen fırsatı kaçırmak istemiyordu, Hamdullah fikrini değiştirmeden cevapladı:

"Ben kazanırsam, bir daha ömrü billâh beni rahatsız etmeyecek, İstanbul'daki efendi babama şehzadenin dersleri şöyle güzel gidiyor, böyle güzel gidiyor diye haber göndereceksin, tamam mı?"

Hamdullah tereddüt etmeden, "Tamam, oldu bil," dedi. "Amma velâkin ben kazanırsam, bugünden tez yok bu meclisi dağıtacaksın ve şu dışarıdaki at yalağının içine kafanı sokup ayılacaksın. Sonra da oturup benimle meşke başlayacaksın."

Bayezid, Hamdullah'ı yeneceğine öyle emindi ki, onun söylediklerini doğru dürüst bile dinlemeden, "Tamam," diyerek oturduğu yerden doğruldu.

Müeyyedzade, şehzadenin bileğine yapıştı:

"Şehzadem, hele az otur, düşün, sana bir diyeceğim var!" dediyse de Bayezid dinlemedi.

"Dur şimdi, şu işi halledelim ondan sonra çok zamanımız olacak," diyerek sabırsızca ilerledi ve odanın karşı ucundaki tirkeşe yapıştı.

Şehzade köşkünün arkasındaki büyük bahçede toplanan kalabalık merakla olacakları izlemeye hazırlanıyordu. Müeyyedzade hariç, şehzadenin tüm dostları kıkırdıyordu. Bazıları ellerinde şaraplarıyla dışarıyla çıkmışlardı. Meraktan çengiciler bile çalgı aletlerini bırakmış, kendilerini bahçeye atmışlardı.

Hamdullah'ın yüzünde Bayezid'i tedirgin eden bir kendine güven vardı ama gün aşırı ok talimi yapan genç şehzade, bir an önce kendisine meydan okuyan bu hattata gününü gösterip içeriye dönmenin hayalini kuruyordu.

Bahçenin ortasına gelen şehzade tirkeşi Hamdullah'a uzattı. Beriki nezaketle, "Şehzadelerin önceliği vardır," dedi.

Bayezid teşekkür manasında başını bükerek yayı tirkeşten çıkardı ve dizine dayadığı yayı tek seferde ters çevirerek çileyi geçirdi. Birinci sınıf bir Türk yayının kolay kolay kurulamayacağını herkes çok iyi bildiğinden, şehzadenin hiç uğraşmadan onu bir çırpıda hazır etmesini Bayezid'in ustalığına verdiler. Şehzadenin yayı kurarken gerginleşen pazıları mintanını parçalayacak gibi şişmişti.

Yay kurulunca Bayezid sağ eline bir ok aldı ve önünde uzanan boşluğa doğru nişan aldı. Oku tutuşu, yayı gerişi, ayaklarının pozisyonu, her şey ama her şey usta bir okçunun haklı olarak yaptığı gövde gösterisine dönüşmüştü.

İşaret ve orta parmağının arasında tuttuğu oku gökyüzüne bıraktığında, havaya sıçrayan çubuk uzunca bir kavis çizdi ve bir süre sonra gözden kaybolurcasına yere indi.

"Hay maşallah!" diye yaygarayı kopardı Hamzabeyzade. "En az bin beş yüz gez!"

Bir buçuk kilometrelik bir mesafe demekti ve hiç de yavana atılmayacak bir başarıydı. Köşkün hizmetkârlarından biri koşa koşa okun düştüğü yere gitti ve bir arpa kadar küçülünce sağ elini kaldırarak işaret verdi.

Bayezid çileyi yaydan çıkardıktan sonra Hamdullah'a döndü ve "Sıra sende!" dedi. O da etraftakiler gibi Hamdullah'ın yayı dahi geremeyeceğini düşünüyordu.

Hamdullah eline aldığı yayı aynı şehzade gibi dizine dayadıktan sonra yine aynı ustalıkla tek çırpıda kurdu. Bu, etraftakilerin keyif dolu kahkahalarını dindiren ilk işaret olmuştu. Bir homurdanmadır başladı.

Hamdullah hiç istifini bozmadan sağ eline aldığı oku yaya güzelce yerleştirdi, az önce Bayezid'in nişan aldığı tarafa yöneldi, oku sağ kulak memesine kadar çektikten sonra sadece ona yakın duranların duyabileceği bir şekilde, "Ya Hakk!" diye fısıldadı. Dudakları kapanırken yaydan fırlayan ok gökyüzüne sanki bir kaplan gibi sıçradı, ufku delmek istercesine ilerdi.

Şehzadenin ve diğerlerinin ağızları şaşkınlıktan açık kalmıştı. Hamdullah'ın attığı ok, az önce şehzadenin okunun yanına giden adamın üzerinden geçtikten sonra belki beş yüz metre daha ilerledi ve gözden kayboldu.

Hamzabeyzade, "Aman Allahım!" diyebildi. "Bu nasıl olur!?"

İkinci bir hizmetkâr koşa koşa okun yerini tayin etmeye gitti. Adam, Bayezid'in okunun yanında duran adamı geçtikten sonra bir süre daha koşmaya devam etti ve onun yarısı kadar olduktan sonra elini kaldırarak işaret verdi.

"Neredeyse bin dokuz yüz gez!" dedi Hamzabeyzade.

Hamdullah hariç herkesin yüzü düşmüştü.

Hattat, kendisine şaşkın şaşkın bakan Bayezid'e dönerek, "Sen neden bana Şeyh dediklerini sandın, evlat!" dedi.

Müeyyedzade Abdurrahman, Bayezid'in yanına sokularak, "Ben de sana bunu söyleyecektim, şehzadem," dedi. "Bu adam, ok şeyhidir, nice yıllar okçulara icazet vermiştir!"

Bayezid'in sırtından soğuk terler boşandı. "Ulan bu şimdi mi söylenir!" diye çıkıştı arkadaşına çaresizce. Hamdullah'ın bir okçu tarikatından geldiğini, ona fıkıh âlimliğinden ötürü değil, ok ustası olduğu için "şeyh" denenlerden olduğunu bilmediği için mi hayıflanmalıydı, yoksa yaptığı anlaşmaya mı acımalıydı bilemedi. O, altına girdiği anlaşmanın şartlarını sıkıntıyla hatırlamaya çalışırken, Hamdullah, "Haydi, eğlence bitti!" dedi. "Herkes dağılsın! Şehzade ile benim şu ilerdeki yalakta az bir işimiz var!"

Bir hafta geçmişti o günden beri.

Bayezid her geçen gün daha da öfkeleniyor, yazdığı her meşkte kendine daha bir kızıyordu. Halının üzerinde yayılan siyah mürekkebe baktıkça buna daha fazla dayanamayacağını anladı. Bugünden tezi yok tüm arkadaşlarını yeniden çağıracak, şehirde ne kadar meyhane varsa gezecek, gününü gün edecekti. Koskoca şehzade bir hattata ömrü boyunca itaat edecek değildi ya! Sözünde bir hafta durmuştu, bu nesine yetmiyordu?!

Şehzade odanın kapısını hızla vurup çıkarken arkasında yırtık kâğıt parçaları kalmıştı. Her birinin üzerinde onlarca *elif* duran kâğıt parçaları ve kırık bir kalem..

37

Kıtmir, serçe parmağın ucu kadar küçücük, pembe dili dışarıda, geminin güvertesinde hızla koşuyordu.

"Gel ulan buraya!... Bit torbası!" diye bağırdı Bezirgân.

Uzaktan bakıldığından yuvarlanan bir kartopu gibi görünen akçacık Malta teriyerinin arkasında hızla Bezirgân Koca Ahmet koşuyor, hayvancağızı yakalamaya çalışıyordu.

Köpek, birkaç gün önce önce tamir edilerek baştan aşağı yenilenen kadırganın bir küpeştesine sıçrıyor, bir güverteye zıplıyor, iskopemare yelkenlerinin altından, etraftaki korsanların bacaklarının aralarından geçerek oradan oraya zıplayan bir top gibi Bezirgân'la arasında en az üç metre fark tutmayı başarıyordu. Hepi topu iki karış olan hayvan bir sıçan gibi o delikten o deliğe giriyor, ama arkasındaki iri yarı cüssesiyle Koca Ahmet sürekli direklere, korsanlara, gemi tayfalarına çarpıyordu.

Bezirgân'ın yüzü kıpkırmızı çıkmış, alnından ve koynundan terler akıyordu. Kadırgayı ikinci sefer turlamak üzereydiler.

"Ulan bir yakalarsam seni var ya, köpek balıklarına yem edeceğim... Göreceksin o zaman asıl köpek nasıl olurmuş, sıçan yavrusu seni!"

Grandi direğinin dibine gelince köpek, sahibinin kucağına, Çıngıraklı'nın kollarına atlayıverdi.

"Yine ne arıyorsun Küçük Ahmet şuncacık köpekten. Gidip boyuna göre bir akran bulsana!" dedi Çıngıraklı, Bezirgân'a çıkışarak.

"Senin it oğlu it yine tahıl çuvalını delmiş. Mutfak darmadağın! Bu sefer boynunu koparacağım o hayvanın!" diyerek ileri uzandı.

Çıngıraklı, vücudunu öte tarafa dönerek köpeği Bezirgân'ın avuçlarından kaçırdı.

"E aç bırakıyorsun hayvanı!" diye devam etti. "N'olur şuncacık et parçası veriversen hayvana?!"

"Ulan senin itini de mi ben doyuracağım, Çıngıraklı! Benim işim başımdan aşkın. Bu teknede yelkencisi, serdümeni, kürekçisi, marangozu, forsası, savaşçısı tam üç yüz otuz kişi var sen biliyon mu?!"

Kıtmir uzun süredir koşmaktan soluk soluğa kalmıştı. Hızlı hızlı soluk alırken sanki bütün vücudu hareket ediyordu.

"E Kıtmir'i de doyursan n'olur, üç yüz otuz boğazdan bir leblebi eksilir!"

"Yahu sorun o değil ki. Ben bu hayvan aç mı tok mu, uğraşamam. Vaktim yok! Senin itin, sen doyur!"

Bu sırada, Grandi direğinin en ucundaki Babafingo'daki çanakta gözcü olan Yasin, "Sancak tarafında! Kırk derece!" diye bağırdı. Yasin, Haçlı Şövalyeleri'nin elinden kurtulunca Burak Reis'e yalvarmış yakarmış ve onun gemisinde çalışmaya başlamıştı.

Tartışan ikili susarak gemideki diğer korsanlar gibi söylenen yöne doğru döndüler.

Geminin kıç kasarasında oturan Burak Reis ve Sessiz Yusuf da ayağa kalkıp ufka baktılar. Burak Reis'in Hilal-i Zafer adını koyduğu kırmızı bordalı, sarı kuşaklı kadırgası Kemal Reis'in ona iki hafta önce tembih ettiği gibi Girit ve Mora Adalarından elli mil uzaklıktaki Naksos Adası'nın kuzeydoğusunda demirlemiş, Kemal Reis'i bekliyordu. Hilal-i Zafer'in hemen yanında yeşil renkte başka bir kadırga ve iki kırlangıç daha vardı. Kadırgalar güzelce kalafatlanmış, omurga ve küpeşteleri birer birer gözden geçirilmiş, yelkenleri yenilenmiş, üç ana direği ve serenleri tam edilmişti. Kadırgadakiler gün ışığının denizi kaplamasının ardından ufukta her görünen gemiyi Mavi Aslan sanıyorlardı.

"Venedik galisi bunlar," dedi Burak Reis. "İstanbul'a mal taşıyorlardır."

"Ah be kaptan," dedi Selsireci Mahmut, "Cânım av gidiyor! Ne olur şuna saldırsak, azıcık bayram etsek. Vallahi burada oturmaktan yosun tutmaya başladım," diye söylendi. Üç hafta önceki çarpışmada yaralanan bacağı daha iyileşmemişti bile.

Burak Reis arkasındaki adama dönerek, "Helal olsun, Selsireci," dedi. "Daha bacağının biri doğru dürüst tutmuyor, hâlâ macera peşindesin! Bize verilen emir burada durup Baba'yı beklemek. Ben gerisini bilmem." Yüzünü tekrar ufka döndü. "Hem bu herifler şehre mal taşıyorlar. Bırak gitsin garipler."

"Ne yapalım be Reis," dedi Selsireci, "atın ölümü arpadan olurmuş. Can çıkar huy çıkmaz deymi ya! Sen bu adamlara keyif bağışlıyorsun amma bunlar bizim Türk gemilerini görselerdi affetmezlerdi. Amma Baba'nın emrinin başımız üzerinde yeri vardır, başka mesele."

Serdümen Yunus arkadan bağırdı:

"Selsireci! Kaptanın başını ütüleme. Hadi git de biraz kum ye!" dedi. "Bak, vakit geçmek bilmiyor!"

Gemilerdeki kum saatlerinden sorumlu beceriksiz selsireciler üst camdaki kum tam aşağıya boşalmadan saati çevirir, böylesi, adama zamanı şaşırtırdı. İşte buna kum yemek derlerdi. Korsan milleti de zaman geçmeyince, geçiyormuş gibi olsun diye selsireciye sataşırlar, kum yemese de öyle yapmasını tembihlerlerdi.

Gemideki korsanlar uflayarak tekrar yerlerine oturdular. Kimisi sırtını geminin alabandasına vermiş, ayaklarını ileriye doğru uzatmış kestiriyor, kimisi palasını, kılıcını biliyor, kimi de kollarını küpeştelere dayamış, ufku gözetliyordu.

"Ne dersin Kör Ali," dedi Bezirgân, onun yanına gelerek. "Kemal Reis, bu işten caymış olmasın? Hani şöyle düşününce haksız da sayılmaz. Haçlısı var, Venediklisi var, İspanyolu var Portekizlisi var. Heriflerin kalyonlarını ben bir seferinde görmüştüm. Onlarınki sanki gemi değil, yüzer birer ada! Ben deyim elli top, sen de yüz top, ben deyim üç direk, sen de beş direk, bizim kadırgalar onların yanında filika kadar kalıyor. Baksana vakit de artık iyice geçiyor. Yok yok... Bence bunlar gelmeyecek."

Kör Ali, tirkeşini önüne koymuş, oklarını yığmış, birer birer uçlarını ve tüylerini kontrol ediyordu. Başını kaldırıp Bezirgân'a baktı. "Yanılıyorsun, Ahmet," dedi. "Sen Kemal Reis'i tanımamışsın. Eğer gerekirse tek başına kayıkla kürek çeke çeke İspanya'ya gider, bindirebildiği kadar kişiyi tekneye bindirir, sonra gerisin geri İstanbul'a döner. Ben o inancı ve cesareti bir Kemal Reis'te gördüm, bir de Burak Reis'te."

O sırada üç pare top atışı duyuldu.

"Geliyorlar! Geliyorlar! Pruva yönünde!" diye bağırdı Yasin.

Gemidekiler hep birden doğrulup pruvanın ucuna doğru baktıklarında Kemal Reis'in Mavi Aslan'ını ve onun birer yanındaki devasa kalyonları ve onlardan daha küçük birer karakayı hemen seçtiler. Borda bordaya giden eskadronda Mavi Aslan, diğerlerinden az önde, hızla ilerliyordu.

Mavi Aslan'ı gören korsanlar "Yaşşa Reis! Allah İllallah! Allah Yâr!" diye bağırmaya başladılar.

Bazıları "Bu kalyonları nereden bulmuş!" diye Mavi Aslan'ın yanı başlarındaki büyük gemileri işaret ediyorlardı.

Burak Reis, hemen üç top atışıyla Baba'ya karşılık verdi. Denizde minare gibi direkler yükseldi.

Hem Kemal Reis'in kadırgasındakiler hem de korsanlar şimdi hep bir ağızdan "Aganta, burina, burinata!" diye bağrışıyorlardı.

Artık sefere çıkmaya hazırlardı. Sessiz Yusuf yelkenlerin başına, Serdümen Yunus dümenin ucuna, pruva, grandi ve kontra mizana serenlerinden sorumlu mürettebat bu direklerin başlarına geçtiler, forsalar küreklerin topaçlarına sıkıca yapıştılar. Türk forsalar "Ya Bismillah!" diyerek kürekleri çekmeye hazırlandılar.

Kemal Reis ve beraberindekiler batıya dümen kırdılar. Baba'nın kaptanlığındaki filo önce Mora, sonra Sicilya, daha sonra Sardinya Adalarını dolaşacak, sonra da İspanya'daki Malaga Limanı'na varacaktı. Sefer başlıyordu.

Korsanlar heyecanla bağırmaya devam ediyorlardı:

"Aganta, burina, burinata!"

38

Toledo'nun Montalban kasabası, şehirden bir saatlik at sürümü uzaklıkta, sessiz sakin, herkesin birbirini tanıdığı küçük bir yerdi. Davud, atının üstünde, önüne kattığı köylüyle birlikte kasabanın kuzeybatı ucundaki bir eve doğru ilerliyordu.

Kasaba Kilisesi'nin papazı uzaktan bu keşişe bakıp onun kim olduğunu anlamaya çalışıyordu. Davud, adama uzaktan gözleriyle selam vererek fazla muhatap olmak istemezmiş gibi başını hemen tekrar öne çevirdi.

David'in bir samanlık kadar büyük ahşap atölyesinde üç kişi çalışıyordu.

İşçilerden biri elindeki mürekkep rulosunu önündeki dizilmiş satırların üstünde gezdirdikten sonra matbaanın karşı tarafında duran David satırların etrafını örten çerçeveyi kapattı. Bunun üstünde de kâğıdı örttükten sonra Mark'ın yaptığı raylı sistemle preslenmeye hazır levhayı büyük mengenenin altına itti. Nihayet presin kolunu tüm gövdesiyle yüklenerek itti ve presi tekrar yukarı çekti. Matbaanın başındaki bir diğer işçi diğer sayfanın preslenmesi için levhayı raylı sistemle ileri doğru itti ve David matbaanın kolunu bir kere daha çevirdi.

Matbaadan çıkan kâğıdı, levhanın ucunda bekleyen kişi özenle alarak kuruması için yandaki ipe geçirdi. Atölyenin içindeki iplere asılı yüzlerce sayfa vardı. Kurumaya bırakılan çarşaflar gibi içerdeki tüm alanı kaplamışlar, atölyeyi labirentimsi koridalarla bölmüşlerdi. Duvarların diplerinde de üst üste yığılmış yüzlerce baskılı sayfa, başka bir gizli atölyede ciltlenmeyi bekleyen onlarca kitap diziliydi. Üst üste dizili tomar tomar kâğıtlar bazı yerlerde bir insan boyuna kadar çıkıyordu. Tomarların üstünde İbranice İbn Arabi, İbn Rüşd ve İbn Meymun gibi isimler yazılıydı.

David önünde hazır edilen yeni bir sayfayı tekrar preslemek üzereyken, atölyenin kapısında Samuel belirdi. Korku ve telaşla, "Kapıları çabuk kapat bir keşiş geliyor!" demesiyle birlikte kardeşi hemen kolunu tuttuğu matbaanın yanından çekildi ve çarşaf çarşaf kâğıtların yanlarından ve altlarından geçerek, öndeki odaya girdi. Arkasından kapının iki kanadını da kapattı. Kapılara yumruğuyla vurarak matbaahanedeki işçilere acil bir durumda yaptıkları gibi kapıyı sürgülemelerini işaret etti.

David şaşkın bir ifadeyle kardeşine, "Keşişin burada ne işi var şimdi?" dedi. "Buldular mı dersin? Biri bizi gammazlamış olmasın?"

Atölyenin bu bölümünde Toledo'daki dükkânlarında sattıkları gümüş mücevherleri yapıyorlardı. Yanda küçük bir ocak, ortada çekiç ve örs, kenarda büyük bir tezgâh, duvarlarda metali eğmeye ve bükmeye yarayan irili ufaklı aletler vardı.

"Bilmiyorum," diye cevapladı Samuel hızla. "Şu ellerini sil, mürekkep lekesiyle dolu!"

David, "Kahretsin!" diyerek yerdeki bezlerden birini alıp parmaklarını ovalamaya başladı. Kül, hayvan yağı ve sıcak su karışımından yaptıkları sabun ellerdeki mürekkep lekesini alıyordu ama onu da arka tarafta unutmuştu. Artık çok geçti.

Az önce Davud'un önünde yürüyen köylü kapıdan içeri girdi ve "David, seni görmek isteyen bir keşiş var," dedi.

David ve Samuel karşılaşacakları felakete hazırlanır gibi zorla yutkunarak birbirlerine baktılar. Atölyedeki karanlığın içinden kapıyı tamamen kapatan Güneş ışığına doğru bakıyorlardı. Dışarıdaki din adamının atından indiğini ve kapıya doğru yaklaştığını duyabiliyorlardı.

Kapının ağzında, ışığı arkasına alan siyah bir karartı olarak beliren figür bir süre hiçbir şey söylemeden orada bekledi.

Sonra bu figürden, "David hanginiz?" sesi geldi.

David ve Samuel ne diyeceklerini bilemez gibi birbirlerine baktılar. İçerdeki köylü de "İşte şu," demekten çekindi.

Karartı içeri girince David adamın yüzünü seçebildi ve kafasının tıraşlı olmadığını görünce rahatladı. Neyse ki bu bir Dominik rahibi değildi en azından. Adamın yüzünde de hemen anlayamadığı, rahatlatıcı, güven veren bir ifade vardı. Ama yine de bir rahip, onun İbranice kitaplar basan matbaasına üç adım yaklaşmışken ne kadar rahat olabilirdi ki?!

Neden sonra güvenini toplayarak, "Benim," dedi.

Davud bir adım daha öne gelerek kendisinden üç parmak kadar kısa olan genç adamın yüzüne dikkatle baktı.

Davud, "David *ibn Nahmias Marrano* mu?" diyerek aile ismini vurguladı. Kasabada onlarca David olabilirdi.

"Kendisiyim," dedi David sıkılgan ama itaatkâr bir ses tonuyla.

Davud az önce içeri giren köylüye "Dışarı çık!" der gibi baktı. Köylü hiç itiraz etmeden oradan ayrıldı. Davud sonra kafasını Samuel'e çevirdi, ondan da aynısını yapmasını bekledi ama David, "O benim kardeşim, bana ne söyleyeceksen ona da söyleyebilirsin," dedi kesin bir ses tonuyla.

Davud "Peki," der gibi başını öne salladı hafifçe.

İkiliye bir kere daha baktıktan sonra bakışlarını David'in gözlerinde sabitledi ve, "Toparlan," dedi. Sesindeki sertlik bir ricadan çok emir gibiydi. "Gidiyoruz."

"Nereye?" diye sordu David şaşkınlıkla.

Keşiş cevapladı: "İstanbul'a."

39

"Ben hiçbir yere gelmiyorum!" dedi David sırtını dönerek. Tezgâha geçerek altına bir tabure çekti ve eline aldığı yüzüğü eğelemeye başladı. Davud'un söylediği hiçbir şey ona tesir etmemişti.

"Hem sana nasıl inanayım? Keşiş misin, Türk müsün, doğru mu söylüyorsun, yalan mı söylüyorsun nereden bileyim? Belki de bu, Engizisyon'un yeni bir oyunu; belki de Kilise'nin bir ajanısın!"

Konuşurken Davud'un yüzüne bakmıyordu. Öfkeyle gümüş yüzüğünü evirip çevirerek elindeki aleti hızla metala sürtüyordu.

"Anlamıyor musun?" diye karşılık verdi Davud, "Burada kalırsanız Engizisyon hepinizi tuz buz edecek. Tüm Yahudiler birkaç ay içinde şehri terk etmek zorunda. Sınır dışı etme fermanı okunalı bir ay geçti bile!"

David, Esther'i ve ailesini düşündü. Ama bunu belli etmeksizin, "Beni ilgilendirmiyor, ben bir Hıristiyanım," dedi. Söylediğine kendi de inanmıyordu.

"Daha kötü ya, o zaman Engizisyon seni her an içeri atabilir. Eğer Yahudi olsaydın dokunamazlardı! Ama şimdi buna da bir çözüm buldular. Ya herkes vaftiz olarak Katolikliği kabul edecek ya da bu topraklardan gitmek zorunda kalacaklar. Yeni Hıristiyanlar her zaman kendilerinin sadık birer Katolik olduklarını kanıtlamak zorunda kalarak, Engizisyon'un bakışları altında hayatlarını yaşayacaklar. Her sabah, 'Acaba bugün beni hangi dostum kiliseye gammazlayacak, beni çekemeyen hangi düşmanım benim hakkımda yalan yanlış Kilise'ye itirafta bulunacak diye korkuyla uyanacaksınız!"

David, ısrarla kendisini ikna etmeye çalışan adamın yüzüne bakarak söylediklerini hafife alırcasına dudağını büktü, "Bizim yıllardır zaten o korkuyla yaşadığımızı unutuyorsun," dedi.

Davud, çaresizce, yardım etmesini ister gibi Samuel'e baktı. Samuel, atölyenin diğer köşesinde bir o tarafa bir bu tarafa düşünceyle gidip geliyordu. Bir şey söylemek şöyle dursun, ne düşüneceğini bile bilmiyor gibiydi.

Davud, fermanda bizzat adı geçen bu Yahudi'yi almadan kesinlikle payitahta dönemezdi. Bu yüzden Davud, David'in her hayır deyişinde aslında kendinin de eve dönüş yolculuğunu imkânsız hale getirdiğini içten içe hissediyor, öfkelenmemek için kendini zor tutuyordu.

"Hem neden ben?" diye sordu David, "Bu ülkede on binlerce Yahudi ve Yeni Hıristiyan var. Neden onlar değil de ben?"

"Bu ayın sonunda Türk gemileri Malaga rıhtımına gelecek ve isteyen herkesi Osmanlı topraklarına taşıyacaklar. Benim vazifem seni güvenli bir şekilde o gemilere götürmek... İstanbul'daki birileri seni fazla seviyor olmalı. Yolda anlatırım.... Binlerce insan çoktan yola koyuldu bile. Bir o kadarı da Portekiz'e geçiyor."

David aynı kararlılıkla başını öne eğdi ve yüzüğü eğelemeye devam etti. "Buraya kadar gelmiş, beni bulmak için epeyi uğraşmışsın ama daha fazla vaktini almak istemem. Bir an önce o gemilere doğru yola çıksan iyi olur."

"Anlamıyor musun be adam! Benimle gelmen gerekiyor!" diyerek yumruğunu gümden tezgâha vuran Davud, masadaki tüm aletlerin bir karış yukarıya fırlamasına neden oldu.

Samuel bu sırada, "Sohbetinizi bölmek istemem ama rahip geliyor," dedi telaşla.

David alaycı bir ifadeyle, "Artık rahip midir, yoksa Türk

veziri midir orasını Tanrı bilir!" dedi. Bir gözü arkasındaki sürgülü kapıdaydı. Davud, "Ağzınızı açmayın," dedi, "her şeyi bana bırakın."

Bu arada Davud'un yanına yanaşan Samuel aradığı fırsatı bulmuş gibi, parmağını keşişin burnuna uzattı. Tam dokunmak üzereyken Davud ani bir refleksle parmağı havada yakaladı. Samuel daha önce hiç kimsenin bu kadar hızlı bir şekilde parmağını kesebildiğini görmemişti.

David, "Yeni tanıştığı herkesin burnuna dokunmak zorunda hissediyor kendini," dedi. "Çocukluğundan beri böyle, kötü bir niyeti yok," dedi.

"Sevgili Peder," dedi içeriye giren rahip, "Sizi burada görmek ne güzel. Kiliseye de uğrarsınız demiştim ama hiç durmadan geçip gittiniz." Sesindeki sorgulayıcı üslubu aşikârdı. Davud, rahibin üstündeki beyaz tunik ve kapüşonlu siyah cüppesinden onun Dominik Tarikatı'ndan olduğunu anladı. Zaten kafasının tepesindeki dazlaklık da bunu açıkça belli ediyordu. Bu adamın en ufak bir sıradışılığı Torquemada'ya rapor edeceği ortadaydı.

Davud gayet soğukkanlı bir şekilde Latince, "*Deo duce, dei plena sunt omnia,*" dedi. *Tanrı benim yolumun rehberidir ve her yerde O vardır.*

Rahip, keşişin sanki anadili gibi Latince konuştuğunu görünce afalladı. Başını sallayarak, evet anlamında "*oui,*" diyebildi. Latinceyi bu adamın konuştuğunun onda biri kadar bile telaffuz edemezdi.

Davud elini adamın omzuna koyup onu kapıya doğru döndürdü ve devam etti:

"*Deo adjuvante non timendum. Deus nobiscum, qui contra?*" *Tanrı'nın yardımıyla hiçbir şeyden korkmaya gerek yok, bize kim karşı koyabilir?*

Rahip, Davud konuştukça eziliyordu. Adamı daha fazla sıkıntıya sokmamak için Davud Kastilya dilinde devam etti:

"Peder, Toledo'da yeni kilisenin inşaatında kullanılmak üzere bazı altın ve gümüş işlemelerine ihtiyacımız var. Bu kuyumcunun gayet iyi olduğunu söylediler bize. Ona direktifleri verip derhal geri gitmem gerekiyordu."

"Ama bana bir şey söyleyen olmadı," diye karşılık verdi rahip. "Önce beni haberdar etmeleri gerekmez miydi?"

Davud hiç bozuntuya vermeden devam ediyordu:

"Bu sıralar El Hamra Fermanı'ndan ötürü herkes biraz fazla meşgul, emir-komuta zinciri aksayabiliyor. Bir dahaki sefere daha dikkatli oluruz, peder."

Davud, rahibin omzunu hafifçe sıkarak, "Görüşmek üzere, peder," dedi. "Şimdi müsaade ederseniz işimi bitirip yola koyulmam gerekiyor."

Rahip orayı terk ettikten sonra, David, "Güzel numaraydı," dedi. "Nasıl yaptığını bilmiyorum, ama benim kararım değişmedi."

Davud bir of çektikten sonra iç kapıyı göstererek, "Bu arkada ne basıyorsunuz?" diye sordu.

Samuel ve David şaşkınlıkla birbirlerine baktılar. İkisi de ne diyeceklerini bilemiyorlardı.

"Ne basması?" dedi Samuel.

"Bir şey bastığımızı da nereden çıkarttın?" diye ekledi David.

"Rahip içeriye girdiğinde gözleriniz hemen arka kapıya gidiyordu. Ben girdiğimde de aynı şeyi yaptınız." David'in sağ elini işaret ederek devam etti: "Üstelik parmaklarındaki mürekkep lekesi on metre öteden görünüyor."

David elini hemen bacağının ardına götürerek saklamaya çalıştı. Dış kapının yanına giderek, "Neden bahsettiğini bilmiyorum," dedi. Sol eliyle kapıyı tuttu. "Üzerimize daha fazla dikkat çekmeden artık gidin!"

Samuel de kardeşine uyarak onun yanına geldi ve Davud'un dışarı çıkmasını ister gibi onun üzerine yürüdü. Samuel'in elinde bir çekiç, kardeşinin elinde ise eğe duruyordu. Davud ikiliye çaresizce bir kere daha baktıktan sonra dışarı çıktı.

Bir çekiç ve bir eğe Davud'u kesinlikle durduramazdı ama

bu adamları İstanbul'a zorla götürmesinin hiçbir anlamı yoktu. Belli ki, bu iki kardeş İspanya'daki barbarlığın ciddiyetini tam olarak kavrayamamışlardı.

Kitap avcılarınınsa bu matbaayı keşfetmeleri an meselesiydi!

Averroista

Her şey Aristo ile başladı. Tüm hayatımı altüst eden olaylar silsilesinin başyazarıdır kendisi!

Ya da Averroes, yani Muhammedilerin diliyle İbn Rüşd mü demeliyim? Çünkü İbn Rüşd olmadan Aristo'yu bilemezdik, Aristo olmadan da İbn Rüşd'ün bir anlamı kalmazdı.

Latincede Aben-Rüsd diye telaffuz edilen bir ismin üç asırda Averroes'e dönmesini pek yadırgamamalı fakat ilk başta bu isimlerin farklı filozoflar olduklarını bile sanmıştım. Elimden geçen pek çok yasaklı kitapta; Arapça, İbranice ve Latincede; hem elyazmalarında hem de şeytanın semeni baskı aletinden çıkan kitaplarda bu ismin en az yirmi çeşidini gördüm ve bunların hepsinin aynı kişi olduğunu anlamam için epeyi bir zaman geçti: Filius Rosadis, Ibn-Rusid, Ben-Raxid, Ibn-Ros-din, Ibn-Rushchoold, Den-Resched, Aben-Rassad, Aben-Rois, Avenrosdy, Adveryos, Benroist ve daha niceleri...

Yüce İsa'ya şükürler olsun ki bu iki kişinin sıfatları adları kadar çok değil. Tam aksine, yalnızca birer tane: Arapçada Aristo'ya Şeyh El-Reis diyorlar, yani "Büyük Usta." İbn Rüşd'e ise Şarih El-Reis, "Büyük Yorumcu" sıfatı verilmiş. Latince ve İbranicede de bu tabirlerin çevirileri kullanılıyor. Fakat, bazen her ikisine de "Usta" ya da "Büyük Filozof" dendiği de oluyor, işte o zaman İbn Rüşd'ün açıklığa kavuşturduğu Aristo'nun felsefesini mi yoksa Aristo'nun, İbn-Sina'nın, El-Farabi ve Eflatun'un (bu da Muhammedilerin Plato'ya verdikleri ad!) bir adım önüne geçen İbn Rüşd'ün kendi felsefesini mi okuduğunuzu anlayamıyorsunuz.

Benim İbn Rüşd ile tanışmam ise ne gariptir ki, ne antik Yunan çağı filozoflarının anadili Yunanca ne de Arapça ile oldu. Zaten elime geçen yüzlerce Aristo ve Plato felsefelerinin hiçbiri Yunanca değildi, bunlardan günümüze kalanların olduğuna pek inanılmıyor. Bu kitapların çoğu ya Arapça ya da Arapçadan İbraniceye çevrilmiş metinler. Dahası ben Metaphysics'in Büyük Şerh'i ile Latincede tanıştım!

Babil'in Kulesi'nin, dünyanın merkezi Kudüs'ün yakınlarındaki Mezopotomya'da olduğuna inananlar, gelsinler Endülüs'ün insanı çıldırtan kütüphanelerine baksınlar!

Kardinal Cisneros'un beni görevlendirmesiyle tüm krallıktaki sapkınlık kitaplarını tespit edip yok etmeye devam ediyorduk. Sonra iş, Torquemada'nın beni bir matbaanın izini sürmekle görevlendirmesiyle birlikte daha da büyüyecekti.

Manastırımızdaki küçük odama kapanmış, kütüphanelerde bulunan, kutsal keşişlerimizin, okunmalarının sakıncalı olduklarına inandıkları kitaplara göz gezdiriyordum. Önceleri pek çok rahip ve keşişin yaptığı gibi elime geçen her Arapça metni Muhammedilerin yalan öğretileriyle dolu Kur'an sanıp, yakılacak kitapların arasına atıyordum. Kitabın kapağındaki ya da sayfaları adamakıllı çevirince gördüğüm Arapça karakterler ve satırlar oldukça hızlı ve etkili bir biçimde, etrafımda bir Babil Kulesi gibi yükselen kitaplardan kurtulmamı sağlıyordu. Aynı yöntem İbranice elyazmaları ve kitaplar için de geçerliydi. Aslında bizim gibi keşişlerin bu işi yapması için ne Arapça ne de İbranice bilmemize gerek vardı; bu dillerin harflerini tanıyan, okuma yazma bilmeyen cahiller bile kitapları yok etmede görevlendirilebilirdi (ve çoğu zaman, özellikle topyekûn bir Arapça ve İbranice kitap avına çıkıldığı böyle dönemlerde bu yola da başvurulmuyor değildi).

Fakat Latince kitaplar tam bir baş belasıdır.

Peder Cisneros, Latince yazılan ve basılan her şeyin İncil olması gerektiğini, bunun bile sadece, kutsal kitabı çoğaltma yetkisi verilen manastırlarca, çok sıkı kontrollerle yapılması gerektiğini belirtirdi. Geçmiş asırlarda olduğu gibi, bazı zamanlar, İncil'in bile çoğaltılmasını yasaklardık. Zaten okuma bilen insan sayısı çok azdır, ve Cisneros, İncil'i okuyanların ya din adamı olmaları gerektiğine, aksi takdirde İncil'i ellerine alıp okumalarının, kafalarına göre yorumlamalarının ölümcül bir günah olduğuna inanırdı. Yüce Tanrımızı, Hz. İsa'yı ve Kutsal Ruh'u, insanların yaşamaları gereken şekli anlatmakla yükümlü, sorumlu ve yetkili olan tek varlık kiliseydi ve bireylerin dini metinlerini alıp, kendi kendilerine onu okuyup anlamaya çalışmaları sapkınlığa neden olabiliyordu. Ben bu prensibe hayatım boyunca inandım ve uydum. Eğer her önüne gelen İncil'i kendisi okuyacaksa, biz eğitimli din adamlarına, kutsal kilisemize ne gerek kalıyordu? Gerekli eğitimi almamış bir kişi, İncil'i nasıl anlayabilirdi?!

Fakat son zamanlarda İtalya'da, Padua'daki birtakım liberal sapkınların Vatikan üzerindeki baskısıyla -çok büyük kontroller altında da olsa- İncil ve onun üzerine yazılmış Latince baskılar tekrar çoğalmaya başladı.

Ne yazık ki, ne çoğaltılan kitapların hepsi İncil'di ne de Latince her kitap Hz. İsa'nın öğretilerini anlatıyordu. Trajikomik olan şuydu ki, ve ben bunu ancak yıllar sonra anlayacaktım, binlerce Arapça yazılı İncil'i sapkınlık kitabı sanarak yakmış, bir o kadar da Latince Kur'an ve Muhammedilerin öğretilerinden bahseden kitabı yine sırf Latince olduklarından İncil sanarak saklamıştık!

Belki de böyle anlardan birinde, işte yine manastırımdaki o küçük odamda elime geçen Latince baskıyı İncil diye kurtarılacak kitapların arasına koymak üzereydim. Gerçi İncillerin de daha sonradan yakılıp yakılmayacağına Peder Cisneros karar verecekti (etrafta çok fazla başıboş İncil olması da kabul edilebilir bir durum değildi) ama benim öncelikli görevim, sapkınların kitaplarını belirlemekti.

Kitabın kapağını tam kapatıyordum ki, sayfalardan birinde "Aristo" kelimesi gözüme ilişti. Oturduğum sandalyenin önündeki, yanı başıma kadar yükselen rahleye, beşer karış eninde ve boyundaki kalın kitabı iki elimle tekrar koydum (bu kitapları kaldırmak, taşımak, ayıklamak ve sınıflandırmak bende bir keşişte görülmesi zor kol kaslarına neden olmuştur) ve ilk sayfaya dikkatle baktım. Kilisenin bir yasaklayıp bir serbest bıraktığı ama çoğunlukla ateist ya da pagan, yani çoktanrılı olarak dışladığı Aristo'ya yabancı değildim. Ancak bu Yunan filozofa karşı çıkan pek çok dindaşım gibi ben de aslında onu tam anlayamamış, onu saklı saklı okumaya çalıştığım birkaç seferde de anlamaya çalışmanın bile günah olduğu hissine kapılarak zihnimin kütüphanesinden kovmuştum.

Yüce Kilisemiz haklıydı; inanç yalnızca kalple ve ruhla oluyordu. İnsanın dünyayı, doğayı, evreni, sabah doğan Güneş'i, geceleri yükselen Ay'ı, yağan yağmuru, yeşeren ağaçları, semenden oluşan insanı, toprak olan bedeni, açan çiçeği, kabaran okyanusları, düşen karı ve binbir çeşit hayvanatı; kısacası varoluşu ve tüm bunların ardında yatan sebep ve sonuçları, hikmetleri ve doğa kanunlarını anlamaya çalışması beyhude ve sapkınca bir çabaydı. İnsanın iyi bir Hıristiyan olması için tek yapması gereken yüce Kilisemizin öğretilerini kabul etmek ve bu öğretiler doğrultusunda yaşamaktı. Aklın; neyin, neden olduğunu, her şeyin başını ve sonunu anlayamayacağını kabul etmek gerekiyordu. Mantık ile inanç örtüşmek zorunda değildi. Bilim dedikleri rasyonalizm, insanları olsa olsa Hz. İsa'dan uzaklaştırırdı. Vatikan, Paris Piskoposu'nun geçtiğimiz yüzyıldaki önderliğinde, Brabantlı Siger'i, daha önceki asırlarda da Peder Abelard'ı ve yüzlerce yandaşını Aristo felsefesini, aklı ve mantığı öğrettikleri için aforoz edip ölümle cezalandırmakta kesinlikle haklıydı. Gerçi Abelard, Notre Dame rahibinin kızı Heloise'a âşık olup da onunla gizlice evlenince tüm sofuların gazabına uğramış ve hadım edilerek cezalandırılmıştı ama Aristo'yu öğretmek çok daha büyük bir günahtı! Abelard'ın iddia ettiğinin aksine bir şeye inanmak için onu anlamak gereksiz ve bu, dini inancı tehdit eden bir felsefeydi.

Gelgelelim, aşk ve şehveti bir türlü yaşayamayan tüm rahiplerin yaptığı gibi ben de Abelard'a öykünerek Heloise'in güzelliğini hayal ederken okumaya başladığım sayfalar bana bambaşka bir resim çiziyordu.

O an, ilk defa Şarih El-Reis'in, yani İbn Rüşd'ün en önemli eserlerinden biri olan Büyük Şerh'i okuduğumun farkında değildim. Bunun ayrımına çok daha sonradan varacaktım. Fakat birkaç günlük yol mesafesi kadar ötemdeki Kurtuba şehrinde doğup yetişen bu filozof sanki benim tüm karşı koymama rağmen çoktan aklımı eline almış, evirip çeviriyor, beynimi gözümün önünde tutarcasına, "Bir de şu taraftan bak, bir de böyle bak!" diye sesleniyordu. Daha sonradan İbn-i Sina, El-Kindi, Huneyn bin İshak ve El-Zehravi'nin Arapça kitaplarında ve sayısız Latince çevirilerinde göreceğim beynin kıvrımlı, ceviz şeklindeki sureti, üstelik kendi beynim, burnumun önünde bir o tarafa, bir bu tarafa dönüyordu. Sayfaları çevirdikçe beynimin içindeki bu kıvrımlarda dolaştığımı, bu şehirdeki El-Hakim'in bahçelerini andıran devasa bir labirentin duvarları arasında yolumu bulmaya çalıştığımı hissediyordum. Hem dışarı çıkmak için çabalıyor hem de bu çabadan anlatımı zor bir haz da alıyordum! "Rahat ol!" diyordu İbn Rüşd bana, ben, inancım, kalbimdeki en büyük hazinem elimden düşüp gidiverecekmiş gibi hissettikçe. "Anlaman, inanmanı pekiştir, inanç ve mantık çift görünür ama birdir. Onların yolu ayrı gibi görünür ama Doğru'ları tektir."

İşte böyle böyle İbn Rüşd'ün benden asırlar önce "Çifte Hakikat" dediği kavramı anlamaya başladım. Ya da anladığımı sanıyordum.

Ben bu büyük kitabın sarı sayfalarını çevirdikçe sanki toprağın devasa katmanlarını ardı ardına açıyor gibi dünyanın merkezine, kâinatın başlangıcına varıyordum. Tanrı nasıl bir varlıktı? Dünya'yı nasıl yaratmıştı? Evren sonsuz muydu? Varoluşun başlangıcı nasıldı, sonu nereye varacaktı? Ölüm ne demekti, ölümden sonra hayat, ahiret var mıydı? Mantık kuralları ve doğa kanunları bu konularda ne söyleyebilirdi? Dini metinler olmadan, vahiy olmadan, insanoğlu kendi aklıyla Tanrı'yı bulabilir miydi? Düşünmek, tefekkür etmek, insanın inancına zarar verir miydi, yoksa onu daha iyi dindar mı yapardı? Kısacası, felsefe ve akıl, din ve inanç ile örtüşebilir miydi?

İbn Rüşd'e göre inanç ve akıl arasında hiçbir çatışma yoktu. Tam aksine, insanların inandıkları şeyleri sorgulamaları, gördükleri şeyler hakkında tefekkür etmeleri dini bir gereklilik. İbn Rüşd Muhammedilerin kutsal kitabından bu konuda onlarca ayet naklediyor. "Ey gözleri görenler, düşünün!," "Siz hiç düşünmez misiniz?," "Düşünün ve ibret alın," ve "Onlar sağırdırlar, dilsizdirler, kördürler; bundan akıl erdiremezler" gibi cümleler bunlardan sadece bazıları. İbn Rüşd, insanoğlunun bu şekilde aklını ve duyu organlarını kullanarak kâinatı izlemesinin ve onu anlamlandırmaya çalışmanın insanı Tanrı'ya daha çok yaklaştıracağına inanıyor. "Kıyas" yeteneği de yine Tanrı'nın insana bahşettiği, yalnız aklını kullanarak değerlendirebileceği bir hazine ki, bunun sayesinde üç-beş yüz sayfalık bir kutsal kitaptan tüm kâinata ve zamana dair öğretiler elde edilebiliyor. Aksi takdirde, yine kutsal kitaptan aldığı bir örnekle, okyanuslar mürekkep, tüm ağaçlar kalem olsa, Allah'ın kelamını yazmaya yetmezdi diyor.

Yeryüzündeki hiçbir hareketin kendiliğinden olmadığını, her sonucun bir sebebinin olduğunu ve kâinatın bu fizik kuralları çerçevesinde hareket ettiğini savunan bu filozof âlim, düşünen insanların görevinin bu sebep-sonuçları araştırmak olduğunu vurguluyor. Yağmurun nasıl yağdığı, Güneş'in nasıl doğduğu, Ay'ın nasıl çeşitli evreler geçirdiği, mevsimlerin nasıl oluştuğu, insanın nasıl büyüdüğü, organizmaların nasıl işlediği ve daha bir yığın sorunun cevabını ancak ilmin verebileceğini ve cevapların her seferinde bir Yaratan'a, herhangi bir sebebe ihtiyaç duymayan bir İlk Varlık'a, tüm evreni belirli fizik, kimya ve biyoloji kurallarıyla saran bir İlk Akıl'a çıkacağına işaret ediyor.

Aristo da İlk Güç ya da İlk Gereklilik dediği, zaman kavramının dışında ve ötesinde yer alan, bu her şeyi kuşatan Zekâ'yı Plato gibi kendi felsefesinin merkezine koyuyor. Sıkıntı şu ki, kilisemiz Aristo'nun kimi zaman doğa kanunları dediği bu sistemin Yüce Tanrı Hz. İsa'nın önüne geçtiğini, Tanrı'nın bu fizik kurallarıyla elleri kolları bağlanmış gibi resmettiğini gösterdiğinden Katolik öğretilerine son derece ters buluyorlar. Hâlbuki İbn Rüşd, vahyin ve aklın aynı doğruyu işaret ettiğini açıklıyor ve işte buna da "Çifte Hakikat" adını veriyor.

Filozof teorik bilimleri evrensel ve özel olarak ikiye ayırdıktan sonra evrensel ilmi de kendi arasında diyalektik, sofistik ve metafizik şeklinde üç parçada inceliyor. Evrensel bilimler varlığı genel anlamda incelerken, özel bilimler maddenin niteliklerine yoğunlaşıyor. Bunlar da varlığın değişen doğasına yoğunlaşan fizik, ve maddeden soyutlanmış niteliği araştıran matematik olarak ikiye ayrılıyor. İbn Rüşd'ün asıl ilgilendiği ise metafiziğin kuralları ve bu kuralların fizik ve matematik ile örtüşüyor oluşu. Örneğin matematik olmasaydı yeryüzündeki her bir nesnenin bir sebebi olduğu, bu her bir sebebin de gerisin geriye gidildiğinde, eninde sonunda, sebep gerektirmeyen bir İlk Sebep'e ihtiyaç duyuşu, dünyanın, ayın, güneşin ve gezegenlerin hareketleri ve bunların sayıları gibi konular matematik sayesinde anlaşılabiliyor.

Enteresan olan şey şu: Muhammediler de önceki asırlarda İbn Rüşd gibi düşünen İbn Sina ve Farabi gibi isimleri zaman zaman sapkınlıkla itham etmişler. Dolayısıyla Kurtubalı filozof, eserinde, aklı dinin önüne koyan pek çok Arap aliminden de bahsediyor ve bunları sert bir dille eleştiriyor. İnsan iradesinin sınırları konusunda da Mutezile (insanın tamamen özgür olduğunu savunanlar), Hanbelî (her şeyin Tanrı'nın elinde olduğunu savunan kaderciler) ve Aşarite (önceki ikisinin arasında bir yerde olanlar) adı altında üç ayrı mezhepten bahsediyor ve bunları birer birer mantık kurallarını uygulayarak çeşitli yönlerden eleştiriyor.

Bu kavramları ve benzerlerini daha sonraları kutsal dinimizin önde gelen isimlerinden Aziz Aquinas'ın başyapıtı Summa Theologica'da, De Unitate Intellectus, yani Zekâ'nın Birliği'nde de hayretler içerisinde kalarak birebir görecektim. Belki de bu yüzden Dante, Aristo'ya Che Gran Commento Feo, "Bilenlerin En Ustası," demiş, İbn Rüşd'e de İlahi Komedya'da hatırı sayılır bir yer bahşetmişti.

İbn Rüşd'ün insan aklını cezbeden tüm mantık kurallarına ve dehasına rağmen Aristo'nun, dünyanın bir başı ve sonu olamayacağına, dünyanın da Tanrı kadar ebedi olduğuna, ölüm sonrası hayatın ise kutsal kitaplardaki "masallarda" anlatıldığı gibi bağ bahçelerden ve bildiğimiz anlamda vücudun yeniden dirilmesinden oluşmayacağına dair görüşlerini desteklemesi kafamı allak bullak etti. Thomas Aquinas da insanın metafizik varoluşu hakkında Summa'da, mundum incoepisse est credibile, non autem demonstrabile, vel scibile, diyecekti. İbn Rüşd, asırlar önceki selefi İbn-i Sina gibi, öldükten sonra toprak olan bir bedenin daha sonra o topraktan oluşan bir ota, bir inek tarafından yenen o otun süte, sütün de ineğin semenine ve onun da tekrar bir hayvana dönüşmesinin ve nihayetinde ahiretten sonra o hayvanın bedeninin tüm bu silsilenin başındaki ölen insana dönüşmesinin mantıksız olduğunu iddia ediyor. Kutsal kitaplardaki bu tür ayetlerin okuma yazma bilmeyen, cahil avam kitleler için olduğuna, aksi halde bu tür insanların ahiret sonrasında da varlığın devam edeceğine inanamayacaklarını vurguluyor. Hâlbuki filozofların görevinin gerçek anlamda ölüm sonrası hayat nedir ve ruh nereye gider gibi sorulara cevap verebilecek kişiler olduğunu belirtiyor. Üstelik bu tür soruların sadece o işin âlimleri tarafından yapılması gerektiğine inanıyor ve bunların "sıradan" insanlar ile paylaşıldığında inancı sarsacağını da ekliyor.

Nihayetinde hem İbn Rüşd hem de Aristo için, finis vitae, finis vitae'dır. Ölümden sonra bedenden fazla bir şey beklememek gerekiyor. Her ikisi için de Zekâ, Ruh, ya da Tek Enerji gibi kavramların bakiliği öncelik kazanıyor.

Bir ikindi vakti Büyük Şerh'i bitirdiğimde kafam karmakarışıktı. Bana bambaşka bir kapı, yepyeni bir ufuk gösterdiği için İbn Rüşd'e hem minnettardım hem de kafamdaki bazı kesin doğruları sarstığı için ona kızıyordum. Üstelik hem Aristo'yu hem de Muhammedi bir âlimi bu kadar ilgiyle okuduğum için muhteşem bir suçluluk duygusunun altında eziliyordum. O ikindi vakti kararımı verdim. Yok edilecek diğer Arapça ve İbranice kitapların yanına bile koymadan Metaphysics kitabını kaptığım gibi manastırın dışına çıktım ve az ötedeki bir vadide, bir kayalığın dibinde kendi ellerimle yaktım.

Kitabın sayfaları birer birer tutuştukça, onun mürekkebinin zehirlediği beynim de temizlenecek, o satırlar yok oldukça aklımdaki sapkın fikirler de birer birer kaybolacaktı. İbn Rüşd ve Aristo dumana karıştıkça, benim kafamdaki saçmasapan fikirleri de duman olup uçacaktı. İşimi şansa bırakmamak, bu kitapla bir daha karşılaşmamak için, onu işte böyle bizzat yaktım ve kurtulmayı umdum.

Hâlbuki yanılacağımı, beynimi bir kurt gibi yiyen o düşüncelerin etkisinden hiçbir zaman kurtulamayacağımı, her seferinde daha fazla felsefe okuyacağımı, elime geçen her Arapça, İbranice ve Latince kitapta bu filozofların düşüncelerini bulmaya çalışacağımı bilmiyordum. Ve her seferinde daha fazla öfkeleneceğimi ve öfkemin ateşini daha fazla kitap yakarak dindireceğimi o anda aklımdan bile geçirmiyordum. Oysaki Şarih El-Reis'in Tahafüt el-Tahafüt'ünü, Dar el-Kutub, ve El-Hikme ve-l-Felsefe adlı Arapça eserlerini, Copendio de Metafisica'yı, yani Katalanca baskıları, Epithoma Averrois in Librum Metaphyssicae adlı Latince çevirileri ve daha nicelerini tekrar tekrar bulduğum her yerde yakacak, ama her alevden önce o sayfaları okumadan edemeyecektim.

Çok sonraları anladım ki, o gün o kayalıkta, o kitabı yakarken aslında kendi geleceğimi ve bildiğim anlamda tüm geçmişimi de alevlere teslim etmiştim. Sonraki her kitap alevleri daha da körükleyecekti. İbn Rüşd'ün de dediği gibi, insanoğlu eninde sonunda kainatla yüzleşmek zorunda kalır! Ben sadece sonu biraz daha geciktirecektim.

Ama ben yine de işime yoğunlaşmalıydım. Baskı kitaplarının üstündeki sayfalardaki hilal izinden bunların aynı kaynaktan çıktığını anlamıştım ve kısa zamanda bu matbaanın kimler tarafından kullanıldığını bulacaktım.

41

"Hadi birkaç tane karaka getireceğini tahmin etmiştim," dedi Burak Reis, "Ama bu kalyonları nereden buldun?"

Mavi Aslan'ın güvertesinde Burak Reis'in hemen karşısında duran Kemal Reis cevapladı:

"Sultan Bayezid, İspanya'daki Yahudi ve Müslümanlara yardım için fazla zaman kalmadığını çok iyi biliyor. Bu seferden sonra başka şansımız olmayabilir. Bu yüzden denizde yüzebilen en büyük gemilerin yapılmasının, bu kalyonların inşasının emrini verdi."

Burak Reis, Mavi Aslan ve Hilal-i Zafer'i takip eden bir çift kalyona büyük bir hayranlıkla baktı. Ellerini kadırganın küpeştesine dayadı.

"Bunca kereste... yığınla yelken bezi... Bunların bir tanesinden on kadırga çıkar be Baba!"

"Haklısın. Ta Ilgaz'dan, Kastamonu'dan, Karadeniz'in gür ormanlarından tonla ağaç taşındı Gelibolu Tersanesi'ne. Taşköprü'den yelkenlerin halatları için o kadar çok kendir getirildi ki, bir ara geminin sırf halatlardan yapılacağını sandım."

Kemal Reis, Burak'ın bakmakta olduğu gemiyi işaret ederek, "O senin baktığına sultan *Göke* ismini koydu. Yeryüzünde her şeyin çiftiyle yaratıldığını, bunun bir de ikincisinin olmasını gerektiğini söyledi, diğerine de *Göke II*," dedi.

İkilinin arkalarından yaklaşan bir ses, "Belki de böylesine devasa gemilerle göğe bile çıkılabileceğine inanmıştır," dedi.

İkili arkalarını döndüler. Karşılarında esmer, kısa boylu

biri duruyordu. Burak Reis, adamın parmaklarındaki nasırlardan onun yıllar yılı gemi kalafatlamış biri olduğunu hemen anladı.

Kemal Reis adamın yanına gidip elini onun omzuna koydu, "İşte bu gemilerin mimarı da geldi," dedi. "Burak Reis, Yani Usta ile tanış."

Yani Usta, selam vererek başını öne eğdi, Burak Reis de kendine has korsan selamıyla elini kalbine götürerek başını büktü.

Yani Usta Göke'ye bakarak onun özelliklerini saymaya başladı:

"Boyu 55 metre, genişliği 25 metredir. Kıç yüksekliği 16 metreyi bulur. Otuz sıra oturaklıdır ve her oturağında yedi kişi bir kürek çeker. Kürek katının üstünde 19'ar çift lombarı, her lombarın ağzında 19'ar çift top bataryası bulunur. İskele, sancak, kıç ve pruva toplarının toplamı 44'tür."

Kemal ve Burak Reisler Göke'yi izlerken Yani Usta, eliyle direkleri işaret etti:

"Pruva, grandi, kabasorta, mizana ve kontra mizana direkleri olmak üzere beş direği, her direğin birer çanağı, ve her çanakta 30 okçu bulunur. Ortadaki kare yelkenli en büyük direği 55 metredir. İki bin kişiyi rahatlıkla taşıyabilir!"

Göke, sanki kendisinden bahsedildiğini hissedercesine, Akdeniz'in iki büyük kaptanının gözleri üstündeyken, her bir direğinin ucundaki kimisi kan kırmızısı, kimisi deniz mavisi renkteki sancaklarını öyle güzel dalgalandırdı ki, onların üstüne yansıyan güneş ışığının da etkisiyle bayraklar sanki altın işlemeli saten gibi göründü. Geminin kahverengi tahtaları ise altındaki ışıl ışıl denizin ve üstündeki masmavi gökyüzünün ortasında sanki altındanmış gibi parıldıyordu.

Kemal Reis, Yani Efendi'nin konuşması bitince hâlâ gemiyi hayranlıkla izleyen Burak Reis'e dönerek, "Yani Efendi," dedi, "yıllar yılı Venedik'te yaşayıp orada gemiler nasıl yapılır, bu işin püf noktaları nelerdir, hepsini ince ince öğrenmiş. Sonra İstanbul'a geldi, Gelibolu Tersanesi'nde Sultan Bayezid için çalışmaya başladı. Yani Usta'nın çaktığı iki tahtanın bile Marmara'nın bir ucundan diğerine varacağını söylerler."

Burak Reis, "Venedik gibi bu işin asıl merkezi olan bir yeri bırakıp neden İstanbul'a geldin, Yani Efendi?" diye sordu.

Yani Usta, "Doğrudur," diye yanıtladı, "Venedikliler suda doğar, suda ölürler. Kaptanlar gemilerle nişanlanır, denizle evlenirler." Sonra ağzını tiksintiyle büzdü ve devam etti: "Fakat üçkâğıtçıdır İtalyan tayfası. Ticaret için yemeyecekleri halt, daha fazla kâr için satmayacakları mal yoktur. Gemilerinin omurgaları altından, yelkenlerinin bezleri ipekten olsun isterler; dört dörtlük gemiyi yapar teslim edersin, o gemiyle kârını ikiye katlamadan sana çıkarıp borcunu ödemez. Ne kaptanların peşinde dolandım, ne amirallerin önünde iki büklüm hakkım olan para için yalvardım da para etmedi."

Kemal Reis'e döndü, güvenle gülümsedi, "Amma Osmanlı Sultanı öyle mi? Hakkın neyse sana gün geçirmez verir. Pazarlık üstüne pazarlık yapmaz, küçük amelenin, tersane milletinin hakkına tenezzül etmez. İşini iyi yaparsan çıkartır bir de sana bir kese altın bağışlar!"

Burak Reis, Yani Efendi'ni aksanını fark etmişti.

"Sen Ermeni misin, Yani Efendi?" diye sordu.

"Babam Ermeni, annem Yunandır. Aslında ben İstanbul doğumluyum, fakat bizimkiler Doğu Roma İmparatorluğu yıkılınca korkup Venedik'e kaçmışlar. Hâlbuki şehirde kalan gayrimüslüman halka Fatih'in ne kadar iyi davrandığını duydukça babam durup durup kahrederdi kendine. Birkaç yıl sonra tekrar geri dönmek istedi ama artık çok yaşlanmıştı, Venedik'te hayatına devam etti. Bana senin ırkın nedir diye soracak olursan Reis, ben Osmanlıyım. Sultan Bayezid için çalışır, onun hizmetinde yaşarım. Bana bir gün bir haber gönderse, dese ki, 'Yani Efendi, artık yaptığın gemilere binilmez oldu, artık senden hayır gelmiyor!' ben de kendimi şu Akdeniz'in tuzlu suyuna atarım. Tanrı uzun ömür verirse ben de Osmanlı için gemi yapmaya devam ederim. Hem Türkler çalışkan insanlar, Venedik'te dürüst ve çalışkan insan bulmak zordur, herkes kolay para derdindedir. Beni yetiştiren çok dürüst, işinin piri Venedikli bir ustam vardı. O da öldükten sonra Venedik'te artık beni tutan hiçbir şey kalmamıştı."

"Senden Allah razı olsun, Yani Efendi," dedi Kemal Reis. "Bu arada sana tembihlediğim siyah borda boyalarını depoya doldurdunuz değil mi?"

"Siz hiç merak etmeyin, Reis, emrinizle birlikte geminin bordasını iki saatte boyarız diye karşılık verdi Yani Usta. "Sizi epeyi meşgul ettim, artık bana müsaade. Şimdi sandalla Göke'ye geçip safralarını kontrol etmem gerekiyor."

Yani Usta, Kemal ve Burak Reislerin yanından ayrılırken geminin aşçıbaşısı Bezirgan İbrahim bu sefer Kemal Reis'e yanaşarak, "Izgara çipuralar hazır, Reis," dedi. "Buraya mı getirmemi istersiniz?"

Kemal Reis, "Eyvallah İbrahim, buraya zahmet etme, biz Burak Reis ile beraber güvertede mürettebat ile beraber yiyeceğiz," dedi ve Burak Reis'e döndü:

"Reis, Mavi Aslan'ın hizmetkârlarını da böylelikle tanımış olur. Ne dersin, Burak?"

"Ben de ızgaranın kokusunu almış, acaba bana da ikram ederler mi diye düşünüyordum," dedi Burak Reis şakayla karışık. "Seve seve size katılırım."

Kemal Reis'in kadırgasında, kıç kasarasında, geminin tüm birinci sınıf görevlileri yuvarlak ve alçak bir yer masasının etrafına, kimi dizüstü, kimi bağdaş kurarak, çoğu da âdet olduğu üzere bir dizlerini göğüslerine dayayıp diğerinin üzerine oturarak sıralanmışlardı. Kemal Reis, hemen yanı başında Burak Reis, kadırganın ikinci kaptanı, yani odabaşısı Piri, Yelkenci Cevher, Vardiyan Cihan, Serdümen Musa, Gözcü İsa, Hekim İlyas, Orayon Orhan, Kürt Mahmut ve Parmaksız Şakir hepsi de Bezirgan İbrahim'in özene bezene hazırladığı çipuraların tadını çıkarıyorlardı. Masanın ortasındaki salatayı topçu Kürt Mahmut bizzat hazırlamıştı. Bir taraftan sohbet ediyorlar, diğer taraftan ağır ağır közde pişmiş balıkları yiyorlardı.

Parmaksız Şakir, "Ben bu balıkların aynı anda hem erkek hem dişi olduklarını duydum, Hekim İlyas, aslı var mıdır?" diye sordu.

Burak Reis, adamın sol elinin üç parmağının olmadığını gördü.

Hekim İlyas, ağzındaki lokmayı bitirdikten sonra kızgın kızgın Parmaksız'a baktı:

"Sen beni veteriner mi sandın, Parmaksız? Ben ne bileyim çipuranın erkek mi dişi olduğunu!"

Masadakiler gülüştüler.

"Ne kızıyorsun be Hekim," diye karşılık verdi Parmaksız, "Ha insan ha hayvan, hepsi de canlı değil mi sonuçta?"

Hekim İlyas fesuphanallah çekerek, "Sen bu kafayla iyi sadece üç parmağını kaybetmişsin, Parmaksız," dedi. "Kafanın yerinde durduğuna şükretmek lazım."

Kemal Reis, Burak'a adamları tanıştırmaya devam ediyordu:

"Parmaksız, beş yıl önce İtalyanlara karşı girdiğimiz bir deniz savaşında Haçlı donanmasına esir düştü. Bizim donanma iki parça halinde Gelibolu Tersanesi'nden çıkacak, Limni açıklarında Parmaksız ile birleşip İtalyanlara Midilli'nin orada kapışacaktık. Parmaksız'ın tek gemisini beşe bir yakalayan Haçlılar, kadırganın tamamını neredeyse kılıçtan geçirmişler. Sonra da geminin kaptanı olan Şakir'e bizim yerimizi söylemesi için işkence etmişler. Bizimki sopayı yedikçe adamların suratına tükürüyormuş. Sonunda bir İtalyan şövalyesi çekmiş bıçağını, dayamış Şakir'in elini bir kütüğün üzerine, cevap alamadığı her sorudan sonra başlamış bizimkinin bir parmağını kesmeye..."

Parmaksız, "Reis, hiçbirine değil de, en çok serçe parmağıma yanıyorum," dedi. "Herifte nasıl keskin bıçak varsa satır gibi benim parmakları doğruyordu. Ben o sırada içimden Allahtan diyordum, adam sırayla uzuvlarımı doğramaya kalkmadı. Yoksa ki şimdiye iki kol bir bacak gitmiş olurdu!"

"Ulan Parmaksız," dedi Vardiyan Cihan gülerek, "Âlem

adamsın. Neredeyse bir elin çolak kalmışsın, hâlâ şükrediyorsun. Helal olsun sana!"

"Sonra ne oldu?" diye sordu Burak Reis.

"Reis, herif tam benim işaret parmağa gelmişti ki, gök gürültüsü gibi bir sesle herkes yerinden sıçradı. Arkama bir baktım, geminin sancak tarafında iki adam genişliğinde bir pencere açılmış, dışarıda deniz ve bataryalarının dumanları hâlâ tüten Kemal Reis'in kadırgası duruyor."

Kemal Reis, "Şakir, zamanında buluşma yerine gelmeyince bir şeylerin ters gittiğini anlamıştık. Hemen orsa alabanda güneybatıya dümen kırdık ve haçlıları çok geçmeden yakaladık."

Parmaksız, bir elinde ekmeğin üstünde tuttuğu balığın üzerine sol elinin kalan iki parmağıyla limonu ileri geri iyice sıktıktan sonra, "Allah'a çok şükür, benim bu iki parmakla göremeyeceğim iş yoktur," dedi. "Fakat, dediğim gibi şu serçe parmağımda babamdan yadigar gümüş bir yüzük takardım. Serçe parmakla birlikte yüzük de kayıplara karıştı. Hâlâ o yüzüğe yanarım."

Konuşması bitince sağ eliyle balığı ağzına götürdü.

Yelkenci Cevher, "Doğru söylüyorsun, Parmaksız," dedi, "Hermofrodit derler onlara."

Masanın başındakiler anlamsız anlamsız Yelkenci'ye baktılar.

"Çipurayı söylüyorum," dedi Yelkenci, "Parmaksız doğru biliyor, hem erkek hem dişi doğar bunlar. Yunanlılar hermafrodit derler. Yunan mitolojisinde Hermes ile Afrodit'in oğludur. Salmasis adlı bir peri, oğlanın güzelliğinden öyle etkilenmiş ki kendini onunla birleştirerek aynı vücutta hem erkek hem dişi olmuş. Çipura da önce erkek doğar, sonra dişiye dönüşür."

Kemal Reis, "Yelkenci'nin okumadığı kitap yoktur, Burak," dedi.

Yelkenci Cevher, Burak Reis'e dönerek, "Bir geminin yelkenleri ve bir kitabın sayfaları akıllı bir insanı istediği her yere götürür, Reis," dedi. "Aslında kitapların sayfaları da yelkenler gibi bembeyazdır, boştur. Onu anlamlı kılan, insanın aklıdır."

Kürt Mahmut, "Erkek ya da dişi ben anlamam arkadaş," diyerek söze girdi. "Ellerine sağlık Bezirgan, bu çipuralar adama parmaklarını yedirtir."

"Aman dikkat et," diye yanıtladı Bezirgan İbrahim. "Sen de parmaklarından olursan geminin adı parmaksızlar ordusuna çıkacak!"

Masadakiler gülüşürken, Piri, "Bana müsaade," diyerek yerinden kalktı, "Bitirmem gereken hesaplamalar var."

Kemal Reis, "İşte böyledir bizim yeğen. Hızlı hızlı yer, sonra koşarak haritaların başına döner. Gündüz ayrı hesap gece ayrı hesap yapar. Sonra defeterine yazar da yazar..." dedi.

Burak Reis, "Gündüzleri harita, geceleri yıldız okuyor olsa gerek," dedi.

"Aynen öyle, Burak. Onun ve bu mürettebatın sayesinde yıllar yılı hiç sırtım yere gelmedi. Allah hepsinden razı olsun."

Adamlar başlarını öne eğerek, "Allah senden de razı olsun, Reis," dediler. "Biz senin hakkını ödeyemeyiz."

"Haydi Bezirgan efendi, forsalara da balık ekmek dağıtın. Kokmuştur, canları çeker, onların da hakkı vardır," dedi Kemal Reis.

"Emredersin, Reis," dedi Bezirgan ve yerinden kalkarak yardımcılarıyla birlikte forsaları doyurmaya gitti. Türk gemilerinde geminin mürettebatı ne yerse forsalar da aynı şeyi yerlerdi. Hâlbuki Frenk gemilerinde kürekçiler köle muamelesi görür, kuru ekmek ve suya talim ederlerdi. Bu yüzden de bu gemilerde baskıyla, Türk gemilerinde ise neredeyse gönüllü olarak çalışmak esastı.

Mavi Aslan, hemen yanı başındaki Hilal-i Zafer, onları takip eden Göke ve Göke II ve diğer küçüklü büyüklü karakalar güneşi önlerine almışlar, rüzgârı arkalarına katmışlar, pupa yelken hızla ilerliyorlardı. Gemilerin sağlı sollu iki yanında onları selamlarrcasına, onlarla yarışırcasına bir düzine yunus suda sıçraya sıçraya Kemal ve Burak Reis'in donanmasına eşlik ediyordu. Uzaktan bakıldığında bu gemi sürüsü az sonra havalanıverecek kuşlara benziyordu.

Gemilerin hedefleri İspanya'ya varmak, oradaki Yahudileri kurtararak İstanbul'a geri dönmekti.

Bir haftadan kısa bir süre içinde bu donanmanın yarısından fazlasının telef olacağını ve mürettebatın yarısından fazlasının hayatını kaybedeceğini o anda ne Kemal Reis ne de Burak Reis aklından geçiriyordu.

42

Gece vaktiydi.

Uzaklardan bir yerlerden kesik kesik öten bir baykuşun sesi duyuluyordu. Karanlığın içinde bekleyen adam saklandığı duvarın köşesinden meyhane kapısının açıldığını gördüğünde beklediği anın geldiğini anladı ve elini beline götürdü.

Bir şarap testisi, meyhanenin tam önüne düştü ve parçalandı. Amasya valisi genç şehzade Bayezid'in meyhane ahbaplarından Muayyedzade Abdurrahman yine şarabın dozunu fazla kaçırmış, yalpalaya yalpaya yürüyordu. Şaşkınlıktan meyhaneden çıkarken testiyi de eline almış, dışarı çıktığında da elinde olduğunu unutup gürültüyle yere düşürmüştü. Şehzade Hamdullah'a verdiği sözü unutmuş, yazı meşklerini kaldırıp atmış ve tekrar ahbaplarıyla birlikte meyhane meyhane gezer olmuştu.

Muayyedzade'nin yanı başındaki arkadaşlarının ve önde giden şehzadenin de onlardan pek bir farkı yoktu. Şehzadenin saray muhafızları olan yarım düzine kadar asker, grubun ardından gelerek etrafı kolaçan ediyorlardı ama vakit oldukça geç olduğundan askerlerin gözlerine ağır bir uykudur bastırmıştı. Muhafızların hepsi de bir an önce sarayı bulup koğuşlarına dönmeyi ve döşeklerine yatmayı iple çekiyorlar, şehzade ve içki arkadaşları ağır ağır yalpaladıkça öfkeyle birbirlerine bakıyorlardı.

"Benim bu meyhanedir baht-ı siyâhım
Afyon içtim tepemden çıkdı âhım

Yedim berşi sevdâm artdı âhım
Velî yokdur şarâba denk şey!"

Hızırpaşazade, kim bilir hangi şairden hatırladığı bir çift beyti bağıra çağıra okumaya başladı. Yalpalayarak yürüyor, arada naralar atıyordu.

"*Afyon içtim* değil o!" diye araya girdi Hamzabeyzade Mustafa. Sarhoş olmasına rağmen hafızasından hiçbir şey yetirmemesiyle ünlenmişti arkadaşları arasında. "*Duhan içtim*! Ulan Hızır, bilmesek bize satacaksın şiiri yalan yanlış!"

"Ben onu bilmediğimden değil, Mustafa Efendi, afyonu o satıra daha yakın gördüğüm için ekledim!"

İkisi de konuşurken duraklıyor, gözlerini kapatıp açıyor, konuştuklarını tam unutmuş gibi olacakken kaldıkları yerden devam ediyorlardı.

Bu kepazeliği şehzade ve dostları değil de bir başka grup yapıyor olsa, şimdiye şehrin kadısı bunlara gerekli cezayı verir, ertesi gün içip de mahalleliyi rahatsız ederlerken iki kere düşünürlerdi. Ne var ki, şehzade laf dinlemiyordu.

Şimdi de dostlarını durdurdu. Gökyüzüne baktı.

"Bir zamanlar boynu şu kuğu yıldız kümesi gibi zarif bir kız sevmiştim! Şehzadesin, yerini bil, davul bile dengi dengine çalar deyip almadılar!"

Müeyyedzade, "A benim efendim, ben şehzadeysem benim dediğim olur, deyip koynuna sokamadın mı bir gece?!" diye sordu merakla.

"Senin bir gecelik zevkin bir insanın onurundan yeğ değildir, dedi efendi babam."

Diğerleri "babam" kelimesini duyunca hep bir ağızdan yarı ciddi yarı alaya alarak "Sultanım sen çok yaşa!" dediler. Askerler de buna zorunlu olarak katıldılar.

"İşte!" dedi gökyüzündeki yıldız kümesini göstererek, "Benim kuğum orada!" Bir elini Muayyedzade'nin omzuna koymuş, diğeriyle gökyüzünü işaret ediyordu. Diğerleri onun gösterdiği yöne baktılar. Askerler de merakla gökyüzüne diktiler bakışlarını. Karanlığın içindeki adam, kolladığı fırsatı yakalamıştı.

Elindeki hançerle birlikte şehzadenin tam arkasına atladı ve askerler daha ne olduğunu anlamadan sol kolunun altına Bayezid'in kafasını sıkıştırıp sağ elindeki hançeri onun gırtlağına dayadı.

"Hareket eden olursa şehzadeyi öldürürüm!" dedi net bir sesle.

Herkes donup kalmıştı. Askerlerden biri elini usulca kılıcına götürmek üzereydi ki suikastçı, Bayezid'in gırtlağına hançerin ucunu hafifçe değdirdi. Şehzadenin boynundan kan akıyordu.

"Şakam yok!" dedi keskin bir ses tonuyla. Kılıcına uzanmak üzere olan asker bu ihtarın kendisine yönelik olduğunu anladı ve durdu.

Adamın yüzüne sırtındaki abasının başlığı geçirilmiş olduğundan hiç kimse onun simasını, kime ya da neye benzediğini göremiyordu.

Suikastçı, şehzadenin ayaklarını geri geri sürüyerek o anki kalabalıktan on-beş yirmi adım kadar uzaklaştırdı ve sırtını duvara verip Bayezid'in kulağına, sadece onun duyabileceği şekilde fısıldadı:

"Ey Koca Sultan Fatih Sultan Mehmed Han'ın oğlu! Bayezid bin Mehmed Muzaffer Daima! Böyle mi hazırlıyorsun kendini saltanata?!"

Bayezid korkuyla yutkundu. Kalbi güm güm atıyor, alnından ecel terleri dökülüyordu.

"Senin hayat dediğin, cihad dediğin, dava dediğin bu meyhane köşeleri midir? Göz açıp kapatıncaya kadar geçen ömrün haydi şimdi bitti, öbür tarafa ne cevabın var?!"

Bayezid, zar zor konuşmaya çalışarak, "Kimsin sen?" diyebildi yüzünü göremediği adama.

"Benim kim olduğumun önemi yok. Bil ki, ben Hızır'ım, say ki, Azrail'inim, de ki, bir çapulsuz hırsızım. Şu halinle seni kim olsa avucunun içine alır. Önemli olan benim değil, asıl senin kim olduğun! Sen kimsin, nesin? Bu soruyu kendine sor!"

Adam bu cümleleri ettikten sonra Bayezid'i sert bir tekmeyle ileriye yıktı ve köşeyi dönüp kayboldu. Şehzade dizlerinin üzerine düştü. Bir eli yerde, diğeriyle boğazını tutuyor, yaşadığı şoku atlatmaya çalışıyordu. Askerler hemen köşeyi dönüp karanlığın içine koştular. Ama etrafta hiç kimseyi bulamadılar.

Bayezid'in arkadaşları da koşarak yanına geldiler, şehzadenin üzerine eğilerek iyi olup olmadığını sordular.

Bayezid hepsini de eliyle geri itti. Müeyyedzade ve Hızırpaşazade şaşkınlıktan birbirlerine ve yerde hâlâ diz çökmüş duran şehzadeye baktılar.

Şehzade bir taraftan yere bakıyor, diğer taraftan derin derin soluyordu.

O geceden sonra hiçbir şey eskisi gibi olmayacaktı.

On yıllar sonra bu anın onun için bir dönüm noktası olacağını Bayezid ancak bir sultan olduğunda anlayacaktı.

43

At arabası karanlığın içinde, atölyenin önünde durdu. De Silva'ya ait araba haftada bir kez pazar geceleri David'in Montalban kasabasındaki atölyesine gelir ve buradan yükünü alıp tekrar Toledo'ya devam ederdi.

David ve Samuel her zamanki gibi hızla ve dikkatlice iki tarafından tuttukları kasayı arabanın arkasına yüklediler. David, arabacıya artık gidebilirsin işaretini vermek için kapıya bir kez vurdu. Fakat araba hareket etmiyordu. David bir-iki kez daha arabanın kapısına güm güm vurdu. Araba yine hareket etmeyince Samuel önde oturan atları dizginleyen sürücüye yaklaşacaktı ki David'in önündeki kapı açıldı ve Esther, kafasını dışarı çıkardı. David'in burada görmeyi beklediği son kişiydi.

Şaşkınlığını üzerinden atınca, "Sen burada ne yapıyorsun?" diyebildi.

Esther sert bir ifadeyle, "İsteyerek gelmedim," dedi. "Babam gönderdi."

Bu sırada Samuel yaklaşarak, "İçeri girin, çok dikkat çekiyoruz, her an biri görebilir," dedi. Kendisi de dışarıyı kolaçan edecekti.

David ve Esther, atölyenin içinde tezgahın hemen yanında, birbirlerine dönük duruyorlardı.

"Bu arabalarda ne taşıyorsunuz bilmiyorum ama babamı büyük bir tehlikenin içine sokmuşsun gibime geliyor," dedi Esther kızgınlıkla.

David bu suçlamanın karşısında ne diyeceğini bilemeyerek başını öne eğdi.

Esther devam etti: "Babam artık kimseye güvenemez oldu. El Hamra Fermanı'nın ardından iyice değişti, artık ağzını bıçak açmıyor. Neredeyse tek görüştüğü insanlar sen ve kraliçenin başdanışmanlarından İshak Abravanel oldunuz."

Esther De Silva atölyenin içinde dolaşmaya, oraya buraya yayılmış maden kalıntılarına, altın ve gümüş takılara bakınmaya başladı.

"Beni de bu yüzden gönderdi. Abravanel bu sıralarda kraliçeyle konuşup kararı geri aldırması için elinden geleni yapacakmış. Kral ve kraliçeye çok büyük miktarda fidye ödemeyi teklif edeceklermiş. Senyör Abravanel yarın babamı haberdar etmeye gelecek." Yüzünü tekrar David'e çevirdi. "Babam seni de çağırdı. Çok önemli, diyor."

"Başkasını niye göndermedi ya da arabacıdan niye bu haberi iletmedi?" diye sordu David.

"Dedim ya, artık hiç kimseye güvenmiyor. Bunları sana bizzat benim söylememi istedi."

Atölyede gezinirken Esther yerde ışıldayan bir gümüş gördü. Eğilip eline aldığı serçe parmak büyüklüğündeki metal çubuğun ucunda "א" Alef harfini gördü. David'e dönerek, "Bu ne?" diye sordu.

Samuel ve David birbirlerine baktılar. Esther'e arka tarafta yaptıkları işi anlatıp anlatmamakta tereddüt ediyorlardı.

David en özel sırrını bile kızıyla gönderiyorsa ondan bir şey saklamalarının anlamsız olduğunu düşündü. Ama Esther'in ne kadar az şey bilirse o kadar yararına olduğunu düşünüyor, onu bu şekilde giriştiği tehlikeli işin dışında tuttuğuna inanıyordu.

Esther tekrar, "Bu ne?" diye sordu David'in yanına gelerek.

"Senin adının ilk harfi," deyiverdi David öylece.

"Onu görüyorum, ama ne işe yarıyor?"

David bir süre sessizce Esther'in yüzüne baktıktan sonra cebinden büyük bir anahtar çıkardı ve arkasındaki kapının cumbasına gömülü kilide soktu. Anahtarın metal pimi iki kez döndürmesiyle birlikte kapının sürgüsü açıldı.

David kapıyı ağzına kadar açtı ve Esther'i yanına çağırarak şimdiki bulundukları yerden en az beş kat daha büyük olan atölyeyi gösterdi.

"Bu işe yarıyor," dedi.

Esther hayretler içersinde, elini açık kalan ağzına getirdi. Karşısında binlerce sayfa, yüzlerce kitap yükseliyordu.

"Neden daha önce bana söylemedin," dedi Esther iç kısımdaki atölyeden dışarı çıkarken. Yüzünde yumuşamış, sevecen bir ifade vardı. Sanki öfkesi az önce gördükleriyle birlikte buhar olup uçmuştu.

David de dışarı çıkıp kapıyı kapattı ve kilitledi.

"Ne kadar az kişi bilirse, o kadar iyi. Hem bilenler hem de bilmeyenler için. Bu, senin kendi iyiliğin içindi."

"Annem biliyor mu peki?"

David evet anlamında başını salladı. Esther'in az da olsa hayal kırıklığı taşıyan yüz ifadesini gördüğünde, "Baban seni her zaman bu işin dışında tutmak istedi," dedi.

"Yine de söylemeliydiniz," dedi Esther. "Ama daha önemli bir şey var." David'in elini tuttu, gözlerinin içine baktı. Adamın kalbi hızla çarpamaya başlamıştı. "Ben," diye devam etti Esther, "sana bir özür borçluyum. Hem de çok büyük bir özür... Beni affedebilecek misin?"

"Affedecek bir şey yok," dedi David. Eliyle Esther'in yanağını okşadı.

"Peki şimdi ne olacak?" diye sordu Esther. "Yani Sınırdışı Etme Kararı'ndan sonra?"

David kararsızca, "Bilmiyorum," dedi. "Biz şimdilik hiçbir şey olmamış gibi işimize devam ediyoruz. Ama sizin için en iyisi..."

Cümlenin devamını getirememişti. Esther onun ne demek istediğini anlamış gibi, "Sakın bunu bana bir daha önerme," dedi. "Ben Yahudi olarak doğdum, Yahudi olarak öleceğim."

"Ama ben sadece görünürde diyorum..."

Samuel kapıda belirdi. "Araba kapının önünde daha fazla dikkat çekmeden artık gitseniz iyi olur," dedi.

"Evet haklı, artık hemen gitmelisin, Esther."

Kız arabaya binerken, "Cuma günü babam seni bekliyor olacak," dedi. David arabanın kapısını kapattı ve atlar, arabacının kırbacıyla hızla yola koyuldu.

Esther, avucunun içindeki alef harfine bakıyordu. Metal harf ışıl ışıl parlıyordu.

44

Piri'nin simsiyah gözleri gökyüzünün karanlığında *Kartalın Dalışı*'nı görünce ışıldadı. Yüzünde kendinden emin, hafif bir tebessüm belirdi. Yaz mevsiminin en parlak yıldızlarından birini görmüştü; böyle anlarda içinde bir doygunluk, kalbinde bir huzur, ruhunda bir ferahlık hissederdi. Elindeki not defterine yıldızın koordinatlarını kaydettikten sonra, yanında onu pürdikkat izleyen Orhan'a döndü:

"Bedeviler buna *Vaki*, Latinler ise *Vega* derler," diye açıkladı. "Aşağıya doğru inişe geçen bir kartala benzetmiş bunu çöllerde yollarını yıldızlarla bulan Araplar. Frenkler de yüzlerce diğer yıldızın ismi gibi Araplardan öğrenmişler *Dalan Kartal*'ı. Kemal Amcamın en sevdiği yıldızlardan biridir."

Sonra tekrar başını gökyüzüne çevirdi:

"Eğer iyi bakarsan, onun diğer yıldızlardan farklı, mavimsi bir ışığı olduğunu çıplak gözle bile görebilirsin."

Orhan merakla yıldıza baktı, dikkatle onu izledi.

"Evet evet," dedi, "Çok soluk olsa da mavimsi bir ışık saçıyor."

Orhan yanı başında duran Piri'ye döndüğünde onun parmaklarını gökyüzüne doğru tuttuğunu gördü. İşte yine başlamıştı. Piri, parmaklarını açıp kapatıyor, gözünün birini kısıyor, diğerinden bakıyor, sonra diğer gözünü kapatıp, öbürüyle bakmaya başlıyor, elini bir gölge oyunu ustası gibi şekilden şekle sokuyordu. Elinin aldığı her şekilden sonra dudaklarıyla bir şeyler mırıldanıyor ve önündeki not defterine sayılar karalamaya devam ediyordu. Orhan, onun ağzından çıkan belli belirsiz sayıları işitiyordu anca. O, yıldızlara bakıp onların tadını çıkarmayı seviyordu, Piri'nin yaptığı bu hesaplamaları değil.

"Ne o Orayon Orhan!" diye bağırdı yanından geçen Vardiyan Cihan. *Orion* yıldız takımını yine ağzında geveleye geveleye "Oraayon" diye abartarak söylemişti. "Yine Piri'nin yanında yıldızlara dalıp uykuyu unuttun anlaşılan. Yarın sabah güvertede uykulu görürsem seni başında yıldızların çaktığını göreceksin ona göre!"

Çocuk, Mavi Aslan'da işe alındığı ilk günden itibaren geminin Odabaşısı, ikinci kaptanı Piri'nin yıldızları bir kitap okur gibi okumasından etkilenmiş, ne zaman fırsat bulsa onun yanında biter, Piri'nin açıklamalarını hikâye dinler gibi dinlerdi. İşe alındığı günün haftası, Piri'nin ona açıkladığı Orion yıldız kümesinden öyle etkilenmişti ki, neredeyse tüm kış gemide ve karada kafasını gökyüzüne dikip mevsiminin ve belki de tüm yılın en görkemli yıldız kümesine bakardı. Gemi mürettebatının çocuğa *Orayon Orhan* lakabını takmaları uzun sürmedi.

"Doğru söylüyor," dedi Piri gülümseyerek. Çocuğun lakabını her duyduğunda gülümserdi. Fena isim değildi hani. "Ben daha uzun bir süre çalışacağım, Orhan. Gidip dinlensen iyi edersin."

Orhan gökyüzüne bakmaya devam ediyordu.

"Tamam amma," dedi, "ben kartal falan göremiyorum. Hele dalan kartal nerede onu hiç anlamadım."

Piri, sanki gökyüzünde yağlı boya tablosu izlercesine, "... İşte şurada *Ejderha*..., bak şuna *Yunus* derler..., aha bu da *Büyük Ayı*'nın ta kendisi..." gibi laflar ettikçe, o da semaya her bakışında bir hayvanat bahçesi misali bu hayvanları görmeyi umar, ama her seferinde hayal kırıklığına uğrardı. Gökyüzünde ne ayı vardı ne de yunus!

"Kaç sefer söyleyeceğim Orhan, yıldızlara bakıp onlara o şekli sen vereceksin," dedi Piri. "Tıpkı bulutlara bakıp onları çeşitli şekillere benzetmek gibi. Yüzyıllar boyu, Yunanlılar, İranlılar, Araplar hep aynı şeyi yapmış, anlamsız gibi görünen yıldız kümelerini bu şekilde gruplandırmışlar ve onların çok daha iyi akılda kalmasını sağlamışlar."

Orhan, Kartalın Dalışı'na bir kere daha baktı ve etrafındaki yıldızlarla birlikte gökyüzünde bir kartal hayal etmeye çalıştı. Ama neresinden tutarsa tutsun, bir kartaldan eser yoktu. Aylar önce Büyük Ayı'daki ayıyı, Yılan'daki yılanı, hatta Herkül'deki avcıyı bile seçebilmişti, ama şimdi baktığı kümeyi ne kartala ne de başka bir hayvana benzetebiliyordu.

"Hem Yunanlıların hem de Arapların bu yıldızlara Kartal dediklerinden emin misin?" diye sordu Piri'ye.

Piri hesaplamalarına ara vererek, "Sandığımdan daha akıllısın, Orhan," dedi. "Elbette hayır. Yunanlılar bu takıma Lir derler."

"Şu kare şeklindeki, telli müzik aleti mi?"

Piri, evet anlamında başını salladı.

Orhan tekrar gökyüzüne baktı:

"Tamam bu sefer oldu," dedi gülerek, "Araplar bu kartalda hayal güçlerini biraz fazla kullanmışlar olsa gerek! Bu, kesinlikle bir kartaldan ziyade bir lir!"

Orhan, gökyüzünde büyük bir keşif yapmış gibi gururla Vega'yı, Vaki'yi, Dalan Kartal'ı ya da Lir'i izledi. Bundan sonra gökyüzüne her baktığında onun küçük bir kısmını daha anlamlandırabilecek, zihninde onunla ilgili türlü hikâyeler yaratacak, sanki gökyüzündeki karanlığın bir kısmını daha bu yıldızlarla aydınlatabilecekti.

"Ben artık, bu Lir'in sesiyle, yok yok, ışıltısıyla uykuyu bulurum," diyerek Piri'nin yanından ayrıldı.

O küpeştenin yanından ayrılırken, Piri'nin yanına Kemal Reis geldi, yeğenini selamladı.

"Âlem çocuk şu Orhan," dedi Piri tebessümle, "Gün gelecek, benim işimi elimden alacak diye korkuyorum."

"Hevesli olduğu kesin," dedi Reis. "Fakat işin masal yanıyla daha çok ilgili." Piri'nin önündeki kâğıtlardaki rakamlara, üçgenlere, kosinüs ve tanjant hesaplamalara baktı. "Hayatımda çok odabaşıyla, haritacıyla çalıştım, yeğen. Bu yaşta senin gibi hesaplar yapanını çok az gördüm. Bir yıldızdan gökyüzünün haritasını, yeryüzünün enlem ve boylamlarını, gecenin zamanını çıkarıyorsun!"

Piri, "Abartıyorsun, amca," dedi, "Benim yaptığım sadece devlerin omuzlarında gezinmek. Batlamyus, El-Sufi ve bizim pirimiz Uluğ Bey'ın bulgularını ben sadece gökyüzüne uyguluyorum."

"Gereksiz tevazuuya gerek yok, yeğen. Şu genç yaşında tüm Akdeniz bilir oldu senin hünerlerini. Hiç şüphem yok, gün gelecek senin adın da o devlerden bir dev olacak, insanoğlu yeryüzünü ve gökyüzünü senin çizimlerinle daha iyi tanıyacak."

Piri, amcasını hiç duymuyormuş gibi kafasını bir göğe, bir önündeki kâğıda çevirerek hesaplarına devam etti. Bu tür övgülerden hoşlanmazdı, ne diyeceğini de pek bilemezdi.

"Söyle bakalım, Piri Paşa" dedi Kemal Reis –yeğenine "paşa" demek hoşuna giderdi- "Sicilya'ya kaç günlük yolumuz kaldı?"

"Üç gün yedi saat," diye cevapladı Piri tereddüt etmeden.

"Nasıl bu kadar emin olabiliyorsun?" diye sordu Reis.

Bu soruyu neden sorduğunu anlamamışçasına amcasının yüzüne baktı Piri:

"Gerçekten mi soruyorsun, yoksa beni mi sınıyorsun amca?"

Reis gayet ciddi, "Gerçekten soruyorum," dedi.

Piri, pek ikna olmasa da hızla açıklamaya başladı. Gökyüzündeki Ay'ı işaret ederek, "Ay'ın konumu gecenin saatini veriyor, gecenin saatiyle *Vega* ve *Kuzey Yıldızı*'nı birbirine orantılıyorum. Sonra Kuzey Yıldızı'na olan açımızla enlemi, saate göre de boylamı buluyorum. Sonra bunu Uluğ Bey'in *Ziç*'indeki ve *Alfonso Çizelgeleri*'ndeki Sicilya'nın koordinatlarıyla karşılaştırıyorum. O da tam olarak yetmiş dokuz saat, kırk iki dakika, yani yaklaşık üç gün yedi saat veriyor. O da tabii son bir haftadaki ortalama hızımızla gidersek..."

Kemal Reis, gururla yeğenine bakıyordu.

"Fakat amca bana bildiğin şeyleri açıklatma da işime bakayım," dedi Piri.

"Hava sence nasıl olacak?" diye sordu bu sefer Kemal Reis ufka dönerek.

"Sen beni saray müneccimiyle karıştırdın, amca," dedi Piri şakayla karışık. "Ama kayıtlara göre Sicilya'ya kadar bu sular dingin olur. Gökyüzü de zaten ışıl ışıl baksana. Yeterli zamanım olsa ben bu yıldızlardan tüm Samanyolu Galaksisi'nin haritasını çıkarırım."

Piri Reis hesaplamalarına ara verdi, birden ciddileşerek başını önüne eğdi.

"Senin endişelenmen gereken hava değil, amca," diye devam etti. "Malta Şövalyeleri."

Kemal Reis, sıkıntıyla başını salladı. Malta Şövalyeleri bu yolculuğun en tehlikeli anlarından biri olacaktı şüphesiz. Kuzey Afrika ile Sicilya arasında muhteşem bir yerde konumlanan bu şövalyelere rastlamadan Kuzeybatı Akdeniz'e, yani İspanya açıklarına geçebilmenin imkanı yoktu. Şövalyeler Katolik Hıristiyan gemileri hariç denizde yüzen her şeye saldırıyor, ganimet ve esir elde etmeden rahat etmiyorlardı. Reis, ciddi ciddi endişeleniyordu ama gülümseyerek yeğeninin yüzüne döndü:

"Sen," dedi, "beni saraydaki acemioğlanıyla karıştırıyorsun. Benim kayıtlarıma göre de Kemal Reis Malta Şövalyeleri'ne pabuç bırakmaz!"

45

Şehzade Bayezid, daha sabah ezanı okunmadan önce geldi onunla aynı adı taşıyan camiye. Amasya'nın kuzeydoğusunda, Yeşilırmak nehrinin hemen yanı başında bulunan Bayezid Paşa Camii, şehzadenin büyük büyük dedesi I. Mehmet'in şehrin o zamanki valisi tarafından yarım asır kadar önce yaptırılmıştı.

Ancak şehzadenin camiye özel bir ilgi duyuşu sadece onun ismini taşıyışından değildi. Sıkıntılı zamanlarında saraydan kaçıp, kimseye görünmeden sıradan biri gibi geldiği bu mabedin mimarisi, konumu, onun içinde bulduğu huzur Bayezid'i her zaman büyülemişti. Aslında bunlar da değildi onu etkileyen. Anlatamadığı, kendisinin de pek adını koyamadığı mistik bir şeydi onu buraya çeken.

Bu sabah da erkenden, gün ağarmadan buraya geldi. Nehrin küçük bir kolu olan çayın üzerindeki köprüden geçmeden önce durdu.

Geçirdiği suikast teşebbüsünün ardından üç gün üç gece geçmişti. O günün ardından saraydaki odasına çekilmiş ve mecbur olmadıkça neredeyse bir daha dışarı çıkmamıştı. Geceleri bir-iki saatlik iç geçişleri dışında gözünü kırpmamış, sürekli geçmişi, geleceği ve hayatı düşünmüştü.

Ve işte şimdi, üç günün ardından bu kutsal mabedinin karşısındaydı. Köprüye adımını attı ve caminin çiçeklerle dolu avlusuna yürüdü.

Bir merkez kubbe ve ondan az daha küçük beş çevre

kubbe şeklinde inşa edilen caminin girişi doğu-batı hattında uzanan bir kemeraltı silsilesinden oluşuyordu. Arka arkaya sıralı küçük kubbelerin her birini birer çift kemer ayakta tutuyordu. Caminin bu sıradışı girişi Bayezid'in hayranlığını cezbeden ilk ayrıntıydı. Girişin doğu ve batı kapıları Endülüs mimarisi tarzında, kırmızı ve beyaz mermer kemer taşlarıyla çevrilmişti. Bu sütunlu kemerlerin hemen üstünde kırmızı geometrik desenler ve sanki dantela işlermiş gibi oyulan taşlardan mürekkep saçak silmesi insanın gözlerini kamaştırıyordu. Duvarların neredeyse hepsi de yine Endülüs işçiliği tarzında Arabesk desenler ve geometrik kufi hat ile bezenmişti. Bayezid, bir labirenti andıran bu kufi hattın koridorları arasında kendisinin olduğunu, uzun zaman önce yolunu kaybettiğini hissetti. Ama şimdi sanki çıkışa yaklaşmıştı.

Altından geçtiği her bir küçük kubbenin tavanında on iki uçlu bir yıldız ona göz kırpıyordu. Mabedin taşına ilk bastığında Bayezid'in tüyleri diken diken oldu, ruhunda bir ürperme hissetti.

Caminin kapısına geldiğinde mukarnas kubbeli girişin önünde durdu. Duvara işlenmiş oyuk kubbenin hemen altında, ahşap kapının üstünde, caminin mimarları ve yaptıranları usta bir hatla yazılmıştı. Ceviz ağacından yapılma ahşap kapı, üzerinde Kur'an ayetlerini, yıldız ve çeşitli geometrik süslemeleri çok ince bir zarafetle taşıyor, gelenleri sanki içeriye bizzat davet ediyordu.

Şehzade, ayakkabılarını çıkartarak içeriye sağ ayağıyla adım attı. İçerdeki mis kokusu, vakar ve dinginlik ta ruhunun derinliklerine işliyordu. Yerdeki yeşil halının üstüne usulca basarak, iki büyük mermerin üzerinde yükselen ana kemerin ve ortadaki kubbenin altından geçti ve dümdüz mihraba doğru ilerledi. Tavandan sarkan yarı sönük bir kandil camiyi ancak yeteri kadar aydınlatıyordu. İmam ya da müezzin henüz gelmediğinden tüm kandiller yakılmamıştı ve içerde loş bir aydınlık vardı.

Mukarnaslı mihrap sekizgen ve onikigen şekillerden ve

yıldız işlemelerinden oluşuyordu. Bayezid, mihrabın hemen önüne değil de, çok daha köşeye, minberin tam yanına diz çöktü. Başını önüne eğdi ve iki büklüm dururken derin bir iç çekti. Hayatının muhasebesini yapmıştı. İçindeki boşluk yavaş yavaş dolmaya başlıyordu.

Artık hazırdı. Kafasındaki sorular ve tereddütler bir bir yanıtını buluyordu. Başına musallat olan o ağrı yavaş yavaş kaybolmaya başlıyordu.

Başını kaldırdı, önündeki duvarda celi sülüs hatla yazılı büyük ayeti okudu:

Kim kötülük işler veya nefsine zulmedip sonra Allah'tan bağışlanma dilerse Allah'ı bağışlayıcı ve merhamet edici olarak bulur.

Bunun, Nisa suresinin 110'uncu ayeti olduğunu hemen hatırladı. Babasının onu küçük yaşta, daha İstanbul'dayken bir hafız edişine şükretti. Ama hayatında ilk defa bu ayetin bu kadar anlamlı olduğunu düşünüyordu. Ayeti tekrar tekrar okudu. Sanki onu ilk defa okuyordu. Ayetin kazılı olduğu duvarın hemen ardında gürül gürül akan Yeşilırmak'ın tüm günahlarını yıkadığını hissetti. Rahman ve Rahim'e bu şekilde dua etti.

Gözlerini kapattı, nehrin akışını dinledi.

Tam o sırada sağ arka tarafından bir ses duydu. Bu saatte burada başka kim olabilirdi ki? Dikkat kesilip iyice dinlediğinde, batı kanadındaki kubbelerden birinin altından bir hıçkırık sesi geldiğine emin oldu.

Sağ ayağının üzerinde doğruldu, arkasını döndü ve sesin geldiği yöne doğru ilerledi. Yanılmamıştı; kuzeybatı yönündeki kubbenin altında, arka tarafta, pencerenin hemen yanında iki büklüm durmuş, kendisiyle aynı yaşlardaki bir genç içini çeke çeke ağlıyordu. Genç adam, sanki bu yaptığından da utanıyormuş gibi, gürültü yapmamak için ayrıca uğraşıyor, kafasını olabildiğince dizlerinin üzerine gömüyordu. Bir taraftan da avucunda saklar gibi tuttuğu doksan dokuzluk bir tespihin tanelerini iki parmağıyla çekmeye devam ediyordu.

Bayezid, genç adama yaklaştıkça onun belli belirsiz bir şeyi, bir ismi tekrarladığını fark etti.

Bir süre ne yapacağını bilemeden onun başında bekledi. Adamın tekrarladığı ismi şimdi daha iyi anlıyordu: "Elif," diyordu genç adam. Ardı ardına sürekli bu ismi sayıklıyordu. Onun hıçkırıkları şehzadenin içini yaktı.

Bayezid o kadar sessiz yanaşmıştı ki, yerdeki genç, yanına birinin geldiğini hissetmemişti. Şehzade elini adamın omzuna koyduğunda, beriki irkildi. Kan çanağına dönmüş gözleriyle şehzadenin yüzüne baktı.

"Bağışla birader," dedi şehzade ne diyeceğini bilemeden. "Burada benden başka birini bulmayı beklemiyordum."

"Bağışlanacak olan benim, Şehzade," dedi genç adam kendini toparlamaya çalışarak. "Gürültü yaptığımın farkında değildim." Ayağa kalkmaya çalıştı ama Bayezid onu durdurdu, kendisi onun yanına diz çöktü.

"Benim kim olduğumu nereden biliyorsun?" diye sordu Bayezid. Şaşırmıştı; adam loş ışıkta onun yüzünü doğru dürüst görmemişti bile. Belli ki bu ıstıraplı gencin sağlam bir hafızası vardı.

"Efendi babamla sizi bir-iki yıl kadar önce İstanbul'da Topkapı'da görmüştüm," dedi genç adam. Tekrar önüne dönmüş, iki büklüm duruyor, ağlamamak için kendini zor tutuyordu.

Demek ki seçkin bir aileden geliyordu bu genç adam. Belki de bir vezirin oğluydu. Ama Amasya'da ne işi vardı? Elif kimdi? Neden burada tek başına bu acıyı yaşıyordu?

Bayezid adama pek çok soru sormak istiyordu ama adamın rahatsız edilmek istemediği aşikardı. Başkası olsa şimdiye şehzadenin ayağına kapanmış, ondan ardı arkası kesilmeyen ricalarını sıralardı. Ama bu adam, sanki şehzadenin başından çekip gitmesini bekliyordu.

"Peki sen kimsin?" diye sorabildi Bayezid usulca. Bu sorunun cevabını öğrenebilirse, gerisini sonra da anlayabilirdi.

Genç adam bir süre yanıt vermeden durdu. İleri geri hafif

hafif salınıyor, acısını avutmaya çalışıyor gibiydi. Bu nasıl bir acıydı? Nasıl bir iç yanıştı? Bu adamın hikâyesi neydi? Neden bu saatte bu camideydi?

Bayezid tam umudunu kaybedip adamın yanından ayrılmak üzereydi ki, "Davud" sesini işitti.

"Benim adım Davud bin Mahmut bin Muhammed."

Şehzade önce bu adamın hikâyesini dinleyecek, onu Amasya'daki şehzade sarayına davet ederek onunla ahbaplık kuracaktı. Sonraki yıllarda onu imparatorluğunun bir numaralı ajanı yapacak, onun hüznüne derman olacaktı.

Ama şimdi dermana ihtiyacı loan Bayezid'di ve o kimi bulması gerektiğini çok iyi biliyordu.

Şehzade, adını taşıyan camiden çıkar çıkmaz Hattat Hamdullah'ın yolunu tuttu.

46

"Hiçbir umut yok," dedi Senyör Abravanel başını umutsuzca iki yana çevirerek. Abraham De Silva'nın Toledo gettosundaki görkemli evinin penceresinden Tejo nehrine bakıyordu. Güneye doğru hızla akan nehir, sanki İspanya'nın Yahudilerini de içine almış gidiyor gibi geldi Abravanel'e.

De Silva odadaki büyükbabasından kalma kenarları ahşap oymalı, lacivert kadife minderli bir sandalyeye oturmuş, eski dostunun getirdiği acı haberi dinliyordu. Sandalyenin hemen arkasındaki duvarı kaplayan raflarda beyaz üstüne mavi desenlerle işlemeli İznik porselenleri sergilenmişti. Küçük Asya'dan, Büyük Türk'ün topraklarından getirtilmişti hepsi de. Eve gelen kalabalık misafirleri ağırlamada kullanılan takım, Doğu'dan gelen pek çok değerli eşya gibi Toledo'nun Yahudi tüccarları tarafından özenle seçilmişti. Odada yeri kaplayan kırmızı el işlemesi Pers halısı Memluklulardan, ortadaki geniş masanın üstündeki renkli cam vazo ise Ceneviz'den gelmişti. Odayı kaplayan tüm mobilyalar, evin diğer geri kalanı gibi Venedik cilasıyla kaplıydı.

Abravanel'in duydukları öyle acıydı ki son bir umutla Abravanel'den iyi bir haber bekleyen tüm Yahudiler gibi o da hayal kırıklığı içindeydi; sandalyeye sanki oturmamış, adeta çökmüştü.

"Kraliçe tamamen aklını yitirmiş gibi hareket ediyor," diye devam etti Abravanel. "30.000 altın dukayı bile elinin tersiyle itebiliyor. Torquemada, İzabella'yı avucunun içine almış, istediği gibi oynatıyor."

De Silva buna şaşırmamış gibi dudağını büktü. "Maddi yönden bakıldığında da," dedi, "biz ona ne kadar altın önerirsek önerelim, bunu kabul etmemesi onun çıkarına. Hıristiyan olduğumuzda zaten tüm malvarlığımız Engizisyon'un gölgesi altında kalacak." Son yıllarda evine, vergi gelirlerine, tüm arazilerine el koyulan Yahudilikten dönme Hıristiyan muhtedilerinin haddi hesabı yoktu. "Öte taraftan vaftiz olmayı kabul etmezsek, ülkeyi terk edeceğiz ve tüm malımız mülkümüz yine kraliyete ya da kraliyetin kayırdığı Hıristiyanlara kalacak. Bizim vereceğimiz 30.000 altın ve onlarca katı zaten her halükarda onun kontrolünde olacak!"

Abravanel yüzünü dönerek, "Yine de bir çözüm yolu olmalı," dedi. Tüm hayatının geçtiği, doğup büyüdüğü, atalarının yaşadığı, İbraniliğin en büyük Altın Çağ'ını yaşadığı bu topraklardan öylesine çekip gitmek düşüncesini bir türlü içine sindiremiyor, ne kadar uğraşırsa uğraşsın olacak bir şeymiş gibi kabullenemiyordu. Abravanel ailesi belki de İspanya'nın en köklü Yahudileriydi. Kimilerine göre sülalenin geçmişi Hz. Davud Peygamber'e kadar uzanıyordu. Aile asırlardır, Seville, Kurtuba, Kastilya-Leon ve Toledo gibi, ülkenin dörtbir köşesinde bir şekilde hüküm sürmüştü.

De Silva eski dostuna sessizce baktı. Onun düşündüğü seçeneği Abravanel de aklından geçirmiyor değildi. Eski dostunun derin bakışlarına, "Böyle bir şeyi düşünmek bile benim için utanç verici," diyerek karşılık verdi. "Abravanellerin vaftiz olması tüm Yahudiler için büyük bir yıkım olur. De Silvaların ve Abravanellerin Yahudi kalması lazım, Abraham. Tüm dünya din değiştirse bizim yine Yahudi kalmamız lazım!"

De Silva düşünceliydi. Gözleri duvardaki İznik çinilerindeydi.

"Yine daldın, eski dostum, ne düşünüyorsun?" diye sordu Abravanel.

"Bazen düşünüyorum," dedi De Silva, "Büyük Türk'ün buraya gemi göndereceğine dair söylentiler var. İstanbul'daki hahambaşı tüm Yahudileri İstanbul'a çağırıyor, burada rahatımız iyi diyormuş."

Abravanel, "Hamon ve Nassi de Portekiz'e kaçma umudunda ama bu ferman İspanya'da işe yararsa çok yakında tüm krallıklarda uygulanmasından korkuyorum. Bu yüzden bence kaçmak çözüm değil... Hâlâ yapılabilecek bir şeyler olmalı!" diyordu ama söylediklerinin anlamsız olduğunu o da en az De Silva kadar biliyordu.

De Silva, misafirini üzgün bir şekilde uğurlarken, evin mutfağında Esther ve David konuşmaya devam ediyorlardı. Esther bulaşıkları yıkayan annesine yardım ediyor, tabakları kuruluyordu. Geçen yıla kadar en az üç hizmetlisi olan evde şimdi tüm işi kendileri görmek zorundaydılar, zira Engizisyon Yahudilerin hizmetçi edinmelerini çıkarttığı bir kararla yasaklamıştı. Önce Hıristiyanların Yahudi hizmetinde bulunamayacağı kararı çıkmış, arkasından da işsiz kalan Hıristiyanların yerlerine Yahudiler getirilince, berikilerin hiçbir şekilde hizmetçi çalıştıramayacakları, aksini yapanların cezalandırılacağı bildirilmişti.

Esther'in annesi Hannah De Silva elindeki tabakları diğer odaya götürmek için mutfaktan ayrılınca, kenarda oturan David, "Ne olur Esther," dedi yalvarır bir ses tonuyla, "Sizinkileri ikna etsen de en azından göstermelik olarak vaftiz olsanız."

Esther öfkeyle kaşlarını çatarak, "Ben ikna olmadım ki onları ikna edeyim?!" dedi önündeki tabakları kurulurken.

David mutfağın camından dışarıya bakarak sokaktan kimlerin gelip geçtiğini anlamaya çalıştı. Diken üstünde oturuyordu. Az ötedeki sokağın ucunda bir an Yehuda'yı gördüğünü sandı ama tam emin olamadı.

"Şu haline baksana!" diye devam etti Esther. "Korkudan yerinde duramıyorsun. Engizisyon seni Yahudilerin arasında bulacak, senin Yahudi olduğunu anlayacak diye ödün kopuyor. Bu mu bizim de girmemizi istediğin hayat?!"

"Peki bir ay sonra süre dolduğunda ne olacak? Ne yapacaksınız?"

"Bilmiyorum. Ama babam bir şekilde bu badireyi de atlatacağız, diyor. Şimdiye değin Yahudilerin son yüzyılda bu şekilde pek çok sıkıntı atlattığını, her gelen kralın benzer kararnameler çıkarttıklarını ama hiçbirinin doğru dürüst uygulanmadığını söylüyor, bunun da Granada'nın düşüşünün yarattığı zafer sarhoşluğunun ardından geçeceğine inanıyor. O kanunnamelere kalsa, şu anda hepimizin Yahudi yaması takması gerekirdi." Esther, İspanya'nın Hıristiyanların eline geçmesiyle birlikte bazı kralların uygulamaya soktukları sarı yıldız ya da çember şeklinde, göğse dikilen yamalardan bahsediyordu. Kralların keyfiyetlerine göre de bu kural bazen uygulanır, bazen de hepten unutulurdu.

David, "Binlerce kişi çoktan güney sahillerindeki limanlara doğru akın etmeye başladılar," dedi. "Bunca insan boşuna mı kaçıyor?" David, önceki gün Montalban'a gelen Türk'ün söylediklerini düşündü.

"Üstelik Seville'de insanları zorla vaftiz etmeye bile başlamışlar! Bu sefer her şey çok ciddi Esther."

Esther elindeki tabağı kurularken sinirleri iyice yıpranmış bir şekilde, "Ne olur üstüme gelme artık, tamam!" demişti ki kapının küt küt çalmasıyla birlikte tabağı yere düşürdü.

"Çabuk açın kapıyı! Yüce İsa adına derhal açın!" diye bağırıyordu dışarıdaki sesler.

Tabağın parçaları yerde dağılırken kapı bir kütükle güm güm dövülmeye başladı. Esther, David ve De Silva'nın yüzlerinde dehşet ifadeleri belirdi.

Onların kapıda toplanmalarına vakit bile kalmadan Engizisyon muhafızları ellerindeki keçiboynuzu kütüğüyle kilidi kırarak kapıyı ağzına kadar açtılar. Muhafızların iki yana çekilmesiyle birlikte Peder Cisneros kapıda belirdi. Tam karşıdaki mutfakta ona bakakalan Esther ile yüz yüze geldi.

Cisneros'un ardından içeriye aralarında şövalyelerin de bulunduğu yarım düzine kadar Engizisyon muhafızı akın etti. Bunların aralarında Santa Hermandad şövalyeleri de bulunuyordu. Cisneros'un özel şövalyesi seçkin zırhı ve peleriniyle diğerlerinden rahatlıkla ayrılıyordu. Kendisine tembihlenmiş gibi hemen De Silva'nın başına geçti. Evdeki herkesin etrafı sarıldı. Kişi başına neredeyse iki asker düşüyordu. Kardinal, meydan okurcasına geniş salonda dolanarak De Silva'nın önüne geldi, "Sizinle daha sonra hesaplaşacağımı söylemiştim," dedi. De Silva ise yerinden kalkmaya fırsat bulamadan kendisine çekilen kılıçların ortasında kalmıştı.

"Kardinal hazretleri, kapımız size her zaman açıktır," demesine kalmamıştı ki, Cisneros elinin tersiyle adamın yüzüne şamarı patlattı. Cisneros'un parmağındaki kalın taşlı yüzük yaşlı adamın dudağını patlatmıştı. De Silva'nın çenesindeki ak sakalları kana bulanıyordu.

"Sus rezil!" dedi Kardinal. "Artık yalanların bana sökmez! Bu evde ne dolaplar çevirdiğini, kimleri sakladığını biliyorum!"

Cisneros adamlarına evin bütün katlarını aramalarını emrederken kendi de mutfağa, Esther'in yanına geçti. Kızcağız hayalet görmüş gibi mutfağın ortasında dikiliyordu. Cisneros kızın kırmızı dudaklarına, çıkıntılı göğüslerine ve ince beline iştahla baktı. Onun yüzüne iyice yanaştıktan sonra parmaklarını kızın suratında ve dudaklarında gezdirmeye başladı. Esther, adamın yüzüne sert bir tokat attı. Kardinalin yüzünde kızın parmaklarının izi çıkmıştı. Cisneros öfkeden çıldırmış olarak Esther'in gırtlağına yapıştı ve "Sapkın!" dedi. "Ben sana gösteririm!"

O sırada arkadan beliren Yehuda, "Böyle anlaşmamıştık," dedi. "Kızı ve babasını koyuverecektiniz."

Cisneros arkasını dönerek, "Geri zekâlı," dedi, "Sen kiminle pazarlık yaptığını sanıyorsun? Tanrı ile pazarlığa girişmeye senin gücün yeter mi?!"

Yehuda cevap vermeye fırsat bulamadan bir kılıç da onun boynuna çektiler.

Cisneros tekrar Esther'in yanına gitti. Bu şeytan yavrusuna gerekli dersi hemen orada kendi vermeliydi. Daha önce pek çok "cadı"ya yaptığı gibi Yüce İsa'nın suyu ile şeytanın rahmini yakacaktı. Cisneros, kendi dölünün kutsal olduğuna inanırdı. Bu, onun sapkın kadınları arındırmak için gösterdiği bir merhametti.

Arkasındaki kapıyı hafifçe ittikten sonra, Esther'e yaklaşıp onun boynuna sertçe yapıştı ve bir çırpıda kızı ters döndürdü. Onu önündeki masaya dayadıktan sonra eteğini kaldırdı ve kızın iç çamaşırlarına yapıştı.

Mutfağın kilerine saklanmış David daha fazla dayanamayarak hızla dolabın kapılarını açtı ve iki eliyle birden hınçla adamın gırtlağına yapıştı. Kardinali mutfaktaki tabak çanak dolu tezgahın üzerine itmiş, gırtlağını sıkabildiği kadar sıkıyordu. Cisneros'un yüzü morarmaya başlamıştı. Fakat kırılan porselenlerin ve yere düşen tencerelerin gümbürtüsüyle birlikte iki muhafızın içeriye girip David'i kardinalin üzerinden geri çekmeleri kısa sürmedi.

"Hepiniz öleceksiniz!" diye bağırdı zorla Cisneros. Önüne eğilmiş boğazını tutuyor, bir taraftan da öksürüyordu. "Hayır hayır," dedi sonra, "sizi öldürmeyeceğim; yavaş yavaş yakacağım. Ölmek için bana yalvaracaksınız!"

De Silva ailesi ve David için her şey bitmişti.

Artık onları Katolik olmak bile kurtaramazdı.

47

Davud kapının ağzında bekleyen muhafızın arkasından yaklaşarak, adamın miğferi ile göğüs zırhı arasında kalan boynundaki eklem kısmına sert bir yumruk geçirdi. Kulağın hemen altında, şah damarının üstündeki bölgede birleşen sinirlere hızlı bir darbe, beyne giden kan basıncını sekteye uğratır ve insanın dengesini bozardı. Boyunda iğne ucu kadar bir bölgeydi bu ve istenen etki için tam üstüne vurulması gerekirdi. Davud yılların deneyimiyle vuracağı yeri çok iyi seçmişti. Adam gözleri kararıp sendelerken kılıcını elinden koyuverdi ve keşiş, onu yere düşmeden kaptı.

Muhafızlar eve birdenbire giren bu kişinin kim olduğunu daha anlayamadan, Davud kılıcını aldığı adamı dirseğinin tersiyle, onun hemen yanındakini adamı duvara toslatan sert bir ayak darbesiyle ve az ötedekini de karnına sapladığı kılıçla yere yıkmıştı. Cisneros başta olmak üzere ev ahalisi ve muhafızlar şaşkınlık içinde saniyelik hareketlerle silahını kullanan bu keşişe bakıyordu. David hariç hiç kimse onun kim olduğunu bilmiyordu.

Askerler ilk şaşkınlığı üstlerinden atar atmaz Davud'un üzerine çullandılar. İlk gelenin başına savurduğu yatay kılıç darbesini Davud eğilerek boşa çıkardı ve kılıçla adamın belini kesti, soldan yaklaşan bir diğerinin hamlesini dikine keserek adamı geri itti ve kılıcı çaprazlamasına onun boynuna geçirdi, son olarak ani bir hareketle ters döndü ve diğer taraftan yaklaşan asker daha hamlesine girişemeden Davud'un kılıcını yanağına saplanmış buldu. Acıyla vitrine çarpan adam raflardaki tüm porselenleri yere yığdı.

Abraham De Silva'nın başında bekleyen şövalye karşısındakinin bir kılıç ustası olduğunu daha ilk hareketinden, onun bir kobra yılanı gibi kılıcı ileri geri, gözün zar zor seçebileceği bir hızla hareket ettirişinden anlamıştı. Çığlıkların altında askerleri yere yığılırken, şövalye belindeki baltayı sol eline aldı ve öbür eliyle kılıcını çekip keşişin tam karşısına geçti.

Davud ise adamın gardını alış şeklinden diğerleri kadar acemi olmadığını tam fark etmişti ki ilk balta darbesi cüppesinin sol yenini söktü aldı. Davud kenara kaçmakta az daha geç kalsa kolu şu anda yerde duruyor olacaktı. Şövalyeye ilk kılıç darbesini adamın sağ omzuna indirdi fakat tüm eklem yerlerini ve vücudun diğer hassas noktalarını iki kere kaplayan zırhtan ötürü kılıç hiçbir etki etmedi. Davud'un tekrar gardını almasına fırsat kalmadan adam baltayı bu sefer tam kafasının üstüne, dikine salladı. Keşişin kendini yere atarak kurtulduğu balta, adamı ıskalayınca ortadaki yemek masasını ikiye böldü. Davud, elindeki kılıcın bu şekilde şövalyenin zırhına etki etmeyeceğini biliyordu. Kılıcını rakibine bir kere daha savurunca şövalye baltayla Davud'un kılıcını ikiye böldü.

David, Esther ve De Silva ailesi birden karşılarına çıkan bu mucizenin çok kısa ömürlü olduğunu düşünerek yıkıldılar. Yehuda'nın yüzünde bile bir endişe belirdi. Cisneros gülümsedi, şövalyesinin adama son darbeyi indirmesini bekledi.

Şövalye rakibinin silahını parçalamış olmanın verdiği güvenle kılıcını hızla onun kellesine doğru savurdu. Davud ise aradağı fırsatı yakalamıştı; aşağıya eğilerek çapraz bir şekilde şövalyeye yaklaştı ve elindeki kısalmış kılıcı rakibinin tam göğüs zırhına, kalbinin olduğu noktaya hızla sapladı.

Ucu kırılmış bir çeliğin, dünyanın en iyi kılıcından bile keskin olduğunu Davud çok iyi bilirdi. Bu, çeliğin doğasında vardı.

Cisneros kendini dışarı atmış, arkasına bakmadan kaçıyordu.

Adam kanlar içinde yere yığılırken Davud yere serdiği bir düzine askerin ortasında, soluk soluğa David'e döndü ve "Hâlâ gitmemekte kararlı mısın?" dedi.

48

"Nereye gidiyoruz Hamdullah Efendi?" diye sordu bir kere daha Şehzade Bayezid.

Sabah namazının ardından soluğu Amasya'nın sokaklarında alan ikili yarım saattir yürüyordu.

"Görünce anlarsın," diye kestirip attı Hamdullah. "Az kaldı zaten."

Bayezid şehrin bu mahallelerine daha önce gelip gelmediğinden bile emin değildi. Kafası allak bullaktı. Önündeki hattatı takip etmekten --ne pahasına olursa olsun takip etmekten-- başka bir çaresi yoktu. Ona dün ilk defa evinde, yazı yazarken yakaladığında karşısına dikilmiş, "Hazırım, bana yazı yazmayı öğret," demişti. "Kalemin mürekkebiyle ruhumu bana yıkamayı öğret!" Hamdullah ise başını kaldırıp, "Tek bir şartım var," demişti. Şehzade hayatı boyunca hiçbir şarta bağlı kalmamış, olsa olsa sürekli şartlar koşmuş, emirler vermişti.

Şehzade tamam anlamında başını sallamıştı.

Şeyhin cevabı bıçak gibiydi:

"Benim karşımda bir şehzade değil, bir çırak olacaksın. Ve her çırak gibi ustasını lafından çıkmayacak, bir dediğimi iki etmeyeceksin."

Bayezid daha çetin bir şart beklerken duyduğu bu istek karşısında rahatlamış, "Emrin başım üstüne," diyerek Hamdullah'ı yanıtlamıştı. "İyi o zaman," demişti hattat da başını tekrar önündeki yazıya döndürerek, "bugün git, yarın gel."

Sabah namazının hemen çıkışında Hamdullah'ın peşine düşen şehzade peşine takıldığı adamın şartını kabul etmenin belki de pek iyi bir fikir olmadığını düşünüyordu. Nereye gittiğinden zerre kadar haberi olmadığı gibi yol yokuş yukarı olduğundan şehzade şimdi de soluk soluğa kalmıştı. Karşısındaki kendisinden en az on beş yaş büyük adamın hiç soluklanmadan dimdik yokuşu çıkışına hayret ediyordu. Bu adam hattat mıydı, pehlivan mı?

"Dirilmek için," dedi Hamdullah sanki aradıkları yeri bulmuş gibi durduktan sonra, "ölmek gerekir." Sağ tarafına döndü ve girmek üzere oldukları büyük alanı kaplayan çitlerin ortasındaki kapıyı açtı. Kapı, üç ağaç parçasından ibaretti.

Bayezid çitlerin ardına baktığında şaşırıp kaldı. Önündeki yamacın eteklerinde yüzlerce mezar taşı yükseliyordu.

Hamdullah onu bir mezarlığa götürmüştü. Acaba bir yakını için dua mı edecek, diye düşünüyordu ki şehzade, Hamdullah, "Bu," dedi, "ilk dersimiz. Ölümü anlamayan hayatı anlayamaz. Nereye gideceğini bilmeyen kaptana hiçbir rüzgar yardım etmez. Bundan sonra kırk gün boyunca her sabah namazından sonra bu mezarlığa gelecek, her gün kırk ayrı kişinin kimliğini hafızana kaydedecek, kırkına da Fatiha okuyacaksın."

Bayezid daha şaşkınlığını üzerinden atamadan duyduğu cümle ile bir kere daha yerinde donakaldı.

"Ama..." diye itiraz etmesine kalmadan Hamdullah devam etti: "Bir daha sözümü kesme, şimdi arkama düş ve dinlemeye devam et."

Şehzade çaresiz ağzını kapattı ve Hamdullah'ın arkasından ilerledi. Hattat, mezar taşlarının arasında ağır ağır geziniyordu:

"Yazı dediğin, hafızadır, Şehzade Efendi. Aslında yazı, daha pek çok şeydir de, biz ona önce hafıza diyeceğiz. Sonra kader, sonra takdir-i ilahi, sonra da dirilme diyeceğiz. Sen şimdi düşünüyorsun, bu mezarlıkta bin altı yüz ölü var mı acaba diye. Eğer düşünmüyorsan düşünmen lazım. Günde kırk ölüden diyeceksin, kırk gün ne eder? Bin altı yüz mevta. Ben sana hemen onun cevabını söyleyeyim: var. Sen sonra soracaksın, nereden biliyorsun? Burada olsa olsa beş yüz taş vardır. Yanlış. Burada tam olarak görünen bin dokuz yüz seksen bir adet taş var, Şehzade Efendi. Kitabeleri artık okunmayan, üzerinde çimen bitmiş, çökmüş, ya da başka taşların altında kalmış benim sayabildiğim altı yüz doksan sekiz adet taşı bu yekuna katmıyorum bile."

Hamdullah sanki bir kitaptan okuyormuşçasına rakamları ardı ardına sıralıyor, cümlelerini tam ve duraksamadan ama tane tane söylüyordu.

"Yazı," diye devam etti, "hafızanın kâğıda yansımasıdır. Peki senin hafızan iyi olmazsa, yazdığın yazıdan hayır gelir mi? Hattatın hafızası başka hiçbir şeye benzemez. Bir harfin belini yanlış büktün mü bil ki senin belin bükülür. Onunla da kalmaz, cümle-âlemin belini bükersin. Aman canım, o harf de öyle oluversin, bir harften ne çıkacak, dedin mi bir kere, hayatta bir kere kaytarmaya, yanlışı doğru görmeye başladın mı ne o yazıdan hayır gelir ne de o hattattan. Sen ki, şehzadesin, sultanoğlusun, saltanata talipsin. Senin hafızan herkesten iyi olmalı, senin harflerin herkesinkinden daha fazla hakikatin peşinde koşmalı."

Şehzade, sesini çıkarmadan Hamdullah'ı dinledikçe şaşkınlığı gidiyor, daha bir inançla ve şevkle dinlediklerini kafasına not ediyordu. Hayatını yeniden keşfetmek için koyulduğu bu uğurda, ölümün tam göbeğinde kendini bulduğu için tereddüt etmiyor da değildi.

Hamdullah sanki onun içinden geçenleri bilmiş gibi, "Ölümü bilmeyen, hayatı bilemez, Şehzade Efendi," dedi. "Hem insanın hem de toplumların kaderleri bu topraklardadır. Ölüsünü bilmeyen dirisini hiç anlamaz!"

Hamdullah ve Şehzade mezar taşlarının arasından kıvrım kıvrım geçerek dikkatle yürüyorlardı.

"Bak," dedi Hamdullah yaklaşık bir metre yüksekliğindeki bir mezar taşının önünde durarak. "Şu *elif*'e iyi bak."

Hamdullah, taşın kitabesini neredeyse tamamen kaplayan kocaman bir elif harfini işaret ediyordu. "Belki bir taşa yazabileceğin en güzel şeydir bu. Sülüs tarzında yazılmış kusursuz bir elif. Vahdet-i vücut, birlik, Allah, Ahmed, Ademoğlu... Harflerin sultanı... Bu kadar çok şey anlatan, belki de her şeyi anlatan başka bir harf daha var mıdır, bilmiyorum. Belli ki burada yatan zat bir tarikat ehli. Taşın üstündeki sarığın şekli de zaten bunu gösteriyor."

Hamdullah, kitabedeki "Ruhuna Fatiha" yazısını okuyunca ellerini havaya açarak sureyi okudu. Bayezid de onu takip etti.

Hamdullah, iki adım daha ilerledikten sonra başka bir taşın önünde durdu, kitaba yazan hattı okudu:

"*El çekip bu dar-ı fenadan eyledi azm-i cinanı mahvolup nazik vücudu kalmadı nam ve şanı, devasız derde düştü ama dermanı olmadı...* Yazık. Allah rahmet eylesin. Belli ki bu kızcağız genç yaşta hastalıktan vefat etmiş."

"Kız olduğunu nereden anladınız?" diye sordu Bayezid.

"Mezar taşı üçgen şeklinde ve kavuğu yok." Sonra bu da soru mu der gibi şehzadeye döndü: "Ölüsünün kimliğini bilmeyen, diri insanları anlamaktan âcizdir."

İkili bir Fatiha okuduktan sonra daha ilerlemeye devam ettiler.

"Dünya hayatının ne olduğu," dedi Hamdullah, "en iyi kabristanlarda anlaşılır. Ciddi ciddi adama anlatır bu kitabeler hayatın ne olup ne olmadığını."

Eliyle bir taşı tuttu Hamdullah, celi hatla yazılan harflerin aralarına birikmiş toz ve pisliği temizledi. "Örneğin şuna iyi bak: *Bu dünyada bulmadım hiç rahatı, İhtiyar ettim onun için rıhleti. Aklı olan benden alsın ibreti.*"

Sonra yanındaki taşı okudu:

"*Kuyda prensesime, kız evladıma, beğime, arkadaşıma doymadım, kırk üç yaşımda ayrıldım.*"

"Doyulmaz dünyaya," diye ekledi Hamdullah. "Doymayı sakın bekleme. Sen hep aç kalırsan eğer, belki o zaman doyarsın dünyaya. Zira nefis diri oldukça insanoğlu aç kalmaya mahkûmdur!"

İkili kabristanda dolaşıyor, taşların önünde duruyor, kitabeleri okuyor, orada yatanların kimliklerini anlamaya çalışıyor, hayatlarını hayal ediyorlar sonra da birer Fatiha ile bir sonraki taşa geçiyorlardı.

Hamdullah neredeyse boyuna ulaşan bir taşın üstündeki *kef* harfini göstererek, "Burada bir asker yatıyor," dedi. "*Kef*, bölük anlamına geldiği için yeniçeri ortalarının numaralarından önce bu harfi koyarlar. Numaranın yanındaki çapa da bu zatın bir bahriyeli olduğunun işareti. Düşün, kim bilir bu adam ne uçsuz bucaksız denizlerde volta atmış, kim bilir hangi güneş batan ufukları kovalamıştır. Belki gün gelmiştir kendini denizlerin tek hâkimi de sanmıştır. Amma şimdi şu gördüğün taşın altında yatıyor. Allah kerimdir ki, ruhu fethettiği adalardan da büyük bir cennet bahçesindedir."

"Peki bu *Lam-Elif* ne anlama geliyor?" diye sordu şehzade yanı başında durduğu bir taşın üzerindeki sarığı göstererek. Taşın tepesine kondurulmuşçasına güzel oyulan bir sarığın önüne *Lam-Elif* işlenmişti.

"Ona lam-elif sarık, derler, Şehzade. *La İlaha İllallah*'tır. Bazı insanlar yaşarken de sarığı böyle bağlarlar. Her gün ve her an ölümü düşünmek, hayatın faniliğini bir an bile unutmamak için başlarının tepesinde kefenlerini taşıdıklarını düşünürler. Sarığı açtın mı kefen, sardın mı serpuş olur. Sen hiç kafanda ölümü taşıdın mı şehzade? Ölümle gezdin mi?... Allah bu akıllı adamın mekânını cennet eylesin."

Şehzade Bayezid, buraya geleceği kırk gün boyunca hayatın ne olduğunu, onun amacının ne olması gerektiğini anlayacak, ezberlediği her hayatta ölümü görecek, yazının sırrına erecekti. Mezar taşlarındaki yazılar şehzadenin önce beynine sonra da kalbine işleyecek, ölümle birlikte hayat ve hayatı Vareden yeniden anlam kazanacaktı.

O, *diriydi, bağışlayandı, rahmandı, rahimdi, iade edendi.* Dünya *fena idi, vefasızdı, cay-ı sefa değildi, kam alma yeri idi, ibret kapı-*

sıydı. Ölüler, Fatiha istiyor, şefaat istiyor, cürümlerinin bağışlanmalarını diliyor, rahmet diliyorlardı. İnsanoğlu *gençliğine doyamamıştı, dünyanın vefasını görememişti, kabirdeki kimse rahat edememişti. Gonca güller solmuş, hiç batmayan gemilerin çapaları toprağa demirlenmişti.* Bayezid burada ne sadrazam sarıkları, alim kavukları, Mevlevi külahları, vezir kallavileri, tarikat başlıkları, ne kılıçlar, bayraklar, balıklar, kuşlar, gemiler, çapalar, ne güzel hanımların sayısız hotozlarını görecekti. Birkaç sefer duvak şeklindeki mezar taşlarına bakıp ağlayacaktı. Evlenmeden hemen önce ölen bayanlardı bunlar. Ne paşalar, ne ağalar, ne efendiler, ne hocazadeler, ne vezirler, ne valiler, ne bostancılar, ne müderrisler tanıyacaktı... Hepsinin de bedeni şimdi bir taşın altında, üstleri toprak... Hepsi de ölü.

"Bu lahanalara iyi bak," dedi Hamdullah tebessüm ederek. Bir mezar taşının üstündeki ve ayağındaki lahana işlemelerini gösteriyordu.

Bayezid bunları daha önce de görmüş ama ne olduklarına bir anlam verememişti.

"Bunlar bizim Amasyalı usta ciritçilerdir. Buraların lahanası meşhur olduğu için lahanacılar deriz."

Bayezid taşın kitabesini okurken başka bir taşa başını çeviren Hamdullah'ın derin iç çekişini duydu. Kafasını çevirip arkasına baktığında onun kitabesinde hokka ve kalem işlenmiş başka bir taşa baktığını gördü. Yerde yatan belli ki bir usta hattattı. Bayezid, sessizce Fatiha'sını okumaya başladı.

Bu arada Hamdullah yanındaki selvinin dibini bir taş parçasıyla kazdı ve Bayezid'in şaşkın bakışları arasında iki kamış kalem çıkardı.

"Toprak altında yatan kalem iyi yazar, sağlam olur," dedi. "Görüyorsun ya Şehzade, kalem bile toprağın altına girdikten sonra kendini buluyor. Hayat aslında burada başlıyor!"

Şehzade, ezberlediği her kitabede, aklında tuttuğu her sülüs yazıda, kafasına kazdığı her imgede hep aynı şeyi tekrar tekrar anlayacak, anlamakla kalmayıp ruhunda hissedecek, kafası ve kalbi hep o aynı gerçekle işlenecekti. Sonraki meşk talimlerinde iyice pekiştireceği hafızası güçlenirken, Hamdullah'ın asıl hedefi, Bayezid farkına bile varmadan yavaş yavaş ama güçlü bir şekilde gerçekleşecek, şehzadenin kalbi ve ruhu öte dünyaların perdesini aralayacaktı. Yazının kutsallığını ve harflerin kudretini Şehzade Bayezid bu kabristanda anlayacaktı. Etrafındaki yüzlerce kitabeye oyulan o gerçek, onun ruhuna harf harf kazınacaktı. Bayezid, bu mezarlıkta yeniden doğacak, kısa bir zaman öncesine kadar muptelası olduğu sahte zevklerin yerini gerçek aşk ve hakikat alacaktı:

Hüvelbaki.

49

Davud, koşarak David'in arkasından yetişti ve üç yüz metre kadar ötedeki iki düzine kadar Santa Hermandad Şövalyesi'ni görür görmez yere yattı. Dağın yamacında, dehşet içinde gördüklerinden adeta bedeni taşlaşmış David'i de bacağından tutup yanına çekti. Yahudi ve Türk, Toledo'daki Yahudi gettosundaki mücadelenin ardından soluğu Montalban'da Yahudi'nin matbaasında almışlardı.

Kasabaya yaklaşan ikili yükselen dumanları gördüklerinde bir şeylerin ters gittiğini anlamışlardı. Asıl güzergahtan şaşarak, ev ve atölyenin bulunduğu yere arka taraftan yaklaşmışlardı. David dumanların kendi arazisinden çıktığını anladığında hemen bindiği katırdan inmiş,koşa koşa yamaca varmış ve şimdi izlediği korkunç manzara ile yüz yüze gelmişti.

Gözbebeklerine alevler ve siyah dumanlar yansırken, "Bu bir vahşet!" diyebildi.

Peder Cisneros yönetimindeki Engizisyon muhafızları ve Santa Hermandad Şövalyeleri evi çoktan orasından burasından tutuşturmuşlar, şimdi atölyedeki kitapları ve tomar tomar kâğıdı dışarıda hazır ettikleri alevlerin üstüne atıyorlardı. Muhafizlar kucak kucak kitaplarla dışarı çıkıyor ve bembeyaz kâğıtları kırmızı aleve doğru savuruyorlardı.

Gözleri kan çanağına dönmüş David yerinden kalkıp hızla oraya gitmek, en azından bir iki askerden hıncını almak istedi. Önünde parlayan ateşte kendi de yanmayı göze aldı. Ellerini yere koyup doğrulacak gibi olmuştu ki omzunda

Davud'un bir aslan pençesi kadar sert elini hissetti, hareket edemedi.

"Hiçbir işe yaramaz," dedi Davud.

"Bırak, yalvarıyorum," diye karşılık verdi David ağlamaklı olarak. "Ne olursun bırak, gideyim!"

Davud'un adamı koyuvermeye niyeti yoktu:

"Esther'i düşün."

David, Esther'in ismiyle biraz sakinleşti, başını tekrar yere yatırdı.

Engizisyon muhafızı dört kişi, kapıları paramparça olan atölyeden matbaayı zar zor dışarı taşıdılar. Her biri bir ucundan tutsa da birbirine kenetlenmiş kalaslardan oluşan baskı aletini taşımak tahmin ettiklerinden zor olmuştu.

Şövalyelerden biri belindeki baltayı hünerle çıkardıktan sonra hızla matbaanın ortasındaki bir tahtaya vurdu. Kereste ikiye bölünmese de tam ortasından yarılmıştı. Şövalye baltayı bir kere daha geçirdi ve tahtayı çatırt diye iki parçaya ayırdı. Sonra yanına bir başka asker ve elindeki odun baltasıyla bir başka muhafız daha geldi. Onlar da matbaanın önüne ve arkasına geçerek kalasları parçaladılar. Ortadaki alev, bu odun parçalarını yuttukça daha da harlanıyordu.

İçerden çıkan son birkaç muhafız, mürekkep rulosu, yazı levhası ve harf dizgileri gibi aletleri de getirip ateşin içine savurdular.

Davud, Peder Cisneros'un elindeki dosyaya bazı sayfaları örnek olarak koyduğunu gördü. Peder, sayfaları teker teker güneşe tutarak boş kısımlarında bir işaret arıyor gibiydi. Aradığı şeyi bulmuş gibi yüzünde bir gülümseme belirdi. Davud onun neyi bulduğunu tahmin edebiliyordu.

"Burayı nasıl öğrenmiş olabilirler?" diye sordu Türk.

David perişan bir halde, başını iki tarafa sallayarak, "Bilmiyorum," diyebildi.

O sırada Cisneros'un at arabasında elleri bağlı, ağzı gözü kan içinde bir çocuğun oturduğunu gördü.

"Bu çocuğu tanıyorum," kelimeleri döküldü David'in

ağzından. "Kahretsin!" der gibi yumruğunu alnına geçirdi. "Abdullah… Jativalı Abdullah'ın çırağı bu." Çocuğu zorla konuşturdukları belliydi. Peki ya Abdullah'a ne olmuştu?

İçerden çıkan en son Engizisyon muhafızı elinde bir tepsi gibi tuttuğu harf dolu levhadaki maden harfleri de ateşe boşalttı.

Peder Cisneros önüne düşen bir harfi yerden alıp ateşe savurmak istemişti ki, hemen yanı başındaki alevle ısınan harf pederin parmaklarını yaktı. Metalden kurtulan peder baş parmağına baktığında harfin izinin derisine işlendiğini gördü.

Ateşin içine düşen *alef* harfi ısındıkça belirsizleşmeye, sonra da yavaş yavaş erimeye başladı. Arapça karakterler de o ve yüzlerce diğer İbranice harf gibi tamamen yok olmuştu.

50

Davud, elinde tuttuğu mektuptan başını kaldırıp önündeki devasa kaleye baktı. Toledo'nun en yüksek noktasına inşa edilmiş Alkazar Kalesi'ne geldiğinde bu işin hiç de kolay olmayacağını düşünüyordu. Montalban'daki matbaanın parçalanmasıyla birlikte Davud ve David, Abdullah'ı kurtarmaya girişmişler, onun Toledo'daki dükkanı'na gittiklerinde adamcağızın Engizisyon muhafızlarınca, şehirdeki Alkazar Kalesi'nde tutsak edildiğini öğrenmişlerdi.

Davud, "Gelmek istediğinden emin misin?" diye sordu yanında duran David'e. "Buradan bir daha dışarı çıkamayabiliriz."

"Abdullah'a bunu borçluyum," diye yanıt verdi David kesin bir ifadeyle. "Onu bu belaya ben soktum."

Konuşurken başı yukarıya doğru kalkarak gözleri Alkazar'ın katlarında geziniyordu. Yerin altındaki hücrelerle birlikte altı kattan oluşan görkemli yapı, dikdörtgen şeklinde ortasına aldığı avluyu fırdolayı sarıyordu. Binanın dört köşesinin her birine de yüksek kuleler yerleştirilmiş, buradan sanki hem kalenin içi hem de tüm Toledo askerlerin bakışlarının denetimi altındaydı. Davud, Kastilya Krallığı'nın belki de en büyük yapısı olan Alkazar'da onu ilk inşa eden Müslümanlardan geriye pek bir şeyin kalmadığını biliyordu.

"Bu mektup işe yarayacak mı dersin?" diye sordu David.

"Yaramak zorunda. Başka şansımız yok. Bu kalenin bir orduyla dahi ele geçirilemediğini herkes anlatır. İlk katta sıradan nöbetçiler var. İkinci katta kraliyet muhafızları, üçüncü katta engizisyon askerleri, dördüncü ve üst katlarda ise kutsal Santiago Tarikatı'nın şövalyeleri var. Suçluların hangi hücrede, hangi katta olduğunu ise bir tek Alfonso bilir."

"Alfonso kim?"

"Alkazar başkumandanı Alfonso. Hayatının burada geçtiğini söyleyenler var; tek eğlencesi kılıç kullanmak ve bir de..."

"Bir de ne?" diye sordu David.

"...bir de satranç oynamaktır."

David yüzünü Davud'a çevirerek, "Alkazar hakkında bu kadar şeyi nereden biliyorsun?" dedi. "Benim neredeyse tüm hayatım Toledo'da geçti ama bunların onda birini bilmiyorum."

Davud gülümsedi. "Sen de içerdeki hücrelerde beş ay kalsan öğrendirdin."

David'in ne zaman ve nasıl demesine kalmadan Davud kalenin ana kapısına doğru hareket etmişti bile. Yahudi de Türk'ün arkasından gitti.

Alkazar başkumandanı Alfonso, kalenin altıncı katında, kuzeydoğu ve kuzeybatı kulelerinin tam ortasındaki odasında oturmuş, çenesinin ucundaki sivri siyah sakalını sıvazlayarak karşısındaki oyun tahtasına bakıyordu. Kırklı yaşlardaki kumandanın gözlerinin kenarlarındaki çizgiler yaşlı olduğundan değil, bu oyunu her oynayışında şimdi yaptığı gibi gözlerini kısarak uzun uzun düşünmesindendi. Sırtında astarı kırmızı bir siyah pelerin, belinin iki tarafında saplarının biri altın, diğeri gümüş kaplamalı iki meç tarzı kılıç ve ayaklarında uçları oldukça uzun, keçi derisinden ayakkabıları vardı. Çevresini kimileri zırhlı askerleri çevirmiş, sonu baştan belli oyunu izlemekten sıkılmış gibiydiler.

Alfonso'nun karşısındaki mahkûm ise bileklerinde kalın demir bir kelepçeyle iki eli bitişik, elleri titreyerek son kalan üç piyonundan birini ileri doğru sürdü. Adamın tırnaklarının arasına birikmiş pislik belki dikkat çekerdi ama ellerinin ve yüzünün karası altında bu, yırtık pırtık çuval bezinden bozma tunikli adamın endişeleneceği son şeydi. Mermerden oyma küçücük oyun taşlarını bile zorla kaldıracak güçteki adamın başında yine de ne olur ne olmaz diye üç muhafız hazır bekliyordu.

Mahkûmun yaptığı hamleyle birlikte oflayan Alfonso, "Bu sefer gerçekten olacak sanmıştım!" dedi. "Bu sefer dişime göre bir rakip buldum sanmıştım! Ama ne gezer...!"

Az önceki piyonun yer değiştirmesiyle birlikte önü açılan filini siyah kareler üzerinde çaprazlama ileri sürerek "Şah!" dedi. "ve Mat!"

Palas pandıras mahkûmun koluna giren askerler adamı tekrar zindanına geri götürmek için kaldırdılar. Dışarı çıkartılırken adam, "Ama efendim, bir şans daha verin, yalvarıyorum!" diye yakarıyordu.

Alfonso yerinden kalkıp büyük pencereye doğru gitti, kalenin avlusuna bakarak sıkıntıdan içini çekti.

Bu sırada içeriye selam vererek giren bir muhafız, "Efendim bir keşiş var; Seville'den mektup getirmiş," dedi ve son yarım saat içinde altı ayrı katta altı kez incelenen mektubu Alfonso'ya uzattı. Alkazar başkumandanı mektuba dikkatle baktıktan sonra, "İçeri çağın bu adamı," emrini verdi.

Keşiş ve David altı şövalyenin ortasındaki masasında dikilen Alfonso'ya başlarını eğerek selam verdiler.

Alfonso iki adamı da dikkatle süzdü. Keşişin üzerindeki kahverengi abaya, belindeki urgana ve yanındaki adamın basit bir ceket ve çorap pantolondan oluşan kıyafetine iyice baktı.

Bakışlarını tekrar keşişe çevirerek, "*Suprema*, ne zamandan beri Fransiskan keşişleriyle iş görüyor?" dedi. Seville'deki Engizisyon Yüksek Konseyi'ni kastediyordu.

Davud soğukkanlılıkla, "Dominik Papazları'nın neredeyse tamamı Granada'da meşguller," dedi. "Takdir edersiniz ki yapacak çok işleri var. Kutsal Kilisemiz de elindeki her türlü işgücünü değerlendiriyor."

Bu cevapla pek ikna olmuşa benzemeyen Alfonso, "Peki bu adam kim?" diye sordu David'i işaret ederek.

"Yolculuğum sırasında bana rehberlik ediyor. Mahkumu güvenli bir şekilde Seville'e götürmemiz için."

Alfonso masasının önüne dolaşarak keşiş ve yardımcısına iyice yaklaştı. Ellerini arkada kavuşturmuş, göğsünü iyice ileri çıkartarak önündekilere dikkatle baktı.

"Bu," dedi yine yüzüyle David'i işaret ederek, "Hiç askere benzemiyor. Üstelik belindeki Santa Hermandad kılıcı. Ama göğsünde Hermandad arması yok."

David, Davud'un ona tembih ettiği gibi, ne olursa olsun hiçbir şekilde heyecanlanmaması gerektiğini düşünerek, "Yahudiler bizi görünce kendilerini hazırlıyorlar, saklıyorlar," dedi. "El Hamra Fermanı'yla birlikte bazılarımız sivil gezme kararı aldık."

Alfonso, David'in tam gözlerinin içine bakıyordu. O gözlerde sezeceği en ufak bir tereddüt, cümlelerindeki kısacık bir duraksama başkumandanın ikisini de zindana attırmasına yetebilirdi.

Alfonso arkasını dönüp tekrar masasına yanaştı, bir elinde rulo olarak tuttuğu mektubu açıp tekrar inceledi. Sağ elinin baş parmağıyla mektubun altındaki Suprema mührünün kabartısını kontrol etti. Davud elyazması metinlerdeki ustalığıyla bizzat kendisi hazırlamıştı bu sahte mektubu.

"Bu mahkûm buraya henüz getirildi," dedi. "Seville, neden ilgileniyor bu Abdullah denen kişiyle bu kadar?"

Keşiş, "Suprema yetkisini bizzat kral ve kraliçeden alır, siz de takdir edersiniz ki," dedi. "Biz ancak bize verilen görevi uygularız. Onu sorgulamak ne size ne de bana düşer." Sesinde fazla ileri gitmeyecek şekilde bir tehdit vardı. Davud, Alfonso'nun Suprema ile papaz olmasını istemeyeceğini biliyordu. Üstelik Seville'in ülkenin çeşitli yerlerindeki önemli mahkumları kafasına göre merkeze getirtip orada sorgulattığı, cezasını da orada yerine getirişi yaygın bir uygulamaydı.

Alfonso, "Olmaz," dedi.

Sırtından soğuk terler akıtan David yutkundu. Bu, Davud'un da beklediği son cevaptı.

Alfonso ikiliye bakarak devam etti: "Bu işte içime sinmeyen bir şey var. Bu mahkûmu götürmenize izin veremem." Alfonso'nun neredeyse bir ömürlük Alkazar görevinde –satranç oynamanın yanında—öğrendiği bir şey varsa o da içgüdülerine güvenmesi gerektiğiydi.

Davud, "Bunun Suprema kurallarına aykırı olduğunu biliyorsunuzdur umarım," diyebildi. "Seville'deki üstlerim bu cevabınızdan hoşlanmayacaklar."

Alfonso burnunu yukarı kaldırarak, "Git o zaman şikâyet et," diye yanıtladı. "Şimdi sizi de tutuklattırmadan çıkıp gidin buradan!"

Davud'un gözü orta yerdeki satranç takımına ilişti. Muhafızlar ikiliyi çıkartmak için yanlarına yanaştılar ve odanın kapısını açtılar.

"Peki," dedi Davud dışarıya adım atmadan, "Sizinle bir anlaşma yapalım." Satranç tahtasını gösteriyordu. "Bir oyun oynayalım."

Alfonso elini kaldırarak muhafızlara durmalarını işaret etti. Davud önerisini sürdürdü:

"Ben kazanırsam, siz Suprema'nın emrine uyarsınız ve mahkûm bizim olur."

Bu cüretkar teklif Alfonso başkumandanının ilgisini çekmişti:

"Peki ya ben kazanırsam?"

Davud, David'in belindeki kılıca bakarak, "Hermandad kılıcı sizin olur," dedi. Ve ekledi: "Biz de mahkûmunuz oluruz."

David şaşkınlıkla kafasını yanındaki Türk'e çevirdi. Bu deli adamın ağzından çıkanlara inanamamıştı.

Alfonso'nun dudakları keyifle iki kenara doğru genişledi. Belki de dişine göre bir rakip bulabilmişti!

"Anlaştık!"

Davud, David ve Abdullah Esther'in ve ötekilerin saklandığı eve doğru hızla giderken, David, "Adamın sözünde duracağını nereden bildin?" diye sordu.

Abdullah henüz kurtulduğu demir kelepçelerin ardından bileklerini ovuşturmaya devam ediyordu. Umutsuzca ölümünü beklerken, bir keşişin Alkazar'dan onu kurtarması akıl edebileceği en son şeydi.

"Alfonso gaddar, sert ve acımasızdır," dedi Davud. "Ve daha pek çok şeydir ama adil biridir. Buna leke gelmesini hiçbir zaman istemez."

"İnanılır gibi değil," dedi David. Son bir gün içinde olanlar kafasını allak bullak etmişti. Artık neye inanacağını anlamakta güçlük çekiyordu. "Peki ya kaybetseydin?"

Davud, bir saatten fazla süren oyunda oldukça zorlanmış, son ana kadar hangi tarafın üstün olduğu bir türlü anlaşılmamıştı. Alfonso, rakibinin son hamlesinde nereden çıktığını anlamadığı bir at ile mat olmuştu. Ama yıllardır kendini yenebilen biriyle oynadığı için fazlasıyla memnundu.

"O zaman şimdi hücrede kendi satranç taşlarımızı yapıyor olurduk!" dedi Davud.

Sırada kâğıt yapımcısı Zeyd bin Osman vardı. Engizisyon'dan önce Zeyd'i bulmak zorundaydılar, aksi takdirde her şey için çok geç olabilirdi.

DÖRDÜNCÜ BÖLÜM

Rüya ve Gerçek

Mundus Imaginalis

Yazılanlara göre Şarih El-Reis, Averroes, yani koskoca İbn Rüşd'ün Kurtuba'daki cenazesinde etrafta fazla kimse yokmuş. O zamanlar otuz üç yaşında bir genç olan Doktor Maximus da bu cenazede bulunmuş ve ibretlik manzarayı sessizce izlemiş: Bir katırın üstüne konulan tabutun ağırlığını dengelemek için hayvanın diğer tarafına da büyük filozofun yazdığı kitapları sallandırmışlar.

Ölüm ve kitaplar... Cesedi taşıyan sayfalar... Büyük akıl ustasının yazdığı kitapların taşıdığı bir beden... Pıhtılaşmış kanı taşıyan kurumuş mürekkepler, soluklaşmış bir bedeni dengeleyen sararmış sayfalar...

Doktor Maximus yanındakilere dönerek, "İşte İmam ve eserleri!" demiş, "Ümitlerinin gerçekleşip gerçekleşmediğini bilmeyi ne kadar da isterdim."

Ben bu hikâyeyi, Arapların diliyle İbn Arabi'yi, yani Şeyh el-Ekber'in Latincedeki lakabı Doctor Maximus'u ilk okuyuşumdan çok sonra öğrenecektim. Ne gariptir ki, bu hikâye gibi İbn Arabi'nin elime geçen ilk metni de bir başka ölümle, daha doğrusu ölüm metaforu ile ilgiliydi.

Seville'de, Arapların demeleriyle İşbiliyye'de, yine rutin kitap avımıza devam ediyorduk. İnsanları, Yüce İsa Hazretleri'nin yolundan şaşırtan, küfrün yayıcısı Arapça, İbranice ve Latince kitapları topluyor, sonra şehirdeki manastırların birinde bunları ayıklıyor, yok edilmesi gerekenleri yakıyorduk. Latince bir İncil'in sayfalarını karıştırırken kitabın arasına sıkıştırılmış on-on beş sayfalık bir risale yere düştü.

Yine o şeytan dölü matbaanın eseri olduğunu hemen anladığım İbranice metni okumaya başladım. Bu da aynı matbaanın ürünüydü. Hz. Musa Risalesi başlığını taşıyan bu kitapçık, Yahudilerin peygamberi hakkında daha önce hiç işitmediğim türden şeyler yazıyor, Hz. Musa'nın hikmetlerinin özünü bir bir sıralıyordu. Sanki öte dünyadan gelen bir rehberin çok gizli bilgileri okurlarıyla paylaşıyormuş gibi hissettirdiği sayfaları bir çırpıda bitirdim. Metni sonra tekrar tekrar okudum, ilk seferde kaçırdığım pek çok husus olduğunu fark ettim. Sonra bir daha, bir daha okudum. Aylar sonra bile kafamda o risalenin satırları bir özet şeklinde çınlamaya devam ediyor:

Musa bebeğin suya bırakıldığı sanduka ölümdür. Bebeğin koyulduğu bu tahta mahfaza tabutu temsil eder. İçindeki beden de cesedi. Tabutun içine bırakıldığı su ise yaşamı, hayatı, âlemi, ilmi sembolize eder. Böylelikle ceset ruha, madde manaya, zahir batına, ve toprak suya kavuşur. Hz. Musa'ya işte o engin ilmini kazandıran bu sudur. Onun ismindeki hikmeti de burada aramak gerekir: Kıpti dilinde "mu," su; "sa" da ağaç demektir; yani Musa'ya içinde bulunduğu şeyin adı verilmiş, hayatı boyunca da bu hikmetin, daha doğrusu onu şekillendiren Mutlak İrade'nin izleri devam etmiştir. Elinde ağaç parçasıyla yerden su çıkaran, asasını bir canlıya dönüştüren ve nihayetinde koca bir denizi ikiye ayırarak suya hükmünü geçiren de yine Hz. Musa'dır. Onda tabiatın; suyun ve toprağın pek çok ilmi gizlidir. Tanrı'yı da suyun tezadı bir ateş olarak görmesinin sırrını ancak bu gizin ayırdına varanlar anlayabilir. Allah, evreni sadece evrenle yönetir, yani O'nu kendi suretiyle yönetir. Nasıl ki çocuğun varlığı babanın varlığına, müsebbipler nedenlere ve kesinlik gerçekliğe bağlıdır, işte aynı şekilde varlık âemi, âlemle yönetilir. Bu da Yüce Tanrı'nın bir tasarrufudur.

İşte bu noktada İbn Rüşd'ün kafasını kurcalayan pek çok soru yeniden aklıma geliyordu. Kainatın varoluş sebebi, Tanrı'nın akıl ve mantık yolu ile bulunup bulunamayacağı, rasyonel düşüncenin ilahi konulara cevap verip veremeyeceği gibi birçok metafizik hususta sanki İbn Arabi, bir zamanlar çocukken ziyaret ettiği İbn Rüşd'e farklı bir açıdan cevap veriyor gibiydi.

Zamanında her ikisi de Kurtuba'da bulunan bu iki şahsın enteresan görüşmesini sonraları elime geçen, Şeyh el-Ekber'in 37 ciltlik başyapıtı Fütuhat el-Mekkiye'de yani Mekke Aydınlanmaları'nda İbn Arabi'nin kendi kaleminden okuyacaktım. Meşahid el-Esrar'ı, yani Kutsal Sırlar Üzerine'yi, peygamberin kutsi hadislerinden oluşan Mişket el-Anvari'yi de, ya da onlardan geri kalanları diyelim, aynı iştahla bitirecektim. Bu kitaplardaki metafizik gücü, hayal âemini ve maddedeki saklı manayı artık İbn Arabi ve onun sindaşı el-Maarri gibi sufilerin eserlerinden arakladığına şüphem kalmadığı Dante'nin İlahi Komedya'sında da hayretle görecektim.

İbn Arabi daha çocukluğundan itibaren enteresan rüyalar ve hayaller görmeye, usta âimlerin bile fark edemediği gerçeklere, dünyanın ve ilahi emrin sırlarına vakıf olmaya başlayınca o zamanlar Kurtuba'da kadı olan İbn Rüşd bu genci görmek ister. İkili karşılaşınca Şarih el-Reis ayağa kalkar, genç Arabi'ye sarılır, ona sevgi ve saygı gösterir. Ardından da hemen, "Evet mi?" diye sorar. Genç Arabi de "Evet," yanıtını verir. Onun kendisini anladığına inanan İbn Rüşd sevinir, gözleri güler. Fakat Genç Arabi, büyük filozofun yanlış şeye sevindiğini, kendisini yanlış anladığını görür görmez, "Hayır," der. Bunun üzerine Averroes'in canı sıkılır, rengi değişir ve çok daha açık sorar: "Keşif ile ilahi feyzi nasıl buldun? Bu, aklın bize verdiğinin, bizim mantık yoluyla öğrendiğimizin aynısı mı?" İbn Arabi ise, "Evet! Hayır!" diyerek yanıtlar, "Evet ile hayır arasında ruh maddeden ve baş bedenden uçar." Bunun üzerine Şarih el-Reis'in benzi sararır, titremeye başlar ve şaşırıp kalır.

İşte ben bu "evet ve hayır" cevabını anlamak için İbn Arabi'nin ne kadar kitabını bulduysam okudum. Olumlu ve olumsuz bu iki önerme arasında ruhun nasıl maddeden koptuğuna, başın hangi anlamda bedenden uçtuğuna binlerce sayfa arasında manastırımda gizli gizli akıl erdirmeye çalıştım (hâlbuki erdirmem gereken akıl değil kalp idi!). Karşıma ilk çıkan Hz. Musa risalesinin devamıyla, diğer peygamberler üzerine olanlarından bulabildiklerimle devam ettim. Kimileri Latince, kimileri İbranice, çoğu da Arapça olan bu kitapları, Kurtuba, Seville ve Toledo üçgeninde, yüzü aşkın kütüphanenin içindeki aramalarımda ele geçirdim.

Yüce İsa'nın mucizelerindeki hikmeti anlatan yine aynı kısalıkta ama yoğunluktaki bir risale beni onun Hıristiyanlık ve diğer dinler hakkında söylediklerini anlamaya daha çok itecekti.

Tanrı, Meryem'e insan suretine giren Cebrail'in vasıtasıyla ruhundan üfleyince saf ve tertemiz bir bakirede Hz. İsa dünyaya gelmiş oldu. Yüce İsa, insanlık tarihinde bu şekilde yeryüzüne inmiş tek varlıktır. Yoktan var etme gücüne bir tek Allah sahiptir ve işte Hz. İsa'da O'nun ruhundan bir parça oluşu yüce peygambere ölüleri diriltme, körleri gördürme, hastalara şifa verme ve çamurdan yapılan bir kuşu canlandırma yeteneğini bahşetmiştir.

Ne enteresandır ki, bu ilmin sırrına eren kimi sayılı zatların da bu nebevi mucizeleri gerçekleştirebileceğini ifade ediyor İbn Arabi. Müslüman azizlerden Bayezid-i Bistami'nin bir keresinde ayağıyla basarak yanlışlıkla öldürdüğü karıncaya üfleyerek ona tekrar hayat verdiğini hatırlatıyor. Bayezid-i Bistami'nin, kimin nefesiyle üflediğini çok iyi bildiğini ve onun Hz. İsa'nın varislerinden olduğunu belirtiyor.

Nihayetinde insanoğlu da Allah'ın suretinde yaratılmamış, insan-ı kamil'e de Allah'ın ruhu üflenmemiş midir?

İşte bu soru, hatta sadece insanın değil tüm kainatın; Sahra'nın kum zerrelerinden gökteki gezegenlere kadar yerde ve gökte ne varsa Tanrı'nın bir sureti olarak meydana geldiğini kavramak meselesi insanı değişik duygulara, açıklanması zor hislere sevk ediyor. Nasıl ki, İbn Rüşd beynimi eline alıp burnumun dibinde evire çevire bakıp mantığın gücüyle, "Bir de şuradan bak, bir de buradan bak" diyorduysa, İbn Arabi de bu sefer kalbimi, yüreğimi, hatta tüm ruhumu elinde tutuyor, kendimden çıkıp kendime, yani Varlığa ve tüm evrene bakmamı sağlıyordu.

Kafamın daha mı karışık yoksa ruhumun daha mı huzurlu olduğunu bilmediğim bu garip günlerden birinde Muhammed risalesini İbranice basılmış bir Tevrat'ın arasına saklanmış olarak buldum.

Yüce Allah, insanın aslı ve ilk kaynağıdır. Bu yüzden insanın kendi benliğini bilmesi, onu Yaratan'ı bilmesidir. İslam'ın peygamberi, "Bana kadın, güzel koku ve namaz sevdirildi," diyor. İlk bakışta anlamakta zorlandığım bu ifade işte az önce belirttiğim temel ilkeyi değişik şekilde ifade etmekten başka bir şey değil! Allah, Adem'e kendi ruhundan üfledi ve onu kendi suretinden yarattı. Tabiattaki her şeyi onun emrine verdi ve onu tüm varlıklardan üstün yarattı. Adem, Allah'ın yeryüzündeki halifesidir. Fakat varlıktan üstün olmak, ondaki her şeyi kendi bünyesinde barındırmakla olur. Bu yüzden "Adem," "âlem" ve "Allah" kelimelerinden mürekkeptir. Yine aynı şekilde kadın da insan suretinde yaratıldığından dişi, erkeğe, erkek de dişiye iştiyak duyar. Bu durum aslında varlığın kendi varlığına iştiyak duyması, benliğin kendini özlemesidir. Kadın erkeğe, erkek Allah'a ve sonra hem kadın hem erkek Allah'a böylece ilgi duyar, onu arzular. İşte erkek ile kadın, Allah ile insan arasındaki ilişki böyle başlar. Erkek, kadınla birleşmesinde, kadın da erkekle birleşmesinde zevk ve şehvetten geçerken diğer insanın bedeninde Hakk'ı görür. Ancak pek çok insan bu gerçekten habersizce ruhu maddeden soyutlar ve gerçek Aşk'ın yerine cesedi koyar. Varlığın aslına değil, suretine âşık olur.

Güzel kokudaki hikmet ise güzel ahlakta gizlidir. İyi erkekler iyi kadınlarla, iyi kadınlar da iyi erkeklerle beraber olurlar. Çürümüş ceset pis kokar, ruhu hissetmeyen maddeyi geçemez. Gübre böceği gül kokusundan hoşlanmaz! İşte Tanrı'nın hayırlı kulları da varlıktaki hayrı ve güzel kokuyu bulmak için çaba gösterirler. Ve son olarak bunun en iyi yolu da ibadetten geçer ki, sözün son kısmındaki hikmet budur.

Eskiden Muhammedi olan bir Hıristiyan papaza İbn Arabi'nin bu eserinden gizlice bahsettiğimde burun büktü. Bana onun bir sapkın olduğunu, pek çok Muhammedi hükümdarlarca kitaplarının yasaklandığından bahsetti. Kendisinin de bir zamanlar İhtirasların Yorumcusu adlı eserini okuduğunu, kafasını karıştıran bu kitaptan bir an önce kurtulmaya çalıştığını anlattı.

Aslında buna hiç şaşırmadım, çünkü İbn Arabi'nin Tanrısı, sığ beyinlerde ve kuytu kalplerde, gözleri ve nefisleri madde ile perdelenmiş pek çok insanda yanlış anlaşılabilir. Hz. Muhammed'i rüyasında görmesiyle ve onun emriyle bu peygamber risalesini, yani 27 peygamberin hikmetinden mürekkep Füsus el-Hikem'i yazdığını belirten İbn Arabi'nin insanların gözlerinin önündeki perdeyi kaldırıp onlara bu hayal dünyasını, mundus imaginalis'i, başka bir ifadeyle varlığın asıl sırrını göstermesi kalp gözü kapalı olanlar için beyhude bir uğraş olsa gerek. Çünkü bizim gözlerimizde perde değil adeta kat kat duvarlar, çelikten kapılar örülü! Yoksa ki, Adem'in meleklere üstünlüğünü, İbrahim'in kulluğuyla Allah'ı ilah kılışını, Süleyman'ın gücünü, Davud'un demirci oluşundaki ve ateşe hükmündeki hikmetini, İsa'nın yüceliğini ve Muhammed'in Allah'a aşk ve bilcümle peygamberlerin asıllarını tevili ve insanlığa tuttukları ışık Hikmetlerin Özü'nde bulunabilir.

Hayal olan bir dünyada, Gerçeklik ancak rüyalarda ve hülyalarda yakalanabiliyor Şeyh el-Ekber'e göre. Âlem bir vehimden ibarettir ve gerçek bir Varlığı yoktur. İnsanın kendisi de bir suretten ibarettir. Böyle olunca da aslında insanın varlık âlemi dediği şey, hayal içinde bir hayaldir!

Ancak bu, Gerçek dediğimiz şeyin önemsiz ve mahiyetsiz, içi boş ve dayanıksız olduğu anlamına da gelmez. Evet, Gerçek dediğimiz şey bizzat Gerçek'in kendisi değildir ama onun sembolik bir temsilidir ve bu remiz aracılığıyla insanoğlu ancak hakiki Gerçek'i hissedebilir. Nasıl ki rüyada görülen nesneleri yorumluyor, onları asıllarına rücu ettirmeye çalışıyorsak işte kainat da bu şekilde yorumlanmalı ve maddenin ardındaki mana anlaşılmalı, aslına te'vil ettirilmelidir. İnsanın bu tür bir kavrayışa sahip olabilmesi, İbn Arabi'nin deyimiyle kamil insan seviyesine ulaşabilmesi içinse--ki bunu, çabalayan herkes yapabilir diyor Arabi--dünyayı bir rüya gibi görmek gerekir. Rüya görmek içinse uyumaya gerek vardır. İnsanoğlu uykuda iken tüm duyuları aslında kapalıdır, gözleri görmez, kulakları işitmez, elleri dokunmaz; ama gördükleri gerçektir. Aynı bu şekilde bir suret olan dünyayı da görebilmek, onu te'vil ettirebilmek için duyuların ötesine geçilmesi, tabiri caizse insanın bedenini öldürmesi gerekir. Bedenin ölümüyle birlikte sır perdesi aralanır ve hakiki Gerçeklik insana kendini hissettirir. İşte bu, Sufi ustalarının bahsettikleri *fena* denen seviyedir. (El-Fena fil Müşahede'de bu kavram tüm ayrıntılarıyla ele alınıyor.)

İnsan böyle bir uykudan uyanınca artık hiçbir şeyi eskisi gibi görmez. Aklın ve mantığın, duyuların kösteklerini atıp fırlatmıştır. Peki ya o zaman ne görülür? Ne hissedilir? İşte Doktor Maximus, eserlerinde hayatı boyunca yaşadığı bu harikulade deneyimi okurlarına anlatmaya çabalıyor. Bu yüzden İbn Arabi'ye göre bir hayalden ibaret olan dünya, kutsal kitapta da ifade edildiği gibi bir yanılsamadan başka bir şey değil. Onu sürekli var eden ve yok eden bir İlahi Güç'ün emri altında varlığını sürdürüyor.

İbn Arabi'nin asırlar önce İbn Rüşd'e verdiği cevabın hikmeti de burada saklı olsa gerek; "evet ve hayır"daki sır, varlık ve yokluk arasında, suretlerin ortasında, alemden beri olan Mutlak Gerçeklik'i hissetmektir.

Şeyh el-Ekber'in Hakikat'i bu yüzden dinlerin ve ritüellerin, geleneklerin ve mezheplerin çok ötesinde, çok daha kutsal bir yerde. Fakat onun okurlarına vermeye çalıştığı ilim o kadar geniş ve engin ki, belki bir ömür onu tam olarak anlamaya yetmez.

İbn Arabi'nin hangi kitabını açtıysam açayım, her seferinde koca bir okyanusun henüz kıyısında dolandığımı, suya girmekten bile âciz olduğumu hissettim. Bu öyle bir okyanus ki, onun suyu ve rahmeti tüm varlığı kapsıyor. Eserlerinde, özellikle Ruh el-Kuds'te bahsettiği diğer âlimler de kendisinden farklı değil; saliha, abide, zahide ve veliyye şeklinde nitelendirdiği pek çok ermiş kadından bahsediyor, onlarla olan muhabbetlerini aktarıyor. Kiminin şeyhi, kiminin müridi olduğu bu ermiş kadınlar bizdeki azizelere benzetilebilir. Bunlardan, yanındaki küçük bir kulübede bir-iki yıl geçirdiği Fatıma bin el-Müsenna adlı doksan yaşın üstündeki bir zata özellikle değiniyor ve onun kendisine, "Annen Nur senin toprak anan, ben ise ilahi ananım," diyerek onu nasıl sevdiğini övünçle anlatıyor.

Üç büyük peygamberi genç yaşta rüyasında görerek kendini Hakk'ın hakikatine adamasına şaşmamalı. Divan adlı bir eserinin Aşk Dini şiirinde bu yüzden şöyle diyor:

Kalp dediğimiz
İçimizdeki boşluk,
Pek çok masallardan ve manzaralardan oluşur.
Ceylanların otlak yeridir,
Hıristiyan keşişlerin manastırıdır,
Bir tapınaktır Şiva'yla dans eden,
ve bir Kâbe, hacca gidenler için.
Buradadır Musa'nın yazıtları,
Kur'an, Veda'nın sutraları,
ve İncil'in sayfaları.
Aşktır benim içimdeki din
Aşkın devesi ne yöne giderse gitsin,
O yön inancımdır benim;
Güzelliğin kaynağı,
Ve bir kutsal ışıktır her şeyin üstündeki.

İbn Arabi'ye göre Tanrı dediğimiz şey üstün ve yüce, her şeyden ayrı bir Varlık değil. Tam tersine, Tanrı, Varlık'ın kendisi. Varlık onun bir sureti, suret ise Varlığın insan tarafından varlıklandırılmasıdır. Bu yüzden Tanrı nedir diye sormak bir saçmalıktır! Tanrı, kalp atışındadır, alıp verilen nefestedir, Tanrı "evet ve hayır"dır. Bu paradoksun sırrına erişen kişi insan-ı kamildir.

İbn Rüşd, genç Arabi ile görüşmesinin sonunda ona döner ve, "Dünya gözüyle senin gibi birini, halvete cahil girip böylesine bilgin çıkan bir insanı; bunu çalışmadan, tartışmadan, araştırma ya da mantık kurallarına başvurmadan başarabilen bir varlığı gördüğüm için şükredeceğim!" der.

Anlıyorum ki bu iki âlimi, Şeyh'i ve Şarih'i, Filozof'u ve Kamil'i, Akıl'ı ve Kalp'i ince bir tül ayırıyor. O perdenin ötesini İbn Arabi görüyor, İbn Rüşd ise düşünmeye devam ediyor. Mantıkçıların durduğu sınırda kaşifler yollarına devam ediyor. Aklın sınırlarını, kalbin ufku aşıyor.

Biz hepimiz uykudayız; ölünce uyanacağız.

52

Toledo şehrinin az dışında, Tajo nehrinin hemen yanında bir ormanlıkta Davud ve onu takip eden grup durdu. Davud, nihayet Malaga Limanı'na doğru yola çıkabilecekleri için şükrediyordu. Yahudilerin ardından Abdullah ve Zeyd bin Osman da gruba katılmışlardı. De Silvalar ile birlikte yedi kişilik bir gruptu.

Kimsenin ağzını bıçak açmıyordu. Sessizliği ilk David bozdu:

"Nereye gidiyoruz?"

David peşine takıldıkları bu Türk'ü takip etmenin iyi bir fikir olup olmadığından hâlâ emin değildi. Üstelik şimdi de onun kafasında planladığının aksi istikamette yol alıyorlardı.

Kimse cevap vermeyince David bu sefer daha yüksek bir sesle tekrarladı:

"Size nereye gidiyoruz, diye sordum!"

Grup durdu, Türk arkasına döndü ve David'e bakarak cevapladı:

"Kaç kere daha açıklamam gerekiyor? Sürekli güneye ilerleyeceğiz. Ciudad Real ve Granada'yı aştıktan sonra Malaga limanına ulaşacağız. Orada Türk denizcileri bizi bekliyor olacak. Bu cehennemden tek çıkış yolumuz bu!"

David, "Bu şekilde sürekli güneye ilerlersek tüm ana hatlardan uzak, tali yollardan gitmek zorunda kalırız," diyerek karşı çıktı. "Hâlbuki Kurtuba ve Seville hattını takip edersek Kadız Limanı'na ulaşabilir, oradan bir gemiyle Malaga'ya varabiliriz."

Samuel, Esther, Abdullah, Abraham De Silva ve diğerleri birbirlerine baktılar. Kimsenin pek bir şey düşünüp itiraz edecek hali yok gibiydi.

Bir tek Samuel, "Ağabeyim doğru söylüyor," dedi.

Davud şiddetle itiraz etti:

"Eğer o ana hattan gidersek ne kadar Engizisyon muhafızı, Santa Hermandad Şövalyesi ve Granada'dan dönen Haçlı askeri varsa yolumuza çıkar. Daha Kurtuba'ya varmadan hepimizi haklarlar."

Bu sefer de kalabalık Davud'a hak verdi.

David karşılık vermekte gecikmedi:

"Ama bu dağlık ve ormanlık arazilerden geçersek yolumuzu kaybedebilir, Malaga Limanı'na hiç ulaşamayabiliriz. Yabani hayvanlar, eşkıyalar, ve El-Mohadlar bu dağlardan kolay kolay geçit vermezler bize. En azından Kurtuba ve Seville hattından gidersek bir şansımız var."

Davud gittikçe sinirleniyordu:

"Yaban hayvanlarını ve eşkıyaları engizisyon muhafızları ve şövalyelere tercih ederim. Üstelik elimdeki haritada tüm yerleşim birimlerinin yerleri belli. Geçtiğimiz köylerde duraklayıp, erzak takviyesi de yapabileceğiz. Ama şu anda Kurtuba ve Seville gibi büyük şehirler Katolik kutlamalarıyla dolu. Emin ol, oradan limanlara ulaşmaya çalışan Yahudi grupları çoktan pişmandırlar." Krallığın her köşesinden büyük bir denize dökülen nehirler gibi oluk oluk Yahudi ve Müslüman limanlara akın ediyordu.

David inatçı bir şekilde, "Bir Türk'ün peşine takılmaktansa kendi dindaşlarımla ölmeyi tercih ederim!" dedi.

Davud daha fazla dayanamadı:

"İyi, o zaman geber! Bu yolun daha güvenli olduğunu düşünenler benimle gelsin!"

Türk, tekrar önüne döndü ve çalılıkların arasından emin adımlarla devam etti.

Abraham De Silva, David'e dönerek, "Davud doğru söylüyor," dedi. "Ana yol üzerinde hiç şansımız yok. Elimizde

Limpieza de sangre olmadan er ya da geç kaçak olduğumuz anlaşılır."

De Silva, sadece Hıristiyan anne ve babadan doğma kişilere verilen *Saf Kan Ehliyeti*'nden bahsediyordu ve bu belge Engizisyon tarafından hiçbir şekilde kopya edilemeyecek şekilde imal ediliyordu. Yahudilerin ve Müslümanların bu belgeleri edinebilmelerine imkân yoktu. Engizisyon muhafızları ya da kraliyet askerleri istedikleri kişiye istedikleri zaman bu ehliyeti sorabilirler, gösteremeyenleri hemen tutuklarlardı.

"Yine en güvenli yol bu Türk'ün gösterdiği."

Esther, David'in yanına gelerek babasını destekledi. "Haydi, David," dedi. "Bu adamın şimdiye kadar bir kötülüğünü görmedik. En azından Ciuadad Real'e kadar gidelim. Sonra bir kere daha konuşuruz."

David, kendisinden başka herkesin Türk'le aynı fikirde olduğunu gördü.

"Peki, sizin dediğiniz gibi olsun!" diyerek çaresiz yola devam etti.

Abdullah, Zeyd bin Osman'ın yanından ayrılıp koşarak Davud'a yetişti. "Bize İspanya'nın yarısını yürütmeyi düşünmüyorsun, öyle değil mi?" diye sordu şakayla karışık.

"Yok," dedi Davud, "Yürümeyeceğiz. Bazen de koşacağız." Gülerek Abdullah'a baktı. Beriki bozulmuştu. "Hem göbek yağlarını eritmek için de sana faydası olur." Abdullah elini karnında gezdirdi.

Beş-on adım sonra Davud açıkladı:

"Önümüzdeki ilk yerleşim biriminden birer tane at ya da katır bulmaya çalışacağız. Ondan sonra daha hızlı ilerleyebiliriz."

Abdullah derin bir nefes aldı.

"Peki sence kaç gün sonra limana ulaşırız?"

"Kaç gün sonra ulaşırız bilmiyorum ama beş gün içinde ulaşamazsak Türk gemilerini kaçıracağız. Bu da bizim sonumuz olur. Şu anda zaten Yahudi'nin inadı yüzünden iki gün gecikmeli yol alıyoruz. Onunla ilk karşılaştığımızda beni dinleseydi şimdiye Granada'ya yaklaşmıştık. Artık çok hızlı hareket etmemiz gerekiyor."

"Peki ya Türk gemileri biz limana vardığımızda orada olmazlarsa?"

Davud, Abdullah'ın yüzüne baktı. Bu sorunun cevabını düşünmek bile istemiyordu.

"Orada olacaklar," dedi. "Olmak zorundalar."

53

Gözcü İsa, Mavi Aslan'ın ortasındaki en yüksek nokta olan, grandi direğinin ucuna tutunmuştu. Gözlerini kısmış, kadırganın yaklaşmakta olduğu sisin ardını görmeye çalışıyordu.

Sis o derece yoğundu ki, gemi onun içine dalacakken, hemen aşağıda, pruvanın tam ucunda duran Orayon Orhan bir duvara çarpacakmış gibi hissetti. Masmavi denizin içinden sanki karşılarına koca bir buzdağı çıkmıştı. Orhan hayatında böyle sis görmemişti.

"Gürültüyü kesin!" diye fısıldadı Kemal Reis yanı başındaki adamlarına.

Onun berisindeki Yelkenci Cevher, ardındaki Vardiyan Cihan'a, vardiyan diğerlerine ve emri alan askerler de hemen güvertedeki adamlara işaret ettiler. Gemideki makara sesleri, ayak patırtıları, çekilen küreklerin hışırtıları, forsaların sesleri, korsanlar arasındaki bağrışmalar birden durdu.

Kemal Reis, pruva direğinin hemen yanındaki, iskele tarafındaki küpeştelere ellerini dayayarak etrafı sessizce dinlemeye başladı. Yelkenci, Reis'in yüzündeki ciddiyetten işlerin yolunda gitmediğini anladı. Kemal Reis, bu hayırsız sisin ve çevredeki sessizliğin iyiye işaret olmadığını çok iyi biliyordu.

Kadırganın önce mahmuzu, sonra aslan figürlü pruva ucu, daha sonra sırayla pruva, grandi ve kontra mizana direkleri sisin içine girdi. Sis o derece yoğundu ki, geminin kıç kasarasındakiler baş kasaradakileri seçemiyorlardı. Mavi Aslan'ın hemen ardından Kemal Reis'in bir kadırgası, bir karakası ve onun emrindeki Göke de beyaz buluta daldı.

Reis, bir kaşını yukarı kaldırmış, kulaklarını yukarı dikmiş, teyakkuzda duran bir kaplan gibi sessizliğin içindeki sesleri anlamlandırmaya çalıştı. Havada hiç rüzgâr yoktu, Akdeniz'in ortasında neredeyse bir dalga hışırtısı dahi duyulmuyordu. Reis, ahşap gemilerin gıcırtılarını, güvertelerdeki ayak seslerini işitiyordu ama bunların kendi gemilerinden mi yoksa başka bir düşman gemisinden mi geldiğini anlayamıyordu.

Sol yanındaki Piri'ye dönerek, "Şimdi Malta Adası'nın açıklarında olduğumuzdan emin misin, yeğen?" diye fısıldadı.

Piri, "Tam olarak üç mil güneyinden geçiyoruz, amca," diye yanıtladı onu, duraksamadan ve sessizce.

Geminin güvertesindeki Orayon Orhan, Vardiyan Cihan'a, "Malta Şövalyeleri'nin Malta'nın güneyinden Afrika'nın açıklarına kadar bir mil arayla neredeyse yüz gemi nöbet bekledikleri, Akdeniz'in burasından öte yakaya kimseyi geçirmedikleri doğru mu?" diye sordu. "Geleni geçeni haraca boğuyor, gemileri ganimet diye ele geçiriyor, insanları köle yapıyorlarmış!"

Vardiyan Cihan, "Kaç mil arayla kaç gemi durduklarını bilmem amma, buranın Katolik Şövalyeleri'nin cehennemi olduğunu çok iyi biliyorum," diye cevapladı.

Orhan, "Katolik Şövalyeleri mi?" diye baktı şaşırarak. "Burada hem Malta Şövalyeleri hem de Katolik Şövalyeleri mi var?"

Vardiyan, "İkisi de aynı şey geri zekâlı," diyerek oğlanın kafasına şaklattı bir tane. "Katolik Şövalyeleri'nin Malta'da konuşlananlarına Malta Şövalyeleri derler."

Yelkenci Cevher, "Rahip Şövalyeler ya da Hospitalier Şövalyeleri de denir," diyerek söze girdi.

Vardiyan takılarak, "Okuyan adamın hali başka oluyor," dedi.

Orhan, kafasını ovuşlarken büyük bir aydınlanma yaşar gibi gözlerini dört açtı.

Sisin içinden gelen sesleri anlamaya çalışan Kemal Reis ise "Kesin tantanayı!" diye payladı güvertede konuşanları.

Ne olduysa tam o sırada oldu ve Reis duyması gereken şeyi duydu.

Mavi Aslan'ın belki de on kulaç ötesinde İtalyanca fısıldaşmalar kulağına çalındı.

Malta Şövalyeleri'nin tam ortasına düşmüşlerdi.

Reis, donanmasını koca bir balinanın ağzına girmeye hazırlanan küçük bir balık gibi hissetti.

Yelkenci Cevher'e işaret verdi. Cevher, Vardiyan'a, Vardiyan, Kürt Mahmut'a derken, çok kısa bir sürede tüm kadırga mürettebatı savaş pozisyonu almaya koyuldu. Küpeştelerin gülle parçalarından kolaylıkla hasar görmemesi için güverteye usturmaçlar dizildi, savaşçıların akan kanlarından ve güverteye sıçrayan deniz suyundan kaymamak için Orayon Orhan ve beraberindekiler yerlere toprak serpiştirdi, Kürt Mahmut ve adamları geminin iki yanındaki bir düzine kadar topu ateşlenebilir hale getirdi, yamakları bataryaların yanlarına gülleleri ateşlenmek üzere yerleştirdiler, barut ambarından yukarıya top taşımak için gerekli adam sırası kuruldu ve Parmaksız Şakir ile Bezirgan İbrahim'in ekibindekiler barut deposunun kıvılcımlardan ve top güllelerinden etkilenmemesi için deponun girişlerine ve kapısına ıslak yelken bezleri ve battaniyeler gerdiler. Hekim İlyas, yaralılar için geminin en güvenli noktasında yer açtı, ilk etapta hemen lazım olabilecek alet edevatını, pamuklarını, sargı bezlerini, mikrobu temizlemek için kullandığı alkol şişelerini ve bıçaklarını bir çırpıda önüne dizdi. Serdümen Musa bir eli dümende, diğeri belindeki palasında, burnunu yukarı dikerek Baba'nın vereceği emri beklemeye koyuldu.

Yanındaki askere dönüp, "Desene Parmaksız, sonunda dişimize göre bir düşman bulduk!" dedi dudaklarının sağ kenarını bükerek. "Doğru mudur bunlar hakkında anlatılanlar dersin?"

"Zırhlarına kılıç geçmediği, kılıçlarının bir adam boyunda, iki karış kalınlığında olduğu, ele geçirdikleri esirleri gemilerinin pruvalarındaki kazıklara oturtup günlerce orada kaptanlara arkadaşlık etsin diye yarı diri, yarı ölü beklettikleri türünden anlatılanları mı soruyorsun?"

Parmaksız, Serdümen Musa'nın yüzüne baktı ve devam etti:

Alaylı bir ses tonuyla, "Ehhh..." dedi, "onların hepsi masal!" Cümlesinin sonunda Serdümen'e göz kırpmayı da ihmal etmedi.

O da en az Musa kadar iyi biliyordu Malta Şövalyeleri'nin acımasız öykülerini ve onların çoğunun gerçek olduğunu.

"*...O, önlerindekini ve arkalarındakini bilir. Onlar ise, O'nun dilediği kadarının dışında, O'nun ilminden hiçbir şeyi kavrayıp-kuşatamazlar. O'nun kürsüsü, bütün gökleri ve yeri kaplayıp-kuşatmıştır. Onların korunması O'na güç gelmez. O, pek Yücedir, pek Büyüktür...*"

Kemal Reis, her savaş öncesi yaptığı gibi bir çırpıda Arapça olarak, dudaklarını belirli belirsiz kıpırdatarak Ayetel Kürsi'yi okudu.

Ayet tam bitmişti ki, otuz kulaç öteden sessizliği hunharca yarıp geçen bir çan sesi duyuldu. Onu yirmi kulaç ötedeki bir başkası, sonra onu pruva tarafındaki bir diğeri, onu da sancak tarafındaki dört ayrı çan sesi takip etti.

Reis, donanmasının yarım düzine Malta galisi tarafından sarıldığını hissedebiliyordu, ve duyduğu çan sesleri, İtalyanların hücum işaretinden başka bir şey değildi.

Orayon Orhan, "Allahaşkına bunlar kaç gemi!" diye şaşkınlıkla ağzını açtı. Bir elinde kum kovası, geminin ortasında öylece kalakalmıştı.

Çan seslerinin sonuncusu bittiğinde Mavi Aslan'ın kıç kasarasında müthiş bir gümleme meydana geldi.

Hangi yönden geldiği belli olmayan bir gülle kıç kasarasını neredeyse havaya uçurmuştu. O kısımdaki iki topçu yamağı kanlar içinde havaya fırlarken, bir üçüncüsünün boynuna saplanan tahta parçası diğer taraftan çıkmış, genç adamı yerde çırpına çırpına ölmeye mahkûm etmişti.

İlk gülleyi bir ikincisi ve üçüncüsü takip etti, Mavi Aslan'ın hem iskele hem de sancak tarafında denizden sütunlar yükseldi.

Kemal Reis geminin kıç kasarasında hazır bekleyen ve genelde en gür sesli askerler arasından seçilen haberciye, diğer gemilerin 45 derece iskele yönüne dümen kırmalarını ve tam yol hızla kürek çekmelerini emretti. Ayrıca gemilerin borda nizamında değil de arka arkaya birbirlerini takip etmeleri hayati önem taşıyordu.

Haberci kontra mizana direğinin tepesine bir çırpıda sıçradı, bir eliyle direğe tutunurken diğeriyle ağzını siper ederek, "45 İskele! Salya kürek! Alberaber!" diye bağırdı ve emri üç sefer tekrarladı. Emri alan her geminin habercisi kıç kasarasındaki direğe tırmanarak emri tekrarlıyor, böylelikle emrin tüm filo tarafından duyulmasını sağlıyordu. Kısa sürede diğer iki kadırga, iki karaka ve en arkadaki Göke çaprazlama birbirinin ardına geçti. Sisin içinde arkadaki gemi öndekini ancak görüyor, geminin kaptanı kendi kadırgasının pruvasını bir öndekinin kıçına çaprazlamasına denk getiriyordu.

Kemal Reis, böylelikle düştükleri tuzağın içinden çıkmayı planlıyor, bir taraftan da toplarını ateşliyor ve sis bulutunun içinde kendi gemilerine isabet etmenin önüne geçiyordu. Gemilere verdirdiği açı, Malta Şövalyeleri'nin kafasını karıştıracak hem onların kendi gemilerine isabet etmelerinin önünü açacak hem de önündeki bariyeri yarmasını kolaylaştıracaktı.

Serdümen Musa gemiyi onun istediği istikamete getirir getirmez Reis, Kürt Mahmut'a dönerek topları ateşlemesini emretti.

Kürt Mahmut hem iskele hem de sancak yönündeki bir düzine topu aynı anda ateşletti. Fakat Mahmut da Kemal Reis de topların isabet edip etmediğini bir türlü göremiyorlardı. Onların attıkları her topa karşılık, iki katı gülle geminin etrafından arı vızırtısı gibi geçiyor, Mavi Aslan'ın etrafında bembeyaz sütunlar oluşuyordu. Havaya fışkıran sular sanki bardaktan boşanır gibi güvertenin üzerindeki denizcilere ve askerlerin başından aşağı geçiyordu. Reis, bunun olacağını bildiği için topçuların üzerine birer kişi dikmiş, bunların ellerine karşılıklı gerdirdikleri birer battaniye vermişti. Böylelikle sıçrayan suyun bataryaların falya deliklerine değmesi ve barutu ıslaması engellenmeye çalışılıyordu.

"Neyle savaştığımızı görebilsek! Daha rahat edeceğiz!" dedi Vardiyan Cihan sıkıntıyla. "Adamlar in mi cin mi belli değil ki!"

Tam o sırada kadırganın ortasındaki grandi direğine isabet eden bir gülle geminin en kalın direğini çatırt diye ikiye biçti. Etrafa sıçrayan tahta parçaları direğin yakınlarındaki dört kişiyi kanlar içinde yere yıktı. Adamlardan birinin karnına düşen kalas askerin vücudunu bir üzüm tanesi gibi ezmiş, bağırsaklarını dışarı çıkarmıştı.

Haykırışların ortasında Piri, yüzünde bir esinti hissetti.

Amcasına döndü:

"Kaptan, düşmanlarınla yüzleşmeye hazır ol," dedi.

Kuzeybatı yönünden esen bir rüzgâr, birdenbire kendini iyice hissettirdi ve sis bulutunu üç dakikada dağıtarak etrafı açık seçik ortaya çıkardı.

Sis perdesi aralandığında Kemal Reis ve leventleri hayretler içinde etraflarına bakakaldılar.

Osmanlı filosu, bir Haçlı eskadronunun, sayıları yüzü bulan bir Malta Şövalyeleri güruhunun tam ortasında kalmıştı. Türk donanması onlarca düşman gemisinin tam ortasındaydı.

Güney Fransa Tarikatı'ndan Provence; Orta Fransa Tarikatı'ndan Auvergne; Messina, Roma ve Pisa tarikatlarından İtalya; Britanya Adaları Tarikatı'ndan İngiliz; İspanya Tarikatı'ndan Lodoviko D'Varthema'nın galisi ve daha pek çok Malta'da konuşlanmış Avrupa tarikatının şövalyeleri galilerini Kemal Reis ve onun filosuna çevirmişlerdi. Galilerin kırmızı üstüne beyaz haçları en yüksek direklerinde dalgalanıyor, onların altında ülkelerin kendi flamaları uzanıyordu. Gemilerin çoğunda ayrıca diğerlerinden bağımsız hareket eden şövalye tarikatının da armaları seçilebiliyordu.

Bunları birkaç saniye içinde hesap etmek değil ama yüz

metre kadar ötesindeki gemide flamasını seçtiği ünlü Fransız Büyük Usta Philip Villiers de L'isle-Adam'ın varlığı Reis'i endişelendirdi.

Öte yakada, İskele tarafında ise Cenevizli Büyük Usta Pierro de Ponte la Valette'nin sancağı dalgalanıyordu. Bu iki ünlü komutan belli ki, bu geniş Malta donanmasının sağ ve sol kanadını birerleş kumanda ediyorlardı.

Malta Şövalyeleri, Türkleri neredeyse sekize bir yakalamışlardı.

Kemal Reis acilen bir çözüm yolu bulmazsa, hem kendisi hem de mürettebatı göz açıp kapayıncaya kadar Akdeniz'in dibini boylayacaktı.

Malta donanmasının en ortasındaki ve Türk donanmasının en önündeki mavi kadırga kısa sürede o kadar çok top yemişti ki, gemi cayır cayır yanmaya başladı. Alevler gökyüzüne yükselirken, Cenevizli Usta Pierro gülümsedi. Kim bilir kaç sefer adını duyduğu Türk denizci Kemal Reis'in meşhur Mavi Aslan'ının şimdi kıpkırmızı bir ateş yumağı olduğunu düşünüyordu.

Bu mavi gemideki barut deposunun da ateş almasıyla dumanı metrelerce yükseğe çıkan müthiş gürültülü bir patlama gerçekleşti. Malta Şövalyeleri keyiflendiler. Sayıları o kadar çoktu ki uzaktan bakıldığında denizin üstünde metal bir başak tarlası gibi görünüyorlardı. Hepsi de zevkten geçiyordu, zira her birinin de öyle ya da böyle adını duyduğu ya da gazabına uğradığı ünlü Osmanlı denizcisi Kemal Reis belki de bu patlamada gemisiyle birlikte havaya uçmuştu. Öyle ya, Türkler gemilerini asla terk etmezlerdi.

Ancak ünlü şövalye bir şeyin ters gittiğini fark etti. Fransız Usta Philip, patlamadan hemen önce mavi geminin kıç kasarasından küçük bir sandalın hareket ettiğini görür gibi oldu. Sandal arkadaki kadırgaya doğru hızla kürek çekiyordu. Şövalyenin yüzündeki gülümseme uçtu gitti.

Bir gariplik vardı.

54

Sisin aralanmasıyla birlikte, Malta Şövalyeleri, kaldırılan koca bir taşın altından çıkan yüzlerce böcek sürüsü gibi görünüyorlardı. Gemilerin hepsi de ortalarına aldıkları Kemal Reis'in mavi kadırgasına bakıyorlardı. Gökyüzündeki güneşin de ortaya çıkmasıyla, şövalyelerin zırhları parıl parıl parlıyor, Osmanlı donanmasındaki askerlerin gözlerine beyaz ışıltılar olarak çarpıyordu.

"Bize krallara layık cinsten karşılama komitesi kurmuşlar, baba!" dedi Parmaksız Şakir şakayla karışık. "Adamlara haklarını teslim etmek lazım. İyi hazırlanmışlar."

Kemal Reis saniyeler içinde seçeneklerini gözden geçiriyordu. Geri dönüp kaçmayı belki düşünebilirdi, zira adamlarını gereksiz bir kahramanlık gösterişiyle bile bile ölümün ağzına atmayacak kadar deneyimli bir komutandı. Ancak İspanya'ya ulaşabilmek için eninde sonunda bu barikatı aşması gerekiyordu. Bu yüzden geri dönmek bir çözüm değildi; üstelik adamları bunu kabul etmezdi. Dümdüz ilerleyerek yoluna devam etmeyi düşünebilirdi ama rüzgâr tam tersine esiyordu ve Malta donanmasının ortasından elini kolunu sallayarak geçip gitmesi imkânsızdı. Bu adamlara karşı sekize bir savaşmak ise uzun ve yorucu bir ölümden başka bir şey değildi, ancak başka çaresi yoktu.

En başından beri, sis bulutunu on mil öteden ilk gördüğü andan itibaren hesap ettiği planını devam ettirmenin en iyisi olacağına kanaat getirdi. Üstelik şövalyeleri gafil avlamıştı.

Ve en öndeki mavi kadırga havaya uçtuğunda, üzerinde durduğu asıl Mavi Aslan mürettebatına saldırı emrini verdi...

Her şey, Kemal Reis, Malta Adası yakınlarındaki sis bulutunu gördüğünde başlamıştı. Deneyimli denizci, yıllar yılı adanın bu kısmında Malta itlerinin gelen geçene dalaştığını çok iyi biliyor, onların sayıca üstün olduklarını hep işitiyordu. Önce Burak Reis'i yanına çağırarak, kendisini on mil geriden takip etmesini tembihlemiş, daha sonra da yakınlardaki küçük bir adada demirleyerek Mavi Aslan'ı siyaha, elindeki en güçsüz kadırgayı da maviye boyatmıştı. Ta Gelibolu tersanesindeyken Yani Usta'ya yanına beş varil boya alıp bunları Göke'ye yığmasını tembihlemişti.

Kemal Reis'in Mavi Aslanı Akdeniz'de cihanşümul bir üne sahip olduğundan Malta Şövalyeleri önce bu koca Türk'ün gemisine yoğunlaşacaklar, tüm enerjilerini onu batırmak için harcayacaklardı. Reis'in tahminleri doğru çıkmıştı. Mavi Aslan ve ardından gelen gemileri bir öncü kırlangıç ile görüp hemen haber alan Malta şövalyeleri sisin içinde pusuya yatmışlardı.

Bu sırada üçüncü sıradaki siyah gemi olan asıl Mavi Aslan, Malta donanmasını afallatarak hiç beklemedikleri anda saldırıya geçecek, enerjilerinin çoğunu öndeki mavi kadırgayı yok etmek için harcayan şövalyeleri yorgun yakalayacaktı.

Tek sorun, en öndeki mavi kadırgaya kimin kaptanlık edeceğiydi. Zira bu gemiyi kullanmak, bile bile ölüme gitmek demek demekti. Elbette son anda gemiden kaçılamazsa.

İşte bu noktada da Burak Reis'in haftalar önce Rodos açıklarında ele geçirdiği Pierro Navarro söz alarak, ona hayatını bağışlayan Türk denizcisine sadakatini ve minnettarlığını göstermek için bu görevi seve seve üstleneceğini belirtti. Korsanlar Navarro'dan şüphelenip onun kendi aleyhlerine bir şey yapacağından endişelendiyse de, bir insan sarrafı olan Kemal Reis eski şövalyeye inanmış ve ona yine kendi adamlarıyla birlikte eski kadırganın komutanlığını vermişti. Zaten adam, sözünü yerine getirsin ya da getirmesin, en önde giden mavi kadırgayı sisin içine sürüklemesi yapması gereken tek şeydi. Malta Şövalyeleri mavi kadırgayı yakaladıkları anda onu kafese döndüreceklerdi.

Nitekim Navarro sözünü tuttu ve yanındaki iki adamıyla birlikte gemi havaya uçmadan hemen önce küçük bir sandalın içine atlayarak arkadaki kadırgaya kaçmayı başardı.

İşte Fransız Usta bunu fark etmişti.

Şimdi hücum sırası Türklerdeydi.

Fransız Malta Şövalyeleri Tarikatı'nın büyük ustası Philip Villiers ayakta duran kadına büyük bir iştahla bakıyordu.

"*S'il vous plaît vous asseoir Mademoiselle.*"

Kamarasındaki sandalyesinde bacak bacak üstüne atmış oturan ünlü deniz kumandanı, kadına oturmasını rica etti ama ağzını bıçak açmayan kadın,, başını önüne eğmiş öfkeli bir halde duruyordu. Fransız Usta, kraliyet ailesinden Lord William'ın kızı olan bu şımarık prensese ne yaparsa yapsın söz geçiremiyordu. Kızın dimdik duran, akçacık göğüslerine bakarak iç geçirdi.

Matmazel Veronika, "Hangi hakla beni bu yaban denizlerde tutuyorsunuz aklım almıyor!" diye bağırdı kendi dilinde.

Philip sıkıntıyla ofladı. Genç kız, onun hayatında görmediği kadar güzeldi; güzeldi ama kendini bir türlü başkalarına koklatmayan nadir çiçeklerdendi.

"Babamın emirleri size çok açıktı. Beni İtalya'dan alıp Paris'deki şatoya geri getirecektiniz."

"Haklınız Matmazel Veronika. Ama şimdi adamlarım bana ağımıza çok ünlü bir Türk'ün donanmasının düştüğünü söylüyorlar. Bu işi hemencecik halledip tekrar yolumuza devam edeceğiz. Adamlarım belki de şimdi bu Türk'ü köle olarak yakalamış, benim gemime getirmekle meşguldürler."

Philip Villiers, ayağa kalkıp masadaki şarap testisinden bardağa iyice doldurdu. Kendisi şişeyi diktikten sonra matmazelin yanına geldi ve bardağı genç kadına uzattı.

Matmazel, bardağa öfkeyle bakmakla yetindi.

"Beni bir an önce Fransa'ya götürmenizi emrediyorum!" diye bağırdı. "Sizin savaşlarınız beni ilgilendirmiyor!"

Fransız şövalye, kadının almadığı bardağı masaya koydu. Adamın boyu, kadınınkinden biraz uzun olduğu için Philip Villiers, kadına tepeden bakabiliyordu. Gözlerini zevkle kadının göğüs dekoltesinde, daha sonra giderek incelen belinde, kırmızı saten elbisenin aşağıya doğru inen detaylarında gezdirdi. Elini güzel kadının kumral saçlarına doladı. İpek gibi hissettiği saç tellerini ağır ağır okşuyordu.

"Belki adamlarım Türklerin işini görürken, biz de sizinle küçük bir kaçamak yapabiliriz diye düşünmüştüm." Kadının bir şey demesine fırsat vermeden yüzünü ona doğru yaklaştırdı. Matmazeli tam boynundan öpmeyi istiyordu.

Fakat Matmazel o sırada adamın suratına şaplağı indirdi.

"Bu ne cüret! Hem siz kiliseye yemin etmiş, bekarlık andı içmiş bir şövalyesiniz. Utanmıyor musunuz?!" Adamın ağzı leş gibi içki kokuyordu.

Fransız Usta tokadı yiyince deliye döndü. Kadının saçına yapışıp geriye doğru asıldı. Diğer eliyle de kadının gırtlağını sıktı.

"Bakın Matmazel!" diyerek öfkeyle kadının suratına doğru konuştu. Ağzı matmazelin yüzünün tam ortasındaydı. "Sizi Fransa'ya götüreceğim. Ama bu gemide benim sözüm geçer ve benim emirlerime itaat etmek zorundasınız. Eğer bu işi güzellikle yapmazsanız ben zorla yapmasını bilirim."

Kadın, saçları kökünden yolunacakmış gibi başını arkaya doğru yatırırken, adamın gırtlağını sıkmasıyla birlikte canı kesilir gibi olmuştu. Şövalyelere güven olmayacağını biliyordu ama Fransız Usta'nın bu kadar ileri gideceğini tahmin etmemişti.

Philip Villiers elini kadının gırtlağından çekip göğüslerine getirdi, kadının elbisesini tek çırpıda yırtarak ikiye ayırdı. Matmazelin göğüsleri birer füze gibi dışarı fırlamıştı. Adam bunları açgözlülükle hapazladıktan sonra kadını masaya yatırıp eteklerini kaldırmaya koyuldu. Matmazel üstünü başını örtemeye çalışıp direnince, şövalye elinin tersiyle onun suratına öyle bir geçirdi ki, kadın yarı baygın masaya yığıldı.

Şövalye kadının artık karşı koyamayacağına sevinerek eteğini yukarı sıyırdı. Kendi belindeki deri kemerini çözüp, pantolonunun önünü açmaya koyuldu.

Tam o sırada yardımcısı kapıyı aniden açarak içeri daldı.

"Efendim! Efendim!" diye bağırıyordu adam.

Philip Villiers, "Geri zekâlı, sana beni kesinlikle rahatsız etmeyin demedim mi!" diye kükredi.

Yardımcısı telaşla, "Dediniz dediniz ama efendim..." diyerek hızlı hızlı soluyordu. Ne diyeceğini bilemedi.

Fransız Usta sinirlenerek, "Söyle aptal, ne var?" diye bağırdı.

"Efendim, Türkler..." dedi adamcağız. "Türkler..." Yutkunuyor ama konuşamıyordu.

"Söylesene aptal! Ne olmuş Türklere!"

"Türkler efendim... Şey... Tuzağa düşürüldük!"

55

Kemal Reis'in işaretiyle önce mehter gülbank vurmaya başladı.

Bunu Kürt Mahmut'un ardı ardına etrafa yağdırdığı topların şövalyelerin şaşkın bakışları altında güm güm galileri vurması takip etti. Fransız Usta Philip Villiers ve emrindeki yüzlerce şövalye mavi kadırganın batmasıyla birlikte başkaptanlarını kaybeden Türk donanmasının teslim olacağından emindi. Fakat şimdi, üçüncü sıradaki siyah gemi--ki kadırganın suya batıp çıkan alt kısmı maviye çalmaya başlamıştı--donanmanın önüne geçerek sanki bu anı bekliyormuşçasına etrafına alev püskürüyordu. Bu kadırganın attığı topların her biri bir Malta gemisine isabet ediyor, onarılmaz delikler açıyordu. Kürt Mahmut, toplara barutu doldurdukça dolduruyordu.

Fransız Usta Philip öfkeden kıpkırmızı olmuş, "*Nous sommes trompés! Nous sommes trompés!* " diye bağırdı. "Aldatıldık! Aldatıldık!"

Kemal Reis, Fransız ve Cenevizli kaptanların kendilerine gelmelerine fırsat vermeden yanıbaşındaki üç gemiyi yağdırdığı toplarla kafese çevirmişti bile.

Reis şimdi de forsa vardiyanı Cihan'ı yanına çağırdı, iskele tarafındaki kürekçilerin siya etmelerini, sancak tarafındakilerin ise tam güç kürek çekmelerini emretti. Sonra Serdümen Musa'nın yanına giderek, "Şu iskele omuzluğundaki kadırgaya yanaştığımızda hemen yekeyi sancağa bas," diye tembih etti.

Serdümen, Reis'in yapmaya çalıştığını anladı ve "Tamamdır, Baba," anlamında başını salladı.

Yelkenci Cevher de Kemal Reis'in emirleriyle pruva ve kontra mizana direklerindeki yelkenleri bir çırpıda söndürdü, adamlarına serenleri çıplak tutmalarını emretti.

Reis'in emirleriyle Mavi Aslan, Fransız ve Cenevizli Usta'nın şaşkın bakışları altında öyle hızlı bir manevra yaptı ki solundaki komuta gemilerinden birini tam karşısına aldığıyla kalmadı, az önce kafese çevirdiği etkisiz hale gelen gemileri de kendine paravan yaptı. Artık üç ayrı gemiye birden gülle ve ok yağdırıyordu.

Bu arada, Reis'in hareketlerini kendilerine rehber edinen diğer kadırga ve karakaların kaptanları da ona ayak uyduruyor, Reis'in ateş güzergahından çekiliyor, yanı başlarındaki Malta gemileriyle karşılıklı top atışında bulunuyorlardı. Göke'nin ise en korunaklı alanda en arkada durması gerekiyordu, zira Reis Göke'ye Endülüs'de İspanya kalyonlarına karşı ihtiyacı olacağını biliyordu. Üstelik bunları Sultan Bayezid özellikle daha fazla insan taşınabilsin diye yaptırmıştı.

Kemal Reis yeni pozisyonunu aldığında, Malta Şövalyeleri de yaşadıkları şoku atlattılar, yeniden canhıraş saldırıya başladılar. Şimdi tüm gemiler Kemal Reis'in kadırgasına hücum etmeye uğraşıyordu.

Reis, Mavi Aslan'ın içinde bir topçuların yanına, bir yelkencisinin ardına, kıç kasarasından kadırganın pruvasına kadar her noktasına uçar gibi gidiyor, verdiği emirlerle eşsiz bir uyum sağlıyordu. Kafasındaki savaş planını, ışığın bir prizmaya yansıyıp da yedi renge bürünmesi gibi, adamlarına en hızlı ve etkili şekilde anlatıyor, hedefine tüm mürettebatı ortak ediyordu.

Kürt Mahmut'a, "Şu üç topun içini neftli ve yağlı bez ve paçavralarla doldur!" diye emretti. Topçu, adamlarıyla birlikte işe koyuldu.

Reis, hemen ardından yanına okçularını çağırdı, kadırgalardaki insanlara değil yelkenlere nişan almalarını emretti. Ateşi de yanlarında hazır bulundurmalarını tembihledi.

Bu sırada düşman kadırgasından gelen bir gülle, kadırganın kontra mizana direğini saman çöpüymüş gibi paramparça etti. Hekim İlyas, direğin altında kalan ve tahta parçalarına isabet olan dört kişiyi kenara çekerek korunaklı bir alanda yaralarını sarmaya başladı.

Kürt Mahmut'un neftli paçavralarla doldugu bataryalar hazır olunca Reis, ateş emrini verdi. Mahmut'un topları ateşlemesiyle birlikte karşıdaki kadırganın yelkenleri ve serenleri paçavralarla kaplandı.

Reis, bu sefer uçları tutuşturulan fitilli okların aynı noktalara atılması emrini verdi. Okların nefte bulanmış yelkenleri yakalamasıyla birlikte, kadırga bir alev yumağına dönüştü. Ateş öyle yayılmıştı ki düşman kadırgasındaki tulumbacılar hangi noktaya su atacaklarını şaşırdılar.

Kadırgadaki askerler kendi canlarının derdine düşüp de topların başlarını terk edip kendilerini suya atmaya başlayınca, Reis bu sefer "Salya kürek!" emrini haykırdı. Alev topu halindeki gemiye hızla ilerleyen Mavi Aslan'ın güvertesinde, her biri beşer kişi tarafından tutulan uzun demir kancalar geminin pruvasından ileri doğru uzatıldı. Bu sayede, Mavi Aslan, yanan gemiyle temas etmeden uzaktan doğru onu itebiliyordu. Reis'in kadırgası denizdeki yanan alev topunu onun hemen berisindeki düşman kadırgasının üzerine sürdü. Sonra kaptan, "Siya kürek!" emrini verdi ve kendi kadırgasını geri çekti.

Şimdi iki Malta kadırgası daha alevlere bürünmüştü.

Mavi Aslan'ı sıkıştıracağız diye Malta gemileri o kadar birbirlerine bitişik hale gelmişlerdi ki koca denizi kendilerine daraltmışlar, yanan bir geminin zincirleme bir tepki doğuracağı gerçeğini gözden kaçırmışlardı.

"Sayıca çokluk her zaman en iyi şey değildir, yeğen," dedi Kemal Reis yanı başındaki Piri'ye.

İyice öfkelenen Malta Şövalyeleri büyük bir hınçla kadırgalarını Mavi Aslan'ın üzerine sürüyor, onu iskelesinden, sancağından, önden ve arkadan topa tutmaya çalışıyordu. Bazıları Reis'in kadırgasına yanaşıp ona rampa etme girişiminde bile bulunuyordu.

Fakat, Mavi Aslan, sanki gerçekten bir aslanmış da, yanına gelenler bir çakal sürüsüymüş gibi her bir gemiyi başarıyla püskürtüyordu. Çakalların kimini boynundan dalıyor, diğerinin karnını parçalıyor, öbürünün kafatasını dişleriyle sıkıştırıyordu. Kadırgaların kimi kıç kasarasını, kimi pruvasını, bazıları da tam gövdelerini parçalanmış ya da askerlerini ok yağmuruna tutulmuş halde bularak Reis'in yanından uzaklaşıyorlardı.

Fakat o sırada savaşın kaderini değiştirebilecek bir olay yaşandı. Reis'in birer yanındaki, sağ ve sol kolu konumundaki bir kadırgası ve bir karakası aynı anda alev almaya başladı. Fransız Usta Philip Villiers bu iki gemiyi alt etmeden Mavi Aslan'a yanaşamayacağını anlamış, üçer kadırgasını sırf bu gemileri sürekli top ateşine tutmakla görevlendirmişti. Nihayet başarılı da olmuştu.

Düşman gemisinin son toplarından biri karakanın tam karnından girdi ve içerdeki barut deposuna isabet etti. Kemal Reis ve askerleri, kulakları neredeyse sağır eden bu patlamaya baktıklarında kendi karakalarının havaya uçtuğunu gördüler.

"İşte bu iyi olmadı!" dedi Parmaksız Şakir. "Hem de hiç iyi olmadı!"

Philip Villiers de L'isle-Adam şimdi avazı çıktığı kadar "*En avant! En avant!*" diye bağırıyordu. "İleri! ileri!"

"*La mort aux Turcs!*"

"Türkler gebersin!"

Bezirgan İbrahim de güvertedeki herkes gibi Fransız kaptanın bağırışlarını duyuyordu, zira kaptanın gemisi savaşın başından beri durduğu güvenli pozisyonu bırakıp Mavi Aslan'a yaklaşmış ve iki gemi birbirinin top menziline girmişti.

"Bizim reis, Fransız'ı iyice kızdırmış anlaşılan!" dedi Bezirgan.

Parmaksız gülümsedi:

"Herif, Reis'e kızdı, hıncını bizden alacak, Bezirgan. Bu ne ayak?"

Phillip Villiers, gemisini Mavi Aslan'a borda bordaya yanaştırınca geminin her biri bir ayı ağzı gibi açıp kapanan lombarlarından dışarı yirmi ayrı top çıktı.

Kemal Reis de tüm toplarını ateşlemeye hazır hale getirmişti.

"*Le feu!*"

"Ateş!"

Her iki kaptanın da emirleriyle, iki kadırga arasında korkunç bir salvo ateşi başladı. Topları bir o gemi, bir diğeri atıyordu. Her iki kaptan da diğerinin gemisini ele geçirmenin savaşın kaderini değiştireceğini iyi biliyordu. Topların bazıları gemilerin az ötesinde bembeyaz sudan kuleler oluştururken, bazıları da küpeştelere, gemilerin pruvalarına denk geldi. Her iki tarafta da yaralı ve ağır hasar oldu.

Kürt Mahmut'un çıraklarından biri topun barutunu biraz fazla kaçırınca Mahmut'un ateşlediği batarya olduğu yerde havaya uçtu. Bataryanın hemen yanındaki çırağın vücudu paramparça oldu, oğlanın bağırsakları, kellesi ve bacakları güvertedekilerin üstüne et yağmuru gibi yağdı. Mahmut hissettiği acıyla sağına baktığında bataryanın falya deliğini ateşleyen sağ kolunun artık yerinde olmadığını gördü. Kol, yere düşmüş, topu ateşlediği demir çubuğu hâlâ elinde tutuyordu.

Mahmut, "İlyas Efendi, dal gitti, bari gövdeyi kurtar!" diyerek hekimin yardımını istedi.

Hekim İlyas, Kürt Mahmut'un kolunun, gövdesinde kalan kısmını hemen bir sargı beziyle sıkıca bağladı ve daha fazla kan kaybını önledi.

Kürt Mahmut bir taraftan konuşmaya devam ediyordu:

"Allah büyük, ben daha sol kolumla ne toplar atarım!"

Hekim İlyas şimdi adamcağızın koluna mikropları öldürmek için alkol döküyordu. Bunun kolunda yaktığı cızırtı, Kürt'ün gözlerini kırmızıya kesti.

"Allah büyük, ben daha ne toplar atarım!" diye bağırdı. Aynı cümleyi bu sefer haykırarak söylemişti. Hıncını sanki böyle alıyordu. Acısını bağırarak dindiriyormuş gibiydi. Hekim İlyas yarayı son bir kere daha kurcalayınca Kürt, "Ulan çırak, yaktın bizi!" diye inledi. Barutu fazla kaçıran, kendisi de çoktan paramparça olan adamından alıyordu öfkesini.

"Olsun!" diye bağırdı, "Osmanoğulları'na bir değil bin kol feda olsun!"

Top atışları ardı ardına devam etti.

Mahmut'un yerine hemen yardımcısı geçti. İki gemi de birbirine alev saçan ejderhalar gibiydi. Kemal Reis, ambarındaki toplarla Fransız Usta'ya bir süre daha dayanabilirdi ama sağındaki ve solundaki batan gemilerinin yerini şimdi iki Malta gemisi almış, onlar da gemiyi pruvasından ve kıçından yaylım ateşine tutmaya başlamışlardı. Aynı anda üç gemiyle birden baş etmek pek olur şey değildi, üstelik Fransız Usta inanılmaz sık aralıklarla Mavi Aslan'ı topa boğuyordu.

Reis, Vardiyan Cihan'a verdiği emirlerle iskele tarafındaki kürekçilerin gemiyi sancak yönüne doğru itmelerini istedi.

Mavi Aslan, Fransız'ın gemisine iyice yanaşınca Kemal Reis sanki bağırmamıştı da bir aslan gibi kükremişti:

"Alabildiğine rampa!"

Bu emirle birlikte Reis'in artık yerinde duramayan adamları, Phillip Villiers'in gemisine rampaya başladılar. Orayon Orhan ve Gözcü İsa ellerinde tuttukları uzun kancaları gemiye atıp düşmanı kendilerine doğru çektiler. Onları aynı işlemi yapan otuz kadar asker takip etti. Mavi Aslan birdenbire, sol ayaklarını yukarı kaldıran dev bir kırkayak gibi göründü.

Okçular Phillip Villiers'in güvertesinden başını kaldıran herkesi şişliyorlardı. Fransız şövalyeler, zırhlarının kendilerine verdiği güvenle düşman gemileri ne kadar yakın olursa olsun hoyratça ortada dolaşmaya alışkındılar. Çünkü zırhları alelade okçuların delemeyeceği kadar kalın ve koruyucuydu. Ne var ki, Türk okçuları şövalyelerin ya zırhların bitiştiği eklem yerlerinden hedef alıyorlar, ya da Türklerin kendilerine özgü yaylarından fırlayan okları öyle hızlı gidiyordu ki zırhları bile delip, şövalyeleri ciğerlerinden, kalplerinden, bağırsaklarından yakalıyordu.

Gemiler birbirine bitişmek üzereydi ki, Kemal Reis arka taraftan bu sefer Cenevizli Usta Pierro de Ponte la Valette'nin kadırgasının Mavi Aslan'a yaklaştığını gördü. Üstelik en arkadaki Göke'nin ateşlediği topların seyrekliğinden onların bitmeye yanaştığını da hissediyordu deneyimli kaptan.

Fazla zamanları kalmamıştı. Üstelik Philip Villiers'in gemisine çıksalar bile Cenevizli Usta'nın donanmasına av olabilirlerdi.

Kemal Reis, güverteye hazır edilen rampa merdivenlerinden birini "Ya Bismillah!" diyerek kaptığı gibi Fransız'ın gemisine savurdu. İki gemi arasında ilk bağı kurmuştu. Savaşın başından beridir dokunmadığı belindeki palasını çekti ve merdivenin üzerine sıçrayıp göz açıp kapayıncaya kadar Fransız'ın gemisine geçti.

Reis'i, onun sağından ve solundan ayrılmayan Yelkenci Cevher ve Vardiyan Cihan takip etti. Cevher'in iki elinde de kılıç, Cihan'ın bir elinde topuz, diğerinde kılıç vardı. Türk denizcilerinin bağırları açıktı, düşmanları ise tepeden tırnağa çelik zırhlarla kaplıydı.

Kemal Reis'in palası merdivenin üstündeyken bir parladı, bir kelle yere düştü. Pala bir daha ışıldadı, bir kol havaya uçtu. Güneş ışıkları kalabalığın üstünde bir ay parçası gibi parlayan palayı her ışıttığında bir insan uzvu ya havaya uçuyor ya yere düşüyordu. Cevher'in kılıçları ise ekin biçer gibi düşmanların bacaklarını bellerinden koparıyor, Cihan'ın topuzu adamların kafalarını tencereye atılan lahana gibi miğferlerinin içinde parçalıyordu.

Reis'in ardından Fransız'ın gemisine bir düzine merdiven daha atıldı, Türk askerler bir çekirge sürüsü gibi şövalyelerin üstüne üşüştü. İki gemi arasındaki küfürleşmeler artık had safhadaydı. Türkler de, Malta Şövalyeleri de büyük bir hınçla birbirlerine saldırıyorlardı. Gelgelelim, pek çok akın usta şövalyeler tarafından rahatlıkla geri püskürtülüyordu. Askerler, hortumdan fışkıran bir suyun duvara çarpıp geri sıçraması gibi, merdivenlerden Fransız'ın gemisine daha ayak basmadan şövalyeler tarafından geri itiliyordu.

Ancak Parmaksız Şakir, Bezirgan İbrahim ve Serdümen Musa'nın başlarını çektikleri askerler önlerine kattıklarını ya cansız güverteye seriyor, ya da denize fırlatıyorlardı. Şövalyeler, en büyük koruyucuları zırhlarının suya düştüklerinde en büyük düşmanları olduğunu acıyla fark ediyorlar ve pek çoğu denizin dibini boyluyordu. Türk denizciler ise ayakları çıplak, bağırları açık olduğundan suya düşseler bile düşman gemisinin orasından burasından tutunarak tekrar yukarı çıkıyorlar, şövalyelerin hiç beklemediği yerlerden onlara saldırıyorlardı.

Usta bir Fransız şövalyesi önüne atlayan iki Türkü bir buçuk metre uzunluğundaki ve iki karış enindeki kılıcıyla rahatlıkla ikiye biçti. Şövalye, kılıcının kabzasından iki eliyle tutuyor, her hareketi ve manevrası hayatını savaş meydanlarında, ya da Haçlı gemilerinde dövüşerek geçirdiğini gösteriyordu. Kafasındaki düz tabanlı, silindir şeklindeki ve incecik bir haç şeklinden oluşan vizör ve nefes alma çizgileri, Haçlı şövalyelerinin giydiği türdendi. Adamın boylu boslu cüssesi yetmiyormuş gibi bir de bu gösterişli ve dayanaklı zırhı ona daha da korkunç bir hava veriyor, sanki dövüşen bir insan değilmiş de, savaş makinesiymiş gibi bir izlenim uyandırıyordu.

Adam önüne çıkan üç Osmanlı askerini daha hızlı ve etkili vuruşlarla bacakları ve elleri güdük halde, çığlıklar içinde yere yığdı.

Fakat, şövalye, önüne çıkan sonraki askere kılıcını isabet ettiremiyordu. Bu adamın, diğerlerinden farklı olduğu çok açıktı. Parmaksız Şakir, gözünün önünde bir düzine Türkü doğrayan şövalyeye öfkeyle baktı ve palasını şövalyenin boynuna savurdu.

"Ulan köfteoğlu, sıkıyorsa bana gel bakalım!"

Kemal Reis kumanda gemisinin tam ortasında grandi direğini arkasına almış, Vardiyan Cihan sağında, Yelkenci Cevher solunda güvertede ne kadar şövalye varsa öldürmek için ant içmiş gibi dur durak bilmeden palasını savuruyordu.

Fransız Usta Phillip Villiers kafasındaki altın işlemeli siyah *burgonet* miğferi ve göğsündeki kabartma haçlı, Fransızların *cuirass* dedikleri zırhı ve Malta Şövalyeleri'ne has kırmızı üstüne beyaz haçlı pelerini ile Kemal Reis'in karşısına çıktı. Etraftaki askerler, çarpışmak üzere olan iki dev geminin etrafından kaçan küçük sandallar gibi kenara dağıldılar. Şövalye bir adam boyundaki kılıcını Reis'in üstüne öyle bir savurdu ki, Kemal atik bir hamle ile o darbeden son anda kurtuldu. Şövalyenin kılıcı Reis'in sırtını verdiği grandi direğine balta saplanmış gibi çatırt diye yardı. Ancak kılıç direğe saplanınca Reis tek bir hareketle şövalyenin işini bitirecekti. Ne var ki, şövalyenin adamları Reis'in üzerine çullanarak onun Fransız Usta'ya atağını engellediler. Bu sırada Philip de kılıcını direkten kurtarmış tekrar rakibine dönmüştü.

Reis'in bu hengamede bir gözü de her an yaklaşmakta olan Cenevizli kumandanın gemisindeydi.

Parmaksız Şakir'in pala hamlesini kılıcıyla kesen şövalye tersine dönerek kılıcını Parmaksız'ın karnına yatay olarak savurdu. Bu şekilde kim bilir kaç rakibinin bacaklarını gövdesinden ayırmıştı. Fakat Parmaksız, geri sıçrayarak şövalyenin kılıcını boşa çıkardı ve adamın daha kendini toplamasına izin vermeden zırhın üzerine tüm gücüyle atladı. Şövalye kenara kaçmayı başardıysa da sol omzundan girip kolunun altından çıkan paladan kurtulamadı. Parmaksız, adamın kolunu öyle hızlı biçmişti ki, kolun eli hâlâ kılıcı tutuyor, sağa sola sallanıyordu. Adam kanlar içinde yere yığıldı.

Kemal Reis, başına çullanan şövalyeleri savdıktan sonra tekrar karşısına dikilen Fransız Usta Philip'in sol üst tarafından palasını öyle bir salladı ki, kılıç, şövalyenin altın işlemeli miğferinin altından girip, boynunun öbür tarafından çıktı.

Yere düşen sanki Philip Villiers'in kellesi değildi de boş bir miğferdi. Metal öylece geminin güvertesinde öte tarafa doğru, şövalyelerin ayakları altına yuvarlandı.

Büyük Usta'nın öldürülmesiyle birlikte tüm şövalyelerde bir duraklama ve şaşkınlık oldu.

Kemal Reis ve askerleri, Malta Şövalyeleri'nin gemisini ele geçirmek üzereydiler fakat Cenevizli Usta da artık Mavi Aslan'ın yanına gelmiş, onu borda ateşine tutmaya hazırlanıyordu.

Reis, Parmaksız, Vardiyan Cihan ve Yelkenci Cevher hep birden salvo ateşi açmaya hazırlanan Cenevizli'nin kadırgasına baktılar. Tam da savaş onların lehine dönmek üzereydi.

Ancak, bombalar Mavi Aslan'da değil Cenevizli'nin kadırgasında ve etrafındaki diğer gemilerde gümledi.

Burak Reis ve Hilal-i Zafer tam zamanında yetişmişti.

Kemal Reis, usta korsanın sancağını görünce derin bir oh çekti.

Şimdi Malta şövalyeleri ve Türkler arasındaki oran üçe bir olmuştu. Taraflar insan ve gemi gücü bakımından kıyaslandığında Malta savaşçıları hâlâ üç kat daha üstündü ama bu, Burak Reis'in korsanları için sevinilecek bir şeydi.

Hilal-i Zafer'deki Çıngıraklı, "Yaşadın Küçük Ahmet!" diye bağırdı kahkahayla. "Malta'nın itlerini üçe bir yakaladık. Şu Cenevizli'nin hakkından gelelim, ganimet hesabına başlarız!"

Korsanlar, "Allah yar! Allah yar!" diye bağıra çağıra şövalyelere saldırmaya başladılar.

Kemal Reis savaş alanından uzakta Lodoviko D'Varthema'nın galisinin rüzgarın yardımıyla kaçtığını fark etti. Başka zaman olsa onun peşine düşerdi ama şimdi burada, geri kalanlarla savaşması gerekiyordu.

Ne var ki, D'Varthema Reis'in karşısına, üstelik çok daha güçlü ve hiç beklenmedik bir zamanda tekrar çıkacaktı.

56

Parmaksız Şakir, Kemal Reis'in yanına tereddütle geldi. Reis'e bir şey demek istiyordu da konuşamıyor gibiydi. Reis ve askerleri hâlâ Philip'in gemisindelerdi, savaş bitmiş, tutsaklar ve gemideki malların sayımı yapılıyordu.

Reis, "Ağzında ne geveleyip duruyorsun be adam, konuşsana!" dedi.

"Kaptan," dedi Parmaksız zar zor, "aşağıda bir kadın var, bağırıp çağırıp duruyor, yanına kimseyi yanaştırmıyor. Ne yapacağımızı şaşırdık," dedi.

Kemal Reis, "Hay Allah iyiliğini versin, bu muydu derdin," diyerek Parmaksız'ın ardından aşağıya indi.

"Gelmeyin, gelmeyin! Dokunmayın, yoksa yaklaşanı öldürürüm!" diye bağırdı Matmazel Veronika insanın kulağını delen bir çığlıkla. Üstelik Fransızca konuştuğundan ne dediğini kimse anlamıyor, elindeki bir bıçağı etrafına delice savuran kadına yanaşmaktan da çekiniyorlardı.

Kemal Reis kadını görür görmez etkilendi. Böylesi bir güzellik ve cesareti daha önce hiç bir arada görmemişti. Önce sesini çıkarmadan kadını usulca izledi, sanki zaman durmuştu ve etraftaki herkes puf diye silinivermişti de Fransız Matmazel ile Kemal Reis karşı karşıya kalmıştı. Beriki, kadının burnunu, dudaklarını, kaşlarını, gözlerini ve endamını tüm ayrıntısıyla inceliyordu.

Neden sonra öne çıkan Reis, Fransızcasıyla, "Kimse size dokunmak niyetinde değil, Hanımefendi," dedi. "Biz sizin askerleriniz gibi kadınlara ve çocuklara dokunmayız. Siz özgürsünüz ve dilediğiniz limanda sizi bırakırız."

Kadın karşısında bu kadar güzel Fransızca konuşan bir Türk gördüğüne şaşırdı ama kendini hemen toparlayarak, "Siz Türklerin barbarlıklarını ben çok işittim!" diye bağırdı. "Ele geçirdiğiniz gemilerdekileri herkesi kılıçtan geçiriyor, kadınlara tecavüz ediyor, çocuk ve yaşlıları denize atıyormuşsunuz! Girdiğiniz topraklardaki evleri talan ediyor, yakıp yıkıyor, taş üstünde taş bırakmıyormuşsunuz! Bir barbar Türk'ün eline geçmektense kendimi öldürürüm daha iyi!" Hayatı boyunca bir Türkle bile karşılaşmamış olan Matmazel Veronika, çocukluğundan beri kilisede duyduğu ayinlerin ezberiyle konuşuyordu.

Kemal Reis güldü, "Evet evet," dedi, "Hatta biz Türklerin elbiseleri insan derisinden yapılmadır, yemeklerimizde de kan içeriz!"

Sonra Matmazele iki adım daha yaklaşıp, "Haydi Hanımefendi, bırakın bu saçmalığı da kendinize zararınız dokunmadan önce verin şu bıçağı bana, herkes işinize dönsün," dedi. "Size söz veriyorum, kimse kılınıza dahi dokunamayacak. Size kendi kamaramı vereyim, orada tek başınıza rahat edersiniz, ben bile içeri girmem."

Veronika, Türk'ün gözlerindeki güven veren ifadeyi ve yüzündeki şefkati yadsıyamıyordu. Aslında o anda ona sorsalar hemen bu Türk'ün kollarına atılmayı tercih ederdi ama Türkler hakkında o kadar çok şey duymuştu ki korkusuna engel olamıyordu. Ne yapacağını bilemedi.

Reis, onun bir anlık tereddüdünden istifade ederek elindeki bıçağı bir çırpıda aldı ve adamlarına verdi. Askıdaki bir paltoyu alıp kadının yırtık elbisesinin omuzlarına ve göğsüne kapattı.

"Haydi artık rahat olun," dedi Reis. "Adamlarım sizi benim kamarama götürsünler ve orada dinlenin. Yolumuz üstündeki ilk limanda sizi Fransızlara bırakırız."

Matmazel Veronika sanki küçük dilini yutmuştu. Böylesi

bir nezaketi Fransız aristokratlardan bile görmemişti ki bir Türk denizciden beklesin!

Reis, adamlarına kadını kendi odasına götürmeleri için emir verdi ve kendisi tekrar yukarıya, işinin başına çıktı.

Piri Reis ise her zaman yaptığı gibi defterinin başındaydı. Onun kafası ya gökyüzünde yıldızlarda ya da yerde kâğıtların üstündeydi.

Piri Reis'in Defterinden: Pusula

Pusula her zaman gerçeğin peşinde.

Yeryüzünün neresinde olursa olsun her zaman aynı yönü işaret ediyor. İstanbul'da da, Karadeniz'de de, Ege'de de ve işte şimdi kıyılarında volta attığımız Kuzey Afrika'da da, pusulanın o küçücük iğnesi hep o yönünün peşinde. Ne kadar dönerse dönsün, ne kadar savrulursa savrulsun ibre yine dönüp dolaşıp aynı istikamete işaret ediyor. Zaman ve mekân onu kandıramıyor. Gece karanlığında da, gündüzün göz alıcı ışıltısında da, suyun üstünde ve karada, çölde ve denizde, dağın doruklarında ya da vadilerin en alçak noktasında, bu Elif şeklindeki ibre hedefinden hiç şaşmıyor.

Bu küçücük iğneye baktıkça kendimden utanıyorum. Bazen saatlerce, Mavi Aslan'ın güvertesinde oturuyor, elimde tuttuğum bu mucize aleti izliyorum. Böylesi bir sebat, böylesi bir irade, zamana ve mekâna böylesi bir kayıtsızlık beni kıskandırıyor. İnsanın içinde bulunduğu şartlar ve koşullar ne olursa olsun sürekli aynı gerçeğin peşinde olabilmesi ne büyük bir nimet olsa gerek. Hiçbir zaman doğrudan şaşmamak! Mevki ya da statüye aldırmadan, gelip geçici heveslere kapılmadan, maddenin aldatıcı doğasına kanmadan, kayaların ortasında ya da kuş tüyü yastıklarda, bir kulübede ya da altın ve yakutlarla kaplı bir sarayda sürekli ama sürekli aynı inançla, aynı istikamete yürümek! Bir pusula Elifi olabilmek!

Pusula, kendi istikametini bulduğunda, diğer yönleri de rahatlıkla tanımlayabiliyor. Güneyi kuzeyden, doğuyu batıdan ayırabiliyor. İnsanoğlu da hakikatten ayrılmadığı zaman doğruyu yanlıştan ayırt edebiliyor. Hâlbuki sisli havalarda, dumanlı ufuklarda yolculuk etmek, insanın gideceği yönü belirleyebilmesi ne kadar da zor! Peki pusula bunu nasıl yapıyor? Çünkü, iğne kendini, özünü biliyor ve onu arıyor. Mıknatıs, kuzeye ait olduğunu ve oradan geldiğini hiçbir zaman unutmuyor. Hava ne kadar sisli, görüş ne kadar kapalı olursa olsun, pusula Elifi kuzeyi hissediyor, biliyor, onunla bir oluyor. İnsan da geldiği yeri, özünü, varlığını bilirse, gideceği yeri de rahatlıkla görebiliyor. Gözün görmediğini, kulağın duymadığını ruh biliyor, kalp hissediyor. Eğer ruh ve kalp, geldikleri yeri unuturlarsa, o zaman beden de kayboluyor, şaşırıyor, bocalıyor. Bedene bağlı kalan insan kayboluyor, manaya güvenen ise yeryüzünde cenneti yaşıyor.

İşte bu yüzden, yolunu bulması gereken insan önce kendini bilmeli. İstikameti bilmek, kendini bilmekle; kendini bilmek yeryüzünü ve evreni anlamakla başlıyor. Bir denizci, suların ortasında, hangi tarafa bakılırsa bakılsın aynı manzaranın göründüğü, 360 derece aynılığın merkezinde yapayalnızdır. Karalar ona görünmez, sular konuşmaz, her şey sus pus olur. Issızlık ve yalnızlık, hiçlik ve anlamsızlık, yokluk ve varlık kendisini insana hiçbir zaman olmadığı kadar derinden hissettirir. İnsan, denizin ortasında bir damla bile olmadığını, ama damlasız da denizin olamayacağını anlar. Suların ortasında hiç olmadığı kadar anlar insan bir parça toprak olduğunu. Her toprağın bir parça yeryüzü olduğunu ve yeryüzünün bir parça evren olduğunu..

Bunu anlayan insan pusuladan farklı mıdır? Bir pusula Elifi olabilmek; bütün mesele bu!

58

"Elif," diye fısıldadı genç adam karşısında duran kahverengi gözlere bakarak. "Elif, seni seviyorum." Gencin babaannesi "badem gözlü" derdi ona. "*Ne zaman bizim yanımıza getireceksin? Ne zaman bizimle tanıştıracaksın badem gözlüyü?*"

Genç kadının yüzü kızardı, dudaklarında bir tebessüm belirdi ama kendini sıkıyordu, sevincini belli etmemeye çalıştı.

"Sevmek lafla olmaz, Davud," dedi, "iste beni babamdan."

Sert bir kesinlikle oğlanın yüzüne söylediği bu sözün ardından Elif kilerin ahşap duvarlarındaki sergenlerden üç bardak alıp elindeki işlemeli gümüş tepsiye koydu.

Davud, kendilerinden birkaç mahalle ötede oturan Eliflerin evine gece karanlığında saklı saklı gelmeye birkaç hafta önce başlamıştı. Üç katlı konağın önce bahçesine atlıyor, sonra da bir kaplan gibi duvardaki pencere kafeslerine, kavisli çıkmalara ve dışarıya uzanan ikinci katın çapraz kirişlerine tutuna tutuna evin kilerinin olduğu duvara tırmanıyordu. Sonra da açık bulduğu güllapları iki tarafa itiyor ve kendini kilerdeki yiyecek çuvallarının üzerine atıyordu. Bu odada neler yoktu ki... Kurumuş kayısılar, incirler, çuval çuval un, tuz ve şeker, mis gibi kokan kavanoz kavanoz gül reçelleri, çeşit çeşit turşular ve üst üste güzelce istiflenmiş pestiller...

"Efendi babam İtalya'dan döner dönmez isteyeceğiz Elif. Valideme de söyledim, herkesin gönlünü ettim."

"Bu sefer seni götürmedi mi?" diye sordu Elif. Oğlanın

en son yolculuğunda ortadan tam üç yıl kaybolmasına hâlâ kızıyordu.

"Bu," dedi Davud, "çok gizliymiş; sadrazam dahi bilmiyormuş nereye ve niye gittiğini. Ama bu sefer çabuk dönecek inşallah."

Çuvalların üstüne oturan oğlan, yanında bulduğu pancar pestillerinden bir tanesini koparıp ağzına attı, iştahla çiğnemeye başladı. Bir taraftan da diğer çuvallarda neler var diye karıştırmaya devam ediyordu.

"Didikleme şunları dedim sana kaç sefer!" diye çıkıştı kız, oğlanın pestile uzanan eline öyle hızla vurdu ki Davud elini ovuşturmaya başladı.

"Ne olur azıcık alsam sanki?"

"Anlamayacaklar mı birinin bu çuvalları didiklediklerini!?"

"Bu odaya hiç mi fare girmiyor yani?"

Elif gülümsedi. "Kusura bakma, ben seni unutmuşum!" dedi. Davud bozulmuştu. Evin iki kedisinden biri olan Gümüş de bu sırada "Ne oluyor burada?" der gibi Davud'un ayaklarında geziniyor, oğlanın yüzüne bakıyordu. Belli ki kedi evdeki bu yabancının kim olduğunu anlamaya çalışıyordu.

"Bak," dedi Elif, "Gümüş de senin koca bir fare olduğunu sezdi herhalde!" Kendini gülmekten alamıyordu ama sessiz olmaya çalıştığı için eliyle ağzını tutuyordu.

Davud, kediyi elleriyle tutup onu kucağına oturttu. Gümüş bu yeni pozisyonundan hoşlanmış gibi hiç sesini çıkarmadı ve oğlanın pestil bulaşmış parmaklarını yaladı. Oğlanın üzerinde belinden az aşağıya inen kısa kollu lacivert kaftanı kıllara bulandı. Davud, kedileri çok seviyordu ama bu tüylere bir türlü alışamamıştı. Her seferinde üstünü dakikalarca temizlemek zorunda kalıyordu. Gümüş ise şimdi de oğlanın ayağındaki ceylan derisi kahverengi çizmeleri hiç durmadan kokluyor, sanki bunların eskiden bir hayvana ait olduğunu hissediyordu.

Davud'un gözleri günlerdir hayalinde gezinen kızdaydı. Elif'in kilerin içinde salına salına gezinen vücuduna, kızın yayık ayranına zarafetle tası daldıran narin ellerine, tek bir damla bile tepsiye damlatmadan ayranı bardaklara aktarışına bakıyordu. Elif, tepsideki bardakları doldururken, oğlan onun bedenini süzüyordu. Kızın üstünde beyaz astarlı fıstık yeşili bir entari, belinde altın sarısı bir kemer, bileklerinden görünen yavru ağzı renkte saten bir şalvar vardı. Yakası görünen beyaz gömleği ve saçlarının yarısını kaplayan, kenarları çiçek süslemeli ve dantelalı yaşmağı ipektendi.

Oğlan daha fazla kendini tutamadı:

"Ne olur bir öpücük versen?"

Bunu sorarken kalbi güm güm atıyordu. Bunu nasıl dillendireceğini günlerce düşünmüş, kafasında binbir cümle kurmuş, ama her biri de heyecanını gidermek şöyle dursun onu daha da kararsızlaştırmış, çekingen yapmıştı. Nihayetinde kısa bir şiir yazmış, ama o anda şiiri de hepten unutmuş, ağzından çıkan beş kelimeyi beş kitap okumuş kadar zor söylemişti.

Kız birden durdu, arkasını dönüp oğlana baktı: "Ne dedin sen?!"

Davud öyle bir yutkundu ki, boynundaki adem elması sanki bir santim aşağı indi çıktı. "Hiç..." dedi, kekeledi, "Ne olur bana da bir ölçek ayran versen, diye sormuştum," diye kurtardı işi. "Canım çekti." Yüzü kıpkırmızıydı. Elif'in onu ilk seferde anlayıp anlamadığını bilemedi. Kız ona "Yalancı!" der gibi sinsi sinsi baktı, sonra önüne dönüp bardakları doldurmaya devam ederken, "Oldu," dedi, "istersen içeri gel, bizimkilerle iki sohbet et!"

Bu arada içeriden biri, "Haydi nerede kaldın kızım!?" diye seslendi. Elif'in anne babası ve büyükannesi çardaktaki sedirlere oturmuşlar, sohbet ediyorlardı.

Elif telaşlandı. "Eyvah, şimdi ikimizin de başını belaya sokacaksın! Haydi çabuk, nereden geldiysen oradan git! Bir daha da bu güllapları açık bırakmayacağım! Efendi babama söyleyeceğim, hepsine yeni kilit taktırsın!"

Bu sırada üst kata çıkan merdivenlerde ayak sesleri belirdi.

"Eyvah! Hadi hadi, git artık ne olur!" dedi Elif.

Gümüş birden doğrulup pencereye koşan oğlanın kucağından dört ayağı üzerine düşüverdi. Yerine tam alışmışken birden böyle ortada kalakalınca kızmış gibiydi.

"Tamam gideceğim ama," dedi oğlan, "tek bir şartla!"

Ayak sesleri şimdi üçüncü kattaydı. Gittikçe kilere doğru yaklaşıyordu.

Elif "Ne şartı! Delirdin mi sen! Hadi git!" diye sesini yükseltmeden kızgınlıkla Davud'a bakıyordu.

"Biliyorsun sen ne şartı olduğunu."

Oğlan pencerede yarı vücudu dışarıda dururken, Elif onun bazen mavi bazen de yeşil görünen gözlerine baktı. Dediğini yapmazsa oğlanın gerçekten gidip gitmeyeceğini düşündü.

Elif'in annesi kilerin kapısını araladığında kızını elinde ayranlarla karşısında buldu. Odanın ortasındaki kedi yalanmaya devam ediyordu. Tüyleri karmakarışık olmuştu.

"Allah kahretmesin!" dedi evin hanımı. "Yazıklar olsun!"

Elif şaşkınlıkla annesine baktı. Yüreği ağzındaydı.

"Bu kedilerin ikisini de kovacağım evden. Şu pestillerin haline bak. Yine kim bilir hangi hayvan didikledi bunları!"

Elif derin bir oh çekti.

Davud ise dışarıda tutunduğu duvarlarda yanağındaki öpücüğün etkisiyle gökyüzünde uçtuğunu sanıyordu.

59

Ba... Ba... Ba...

Sonra bir tane daha. Bir tane daha...

Şehzade Bayezid, likayı hokkasının içine batırınca simsiyah mürekkep ham ipeğin gözeneklerine hızla yayıldı. Şehzade, kandil siyahı, birinci kalite mürekkebin beyaz ipeği özümseme anını; o birkaç saniyeyi zevkle izlerdi. Mürekkebin yayılışında sanki ruhani bir şey gizliydi. Bu siyah mürekkebi, Hamdullah'ın ona tembih ettiği gibi şehrin camilerindeki kandillerin islerinden toplamıştı. Cami cami dolaşıp imamlardan is istemek için izin almış, sonra bunlara Arap zamkını altın tartar gibi hesap ederek eklemişti. *Beşte bir is, geri kalan dört parçaya zamk koyacaksın. Zamk bu oranı aşarsa, mürekkep çiğ bir parlama yapar, üstelik kalemin ucunda donmaya sebebiyet olarak çatlamaya neden olur. İs fazla olduğunda ise yazı çabuk dağılır, harfler detaylarını kaybeder, elin değdi mi kâğıdın üstünde yayılıverir de seni çileden çıkarırlar.*

Ba...

Şehzade Bayezid, Şeyh Hamdullah'ın önüne koyduğu harfi bugün belki yüzüncü defa yazıyordu. *Kalemin ucunu kâğıda kendinden emin bir şekilde değdirip azıcık aşağıya çektikten sonra bir tekne çizer gibi sola doğru getirecek, sonra harfin ayağını bükeceksin. Ba'nın sol boynuzu bir boğanın boynuzu gibi sivri olsun! Sonra boynuzun altına elmastan bir göz kondurmayı da unutma.*

Şehzade, ustasının söylediklerini aklından geçirerek harfi tekrar tekrar çizerken, *ba*'den mürekkep kelimeler de bir bir gözünün önünden geçiriyordu. *Ba* ne de olsa onun ismini başlatıyordu...

Bayezid, ba' (kudret); ba, ebcede göre "II"; *Sultan II. Bayezid; bedii,* güzel*; ba's,* diriliş*; bab,* kapı*; bahr,* deniz*; baht; Bais,* Ölüleri Dirilten*; Baki; Bari; Batın; Bedi; Berr; behişt,* cennet*; beniadem; beyyede,* beyazlatmak*; beytullah,* Kâbe...

Aylar sonra elifba'nın harfleri bitip de kelime meşkine başlayınca yüzlercesini yazacağı bu kelimelerden iki tanesi öne çıktı, zihninin uçsuz bucaksız duvarında birer altın çerçeveye asıldı:

İbn Bevvab ve *bismillah.*

Bayezid, hayatı boyunca yüzlercesini gördüğü besmele hattının nasıl oluştuğunu daha bu sabah öğrendiği için hayıflanmıştı. *Sen, besmele hattı nedir bilir misin?* diye sormuştu Hamdullah.

Ba'yı yüksek yap, s'yi iyice uzat, m'yi sakın bozma, Allah'ı güzel yaz, Rahman'ı uzun tut, Rahim'i kusursuz yap!

Bism-Allah-Er-Rahman-Er-Rahim.

19 harften mürekkep bir kapı.

Önce sabredeceksin, sonra rahmete ve berekete kavuşacaksın! S'nin sadeliğine, mim'den sonra başlayan berekete iyi bak. Allah'sız her şey kuru ve çolak! Sade ve sessiz. Kul ise Allah'ı mim'le, yani Muhammed'le öğrenir, gerisi berekettir. Dünya dediğin hayat bir yanılsamadır, uzun ince bir çizgiden ibarettir. Ahiret ise gerçekliktir, sen dünyanın değil, ahiretin bereketine inan. S sırat köprüsü kadar incedir, ama bir de öbür tarafa geçtin mi, bolluk ve bereket seni bekler.

Şehzadeyim diye böbürlenme, bezirganım diye yerinme. Rütbe takvadadır, tahtta değil!

Bayezid, Şeyh Hamdullah'ı hürmetle dinliyordu artık. Eskisi gibi sabırsızlık etmiyor, öfkesine yenik düşmüyor, Hamdullah'ın bir dediğini iki etmiyordu. Hayatı boyunca kapı üstlerinde, çeşmelerde, kitapların başında, camilerde, köşklerde, saraylarda ve daha pek çok yerde gördüğü besmele hattının öyküsünü de yine bir gün Hamdullah'tan zevkle dinlemişti. Şeyh, İbn Bevvab'ın hikâyesini tebessüm ederek anlatmıştı.

Düşün ki, İbn Bevvab, "kapıcıoğlu" demektir, Şehzade. Abbasiler zamanında on birinci yüzyılda yaşayan bu zat, bir saray kapıcısının oğluydu. Hayatı boyunca Abbasi aristokrasisi tarafından hor görülmüş, *pek çok ortamda küçük düşürülmüştür. İbn Bevvab ise saray tantanasına, halifenin etrafındaki şakşakçılara ve gösteriş meraklısı bu* üçkâğıtçılara *hiçbir zaman kulak asmamıştır. Hayatını İslam harflerine adamış, binlerce Kur'an yazmış, on binlerce sayfa doldurmuş, aklam-ı sitte'nin gelmiş geçmiş en büyük üç isminden biri olmuştur. Bir gece rüyasında Nurlar Nuru'nu görmüş ve işte senin şimdi önünde duran besmeleyi nasıl yazması gerektiğini tüm ayrıntılarıyla dinlemiştir. Yeryüzünün neredeyse tüm İslam mabedlerini süsleyen uzun s'li besmelenin hikâyesi* işte budur... Abbasi aristokratlarının ruhları şimdi nerelerdedir bilinmez, amma İbn Bevvab'ın, Kapıcıoğlu İbn Bevvab'ın beş asır önce şeklini verdiği besmele sayısız sarayların ve köşklerin, mabetlerin ve çeşmelerin baş köşesini süslüyor. Her kapının üstünde, tüm kapıları açan o sihirli tılsım yazıyor. Bu, hatt'a İbn Bevvab'ın hediyesidir.

Bayezid İbn Bevvab'ın *ba*'sını düşündükçe onu uçları yukarıya bakan bir hilale benzetti. Bu benzetme ona daha da anlamlı geldi, çünkü İbn Bevvab'ın bir lakabı da İbn Hilal'di. Nasıl olurdu da bu iki lakap birbirine bu kadar tezat olabilirdi? Biri "kapıcı;" yere bitişik olmaya mahkûm, yeryüzüne çivili. Diğeri, "hilal," gökyüzünün en güzel nesnesi, gözün gördüğü belki de en güzel varlık. "Hilal:" bir "h," iki "elif," iki "lam." Tıpkı "Allah" gibi; bir "h," iki "elif," iki "lam." Allah'ın adını en güzel İbn Hilal yazıyor. İnsanoğlunun kaderi, okumasını bilene ne büyük sırlarla dolu!

Peki ya Bayezid? Ya kendi ismi? Yezid, ki İslam tarihinin en büyük katliamlardan birini yapmış. Hz. Peygamber'in kendi elleriyle saçlarını okşadığı Hz. Hasan ve Hüseyin'i öldürmüş. "Yezid," ateşin ve kötülüğün simgesi... Şehzade, bu ismin onun artık yavaş yavaş kopmaya başladığı geçmişini anlattığını düşündü. Çünkü onun ismi "Yezid" değildi; "Ba-yezid" idi. "Bayezid"deki "b," bir olumsuzlama olabilir miydi? "biedeb," edepsiz; "bidin," dinsiz; "bigünah," günahsız; "bimekân," yersiz demek ise, "Bayezid" de Yezid'i içinde barındıran ama ona galabe çalan olamaz mıydı? Üstelik "Ba," "sonra" anlamına da geliyordu: "ba'de," sonra; "ba'delmilad," miladdan sonra; "ba'dema," bundan böyle... "Bayezid" da Yezid'den sonra, Yezid'den ayrı anlamına gelebilir miydi? Yeryüzünde her şey zıttıyla vardı, zıttıyla anlaşılırdı; siyah olmadan beyaz, ateş olmadan su, aydınlık olmadan karanlık anlaşılamazdı. Ba-yezid de işte böyle bu iki karşıt fıtratı kendi ruhunda toplamış olamaz mıydı? Ademoğlu isterse şeytandan bile daha fazla aşağılaşabilir, isterse meleklerin bile erişemediği yüksekliklere ulaşamaz mıydı? Bu seçenek hakkı, insanoğluna verilmiş en büyük mükafat değil miydi? Bu özgürlük değildi de neydi? Hangi din insanlara böylesi bir hakkı bahşetmişti? Hıristiyanlık insanları daha doğuştan günahkâr ilan ediyor, Musevilik ise tüm İsrailoğulları'nı kendiliğinden seçkinleştirmiyor muydu?

Ama İslam'da her şey kulun elinde! Günahkâr ya da seçkin olmak insanoğlunun yapacağı bir seçim! Yezid ya da Bayezid olmak!

Şehzade önündeki kâğıdın boş kalan köşelerine karalamasını devam ettirebilmek için kâğıdı evirip çeviriyor, *ba*'nın başta, ortada ve sondaki hallerini şekilden şekle sokuyordu. *Müsvedde*, Arapçada "karalamak" anlamına gelen *sevvede*'den geliyordu. Beyaz kâğıt ise *mübeyyede* idi; yani "beyazlatmak" anlamındaki *beyyede*; ağartmak, kusursuz hale getirmek. Bayezid, kâğıdı karaladıkça "Bayezid" ve *tebyiz* arasındaki bağı düşündü. İnsan *k*âğıdı *karaladıkça, kalbini ağartır,* demişti bir keresinde Hamdullah. *K*âğıda *akan mürekkep aslında senin kalbine akan bir şelaledir, Şehzade! Sen kalemi k*âğıda sürünce duyduğun inilti kalemden değil senin ruhundan çıkıyor. Kalem ağladıkça *k*âğıt güler... Ama sakın unutma, aşk olmadan meşk olmaz.

Ba... Ba... Ba...

Sonra bir kere daha. Bir kere daha...

Bayezid, bu harfleri yazarken kimi zaman haddinden ötürü *ene*'deki iki *elif*'in arasında kalmış bir *nun* gibi inleyecek, kimi zaman da *kaf* harfini yaza yaza kendini *kaf* dağının doruklarında hissedecekti.

Her harf, iki ana parçadan oluşur, demişti Hamdullah. *Harfin bir cevheri vardır, bir de zaidi vardır. Cevher, harfin aslıdır; onu diğer harflerden ayıran en küçük özelliktir.* Ha*'nın bir ayakta duran bir kobra yılanını andıran başı,* ba*'nın Yakut noktası,* mim*'in öne eğik başı,* re*'nin hançer gibi kıvrılan ayağı, onun cevheri, gerisi ise şekli tamamlayan ilavelerdir. Cevhersiz zaid bir hiçtir. Harfin önce cevherini bulacaksın, sonra gerisi gelir. İnsanoğlu da öyle değil midir, Şehzade? Cevheri işlenmeyen bedenden ne hayır gelir? Her harf insan gibidir. Sadece cevheri değil, onun da başı, gövdesi, omuzları, ayakları vardır. Bu harfleri anlayan hattat, insanı da anlar. Harflere hizmet eden hattat, insanlığa hizmet eder. Hayatın sırrı harfte gizlidir. Hafıza, harften mürekkeptir. Tarih, varlığını harfe borçludur.*

Eskiden Arap şairleri, Bize üç harf verin size kainatı yaratalım, derlerdi. "k," "t," "b." Kitab, mekteb, katib, küttab, mektub... "a," "b," "d;" abd, ibadet, mabet, mabud... "a," "l," "m;" alim, ilim, alem, ulema... "a," "r," "f;" arif, irfan, marifet, tarif, maruf... "h," "f," "z;" hafıza, mahfaza, hafız, hıfz... "k," "l," "m;" kalem, kelime, kelam...

Peki bu üç harf nereden gelir? Arapça ilahi dil değil de ya nedir, Şehzade?

Şu harflerdeki sırrı bile düşünmek insana kutsal bir dili ve onu yaratan kutsal varlığı anlatmaya yeter.

60

Davud, büyük bir ovanın ortasındaki San Jeronimo Manastırı'na geldiğinde bir duvara çarpmış gibi durdu. Soluk soluğaydı. Buraya bin metre kala tüten dumanları gördüğünde hemen koşmaya başlamış, peşindeki David, Esther ve diğerleri ile arasındaki mesafeyi açmış ve bir an önce manastıra ne olduğunu görmek istemişti. Malaga'ya gidiş yolları üzerinde Davud'un aylardır yaşadığı manastır vardı.

Fransiskan Tarikatı'nın şehirdeki en önemli temsilcisi Peder Paulo'nun denetimindeki manastır ona aylarca ev sahipliği yapmış, güvenli bir şekilde gizlenmesini sağlamıştı. Şimdi ise bina, artık sönmeye yüz tutmuş alevleri doyuruyordu.

Davud'un içinde kim bilir kaç geceyi uykusuz ya da kâbuslarla geçirdiği odası, karnını doyurduğu mutfağın çatıları, Hz. İsa'nın tasviri önünde eğildiği ama içinden kim bilir hangi Kur'an ayetlerini okuduğu Manastır'ın küçük kilisesi, atların bulunduğu ahırlar ve daha pek çok bölümden oluşan yapıdan geriye yanmış odun parçaları, kalaslar, simsiyah tüten bir duman ve insanın genzini yakan ağır bir is kokusu kalmıştı.

David, arkadan yetişip Davud'un gözlerine baktığında, bu gözlerin dumandan mı yoksa üzüntüden mi yaşla dolduğunu anlayamadı. Sormaktan çekindi.

"Burası bir cami miydi yoksa sinagog mu?" diye sorabildi yükselen dumanlara bakarken. Öldürülenler ya da kaçırılanlar Müslüman mıydı yoksa Yahudi mi diye düşündü.

Davud, gözleri yaşlı ve kırmızı; garip bir gülümsemeyle,

"Hiçbiri," dedi. "Burası bir manastırdı. Üstelik bir Katolik Manastırı."

David anlamakta zorlanarak, "Ama bu nasıl olur?" dedi. "Katolikler artık kendi kiliselerini de mi yakıyorlar?!"

Davud, binanın bir harabeye dönmüş kilise kısmına yaklaşırken, "Bildiğim tek bir şey var," dedi, "O da bu adamların dininin falan olmadığı!"

Manastırın eski keşişi Davud, binanın yükselen dumanlarını gördüğü andan itibaren aklına gelen sorunun cevabını düşünüyordu hâlâ. Acaba Peder Paulo sağ mıydı? Yerdeki simsiyah kalas parçalarının arasından geçerek Peder'in nerede olduğuna dair bir iz arıyordu.

Yahudi, "Yoksa burası..." diye başladığı sorusunu korkarak devam ettirdi, "yoksa burası senin gizlendiğin manastır mıydı?"

Müslüman'ın yüzündeki ifadeden sorduğu sorunun cevabını almıştı.

Davud, küllerin arasında kaybolmuş, yanmış bir odun parçasının arkasına adeta saklanmış, yerdeki, çarmıha gerilmiş Hz. İsa heykelini tutup çıkarttı ve kilisenin merkezindeki, ayakta kalmış ama isten kararmış mermer parçasının üstüne koydu.

O sırada arka taraftan belli belirsiz bir ses işitti. Hemen arka tarafa dolaşarak, sesi takip etti ve onun, manastırın mutfak kısmında, duvarın dibindeki ahşap tahtaların altından geldiğini fark etti. Ayağıyla tahtalara vurarak hangi kısmın altının dolu, hangisinin boş olduğunu anlamaya çalıştı. Kısa bir süre sonra, şimdi üstünde durduğu tahtaların altında gizli bir bölme olduğunu anladı. Yerdeki tahtalarla, duvarın bitiştiği yerde küflü bir kol buldu ve tüm gücüyle yerdeki ahşap kapağı kaldırdı.

Üstü başı simsiyah is içinde, gözleri kıpkırmızı yaşlı bir rahip öksürerek kendisini yukarı çekmelerini istiyordu.

David, "Bu adam dumandan boğulmak üzere!" dedi. "Saldırıda buraya saklanmış olmalı."

İkili, yaşlı adamın birer bileğine yapışarak onu yavaşça yukarı çektiler ve dışarıdaki açık havaya taşıyarak adamın rahat rahat nefes almasına çalıştılar. Fakat rahip kim bilir kaç saattir ciğerlerine çektiği dumanın etkisiyle iyice zehirlenmişti; öksürmekten kendini alamıyordu. Buna rağmen, sanki bir şeyler söylemeye çalışıyordu. Davud sırtüstü yere yatan adamın üstüne eğilerek ne dediğini anlamaya çalıştı.

"Dominik... Dominik Şövalyeleri!" diyebildi adam kesik kesik. Davud cümleleri sürekli öksürükle kesilen adamın ne demeye çalıştığını zar zor işitiyordu.

"Dominik Şövalyeleri saldırdılar. Peder... Peder Paulo'yu... arıyorlardı. Onu... onu korumak isteyenleri... Herkesi... götürdüler..."

"Nereye götürdüler" diye sordu Davud. "Peder Paulo nerede?"

Adamın öksürüğü artık hiç kesilmiyor, boğazındaki hırıltı ise iyice artıyordu.

David endişeyle yaşlı adama ve Davud'a baktı. Esther ve diğerleri de gelmiş, önlerindeki trajik manzarayı izliyorlardı. Ellerinden bir şey gelmediği için çaresiz ve üzgündüler.

Yaşlı adam, "Kur..." dedi ama kelimesini tamamlayamadı. Yahudi ve Müslüman, sen anladın mı, dercesine birbirlerine baktılar. Adam can havliyle son bir kez daha denedi: "Büyük Kur..." Fakat nafile, kelimesi yine tamamlanamadan ağzını ve gözlerini kapadı.

Rahip ölmüştü.

Cesedin başındaki ikili,sessizlik içinde birbirlerine baktılar.

David, "Bu bir vahşet!" diyebildi hınçla. Davud'a dönerek, "Nereden bahsettiğini ben anlayamadım," dedi. "Belki o zaman bir şansımız olabilirdi."

Davud ayağa kalktı ve yüzünü güneybatıya doğru döndü. İki eli de sımsıkı yumruk halindeydi.

"Ben anladım," dedi. "Peder Paulo'nun hapsedildiği yeri anladım."

David şaşkınlıkla doğrularak, "Neredeymiş?" diye sordu.

Davud gözlerini ufka dikmiş olarak cevapladı:

"Büyük Kurtuba Camii."

"Yani Büyük Kurtuba Katedrali mi?"

Davud, arkadaşının yüzüne dönerek, "Senin için Katedral olabilir ama benim için hâlâ bir camii," dedi.

David, Davud'un yüzündeki ifadeyi gördüğünde, yolculuklarının uzadığını hemen anladı. Müslüman, Kurtuba'ya gidip Peder Paulo'ya ne olduğunu anlamadan kesinlikle yola devam etmeyecekti. Bu ise güzergahın değişmesi demekti ki, *Saf Hıristiyan Kanı Ehliyeti* olmadan Kurtuba'dan öte tarafa ilerlemelerine imkân yoktu.

61

"Sen aklını mı yitirdin?" dedi David, "Ne yani, Kurtuba Katedrali'ne girip, oradan Peder Paulo'yu elini kolunu sallayarak çıkartabileceğini mi sanıyorsun?!"

Yarım saattir Davud'u ikna etmek için uğraşıyordu. Oysa, Müslüman sanki hiçbir şey duymuyormuş gibi oturduğu yerden kılıcını bilemeye devam ediyordu.

Samuel, "Ağabeyim doğru söylüyor. Katedralin içindeki zindanlar ülkenin en iyi korunan yerlerinden biri. Belki Seville'deki Suprema'dan sonra en iyi muhafaza edilen zindanlardır!"

Esther, "Üstelik daha biz Kurtuba'ya girer girmez, yakalanıp Engizisyon'a atılırız!" diye ekledi çaresizlikle.

"Beraber gideceğimizi kim söyledi?" diyerek sessizliğini bozdu Davud. Oturduğu yerden kalkarak yanı başındaki silahlarını kuşanmaya başladı. Manastırda yaşadığı zamanlarda sakladığı küçük cephaneliği, yerin altında olduğu için yangından hiç etkilenmemişti. Neler yoktu ki şimdi önünde duran silahların arasında: İki elle tutulabilen şövalye kılıçları, çeşitli boyutlardaki bıçaklar ve hançerler, yüzü aşkın ok, üç adet Türk yayı ve tüm bu silahları rahatlıkla taşıyabileceği tirkeşler, deri kemerler, kabzalar ve kılıflar... Bol abasının altına silahları özenle yerleştirirken, Abdullah, "Peki sen yokken biz ne yapacağız?" diye sordu endişeyle.

"Siz Malaga Limanı'na doğru yola devam edeceksiniz."

Esther, "Sen yokken haydutlara, El-Mohad gerillalarına ya da hırsızlara rahatlıkla yem olabileceğimizi bilmiyor musun?" dedi öfkeyle.

Samuel, "Granada'nın düşüşüyle birlikte tüm güney İspanya'ya yayılan haçlı şövalyelerini de unutmamalı! Şimdi hepsi de başıboş itler gibi ya Müslüman ya da Yahudi avına çıkmışlardır."

Davud'un tavrında hiçbir değişiklik yoktu. Bütün bunları o sanki daha önceden düşünmüş, her şeyi planlamış gibi konuşuyordu. "Sürekli güneydoğuya doğru ilerleyeceksiniz. Size takip edeceğiniz istikameti ve yapmanız gerekenleri detayıyla anlatacağım. Zaten yarın öğlene diğer Yahudi kervanlarına katılırsınız; kalabalıkta olduğunuz zaman da eminde olacaksınız. Üç gün sonra Rio kasabasında tekrar sizi yakalamaya çalışacağım."

"Evet," dedi Esther alaycı bir ses tonuyla. "Eğer hâlâhayatta kalırsan!"

David, "O zaman ben de seninle geleyim," diye önerdi, "Buna ihtiyacın olacak."

Davud, Yahudi'ye dönerek, "Kesinlikle olmaz," dedi, "Grupta ne kadar erkek olursa o kadar güvende olursunuz. Aksi takdirde haydutlar sizi gözlerine kestirebilirler."

Abdullah, "Peder Paulo belki de çoktan ölmüştür," dedi soğukkanlılıkla. "Boşu boşuna hem kendini hem bizi tehlikeye atıyorsun."

Davud bunu da düşünmüş gibiydi: "Olabilir," dedi, "her halükarda ona ne olduğunu öğrenmem gerekiyor."

David, "Bu peder neden senin için bu kadar önemli?" diye sordu.

Davud duraksadı, Yahudi'nin yüzüne baktı ve grubun önüne haritayı açıp da uzun uzun ne yapacaklarını anlatmadan önce aslında herkesin kafasındaki soruyu net bir şekilde cevapladı:

"Benim hayatımı kurtardı. Ona borçluyum."

Gruptan ayrılmadan önce son bir uyarıda bulundu: "Kesinlikle arkamdan gelmeyin ve üç gün sonra Rio'da beni bulamazsanız arkanıza bakmadan yola devam edin!"

62

Davud, dolunayın altındaki kadifemsi lacivert rengin altında ilerliyordu. Dikkat çekmemek için seçtiği bir katırın üstünde, bol cüppesi ve kafasına geçirdiği kapüşonu ile sanki bir hayalet gibi görünüyordu. Gecenin sessizliğinde Roma Köprüsü'nün üstüne geldiğinde hemen karşı yakada, derin bir okyanusun içindeki, altından sahillerle kaplı bir vaha gibi yükselen Kurtuba Camii'ne baktı. Bu mabedi her gördüğünde kalbinin tam ortasına bir hançer saplanmış gibi göğsünde müthiş bir acı hisseder, bağrındaki yanmayı uzunca bir süre kolay kolay gideremezdi. Gözlerindeki buğuya asla engel olamazdı.

Yağmurun ve bereketin, çiçeklerin ve portakal ağaçlarının hükmettiği bu Endülüs toprakları, Arapların, sanki kendilerini evde hissetmek istercesine buraya kurdukları bu devasa mabedin kahverengi, sarı ve altın rengi duvarları ve çatıları Sahra'nın heybetli kum dağlarını anımsatıyordu. İçerdeki sütunlar ormanından yükselen sıra sıra dikdörtgen çatılar, Arap yarımadasının mistik çöl dağlarından farksızdı. Yıllar önce okuduğu bir şairin dizelerinde, Davud, Kurtuba Camii'nin, bir sevgilinin aşığına ördüğü, ince ince nakışlarla işlediği, ipekten dantelalarla bezeli büyülü bir mendile benzediğini okumuştu. Büyük Kurtuba Camii, şüphesiz yeryüzünün en iyi işlenmiş, en güzel mabediydi.

Ta ki iki asır önce Katoliklerin ele geçirdiği camii hunharca kiliseye dönüştürülünceye değin...

Davud, eskiden minare, şimdi ise bir çan kulesi olan yapının kuzeybatı ucundaki, bir yama gibi eklenen eğreti duvarlara baktı. Engizisyon'un Kurtuba'daki suçlularının buradaki ek hücrelerde ve hemen iç taraftaki avluya inşa edilen zindanlarda tutulduğunu iyi biliyordu. Zira dışarıdaki Engizisyon muhafızları ve Santiago Tarikatı Şövalyeleri'nin yoğunluğundan da bu anlaşılıyordu. Peder Paulo burada olmalı, diye düşündü Kara Davud ve katırın burnunu kulenin dibine doğru çevirdi.

Abdullah'ı Toledo'daki Alkazar Kalesi'nden kurtarmak için kullandıkları yolu burada da deneyecekti. Şansı yaver giderse sadece on dakikalık bir süre içinde bir yanında Peder Paulo ile dışarı çıkabilecekti.

"Hayrola Peder, gecenin bu saatinde burada işin ne?" diye sordu kapının önündeki muhafızlardan biri Davud'a.

"Yüce İsa'nın selamı hepinizin üzerine olsun. Seville'den geliyorum. Şurada adı yazan mahkûmu Suprema'ya götürmekle yükümlüyüm."

"Sabah saatlerini bekleyemedin mi peder?"

Muhafızın yüzünde tehditkâr bir ifade vardı. Sesi ise oldukça sertti. Daha ilk andan itibaren Davud, bir şeylerin ters gidebileceğini sezmeye başlamıştı. Ne ki, soğukkanlılığını elden bırakmadan, "Biz emir kuluyuz, asker, yarın sabaha Seville'de olmam gerekiyor. Zamanlamayı belirlemek benim elimde olan bir şey değil," dedi.

Davud'un gözlerine dik dik bakan muhafız, bakışlarını keşişin cüppesine doğru kaydırdı. Din adamının belinden ve sırtından çıkıntılarını belli belirsiz hissettiği şeylerin ne olduğunu öğrenmek istiyordu. Davud ise onun, cüppesinin içindeki silahları fark edip etmediğini anlamaya çalışıyordu.

Diğer muhafız, "Kâğıtlarını görelim," deyince Davud da hemen omzuna asılı deri çantanın içindeki mühürlü bir mektubu görevliye verdi. Evrakı inceleyen muhafız, bunları sonra yanındakine, Davud'u hâlâ baştan aşağı süzmeye devam eden askere verdi. Adam, şüphesini muhafaza ederek bir gözü Davud'da, kendisine uzatılan mektuba bakmaya devam etti.

"Peki," dedi sonunda yüz ifadesini değiştirmeden, "geç bakalım."

Davud, katırından inerek muhafızların arasından geçti ve önünde açılan kapıdan içeri girdi. Arkasında bıraktığı muhafızın rahat durmayacağını hissediyordu.

İki ayrı asker eşliğinde zindana gelen Davud, Peder Paulo'yu duvarın dibinde ama hâlâ sağ olarak görünce sevindi. Fakat perişan haldeki adamcağız başını kaldırıp da Davud'a baktığında, Müslüman onun burnundaki, kaşındaki ve sakalındaki artık kurumaya yüz tutmuş lekeleri gördüğünde sevinmek içi erken olduğunu anladı. Adamın iyiden iyiye darp edildiği çok açıktı. Peder karşısında Daniel'i gördüğünde ne yapacağını şaşırdı. Davud ise ona bakışlarıyla işaret ederek hiçbir şey söylememesini sağladı.

Davud parmaklıklardan içeriye girerken yanındaki askere, "Sen dışarıda bekle," dedi.

Asker böyle bir şeyi beklemiyormuş gibi keşişin yüzüne baktı. Davud devam etti: "Yolculuk öncesi mahkûmun sağlığını kontrol edeceğim ve günah çıkartacağım. Yolda ölürse ruhunu kurtarabilmesinin tek yolu bu!"

Elinde anahtarlarla bekleyen asker, keşişle tartışamayacak kadar yorgun hissediyordu kendini. Kenara çekildi ve kapıda beklemeye başladı.

"Peder," diye fısıldadı Davud içeri girer girmez, "sizi kim bu hale getirdi?"

Yaşlı adamı kollarından tutup yukarı doğru kaldırdı.

"Santa Hermandad Şövalyeleri," dedi Peder Paulo belli belirsiz bir şekilde, "Torqueamada'dan almışlar emirlerini. Manastırımızın Yahudi ve Müslümanlara saklı saklı yardım ettiğini iddia ediyor. Aramızda düşman ajanlar bulunuyormuş."

Davud, Peder Paulo'nun başına gelenlerden ötürü adeta

kendini sorumlu hissediyordu. Fakat Peder sanki onun öyle hissettiğini anlamış gibi, "Üzülme oğlum," dedi, "Torqueamada bugün olmazsa yarın başka bir bahane bulacaktı. İspanya toprakları artık gerçek inançlı insanlar için bir cehenneme dönüşüyor." Bir süre öksürüp kendini toparladıktan sonra peder, "Onların safında olmadığım için çok huzurluyum," diyerek devam etti.

"Sizi buradan kurtaracağım, Peder," dedi Davud adama cesaret vermeye çalışarak.

Peder tebessüm etti: "Ben zaten buradan kurtulmak üzereyim, evladım; boşuna gelmişsin."

Davud, "Buradan çıkmamız lazım, Peder," dediğinde yaşlı adam başını iki tarafa salladı., "Çok yorgunum, Daniel. Ne yürüyecek ne de hareket edecek halim var."

"Yapabilirsiniz, Peder. Sadece yüz metre kadar yürüyeceğiz, sonra sizi bir ata bindirip götüreceğim buradan."

Peder, Davud'un bunu yapmaktan vazgeçmeyeceğini çok iyi bildiği için, "Tamam, deneyeceğim, ama başarılı olabileceğimi sanmıyorum," diyerek ileri doğru hareket etti.

Davud, "Göstermelik olarak bunu bileklerinize takmam gerekiyor," dedi ve elindeki demir kelepçeyi yaşlı adamın bileklerinden geçirip vidasını yavaşça sıktı.

Keşiş, mahkûm ile birlikte az önce geldiği koridorun başına döndüğünde, orada kendisini kapıda sorgulayan muhafızın yanında yarım düzine adamla beklediğini gördü.

"Sizi şu taraftan alalım," dedi muhafız. Yüzündeki sinsi gülümseme Davud'un hiç hoşuna gitmemişti. "Kurtuba Katedrali Baş Muhafızı sizi görmek istiyor. Seville'e sizden göndereceği bir mesaj varmış."

Davud, kendisine söylenenin bir ricadan çok emir olduğunun farkındaydı ve bu adamların ne tür bir oyun oynadığını anlamaya çalışırken, "Olur," anlamında başını hafifçe öne eğdi. Önlerinde ve arkalarında ikişer ayrı muhafız ile mabedin içinde ilerlemeye başladılar.

Vakit gece yarısı olmasına rağmen Kurtuba Camii'nin içi sanki gündüz gibi aydınlıktı. En büyüğü bin adet kandil taşıyan yüzlerce avize tavandan tüm heybetleriyle sarkıyor, kendilerini dizayn eden Müslüman mühendislerin zaferlerini altlarından geçen insanlara adeta haykırıyorlardı. Davud, I. Abdurrahman bölümündeki hurma ve palmiye ağaçlarının dimdik gövdelerini anımsatan granit, mermer veya tek parça somakiden mürekkep sütunların arasından geçtikçe sanki içindeki yanma daha da artıyordu. O aslında bu mabedin içine bu kadar girmeyi, mescidin içinde dolaşmayı, yeryüzünün en büyük, en güzel camisinin bir katedrale çevrilmiş duvarlarına bakmayı hiç ama hiç istememişti. Müslümanların en güzel gelininin, bir Katolik'e gelin gitmesini hiçbir zaman içine sindirememişti. Kurtuba mabedini yeryüzünde eşsiz kılan en büyük özellik sanki karşı karşıya koyulan aynalarla sonsuz bir yansımanın içindeymiş gibi sürekli sayıları artıyormuş görünen bu sayısız sütun ve onların üstünde yine aynı şekilde yükselen yarım daireler şeklindeki kemerlerdi. Sütunların üstünden kıvrılanlar sanki taş değil de, Medine'nin palmiye ağaçlarının yaprakları gibiydiler.

Artık Müslümanların içeriye girmelerine dahi izin verilmeyen ulu mabedin altın mozaik işlemeli kubbeleri sanki Davud'u eski bir dost gelmiş gibi selamlıyorlardı. Davud, sütunların arasından geçerken bir zamanlar orada saf tutan İbn Rüşdlerin, İbn Tüfeyllerin, İbn Hazmların, İbn Arabilerin, El Makkarilerin ve El Kurtubilerin omuzlarına dokunur gibi hissetti kendini. Keşiş ve etrafındakiler Avrupa'nın yüzyıllar sonra inşa edilecek gotik katedrallerine bile ilham kaynağı olacak atnalı kemerlerinin altından birer birer geçtiler. II. Abdurrahman meydanındaki hilal şeklindeki bu kemerler sıra sıra kırmızı ve sarı taşlardan oluşuyordu. Gece ve gündüz, toprak ve hava, çöl ve deniz, kul ve iman bu kemerlerin taşlarında, bini aşkın sütunun üzerinde birleşiyordu. Yer ve gök, kadın ve erkek, madde ve mana, Güneş ve Ay, sanki tüm kainat Kurtuba Camii'nin bu taşlarında saklanmıştı. Sonsuzluk ve imanı, 10. yüzyılın İspanya Müslümanları burada bir mabede çevirmeyi başarmışlardı.

Mabedin her bir bölümü Endülüs'ün cihanşümul bir hükümdarı tarafından yapılmış olduğundan, içerde yürümek, Müslüman İspanya'sının tarihi içinde yürümekten farksızdı. Her bir hükümdar, kendi zamanının ihtişamını mabedin aslına uygun olarak genişletilen kısımlarında göstermeye çalışmıştı. III. Abdurrahman kemerlerine geldiğinde Davud sol tarafına bakmak bile istemedi. Çünkü burada camiinin tam ortasına bıçak gibi saplanmış Katolik kilisesinin tasvirleri duvarlarda yükseliyordu. Bir zamanlar yeryüzünün en güzel mihrabı olan çiçek süslemeli, zümrüt yeşili, altın sarısı, ve okyanus mavisi renkten taşlarla sıralı, Kufi hatlarla kaplı duvarlar şimdi bir katedrale ev sahipliği yapıyordu. Sütunların araları duvarlarla örülmüş, içeriye sıralar yerleştirilmiş, mermerden bir sunak ilave edilmiş ve Kurtuba Camii, Kurtuba Katedrali olmuştu.

"Bu taraftan," dedi Davud'un önündeki muhafız. Hüzünlü bir hayalden gerçekliğe geri dönen bir ruh haliyle Davud, denen tarafa döndüğünde koridorun sonunda kendisini başka bir grup şövalyenin beklediğini gördü. Tam ortadaki insan azmanının Torquemada'nın özel muhafızı Lukas olduğunu gördü. Şövalyenin kafasında o garip köpek suratlı miğferi duruyordu. Onun sağında ve solunda tam zırhlı iki asker daha duruyor, onların etraflarını da katedralin diğer muhafızları sarıyordu. Fakat Davud'un dikkatini en çok onların hemen önünde duran, siyah beyaz abasından Dominik rahibi olduğunu anladığı adam çekmişti.

Davud, duvarlardaki Doğu Roma tarzında işlenmiş mozaiklerden El Hakim bölümünde olduklarını anladı. El Hakim'in Konstantinopol'dan getirttiği mozaik ustalarına kim bilir kaç yılda nokta nokta döşettiği altından parçalar hâlâ dün yapılmış gibi ışıl ışıl parlıyordu.

"Peder ya da her kimsen," dedi ortadaki insan azmanı şövalye bir eli belinde, diğeri kılıcının hemen yanındaki hançerinin kabzasında, "Bizi uğraştırmadan ya gerçekten kim olduğunu söyle ya da biz sana söyletmesini biliriz!"

Davud şaşkınlığını bastırarak, "Siz ne demek istiyorsunuz? Bir Suprema rahibiyle nasıl böyle konuşabiliyorsunuz?!" diyebildi.

İşte o zaman şövalyenin yanıbaşındaki Dominik rahibi konuştu:

"Peder, ya ben körüm, ya da siz bir hayaletsiniz. Zira, otuz altı yıldır Suprema'nın içinde yaşıyorum ama ne size rastladım ne de böylesine bir göreve şahit oldum. Bir rahibin tek başına böylesine önemli bir suçluyu gece yarısı alıp götürmesi akıl alır bir iş mi?"

Davud'un nefesi boğazında düğümlendi.

"Ama cesaretinizi takdir ediyorum," dedi şövalye gülerek. "Her kimseniz, oldukça hayalperest biri olmalısınız." İnsan azmanının yüzündeki gülümseme birden kayboldu ve muhafızlara başıyla işaret ederek keşişin tutuklanmasını emretti.

İki muhafız öne çıkarak Davud'un birer kolundan yapışıp bileklerini kelepçelemeye giriştiler. Ancak o sırada Davud öne çıkardığı kollarını kimsenin pek de seçemediği bir hızla yukarı kaldırarak muhafızların kafalarına götürdü ve kulaklarından yapıştığı adamların kellelerini birbirine tokuşturdu. Birbirine çarpan iki sürahi gibi, adamların çatlayan kafataslarının sesini herkes işitmiş gibiydi.

Davud yine aynı çeviklikle cüppesinin içinden kılıçlarını çıkartırken Peder Paulo'yu da hemen arkasına aldı. Önüne atılan bir Santa Hermandad şövalyesini ve iki katedral muhafızını kılıç darbeleriyle yere yıktıktan sonra El Mansur bölümündeki sütun ormanının içine daldı. Yanında Peder olmasa çok daha hızlı hareket edebilir, peşindekilerden rahatlıkla kurtulabilirdi ama yaşlı adam zar zor hareket ediyordu ve çok yavaş koşabiliyordu. Ne ki, arkalarından çapraz yaylarla atılan okları Kurtuba'nın granit sütunları kesiyordu. Davud, mabedin güneybatısındaki çıkış kapısının buradan kurtulmanın tek yolu olduğunu biliyordu ve o yönde ilerlemeye çalışıyordu. Önünde dolaşan iki muhafızın birini boynuna çaldığı kılıçla, diğerini sol dirseğini adamın suratına geçirerek yere yıkıp hızla ilerlemeye devam etti. Pederi tutup, daha hızlı koşması için yardımcı olurken sol tarafında bir fısıltı hissetti. Yüzünü çevirdiğinde burnunun hemen önündeki sütuna bir okun çarpıp yere düştüğünü gördü. Sanki Kurtuba Camii'nin sütunları onun yanındaydılar ve her biri onun için savaşan bir asker gibi Davud ve Peder'e gelen okları kesiyordu.

Fakat ikili mabedin bir şapele çevrilen bölümünden geçerken ortada savunmasız bir şekilde kaldılar. Villaviciosa Şapeli'nin geniş meydanına yer açmak için bu bölümdeki sütunlar, diğer pek çokları gibi kesilmişti. Davud tüm telaşına rağmen bu bölümden geçerken, sanki asırlar önce kesilen mermer sütunlar değilmiş de kendi kolları ve bacaklarıymış gibi bir yanma hissetti. Hemen karşı taraftaki Aziz Paul Sunağı'na geldiğinde bu acıyı sanki peder de hissetmiş gibi ahladı. Bu sesle birlikte peder sanki olduğu yere çivilenmiş gibi hareketsiz kalakaldı. Davud kolundan tuttuğu yaşlı adama yüzünü çevirdiğinde onun yere yığılmak üzere olduğunu gördü. Pederi sırtından tutup yere yavaşça çökmesini sağladı. Yaşlı adamın tam sırtına saplanmış bir hançerin soğuk kabzasını avucunda hissetti.

Sütunların kesildiği bu bölgede en başından beri aradığı açıklığı bulmak için zaman kollayan Santa Hermandad şövalyesi Lukas fırlattığı hançeri yüz metre öteden Peder'in sırtına saplamayı başarmıştı. Davud kan çanağı olmuş gözlerle pedere bakmaktan başka hiçbir şey yapamıyordu. Işık ve gölgenin, hava ve toprağın geometrik bir büyüyle hükmettiği kubbeden süzen ay ışığı, maksurenin tam önündeki ikilinin üzerine düşüyordu.

Artık son sözlerini eden peder, "İlahi adalet," dedi. Davud onun neden bahsettiğini anlayamamıştı. Peder fazla zamanı kalmadığını anlayarak devam ederken muhafızlar hızla yaklaşıyordu: "Biz," dedi, "sizin bu güzel mabedinize bir hançer gibi bu şapeli sapladık, burayı bir kiliseye çevirdik. İşte şimdi Aziz Paul sunağında bir Peder Paulo'ya da sırtından hançerle saplanıp öldürülmek yakışır."

Davud şaşkınlıkla pedere baktı. Onun kendisinden bir Müslüman olarak bahsetmesine hayret etti.

Peder, "Git," diye devam etti, "Kendini kurtar! Malaga'da kitap avcısı Keşiş Santiago'yu bul, o sana yardım edecektir."

Gözlerini kapatan yaşlı adamı Davud cansız bir şekilde yere yatırdıktan sonra ayağa kalkıp yanı başındaki muhafızları tüm hıncıyla yere yıktı. Başını bir an arkasına çevirdiğinde koridorun ucundaki Lukas ile göz göze geldi. Fakat şimdi bunun için vakti yoktu. Tekrar sütunların arasına daldı ve önüne kim çıktıysa onu kılıçla, yumrukla, dirsek ve tekmeyle bertaraf ederek devam etti. Koluna gelen bir kılıç darbesini yine sütunlardan biri kestiyse de onun bir parmak kadar deriden içeriye girmesine engel olamadı.

Peder Paulo'yu arkasındaki mabedin içinde bırakıp da avluda bulduğu bir ata atlayarak hızla Kurtuba Katedrali'nden uzaklaşırken Davud, pederin söylediklerini düşünüyordu.

"Biz, sizin güzel mabedinize bir hançer gibi bu şapeli sapladık. İşte şimdi Aziz Paul sunağında bir Peder Paulo'ya da sırtından hançerle saplanıp öldürülmek yakışır!"

Davud'un sol kolundaki yara iyice derindi, zira cüppesinin yeni iyice kanlanmıştı. Ancak o, bu yarayı hiç ama hiç hissetmiyordu. Üstelik bu keşiş Santiago da kimdi?!

Sefer Yad ha-Hazaka

İbn Rüşd'ü yaktıktan, sapkın Antik Yunan felsefesini küllere attıktan çok sonra değildi. Yüce İsa'nın adını korumak ve kutsal Kilisemize hizmet için önemli bir yol almış; temiz Hıristiyanların kalplerini ve beyinlerini zehirleyen, akıllarını bulandıran kitapların önemli bir kısmından daha kurtulmuştuk.

En azından ben öyle olduğunu zannediyordum. Ne kadar da yanılmışım!

Aklın ve mantığın iç içe geçmiş yollarını kutsal kitabımız İncil'den ve Tanrı'nın yüce öğretilerinden daha üstün gören "akılsızlara" bu sefer hiç ummadığım bir yerde ve şekilde rastlayacaktım. Zaragossa'daki Dominik manastırlarından birinde yardımıma verilen diğer Tanrı hizmetkârlarıyla birlikte bir odada dinleniyorduk. Gece saatleriydi ama bir türlü uyku tutmuyordu. Binlerce kilometre yol kat eden bazı keşişlerin ayak kokuları dayanılacak gibi değildi. Yatağımın üstünde gözlerimin dikili olduğu tavandaki garip çatlak da bir türlü bakışlarımı rahat bırakmıyordu. Kafam çatlağa kafam garip garip şekiller istinat ediyor, onu bazen bir yılana, bazen bir sıradağa, bazen bir okyanusun dalgalarına benzetiyordum. Ama beni uyutmayan asıl şey başkaydı. İbn Rüşd ve Aristo beynimi bir kurt gibi kemirmeye devam ediyordu. Sanki artık ne düşüneceğime hükmedemiyordum.

Manastırın yatakhanesinden dışarı çıktım ve eskiden bir sinagog olan küçük manastır kilisesine gidip dua etmeye karar verdim. Gökyüzü apaçıktı. Gecenin laciverdindeki milyonlarca yıldız rahatlıkla seçiliyor, dolunay ise etrafı sanki gündüz gibi aydınlatıyordu. Kafamı kaldırıp aya bir süre baktım. Tanrı'ya inanmak için bu ayın nasıl bir varlık olduğunu anlamam gerekmiyor, diye düşündüm.

Mütevazı kiliseden içeri girip kutsal suyu alnıma sürer sürmez gönlümde bir ferahlama hissettim. Sıraların arasından geçerek sunakta diz çöktüm ve çarmıhtaki yüce Tanrı'nın tasviri önünde boynumu bükerek O'na yalvardım. İmanımı güçlendirmesini, bana doğru yolu göstermesini istiyordum. Sanki bir mucize bekler gibiydim.

Ne kadar süre orada kaldığımı bilmiyorum. Ne bir şimşek çaktı ne de Tanrı'nın tasviri hareketlendi! Kulağıma bir şey fısıldayan da olmadı! Ayağa kalktım ve biraz ferahlasam da aynı umutsuzlukla geri dönerek çıkışa doğru yöneldim. Kilisenin eskimiş, belki de birkaç asırlık ahşap kapılarından adımımı dışarı atmak üzereydim ki sağ tarafımda bir çıtırtı duydum. Önce sesi umursamadım ama çıtırtı daha sonra tıkırtıya dönüşünce sesin geldiği tarafa yöneldim ve önümden hızla koşan oldukça besili bir fare ve hemen arkasından onu kovalayan kara bir kedi gördüm. Fareyi değil ama kara kediyi görünce irkildim! Tanrı'nın evinde şeytanın ne işi var, diye öfkelendim.

O kedinin canına okuyacaktım.

Hızla koşan ikiliyi alelacele takip etmeye başladım, yolumun üzerindeki bir şamdanı da elime kapıp hem yolumu aydınlatmak hem de kedinin üstüne bindirmek için hazırlandım. Benim daha önce fark etmediğim taş bir merdivenden, dar bir aralıktan geçerek aşağıya indik. Burada betondan kalıplar içinde, bu bölgede yaşayıp ölen üç azizin kabirleri vardı. Tavan basık olduğundan iki büklüm eğilerek ilerlemek zorunda kalıyordum. Fareyi o sıra gözden kaçırdım ama kara kedinin gölgesini rahatlıkla seçebiliyordum.

Fakat duvarın öbür ucuna geldiğimde birdenbire kedi de fare de ortadan kayboldu. Elimdeki şamdanı duvarlarla yerin bitiştiği noktalarda dolaştırdıysam da bir şey bulamadım. Her yer taş kaplıydı. Ta neden sonra yanımdaki beton mezarlarından birinin kenarında bir karış kadar bir karanlık fark ettim. Işığı oraya tuttuğumda, mezarın altında bir boşluk olduğunu anlamıştım. Şamdanı yere koydum ve beton kalıbı var gücümle ittim. Bu devasa kalıpları yerlerinden oynatmanın neredeyse imkânsız olduğunu çok iyi bilirdim ama üç-beş karış kadar da olsa hareket ettirilemezler diye de bir kural yoktu ya! Nitekim ben de kendimi yavaşça içeri bırakacak kadar bir yer aralamıştım.

Aylar sonra bile neden o aralıktan içeriye girdiğimi, neden o boşluktan içeri kendimi bıraktığımı tam olarak anlayamıyorum. O şeytani kediyi öldürmeyi neden bu kadar istiyordum? Belki de yaşadığım sıkıntıları da o kediyle birlikte yok edeceğime, aklımla olan savaşımı o anda, o yerde kazanacağıma inanmıştım.

Neyse ki ayaklarım yere değdiğinde bir elimle uzanarak üst kattaki ışığa yetişebiliyordum. Şamdanı etrafıma tuttuğumda her tarafın örümcek ağlarıyla kaplı olduğunu gördüm. Belli ki buraya çok uzun zamandır kimse girmemişti. İçerde fare pisliklerinden, birtakım haşarattan ve yukarıdaki boşluktan düşmüş olabilecek ufak tefek çöpten başka bir şey de yoktu. Üstelik ne kedi ne de fare ortada görünüyordu.

Birdenbire buraya girdiğim için kendimi aptal gibi hissettim. Ve kendimi yukarı çekip bir an önce manastırdaki odama geri dönmeyi düşündüm. Tam o sırada titrek ışığın karşımdaki duvarda ahşap bir kapıyı aydınlattığını gördüm. Rutubetten iyice küflenmiş ve çürümüş kapının kilidini bir çırpıda açtım, hatta heyecanımdan kilidin duvardaki yuvasını da kapıyı hızlı çektiğimden parçaladığımı hatırlıyorum.

İçerde beş metrekare büyüklüğünde, duvarları tamamen raflarla çevrilmiş bir oda vardı. Rafların hepsi de kitapla doluydu. Kedi odanın tam ortasında oturmuş, kulaklarını dikmiş, bir yukarıya bakıyor, bir kafasını bana çeviriyordu. Hemen sağımdaki raflara kafamı çevirdiğimde yine o besili fareyi gördüm; bir kitabın kenarlarını iştahla kemirmeye devam ediyordu. Kitapların sırtlarına baktığımda delik deşik olan sayfalardan onun ve arkadaşlarının bu işi uzun süredir yaptığını anladım. Adımımı odadan içeri atar atmaz kedi bacaklarımın arasından dışarı fırladı.

Şamdanı odanın merkezine koyarak kitapları karıştırmaya başladım.

Elime hangi kitabı alırsam alayım Arapçaydı. Fare, istifini bozmadan kitabı kemirmeye devam ediyordu. Önce her zamanki keşiş doğal içgüdüsüyle bu Arapça kitapların Muhammedilerin kutsal kitapları olduğunu sandım. Yazılanlara hiç dikkat etmedim. Belki de bir kilisede olduğumdan ötürü İncil ya da en azından Latince yazılmış bir şeyler arıyordum hızlı hızlı kitapları karıştırırken. Fakat nafile! Farklı duvarlardan, değişik raflardan aldığım her kitap da Arapçaydı. Bu sefer açtığım sayfalardaki kelimelere dikkat etmeye, sayfaları ışığın altına tutarak kitapların konuları hakkında fikir edinmeye çalıştım. O zaman kafam daha da karıştı. Çünkü metinlerin neredeyse hepsi de Tevrat'tan, Talmud'tan, Hz. Musa'dan ve bunun gibi, Musevilerin öğretilerini anlatan satırlardan oluşuyordu!

Hıristiyanların mabedinde, Arapça yazılı Musevi öğretileri!

Kilisede Arapça bir Talmud!

Huzuru bulmak için çıktığım o gece kafam artık iyice allak bullaktı.

İşte böyle oldu Maimonides ile tanışmam. Muhammedilerin Musa ibn Meymun, Musevilerin ise Moşe ben Meymon dedikleri ünlü Yahudi düşünürünün külliyatı ile karşı karşıyaydım.

Sonraki günlerde başlattığım tahkikat ile ortaya çıktı ki, yıllar önce alelacele kiliseye çevrilen sinagogun, yerin altındaki kütüphanesi belli ki gözden kaçmış, bir üst kata inşa edilen beton bloklarla da hepten unutulmuştu. Bu İbn Meymun Kütüphanesi de on yıllarca, belki de asırlarca burada saklı kalmıştı.

Fakat İbn Meymun neden Muhammedilerin diliyle yazmıştı?

İşte bunu anlamak için önce bu Yahudi âlim hakkında çok daha fazla araştırma yapmam, hem onun hayatı hem de eserleri hakkında çok daha fazla şey öğrenmem gerekecekti. Efendimiz Hz. İsa'dan on iki asır sonra, İslam'ın hakimiyetindeki Endülüs'te, Kurtuba'da doğan bu filozofun, tutucu Muhammedi tarikatı El-Mohadlar tarafından pek çok Yahudi gibi kötü muameleye maruz kaldığından, doğduğu toprakları terk etmek zorunda kalacağını ve ironik bir şekilde onu kovan Muhammedilerin bu topraklara tanıttıkları ve burada yeşerttikleri antik Yunan felsefesini, Bağdat'ın eski âlimlerini, İbn Sina'yı, el-Farabi'yi ve daha pek çok İslam filozofunu da yine Arapçadan okuyup öğreneceğini, aklın yolunu benimseyerek, mantık ve din, felsefe ve inanç, zekâ ve iman arasında bir çelişki olmadığını, İbn Rüşd'ün İslam'da yaptığını, onun Musevilik'te yapacağını ve gelmiş geçmiş en iyi Halaka eserlerinden biri kabul edilen on dört ciltlik Mişneh Tevrat: Sefer Yad ha-Hazaka, yani Tevrat'ın Tekrarı: Güçlü El'in Kitabı'nın yazarı olacağını ve gençliğinde Muhammedilerden kaçan bu düşünürün, yaşlılığında da Museviler tarafından sapkın ilan edilip, pek çok Yahudi âlim tarafından yasaklanacağını, hatta bazıları tarafından onun gizli bir Müslüman olduğunun dahi iddia edileceğini sonraki günlerde, o gece girdiğim o odanın kitaplarındaki sayfalar arasında öğrenecektim.

İbn Meymun'u anlamak Museviliği anlamak ya da Museviliği anlamak İbn Meymun'u anlamaktı.

Bu sapkınların kutsal kitabı Tevrat, Eski Ahid'in ilk beş kitabından oluşuyor. Bunlar, bizim Genesis dediğimiz yaratılış hikâyesi, yani Tekvin; Exodus dediğimiz Mısır'dan Çıkış; Levilliler, Sayılar ve Yasa'nın Tekrarı olan Tesniye. İşte bunlar, Sinai Çölü'nde Tanrı'nın Hz. Musa'ya indirdiği Yazılı Yasa. Fakat Musevilik burada bitmiyor, bu sadece madalyonun bir yüzü. Diğer yüzünde Tanrı'nın Hz. Musa'ya verdiği Sözlü Yasalar var ki, bunlar tabletlere değil peygamberin kalbine ve aklına kazınmış bilgiler.

Peki bu bilgiler asırlar boyu kuşaktan kuşağa nasıl aktarılmış? İşte bu noktada İbranicede "öğretiler" anlamına gelen Talmud ilmi devreye giriyor ki, yüzyıllarca her Musevi alim kendini bu ilmi daha ileri götürmeye, sözlü yasaları daha iyi bulmaya adamış. Bu, bana Muhammedilerdeki, Kur'an'ın yanında Hadis dedikleri peygamberi öğretilerinden oluşan külliyatı hatırlatıyor.

Tanrı'nın Yasaları'nın neden tabletlere, kitaplara, parşömenlere ya da sayfalara tamamen yazılmayıp, bu şekilde sözlü ritüellerle de devam ettiğine dair hem Museviler hem de Muhammediler, dinin harflere hapsolmaması gerektiği, onun mensupları tarafından kalpte, akılda ve dilde sürekli devam etmesinin hikmeti üzerine vurgu yapıyorlar.

Talmud'da Yahudi sapkınların her türlü diyet kuralları, koşerin detayları, nasıl evlenmeleri gerektiği, duaların ve ibadetlerin ne şekilde yapılması gerektiği, Şabat gibi kutsal günlerin bulunması, zamanı, ve bu günlerde neler yapılması, neler giyilmesi, neler yenmesi gerektiği, ve bir Musevi'nin günlük hayatında, özel ve kamusal hayatta nasıl bir hayat yaşaması gerektiğine dair pek çok pratik bilgi A'dan Z'ye işleniyor. Domuz etinin neden Yahudiler tarafından günah kabul edildiğine, sünnetin neden farz olduğuna dair detaylı bilgiler de sayfalarca anlatılmış. Mişneh Tevrat'ın on dört cilt oluşuna bu yüzden şaşmamalı.

Ben bu eserin pek çok sayfasını tiksinerek okudum. Ancak bu tür eserlerin Musevilerin davranış biçimlerini ele verdiklerinden ötürü saklı Marranoları gözetleyen Engizisyon rahiplerinin işine yarayacağına hiç şüphe yok.

Benim asıl kafamı bulandıran ise İbn Meymun'un yine Arapça yazdığı Delalet-ül Hairin, yani Kafası Karışanlar İçin Bir Rehber oldu. Bu başlığı o gece, o odada daha görür görmez şamdanın titrek ışığı altında açıp ilgiyle okumaya başladığımı hatırlıyorum. Ama gelin görün ki, kafamın karışıklığını gidermek için dışarı çıktığım o gece, evet evet İbn Rüşd'ün aklından kaçmaya çalıştığım o gün, karşımda yine Aristo ve Plato gibi isimleri görmeye başlamıştım! İbn Meymun, sanki İbn Rüşd ile sözbirliği etmişçesine, aklın ve dinin çatışma içinde olmadığını, aklın dini bulmak ve onu pekiştirmek için insana bahşedilen büyük bir meziyet ve yetenek olduğunu anlatıp duruyordu. Tanrı'yı anlamak için aklı bastırmak değil, onu tam potansiyelinde kullanmak gerekiyordu!

Tanrı, insanı Kendi suretinde yaratmıştı. Bu, Tanrı'nın elleri ve ayakları mı var demekti? Eğer öyleyse hayvanat âleminde de, yani tüm canlı organizmada bu eklemler, iç organlar ve duyular mevcuttu. Eğer bedenin anatomisi Tanrı'nın sureti ise, -sümme haşa- bir eşek ya da bir keçi de Tanrı'nın sureti olabilirdi!

Ama hayır, İbn Meymun'a göre işte tam da bu sebeplerden ötürü, demek ki, insanın Tanrı'ya benzeyen sureti onun şekli olamazdı. Bu öyle bir şey olmalıydı ki, insanı diğer tüm hayvanattan farklı kılsın ve onu yeryüzünde tek bir örnek haline getirsin. İşte bu farkın, İbn Meymun, akıl olduğunu, insanın düşünme yetisi olduğunu söylüyor. Bu da demek oluyor ki, Tanrı, insanı Kendi suretinde yarattı dendiğinde aslında Tanrı ile insan arasındaki tek benzerliğin onun akli melekeleri, düşünme gücü olduğu ortaya çıkıyor. Dolayısıyla da bunu bastırmak, inancın önüne aklı, bir engel olarak koymak, ya da akıl yokmuş gibi yaparak insanın kafasına takılan soruları yok sayması belki de küfürlerin en büyüğüdür! Bu yüzden İbn Meymun, eserlerinin birçoğunda, aynı İbn Rüşd gibi akıl yolu ile Tanrı'nın bulunabileceğine, doğa kanunlarının inanca ve imana bir muhalefet oluşturmayacağına inanıyor. Tam aksine, insanoğlu düşündükçe ve tefekkür ettikçe daha kuvvetli ve kavi bir imana kavuşacaktır diyor.

Elbette her insanın düşünme gücü, yetişmesi ve ilmi donanımı farklı olduğundan bireylerin Tanrı'yı algılamaları ve anlama şekilleri de farklı olacaktır. Bu yüzden dini metinlerde sık sık hikâyeler kullanılır. Çünkü bu hikâyeleri kimi gerçek anlamda değerlendirerek iman eder, kimi ise onları birer sembol olarak değerlendirip manaya inanır da iman eder. Aksi takdirde diyor, İbn Meymun, ne Eski Ahid'de yazıldığı gibi Tanrı'nın iki eli vardır, ne Tanrı Adem'i iki eliyle yaratmıştır, ne de Tanrı'nın insan gibi bir bedeni vardır.

Buraya kadar her şey hoş. Fakat asıl sıkıntı şurada başlıyor. Kutsal kitaplardaki hangi hikâyelerin sembolik, hangilerinin gerçek anlamda ifade edildiğine kim karar verecek? Örneğin insanoğlu gerçekten de ölümden sonra kemikleriyle dirilip, tekrar ete ve iç organlarına ve duyularına kavuşup, yaşamına devam edecek mi; yoksa İbn Meymun'un iddia ettiği gibi sadece Tanrı'nın insana üflediği o ruh, kutsal akıl mı sonsuza dek varlığını sürdürecek? Ya da Tanrı On Emir'i, gerçekten de tabletlere kendi elleriyle mi yazdı, yoksa bu metaforik bir ifadeden başka bir şey değil mi? Fiziki bir bedenin parçaları olduğuna göre, ama Tanrı Bir ise, parçalar onun Birliğine zarar vermiyor mu? Kafası Karışıklara Bir Rehber'de bu soruların cevapları bir nebze verilse de, ben bu kitabın kafamı daha çok karıştığına emindim!

Ne var ki, İbn Meymun'u şaşırtıcı bir şekilde farklı kılan bir şey var: Tüm bu sorgulamanın, acımasız mantık kurallarının ve düşünce gücünün sonunda, Yahudi'nin vardığı sonuç enteresan. Nihayetinde insanoğlu Tanrı'yı daha iyi anlamak yolunda çıktığı bu uğraşıda, düşündükçe ve mantığını kullandıkça Tanrı'yı aslında hiç anlayamayacağını, insanoğlunun aklının bu iş için son derece yetersiz olduğu sonucuna ulaşacağını belirtiyor!

Ve işte bu, Tanrı'yı en iyi şekilde anlamaktır!

Bunca sorgu sualin ardından İbn Meymun'un sessizliğinde insanı etkileyen bir şey var. İnsanoğlunun acziyeti ve bu acziyeti idrakte Yaratan'ı anlayamamanın çaresizliği ve nihayetinde de bu çaresizlik karşısındaki teslimiyet.

Mişneh Tevrat'ta İbn Meymun, tzedakah diye adlandırdığı-ki bu kavram Muhammedilerin kitaplarında da sadaka diye geçiyor-diğer insanlara yardım yaparken gözetilecek hususları ve vererek hayır yapmanın sekiz kademesini de açıklıyor. Bunların en alt kademesinde ihtiyacı olan kişiye faizsiz olarak para yardımı yapmak bulunurken, en üst kademesinde ise, ihtiyaç sahibi olan bir kişiye üzülerek (acıyarak değil) yardım yapmak yer alıyor. Kişinin gönüllüce ve kendisinden istenmeden ihtiyaç sahiplerine yardım yapması da yine üst kademelerdeki tzedakah türlerinden. Bu kavramların ve dindeki diğerlerini de açıkça anlatan

Maimonides bu şekilde aynen İbn Rüşd gibi, aklın çıkarımlarıyla dinin öğretileri arasında bir çatışma bulunmadığını da göstermek istiyor gibi.

Arapça yazan bu Yahudi filozofun kitaplarında, anlamak için çabaladığım bir başka konu da onun "negatif teoloji" olarak adlandırdığı husustu. Her ne kadar insanoğlunun akıl ve mantık kurallarıyla kendini, kainatı ve tüm bunların arkasındaki Güç'ü anlamaya çalışması o kişinin imanını güçlendirse de, dil, insanoğlunun bu aydınlanmasını ifade etmede yeterli olamaz. Zira dil dediğimiz şey insanoğlunun yaptığı bir araçtır ve ilahi olanı tam olarak anlatmaya yetmez. Bu yüzden negatif önermeler Tanrı'yı izah etmede daha yararlıdır: Örneğin, bildiğimiz anlamda Tanrı -insan gibi, kainat gibi-bir varlıktır, diyemeyiz, çünkü bu onun zatına hakaret olur. Ama "Tanrı doğmamış, doğrulmamıştır," denebilir. Ya da bir insanın birliği gibi "Tanrı birdir," denemez, ama "Tanrı'nın zatında çokluk yoktur," denebilir. Sonuç olarak Tanrı'nın ne olmadığını anlatmak, ne olduğunu anlatmaktan daha güvenli bir yoldur. Muhammedilerin İhlas adını verdikleri bir duada da Maimonides'in özellikle Tanrı doğmamıştır, doğrulmamıştır kavramını gördüğümde ya da şahadet diye ifade ettikleri La ilahe il La Allah; Allah yoktur Allah'tan başka gibi kavramlarda da sanki bu negatif önermelerin bir benzerini algılayabiliyordum.

Maimonides'i anlamak için çok daha fazla güne, haftaya hatta yıla ihtiyacım vardı. Ne var ki, manastırın kilisesindeki o gizli kütüphane ortaya çıktıktan bir hafta kadar sonra diğer işgüzar keşişlerin kışkırtmaları sayesinde tüm kitaplar kilisenin önündeki meydanda toplanarak yakıldı. Üstelik şehirdeki yaşlı bir haham ve birkaç Arap da sayfaların küle dönüşmesini zevkle izlediler. İbn Meymun'un bir sapkın olduğuna şüpheleri yok gibiydi. Etrafta dolaşan kara kedi de benim yüzüme doğru bakıyor, "Yaptığını beğendin mi?!" der gibi benden hesap soruyordu, ya da ben aylar sonra o sahneyi böyle hatırlıyorum. Farenin ise daha sonra neleri kemirdiğini Yüce Tanrı bilir.

Fakat aklımda o gece, sadece Halaka üzerine ilim yapmış değil, aynı zamanda bir tıp âlimi de olan bu Yahudi filozofun yazdığı bir anatomi kitabında nasıl uyunması gerektiğini anlatan satırları geziniyordu. İnsan ne yüzüstü ne de sırtüstü yatmalıydı. Sağ tarafı üzerine yatması vücudun anatomisi için sağlıklı yoldu. (Muhammedilerin peygamberinin de bir kitapta benzeri açıklamalarını okumuştum.) Fakat benim için önemli olan şey şu ki, eğer o gece manastırda belki de başım tavana dönük olarak uyumaya çalışmasam, yani sağ tarafıma uzansam, ne o tavandaki beni deli eden çatlağı görecek, ne aklımı harekete geçirecek, ne de uykusuzluk çekecektim!

Belki o zaman dışarı çıkıp İbn Meymun'u da keşfedemeyecektim.

Kitapları da belki yüz yıl daha o saklı kütüphanede tozlanmaya devam edecekti. Belki de benim için en iyisi buydu!

64

Kurtuba Katedrali'ndeki başarısız girişimden sonra Davud, Rio bölgesinde Yahudi ve Müslüman grupla tekrar birleşmişti. Arkasındaki Lukas ve adamlarına şimdilik izini kaybettirmeyi başarmıştı. Üstelik katedralden kaçarken muhafızların ofisinden yarım düzine *Saf Katolik Kanı Ehliyeti*'ni de alarak işlerini kolaylaştırmıştı. Bu belgeler sayesinde Katoliklerin tuttuğu kontrol noktalarından çok daha rahat geçebiliyorlardı.

Bu şekilde Davud ve beraberindekiler Montilla bölgesine geldiklerinde üç gündür yoldaydılar.

De Silva, ilerledikleri patikada sanki bir hayalet görmüş gibi birden durdu. Dudakları arasından belli belirsiz bir "Aman Tanrım!" döküldü. Esther, "Ne oldu babacığım?" diye sormuştu ki De Silva eliyle yaklaşmakta oldukları köyü işaret etti. Grup kuzeydoğu yönüne baktığında yükselmekte olan bir dumanı fark ettiler. Köyle aralarında belki üç yüz metre kadar bir mesafe vardı.

Dumanı fark eden herkes yutkunmaya başladı.

Yeduha, "İşte sonumuz geldi!" diye söylenmeye başladı. "Kendi ayaklarımızla kendi sonumuza yürüdük! Bir Müslümana güvenilmemesi gerektiğini biliyordum zaten!"

Abdullah, "Hemen ortalığı velveleye verme şom ağızlı!" diyerek çıkıştı. "Belki de köyün ortasında bir festival yapıyorlardır, belki de kaynayan bir tencerenin ateşidir. Olamaz mı yani? Belki kazanda çorba pişiriyorlardır." Söylediklerine aslında kendi de inanmıyordu ama grubun tamamın aklından geçenleri düşünmek bile istemiyordu.

Samuel, "Mahvolduk!" dedi.

David ise ne düşündüğünü merak edercesine Davud'a baktı. Beriki dikkatle dumana bakıyordu. Yahudi, "Bu sefer ne gibi bir dahiyane fikrin var?" dedi kinayeyle Davud konuşmayınca.

"Abdullah haklı," dedi Davud diğerlerine de dönerek.

Yehuda dalga geçercesine güldü, "Ne yani, köyün ortasında yemek mi pişiriyorlar?!" diye sordu.

"Hayır. Ama bu bir *Auto da fe* değil. Engizisyon köylerde adam yakmaz. Bunun için daha çok büyük şehirleri tercih ediyorlar. Daha fazla izleyici toplayabilmek ve daha çok ses getirmek için."

Esther, "Peki bu büyük duman neyin nesi?"diye sordu.

"Görüp öğreneceğiz."

Yehuda, "Sen delirdin mi be adam!" diye karşı çıktı. "Vakit erkenken yolumuzu değiştirelim bence!"

Davud, "Burada ne olup bittiğini anlamamız lazım. Eğer bölgede gerçekten Engizisyon muhafızları varsa yakında zaten izimizi bulurlar."

Gruptakiler endişeyle birbirlerine baktılar.

Davud onların kararını beklemeden atını ileri doğru sürdü. Duman gittikçe büyüyor, gittikçe yükseliyordu.

"Yalvarıyorum! Yalvarıyorum bana acıyın! Ben bir şey yapmadım!"

İki gözü iki çeşme feryat eden kişi elleri arkadan bir kazığa bağlanmış, yirmi beş otuz yaşlarında bir kadındı. Kazığın etrafındaki çalılar yavaş yavaş tutuşturulmaya başlamıştı. Yirmi-otuz kadar kadın erkek, kadının etrafında toplanmışlardı. Neredeyse herkesin elinde bir tırmık, kürek, kazma ya da kalın bir odun vardı. Kadının paramparça olmuş kıyafetlerinden ve yüzündeki yaralardan kazığa bağlanmadan önce epeyi hırpalandığı anlaşılıyordu.

Bir grup ateşe çalı çırpı yığarken, diğer bir grupsa kadına ellerine ne geçirdilerse atıyorlar, hakaretler yağdırıyorlardı.

"Sus, lanetli kadın!"

"Geber, pis cadı!"

"Orospu, layığını ateşte bulacaksın!"

Davud ve beraberindekiler, uzaktan ağaçlıkların ardından bu trajik manzarayı gördüklerinde hem rahatladılar hem de üzüldüler.

"Çok şükür Engizisyon değilmiş!" dedi Yehuda. "Hadi daha ne bekliyoruz, yolumuza devam edelim."

Esther annesine baktı. David ve Samuel de ne yapacaklarını bilemez gibi göz göze geldiler. Buradan öylesine hiçbir şey olmamış gibi geçip gitmeyi hiçbiri kendine yediremiyordu ama yapacak bir şeyleri olmadığını da hepsi biliyordu.

Davud, atının eğerindeki kılıcını beline takarak, "Siz planladığımız gibi yola devam edin," dedi. "Ben size yetişirim."

David, "Tek başına bu kadını o kalabalığın içinden kurtarmayı düşünmüyorsun değil mi?"diye sordu.

Türk, "Hiçbir şey olmamış gibi yola devam edemem. Kadını diri diri yakacaklar!"dedi.

"İyi de tek başına ne yapabilirsin ki?! Biraz mantıklı ol, Davud. En azından bizim hayatımızı tehlikeye atma. Kimliğimizi öğrenirlerse bu caniler bizi de o ateşe atarlar," dedi Abdullah.

"Bu yüzden sizin yola devam etmeniz gerekiyor. Sizi tehlikeye atmıyorum."

Diğerlerinin konuşmasına bir daha fırsat vermeden, kalabalığın içine doğru yürüdü.

Yehuda, "Anlaşıldı, bundan sonra yolumuza bu Türk olmadan devam edeceğiz! Hadi daha ne bekliyorsunuz?!" diyerek köyden uzaklaşmaya başladı. Diğerleri de kararsızlıkla onu takip ettiler.

Kalabalığın önünde, diğerlerini herkesten fazla kışkırtan bir adam bir elinde koca bir tırmık, diğerinde yanan bir meşaleyle kadının ayaklarındaki çalıları tutuşturmak üzereydi.

"Yerinde olsam onu yapmazdım," dedi Davud kalabalığı yararak.

Adam birden durdu, diğerleri gibi arkasına bakarak bu yabancının kim olduğunu anlamaya çalıştı. İnsanlar birdenbire ortaya çıkan bu keşişin kim olduğunu düşünüyorlardı. Kalabalıktan bazıları fevri olarak din adamının karşısında istavroz çıkardılar ve onu selamladılar.

"Rahip, köyümüze hoşgeldiniz," dedi elinde tırmığı ve ateşi tutan adam. Sesinde misafirperverlikten ziyade tehditkar bir hava vardı.

Davud, "Bu kadının suçu ne?" diye sordu.

Kalabalıktaki bir kadın, "Bebeklerimizin ruhlarını şeytana satıyor!" diye bağırdı. Bir diğeri, "Evet evet, bebek öldürüyor. Şeytanın uşağı bu orospu!" diye hiddetle ekledi.

Kazığa bağlanmış kadın, "Yalan söylüyorlar!" diye bağırdı. "Benim hiçbir suçum yok!"

Davud, "Neye dayanarak bu kadını cadı ilan ettiniz?" diye sordu.

"Bu, köyün ebesi, doğumlarında bulunduğu son iki çocuk da ölü doğdu!"

"Evet evet," dedi bir adam, "Ben de geçen gün kara bir kediyi kucağında okşarken gördüm onu!"

Bir diğeri, "Bu kadın köyümüze geleli beri buradan uğursuzluk hiç eksik olmadı!"

Cadı ilan ettikleri kadın ağlayarak suçlamalara cevap vermeye çalışıyordu: "Beş yıldır aranızdayım! Onlarca çocuk doğurttum, hangisine bir şey oldu?!"

Davud, daha ilk suçlamalardan kadıncağızın bir köy dolusu cahilin arasında kaldığını hemen anlamıştı.

Kadın, kalabalığı galyana getiren adamı işaret ederek, "Bu adam beni kullanmaya, benden faydalanmaya çalıştı. Ona itiraz ettiğimde de bu iftirayı ortaya attı!" diye kendini savunmaya çalışıyordu, fakat kalabalık çoktan kararını vermiş, kadını bir an önce cezalandırmak için sabırsızlanıyordu.

Davud "Pekâlâ," dedi soğukkanlılığını koruyarak, "Ben bu

kadını alıp Engizisyon'a teslim edeceğim. Orada gerekli yargılamanın yapılması gerekiyor cezasının verilmeden önce."

Kalabalıktakiler bundan memnun olmamışlardı, homurdanmaya başladılar. Davud bir an önce hareket etmesi gerektiğini biliyordu. Kadını kazıktan almak için ileri yürüdü. Ama elinde meşale ve tırmık olan adam önüne durdu.

"Rahip, biz yargılamamızı yaptık. Daha fazla sorgulanacak bir şey yok. Biz bu kadını bugün burada yakacağız!"

Tehditkâr gözlerle Davud'a bakıyordu. Kalabalık da şimdi bu adama destek olan sözler söylemeye başladı.

"Kuralları biliyorsun," dedi Davud. "Kilisenin bu kadının ruhunun kurtulması için yargılama yapması gerekiyor. Bu şekilde kendi başınıza buyruk hareket edemezsiniz."

Adam bu sefer daha tehditkâr bir şekilde, "Bak peder, biz din adamlarını severiz. Ama sen bizim işimize burnunu sokuyorsun. Üstelik sen hangi tarikattansın? Ben pederlerin kılıç taşıdıklarını daha önce hiç görmemiştim."

Davud beklemediği bu direniş karşısında aynı sertlikle cevap verdi: "Sana hesap verecek değilim. Senin iznin olsun ya da olmasın, bu kadını şimdi çözeceğim ve kiliseye teslim edeceğim."

Türk bir adım daha atmıştı ki karşısında duran adam kenara çekileceği yere elindeki tırmığı onun boynuna uzattı. Öteki hızlı bir hareketle yana çekilerek adamın elindeki tırmığı çekip aldı ve göz açıp kapatıncaya kadar koca aleti ters çevirerek hasmının boynuna dayadı. Adam, daha ne olduğunu anlamadan tırmığın ucunu kendi gırtlağında bulunca irkildi. Köylüler de donakalmışlardı.

Davud, "Beni iyi dinleyin, eğer bir kere daha bana karşı koyacak olursanız tüm bu köye Engizisyon ordularını öyle bir yığarım ki, hepinizi bu kazıklarda yakarız! Kadın, benimle gelecek."

Köylüler şaşkınlıklarını üzerlerinden atamadan, Türk, kadının ellerini çözdü. Ama onu alıp ata bindirecekken az önce tartıştığı adam ve arkasında köyün diğer adamları yaklaştılar:

"Peder, buradan bu kadar kolay ayrılacağını düşünüyorsan yanılıyorsun!"

Adamlar ellerinde baltalarla, kazmalarla ve birkaçı da ekmek bıçağı ve satırlarla Davud'un üzerine çullandılar. Türk, kadına hemen ata binmesini söyledi ve önüne gelen saldırganları göğüsleyerek kılıcını çekti.

Elinde kazma olan adam hiç duraksamadan kazmayı yukardan aşağıya hızla Davud'a çaldı. Beriki sol tarafa çekilince kazma yere saplandı ve Davud adamı tek bir tekme darbesiyle yere yıktı. Adamın kaburgaları kırılmıştı. Bu sefer sol taraftan elinde balta olan kişi, yatay bir şekilde elindeki silahı var gücüyle savurdu. Davud eğildi ve balta üstünden kayıp geçerken elindeki kılıcı adamın ayağına saplayıp çıkardı. Haykırışlar içinde adam baltayı elinden atıp ayağının derdine düşmüştü. Üçüncü ve dördüncü adam aynı anda iki taraftan da Türk'ün üzerine atıldılar. Elinde ekmek bıçağı olan, düşmanının tam karnını, satır olansa, Davud'un kılıçsız kolunu kendine hedef seçmişti. Bir üçüncüsü olan, Davud'un ilk tartıştığı adam eline tırmığı tekrar geçirmiş uzaktan Türk'ün boynunu gözetliyordu. Fırsat bulduğu ilk anda tırmığın üç küflü sivri demirini hasmının etine geçiriverecekti.

Davud, acemilerle dövüşmenin bazen eğitimli şövalyelerle ve askerlere dövüşmekten çok daha zor olduğunu bilirdi. Şövalyelerin hareketleri belirli eğitimlerin sonucu olduğu için hesap edilebilirken, bu azgın köylülerin nereden nasıl saldıracakları tam bir muammaydı. Türk, bu ana kadar bu köylüleri öldürmemeye çalışmıştı, ama şimdi görüyordu ki, ölümü bir tırmıktan, bir satırdan, ya da bir ekmek bıçağından olabilirdi. Ona başka şans bırakmamışlardı. Üç adamın da ölmeseler bile, hayatlarının geri kalanlarını sakat olarak geçireceklerini artık görüyordu.

Önce kendisine ekmek bıçağı uzatanın kolunu şimşek gibi bir kılıç hamlesiyle ikiye biçti. Daha adamın bıçak tutan kolu yere düşmemişti ki, kılıcı bu sefer satırlının beline çaldı. Adamın ciğeri ikiye bölünmüştü. Son olarak tırmığı kendisine uzatıp duran adama alttan doğru yaklaştı ve aşağıdan yukarı doğru bir darbeyle adamın tırmığı tutan iki kolunu da biçti.

Adamlar kanlar içinde yerde yatıp çığlıklar atarken, köylüler geri çekildiler. Davud'un yüzü yerde yatan adamların kanlarına bulanmıştı.

"Size söyledim," dedi derin derin soluyarak. "Bu kadın benimle geliyor!"

Köylüler ağızları bir karış, açık yerlerinde donmuş gibi Türk'e bakıyorlardı.

Davud, daha fazla vakit kaybetmeden hemen kadının binmiş olduğu atına atladı ve ikili oradan hızla uzaklaştılar.

65

Gomez, Kolombus'un amiral gemisi Santa Maria'nın kıç kısmında durup etrafına bakındı. Belindeki kayışta koca bir el baltası karnına doğru uzanıyordu. Hemen yanıbaşındaki Christoval ona sessizce, "Devam et!" dedi. "Cenevizli pruvada, haritaların başında."

Gomez tamam anlamında başını öne eğdi. Adamın bir gözü, kafasını fırdolayı saran lastiğin ucundaki bir deri yamayla kaplıydı. Gomez kim bilir hangi korsanlık günlerinde bir gözünü kaybetmiş, suratındaki derin yara izlerini almıştı. İspanyol korsan, geminin kıç kısmındaki parmaklıkların ardına geçti ve aşağıya doğru kendini sallandırarak, geminin tahtalarına yapışa yapışa vücudunu suya soktu. Derin bir nefes aldıktan sonra suda kayboldu.

Christoval etrafı kolaçan ediyor, Cenevizli'nin pruvadan ayrılmadığına emin olmaya çalışıyordu. Gomez ve Christoval, giriştikleri işte yalnız değillerdi. Gemideki otuz üç kişiden otuz ikisi bu başkaldırıyı gerçekleştirmekte hemfikirdi. Cenevizli diye hitap ettikleri Kolombus'u geminin kaptanı olarak bile saymıyorlar, aklı binbir türlü uçuk kaçık fikirle dolu bu Cenevizli'nin herkesi ölüme götürdüğüne inanıyorlardı.

Kolombus ve Pinzon Kardeşler üç gemi ile yola çıkalı sadece bir hafta olmuştu ama üç geminin her birinde de daha şimdiden isyan bayrakları açılmış, kargaşa başlamıştı. Kolombus'un okyanusun ötesine geçme fikrine aklı başında özgür hiçbir insan evet demediğinden İzabella ve Ferdinand'ın yazılı emriyle zindanlarda ne kadar suçlu varsa gemiye zorla tayfa olarak yazılmış, bu şekilde suçlarının affedileceği bildirilmişti. Çoğunluğunu Engizisyon'un haksız yere içeri tıktığı Müslüman ve Yahudilerin oluşturduğu bu gemilerdeki mürettebatın içinde Gomez ve Christoval gibi her türlü suçu işlemekten ceza yatan hırsız ve katiller de vardı. Adam öldürmek, ırza geçmek, soygunculuk, kaptana itaatsizlik gibi kitapta yazılı her suçu işleyen bu kaçkınlar ilk başta önlerine gelen bu fırsatı bir kurtuluş olarak görmüşlerdi. Ne var ki, her biri birbirinden biçare, ikisi ikinci el, birisi üçüncü el üç parça gemide aklından şüphe ettikleri manyak bir Cenevizli'nin elinde kendilerini bulunca işin rengi değişti. Hiçbir konuda anlaşamayan, sürekli kavga eden bu azgın güruhun anlaştığı tek nokta bu seferi ne yapıp edip çıkmaza sokmak ve yol daha başındayken geri dönmekti.

Gomez ve Christoval, Cenevizli'yi lafla ikna edemeyince ellerinde başka çare kalmadığını anlamışlar ve işe koyulmuşlardı.

Suyun içinde Gomez Santa Maria'nın kıçında, ikinci el bu karakanın tam altında belinde taşıdığı baltayı çıkardı ve geminin dümenine hızla vurdu. İlk vuruş dümeni çatırdattı ama ikiye bölmedi. Gomez baltayı bir kere daha salladı, sonra bir kere daha ve bir kere daha... Son vuruşun ardından Santa Maria'nın dümeni paramparça oldu. Gomez, nefesini tuttuğundan ve bir taraftan da büyük bir çaba sarf ettiğinden yüzü kıpkırmızı olmuş, alnındaki damarlar belirmişti. Fakat giriştiği işi tamamlamış ve kendini tekrar yukarı çekmişti.

Tepesindeki güneşin pozisyonundan geminin yön değiştirdiğini gören Kolombus telaşla, kıç kasarasına, serdümenin yanına koştu.

"Ne oluyor, neden güneybatıya ilerlemiyoruz!?" diye sordu öfkeyle.

Serdümen, olan bitenden habersiz gibi çaresizlikle, "Bilmiyorum kaptan, gemiye dümen işlemiyor!" diye yanıtladı.

Kolombus adamı eliyle iterek yekeyi eline aldı ve sağa sola hareket ettirdi. Serdümen haklıydı, yekenin ucu sanki boşa çıkmıştı; elinde tuttuğu şeyin bir sopadan fazla değeri yoktu. Ama bu nasıl olurdu?! Gemiyi hareket ettiremezse yola nasıl devam ederlerdi? Üstelik Santa Maria, üç geminin en büyüğüydü ve amiral gemisiydi. Her ne kadar gemi tayfası onu amiral saymasa da!

"Bu ne zamandır böyle?!"

"Yarım saattir falan, kaptan."

"Neden beni haberdar etmedin geri zekâlı!" diye söylendi Kolombus.

"Ama kesinlikle beni rahatsız etmeyin demediniz mi siz, kaptan?"

Güvertedeki mürettebat gülüşmeye başladı. Kolombus bir şeylerin döndüğünü anlamıştı.

"Aptal, böyle bir durumda tabii ki de gelip söyleyeceksin!"

Denizci, bu sefer etrafında yoğunlaşan kalabalığa seslendi:

"Söyleyin, ne oldu bu geminin dümenine!?"

Gomez sırıtarak, "Kaptan belki de balık yemiştir!" dedi.

Christoval ve diğerleri kahkaha attılar.

"Ukalalığın lüzumu yok, çabuk söyleyin, ne yaptınız dümene!?" diyerek çıkıştı.

Gomez ve etrafındakiler kaptanın üzerine yürüdüler.

"Ya söylemezsek ne yaparsın, kaptan! Yok affedersiniz, çok büyük amiral!"

Adamlar bir kere daha gülüştüler.

Kolombus, "Bunun bedelini ödeyeceksiniz! Ben size gösteririm!" diye söylenerek geminin sancak tarafına yöneldi ve Pinzon'un kaptanlık yaptığı Pinta'ya işaret verdi.

"Ben seninle bu adamlar bana karşı isyan etsinler diye mi anlaştım!?" diye bağırıyordu Kolombus.

Martin Alonso Pinzon, Santa Maria'nın güvertesine Pinta'dan bindiği bir kayıkla ayak basar basmaz Kolombus'un bağırışlarıyla karşılaşmıştı.

Yine ne bağırıp duruyor bu adam diye düşünmeye başlamıştı ki, Kolombus geminin işlemez dümenini ve adamların ona itaatsizliklerini hızla anlattı. Üstelik tayfa hâlâ gülüşmeye devam ediyor, Kolombus'un taklidini yapıyorlardı.

Pinzon, adamlara hak vermiyor değildi, kendisi de en az onlar kadar nefret ediyordu bu Cenevizli'den. Ama söz vermişti bir kere ve ne olursa olsun hayatı boyunca sözünden dönmemişti.

Geminin güvertesinde Kolombus'u sessizce dinledikten sonra dümenin başına geçti. Öfke dolu bir ifadeyle yekeyi kendisi kontrol etti ve üstündeki gömleğini ve kılıcını çıkardıktan sonra suya atladı.

Gomez ve Christoval birbirlerine bakıyorlardı. Tayfanın gülümseyişi Pinzon'un suya atlamasıyla bıçak gibi kesilmişti.

Kısa bir süre sonra Pinzon tekrar sudan çıktı. Yere bıraktığı kılıcını tekrar eline aldı ve yekenin başına geldi.

Gazap dolu bir ifadeyle sordu:

"Söyleyin, dümeni hanginiz parçaladı!?"

Kolombus, "Ne!? Parçalamak mı!?... Yüce İsa adına! Dümeni mi parçalamışlar...! Neden?! Nasıl?!" diye dövünüp duruyordu.

Pinzon, "Karı gibi bağırmayı kes amiral" diyerek Kolombus'u payladı. Neye uğradığını şaşıran denizci, şaşkınlıkla sustu ve olan biteni izlemeye başladı.

Pinzon iki adım ileri attı ve adamların suratına tepeden bakarak tekrar sordu:

"Bir daha sormayacağım, dümeni kim parçaladı?!"

Tayfadan biri, "Kaptan, neden bu Cenevizli'yi dinliyorsun?" demeye cesaret edebildi.

Ondan cesaret alan bir başkası, "Evet," diyerek söze girdi, "Bu adam hepimizi ölüme götürüyor! Artık bu saçmalığa bir son vermenin zamanı geldi!"

Diğerleri devam ettiler, artık her kafadan bir ses çıkıyordu:

"Şu gemilerin haline bak, kaptan! En büyüğü yirmi metre

bile yok! Bununla okyanusa açılmayı bırak, balık bile avlanmaz!"

"Bu gemilerin hepsinin de tamire ihtiyacı var kaptan!"

"Bu gemiyle gölde balık avına bile çıkılmaz!"

"Ben canımı denizde bulmadım, kaptan, bu hızla batıya gidersek dünyanın dibinden yere düşeceğiz!"

Pinzon, adamların zaten bu şekilde düşündüğünü bildiğinden hiç şaşırmadı. Sabırla hepsini de dinledi ama yüzündeki öfkeli ifade geçmemişti.

Gomez, Pinzon'un Cenevizli'den tarafa olduğunu sezdiğinde belindeki baltaya yapıştı ve ileri doğru atıldı. "Bu saçmalığa artık bir son vermenin zamanı geldi!" diyerek baltayı Pinzon'un kafasına savurdu.

Usta denizci tam zamanında eğildi ve belindeki kılıcı bir şimşek gibi kınından çıkartıp yukardan aşağıya salladı. Kılıç yere inerken Gomez'in kolu da güvertenin tam ortasına düştü. Balta hâlâ yerdeki elde duruyordu.

Gomez dehşetle çığlık atarken, Pinzon gayet soğukkanlı bir ifadeyle, "Size tekrar sormayacağım demiştim," diye kükredi.

Christoval korkuyla cevapladı: "Dümeni kesen kol yerde duruyor, kaptan," diyebildi.

Pinzon, geminin hekimine ve birkaç kişiye emir vererek, "Gidin şunun kolunu sarın!" dedi.

Kolombus'un ağzını bıçak açmıyordu. Olup biteni diğerleri gibi şaşkınlıkla izliyordu.

Kılıcını kınına soktuktan sonra, "Şimdi beni iyi dinleyin!" dedi ve devam etti:

"Ben bu Cenevizli'ye güvenmiyorum (Kolombus'u işaret ediyordu). Ama bu adama bir söz verdim ve sözümden dönmeye de niyetim yok. Bahsettiğiniz endişelere gelince. Pek çoğunuz benimle yıllarca Akdeniz'de mekik dokudu. Beni bilmeyenler, bilenlere sorsunlar. Şimdiye kadar denize çıkartıp da tekrar limana geri götüremediğim hiçbir gemi olmadı. Ben bu yolculuğa çıktıysam, bunun yapılacağına inandığım için buradayım. Elimizde şimdiye kadar hiç kimsede olmadığı kadar harita ve şimdiye kadar hiç kimsede olmadığı kadar alet var. Haklısınız, gemiler eski, adamlar yetersiz, ama şansımızı denemeye değer."

Pinzon'un kararlığına rağmen cesaretini koruyan bir tayfa, "Ben canımı yolda bulmadım kaptan!"diyerek karşı çıktı.

Deneyimli denizci hemen karşılık verdi:

"Hangi candan bahsediyorsun?! Seni bulduğumuzda ertesi gün ateşte yakılman için emir verilmişti. Şimdi suların ortasında can davasına girişiyorsun!"

Adam sıkıntıyla başını önüne eğdi. Gerçi Pinzon, çoğu suçsuz yere zindanlara tıkılan bu adamların suçlarını yüzlerine vurmaktan hoşlanmıyordu ama şunu da çok iyi biliyordu ki, burada şimdi yaptığı gibi katı davranmazsa isyanın önünü alamayabilir ve sadece bir seferden değil, kendi hayatından da olabilirdi. Tayfaya karşı göstereceği en ufak bir yumuşaklık bir zaaf olarak yorumlanacak ve okyanusun ortasında hepsi kendi bildiğini okuyan doksan kişilik bir kaçkınlar ordusuyla baş başa kalacaktı.

"Üstelik okyanusun öte tarafına geçtiğimizde hepimizi de büyük mükafatlar bekliyor olacak."

Bu son cümlesinden sonra Kolombus'a dönerek, "Öyle değil mi Amiral?!" dedi. Kolombus'un en iyi yaptığı işin, insanlara umut pazarlamak ve para puldan bahsetmek olduğunu biliyordu.

"Evet evet," dedi Kolumbus kısa bir dalgınlıktan sonra. "Çağatay Hanlığı'nın zengin toprakları, altınları, Hintlilerin ipekleri, baharatları, ve daha bizim bilmediğimiz pekçok değerli taş; elmas, yakut, safir... bu topraklarda bizi bekliyor olacak..."

Kolombus konuşmasına devam ederken Pinzon, geminin pruvasına doğru gitti. Orada Nino, ufka gözlerini dikmiş, dimdik karşıya bakıyordu.

"Ne dersin, Afrikalı?" dedi Pinzon, "Sence bu Cenevizli'nin dedikleri doğru çıkar mı?"

Nino başını Pinzon'a çevirdi ve gülümsedi:

"Bu sefer eğer başarılı olursa, birilerinin çok zengin olacağı kesin. Ama onlar biz olur muyuz orasından şüpheliyim."

Afrikalı ve Pinzon sadece okyanusun değil, zamanın da ötesini görür gibi ufka bakmaya devam ettiler.

Kolombus ise bu yolculuğa çıkıncaya kadar atlattığı badireleri tekrar tekrar aklından geçiriyordu. Saray saray, krallık krallık gezmişti de ne Portekiz Kralını ne de Koca Türk'ü ikna edebilmişti. Birinin elinde oyuncak olmuş, diğerinin ise güvensiz bakışlarıyla karşılaşmıştı. Kolombus bu günleri hatırladıkça sıkıntıyla da olsa yolculuğuna devam edebildiği için şükrediyordu.

66

Lizbon Sarayı'nın ana salonunda, Portekiz Kralı Joao, "Yani sen şimdi diyorsun ki, ben okyanusa açılacağım, gideceğim gideceğim gideceğim, sonra karşıma Hint toprakları çıkacak, öyle mi?" dedi karşısında duran denizciye. Etraftakilerden beş basamak kadar yüksekteki tahtında oturup huzurundaki adamı dinlerken kahkaha atmamak için kendini zor tutuyordu. Hizmetkârının tuttuğu tepsideki kadehini alarak bir kere daha yudumladı. Kralın ipek beyaz eldivenlerinin parmaklarını altın ve değerli taşlarla bezeli yüzükler kaplıyordu. Mor kadife şapkasının üstündeki tacı, bacaklarını saran sarı renkteki çoraplarıyla aynı renk gibiydi.

Kralın her zamanki kalabalık maiyetinin, düklerinin, lordlarının ve şövalyelerinin yanında, bugünkü toplantıya ülkenin coğrafya ve astronomi komisyonu da katılmıştı.

Kristof Kolombus ellerini önünde bağlamış, belki de onuncu defa aynı şeyi açıklamaya çalışıyordu. Kralların aptal olduğuna hiç şüphe yok, diye düşünüyordu.

"Evet majesteleri," dedi. "Dünyanın tam bir yuvarlak oluşundan ötürü, Portekiz'den yola çıkıp sürekli batı yönünde ilerlersem Asya'ya varabilirim. Tek ihtiyacım olan sizlerin masrafını karşılayacağı üç gemi, bunları dolduracak mürettebat ve bana üç ay kadar yetecek gelir."

Kralın sadık papazlarından Ceuta Kardinali daha fazla kendini tutamadı: "Majesteleri, bu adam tam bir sapkınlık içinde!" diye çıkıştı. Siyah cüppesinin bol yenleri içinde neredeyse kaybolan ellerini öfkeden iki tarafa sallayarak konuşuyordu. "Yeryüzünün düz olduğu hem İncil'de yazıyor, hem de bu tüm coğrafya alimlerimiz tarafından bilinen bir gerçektir!"

Kral Joao da bu yaygın görüşü pekâlâ bildiği için karşısındaki adamı, onu eğlendirmeye gelmiş bir tür soytarı gibi dinliyor, duyduğu zevkten ötürü başından savamıyordu. Coğrafya ve Astronomi komisyonunun liderine baktı.

Ülkenin en seçkin coğrafya uzmanlarından, Lizbon Üniversitesi dekanı öne çıkarak, "Majesteleri biz kardinale katılıyoruz," dedi. "Senyör Kolombus'un iddia ettiği gibi sürekli batıya gidilirse dünyanın ucuna ulaşılır ve oradan da Tanrı korusun tepetaklak boşluğa düşülür. Boşluğa düşmese bile sanki yüksek bir dağın öbür yakasına geçmiş gibi olan gemi bir daha hiçbir şekilde, hiçbir rüzgârın yardımıyla Portekiz'e de geri dönemez."

Kristof Kolombus bu aptallara dünyanın yuvarlak olduğunu ispat etmenin çok zor olduğunu biliyordu ama hazırlıklı gelmişti. "Bu," dedi, "sadece benim fikrim değil ki, Majesteleri." Dekana dönerek yanında getirdiği haritalardan bir tane çıkarttı ve devam etti: "Ünlü kartograf Pierre d'Ailly'nin haritasında bile bu görülebilir. Bakın İberya yarımadası ve Asya birbirine ne kadar da yakın. Arada sadece birkaç haftada aşılabilecek bir okyanus var."

Dekan isteksizce haritaya bakarken Kolombus yanındaki deri çantasından başka kâğıtlar çıkardı: "Floransalı ünlü matematikçi Toscanelli de okyanusun 1000 deniz mili kadar olduğunu söylüyor ve rahatlıkla aşılabileceğinden bahsediyor."

Dekan, "Elbette biz de biliyoruz Toscanelli'yi," diye yanıtladı. Bu basit denizcinin kendisini kralın huzurunda küçük düşürmesine izin vermeye hiç niyeti yoktu. "Aynen onun bazı hesaplarının yanlış olduğunu bildiğimiz gibi!"

Kolombus bu sefer Ceuta Kardinali'ne dönerek, "İncil'de de Kudus'ün yeryüzünün merkezi olduğu yazmıyor mu?" diye sordu. Yanından çıkardığı İncil'in bir gece önceden işaretlediği sayfasını açarak okumaya başladı: "Ezekiel Kitabı 5'inci bölüm, 5'inci ayet: *Tanrı şöyle buyurdu: Burası Kudüs'tür, onu milletlerin ve ülkelerin tam merkezine yerleştirdim.* Bu, İncil'de yazıyor!"

Kardinal hemen karşılık verdi: "Biz Kudüs'ün dünyanın merkezinde olduğunu –haşa-reddetmiyoruz ki. Bu, su götürmez bir gerçek. Bizim söylediğimiz, dünyanın yuvarlak olmadığı. Aziz Augustine bu konuyu eserlerinde ayrıntısıyla işliyor. Kutupların varlığını da, bir yarımküreden diğerine geçişinin de imkânsız olduğunu uzun uzadıya İncil'den ayetlerle anlatıyor!"

Kolombus elindeki İncil'in sayfalarını karıştırarak başka bir bölümü açtı, devam etti:

"Peki ya karaların sulardan daha çok oluşu? Esdras'ın ikinci kitabında 5'inci bölüm 42'inci ayette suların yeryüzünün sadece yedide birini kapladığı, kıtaların ise neredeyse tamamını, yani yedide altısını kapladığı çok açık şekilde yazıyor." Notlarını geri koyduktan sonra, "Bu da demek oluyor ki," dedi bakışlarını kardinal ve kral arasında değiştirerek, "Okyanusu tahmin ettiğimizden çok daha rahat şekilde aşıp Asya'ya varabilir, Türklerin hâkim olduğu Akdeniz ve Karadeniz ticaretini aşarak Asya'daki hazinelerin sahibi olabiliriz." Kolombus, Türklerin özellikle Doğu Roma İmparatorluğu'nu ele geçirmeleriyle birlikte tüm Akdeniz ticaretine hükmetmeye başlamalarının kralı tedirgin ettiğini biliyordu.

Kral Joao "hazine" lafını duyunca elindeki şarap kadehini yanında tutulan tepsiye tekrar koydu ve öne çıktı. Tam sıkılmaya başlamışken bu cinibiz adamın ağzından kendisini ilgilendiren bir şey çıktığına sevinmişti:

"Ne gibi hazineler?"

"Marko Polo ve Sir Mandeville gibi Doğu'ya giden seyyahlar yazıyor, Majesteleri. Doğu'nun sahip olduğu hazineleri öve öve bitiremiyorlar." Kolombus, kralın dikkatini çekebildiği için memnuniyetle ve hararetle anlatmaya devam etti: "Doğu'da o kadar çok ve büyük mücevherler ve değerli taşlar var ki bunlardan gemiler, tabaklar çanaklar yapıyorlar. İmparatorların sarayları elmas ve fildişinden, binaların camları kristalden, yemek yedikleri masalar altın ve zümrütten, şehrin merdivenleri somaki ve parlak mercan taşından. Sarayların sütunları altınla ve imparatorların yatakları safirle parlıyor, Majesteleri."

Kral Joao dinledikçe sanki o hazineleri görmüş gibi gözleri ışıldıyordu.

Kolombus devam etti:

"Geceleri şehrin kulelerindeki altın toplar öyle parlıyor ki gece aydınlanıyor! Üstelik Şeba'nın tahtı, Ofir'in altın adası ve İncil'de geçen Kral Süleyman'ın hazineleri de bizim olacak efendimiz! Bunlarla karşılaştırıldığında, şimdi ticaretini yapmaya çalıştığımız doğunun baharatları toprak kadar değersiz olur, İpek yolu ise kuş uçmaz kervan geçmez bir güzergâha döner! Akdeniz'deki Osmanlı hâkimiyetine de büyük darbe vurmuş olacağız! Cipangu adasının altın saçakları ve mermer köprüleri bile bizim olacaktır."

"Peki," dedi kral tekrar arkasına yaslanarak, "Bu işten senin çıkarın ne olacak?"

"Bulduğumuz hazinelerin onda birini, 'büyük amiral' ve 'don' rütbelerini talep ediyor ve kraliyete ve çeşitli şahıslara olan borçlarımın silinmesini arz ediyorum." Kolombus, borç içinde yüzüyordu ve ay sonuna kadar 650 altın duka gibi imkânsız bir rakamı bulması gerekiyordu.

Ceuta Kardinali bu fırsatı kaçırmadı:

"Bunun asıl derdi anlaşıldı," dedi gülerek. "Borçlarını kapatacak patron arıyor!"

Dinlediği masalın birdenbire bitmesine üzülen çocuk gibi hazine bahsi kapanınca kralın canı sıkıldı. "Peki," dedi, "Anlamadığım bir şey var. Eğer dünya senin dediğin gibi yuvarlak ise, bizim altımızda olanlar baş aşağı mı yürüyorlar?" İşte bu cümlenin ardından artık kahkahayı patlattı. Salondaki diğer maiyeti de ona eşlik ediyordu. "Hem onlar boşluğa düşmüyorlar mı?!"

Kralın bir danışmanı, "Hem bu dünyanın ucundan öbür tarafa düşerse bir daha onu hiçbir rüzgâr geri getiremez!" dedi ciddi ciddi.

Kolombus artık buna nasıl cevap vereceğini bilemedi. Çaresizce başını öne eğdi.

Kardinale dönerek son bir kez şansını denemek istedi: "Yüce İsa'nın mesajını tüm dünyaya yaymak, Osmanlıların egemenliğindeki Müslümanlara ve Asyalılara Tanrı'nın merhametini öğretmek vazifemiz değil mi?"

Kardinalin bu oyuna gelmeye niyeti yoktu: "Biz o görevi fazlasıyla Granada'daki Müslümanlara karşı yürütülen kutsal savaşa destek vererek ve ayrıca Afrika kıyılarında icra ediyoruz. Deniz kaptanlarımız artık Afrika kıyılarının tamamında egemen olmaya başladılar. Üstelik bunun dışındaki bir açılım hazineyi de gereksiz yere sıkıntıya sokar!"

Kral, Kolombus'u başından savarken, "Böyle bir delilik ancak Türklerden beklenir!" dedi.

O anda Kolombus'un beyninde, o ana kadar hiç düşünmediği bir fikir belirdi.

Belki de kral haklıydı. Belki de Kolombus şansını İstanbul'da denemeliydi!

67

Topkapı Sarayı'nın Arz Odası'nda Kristof Kolombus, bacağındaki dar pantolonu, ayaklarındaki sivri uçlu garip ayakkabıları, kolları ve yakası fırfırlı beyaz gömleği ve kısa ceketiyle etrafındaki insanların arasında yeterince yabancılık çekiyordu. Etrafındakilerin hepsi de dökümlü kürk astarlı kaftanlarla kaplı, baştan aşağı her biri ayrı heybetli insanlardı. Yanı başında duran ve bu buluşmayı aylarca süren yazışmaların ardından ayarlamayı başaran tüccar Rodrigo'nun uyarıları bile onu şu anda yaşadığı türden bir çekingenliğe hazırlamamıştı. Karşısında sedef kakmalı geniş tahtta oturan Türk Sultanı'nın sağ tarafındaki pencereden içeriye vuran güneş, padişaha iyice uhrevi bir hava katıyor, onu olduğundan daha da kutsal göstererek Kolombus'un heyecanının artmasına neden oluyordu. Hâlbuki sultan kendisinden belki birkaç yaş daha büyüktü; kırkında ya vardı ya yoktu.

Arz odasının hemen dışındaki bir çeşmeden şırıl şırıl insanı ferahlatan sus sesleri geliyor, Sarayın geniş avlusundaki ağaçlara konmuş kuşların sesleri kulağa çalınıyordu.

Kolombus, "Siz bana gemiler verin, size yeni yollar bulayım," dedi İspanyolca bir kere daha. Yanı başında duran hem Türkçeye hem de İtalyancaya son derece hâkim olan Rodrigo cümleyi hemen Türkçeye çevirdi.

Sultan Bayezid dimdik oturduğu yerden, kaşlarının altından bakarak Kolombus'u izliyordu. Üstündeki koyu yeşil kadife kaftanı hilaller ve lale desenleriyle bezeliydi. İçinde mürdümeriği renginde dik yakalı giysisi ayak bileklerine kadar iniyordu. Elbisesinin düğmeleri belindeki beyaz kuşağına kadar iniyor, sonra elbise bollaşarak devam ediyordu. Geniş omuzları ve yeşil kavuklu beyaz sarığının etkisiyle Bayezid iyice yapılı görünüyordu. Bir eli, dirseği yukarı kalkmış şekilde duran dizinde, diğeri sol tarafında tahtın üzerindeydi.

Tahtın hemen yanında bu buluşmayı hazırlayan, Rodrigo'nun türlü sözlerle araya sokmayı başardığı veziri, onun yanında iki diğer sadrazamı, onların yanında bu buluşma için çağrılmış deniz kaptanları, arka tarafta sultanın özel koruması solaklar ve sarayın diğer görevlileri bulunuyordu. Misafirler ile sultanın arasındaki geniş alandaki rahlelerin üzerinde haritalar, usturlab ve iletki gibi aletler seriliydi.

Bayezid bu adamın anlattıklarını inanıp inanmamakta tereddüt ediyordu; güven uyandıran bir hava yoktu adamda. Sultan, sadrazamlarının yanında hazır bekleyen Kemal Reis'e baktı. Reis ve kartografları Kolombus'la bir saatlik bir ön görüşme yapmışlardı.

"Ne düşünüyorsun Kemal Reis? Ne diyor bu adam?"

Reis sol eli kılıcının kabzasında, sağı eli kılıcın topuzunda, sert bakışlı bir adamdı. Üzerinde beyaz astarlı deniz mavisi bir kaftan vardı.

"Bana sorarsanız sultanım," dedi İspanyol'a bakarak, "Bunun bütün hesaplamaları yanlış."

Rodrigo sessizce, Reis'in söylediklerini Kolombus'a tercüme ediyordu.

"En başta yerkürenin çapını yanlış hesaplıyor."

Sultan tekrar Kolombus'a döndü.

"Kaç diye hesap ediyorsun sen Ekvator'daki bir boylamın derecesini?"

Kolombus, nihayet kendisini şeytanla işbirliği yapmakla suçlamayan ya da Portekiz kralının yaptığı gibi okyanusun sonuna varınca dünyadan boşluğa doğru düşersin diye dalga geçmeyen birini bulduğu için sevinmişti. Ama sabah tanıştığı denizcinin hesaplamalarını anlamakta güçlük çekiyordu. Şimdiye kadar hiç duymadığı türden hesaplardan ve denizyollarından bahsediyordu Reis dedikleri kişi.

"Ekvator'da 65 km'dir," diye yanıtladı kendisine sorulan soruyu.

Sultan bu cevabı beklemiyormuş gibi gülümsedi. İki boylam arasındaki uzunluğun 111 km olduğunu Bayezid, kendisi dahi biliyordu.

Reis de dudağını bükerek, "Görüyorsunuz ya, adamda neredeyse yarı yarıya şaşma var. Bu nasıl denizci olmuş ben onu da anlamadım."

Rodrigo'nun çevirisi üzerine Kolombus, "Hesaplamalarda üç aşağı beş yukarı oynama olabilir, önemli olan benim bu işi yapacak deneyime sahip olmamdır," dedi.

Kemal Reis hemen çıkıştı: "Senin 'üç aşağı beş yukarı' dediğin şey kabul edilemez bir hata. Deneyim falan dinlemez bu iş, yüzlerce tayfanın hayatını tehlikeye atmak, onca gemiyi heder etmek öyle kolay mı?" Sultan Bayezid'e döndü "Üstelik Eratostheness ve Batlamyus'un asırlar önceki hesaplarında bile yüzde 15'lik yanılma payı vardır. Bununkinde en az yüzde 30'luk bir oynama var."

Bayezid, "Peki neye dayanarak böyle kendinden emin konuşuyor?"

"Sultanım, Allah bizi muhafaza etsin, cahillikte sınır yok. Bu, Arapça bilmediği için Endülüslü kaptanların elyazmalarından da bihaber. Elindeki çizimlerin hepsi de ya İspanyolca ya da Latince."

Bayezid kinaye dolu bakışlarla "Böyle adamları niye karşımıza çıkarıyorsun?!" der gibi görüşmeyi ayarlayan sadrazamına baktı. Sadrazam çoktan pişman olmuştu ama yapacak bir şey yoktu. Ecel terleri dökmekten başka!

Sultan yine de bu adamı hafife almak, başından savmak istemedi. Görüşmeyi devam ettirdi:

"Peki neden bizim böyle bir sefere ihtiyacımız olduğunu düşündün? Zaten Akdeniz ticareti artık neredeyse bizim egemenliğimizde. Farklı yollara neden ihtiyaç duyalım ki?"

Kolumbus hemen yanıtladı: "Bu işi eğer siz yapmazsanız Portekizliler yapacak. Hindistan'dan gelen ipek yoluna benim bulacağım alternatif güzergâh ile rakip oluşacak. Sürekli batıya gidersem eğer, sonunda Hindistan'a Atlantik'ten doğru ulaşacağım. Bu yolculuğun giderlerini siz karşılarsanız, hükümdarlığınız pekişecek, vergi aldığınız yolları garanti altına almış olacaksınız. Bu yolu bulacak ilk kişi olacağım."

Kemal Reis sinirden fesuphanallah çekerek, "Yalan söylüyor, Portekiz kralı bunu reddetmiş. Bu şimdi bizimle şansını denemek istiyor," dedi.

Bayezid, "Onu duymuştum, peki bu Hindistan'a ulaşma meselesi?" diye sordu.

Reis, "İşte o hepten bir deli saçması, sultanım," diye yanıtladı. "Afrikalı ve Endülüslü Müslümanlar asırlardır Atlantik'te yolculuk ediyorlar." İzin isteyerek öne çıktı ve yerdeki haritalardan birkaçını alarak sultanın önüne getirdi. Eliyle haritaların üzerindeki karaları göstererek anlatmaya devam etti: "Şu koyu yerlere iyi bakın, sultanım. Elimizde El-İdrisi'nin haritaları, El Me'mun yaptırdığı çizimler, ibn Esvad'ın yolculuk defterleri, İbn Faruk'un hatıraları gibi onca kaynak var. Okyanus'un ortasında büyük bir kıta olduğu her denizcinin rahatlıkla duyduğu bir şey. Fakat bu İspanyol, dünyadan bihaber olduğu için ve ölçümleri üçte bir oranında yanlış hesapladığı için Atlas Okyanusu'nun doğrudan Hindistan'a açılacağını sanıyor. Hâlbuki ortada kocaman, başka bir kıta var! Afrika'daki Emevilerin bunların çoğuyla ticaret anlaşmaları yaptığını da biliyoruz."

Reis, tekrar yerine geçtikten sonra, "Yani İpek Yolu'na alternatif bulunması gibi bir tehlike yoktur, sultanım," diye bitirdi konuşmasını.

Kolombus, bu garip denizcinin dediklerini duydukça şaşırıyor, daha önceleri hayal meyal Mağriblilerden dinlediklerini Türklerden de işittikçe hayreti artıyordu. Türk denizcisinin saydığı isimleri kafasında bir yerlere not etmeye, ezberinde tutmaya çalışıyordu. İçinden, "Keşke şu önümde duran kitapları ve haritaları alıp buradan kaçabilsem!" diye geçiriyordu.

Reis lafına son noktayı koydu: "Bu," dedi İspanyol'u göstererek. "O sularda gemi gezdiren ilk kişi değil, olsa olsa son kişi olur!"

Kolombus çaresizce kendini savundu: "Ben sizin neden bahsettiğinizi anlamıyorum ama sağlam gemilerim ve yeterli sayıda adamım olursa Hindistan topraklarına iki ayda varabilirim."

Kemal Reis iyice çileden çıktı. "Be adam anlamıyor musun, yerkürenin etrafında bir tur yapmaktan bahsediyorsun. Bunun için denizde, bugünkü en iyi gemiyle bile denize açılsan tam bir yıl boyunca yol alman gerekir. Karayı es geçsen bile denizde hiçbir limana yanaşmadan bir yıl gidecek gemi icat edilmedi!"

Kolombus son bir inatla, "Bir düşünün Sultanım!" dedi. "Eğer başarılı olursak hiçbir krala nasip olmayacak topraklar sizin olacak. Yeryüzünün en büyük sultanı siz olacaksınız!"

Bayezid soğukkanlılıkla cevap verdi:

"Bir kralın büyüklüğü yönettiği toprakların genişliği ve büyüklüğüyle ölçülmez; hüküm sürdüğü topraklardaki adaleti ve liyakatiyle ölçülür! Bir el parçası kadar toprağa adil hükmeden imparator, dünyaya zulmeden kraldan daha büyüktür!"

Kolombus bu cevapla birlikte neye uğradığını şaşırdı. Herhangi bir Avrupa kralı olsa böyle bir ihtimal karşısında ağzının suyu akardı. Bir şeyler daha söyleyecekti ki Sultan Bayezid elini kaldırarak ona artık susmasını işaret etti.

"Anlaşıldı," dedi. Sadrazama dönerek İspanyol'u elinin tersiyle işaret etti ve devam etti: "Bu adamcağız bu kadar uğraşmış, buralara gelmiş, bir torba hediye, lokum falan bir şeyler verin buna, gönderin."

Yerinden kalkıp sultan kapısından çıkarken, "Böyle deli saçmalıklarına harcanacak hazine yok bizde! İşimiz gücümüz var," dedi ve sadrazama ters bir bakış atıp odadan ayrıldı.

İşte o gün karar vermişti Kolombus, İspanya'ya geri döner dönmez ne yapıp edip bugün burada bahsi geçen haritaları bulmak zorunda olduğuna.

68

"Söylesene," dedi Beatrice sırtını ağaca dayamış, yıldızları izleyen Davud'un yanına usulca sokularak. Diğerleri az ötede bir ateşin etrafında toplanmışlar karınlarını doyuruyorlardı. "Senin hikâyen nedir?"

Davud ve beraberindekiler Malaga'ya doğru yollarına devam ediyorlardı, Beatrice'i kurtaralı aradan bir gece geçmişti ve kadın, Türk onu kurtardığından beri bir saniye bile gözlerini onun üstünden ayıramamıştı.

Davud birdenbire hazırlıksız yakalandığını hissetti. Beatrice'in yaklaştığını görseydi hemen oradan uzaklaşırdı. Fakat kadın da onun bu huyunu öğrendiğinden sessizce yanaşmış ve hemen konuşmaya başlamıştı.

Kadının sıcacık kolu Davud'un koluna değiyordu.

Adam şaşkın, "Ne demek istiyorsun?" der gibi kadının yüzüne baktı.

"Yani sen neden buradasın? Neden bize yardım ediyorsun?..." Beatrice bir süre söyleyeceği şeyi çekiniyormuş gibi ağzında tuttu, başını önüne eğdi ama sonra devam etti: "...Ve dalıp dalıp sürekli düşündüğün o kadın kim?"

İşte olmuştu, Beatrice sürekli merak ettiği, beynini kemiren o soruyu nihayet sorabilmişti. Bir erkeği ancak bir kadının hayali bu kadar derinden etkisi altına alabilir, onu yarı uyurgezer hale getirebilirdi. Beatrice, Davud'un tepkisi ne olursa olsun bu kadının kim olduğunu öğrenmeyi kafaya koymuştu. Ondan hoşlanıyordu. Bu laf dinlemez, söz geçmez Türk'ün geniş omuzları, pazulu kolları ve kas dolu göğüsleri, biçimli ve tuttuğunu koparan sağlam elleri ve uzun boynu bir yana, adamın duygusallığı ve sessizliği onu inanılmaz tahrik ediyordu. Utanmasa adamın yüzüne yapışacak, o güzel kaşlarını, biçimli burnunu öpe öpe bitiremeyecekti. Bu adamın dilini kendi ağzının içinde hissetmek bile ona yeterdi!

Davud derin bir iç çekti.

Bir kadınla bu kadar yakın oturmayalı ve konuşmayalı kim bilir ne kadar zaman geçmişti. Beatrice'in ondan hoşlandığını biliyordu. İşin kötüsü Davud da onu çekici buluyordu. Kadının batan bir güneşi andıran turuncu renkteki ve capcanlı bir deniz gibi dalga dalga saçları, genelde İskoç kadınlara özgü olan, gözlerinin altındaki çilleri, okyanus kadar mavi gözleri, kalın dudakları, sürekli açık bıraktığı gerdanlığı ve hemen onu takip eden, üst kısımları sürekli meydanda dolgun göğüsleri Davud'u heyecanlandırıyordu. Bu kadın yanına her yaklaştığında kalbi çok daha hızlı atıyor, ona çok uzun bir süredir hissetmediği duyguları hatırlatıyordu.

"Şu tepedeki *Pegasus* yıldızlarını görüyor musun?" dedi Davud eliyle gökyüzünü işaret ederek. Oturdukları dalların arasından ışıl ışıl parlayan yıldız kümeleri onlara göz kırpıyorlardı.

Beatrice adamın yine kaçamak bir cevap verdiğini anladığından gülümsedi. Bir süre gökyüzünün yerine Davud'un yüzüne baktı. "Bırak şimdi sen yıldızları!" der gibiydi. Ama çaresiz, en azından konuşmaya karar veren bu ketum Türk'ün dediğini yapmaya karar verdi.

"Ne Pegasus'u?" dedi karanlığa doğru bakınca. "Ben yıldızlardan başka bir şey görmüyorum." Burçlarla ilgili olan on iki takım yıldızını ve bunların dışında *Herkül* ve *Büyük Ayı* gibi en meşhur kümeleri bilirdi ama Pegasus'u gökyüzünde hiç aramamıştı.

"Şu dört yıldıza bak," diye devam etti Davud kolay kolay pes etmeyeceğini göstererek. Parmağıyla gökyüzündeki belirli bir noktayı işaret ediyordu. "Görüyor musun?"

Kadın bir süre gökyüzündeki yıldızlarda bakışlarını gezdirdikten sonra evet anlamında başını salladı. Davud, ona döndü ve doğru yıldızlara baktığından emin olunca devam etti:

"Şimdi o karenin sağından ve solundan uzanan yıldızları gözlerinde bu kareye birleştir ve kanatlarını iki tarafa açmış bir at hayal et."

Beatrice, ilk başta kafası karışık bir yüz ifadesiyle yıldızlara baktı. Başını küçük açılarla sağa sola yatırarak, gökyüzündeki bu uçan hayvanı hayal etmeye çalıştı. Kendisinin çok iyi bildiği burçların yıldız kümeleri, Aslan, Koç, Yengeç bile doğru dürüst gökyüzünde görünmezken, o uçan bir atı yıldızların arasından seçebileceğine ihtimal vermiyordu. Ama, Davud'un hatrı için denemeye değerdi.

Adam sabırla bekledi. Kadına biraz daha yaklaşarak, "Bak şunlar atın kafası, şunlar bacakları, şunlar da kanatları..." gibi cümlelerle çeşitli yıldızları işaret ediyordu.

Kadının yüzünde bir süre sonra bir aydınlanma, bir gülümseme belirdi.

"Evet, şimdi gördüm," dedi Beatrice. Kanatlı atı bulmuştu.

Davud devam etti:

"Çocukluğumda," dedi, "rahmetli babam öğretmişti bana bu takımyıldızını. Her yaz gecesi yatmadan önce, pencereden o atın gökyüzüne çıkışını izlerdim. Sonra o atın gece ben uyurken yeryüzüne inip beni üstüne alacağını, beni de diğer yıldızların arasına taşıyacağını, farklı ülkelere, farklı krallıklara götüreceğini hayal ederdim. Annemin bana yatmadan önce okuduğu *Binbir Gece Masalları*'ndaki uçan halı gibi Pegasus'un da beni alıp hayatımda hiç görmediğim insanların arasında, hiç duymadığım masal evlerini bana gezdireceğini düşlerdim."

Beatrice'in yüzüne döndü. Kadın onu ilgiyle dinliyordu.

"O uçan at gelip beni almadıysa da," diye devam etti Davud, "sanki dileğim kabul olmuştu. Çocukluğum ve gençliğim Avrupa krallıkları arasında, Budapeşte'de, Roma'da, Napoli'de, Paris'te, bazen bir elçi olarak görevlendirilen, bazen de bir ajan olan babamın yanında oradan oraya taşınarak geçti. Göçebe bir Türk gibi sanki tüm dünyayı kendimize yurt edinmiş, bir ülkede en fazla üç-beş yıl kalıp bir diğerine geçiyorduk. O ülke senin, bu krallık benim göçebe kuşlar gibi topraklar arasında savrulurken, ben ne zaman gökyüzüne baksam yine aynı yıldızları görür, sevinirdim. Yaz geceleri Pegasus yine çıkar, kışları Orion avcısı yine gökyüzünde belirir, aslında tüm yeryüzünün küçük bir ülke oluşunu bana hatırlatırlardı. Yıldızlara baka baka, hangi ülkede olursam olayım, yeryüzünde olduğumu, hangi kültürün içinde olursam olayım, küçük bir kürenin üstünde adım atarak gezindiğimi düşünür, kendimi hep güvende hissederdim. Yıldızlar beni kaybolmuşluk duygusundan kurtarıp, bir dünyalı olduğumu bana hatırlatırdı. Pegasus, İstanbul'da da vardı, Roma'da da."

Davud, yıldızlara baktı, devam etti:

"Yıllar sonra bu ülkelerde öğrendiğim dil bilgisi ve kültürlere aşinalık yüzünden babamla aynı kaderi paylaşacağımı, bir ajan olarak hayatımın üçte ikisini İstanbul dışında geçireceğimi o zamanlar bilmiyordum."

Durakladı, "Sonra bir şey oldu," dedi. "Hiçbir zaman ummadığım, hiçbir zaman olmasını istemediğim bir şey."

Bir süre sustu. Yutkundu.

Hayatının anlatmak istemediği bu kısmını atlayarak, öykünün bazı bölümlerini hızla geçip birden hikâyenin sonuna gelen acemi bir hikayeci gibi, "Yıllar sonra," diye devam etti. Kendi toparlamıştı. "...Yıllar sonra, İspanya'dan bu kanatlı ata bakıp beni tekrar İstanbul'a götürmesini, tekrar doğduğum topraklara beni uçurmasını ne kadar da çok hayal ettim. Çocukluğumda beni farklı ülkelere götürsün diye yalvardığım bu kanatlı atın şimdi beni evime götürmesini diliyordum."

Beatrice'e baktı, gülümsedi. "İşte şimdi geri dönüyoruz! Belki uçan bir atın üstünde değil ama, öyle ya da böyle İstanbul'a dönüyoruz ve size söz veriyorum, burada yaşadıklarınızdan sonra orası size bir cennetten farksız gelecek."

Beatrice, Davud kendisine bu kadar da olsa açıldığı için minnettar ve şefkatli bir ifadeyle onun yüzüne baktı.

Ama onun sakladığı sırrı da merak ediyordu.

"Ne oldu Davud?" diye sordu. "İstanbul'da o olan şey neydi? Seni hayata küstüren o şey neydi?"

Davud, Beatrice'in üstelemesinin anlamsız olduğunu ima edercesine dudaklarını büzdü. Sonra ona döndü:

"Hepimizin bir sırrı vardır, Beatrice. Bizi tanımlayan şey bu sırdır. Bir tek bizim ve belki de bizi çok iyi tanıyanların bildiği bir sır."

Daha fazla bu konuda konuşmak istemediği belliydi.

"Peki ya sen? Ne yapacaksın İstanbul'a vardığında?" diye sorarak konuyu değiştirdi Davud.

Beatrice durdu, düşündü. Sanki bu soru daha önceden hiç aklına gelmemişti. Sonra aradığı cevabı bulmuş gibi şakayla karışık cevap verdi:

"Zengin bir Türk bulup evleneceğim!"

Davud gülümsedi.

Beatrice dağıttığı ağır havayı daha da hafifletmek, Davud'u neşelendirmek istercesine tekrar yıldızlara baktı. "Ben uçan atı bilmem ama, sen şu Herkül'e daha çok benziyorsun!" dedi. Ağustos ayının en meşhur yıldız kümesini işaret ediyordu. "Pazıların, gücün, kuvvetin bana daha çok onu andırıyor. Eğer Herkül burcu diye bir burç olsaydı, sen o olurdun."

Adamın yüzü kızardı. Ne diyeceğini bilemedi.

"Ama aslan da sana fena gitmemiş," diye ekledi kadın.

Davud yarı şaşkın gözlerle Beatrice'e baktı:

"Aslan olduğumu nereden biliyorsun?" diye sordu.

Beatrice sinsi sinsi güldü:

"Benim bir cadı olduğumu ne çabuk unuttun!"

Bu son cümlenin ardından Beatrice, Davud'u daha fazla rahatsız etmek istemedi ve onun yanından kalkarak tekrar diğerlerinin yanına gitti.

Davud ise gökyüzüne bakmaya devam etti.

Araplar, *Yere Diz Çöken Savaşçı* derlerdi Yunanlıların *Her-*

kül dedikleri bu figüre. Ama yıldızlar aynı yıldız, karakter aynı karakterdi. Sağ dizi yere diz çökmüş, sol ayağının üzerinde doğrulmuş ve bir elindeki lobudu havaya kaldırmış birine vurmaya hazırlanan devasa bir savaşçı, yaz yıldızları arasında en rahat seçilebilen resimlerden biriydi. Davud, Herkül hakkındaki mitolojiyi aklından geçirdi. Yunanlı şair Aratus, "Hiç kimse bilmez, bu savaşçı nerede ve neyle savaş ediyor?!" diye anlatmıştı onu. Antik Yunan'ın bir başka ozanı ise bu savaşçının katıldığı büyük bir savaşta yaralanıp diz çöken Herakles olduğunu iddia etmişti. Ama her kültürde de kabul gören en büyük mit, Herkül'ün hemen altındaki Dragon'un, yani *Yılan*'ın başını ezdiği ve ebediyen de onun bekçiliğini yaptığıydı. Davud, savaşçı figürün hemen altında uzayıp giden yılan'a, Arapların *Tuban* dedikleri yıldızlara kaydırdı gözlerini.

Efsaneye göre Herkül'ün belinde bir aslan postu taşıdığını unutmuştu.

69

Piri, abdest aldıktan sonra güverteye çıkmış, gömleğinin yenlerini ilikliyordu. Güneşin batmasıyla birlikte akşam namazına hazırlanıyordu. Etraftaki tayfa olağan işleriyle uğraşıyordu. Karnı acıkanlar bir şeyler atıştırıyor, Yelkenci, geminin serenlerini kontrol ediyor, Selsireci kum saatlerini gözden geçiriyor, tayfalardan biri suya ip salarak denizin derinliğini ölçüyor, Serdümen Musa yekeye kolunu dayamış, iç geçiriyordu...

Piri, güverteye çıkıp da başını gökyüzüne çevirdiğinde durakladı.

Olduğu yerde donakalmıştı.

Gökyüzünde henüz doğan dolunayı görmesiyle yerinde durması bir olmuştu. Bir süre böyle kaldıktan sonra kendini hemen toparladı, geminin iskele tarafına hızla koştu ve oradan denize sarkıttığı termometreleri küpeşteden sarkarak hızla çekmeye başladı. Henüz gömleğinin yenlerini ilikleyememişti bile.

Telaşla, su yüzüne çıkarttığı termometreyi eliyle kaptı ve aletteki dereceyi okudu. Gözlerine inanamadı. Aletin üzerindeki Arapça rakamlara tekrar tekrar baktı. Bir yanlışlık olmalıydı. Sonra ikinci ipi çekmeye başladı ve diğer termometreye baktı. O da aynı sonucu gösteriyordu. Aceleyle aleti yere attı. Küçük bir tüp şeklindeki cam şişe kırılınca içindeki civa etrafa dağıldı ve tahta kaplamaların arasında kayboldu.

"Amca! Amca!" diye bağırarak geldi kıç kasarasındaki kumanda bölümüne.

Kemal Reis, bağdaş kurmuş, önüne serdiği haritalara göz gezdiriyordu.

"Dur yeğen, telaşlanma. Ne oldu?"

Piri, arkasını dönerek eliyle Ay'ı işaret etti:

"Dolunayı görmüyor musun, amca!? Baksana!" Piri, soluk soluğaydı.

Kemal Reis, oturduğu yerden kalktı, iki adım ileri gitti ve başını gökyüzüne çevirdi. Dolunay, kırmızıya çalıyordu.

Reis, şaşırmış bir şekilde, "Nasıl olur, yeğen?" dedi Piri'ye dönerek. "Yoksa bu...?"

"Evet amca! Bu Provezza!"

"Dur hele yeğen, nasıl bu kadar emin oluyorsun?"

"Dereceler, amca, ölçüm yaptığım termometreler.. Tekrar tekrar kontrol ettim. Suyun sıcaklığı 25 dereceden daha fazla!"

"Ne diyorsun yeğen? Emin misin?"

Piri, sıkıntılı bir yüz ifadesiyle "evet" anlamında başını yavaşça öne eğdi.

Kemal Reis başını tekrar gökyüzüne, dolunaya çevirdi. Çok hızlı hareket etmesi gerekiyordu.

Akdeniz'in yılda bir kere, hatta bazen üç-beş yılda bir gerçekleşen korkunç fırtınası Provezza güney Avrupa ve kuzey Afrika'nın ortasındaki suları, yani Kemal ve Burak Reislerin donanmalarının tam da bulunduğu noktayı vurmak üzereydi. Kızıl Ay ve sıra dışı sıcaklıktaki deniz suyu bu dehşet fırtınanın en önemli habercileriydi.

Burak Reis, kırmızı Ay'a endişeyle baktıktan sonra, Sessiz Yusuf'a döndü. Sessiz de en az kaptan kadar endişeliydi. İkisinin de ağzını bıçak açmıyordu.

Çıngıraklı, "Ahmet, bu Tekgöz mü dersin?!" diye sordu Bezirgan'ın koluna vurarak.

Bezirgan, ağzı açık, Ay'a bakıyordu.

Yasin, birdenbire herkesin kafasını dolunaya çevirip duruşuna bir anlam veremedi. Yunus'un yanına giderek, "Ne oluyor, Serdümen, Allahaşkına, bu tedirginlik de neyin nesi? Tekgöz ne demek?" diye sordu.

Serdümen ciddiyetle, "Ay'ı görmüyor musun, evlat?" dedi. "Bu denizlerin en meşhur fırtınasına yakalanmak üzereyiz."

"Neden hemen kıyıya dümen kırmıyoruz?" diye sordu merakla Yasin.

"Niyesi var mı, şu anda Akdeniz'in tam ortasındayız. En yakın karaya en az üç yüz mil mesafe var. Hangi yöne dümen kırarsak kıralım, bu fırtına bizim tam üstümüzden geçecek."

Çıngıraklı'nın köpeği de havadaki huzursuzluğu sezmiş, avazı çıktığı kadar havlıyordu.

"Ulan Çıngıraklı, zaten sinirim tepemde, bir de şu itinle uğraşmayalım," diye çıkıştı Bezirgan Koca Ahmet. "Sustur şu hayvanı!"

Çıngıraklı, küçücük köpeği kucağına alıp onu aşağıdaki ambarlardan birine, çok daha güvenli bir yere kapattı. Hayvanı, Bezirgan'ın sinirini bozduğu için değil, az sonraki fırtınada onun rahatlıkla denize düşeceğinden korktuğu için aşağıya indirmişti.

Burak Reis'in "Yelkenleri hemen camadana vurun" komutuyla beraber Sessiz Yusuf pruva, grandi ve kontra mizana direklerindeki yelkenleri serenlere sardırmaya başladı. Sessiz'in cundabazları örümcek gibi o çubuktan şu çubuğa sıçrıyor, yelkenleri hızla sarmaya çalışıyorlardı. Reis, Serdümen'e aynı zamanda "Boca alabanda!" emri vererek, yelkenlerdeki rüzgârın boşaltılmasını sağladı. Böylelikle ellerinde kancalarla direklere tırmanıp, serenlerin ucuna çıkan yelkenciler işlerini daha kolay yapabileceklerdi.

Dolunay bu arada kapkara bulutlarla kaplandı. Gökyüzü birdenbire kurşuni bir renge büründü. Masmavi deniz şimdi sanki metal bir levhaya kesmişti.

Yasin, yaklaşmakta olan devasa daireyi gördüğünde buna neden "Tekgöz" dendiğini anladı. Tüm arşı kaplayan zifiri bir girdap sanki kıyamet günüymüş gibi üzerlerine geliyordu.

Havayı insanı boğum boğum eden bir sıkıntı bastı. Korsanların alınlarında boncuk boncuk terler oluşuyordu. Güverteye vuran esinti, bir ferahlıktan ziyade sanki bir alev dili gibi mürettebatın yüzünü yalıyordu.

İpler ıslık çalmaya, hatta gitgide ulumaya ve haykırmaya başladılar.

Sessiz, yelkenleri tam sardırmıştı ki, rüzgâr kendini iyice hissettirdi. Babafingo çubuğunun üzerindeki korsan bayrağı yırtılacak gibi gerilmiş, hiç kapanmıyordu; sanki demirden bir levha olmuştu. Halatların makaraları mürettebata bir şey anlatmak ister gibi gıcırdıyorlardı. Hilal-i Zafer'in uysal hareketleri yavaş yavaş hızlanmaya, kadırga bir tahterevalli gibi aşağı yukarı sallanmaya başladı.

Korsanlar hızlı bir koşuşturmayla etrafta döküp saçılabilecek her türlü şeyi, su kovalarını, bıçakları, savaş malzemelerini, oturaklarını vesaire urganlarla bağlayıp, geminin alabandasına sıkıştırmaya çalışıyorlardı.

Burak Reis, kendi gemisindeki hazırlıkları tamamlarken gözü önce yüz kulaç ötesindeki Kemal Reis'in Mavi Aslan'ınına, daha sonra da arkalarındaki kadırgalara ve birer buz dağı gibi hareket eden iki kalyona baktı.

Çıngıraklı her zamanki gibi patavatsızca konuşuyordu:

"Vallahi Reis, Kemal Baba'yı bilmem amma bu dağ parçası olan kalyonlar bu fırtınadan tek parça çıkar mı ondan pek emin değilim!"

Bezirgan, "Ulan ağzını bir de hayra aç be Çıngıraklı!" diye payladı korsanı.

"Allah'ın bildiğini kuldan saklamaya ne gerek var, Küçük Ahmet! Baksana şu gelen dalgalara!"

Yasin, "Geminin büyük olması onun daha avantajlı olması anlamına gelmez mi? Asıl bizim endişelenmemiz lazım değil mi?" diye sordu.

Çıngıraklı gülerek cevapladı:

"A acemi, marifet gemide değil, kaptandadır!"

O sırada Topçu Topal, "İşte geliyor, işte geliyor!" diye

bağırdı. Eliyle gökyüzünde gittikçe kendilerine yaklaşmakta olan karartıyı işaret ediyordu. Sanki gökyüzünden cehennem zebanilerinin yeryüzüne inmeye hazırlandığı bir tünel açılmıştı.

Herkes havaya bakarken, bulutlardan denize savrulan bir kamçıyı andıran parlak bir şimşek görüldü. Sonra, öyle bir gökgürültüsü oldu ki, sanki gökkubbe ikiye yarılmıştı. Hemen ardından bir şimşek daha çaktı ve bu sefer kamçıyı Hilal-i Zafer yemiş gibi kadırga kendini ileri doğru attı.

Burak Reis, gemi iyice hızlanmaya başlayınca, Vardiyan Mikail'e, "Kürekleri içeri çekmediniz mi?" diye sordu.

Mikail, "Çektik, Reis, tüm lombarlar kapalı," diye yanıtladı.

Reis, direklere baktı. Tüm yelkenler sarılmıştı. Gemiyi çekecek ne kürek vardı ne de yelken. Fakat kadırga öyle bir hızlanıyordu ki, sanki hem kürekler çekiliyor, hem de yelkenler rüzgâr alıyordu.

"Akıl alır şey değil!" dedi Kör Ali, "Gemiyi itmek için rüzgârın kuru direklere vurması yetiyor."

Selsireci Mahmut, aşağıyı işaret ederek, "Denizi hafife alma," dedi, "Baksana şu çalkantıya."

Kemal Reis, dalgaların yönüne hiçbir anlam veremiyordu. Kule kule yükselen dalgaların ortasında Mavi Aslan artık tam bir beşik gibiydi.

Matmazel Veronika da geminin güvertesinde sürekli çığlık atıyordu. Reis, "Bu kadın sinirlerimi bozuyor, fırtına değil, beni asıl bunun çenesi yoruyor!" diye söyleniyordu.

Akıntı bir o tarafa, bir bu tarafa gidiyor, bazen dalgalar denizin ortasında birbirini kesiyor, ortalığa bembeyaz köpükler saçılıyordu.

"Sıkı tutunun!" diye bağırdı Reis gelmekte olan dalgayı görünce. Sanki gelen bir dalga değildi de yüzmekte olan bir dağ parçasıydı.

Savaşçılar yapışacak bir yer aradılar. Kimi küpeştelere,

kimi önünde duran halatlara yapıştı, kimi de direklere sarıldı. Karartı gittikçe yaklaştı, yaklaştıkça büyüdü. Mavi Aslan'ın baş kasarası sanki tersine dönecekmiş gibi havaya kalktı. Şaha kalkan bir at gibiydi! Geminin altından koca bir balina geçiyormuşçasına kadırga denizin üzerinde yükseldikçe yükseldi. Dalga geçince bu sefer de hızla inişe geçti. Gökyüzünden suya atılan bir gemi gibi, geminin bordaları suya değince etrafa köpükler saçıldı, sular iki tarafa sıçradı. Fakat, gemi tam düz oturmamıştı. İskele tarafına yatıyordu.

Kemal Reis, "Safraları sancağa taşıyın!" diye emir verdi. Bir grup tayfa hemen geminin deposundaki ağırlıkları; varilleri, kum torbalarını, buğday çuvallarını sancak tarafına geçirmeye çalıştılar. Gemi, dalgalar çarptıkça beşik gibi sallandığından tayfalar karşılıklı tutup kaldırdıkları yükleri zar zor karşı tarafa geçiriyor, dengelerini yitirip yere yığılıyorlar, geminin deposunda bir o tarafa bir bu tarafa yuvarlanıyorlardı. Elli kiloluk varillerden biri yan yatınca, tayfalardan biri üzerine hızla gelen varilin altında kaldı. Ağır yaralanan adam hemen güvenli bir yere çekildi ve Hekim İlyas çağırıldı. Tayfanın diğerleri safraları sancağa yığınca, Mavi Aslan tekrar doğruldu.

Fakat bu doğruluş uzun sürmedi. Zira, gemi şimdi sadece sağına soluna vuran dalgalarla değil, bardaktan boşanırcasına yağan yağmurla da boğuşmak zorundaydı.

Tulumbacılar, geminin güvertesinden sürekli su boşaltıyorlardı.

"Reis! Reis!" diye bağırarak geldi Vardiyan Cihan geminin güvertesine. "Forsalar çıldırdı, gemi su yapıyor diye isyan ediyorlar. 'Burada elimiz kolumuz bağlı boğulmak istemiyoruz!' diye haykırıyorlar.

Kemal Reis, "Çözün hepsinin ayak bağlarını," dedi kararlılıkla. "Ellerine birer tane kova verin, suyu boşaltsınlar."

Cihan, "Reis, ya isyan ederlerse ne olacak?" diye sordu şaşkınlıkla.

Reis, "Vardiyan, ben onlarca kişiyi diri diri ölüme gönderemem. Adamlar haklı. Biz onlara can bağışlayınca onlar bize kafa tutmayı seçerlerse kendilerinin bileceği iş. Sen benim dediğimi yap."

Vardiyan, Reis'in dediği gibi forsaların ayak zincirlerini çözünce, adamlar hiç beklemedikleri bu tavır karşısında kovaları ellerine alıp canla başla güverteye su taşımaya başladılar. Hem gemiye çarpan dalgalar hem de yağmur kadırgayı sürekli suyla dolduruyordu.

Gemi, sağa sola yatarken, geminin kontra mizana sereni gökyüzüne uçtu gitti, pruva direğinin en üst çubuğunda ise bir çatırtı meydana geldi. Fırtına, iki karış kalınlığındaki kalası kibrit çöpü gibi yarmıştı.

Direğin üzerinden "Yardım edin!" sesi duyuldu.

Askerler yukarıya baktıklarında Gözcü İsa'nın çatlayan direğin ucundaki serende mahsur kaldığını gördüler. Çocuğun üzerinde durduğu sereni iki parça halat tutuyordu. İplerin uçları çatlayan direkten geçiyor, sonra makaralara dolaşıyordu. Bu savrulmada direğin ikiye bölünmesi ve iplerin makaralardan boşalarak sereni denize fırlatması an meselesiydi.

Çocuk aşağıya atlasa kendini azgın suların içinde bulacaktı. İleriye doğru hareket etse, hem dengesini kaybedebilir hem de çatlayan direğin ikiye ayrılmasına sebep olabilirdi. İsa, korkudan tüm vücuduyla serene sımsıkı sarılmış, sürekli 180 derecelik bir açı çizen direğin ucunda bir sağa bir sola savrulup duruyordu. Askerler çaresizce çocuğa baktılar.

Direkteki çatırtı bir kere daha duyuldu. Matmazel Veronika bir kere daha bastı çığlığı! Ağaçtaki yarık büyüyordu.

Kemal Reis kılıcını ve silah takımlarını hemen boynundan ve belinden çıkartıp attı. Üstüne dolaşmaması için yağmurdan sırılsıklam olmuş gömleğini bir çırpıda parçalayıp denize fırlattı. Bir pars gibi pruva direğine sıçradı. Halatlardan yapışarak, direğe ayak tabanlarıyla basarak, göz açıp kapayıncaya kadar, savrulan direğin en üst noktasına çıkıp çocuğun mahsur kaldığı serene tırmandı.

"Elini uzat!" diye bağırdı çocuğa. Yağmur öyle sağanak

halinde yağıyor, dalgalar öyle yükseğe sıçrıyordu ki, Reis konuşurken ağzına giren suyu püskürtmek zorunda kalmıştı.

Çocuk korkuyla elini uzattı ama arada bir kolluk mesafe daha kalıyordu. Reis çocuğun kendini ileriye doğru çekemeyeceğini görünce kendisi halatlardan birine yapışarak vücudunu iyice sarkıttı ve sağ kolunu olabildiğince çocuğa doğru uzatmaya çabaladı. Yine de arada bir el kadar boşluk kalıyordu. Gemi, bu arada sancak tarafına doğru iyice yattı. Sanki direklerle denizin yüzü paralel hale gelmişti. Her hareket tam zıttı bir tepkiye sebep oluyordu. Şimdi de gemi iskele tarafına doğru hızla savruluyordu.

Kaptan çıktığı yerden etrafına baktığında diğer gemilerin hiçbirini göremedi. Artık herkes kendi başının çaresine bakmaya çalışıyordu. Reis yukarıdan bir şeyi daha fark etti. Güvertedeki yarım düzine top, üzerlerinde bulundukları yalpa kösteklerini zorluyordu. Aşağıdakilere bağırarak, "Lombarları açın!" diye seslendi. "Topların halatlarını kesin! Gerekirse köstekleri parçalayın! Bırakın toplar denize yuvarlansın!"

Matmazel Veronika da hayranlıkla ama endişeyle Kemal Reis'i izliyordu.

Yelkenci Cevher ve Vardiyan Cihan saldırıya hazırlanan boğalar gibi kıpırdanan toplara baktıklarında Reis'in gördüğü tehlikeyi anlayarak hemen işe koyuldular. Bazıları yarım tonluk bu bataryalardan biri bile boşa çıksa, ters tarafa doğru yuvarlanarak geminin alabandalarını paramparça edebilirdi. Üstelik bunların altında kalanın vay halineydi. Cihan, Cevher ve diğerleri hızla topların yanına giderek e kaptıkları baltalarla köstekleri tutan halatlara vurmaya hazırlandılar. Gemi sancağa yattığında sancak topları, iskeleye yattığında iskele topları suya yuvarlatılacaktı.

Bu arada Reis, gemi bir kere daha sancak tarafına yattığında ileriye doğru güç bir hamle yaparak Gözcü İsa'yı bileğinden yakalayıp çekti ve gemi doğrulurken aşağıya fırlattı. Çocuk güvertenin tam ortasına düşmüştü. Hemen sapasağlam ayağa kalkıp güvenli bir yere tutunmaya çalıştı.

Fakat, Kemal Reis'in çocuğu tutmasıyla birlikte yarılmakta olan direğe iyice yük binmişti. Kalas daha fazla dayanamadı ve çatırt diye ikiye ayrıldı. Reis kalasla birlikte azgın dalgaların üzerine düşüyordu ki, son anda küpeştelere sıçradı ve yarı gövdesi dışarıda suyun içinde olduğu halde gemiye tutundu. Kaptan son bir hamle ile kendini içeri çekti ve Serdümen'in yanına doğru, dengesini kaybetmeden koşmaya başladı. Musa, geminin kontrolünü tamamen kaybetmek üzereydi.

Cevher ve Cihan, sancak tarafındaki topların hepsini suya boşaltmışlardı. İskele tarafındaki adamlar da topların üçünden sırayla kurtulmuşlardı. Ne var ki, adamlardan biri son anda elindeki baltayla dengesini yitirdi ve urganı ıskaladı. Bir batarya, kösteklerinden boşaldı ve yanındaki topları da önüne katarak aksi tarafa yatmaya başlayan kadırganın güvertesinde bir o tarafa bir bu tarafa savrulmaya başladı. Batarya artık yarım tonluk bir ölüm makinesiydi. Üç top zangır zangır güvertenin öbür tarafına doğru hızla yuvarlandılar. Bir tanesi alabandada bir metre çapında koca bir delik oluşturarak denize uçtu.

"Kaçın! Kaçın! Canınızı kurtarın!" diye bağırıyordu topları görenler.

Toplardan biri geri hareketinde iskele tarafında urganı ıskalayan adamın tam üzerine yuvarlandı. Alabanda ile topun arasında kalan adamın kafatası bir ceviz gibi parçalandı. Bir diğer top, güvertede su boşaltan Bezirgan İbrahim'in ayağını ezdi geçti ve küpeşteleri parçalayarak denize fırlattı.

İbrahim, "Yandım anam!" diye ıstırapla bağırdı.

Şimdi geminin iki yanında oluşan koca deliklerden de içeriye oluk gibi su akıyordu. Mavi Aslan sulara gömüldükçe gömülüyordu.

Üstelik geminin içinde serseri bir batarya şimdi bir oraya bir bu tarafa yuvarlanıp duruyor, önüne geleni parçalayıp geçiyordu. Geminin içi savaş alanına dönmüştü. Askerlerden biri bataryanın tam altında kaldı. Üstünden geçen silindir adamın suratını tanınmaz hale getirmişti. Zavallı askerin kulağından dışarıya kanlar fışkırıyordu.

Hilal-i Zafer'in pruvasındaki Kör Ali, sağ elinin avuç içindeki derin kesiğe baktı. Akan kanı durdurmak için gömleğinden hemen bir parça kopartıp hızla eline sardı. Gemiyi dengede tutmak için tuttuğu yelken halatlarından biri fırtınanın gücüyle elinden kaçmış, hızla kayan urgan Ali'nin derisini bir bıçak gibi ikiye ayırmıştı. Pruvada güçlükle dengede duran usta okçu, bu eliyle bir daha ok atıp atamayacağını düşündü.

Onun yanıbaşındaki, geminin baş kasarasındaki Sessiz, Çıngıraklı ve Bezirgan Koca Ahmet hızla alçalmakta olan geminin kıç kasarasına baktıklarında sanki Burak Reis'i havada kanatlanmış da uçuyor gibi gördüler. Kemal Reis gibi geminin dümenine bizzat geçen Burak Reis kolunun altına aldığı yekeyle bir timsahla savaşır gibi savaşıyordu. Gemi'nin arka tarafı altından geçen dalgayla o kadar yükseğe çıkmıştı ki, kadırganın burnu dimdik suya dalacak gibi görünüyor, geminin başıyla kıçı arasında belki elli metrelik yükseklik farkı oluşuyordu.

Kadırganın kenarlarında siyah kuleleri andıran dalgalar yükseldikçe yükseliyordu.

Yağmur o kadar güçlü ve aralıksız yağıyordu ki, Çıngıraklı, "Ulan gözünü sevdimin rahmeti, aşağıdan mı, yukarıdan yağıyorsun!?" diye sinirinden bağırıyordu.

Sanki deniz ters düz olmuş, şimdi korsanların tepesinden aşağıya geçiyordu.

"Ulan yoksa gemi çoktan battı da biz Araf'ta öyle debelenip duruyor muyuz dersin, Küçük Ahmet!" diye bağırdı Çıngıraklı.

"Yok daha neler!" dedi Koca Ahmet. Tüm yüzü suyla kaplıydı. Zar zor konuşuyordu. "Eğer öyle olsaydı biz Araf maraf değil, şimdiye dosdoğru cehennemi boylamıştık, Çıngıraklı! Üstelik orada ben böyle şelale gibi suların değil, insanın etini kavuran ateşler olduğunu duydum!"

Korsanlar ölümün pençesinde bile birbirlerine takılmaktan ve moral bulmaktan geri durmuyorlardı. Güvertedeki herkes eliyle, parmağıyla, tırnaklarıyla, dişiyle, yüreğiyle gemiyi batmaktan kurtarmaya uğraşıyordu.

Fakat o anda hiç olmaması gereken bir şey oldu ve geminin omurgalarından, tam gövde yerinden müthiş bir çatırtı duyuldu.

Hilal-i Zafer tam ortadan ikiye bölünmek üzereydi.

70

Elif... Lam... Mim...

Şehzade Bayezid, Amasya'daki köşkünün artık bir yazı odası haline gelen odasına girdiğinde gömleğinin kollarını ilikliyordu. Şeyh Hamdullah'ın tembihlediği gibi abdest almadan yazı yazmazdı. *Su seni; mürekkep kalbini temizler*, derdi Hamdullah.

Bayezid son zamanlarda o kadar çok yazmıştı ki, gözünün önünden *elif*'ler, *lam*'lar, *mim*'ler eksik olmuyordu. Artık harf ve kelime talimleri bitmiş, sıra cümlelere gelmişti.

Şehzade, Rub-el-hizblerle işlemeli bir ahşap dolaptan yazacağı kâğıdı seçmeye koyuldu. Dolabın en üst rafında çeşit çeşit sarı ve beyazın farklı tonlarında kâğıtlar sıralıydı. Şeker rengindeki, karalamak için iyi olan ama son derece kalitesiz Dımışki ve Haşebi kâğıtları, müfredat talimleri için iyi olan Hatayi ve Adilşahi kağıtları ve tam cümleler için yazmaya daha çok elverişli, biraz daha kaliteli olan Hindi'ler... Bayezid, bugün kendine biraz fazlaca güvendiğinden olacak, eline birinci sınıf bir Semerkand kâğıdını aldı. Bu, bebek teni renginde, sarı-pembemsi bir kağıttı.

Kâğıdın huyunu iyi bilmeli; yeterince yumuşak mı, yanlış yapıldığında silinmeye tahamülü var mı; mürekkebi emecek kapasitede mi? Bunları iyi anlamalı.

Dolabın alt gözünden aldığı bir tebeşirle kâğıdın yağını giderdi. *Tebeşirle kâğıdın yağını almak tıpkı tövbe etmek gibidir. Önce kâğıdın kusurlarını gidermelisin ki, üzerine işleyeceğin güzellik sağlam olsun.*

Kâğıdı hazır ettikten sonra dolabın orta rafındaki kamışları kurcalamaya başladı şehzade. *Kamış ne sert ne de yumuşak olmalı. Sert kalem yeterince eğilip bükülmez, yumuşak olan ise sana gereksiz hatalar yaptırır.* Koyu kestane rengindeki bir kamışın aradığı kalem olduğunu anlayan şehzade yine yazı masasının yanına gelerek fildişi saplı bıçaktan mürekkep kalemtıraşıyla kamışın ucunu itinayla yonttu. Kamış, kalem şeklini alınca masanın üzerindeki bir maktaya onu oturtup yine kalemtıraşla kalemin ucunu kesmeye hazırlandı. Kalemtıraşın ağzını kaleme 45 derecelik bir açıyla eğri tutarak bıçağı kamışın ucuna bindirdi, sol başparmağıyla çeliğin sırtına bastırdı ve Yakut'tan miras *Tahrif-i Kalem*'i yapmış oldu. Hatt'ın üç büyük isminden biri olan Yakut El Mustasimi iki asır önce kalemin ucunu eğri kesmeye başlamış ve harflerin hiç olmadığı kadar estetik çıkmalarını sağlar olmuştu. Buna Tahrif-i Kalem denirdi.

Kalemin çatlağını açmak için son olarak sol eliyle tuttuğu kalemin ucunu sağ elindeki bıçakla dikine bir santim kadar tam ortasından kesti. *Kalemin çatlağını açmayı sakın kolay sanma! Hızlı ve hesapsız bastırırsan mürekkebin tutkalı kalemin ortasındaki çatlağın uçlarını zedeler de sana ne oyunlar oynar! Başa çıkamazsın da kalemi yeniden açmak zorunda kalırsın. Sonra bir daha, sonra bir daha derken, bakmışsın kalemin tutulacak yeri kalmamış! Hesapsız hareket etme; bu sanat israf işi değil, muvazeneli hareketlerin bir araya getirilmesi işidir. Sen kendin hesaplı olmazsan, yazıdan nasıl hesaplı olmasını beklersin?*

Kâğıt ve kalem hazır olduktan sonra sıra mürekkebe gelmişti. Şehzade, dolabın üçüncü gözündeki hokkalardan birini çekip çıkardıktan sonra ağzını açtığı kabın içini kirpi dikeniyle karıştırmaya başladı. Su ile mürekkep iyi kaynaşmazsa yazı kırçıllı olur, hattatın tüm emeğini alıp götürürdü. Bayezid, isten yapılmış bu mürekkebe yine Hamdullah'ın tembihlediği gibi uka, yani ham ipek koydu ve bir parça üzüm suyu damlattı. Üzüm suyunu damlatırken, bir zamanlar bu odada verdiği âlemleri, içki sofralarını, içtiği sayısız şarapları hatırladı ve dudaklarının kenarında ince bir tebessüm belirdi. İşte bu odanın tam ortasında rakkaseler ince bellerini kıvırıyorlar, şu kenarda şehzadenin arkadaşları kadeh tokuşturuyor, afyonla farklı hülyalara dalıyorlardı... Bayezid o hatıralara şimdi artık gülüp geçiyordu.

Mürekkebi güzelce karıştırdıktan sonra kıvamına geldiğinden emin olmaya çalıştı, yazacaklarını düşündü. *Yazının hususiyetine göre mürekkebin ayarını bulmalı.*

Bayezid, malzemenin üç sacayağını da, kâğıdı, kalemi ve mürekkebi böylelikle hazır etmişti. *Alet işler, el övünür,* derdi Hamdullah. *Hattat oluncaya kadar bu malzemelere ne altınlar sarf ettim de nice sanatkarlar faydalandılar. Evet, israf etmeyeceksin, amma malzemenin iyisini ve kalitelisini arayıp bulmak, bu uğurda para ve çaba harcamak israf değildir. Müsriflik gereksizliktir, hâlbuki alete yatırım zaruridir. Makas varken* kâğıdı yırtalım mı? Makta varken kalemi avuç içinde keseceğim diye hiç etmenin ne anlamı var?

Şehzade, asırlar önce İbn Bevvab'ın *R Kasidesi*'nde tarif ettiği gibi, ondan sonra gelen onlarca ırktan yüzlerce hattatın yaptığı gibi ve elbette Hamdullah'ın ona öğrettiği gibi oturma şeklini aldı. Sol kalçasının ve ayağının üzerine oturdu, sağ dizini yukarı dikti, ve kâğıt altlığını dizine yerleştirdikten sonra aharlanmış kâğıdı onun üstüne koydu. Elini sağdan sola doğru ilerletirken daha akışkan hareket ettirebilmek için el kürkünü de sağ elinin ayası altında hazır etti.

Yazmaya başlamadan önce gurur ve benliği gönülden çıkarmalı, Allah'a tevekkül edip O'nun bir kalemi imiş gibi, tam bir teslimiyet içinde yazmalı. Kafandaki olumsuz düşüncelerden de kurtulmalı, kendine güvenmelisin. Yazıya ilk başladığında, yazdıklarım ya güzel olmazsa diye ah etme; evet, bu iş zordur, amma sen meşk ettikçe kolaylaşır. Yeryüzündeki her iş öyle değil midir? Her zorluğu bir kolaylık izler.

Şehzade Bayezid dudaklarını kıpırdatarak "Bismillah" dedi ve kalemi mürekkebe usulca bandırdıktan sonra kâğıdın sağ üst köşesine önce bir nokta kondurdu. Bu elmastan noktayı kâğıda kondurmayı şeyhinden öğrenmişti. Mürekkebin rengini ve kalemin ucunu yazmaya başlamadan önce bu şekilde sınıyordu.. Sonra bu Yakut noktasının hemen soluna "*Rabi Yasir*" yazdı. *Kolaylaştır Allah'ım, zorlaştırma. Güzelleştir Allah'ım.* Bu, gelmiş geçmiş binlerce hattatın tılsımlı bir sözüydü sanki. Bayezid'in de gönlünde ne kadar sıkıntı varsa *ra*'yı yazdığında hepsi akıp gitmiş olurdu.

Sonra bir alt satırdan, yazacağı cümlenin ilk harflerini çizmeye koyuldu. Harfleri çizerken nefesini tutuyor, ara verdiğinde tekrar nefes alıyordu. *Biz hattatların,* derdi Hamdullah gülümseyerek, ömrü uzun olur derler. Hattat ne kadar çok yazarsa nefesini o kadar çok tutar. E ömür bu, sayılı nefesten ibaret değil mi?

Hem senin yazdığın hat nefes gibi akışkan olmalı; gözler ona bakınca yazı sanki soluk alıp veriyormuş gibi görünmeli. Aslında sen nefes almıyorsun amma, bu sayede harfler nefes almaya başlıyor. Nefes alan titrek ellerin yazdığı harfler daha en baştan ölü doğar. Amma sen kendini öldürürsen, işte o zaman harflerin ebediyen yaşar. Anladın mı şimdi neden "Ben! Ben!" diye hattat olunmaz. Yazı, senin aldığın nefesi bile çok görür sana! Hâlbuki sen bilmezsin ki o yazı sayesinde, benliğini ezdikçe gerçek hayatın sahibi olursun. Hatt işte böyle sırlarla dolu, işini ehliyle yapana işte böyle vefalıdır.

İlk kelimeyi bitirip de diğerine geçtiğinde şehzade başını evirip çevirerek yazısının güzel olup olmadığını düşünüyordu. *Güzellik nedir? Eflatun'a göre güzel sanat dediğimiz şeylerin hepsi birer fani ve birer gölge olan eşyanın gölgesidir. İnsanoğlu doğayı taklit etmeye kalkışırsa aslında gölgenin gölgesini yapmaktan öteye geçemez! O yüzden hakiki sanat odur ki, faninin arkasında gizlenen ebedi güzeli gösterebilsin. Aristo'ya göre güzellik hayatın nefes alışını sanata aktarabilmektir.*

Hatta ise güzellik, şehzade, estetik ve matematiğin, geometri ve sanatın, madde ve mananın birleşmesidir.

Şehzade ikinci kelimeyi yazmadan önce kalemini mürekkebe bir kere daha bandırdı. Altlığı sol eliyle tutmaya devam ediyordu. Kalem, kâğıda dokunup da çizgiyi çekmeye başlayınca tekrar inlemeye koyuldu.

Güzel yazıda fıtrat gibi bir temizlik vardır; bu temizliğe kirli vicdanlar, bozuk ruhlar el süremezler. Güzel yazı önce güzel bir karakter ister. Kalem Sahibi *olmak öyle her baba yiğidin harcı değildir, Bayezid Bey Oğlum. Benim hocam bana çıraklığımın ilk aylarında günde yüz defa "Edeb Ya Hu!" yazdırmadan satır başlatmazdı. Senin iraden yazıya yansır. Üstü başı pejmürde ve perişan, elbiseleri kirli ve pasaklı olan birinin hayatından nasıl ki o kişi hakkında bir şeyler öğrenirsin, işte senin ruhuna da yazı öyle ayna olur.*

Bayezid kim bilir ne zaman Hamdullah'tan dinlediği bir hikâyeyi aklından geçirdi. Bir zamanlar yazıya inanan büyük bir halife varmış. Vezirlerinden biri kendisine bir şikâyetini dile getirmek için ona bir dilekçe yazıp vermiş. Dilekçeyi okuyan halife inanmamış adamın dediklerine. "Senin yazın çirkin," demiş vezirine. "Eğer sen iyi niyetli olsaydın o güzellik bu yazıya yansırdı! Hattın güzel olduğunda yazdıklarını tekrar dinlemeye hazırım."

Üstelik, diye eklemişti Hamdullah bu hikâyeden sonra, *Kalem Sahibi'nin yazdıkları sadece kendini bağlamaz; içinden çıktığı milleti, dini, toprağı da bağlar. İnsanlar senin yazına bakıp medeniyetin hakkında hüküm verirler. Senin yazdığın bir harf, imparatorluğunun alamet-i farikası olup çıkar. Bil ki o yazdığın satır senin zekânı, aşkını, iradeni, estetiğini, üstelik sadece seni değil, ceddini de ortaya koyacak!*

Yazarken kıldan ince, kılıçtan keskin bir sırat üzerinde yürüdüğünü sakın unutma, Şehzade.

Hattat, kalemi tutan kişinin sertleştikçe kalemin ve yazının da sertleşeceğini çok iyi biliyordu. *Onun için yazarken sanki bu dünyada değilmiş gibi olmalısın. Tıpkı bir kalenderin hiçbir şeyle ilgilenmemesi gibi... Pirimiz Yakut kendisini yazıya öyle kaptırırmış ki, yaşadığı şehir Moğolların istilasıyla yakılıp yıkılırken bile usta hattat bir caminin minaresine çıkıp yazmaya devam etmiş, derler. Barbarlar kitapları yakarken, o çoktan yenilerini yazmaya, etrafta bulduğu elbiselere, havlulara aklındaki satırları yazmaya devam etmiş.*

Bayezid bitirdiği satırdaki harflere baktı. Yazının kürsüsüne dikkat etti.

Acemiler, ve daha da beteri az bilen cahiller, harfleri mıstara oturtmaya çalışırlar. Bu, çiğ kalmış, tam pişememiş düz akıllıların işidir. Hayatı siyah-beyaz, yatay ya da dikey gören, iki seçenekten sonrasına aklı ermeyenlerin yoludur. Hâlbuki, mesele harfleri mıstara değil, hattın kürsüsüne oturtmaktır. Buna, harfin kürsüsü, derler. İyi bir ustadan meşk etmeyenler anlamaz bunu. Harflerin ne kadar güzel olursa olsun, kürsüsüne oturmamışsa matematiğin ötesine geçememişsin, maddenin berisini görememişsin demektir.

Şehzade, yazdığı cümleyi Hamdullah'a göstermek için sabırsızlanıyordu. Harflerin kürsülerine oturup oturmadığını ve daha onlarca ayrıntıyı merak ediyordu. *Yazı bittiğinde,* derdi Hamdullah, *sanki kâğıdın üstünde bir çiçeğin topraktan bitivermesi gibi gömeli. Sanki yazı aslında yüzyıllardır o kâğıdın* içinde saklıymış da sen onu ortaya çıkarıvermişsin gibi bir his uyandırmalı.

İşte böyle, Bayezid Efendi; sen sabırla, şevkle, sebatla yazmaya devam edersen yazın da ona göre değişir. Hem hattın hem de senin kendi "yazın" Şehzade!

Kılıç ve fırçanın, çekiç ve mızrağın yapamadığını, senin kalemin yapmaya muktedirdir!

O halde arzu ve isteğine ulaştığında Allah'a şükret ve O'nun rızasına uy! Kendini dünyada iyilikle anılmanın sağlayacak güzel ve hayır şeyler yazmaya ve yapmaya teşvik et, dünya menfaati için ne bir satır yazı yaz ne de bir kalem ucu kadar parmak oynat.

Zira, yarın kıyamette kişinin amel defteri kendisine sunulduğunda herkes karşılığını bulacaktır.

Şehzade pencereden dışarıdaki güneşe baktığında düşüncelere daldı. Önündeki kağıda vuran güneş ışığı henüz kurumaya başlamış mürekkebi bir nehir gibi parlatıyordu. Alak suresinin 4. ve 5. ayetleri altından bir mürekkeple yazılmış gibi ışıl ışıldılar:

"*O, kalemle yazmayı, insana bilmediğini öğretendir.*"

71

Davud, sarı kıvrak, Kastamonu işi çarşafın üzerinde huzurla uyuyan karısına baktı. Genç adam, karısının en güzel, en saf, en tatlı anının bu olduğunu düşünür, geceleri uyandıkça dönüp onu izlerdi. Elif'in annesi, Kastamonu'dan getirttiği el dokuması, sıra sıra gümüş ve altın rengi ipeklerle işlenmiş çarşafların kenarlarını bir de kendi elleriyle bağlama tuğlarla çevirmiş, biricik kızının bir sandık dolusu çeyizini yirmi yılda parça parça, özenle hazırlamıştı.

Elif, evlendikten birkaç yıl sonra bile bu sandığın içinden Davud'un daha önce hiç görmediği, hiç bilmediği bir masa örtüsünü, bir havlu kenarını, işlemeli bir banyo kesesini, bir çift yün çorabı ve daha nice eşyaları çıkartırdı. Davud, ellerinde avuçlarında bir şey kalmasa bile bu çeyiz sandığından çıkacak şeylerin onlara yeni bir ev kurmaya yeteceğine dair şaka yapardı.

O gece de Elif sandıktan bu çarşafı çıkarmış, Davud, "Sihirli sandık yine açıldı!" diyerek karısını güldürmüş, "Her eve böyle bir sandık lazım," diyerek ona takılmıştı. İnsanın üzerinde yatmaya kıyamayacağı bu sarı kıvrak çarşafı karısı kadar zarif, onun kadar güzel ve değerli bulmuştu. Şimdi bu çarşafın kıvrımları arasına dolanmış, derin derin ve usul usul soluyan karısına baktıkça bunun, masumiyetin resmi olduğunu düşündü. Davud, gece uykusunu ayrı bir uzmanlık alanı gibi gören karısının tüm hareketlerini, onun her gece tekrarlanması gereken bir ritüelin ayrıntıları gibi yerine getirdiği uyuma ve uyku hallerini dikkatle, ona hissettirmeden izlerdi.

Elif'in yattığı zaman kendisine bir kuş gibi yastıklardan yuva yapışını, yorganın altında kıvrım kıvrım kıvrılmasını, yastığa başının şeklini verişini, yattığı yeri sıcacık edişini, uyurken bilinçdışı olarak sağ bacağını sağa sola attırışını, ve kimi zaman anne karnındaki bir bebek gibi kıvrılarak uyuyuşunu uzun uzun izlerdi.

Sıcak yaz gecelerinde de, şimdi olduğu gibi, karısı üzerindeki çarşafı ya da yorganı bir çırpıda üstünden atar, bacaklarının arasına dolardı.

Genç adam, kadının neredeyse şeffaf, incecik geceliğinden onun vücudunu izledi. Yastığa yayılmış saçlarına, kıpkırmızı dudaklarına, kızarmış yanaklarına, birer hilali andıran simsiyah kirpiklerine, kuğu gibi zarif boynuna, dolgun göğüslerine, incecik beline ve pürüzsüz bir kıvrımla kıvrılan kalçasına baktı.

Davud, karısının en derin, en masum uyuduğu bu anlarda ona sokulmayı severdi en çok. Şimdi de böyle yaptı, usulca Elif'e yanaştı. Elini karısının kalçasına koyarken, yüzünü onun boyun boşluğuna yerleştirdi ve afyon çeken bir derviş gibi kadının ona özgü kokusunu içine çekti. Karısının boynu ile omzunun birleştiği noktaya bir öpücük kondurdu.

Elif gözleri hâlâ kapalı olduğu halde gülümsedi.

Genç adam, aldığı bu olumlu işaretin ardından elini kadının vücudunda gezdirmeye başladı.

"Davuuuud!" dedi kadın bu sefer sessizce ama kızgınca. "Uykumu açıyorsun!"

İşte bu Davud'un daha da hoşuna gitti. Karısını kızdırmaktan daha keyifli ne olabilirdi ki!

Şansını biraz daha denemek istedi. Eliyle kadının geceliğini usulca yukarıya doğru sıyırdı ve kalçasını okşamaya başladı.

Elif bu sefer daha net bir ifadeyle, "Davud! Uykum var!" dedi.

Davud daha fazla üstelemedi ve karısına bir öpücük daha kondurup geri çekildi.

Sırt üstü uzanarak bir elini başının altına koydu ve gözlerini tavana dikti. Hiç uykusu yoktu. Tavanı izlemeye koyuldu. Çaprazlamasına birbirine geçen incecik çıtalar yüzlerce, altı-uçlu yıldız desenler oluşturuyordu. Çıtakari adı verilen bu tekne tavan süslemesi İstanbul'un varlıklı evlerinde bulunurdu. Zira işçiliği çok zaman alır, her bir çıtanın tavana ayrı ayrı yerleştirilmesini zorunlu kılardı. Davud, tavanın ortasındaki on sekiz uçlu yıldız motifli göbeğe daldırdı gözlerini. Gözleri daldıkça tavandaki iç içe yıldızlar da sanki hareket etmeye, bir sarmal gibi dönmeye başlıyorlardı. Uykusuz kaldığı zamanlarda Davud tavanda oluşan bu etkiyle bazen uykuya dalar, bazen de farklı düşüncelere dalıp uykusu iyice kaçardı.

Ama bu gece şanslı gecesiydi. Yanında bir hareketlenme oldu.

Başını yana çevirdiğinde Elif'in imalı gözlerle ona baktığını gördü.

"Uykumu açtın!" dedi karısı kinayeli bir ifadeyle. Bir taraftan da gülümsüyordu.

Davud, tam da umudunu kesmişken yeni doğan bu fırsatı kaçırmak istemezcesine Elif'in yüzüne döndü ve kadını dudaklarından aç bir kurt gibi öptü.

Çift, sarı kıvrak çarşafın kıvrımları arasında sarmaş dolaş birbirlerine girdi.

Odanın tavanındaki yıldızlar şimdi sanki daha hızlı dönüyorlardı.

Davud, sırtını verdiği yamaçtan yıldızları izliyordu. Ellerini başının altında kavuşturmuş, yere uzanmış, gözleri buğulu bir şekilde gökyüzüne bakıyordu. Aslında baktığı gökyüzü de değil, geçmişiydi...

"Rahatsız etmiyorum ya?" dedi David yanına gelerek. Davud'un gözlerinin kızardığını görünce geri dönüp gitmeye kalktı.

"Dert değil," dedi Davud. "Uyku tutmadı."

David, onun yanına çökerken, Davud da başını öbür tarafa çevirerek ötekine hissettirmeden gözlerini sildi.

"Hava bu gece açık," dedi David.

"Yaz ortası," dedi Davud bir şey söylemiş olmak için.

"Gökyüzünü seyretmeyi seviyorsun. Seni ne zaman tek başına yakalasam geceleri semaya bakıyorsun."

"Ruhumu dinlendiriyor. Yeryüzünde insanlar birbirlerini kesip doğrarken, milyonlarca canlı bir şeylerin peşinden dur durak bilmeden koşarken, yıldızların dinginliği, sessizliği, gökyüzünün sakinliği bana huzur veriyor. Peşinden koştuğumuz şeylerin ne kadar da boş ve anlamsız olduğunu bana hatırlatıyor."

"Matbaada bastığım, İtalya'da en çok rağbet gören kitaplardan biri *Alfonso* Çizelgeleri'ydi. Her ay sadece bir düzine İtalya'daki Padua Üniversitesi'ne gönderirdik. İnsan gökyüzünün bu büyülü görüntüsüne bakınca, âlimlerin neden kendilerini bu kadar çok onu anlamaya verdikleri daha iyi anlaşılıyor."

David, yıldızların ve gezegenlerin konumlarını hesaplamaya yarayan meşhur astronomi kitabından bahsediyordu. On üçüncü yüzyılda yaşamış Alfonso'nun adını duyunca Davud'un yüzünde bir tebessüm belirdi:

"Ne yazık ki artık İspanya'da Alfonso gibi Katolik krallar yok," diyerek iç geçirdi. "Ferdinand ve İzabella, kendileriyle aynı mezhebi paylaşan ama onların yaptıklarının tam tersi istikamette işler yapan büyük Alfonso hakkında acaba ne düşünürlerdi çok merak ediyorum."

"Alfonso'nun çevirmenlerinden büyük büyük dedem Yehuda bin Moşe Kohen, dedeme anlatmış o da küçüklüğümde bana anlatırdı. Hâlâ hatırlıyorum o günleri," dedi gülerek David.

Davud, ötekinin konuşmasını şaşkınlıkla keserek, "Alfonso'nun çevirmeni Moşe Kohen, senin büyük büyük deden mi oluyor?"diye sordu başını çevirerek.

David mütevazı bir tavırla evet anlamında başını salladı.

"Tusi, Sufi, El Fargani, El Harezmi ve daha pek çok Müslüman âlimin kitaplarını çevirmişti. Bunların hepsini matbaada basmaya hazırlanıyordum."

Davud buna inanmaz gibi baktı, tekrar gökyüzüne döndü:

"İstanbul'da bu kadar etkili dostların olduğuna ve bu kadar istendiğine şaşmamalı." Kremonalı Gerard'dan sonra İspanya'nın neredeyse Arapça ve İbraniceden Latinceye en çok çeviri yapan âliminin şimdi yanında duran adamın atası olduğuna inanası gelmiyordu. On üçüncü yüzyılın bu meşhur çevirmenleri tüm bir İslam medeniyetinin ilmi birikimini bir asır boyunca yaptıkları çevirileriyle Batı Avrupa'ya aktarmışlardı. Öyle görünüyor ki şimdi bu torun, onların birikimlerini matbaa ile Avrupa'nın geri kalanına taşımayı kendine misyon edinmişti.

David kaldığı yerden devam etti:

"Alfonso'nun çok liberal, üstelik esprili biri olduğunu söylerlerdi. Kraliyetinin en büyük astronomi âlimlerini, Müslümanları, Yahudileri ve Hıristiyanları, gelmiş geçmiş en değerli astronomi elyazmalarını Toledo'da birleştirip de Batlamyus'un karmakarışık hesaplarını görünce gülmüş de şöyle demiş: 'Eğer Tanrı bana kainatı yaratırken danışsaydı, ona daha basit bir sistem hakkında bir-iki ipucu verebilirdim!'"

Davud tebessüm etmekten kendini alamadı ama "Suç Tanrı'da değil ki," dedi. "Batlamyus'ta. Daha doğrusu Yunanlılarda ve Batlamyus'u kutsal bir metinmiş gibi doğruluğunu sorgulamayanlarda. Dünya merkezli bir evrenden başka ne beklenebilir ki? Hâlbuki Güneş merkeze konulduğunda tüm hesaplamalar kolaylaşıyor."

"Buna benzer şeylerden bahseden bir İslam âliminin elyazması benim elime de geçmişti. Benzer teorileri iddia edenler var ama bu görüşlere pek rağbet eden yok henüz."

"Semerkand'da Uluğ Bey adlı bir astronom var. Onun rasathanesinde bu yönde çalışmalar yapıldığını ben bizzat onun bir öğrencisi olan, şimdi İstanbul'daki rasathanenin başına getirilen bir zattan, Ali Kuşçi'den dinlemiştim. Daha önceki yüzyıl âlimlerinden el Tusi, el Harezmi, el Battani, el Fargani, ve ibn Yunus da güneş merkezli bir kainattan bahsediyorlar."

Bu sefer David gülümsedi:

"Engizisyon'un İncil'in tüm söylemlerini altüst eden bu teorileri duyduğunda ne yapacağını çok merak ediyorum."

"Engizisyon ne yapar bilmem ama, bu düşünceler Katolikler arasında yayıldığında benim orada olmayacağımdan emin olabilirsin."

İkili sessizce gökyüzüne baktılar. *Yaz Üçgeni* yıldız kümesi tüm ihtişamıyla parlıyordu. Vega, Altar ve Deneb ışıl ışıldı.

David, "Yıldızlara baktıkça insan, geçmişteki toplulukların neden bunlara taptıklarını, Ay'ı ve Güneş'i neden ilah edindiklerini de anlıyor. İnsanın imanı kuvvetli olmasa, bunlara el açası gelir! Belki de yıldızlara bakıp dilek tutmak bile oradan gelen bir kalıntıdır, ha, ne dersin?"

"Ben o insanları anlamıyorum," diye yanıtladı Davud. "Hz. İbrahim bence buna en güzel cevap. Güneş'in gece battığını, Ay'ın gündüz yok olduğunu, yıldızların aydınlıkta görünmediklerini fark edince boşuna dememiş, 'Benim Tanrım, her an her yerde olmalı! Işıkta ve karanlıkta!' Aklını kullanan insan, tüm güzelliklerine rağmen, bunların arkasında daha büyük bir gücün olduğunu rahatlıkla görebilir. Başka hiçbir şeye gerek yok."

"O Hz. İbrahim ki," diye sözü aldı David, "babası bir Tanrı tüccarı! Putperestin de ötesinde, putları yapıp satan bir işadamı! O hikâyeyi bilirsin, babası bir gün İbrahim'e dükkânı bırakmış, mallara göz kulak ol, demiş. Günün sonunda adam dükkâna gelmiş bir de bakmış ki putların hepsi de paramparça. Bir tek en büyük tahtadan olan tek parça. İbrahim'e sormuş, 'Oğlum ne yaptın putlara!?' 'Ben bir şey yapmadım,' demiş İbrahim, 'Şu en büyük olan Tanrı diğer hepsini öldürdü.' Babası daha da kızmış, 'Yahu o sadece bir tahta! Diğerlerini nasıl öldürür!' 'Aha!' demiş İbrahim, 'İşte kendin itiraf ettin baba; tahtadan ya da taştan nasıl Tanrı olur!?"

Davud, çok iyi bildiği bu hikâyeyi bir kere de Yahudi'nin ağzından keyifle dinledi. Gülümseyerek ayağa kalktı ve Arapça olarak Meryem suresinin 46. ayetini okudu:

"Ey İbrahim! dedi babası, sen benim tanrılarımdan yüz mü çeviriyorsun?"

"Ne mutlu ki," diye düşündü Davud daha sonra, "En azından Hz. İbrahim'in sevgisinde buluşabiliyoruz. Halilullah sevgisi, insanları ortak bir paydada buluşturmaya yeter de artar bile."

72

Mavi Aslan ve eskadronu Sicilya'yı geçmiş, Sardinya Adası açıklarında ağır ağır yol alıyordu. Provezza fırtınasından Burak Reis, gemide ne var ne yok atarak gemiyi parçalanmaktan kurtarmıştı. Karşılarına çıkan ilk adada geminin kalafatları güvertede çatırdayan yerlerini onarmış, gemiyi eskisinden de sağlam hale getirmişlerdi. Kemal Reis'in gemisinde ise batarya yarım düzine tayfayı sakat bıraktıktan sonra geminin alabandasında koca bir delik açarak suya fırlamış ve Mavi Aslan'ın bu küçük yarayla fırtınayı atlatmasını sağlamıştı. Ne var ki, diğer gemiler bu kadar şanslı değillerdi. Her iki gruptan da birer kadırga ve kalita suya gömülmüşlerdi. Allahtan iki Göke de ayaktaydı.

Fırtınanın ardından Kemal ve Burak Reisler sanki başka bir gezegene gelmişler gibi kapkara bulutlar dağılmış, gökyüzünde pırıl pırıl parlayan bir güneş ortaya çıkmıştı. Su neredeyse bir ayna gibi dümdüzdü. Askerler, forsalar, gemi mürettebatı... herkes dingin bir şekilde suda usul usul beşik gibi sallanan kadırgada uykuya dalmışlardı. Elbette babafingo çanağının üzerinde gözleri dört açık bir nöbetçi, Piri, ve yanındaki Orayon Orhan dışında herkes.. Akşam olduğunda da gecenin ve denizin laciverti sanki birleşmiş, yıldızların yansımaları sakin denize öyle güzel vurmuştu ki, Kemal Reis'in kadırgası yıldızların arasında bir masal gemisiymiş de gökyüzünde uçuyor gibi görünüyordu. Ufuktaki yıldızlar ve denizlerdeki yansımaları ayırt edilemiyor, göz alabildiğine yer ve gök yıldızlarla kaplanıyordu.

Piri bu fırsatı kaçıramazdı. Akşamın erken saatlerinden itibaren havanın açık olacağını anlayınca, kadırganın en sallantısız kısmı olan güvertenin orta yerinde oturmuş, önüne türlü türlü yıldız haritalarını sermişti. Gemideki cetveller, kadranlar, usturlaplar, haritalar, portolanlar ve kitaplarla dolu sandığından hiç ayırmadığı El Sufi'nin yıldız haritası ve Uluğ Bey ile Ali Kuşçu'nun çizimleri yine baş köşedeydi.

Piri'nin amcası Kemal Reis'in seferlerine katılmadaki en büyük motivasyonu, dünyanın farklı yerlerinden, farklı tul ve arz, yani enlem ve boylam derecelerinden yıldızların nasıl göründüğüydü. Üstelik deniz ne kadar büyük olursa ufuk da o kadar geniş olur, bu genç astronom için tüm gökyüzü bir laboratuara dönüşürdü. Herkes mışıl mışıl uyurken, o gözlerini dört açar, kainata hayranlıkla bakar ve O'nu bir kere daha okumaya koyulurdu.

Orayon Orhan, Piri'nin yanına çökmüş, sessizce genç âlimi izliyordu. İşte yine başlamıştı. Piri, kolunu gökyüzüne doğru uzattı, yumruk olarak sıktığı elinden serçe parmağını baş parmağıyla tutarak ortadaki üç parmağını öne uzattı ve gözünün birini kısıp gökyüzüne baktı. Bir süre böyle elini yavaş yavaş havada gezdirirken, dudaklarıyla da bir şeyler mırıldanıyor, birtakım hesaplamalar yapıyordu. Aradığını gökyüzünde bulmuş gibi elini indirdi, defterine hemen notlarını aldı. Elindeki cetvel ile kâğıttaki ölçümlerinde gayet dikkatli davranıyordu.

"Şu parmak ölçümlerini bir öğretmedin gitti be Piri," dedi Orhan. Genç âlimin sürekli meşgul olduğunu bildiği için onu rahatsız etmek istemiyor ama Piri'nin gökyüzüne bakıp bakıp elleriyle neyi ölçtüğünü de sormadan edemiyordu. Meraktan içi içini yiyordu.

Piri gülümsedi.

"Orası işin kolay yeri, Orhan. Zor olan ölçümleri kağıda yansıtıp, yüzyıllar öncekilerle kıyaslamak..."

Elindeki cetveli ve kucağındaki not defterini bir kenara

koydu. Orhan'a dönerek, "Bak şimdi," dedi. Elini bir yumruk haline getirerek serçe parmağını dışarı çıkardı:

"İnsanın serçe parmağı gökyüzündeki 1 dereceye işaret eder. Yani, ufuktan semanın en yüksek noktasına kadar 90 derece, bir ufuktan karşı ufka gökyüzü 180 derece ise, serçe parmak bunlardan bir tanesidir. Bu serçe parmağın ucu, Ay'ı da Güneş'i de kaplamaya yeter. Çünkü bu iki nesne yarım dereceden fazla görünmez. Burada işin püf noktası kolunu iyice uzatmaktır. Kolunu dimdik uzatmazsan dereceler şaşar."

Orhan, "Her insan bunu yapabilir mi?" diye sordu. "Yani bazılarının elleri küçük, bazılarının büyük olur. Ne bileyim, çocukların elleri küçük, yetişkinlikleri büyük olur. Onun gibi."

"Doğru. Ama unutma ki, o insanların kolları da aynı oranda küçük ya da büyük olur. Burada gözün, kol uzunluğuna olan orantısı önemlidir ve bu her insanda üç aşağı beş yukarı aynıdır. Üstelik insan bir kere serçe parmağının gökyüzüne orantısına alıştı mı, onu diğer hesaplamalara rahatlıkla aktarabilir."

Orhan, Piri'nin yaptığı gibi sağ elini yumruk haline getirip bir tek serçe parmağını gökyüzüne dikti. Kolunu iyice uzatmıştı. Parmağını Ay'ın üzerine uzattı. Gerçekten de parmak, Ay'ı kapladı.

"İşte bundan sonra önemli olan, kaç parmağın kaç dereceye karşılık geldiğini bulmaktır," diye devam etti Piri. Bu sefer ortadaki üç parmağını öne çıkardı. "Bak şimdi, bu üç parmak ise gökyüzündeki 5 dereceyi verir, yani serçe parmağın beş kat fazlasını. Şu iki parlak yıldızı görüyor musun? Şimdi bu üç parmağı o iki yıldızın ortasına getir... Gördün mü? İki yıldızın ortası üç parmakla kaplandı. Çünkü o iki yıldızın, yani El Dubb ve El Marak'ın arası tam beş derecedir. Bunlar Büyük Ayı'ya 'Ayı' ismini verdiren 'El Dubb' yani Arapçada 'Ayı' demek ve El Marak, yani 'Karın'dır. Biraz aşağıda olduğu için onu ayının karnına benzetmişler."

Orhan, Piri'nin tarif ettiği gibi üç parmağını El Dubb ve El Marak'ın ortasına getirdiğinde gerçekten de genç âlimin dediği gibi yıldızların arasının parmaklarıyla kapandığını gördü ve sevinçle gülümsedi.

"Şimdi de yumruğunu, hiçbir parmağını açmadan, El Dubb'un yanına getir. Ne görüyorsun?"

Orhan söyleneni yaptığında yumruğunun diğer ucunda bir yıldız parladığını gördü.

"Bir yıldız daha var."

"İşte o da Alioth'tur. Yunanlılar Aliore'u kendi alfabelerine yanlış geçirmişler. Aliore da El Havar'dan, yani Gözün Beyazı sözünden gelir. Büyük Ayı'nın bir diğer önemli yıldızıdır."

Piri bu sefer sadece başparmağı ile serçe parmağını açtı, kolunu tekrar yıldızlara uzattı.

"Parmağının birini sağ tarafta duran El Dubb'a hizaladığında, soldaki parmağında bir yıldız daha göreceksin. İşte o da El Kaid'dir. Yani, Büyük Ayı'nın en ucundaki Lider yıldız. Bu iki parmağın, yani yıldızın arası da yaklaşık 25 derecedir."

Orhan, yaptığı keşfi, yeryüzünde yeni bir toprak fetheden hükümdarınkinden farksız bir sevinçle hissetti.

"Bu şekilde, tek bir alet olmadan bile gökyüzündeki yıldızların konumlarını, bunların hareketlerini ve gruplarını bulabilirsin," diye açıkladı Piri.

"Örneğin, El Dubb ile El Marak'ın gösterdiği hattı ileri doğru dümdüz sürdürürsen karşına çıkan en parlak yıldız sana Kuzey Yıldızı'nı verir. El Dubb ile Polaris'in, yani Kuzey Yıldızı'nın arası da yaklaşık 28 derecedir."

Orhan, Piri anlatırken, gökyüzünde yıldızlar arasında hayali çizgiler çiziyor, yıldızları birbirine bağlıyor ve aynen Piri'nin dediği gibi, bahsi geçen yıldız gözünün önünde beliriyor, etraftaki yüzlerce diğer yıldızdan hemen sıyrılıyordu. Şimdi Kuzey Yıldızı Orhan'a göz kırpıyordu.

"Kuzey Yıldızı'nın kuyruğunu takip ettiğinde de Küçük Ayı'yı bulursun. Bak... Kuyruk ve kare şeklindeki grup. Soldaki iki yıldızdan üsttekinin adı El Ferkadan'dır. Onun hemen altındaki parlak olan da Koçab'dır. Arapçada Yıldız demek. Ama bu yıldızların benim asıl sevdiğim yanları bunları ben Kemal ve Burak Reislere benzetiyorum. Çünkü bu iki yıldıza Kutbun Gardiyanları derler. Sürekli Kutup Yıldızı'nın etrafında döner de dönerler. Kutup Yıldızı ise sabittir. O'nu izleyenlere yol gösterir. Yıldız'ı korumak ve kollamak da bu iki gardiyanın görevi gibi sanki..."

Bu hikâye Orhan'ın hoşuna gitti.

"Tüm yıldızlar hareket halinde. Bir tek Kutup Yıldızı sabit. Diğerleri onun etrafında döndükçe dönüyorlar."

"Peki bu nasıl oluyor? O yıldız değil de başka bir cisim mi? O neden dönmüyor?"

"Aslında o da dönüyor. Daha doğrusu yıldızların hiçbiri dönmüyor, Orhan. Dönen Dünya'nın kendisi. Fakat biz gökyüzüne baktığımızda Güneş'i hareket ediyor sandığımız gibi, yıldızları da dönüyor sanıyoruz."

"Peki ya Kutup Yıldızı? Onun sırrı ne? O nasıl sürekli aynı yerde kalabiliyor? Dünya sürekli dönüyorsa, Kuzey Yıldızı nasıl hep aynı yönü işaret ediyor?"

"Burada iki önemli noktavar. Birincisi konum, ikincisi uzaklıkla ilgili. Kuzey Yıldızı, Düny'anın ekseninin tam ortasında bulunuyor. Yani Dünya kendi etrafında ne kadar dönerse dönsün, merkez sürekli yerinde kalır. Fakat bu halde bile yıldızın yıl içersinde yer değiştirmesi gerekir. Zira senin o hayran kaldığın Orian'ın şimdi gökyüzünde görünmemesi bu yıllık hareketle ilgili.. Her mevsim farklı yıldız kümelerinin görünmesi, gökyüzündeki burçların her ay değişmesi de aynı şey. Ama Kuzey Yıldızı hep aynı yerde. Yıldız dünyaya o kadar uzak ki, Dünya'nın Güneş çevresindeki dönüşü dahi onun yerini sabit gibi gösteriyor. Nasıl ki bu kadırganın o kadar hızla gitmesine rağmen çok uzaktaki bir sahil uzun bir süre hep aynı yerde görünüyorsa, yıldızın uzaklığı da kendisini sabit gibi gösteriyor."

Piri de Orhan da kafalarını 45 derece yukarı çevirmişler, ışıl ışıl parlayan Kuzey Yıldızı'na bakıyorlardı.

"İlginç olan ne biliyor musun?" diye sordu Piri, Orhan'a. "Aslında sabit gibi görünen bu yıldızlar da hareket ediyorlar. Hem de öyle hızlı hareket ediyorlar ki, yeryüzündeki en hızlı nesneden yüzlerce kat daha hızlı. Biz buna ışık hızı diyoruz. Kuzey Yıldızı da bu hareketini sürdürüyor... Büyük Ayı ile Küçük Ayı arasındaki şu parlak yıldızı görüyor musun?"

Orhan, Piri'nin dediği yere doğru baktı. Uzun bir hattın üzerindeki parlak yıldızı görerek başını salladı.

"İşte ona Araplar Tuban derler. Yani Yılan. O yıldızın bundan dört bin yıl önce Eski Mısırlılar zamanında Kutup Yıldızı olduğunu biliyor muydun?"

Orhan, hayretler içinde gökyüzünü seyrediyordu.

"Ya da az önce bahsettiğim Polaris'in Gardiyanları, El Ferkadan ve Koçab. Yüzyıllar önce onlar Kuzey Yıldızı'ydı. İnsanlar o yıldızlara bakar, onları kendilerine rehber edinirlerdi."

Piri iç geçirdi, başını tekrar Kuzey Yıldızı'na çevirdi. "İşte gün gelecek, bizim Kuzey Yıldızımız da sırasını savacak. Başka yıldızlar merkeze geçecek. İnsanlar başka bir yıldızın rehberliğinde dünyayı keşfedecekler... Hiçbir şey ama hiçbir şey sonsuz değil. Hüvelbaki."

Orhan'ın gökyüzüne bakmaktan boynu acımıştı. Kafasını öne eğerek, "Bu kadar şeyi nasıl biliyorsun? Yani önceki kuzey yıldızlarını? Eğer bu yıldızların hareketi yüzyıllık, bin yıllık zaman dilimlerinde fark ediliyorsa, bunu yaşayan herhangi bir insanın bilmesi nasıl mümkün olabiliyor?"

Piri, "İşte böyle," diyerek önündeki kitapları gösterdi. "Haklısın. Bir yıldız bir dörtbin yılda bir santimlik insan saçı kadar yer değiştirir. Elbette bu benim sana az önce gösterdiğim parmak hesabıyla ölçülebilecek bir şey değil. O, yalnızca pratik bir şekilde insanoğlunun gökyüzünü tanımlamasını sağlar; Allah'ın kullarına bir lütfudur. Asıl ilim, kayıt gerektirir, alet edevat gerektirir." Piri şimdi de önündeki cetvelleri, usturlapları gösteriyordu. "Tüm medeniyetlerin ortak bilgi birikimini gerektirir. Mısırlıların tuttukları yıldız haritaları olmasa, Yunanlı âlimler Hipparkus ve Batlamyus'un gözlemlerini okuyamasak, Arap El Sufi'nin yıldız hesaplamalarını bilmesek, Türk Uluğ Bey ve Ali Kuşçu gibi astronomların rasathanelerde yaptıkları çalışmalar olmasa, bizim şimdi gittiğimiz İspanya'daki Müslüman, Yahudi ve Hıristiyan alimlerce oluşturulan Alfonso Çizelgeleri'ni görmesek insanoğlu gökyüzünü okuyamaz. Sadece gökyüzünü mü? Tüm evren dilsizleşir. Kainat calay kalır. İlmin dini ve ırkı yoktur, Orhan. İnsanlığın ortak malıdır."

"Yani bu bin yıllık notlar kontrol edile edile, birbirlerine eklene çıkartıla gökyüzünün kaydı tutuluyor öyle mi?"

"Kesinlikle."

"Ve biz de bu şekilde öğreniyoruz önceki kutup yıldızlarını ve yıldızların hareketlerini."

"Bizden sonrakiler de bizden öğrenecekler. Artık yazdıklarımızı bir Frenk mi okur, bir Arap mı, orasını bilemem. Ama gökyüzünü okuyacak adamın dünyaya hükmedeceğine de şüphe yoktur. İlim ve iktidar, tarih boyunca her zaman el ele gitmiştir."

İkili bir süre sessizlik içinde gökyüzünü seyrettiler. Hava o kadar açıktı ki, Samanyolu tüm detaylarıyla, irili ufaklı milyonlarca yıldızıyla birlikte rahatlıkla seçilebiliyordu.

Bir yıldız sanki onları selamlar gibi hızla ve vakarla kayıp geçti.

"Gördün mü!?" diye bağırdı Orhan.

"Evet," dedi Piri tebessüm ederek. Kim bulur bu yaptığı ölçümler sırasında gördüğü kaçıncı kuyruklu yıldızdı. Hâlbuki Orhan hayatının ilk kuyruklu yıldızını görmüştü. Kalbi güm güm atıyordu. Adeta büyülenmişti.

Piri, "Diğerleri uyurken gözlerini açık tutanlar her zaman ödüllendirilir, Orhan," dedi. "Sen kendini ilme verirsen, o sana daha çok şeyler sunar."

Mavi Aslan, yıldızların ortasında bir masal gemisi gibi yoluna devam etti.

BEŞİNCİ BÖLÜM

Yıldız Hattı

73

"...si enim secundum carnem vixeritis moriemini si autem Spiritu facta carnis mortificatis vivetis..."

Seville Engizisyon Yüksek Mahkemesi, yani İspanyolların deyimiyle *Suprema*'nın yeraltındaki mahzenlerinden birinde, her gece olduğu gibi Yeni Ahit'teki *Romalılar Risalesi* Latince yankılanıyordu. Her ayeti bir kamçı şaklaması takip ediyordu.

"Çünkü benliğe göre yaşarsanız, öleceksiniz; ama bedenin kötü işlerini Ruh'la öldürürseniz, yaşayacaksınız..."

Mahzeni aydınlatan tek şey küflü ve rutubetli odanın köşesindeki bir ocaktı. Buradan çıkan titrek ateşin dumanları duvarın içine inşa edilmiş bacadan doğru yukarı çıkıyordu. Ateşin tam karşısındaki duvara, yere diz çökmüş, sivri başlıklı adamın karanlık gölgesi yansıyor, ateş iki tarafa hareket ettikçe gölge de duvarda bir hayalet gibi geziniyordu.

Duvardaki karanlığın kolu, elindeki kırbacı bir kere daha kendi sırtında şaklattı. Kırbacın on iki düğümlü kayışı sırtta oluşan yaraları daha derin hale getirmek, hissedilen acıyı artırmak içindi. Ateş ise vücudu terletiyor, terin tuzu da yeni açılan yaralarını daha da yakıyordu.

Adamın karartısı yansıdığı duvarın tamamını kaplıyor, dev bir canavarı andırıyordu. Ancak, böyle olmasa bile, Lukas'ın boyutları uzun sayılabilecek sıradan bir insandan bir buçuk kat daha iri, bir o kadar da genişti.

"...qui autem sunt Christi carnem crucifixerunt cum vitiis et concupiscentiis..."

Kamçı bir kere daha şakladı.

Adamın kafasını tamamen kaplayan başlığında göz delikleri ve rahat nefes alabilmesi için bir ağız deliği vardı. Bu başlığın dışında tüm vücudu çırılçıplaktı. Kan içinde kalmış sırtındaki eski kayış yaralarına her kamçıyla birlikte yenileri ekleniyor, kurumaya yüz tutmuş bazı yaralar yeniden açılıyordu. Kamçıyı tutan eldeki *stigmata* yani çivi yarası rahatlıkla belli oluyordu.

"...Mesih İsa'ya ait olanlar, doğal benliği, tutku ve arzularıyla birlikte çarmıha germişlerdir..."

Torquemada bu insan azmanını o daha gençken, manastırda hırsızlık yaparken tanımış, onun hikâyesini dinledikçe, Tanrı'nın insanları cezalandırmak için Lukas'ı kendisine bir mükafat olarak gönderdiğine kanaat getirmişti.

Lukas'ın geçmişi de, kendisi gibi şeytaniydi.

Bir babanın kızına tecavüz etmesiyle doğan çocuk, ensest bir ilişkinin tohumu olduğundan zekâsını tam tamamlayamamıştı ama vücudu sıra dışı bir büyümeye maruz kalmıştı. Geniş ve öne doğru hafif çıkık alnı, simetrisini kaybetmiş gözlerinin ve kaşlarının birbirine göre orantısız duruşu, büyük kulakları, iri kemikleri, elleri ve ayakları, onu küçüklüğünden beri insanların tiksindiği, gördüklerinde suratlarını buruşturdukları bir yaratık gibi algılamalarına neden olmuştu. Bir gece öfkesinden hem babasını hem de annesi olan ablasını evde yakarak öldürmüş, günlerce sokaklarda yattıktan sonra Torquemada ona sahip çıkmıştı.

"...vae tibi Corazain vae tibi Bethsaida quia si in Tyro et Sidone factae fuissent virtutes quae in vobis factae sunt olim in cilicio et cinere sedentes paeniterent..."

Kamçı tekrar şakladı.

Bu sefer adamın sırtındaki kanlar etrafa sıçramıştı.

"...Vay haline, ey Horazin! Vay haline, ey Beytsayda! Sizlerde yapılan mucizeler Sur ve Sayda'da yapılmış olsaydı, onlar çoktan çulla örtünüp ateşler içinde oturarak tövbe etmiş olurlardı..."

Lukas, bu ayeti her okuduğunda, sırtına çok daha hızlı vururdu.

Torquemada, onun anlamsız hayatına anlam katmış, insanoğlunun günahkâr doğduğunu ama kurtuluşun yine insanın kendinde olduğunu ona anlatmıştı. Bu okuduğu Lukas ayetini de bizzat ona Torqueamada öğretmiş, yıllar önce oğlanın adına bu surenin ismini koymuştu. "İnsanoğlu günahkârdır, ama Hz. İsa gibi acılar içinde yaşamak onu özgürlüğüne kavuşturur." Böyle demişti Torqumeada ona ve çocuğun etraftakilerin tiksinti dolu bakışlarına neden olan başını bir Dominik tarikatı başlığıyla kapatmakla işe başlamıştı. Sonra oğlanı, Senta Hermandad şövalyelerinin elinde bizzat yetiştirmiş, oğlanın bu şekilde başının sürekli bir miğfer ile kapalı kalmasını da sağlamıştı. İnsan azmanı Lukas, yeni keşfettiği bu hayatta kısa zamanda başarıyı yakalamış, yeryüzünde ait olduğu yeri bulduğunu hissetmişti. Salladığı kılıçlar en usta şövalyeleri bile rahatlıkla yere yıkıyor, günahkâr bir tohumun eseri olduğunu ona haykıran bedeni Torquemada'nın öğretileriyle yeni bir misyon kazanıyordu.

Lukas insanoğlunun günahkâr olduğuna tüm bedeniyle ve ruhuyla inanıyordu. Daha dün akşam sokakta bulduğu bir köylü kız çocuğunu ormanda köşeye sıkıştırmıştı. Ve şimdi nefsine hâkim olamamanın cezasını kendi kendine veriyordu. Her kırbaç onun ruhunu bir kere daha arındırıyordu.

"...ecce dedi vobis potestatem calcandi supra serpentes et scorpiones et supra omnem virtutem inimici et nihil vobis nocebit..."

Torquemada bu itaatkâr insan azmanını Santa Hermandad şövalyelerinden oluşan özel muhafızlar birliğinin lideri yapmıştı. Zaman geçtikçe ve Lukas onun elinde büyüdükçe her türlü kanunsuz işini ona gördürürdü. Lukas da Torqueamada'nın düşmanını kendi düşmanı bilir, Başengizitorun sözünden dışarı çıkmazdı. Torquemada da Lukas'ın sapkınlıklarını görmezden gelir, onu tekrar tekrar günah çıkarma odasında bizzat kendisi affederdi.

"...Ben size, yılanları ve akrepleri ayak altında ezmek ve düşmanın bütün gücünü alt etmek için yetki verdim. Hiçbir şey size zarar vermeyecektir..."

Kırbaç yüzüncü kere şakladı.

Lukas'ın arkasında Torquemada belirdi. Kendine her akşam yüz kırbaç vuran Lukas ayağa kalktı, yüzünü Baş Engizitor'a döndü, ona iki adım yaklaştı ve önünde diz çöktü.

Torquemada, Lukas'ın yüzünü kaplayan başlığı yavaşça çıkardı. Adamın eğilmiş olmasına rağmen, yüzü ayakta duran Engizitor'la neredeyse aynı seviyeye geliyordu. Din adamı, Lukas'ın başını tuttu ve onu alnından öptü.

"Peder," dedi Lukas sessizce.

"Sana yeni bir görev vereceğim," dedi Torquemada.

Lukas başını doğrulttu. Yüzündeki öfke ve itaat, ona hazır olduğunu söylüyordu.

Torquemada son iki haftadır krallıkta türlü sorunlar çıkaran Türk'ü ve etrafındakileri öldürme görevini bizzat birinci adamına, şövalyelerin üstadı Lukas'a vermişti ve şövalye bu iş için çoktan harekete geçmişti bile.

74

Akşam üzereydi, yıldızlar yeni çıkmaya başlamıştı. Santa Maria'nın güvertesindeki üç düzine adamdan biri olan Christoval elinde eski bir pusulaya bakıp bakıp "Fesuphanallah!" der gibi başını sallıyordu. Gomez'le birlikte yürüttükleri en son isyan girişiminde Martin Alonso Pinzon'un nasıl tepki verdiğini bilmese şimdiye çoktan ortalığı ayağa kaldırmıştı.

Yanında duran bir yelkenci, "Ne oldu Christoval, yine bir şeyler geveliyor gibisin ağzında," dedi.

Christoval, "Ne oldusu var mı, pusulayı görmüyor musun? Kuzey Yldızı ile pusulanın gösterdiği yön artık birbirini tutmuyor. Arada en az beş derecelik bir oynama var!"

Yelkenci hemen endişelendi. "Aman Tanrım, yoksa dedikleri doğru mu Christoval?!"

Onun yanı başındaki bir başka denizci de Christoval'ı duymuş ve yanaşmıştı:

"Kara Okyanus'un ortasındaki şeytanlar mı!?"

Bu adamın bağrışı, geminin kıç kasarasında yerleri temizleyen iki hademenin de dikkatini çekti. Mırıldanmalar ve şaşkınlıklar, suya atılan bir taş gibi halka halka tüm gemide yayıldı:

"Pusulalarımız kullanılmaz oldu!"

"Mahvolduk! Pusulasız yönümüzü nasıl buluruz!?"

"Bu bize İblis'in bir oyunu! Bu sulara çıkıp da geri dönebilen duymamıştım!"

"Tanrı'ya meydan okuduğumuz için cezalandırılıyoruz!"

O sırada, kaptan Kolombus da kamarasında, pencereden

bir yıldızlara bakıyor, bir elindeki pusulayı kontrol ediyordu. Elindeki alete öfkeyle vurdu. Bir şeyler kesinlikle ters gidiyordu.

Dışarı çıktı, geminin güvertesinde toplanmaya başlayan mürettebatın homurdanışlarına aldırış etmeden iki tayfayı yanına çağırarak sandalı hazırlamalarını emretti. Pinta'ya, Martin Alonso Pinzon'un gemisine geçecekti.

Christoval, "Kaptan, artık pusula da çalışmıyor!"dedi.

Kolombus zoraki bir gülümsemeyle, "Yine çivilerin yanına koymuşsundur. Mıknatıslanması geçtikten sonra tekrar kontrol et!" diyebildi.

Adamlar bu sefer başlarını Christoval'a çevirdiler. Tayfa yanıt veremeden Kolombus sandala atlamış, arkalarından hemen onları takip eden diğer gemiye doğru kürek çekmeye başlamıştı. Pinzon'a durumu derhal bildirmeli, ne olduğunu anlamalıydı.

Kolombus, Pinzon'un gemisine çıktığında kaptanı geminin başkasarasında eline ve kollarına su döktürürken buldu. Kaptanın karşısına geçmiş bir çocuk elindeki maşrapadan Pinzon'un ellerine suyu boşaltıyor, beriki de suyu kollarına, kulaklarına sürüyordu. Kolombus bu adamın suyla çok fazla haşır neşir olduğunu daha önce de fark etmişti ama şimdi Müslüman Mağriblilerin yaptıkları gibi hareketlerle suyu kullandığını ilk defa görüyordu.

Pinzon ise Kolombus'u görür görmez oğlanı yanından gönderdi ve Kolombus'la kaptan kamarasına geçti.

Pinta'nın dört metrekareden daha büyük olmayan kaptan kamarasında Pinzon ve Kolombus pusulanın başındaydı. Önlerindeki masada haritalar açılmış, onların üzerinde kadranlar, kalemler, türlü cetveller ve enlem-boylam hesaplamalarında kullandıkları diğer aletler yayılmıştı. Masanın diğer başında ise Nino önündeki bir haritanın üzerine eğilmiş, cetvelle bir noktadan diğerine hat çekiyordu.

"Ben kırk yıllık denizciyim, hayatımda böyle şey görmedim!" diye telaşla söylenmeye devam etti Kolombus. "Pusulanın Kuzey Yıldızı'yla örtüşmediği nerede görülmüş?!"

Martin Alonzo Pinzon elini çenesine koyarak düşünürken her zaman yaptığı gibi sakalını kaşımaya başladı ve dar odada iki tarafa ağır ağır yürüdü. Bakışlarını yerde gezdiriyor, ne olduğunu anlamaya çalışıyordu.

Kolombus, "Yoksa gerçekten de İblis'le ilgili söylentilerin aslı var mı? Bizimle oyun mu oynuyor!?" dedi.

Pinzon, "Ne olur amiral," dedi, "bari sen bu deli saçmalıklarından bahsetme. Gemide yeterince hasta kafalı adam var zaten, bir de seninle uğraşmayalım."

"Peki bu adamlara ne diyeceğiz! Birkaç gün içersinde pusula iyice şaşmaya başlayacak!"

Bu son cümle üzerine Pinzon durdu ve Kolombus'a döndü:

"Amiral, sen ne dedin?"

"Birkaç gün içinde pusula iyice şaşacak!"

"Yani bunu daha önceden fark ettiğini ve her geçen gün pusulanın kuzeyden daha fazla saptığını mı söylüyorsun?"

Kolombus bir pot kırmış gibi isteksizlikle, "Evet, son bir haftadır gözlemliyorum. Aşama aşama kuzeyin yönü neredeyse günde bir derece değişiyor," dedi.

Kolumbus, bu gözlemi ondan sakladığı için Martin'in sinirlenmesini bekliyordu, ama tam aksine beriki gülümseyerek haritanın başında çizimlerini bitirmeye yanaşan Nino'ya baktı.

"Ama bu gerçek olamaz," dedi başını iki tarafa sallayarak. Bir sırrı keşfetmiş gibiydi.

Kolombus, "Ne gerçek olamaz? Neden bahsediyorsun?" diye sordu.

Martin yaşadığı keşfin şokundan sıyrılarak kendini toparladı ve anlatmaya başladı:

"Biz yeryüzünün bir küre olduğuna inanmıyor muyuz?

Kilisenin öğretilerini göz ardı edersek ve Arap âlimlerinin hesaplamalarıyla kendi deneyimlerimizi kıyaslarsak dünyanın bir yerküre olduğu aşikâr."

Kolombus, "Öyle olduğuna inanmasam zaten bu sefere çıkmazdım," dedi. "Anlatmaya çalıştığın şey ne?"

"Evet ama, bizim hesap etmediğimiz şey, kuzeyin pozisyonu. Dünya bir küre şeklinde olduğu için yeryüzünde büyük mesafeler alındıkça kuzey noktası da bir derecelik de olsa bir değişime uğruyor."

"Ama ben şimdiye kadar böyle bir şey görmedim!"

"Tabii ki görmezsin, Amiral, çünkü şimdiye kadar hiçbir zaman bu enlem ve boylamda bu kadar uzun süre yolculuk etmedin! Pusulanın sıradışı davranışı bu yüzden. Üstelik sen kendin diyorsun, bu birden olmadı, kademe kademe sapma var. Eğer bu iş dünden bugüne gerçekleşseydi, tek gecede olsaydı, işte o zaman bir gariplik var derdim. Ama gittikçe kuzey noktasının sapması, bizim aslında ne kadar uzun bir yol aldığımızı gösteriyor!"

Kolombus'un ağzı şaşkınlıktan ve keyiften açılırken Nino haritanın başından doğruldu ve Martin'e dönerek, "Kesinlikle," dedi. "Hesaplamalarım doğruysa şu ana kadar tam 58 derece yol almışız. Yani dünyanın altıda birini dolanmışız, ki bu da hatırı sayılır bir mesafe kat ettiğimizi gösteriyor. Pusuladaki şaşma bu yüzden."

Martin'in ulaştığı sonucu Nino hesaplamalarıyla kanıtlamış oluyordu.

"Tabii ya! Neden bunu daha önce düşünemedim!"diye hayıflandıktan sonra Kolombus birden yine yüzünü astı:

"Peki pusula artık işe yaramazsa, yolumuzu kesin olarak nasıl hesaplayacağız?"

"Yıldızlar ne güne duruyor, Amiral?" diye cevapladı Martin.

Nino ekledi:

"Ayrıca şimdiye kadar tuttuğum çizelgeler sayesinde pusuladaki şaşma derecesini ve aldığımız mesafeyi kıyaslayabilir, kuzey yönündeki sapmayı yön belirlerken hesaba dahil edebilirim."

Bu sırada kaptanın kapısı güm güm çalındı:

"Kaptan, Santa Maria'nın güvertesinde bir hareketlilik var. Mürettebat huzursuz!"

Pinzon, Kolombus'a dönerek, "Adamlar daha fazla İblis efsanelerini diriltmeden gidip ne olduğunu anlatsan iyi edersin, Amiral," dedi. "Ben ve kardeşlerim de Pinta ve Nina'daki pusulacılara durumu anlatırız."

Kolombus kendi gemisine dönerken umutları tekrar körüklenmişti. Belki de artık birkaç gün içerisinde Asya'nın doğusuna ulaşacak, sayısız topraklar ve binlerce köle onun hizmetinde olacaktı! Bu, şüphesiz onun en karlı seferiydi!

75

Malaga istikameti üzerindeki bir Yahudi gettosuna geldiklerinde ne David ne de Esther karşılaşacakları manzaraya hazırlıklıydı. David, hayatı boyunca Katolikler egemenliğindeki krallıkta Yahudilere her türlü işkencelerin yapıldığını, onlara ve Müslümanlara her türlü aşağılanmanın reva görüldüğünü işitmiş, bunların pek çoğuna da birinci elden tanık olmuştu. Ancak az sonra karşılaşacakları manzara, Davud'un deyimiyle insanoğlunun idrakinin, en azından insan olanın idrakinin çok dışında, barbarlığın bile özetleyemeyeceği bir şeydi.

Yahudi gettosu neredeyse tamamen boşaltılmıştı. Terk edilmişlik duygusu şehrin her köşesine yayılmıştı. Geride kalan birkaç aile de taşınamaz mallarını satıp oradan uzaklaşmaya çalışıyorlardı.

David, yanından geçmekte olduğu bir evin kapısında iki adamın pazarlığına şahit oldu. Kapının az önünde bir katır, evin bahçesinin çitlerine bağlanmış duruyordu. Başındaki kipadan ve kolundaki sarı şeritten Yahudi olduğu anlaşılan adam, karşısındaki adama adeta yalvarıyordu:

"Ama senyör, bu eve ben tüm hayatımı verdim! Sadece içindeki eşyalar on bin altın düka eder. Evin kendisi en az elli bin dükadır. Benim sizden istediğim sadece bin altın. Yalvarıyorum senyör! Bu bile evin gerçek değerinin altmışta biri! Siz ise bana ne öneriyorsunuz!"

Adam karşısındaki Yahudi'nin yalvarışından sıkılmıştı. Yüzünü gözünü büzen adam daha fazla pazarlık etmek istemediğini belirterek kesip attı:

"İşine gelirse be adam! Amma da uzattın!"

Adam çaresizce tekrar başını çevirip katıra baktı. Tüm mal varlığı; eşyaları, evi ve iki dönüm tarlası için en yakın komşusu olan Hıristiyan, ona şimdi baktığı şu katırı veriyordu.

İlerdeki bir başka evin içinden kadınlı erkekli bir grup hırsız koşarak çıktı. Ellerinde taşıyabilecekleri her şeyi almışlar, kendi evlerine götürüyorlardı. Kadın kucağına dizdiği yemek tabaklarını şakırdata şakırdata, kimilerini çatlatarak, kırarak özensizce taşıyor, arkasından çıkan adam cilalı, maun bir masayı dört ayağını ileri dikmiş zar zor taşıyacağım diye uğraşıyor, onları takip eden küçük çocuk ise belli ki evin Yahudi çocuğunun olan tahtadan oyulma bir atı, büyük bir hazine bulmuş gibi sımsıkı tutuyor, arada oyuncak atın başını okşuyordu.

Davud ve beraberindekiler işe yaramayan eşyalarla dolu sokağın ortasından mahallenin sonundaki sinagoga doğru ilerlediler. Davud, bir an takip edildiklerini hissetti; köşedeki adamın yüzünü bu üçüncü görüşüydü.

Grubun önünde uzanan sokakta neler yoktu ki. Civardaki evlerden aşırılırken parçalanmış koltuklar, özensizce taşınmaktan yere düşüp parçalanan porselenler, çamura düşüp kullanılmaz hale gelen işlemeli İran halıları, ve büyük ihtimalle taşınırken oraya buraya dağılmış kadın, erkek ve bebek kıyafetleri, ki bunları genelde taşıyabileceklerinden daha fazla malı evden kaçırmaya çalışan yerli halk düşürürdü. Sokak boyunca en çok rast gelinen eşyalardan biri de gümüş ve altın şamdanlardı. Yağmacılar, bunları girdikleri evlerden ilk başta dikkat etmeden altın ya da gümüştür umuduyla dışarı çıkarıyorlar ama sokakta akılları başlarına gelip de ellerinde tuttuklarının bir *menorah*, yani yedi ya da dokuz kollu Yahudi şamdanı olduklarını anladıklarında onları hemen yere fırlatıyorlardı. Zira böyle bir şeyin evlerinde bulunması Engizisyon'a davetiye çıkartır, tüm ev halkını gizli Yahudi diye diri diri yaktırmaya yeterdi.

David, kim bilir kaç İspanya şehrinde, kasabasında, köyünde, mahallesinde benzer manzaraların yaşandığını düşündü. Ayağına takılan, çamurlara bulanmış bir sayfayı kaldırıp metindeki İbranice harflere baktı. Yitip giden sadece bin yıllık bir Yahudi mirası değil, aynı zamanda tarihleriydi de.

Herkes bundan daha kötüsünün olamayacağını düşünürken Esther, "Aman Tanrım!" dedi. On adım ötesinde duran sinagoga bakıyordu. Diğerleri onun baktığı yöne başlarını çevirdiklerinde aynı şaşkınlığı yaşadılar.

Sinagogun camları parçalanmış, çatısındaki kiremitler yağmalanmış, ahşap kapısı sökülüp alınmış, bembeyaz duvarları çamurlarla adeta kapkara edilmişti. Fakat daha kötüsü, kapının ağzından içerdeki hayvanların sesleri geliyordu. David koşarak sinagoga girdi.

İçerde domuzlar cirit atıyordu. İbadethanenin kadın ve erkekleri birbirinden ayırmaya kullanılan *mehkitsa* perdesi kenardaki samanların üstünü kapatmak için kullanılmış, belli ki Arap işlemeleriyle süslenmiş, merkez duvardaki, Tevrat'ın okunduğu *bimah* platformu baltalarla büyük ihtimalle odun yapılmak üzere paramparça edilmiş, Kudüs'e bakan doğu duvarındaki, Tevrat rulolarının bulunduğu arkın içi domuz dışkılarıyla dolmuştu.

İçerde bir yığın domuz böğüre böğüre kendi dışkılarından beslenmeye devam ediyorlardı. Çok kesif bir gübre kokusu insanın yüzüne alevden bir rüzgâr gibi çarpıyordu.

Abraham De Silva, ibadethanenin ortasına dizlerinin üzerine çöktü. Perişan haldeki yaşlı adam ağlamaya başladı.

"Bir ahır," dedi hıçkırarak. "Bir domuz ahırı!" Hannah De Silva, kocasının yanına gelip onu teselli etmeye çalıştı.

Davud, yağmacıların ulaşamadıkları tavanlardaki işlemelere bakıp iç geçirdi. Bunların 10. yüzyıldaki İslam Halifesi ve Endülüs Hükümdarı II. El Hakim dönemine ait olduğunu anladı. Bu sinagogun trajik kaderi onun kalbini yaktı. Benzeri bir manzarayla Granada'daki camilerde karşılaşmamak için dua etmek istedi ama domuzların arasında Allah'ın adını anmayı kendine yediremeyip dışarı çıktı ve temiz havayı içine çekip dudaklarını belirli belirsiz kıpırdatarak dua etti.

Fakat içinden bir his, camilerin kaderinin de pek farklı olmayacağını söylüyordu.

Bu sırada Samuel, "Hırsız! Ehliyetleri çaldı!" diye bağırdığında Davud ve David koşarak Yahudi'nin yanına geldiler. Bir adam elindeki deri çantayla hızla koşuyordu ve gözden kaybolmak üzereydi.

Davud, adamın elbiselerinden onun bu kasabaya geldiklerinden beri kendilerini takip eden kişi olduğunu hemen anladı. Adamınyüzünü hafızasına kazımıştı.

David öfkeyle, "Bir çantaya bile göz kulak olamıyor musun be adam!" diye çıkıştı kardeşine.

Samuel, "Sinagogun şokuyla eşyaları burada bırakmıştım, nereden tahmin edebilirdim ki!" dedi.

"Lanet olsun!" diye söyleniyordu David, Abdullah ve Yehuda. Şimdi her şey bir kere daha tehlikeye girmişti.

Davud, "Şimdi tartışmanın bir anlamı yok," dedi. "Ben Abdullah'la beraber adamın peşinden gideceğim, siz burada kalıp bizi bekleyin. Ne pahasına olursa olsun o kâğıtları tekrar ele geçirmeliyiz!"

76

Şehzade Bayezid nefesini tutmuş, dizinin üstünde duran kâğıtta altıncı satırın sonuna gelmiş, bir *mim* çiziyordu. Bir gözü önündeki yazıda, diğeri ustasının meşk etmesi için önüne koyduğu ayetteydi.

Şeyh Hamdullah ise odadaki kitapları karıştırıyor, çırağının yazısını kontrol etmek için şehzadenin hattını bitirmesini bekliyordu. Son aylarda oda şehzadenin İstanbul'dan getirttiği kitaplarla dolup taşmıştı. Yazı odasının bir duvarını tamamen raflarla kaplanmış her bir rafa piramit gibi güzelce istiflenmiş kitaplar üst üste dizilmişti.

Bayezid, soluklanmak için yazısına ara verdiğinde Hamdullah'ın en üst raftaki elyazmalarından birine ulaşmak için ayaklarının ucunda yükseldiğini ve parmaklarıyla kitaba yetişmeye çalıştığını gördü. Şeyhin boyu uzundu ama şehzade odaya olabildiğince kitap sığdırabilmek için rafları tavana değecek kadar yüksek yaptırdığından en üst raflara ulaşmak zor oluyordu.

Şehzade kalemi ve kâğıdı usulca yanına bırakarak ayağa kalktı ve üst raflara yetişmek için odada hazır ettiği bir tabureyi şeyhin altına çekti. Fakat kitap o kadar yukarıdaydı ki tabure bile ona yetişmeye yetmiyordu. Bunu da önceki gün fark eden şehzade düz bir taş parçasını taburenin altına koydu ve şeyhe bu şekilde rafa uzanabileceğini söyledi.

Hamdullah, "Allah razı olsun," deyip de taburenin üzerine çıkmak üzereydi ki yerdeki taşın üstünde bir kabartma gördü. Ayağını geri attı, eğilip taşa bakmaya başladı.

"Nereden buldun bu taşı?" diye sordu şehzadeye.

Bayezid, Hamdullah'ın ilgisine şaşırarak, "Adamlara dışarıdan buldurup getirttim. Daha yüksek tabureler yaptırıncaya kadar işimizi görür diye düşündüm."

"Sen bu taşın üstündeki yazıları görmedin mi?" diye daha ciddi bir tonla sordu Hamdullah.

"Gördüm," diye yanıtladı Bayezid. "Eski zamanlardan kalmış olmalı. Bu civardaki bir Roma manastırının yıkıntılarından bir parça olsa gerek. Üstündekiler Yunanca."

Bu açıklamayı duyar duymaz, "Ah be Şehzade, sen ne yaptın?!" diye acıyla söylendi. "Sen kimde gördün bizim yazının üstüne bastığımızı?!"

"İyi de şeyhim, bu Yunanca yazı. Arapça değil ki!"

Hamdullah bu cevaba daha da bozulmuş gibi yüzünü buruşturdu: "Şu ettiğin de laf mı be, Şehzade?! İnsanın Müslümanı, Hıristiyanı olur da yazının dini olur mu hiç?! Biriyle yaptığın dua, diğeriyle yapılmıyor mu?! Yunanca da olsa Latince de olsa, kutsal yazı yine de kutsal değil midir?! Benim hiç günahım olmasa, sadece bu yazının üstüne basmak Allah muhafaza beni tepetaklak cehennemin dibine götürür."

Bayezid ne diyeceğini bilemedi. Arapça yazıların kutsal olduğunu çok iyi biliyordu. Yerde üzerinde Arapça bir ayet parçası yazan bir kâğıt parçası görse bile hemen yerden alıp yüksek bir yere koyardı. Yabancı bir dil için hiç böyle düşünmemişti. Ama şeyhi ona durumu izah eder etmez aklı başına gelmiş, yaptığından ötürü hayıflanmıştı.

"Sen şimdi bu taşı al," dedi Hamdullah, "Şu üst rafa kitap gibi koy. Bu taş sana ders olsun. Yazıya hürmet etmeyen, hattatlığı bırak, kamil insan dahi olamaz."

Şehzade, şeyhin dediğini yaptı ve utancından bir daha ağzını açamadan yerine oturup hattını yazmaya devam etti.

Şeyh Hamdullah da odanın diğer köşesine oturdu:

"Şimdi hem yaz hem beni dinle. Günün birinde belki sultan olursun da aynı anda iki işi, hatta üç-beş işi birden yapmak zorunda kalırsın. Seni buna da alıştırmalı. Önündeki işe pürdikkat yoğunlaşırken kulağını bana ver. Gözlerin ve elin yazıda, kulakların bende olsun. Burnun mürekkebin kokusunu alsa da olur almasa da!"

77

"Benim anlamadığım bir şey var," dedi Selsireci Mahmut yattığı yerden. Hilal-i Zafer'in ranzalı koğuşunda, Kör Ali'nin hemen üstünde yatıyordu. Bir insanın ancak sığabileceği büyüklükteki, neredeyse tabutu andıran yataklardı hepsi de. Gece vakti herkes yatağına çekilmişti. Reis de kendi kamarasındaydı. Korsanlar her gece olduğu gibi uykuya dalmadan önce sohbet ediyorlardı. "Biz bu elin Yahudilerini niye kurtarıyoruz? Yani bunca tehlikeye değer mi? Benim emrime versen bunca donanmayı, gider Kuzey Afrika'yı fethederim!"

Çıngıraklı, Kıtmir kucağında, "Ulan Selsireci, ettiğin lafa bak. Ademoğlu'nun Müslümanı Yahudisi mi olur. Zulüm gören adama yardım etmek sevaptır," dedi.

"İyi de Çıngıraklı, kafir kısmı Müslüman adama yardım eder mi hiç? Görmüyor musun Haçlı askerlerini? Bizimkileri gördükleri yerde kıtır kıtır doğruyorlar. Yahudiler dersen heriflerin kesmedikleri peygamber kalmamış."

Vardiyan da katıldı konuşmaya:

"He valla, ben onu hiç anlamıyorum. Yahudi milleti kendini diğer tüm ırklardan üstün görüyor. Hiç öyle şey olur mu? Kul kula niye üstün olsun?"

Çıngıraklı, "Yahu arkadaş, heriflerin dini sizi mi gerdi?" diye çıkıştı. "İsteyen kendini istediği yerde görür. O senin canına kastetmedikçe, senin dinine mani olmadıkça sen karışamazsın. Rabbim isteseydi tüm dünyayı Müslüman ederdi."

Serdümen Yunus, Çıngıraklı'ya hak verdi:

"Bizim deli doğru söylüyor. Herkes Müslüman olsun diye tutturursak bizim Yahudileri ve Müslümanları kıtır kıtır kesen Katoliklerden ne farkımız kalır? Zaten biz, tüm dünyayı Katolik yapmaya çalışan İspanyolların yüzünden bu işe atılmadık mı? İnsan bence kendi doğrusunu tek doğru bilmemeli. Elbet ona yürekten inanmalı, inandığını yaşamalı, amma bir başkasının doğrusuna el uzatmamalı."

Selsireci Mahmut, "Güzel söylüyorsun Serdümen, güzel söylüyorsun ama, şimdi ben elhamdülillah Müslüman isem, diyelim ki sen de kafirsin. Ben şimdi kendim cennete gideyim, Allah'ın rızasını kazanayım diye uğraşırken, senin, kırk yıllık dostumun, Allah muhafaza cehennemi boylayacağını bile bile nasıl rahat ederim? Ben kendi iyiliğimi istediğim kadar senin de iyiliğini isterim. E peki şimdi ben sana gel a güzel kardeşim, gel de Müslüman ol, bak benim dinim şöyle iyi, böyle iyi diye anlatmayayım mı? Seni benim dinime geçirmeye çalışmayayım mı?"

"Bak işte orada dur," dedi Serdümen. "İnsan insana anlatır, dinini paylaşır. Kimse anlatmayacaksın demedi. Ama zorlayamazsın. Hele hele adamın kafasına çekiçle vurur gibi, ikide bir benim dinim şöyle güzel, benim dinim böyle güzel, dersen adamı, Allah korusun, Müslüman edeceğim derken Müslüman düşmanı edersin."

Bezirgan Koca Ahmet, "Hatta bence en güzeli, insan hiç o işe girişmemeli. Kendi dinini en iyi, en güzel şekilde yaşamaya çalışmalı. Zaten o adam Allah'ın rızası için çaba gösteriyorsa onu gören adam da mümine özenir, mümin gibi olmaya çalışır. Hangimiz kendimizin doğru Müslüman olduğundan emin? Hadi onu geçtim, gerçekten iman sahibi miyiz, emin miyiz sanki?" dedi.

"Ulan küçük Ahmet," dedi Çıngıraklı. "Korsan oldun olalı adam gibi bir laf ettin. Kaderin cilvesine bak, seninle aynı fikirde olmak da varmış!"

Korsanlar gülüştüler.

Çıngıraklı devam etti:

"Bak bizim Pier'e -- Pierro Navarro'yu kastediyordu -- adam koca şövalyeliği bırakıp, nasıl şahadet getirdi. Herif nasıl bıktıysa şövalyelerin pisliğinden, hepimizden fazla namaz kılıyor. Bu sünnetsiz cennete gider de, ben cehennemde Kıtmir'le kalakalırsam hıncımdan ölürüm valla."

Navarro, az ötede, yattığı ranzadan kendi ismini duyunca kafasını uzatıp baktı. Henüz Türkçeyi yeni yeni sökse de, bilmediği yığınla kelime arasında ismini seçebiliyordu -- her ne kadar yanlış telaffuz edilse de.

Adamın kafayı uzattığını görünce Çıngıraklı şakayla karışık, "Serenissima, Pier, serenissima!" dedi. Eliyle adama uyu işareti yapıyordu gülerek. Navarro, Çıngıraklı'nın bu halini çoktan kabul etmişti; gülümseyip kafasını içeri soktu.

Koca Ahmet, "Ha gayret Çıngıraklı, herif Türkçeyi değil amma sen İtalyancayı sökeceksin bu gidişle," dedi. Korsanlar bir kere daha kahkahayı patlattılar. Kıtmir de herkes güldükçe eşlik ediyor, küçük sesiyle birkaç kez havlıyordu.

"Valla ben onu bunu bilmem," dedi Selsireci. "İspanyol galilerinde yığınla altın var, diyorlar. Ben, o altınları almadan yemin billah dönmem arkadaş. Tamam Yahudileri de kurtaralım amma, biraz da biz kâr edelim, değil mi ya!"

Vardiyan devam etti:

"Altın İspanyollarda olmasın da bende mi olsun a canımın içi. Herifler Afrika'nın tüm kıyılarını sömürdüler. Garibim zencileri sadece köle olarak kullanmakla kalmıyorlar, adamların altınlarına da el koyuyorlar. Fakat o galilere girip de o altınlardan birkaç çuval almak mümkün mü acaba?"

Çıngıraklı, "Hiç heveslenmeyin," dedi. "Adamların gemileri gemi değil, sanki yüzen birer ada. İspanyollar gemileri yüzmek için değil içinde yaşamak için yapıyorlar sanki. Bizim kadırgalar onun yanına yanaşınca cız tutmuş boğaya yanaşan sinek gibi kalıyor."

"Amma da yaptın!" dedi Koca Ahmet. "Gavurun kalyonuyla bizim kadırgalar hiç bir olur mu?! Kadırga dediğin karadaki at misali istediğin yere koşar, istediğin yere döner.

Hele hele bizim Burak Reis gibi biri onu kumanda ediyorsa, denizin içinde fırıl fırıl döner. Peki ya kalyon? Rüzgâr olmadı mı bizim köyün yüz kiloluk Hayriyesi gibi oturduğu yerde kalakalır."

Vardiyan Mikail, Koca Ahmet'in ardından devam etti:

"Doğru söyledin, Ahmet. Kadırga çevik bir savaşçı gibidir. Kalyon dediğin göze büyük gelir ama bir şişko kadar hantaldır."

"İyi," dedi Çıngıraklı, "Bunları kalyonların lombarlarından birer kurt gibi başını uzatan elli ayrı top bataryası başını çıkarınca, bu masalları anlatırsınız."

Sohbete hiç katılmayan Sessiz Yusuf, ötedeki ranzasından yere atladı. "Adamı uyutmadınız!" der gibi korsanlara hiddetle baktı. Gece vakti, karanlıktaki yaralı yüzü daha da korkunç görünüyordu. Güverteye çıkan kapıya giderek ortadan kayboldu.

"Kızdırdık Sessiz'i," dedi Çıngıraklı pişmanlıkla.

"Yok," dedi Vardiyan, "o yine efkarlanmıştır. Kafayı yastığa koydu mu, ta çocukluğundan başlar anılarına o; gençliğiydi, geleceğiydi derken gün be gün bugüne kadar getirir. Kafa bir kere sislendi mi onun, bir daha kolay kolay aralanmaz!"

"Hakkı var," dedi Serdümen. "Aramızda Burak Reis hariç en görmüş geçirmişimiz o. Adamın çektiklerini düşününce benim bile uykularım kaçıyor."

Yasin, "Gerçekten doğru mu bunun o yara izinden önce çok yakışıklı ve neşeli biri olduğu?" diye sordu.

Çıngıraklı, "Sen ne diyorsun a oğlum!" diye yanıtladı. "Bir keresinde Cezayir kıyılarında dolaşmıştık bununla da, kızlar Sessiz'i gördüklerinde küçük dillerini yutuyorlardı. Ne canlar yakmıştır bu ah bir bilsen!"

Yasin, "Peki şimdi nereye gidiyor?" diye sordu.

Çıngıraklı anlamlı bir ses tonuyla, "Yıldızını aramaya gidiyordur," dedi. "Her korsanın bir yıldızı vardır, evlat. Gece vakti ona baktı mı kendini evinde hisseder, huzur bulur. Biz hepimiz, bir yıldızın etrafında dönen nesneleriz."

Yasin'in kafası karışmıştı.

Bu arada Sessiz Yusuf gibi fazla konuşmayan Kör Ali de kalkıp, diğer korsanın arkasından dışarı çıktı.

"Al işte bir yıldız daha!"

Sessiz Yusuf güverteye çıktığında Burak Reis'i gecenin karanlığında, küpeşteye ayağını dayamış, bir dirseği dizinde, yumruğu çenesinde düşünürken buldu.

"Hayırdır, Reis, seni de mi uyku tutmadı?"

Reis, dalmıştı. Ufka bakıyordu. Gözleri sanki ufukta Yusuf'un görmediği bir şeyler görüyordu. Neden sonra Sessiz'in yanına geldiğini fark etti, başını sağ kolu olan adamına çevirdi:

"Ne diyor adamlar? Büyük ihtimalle neden böyle bir işe koyulduğumuzu sorguluyorlardır. Öyle değil mi?"

Sessiz gülümsedi. Reis, mürettebatının aklından geçenleri herkesten iyi bilir, herkesten önce okurdu.

"Şu mavimsi yıldızı görüyor musun, Sessiz? Alioth'un hemen üst tarafındakini?"

"Mizar," dedi Sessiz başını yavaşça sallayarak.

"Bir keresinde o yıldızın aslında tek bir yıldız olmadığını duymuştum. Birbirine çok yakın yedi yıldızdan oluştuğunu, ışıklarının birleşerek yeryüzünden tek bir yıldız gibi göründüğünü okumuştum... Öte taraftan, bizim tek bir ışık gibi gördüğümüz bu yıldızların en yakın iki tanesinin birbirine uzaklığı bizim güneş sistemimizin beş katı kadarmış." Sessiz'in yüzüne döndü ve devam etti:

"Şimdi hesap et. Yedi yıldız. Yani yedi güneş. Her birinin gezegenleri, her bir gezegenin bir Ay'ı olsa, bizim gördüğümüz tek bir ışık aslında onlarca, en küçüğü bizim Ay kadar olan varlıklardan oluşuyor. Her biri ayrı bir dünya, onu bırak, her biri ayrı bir dünyalar kümesi. İşte bu yedi güneşli Mizar'ı düşündükçe ne oluyor biliyor musun?

Sessiz çok ender yaptığı gibi gülümseyerek, "Kaptan seni bilmem ama benim bu aydınlıklar silsilesinden uykum iyice kaçtı," dedi. "Ben bir güneşe zor dayanıyorum."

Reis tebessüm etti ve devam etti:

"Bu gemideki herkes bazen bir güneş gibi geliyor bana. Her biri birbirinden bir Samanyolu galaksi uzaklığındaki birer güneş. Dışarıdan bakıldığında yekpare görünüyor ama her birinin ayrı hayalleri, ayrı geçmişleri, ayrı öyküleri var."

Kör Ali arkadan yaklaşarak, "Peki bizi birleştiren şey ne kaptan?" diye sordu. Onun da uykusu kaçmış, Sessiz'in arkasından dışarı çıkmıştı.

İkili dönüp arkalarına baktılar, Ali'yi gördüler.

Sonra Burak Reis tekrar ufka baktı. "Hedef," dedi. "Bizi hedefimiz; hedefimiz ve sözümüz birleştiriyor. Allah'ın inayetiyle bu sözümüzü de yerine getireceğiz. Bizi, inancımız birleştiriyor."

Gökyüzünde Mizar, şimdi sanki her zamankinden daha fazla parlıyor, yedi güneş şimdi sanki her zamankinden çok daha fazla ışıklarını birleştiriyordu.

Mizar'ın tam karşısında ise şimdi başka topraklardan, başka ufukların ardından görünen Boğa yıldız kümesi yükseliyordu.

78

Güneş doğarken, ağırlığı yarım tonu aşan boğa, öfkeyle burnundan soludu. İspanyollar ona *Monstruo Oscuro,* yani "Kara Canavar" adını takmışlardı. Şimdiye kadar dokuz matadorun ölümüne sebep olmuştu.

Hayvan öyle huysuzdu ki henüz sabah saatleri olmasına rağmen, havanın kızdıran sıcağı dahi onu delirtmeye yetiyordu. Üstelik içinde bulunduğu durum işini kolaylaştırmıyordu.

Sivri boynuzlarını yanındaki bir diğer boğanın gövdesine doğru kaktırdı. Kendine yer edinmeye çalıştı. Dar bir ağılın içinde, her biri birbirinden cüsseli, türünün en iyi örnekleri olan iki düzine boğa sıkış tıkış duruyor, kendi pisliklerinin içinde bir gecedir ağnanıyorlardı. Boğa güreşinin altın kurallarından biri, hayvanları bir gece önce en kötü şartlarda tutmak ve böylece ertesi gün çok daha saldırgan hareket etmelerini sağlamaktı.

Boğalardan bir kilometre kadar ötede, hayvanların az sonra deli gibi koşacakları dar sokakların ucunda arena bulunuyordu. Bu arenanın yer aldığı plazadaki görevli elindeki çubuğu fişeğin fitiline değdirdi. Hızla tutuşan fişek, etrafa kıvılcımlar saçarak büyük bir gürültüyle havaya fırladı. Bu birinci fişekle birlikte İspanya'nın on üçüncü yüzyıldan beri, bir asırdır kutladığı Sen Fermin festivali de resmen başlamış oluyordu.

La Campana kasabasının sakinleri ve civar köylerden gelen yüzlerce kişi şehir meydanını çoktan doldurmaya başlamışlardı. Genç yaşlı, kadın erkek, bir yığın insan kasabanın dar sokaklarında ve plazada bu dini günü kutlamaya hazırlanıyordu. Evlerinde duranlar ise balkonlara ve çatılara çıkmış, bu şöleni izlemeye koyulmuşlardı.

Pamplona adı da verilen boğa güreşleri festivali gerçi krallığın kuzeydoğusundaki Navarro şehrinde, bu şehrin koruyucusu sayılan Aziz Fermin adına düzenlenirdi ama Granada'nın düşüşüyle birlikte tüm ülkede bayram ilan edilmişti. Sekiz asırlık İslam egemenliğinin bitişi her şehir ve kasabada törenlerle kutlanıyordu.

Görevliler az sonra boğaların geçecekleri kıvrımlı yollara giriş ve çıkışları kapatan ahşap paravanların sonuncularını da dikkatle yerleştirdiler.

Davud ve Abdullah, kalabalığın arasında, İspanyol'u gözden kaybetmeden takip etmeye çalışıyorlardı. İkisinin de üzerinde keşiş kıyafetleri, başlarında kapüşonları vardı ve dikkat çekmeden şehrin içinde dolaşabiliyorlardı. Gerçi iki keşişin kalabalık arasından acele acele geçişi bazılarını şüphelendiriyordu ama insanlar bu iki keşişle uğraşmaktansa festivalin tadını çıkarmayı tercih ediyorlardı.

Panayırda hiç ummadıkları bir anda fark etmişlerdi İspanyol'u. Saf Katolik Kanı izin belgelerini çalan işte bu İspanyol üçkâğıtçıydı. Davud, İspanya'dan çıkışlarının bu adamın elinde olduğunu biliyordu. Ne pahasına olursa olsun onu yakalamalıydı.

İspanyol, bir süre hiç kimseden şüphelenmeden yoluna devam etti. Yolun kenarında tezgâh açmış satıcıların birinden, Müslümanların bu topraklarda yetiştirmeye başladığı bir nar şekeri almak için durdu. Davud, adama yüz metre kadar uzaktan dikkatle baktığında bunun o hırsız olduğundan şüphesi kalmadı.

Başlığının altından dikkatle adama bakarken, "Kahretsin!" dedi.

Başını hızla öne eğdi ve kapüşonun yüzünü iyice kapatmasını sağladı.

Abdullah, "Ne oldu?" diye sordu.

"Adamın bir an beni gördüğünü sandım."

"Bu kadar uzaktan bizi tanımasına imkân yok."

Davud tekrar endişeyle başını kaldırdığında adamın hiç şüphelenmeden yoluna devam ettiğini gördü. Derin bir oh çekti.

İspanyol yolun sonundaki köşeden sağa dönünce Davud ve Abdullah da adımlarını sıklaştırarak onu takip ettiler. Fakat köşeyi döndüklerinde İspanyol'dan eser yoktu. Üstelik Aziz Santiago büstünü taşıyan büyük bir kalabalık ilahiler söyleyerek ters istikamette onlara doğru geliyordu. Kalabalığın içindeki dansçılar, davulcular ve daha bir yığın tantana müthiş bir gürültüyle festivalin başladığını haykırıyordu.

Davud başını kaldırıp, ayaklarının ucunda doğrularak önündeki figürlerin arasından İspanyol'u görmeye çalıştı. Gözleriyle büstün hemen ardına baktığında İspanyol'un insanlara çarpa çarpa kendine yol açtığını, hızla kaçmaya çalıştığını gördü.

"Lanet olsun!" diye bağırdı Davud. "Adam bizi fark etmiş. Kaçıyor!"

Davud ve Abdullah da şimdi kalabalığın tersi istikamette, hızla akan bir nehrin aksine doğru yüzer gibi ilerlemeye çalıştılar. İspanya'nın pek çok şehri gibi buradaki sokaklar da olabildiğine dar ve kıvrımlıydı. Şimdi bir de ellerinde çalgılarıyla dansçılar, ilahi söyleyenler, bebekleri kucaklarında kadınlar tüm yolu kapatmışlar ikilinin üstüne adeta akıyorlardı. Yan tarafta, ana meydana çıkan az daha geniş yolun giriş çıkışları ise kapatılmış, az sonra salıverilecek boğaların geleneksel koşuşları için tahsis edilmişti.

Davud karşısına çıkanları ite kaka insanların arasından geçiyor, İspanyol'u gözden kaybetmemeye çalışıyordu. Hemen arkadan Abdullah geliyordu.

Bu arada kenardaki şehir muhafızlarından iki asker kalabalığı yarmaya çalışan bu iki keşişi fark edip bir şeylerin ters gittiğini anladılar ve hemen peşlerine düştüler.

"*Parar! Parar!*"

Şimdi Davud ve Abdullah İspanyol'un peşinden koşarken, yirmi-otuz adam arkalarında da iki asker onları yakalamaya çalışıyordu. Askerler bir taraftan da kaçan bu keşişlere "Durun!" diye bağırıyorlar, hem bu şekilde kalabalığın dikkatini kaçan bu iki kişiye çekerek kendilerine yol açıyorlardı.

Tören yürüyüşündeki birkaç işgüzar, muhafızları duydu ve önlerine doğru gelen Davud'u tutup yakalamaya çalıştılar. Davud adamlardan birini dirsek darbesiyle, diğerini de hızla iterek yoluna devam etti. Fakat kargaşa arkadakilerin dikkatini çekmişti ve şimdi önüne çıkan herkes Davud'u durdurmaya çalışıyordu. Türk, kendisini tutmaya çalışanların kimine yumruk atarak, kimine dizini geçirerek, kimini hızla iterek bertaraf ediyor, ne olursa olsun hiç duraklamadan İspanyol'un peşinden ilerliyordu.

Kalabalıktakiler Davud'u durdurmaya çalıştıklarından muhafızlar arayı kapatmaya başladılar. İspanyol ise arayı iyice açıyordu.

"Adamı kaçıracağız!" dedi Davud.

Sürekli arkasına bakan Abdullah da, "Muhafızlar çok yaklaştılar!" diye endişe ediyordu.

Davud, "Ben yandaki caddeden hızla ilerleyip adamın önünü kesmeye çalışacağım," dedi. "Sen yolun öbür tarafına geçip, büstün arkasına saklan ve alayın gittiği istikamete dönerek kalabalığa karış."

Davud, kendisi oradan uzaklaşır uzaklaşmaz Abdullah'ın muhafızlara yakalanacağını biliyordu.

"Ama," diye karşı çıktıysa da Abdullah, Davud dinlemedi. "Yapacak başka bir şey yok! Dediğimi yap. Kalabalığa karışınca muhafızlar seni tanıyamaz. İspanyol'u ben yakalamaya çalışacağım."

Davud önüne çıkan ilk aralıktan alayın içinden çıktı ve hızla karşıdaki paralel sokağa koştu. Muhafızlardan biri adamın gittiği yönü gördü ve onun ardı sıra alaydan çıkıp peşinden gitti. Abdullah ise kapüşonunu başına iyice geçirdi ve tersine dönerek Aziz Santiago büstünün arkasından giden kalabalığa karıştı. Muhafızın sadece üç adam ötesinden usulca geçti. Artık güvendeydi.

Davud, sokakta hızla koşuyor, yol kesildikçe ya da başka bir tarafa döndükçe, o da çaresiz bu yollara sapıyor ama daha sonra alayın geçtiği sokağın paralelinde giden bir başka güzergâh bularak tekrar aynı yönde koşmaya devam ediyordu.

Muhafız ise ağzındaki düdüğü var gücüyle üflüyordu. Arkasındaki sokaklardan Davud'u takip eden en az yarım düzine asker vardı.

Davud iyice yol alıp da İspanyol'un önüne çıkabileceği, tekrar tören alayının olduğu sokağa sapan bir aralık görünce hemen döndü ve yine kalabalığın içine doğru ilerledi. Bu sırada ikinci fişeğin sesi tüm kasabadan duyuldu. Gökyüzüne fırlayan fişeğin kıvılcımları hâlâ görülebiliyordu. Bu, boğaların ağıldan salıverildiği ve şimdi hayvanların bir kilometrelik yoldan hızla arenaya doğru koştukları anlamına geliyordu.

İspanyol ardında artık Davud'u göremeyince güvende olduğunu hissederek rahatlamıştı ki sağ tarafındaki aralıkta keşişle göz göze geldi. Aralarında yirmi metre ya vardı ya yoktu. Davud hızla adamın üzerine koştu. İspanyol artık bu sokak üzerinde Türk'ten kaçmasına imkân olmadığını anlamıştı. Çaresizce etrafına bakındı. Yapabileceği tek bir şey vardı. Bunun delilik olduğunu biliyordu ama Davud ona yaklaştıkça daha fazla bekleyemeyeceğini hissetti.

İspanyol, sol tarafındaki tahta paravanların üzerine sıçradı ve boğaların geçeceği yolu kapatan bu bariyerlerin üzerinden boş sokağa atladı. Adamın ayakları yere değdiğinde Davud da bariyerin öbür tarafına varmıştı. Tahta aralıklarından adamla göz göze geldi. İspanyol, muzaffer bir eda ile ona baktıktan sonra tekrar kaçmaya başladı. Davud, adamın yaptığının bir delilik olduğunu düşündü, ama onu takip etmekten başka şansı yoktu.

Tahtaların üzerine tırmanıp da boş sokağın ortasına atladığında, "Bunu yaptığıma inanamıyorum!" diye düşünüyor, kendine kızıyordu. İspanyol, elli metre ötesinde, boş sokakta alabildiğine koşuyordu.

Davud, önce bir zelzele hissetti.

Gümbür gümbür bir uğultu gittikçe yaklaşıyordu. Soluna baktığında yaptığının, ölümle oynamaktan da öte bir şey olduğunu düşündü. İki düzine çıldırmış boğa, Davud'un üzerine doğru koşuyordu.

Davud, boğaların bu kadar hızlı koşabildiğini ve bu kadar sivri boynuzları olduğunu ilk defa fark ediyordu. Bir boğanın saatte 25 kilometre hızla ve insandan çok daha hızlı koşabileceğini hatırladığında ise bazen çok şey bilmenin iyi bir şey olmadığını düşündü.

Bu hayvanın en ufak bir harekete dahi sinirlendiğini, bir boğa ile yüz yüze gelindiğinde yapılacak en iyi şeyin hareketsiz ve sakin kalmak olduğunu Davud çok iyi bilirdi. Öte yandan boğaların geçip gitmesini beklerse İspanyol sırra kadem basacaktı. Adam çoktan gözden kaybolmak üzereydi.

Davud, "Ya Bismillah!" diyerek hızla ileri atıldı. İspanyol'un ardından tüm gücüyle koşmaya başladı. Öndeki kavisten döndüğünde ise onu bekleyen başka bir zorlukla yüz yüze geldi. Yaklaşık kırk-elli kadar genç, kahramanlık gösterisi yapmak, cesaretlerini kanıtlamak için arkaları dönük yola dizilmişler boğaların yaklaşmalarını bekliyorlardı. Hayvanlarla aralarında az bir mesafe kaldığında gelenek olduğu üzere onlar da hızla koşmaya başlayacaklar ve kısa bir süre sonra da arayı kapatacak, boğaların etraflarından geçip gitmelerini bekleyeceklerdi. O da şansları varsa...

Davud, hayatında hiç olmadığı kadar hızlı ilerliyordu, fakat boğalar aradaki farkı kolaylıkla kapatıyorlardı. İspanyol şimdi öndeki genç kalabalığın arasına karıştı ve onlarla birlikte hızla ilerlemeye başladı.

Birkaç dakikalık koşunun ardından Davud öndeki kalabalığı yakalamak üzereydi ki, boğalar arkadan yetiştiler ve en öndeki azgın üç boğa kalabalığı boynuzlarıyla yarıp iki tarafa savurdular. Havaya savrulan adamlardan iki tanesi kanlar içinde yere yığıldı. Adamların biri kalçasından diğeri ise bacağından boğaların boynuzlarına hedef olmuştu. Bu boynuzlar, arkalarına aldıkları yarım tonluk güç ve hız ile önlerine çıkabilecek her şeyi delip geçebilirlerdi.

Davud, bir taraftan koşuyor, diğer taraftan arkasına bakarak üstüne gelen boğaların önünden sağa sola kaçmaya çalışıyordu. Hayvanlardan bir tanesi Davud'u gözüne kestirdi. Başını aşağıya doğru eğip hızına hız katarak onun üzerine atağa geçti. Paravanların ardına dizilen kalabalığın tezahüratları, bağırış ve çağırışları hayvanları daha da öfkelendiriyor, iyice kontrolden çıkarıyordu. Hatta bazıları dengesini kaybedip de düşen hayvanların sırtlarına ellerindeki uçları sivri uzun çubuklarla uzanarak onları daha da tahrik ediyorlardı. Bazıları mızrakları hayvanlara savurmaktan geri durmuyor, birçoğu da bu mızrakları tam istedikleri yerlere isabet ettiriyorlardı. Sırtlarından kanlar akan hayvanlar büyük bir hınçla etraflarında kimi bulurlarsa ona saldırıyorlardı.

Türk, üzerine deli gibi koşan hayvan tam arkasına geldiğinde kendini yere attı ve hızla yuvarlanarak köşeye çekildi. Önündeki hedefi kaçıran boğa kenardaki duvara çarptı ve oranın tuğlalarını parçaladıktan sonra ayakları kayıp yere düştü. Onun ardı sıra gelen diğer birkaç boğa daha bu hayvana takılarak dengelerini kaybettiler ve yere yığıldılar. Bu arada öndeki grup da boğaların darbelerine maruz kalmaya devam ediyor, adamlar birer ikişer ya yere yığılıyorlar, ya havaya savruluyorlar ya da üstlerinden geçen boğaların ayak darbeleri altında eziliyorlardı.

Davud yere düşüldüğünde kafanın ellerle kapatılarak hareketsizce durulmasının, boğaların geçip gitmesini beklemenin yapılacak en iyi şey olduğunu biliyordu ama İspanyol'un kaçmasını göze alamazdı. Dikkatle tekrar ayağa kalktı. Bir grup boğa önünde koşuyor, diğer bir grup arkasından hızla gelmeye devam ediyordu.

Ve şimdi üçüncü fişeğin sesi duyuldu. Kıvılcımlarını etrafa saçan bu fişek, ikinci grup bir düzine boğanın daha salıverildiği anlamına geliyordu. Duyulan gümbürtülerin bir zelzeleden farkı yoktu. Davud, ayağının altının bir beşik gibi sallandığını hissediyordu.

Yerde yığılı insanların ve ayağa kalmakta olan boğaların üstlerinden, ötesinden berisinden geçerek, kimilerinin üzerinden sıçrayarak ileriye doğru koşmaya devam etti. Sıçradığı anlarda İspanyol'u en öndeki grubun arasında gözüyle kestirebiliyordu.

Kenarlardaki paravanlardan, Davud'un peşine düşmüş bir muhafız boğa koşu güzergâhındaki adamın az önce kaçan keşiş olduğunu hemen fark etti. Düdüğünü öttürerek diğer adamlarını da uyardı ve bu muhafızlar güzergâhın yanlarında keşişi takip etmeye başladılar.

İlk grup boğalardan birkaçı daha önlerindeki insanları yakaladılar. Boğalardan biri, yerdeki bir adamın yüzüne boynuzu geçirdi ve kanlar içindeki adamın üstünden hızla ilerledi. Arkadan gelen bir diğer boğa ayağa kalkmaya çalışan bir başka adamın başını ezdi ve kafatasını parçaladı. Kenar evlerdeki balkonlardan ve çatılardan yaşanmakta olan bu kargaşaya büyük bir tezahürat ve bağırış eşlik ediyordu.

Davud, bu kan gölünün ortasından hızla geçti ama arkasına baktığında ikinci grup boğaların hızla kendisine yaklaştığını bir kere daha gördü. İspanyol, arkasından geçip giden tüm boğalardan en ufak bir sıyrık bile almadan yoluna devam etmişti. Davud ile arasında yirmi adımlık bir mesafe kalmıştı. Tam bu sırada arkadaki boğalar yaklaştılar ve bir kere daha Davud'un üzerine doğru hücum ettiler. Bu sefer Türk, yandaki paravanlardan birine sıçrayarak kollarıyla kendini yukarı çektirdi ve bacaklarını da karnına getirerek boğalara hedef olmaktan kurtuldu.

Davud, hayvanlar geçip gittikten sonra yere indiğinde kendini arenanın girişi önünde buldu. Üç-dört dakikalık sürede bir kilometreye yakın bir mesafe koştuğuna inanamıyordu. Hem kalabalık hem de boğalar arenanın dar geçidinden içeri girmişti. İspanyol da bunların arasındaydı.

Arena görevlileri kapıları kapatmak üzereydiler ki Davud kapıların arasından hızla sıyrıldı ve arenanın içine yuvarlandı.

Davud, La Campana Boğa Güreş Arenası'nın tozlu zemininde doğrulduğunda irkildi. Karşısında onu dikkatle izleyen kara boğayla, yani Kara Canavar ile yüz yüze geldi. Hayvanla arasında otuz adımlık bir mesafe ya vardı ya yoktu. Davud bir dizi yerde, tam doğrulamadan hayvanın bakışlarına yakalanmıştı. En ufak ani bir harekette hayvan hızla ileri atılıp, önündeki hasmını süzmeye hazırlanıyordu. Sırtından kanlar akan hayvan sağ ayağını yerde sürterek rakibinin hareket etmesini bekler gibiydi.

Arenadaki tribünleri dolduran kalabalık, ortalarındaki bu alışılmadık sahneyi nefeslerini tutmuş izlemeye koyuldular. İspanyol da artık Türk'ün bu boğadan kaçamayacağını anlamış, arkasını dönüp kalabalığın arasından bu adamın ölmesini ya da büyük bir yara almasını zevkle beklemeye koyulmuştu.

Boğa, başını iyice öne eğmiş, burnundan soluyor, ayağını yere sürümeye devam ediyordu.

Davud, yarım tonluk hayvana hareketsiz baktı, bir çözüm bulmaya çalıştı. Kaçmaya çalışması yapacağı en büyük aptallık olurdu. Boğaların sanıldığının aksine kırmızı renge değil, hareket eden nesnelere saldırdığını bilirdi. Zira, bu hayvanların renk körü olduğunu İstanbul'daki bir âlim dostu ona yıllar önce anlatmıştı.

Başını hareket ettirmeden etrafta işine yarayacak bir şeyler bulmaya çalıştı. Gözlerini bile usulca hareket ettiriyor, ağır ağır nefes alıp veriyordu. Eğer bir urgan bulabilseydi hayvanın boynuzlarına geçirebilir ve onun hıncını kırarak boğayı etkisiz halegetirebilirdi. Davud iki adım ötesinde, sağ tarafta bir urgan gördü ve buna uzanmak için sağ kolunu o tarafa doğru uzatmaya yeltendi.

Fakat bu, hayvanı tetiklemeye yetmişti.

Sırtına saplanan mızraklarla yaralanan hayvan tüm hıncını önündeki insandan almak istercesine ileri sıçradı. Mitolojik efsanelerde sürekli resmedilen bu heybetli sıçrayışın insanoğlunu bu kadar etkileyişine şaşmamak gerekirdi. Boğanın sıçrayışı, yeryüzündeki sinerjinin bir simgesiydi adeta. Yarım tonu aşan bir gücün harekete geçişi, durağan bir kütlenin aktif hale gelişi, hareketin tam anlamıyla resmedilmesiydi. İnsanoğlunun söz geçiremeyeceği yegane anlardan biriydi.

Davud ipe uzanacak fırsatı olmadığını anladı. Hayvanla göz göze geldi ve boğa başını iyice yere eğip de boynuzlarını onun suratına doğru savurunca Davud kendini yere attı ve sağ tarafına doğru yuvarlanarak boynuzların darbesinden son anda kurtulabildi. Suratı ve saçları toprağa bulanmıştı.

Rakibini ıskalayan hayvan hemen arkasını döndü ve tekrar aynı çeviklikle, doğrulmaya çalışan insanın üzerine saldırdı. Davud bu sefer hayvanın iki boynuzunu olağandışı bir hızla, elleriyle kaptı ve sıra dışı bir güç vererek tüm bedeniyle hayvanın boynuna abandı. Bu kara boğanın kafasını tersine bükmeye çalışırken öyle zorlandı ki alnındaki tüm damarlar ortaya çıktı, yüzü kırmızıya kesti.

Ne var ki hayvan daha fazla karşı gelemedi ve Davud boğanın boynunu bükerek onu yere yıktı ve üzerine yığıldı. Diziyle hayvanın bağrına öyle bastırdı ki, hayvan kımıldayamaz hale geldi. Yanı başındaki urgana hemen uzanarak hayvanın üç ayağını, kurban kestiği zamanlardan hatırladığı gibi bir çırpıda bağlayıverdi.

Davud, ayağa kalktığında kalabalık, alışık olmadığı bu manzaranın şokunu yaşarken o gözleriyle İspanyol'u arıyordu. Bu beklemediği sonucun ardından ise İspanyol tekrar koşmaya başladı. Onun da gücü iyice tükenmiş, adam soluk soluğa kalmıştı. Davud, adamı arenanın çıkış kapısına kadar takip etti. Dışarı çıkıp onun tam üzerine abanmak üzereydi ki bu sefer de kapıda onu bekleyen muhafızlar önünü kestiler.

"*Se detiene ahí!*"

Yarım düzine asker kılıçlarını çekmiş keşişe doğru tutuyorlar ve ona olduğu yerde durmasını emrediyorlardı.

Davud, İspanyol'un onların arkalarından hızla uzaklaşmakta olduğunu görebiliyordu. Elinde hiçbir silah olmadan altısı da kılıçlı bu askerlere karşı koymasına imkân yoktu. Olduğu yerde durdu. Bir gözü, gittikçe uzaklaşan İspanyol'daydı. Muhafızlardan biri yaklaştı, arkasına dolaştı ve bacağına öyle bir tekme attı ki, Davud sağ tarafına çöktü. Herifin durduk yerde bacağını kırmaya çalışacağını tahmin etmemişti. Muhafız kılıcını kınına sokup da onun ellerini bağlamak için bir ip çıkaracakken Davud aradığı fırsatı yakaladı ve doğrularak iki eliyle birden muhafızın suratına tokmak gibi öyle sert bir darbe indirdi ki adamın burnu kırıldı. Kaşla göz arasında onunkılıcını çekti ve berisindeki beş muhafızın üzerine çullandı. Kılıç havada her dönüşünde bir askerin kanını havaya savuruyordu.

Davud, yerde yığılı yarım düzine askeri arkada bırakıp topallayarak da olsa ilerlemeye devam etti. Ama bu şekilde artık iyice gözden kaybolan İspanyol'u yakalaması mümkün değildi. Fakat ne olursa olsun bu adamı yakalamak artık farz olmuştu. Pes etmeye hiç niyeti yoktu.

Yan taraftaki çeşmenin başında duran atlardan birini gözüne kestirdi ve hayvana hızla binerek onu mahmuzladı.

Bir-iki dakika kadar sonra İspanyol'u yolun sonunda kıstırdı ve adam daha ne olduğunu anlamadan Davud, hareket halinde olan atın üstünden onun tepesine atladı. İspanyol ile birlikte kenardaki tarlaya yuvarlandılar.

Davud, İspanyol'u sonunda yakalamıştı.

Hıncından adama öyle bir yumruk geçirdi ki beriki baygın halde kafasını yere bıraktı. İspanyol artık Davud'un elindeydi.

Piri Reis'in Defterinden: Harita

Harita bir rüyadır.

Yeryüzünün önce akılda, sonra da kâğıtta yansıyan sureti, algısı ve imgesidir. İnsanoğlunun yeryüzündeki macerasının soyut bir imgesi, gözün gördüğünün kâğıda bir izdüşümüdür. Dünya yalan, ömür kısa ve hayatın gerçeği de yok olmaya mahkûm madde ise, rüyalar da gerçeğin ta kendisidir. Bu yüzden harita bir rüyadır ve yeryüzünden daha gerçektir.

Bana göre harita çizmek, aslında rüyalar âemine dalmak ve o âlemde gerçekliğin izini sürmektir. Gerçeklik, gerçek değildir; ondan daha değerli ve daha kalıcıdır; gerçeklik bakidir.

Göz, dünyayı göremez. Sadece dünyayı mı? Kıtaları, ülkeleri, şehirleri, kasabaları, hatta köyleri bile göremez. Onların parçalarını görür. Parçaları kafasında bir bulmaca gibi birleştirir ve bütünü kafasında hayal eder. Sonra o hayali kâğıda yansıtır. Bu yüzden harita bir hayalin yansıyışı, insan aklının ve hayal gücünün kâğıt ve kalemle resmedilişidir.

Gözler sürekli yeryüzünde gezinir. Denizlere bakarız, dağların doruklarını izler, yeşil ovaları seyre dalarız. Ama asıl panaromayı insan kalp gözüyle, hayal gücüyle yakalar. İnsanın gördüğü gerçektir, ama göz, gerçekliği çıplak yakalayamaz. Gerçeklik hayalde yakalanır.

Kemal Amcamın kadırgasında Akdeniz'in daha önce hiç gelmediğim yerlerinde volta vurup, notlar tuttukça çizeceğim haritayı düşünüyorum. Usturlabımı yıldızlara, ufka, Güneş'e ve Ay'a veriyor, katettiğimiz uzaklığı, havanın sıcaklığını, akıntıların yönünü ve rüzgârların işaretlerini hesaplarıma katıyor ve yeryüzünü hayal ediyorum. Hesaplarım hayallerimle, hayallerim ise diğer toprakların, diğer kıtaların, diğer denizlerin hülyalarıyla karışıyor ve kafamdaki harita gittikçe netleşiyor. Parçalar birleşiyor, gerçekler gerçekliğe dönüşüyor ve bütünlük ortaya çıkıyor.

Hesap yapmadığım zamanlarda sandığımdaki haritaları karıştırıyorum. Batlamyus'un ve El-Ma'mun'un Coğrafya'larını, El Fergani'nin ve El Harezmi'nin yeryüzü çap ölçümlerini, El Battani'nin usturlabını, El Sabi'nin trigonemetri hesaplarını ve El Birunu'nin enlem boylam çizelgelerini tekrar tekrar inceliyorum. Batlamyus, okyanusların karalar tarafından çevrildiğini söylüyor. İdrisi ise bunun tam tersini, yeryüzünün çoğunlukla okyanuslardan oluştuğunu, karaların bunların arasında olduğunu ileri sürüyor. Benim yaptığım ölçümler, topladığım haritalar ve önümdeki hesaplar İdrisi'nin hiç şüphesiz doğru olduğunu gösteriyor.

İnsanlar denizlere ve okyanuslara açıldıkça yeryüzünün gerçekliğini daha iyi idrak ediyoruz. Bazıları, denizlerin ve nehirlerin insanları birbirlerinden ayırdıklarını düşünüyorlar. Hâlbuki bunlar insanı ayırmıyor, aksine birleştiriyor, iletişimi, ticareti ve seyahati olanaklı kılıyorlar. Bir adadan diğerine, bir kıtadan ötekine, bir ülkeden bir başkasına gitmek denizler sayesinde mümkün oluyor. O, gökleri ve yeri yarattı, gökten su indirdi, onunla size rızık olarak çeşitli meyveler çıkardı; emri gereğince denizde yüzüp gitmeleri için gemileri emrinize verdi, ırmakları da emrinize verdi. Belki evet, çöller ve dağlar, evet insanları birbirlerinden ayırabilir, ama bu denizler için geçerli değil.

Antik Yunanlıların Odesa'sından, Arapların Sinbad'ına kadar belli başlı pek çok kültürün kahramanı rızkını bu okyanuslarda aramamış mı? İnsanlığı kurtaran, Nuh'un gemisi, Yunus'u kurtaran da yine bir balık değil mi? Deniz bence nimettir, rahmettir, insanoğluna bir lütuftur. Biz böyle böyle birbirimizi tanıyoruz, böyle böyle medeniyetler inşa ediyoruz.

Haritaların sadece yerleri gösterdiğini düşünenler yanılıyorlar. Haritalar aslında insanı anlatır. İnsanoğlunu, geleceğini ve geçmişini. Ne haritalar gördüm üzerindeki imparatorluklar artık yoklar. Yüzyıllar öncesinden kalma haritalarda Roma İmparatorluğu yazdığında yeryüzünün neredeyse tamamı bu sınırlar içerisinde gösteriliyor. Bir zamanlar haritalarda İskenderiye baş köşeyi kapardı. Şehre adını veren Büyük İskender'in haritacıları ülkelerini resmederken fazla zorlanmış olmasalar gerek: Doğu Avrupa'dan, İran'a kadar genişleyen bir imparatorluktu onlarınki. Öyle haritalar gördüm ki üzerindeki yazılar artık okunmuyor. O diller ki unutulmuş, yeryüzünde tek bir konuşanı kalmamış. Bazı haritalar var, tüm dünya küçük küçük haçlarla doldurulmuş. Yine bazı haritalar var, tüm dünya küçüklü büyüklü hilallerle kaplanmış. Bazı haritalarda bunlar içe içe girmiş, bazılarında bir kumandanın masa başındaki savaş planı gibi yeryüzünün iki tarafına çekilmiş.

Doğu da Batı da haritaların hayallerinin bir paçasıdır sadece. Çünkü haritalar gösterdikleri yerleri anlattıkları kadar, onları çizenleri ve kimler için çizildiklerini de haykırırlar. Bir zamanların haritalarında Kudüs, atlasın tam merkezinde yer alıyor, bazılarında merkez Roma, diğerlerinde ise Mekke. Venediklilerin haritalarında Memluklular Doğulu görünüyor, Çinlilerinkinde ise aynı bölgeye Batılılar diyorlar. Hintlilere göre Afrika bir Batı ülkesi. Türkler Asya'nın steplerinden bir denizin kıyısına gelip de uçsuz bucaksız suları görünce karşılarındaki şeyin dünyanın en büyük denizi olduğunu düşünmüş olsalar gerek. Ona bu yüzden "büyük, uçsuz bucaksız" deniz anlamında Kara Deniz demişler. Akdeniz'e Latincede hâlâ Mediterrenean yani dünyanın ortasındaki deniz deniyor. Hâlbuki biz biliyoruz ki ne Avrupa, ne de Akdeniz dünyanın ortasında! Bir keresinde Çağatay Krallıklarından, Asya'nın ötesindeki yerlerden gelme bir harita gördüğümü hatırlıyorum. Atlası evire çevire belki bir saat uğraşmıştım haritanın nasıl tutulması gerektiğini anlamak için. Oysa adamlar Japonya'yı merkeze koymuşlar, üstelik güneyi üste, kuzeyi de alta yerleştirmişler, Avrupa ve Orta Doğu haritanın sanki dışına çıkacakmış gibi kenarda duruyordu. Bu adamları kim suçlayabilir? Doğu ve Batı, görecelidir. Bu yüzden haritalar bir kere daha hayaldir, onu yapanın ve ona bakanın rüyalarını yansıtır.

Ve bu yüzden insanın bakış açısı sınırlıdır, bir yanılsamadır. Doğu da, Batı da Allah'ındır.

Haritalar insanı bir yerden başka bir yere götürür, ama çoğu zaman harita insana gideceği yeri değil, ona geldiği yeri, insana kendisini anlatır.

Kahverengi karalar, masmavi denizler, sarı vadiler ve ovalar, yeşil çayırlar, kırmızı sınırlar; limanlar, kaleler, kuleler, tapınaklar, çadırlar, saraylar, kiliseler, camiler, abideler; filler, ceylanlar, kaplanlar, develer, tavuskuşları, hindiler, maymunlar; gemiler, kadırgalar, karakalar, karavelalar, galitalar; balıklar, yunuslar, deniz canavarları, ejderhalar; hilaller, yıldızlar, haçlar; bayraklar, sancaklar, kılıçlar; kırmızı, mavi, yeşil, sarı, beyaz ve siyah pusula gülleri; çıplak insanlar, kürklü insanlar, sarıklı sultanlar, taçlı krallar, haleli yüzler, siyah yüzler, sarı yüzler...

Haritalar bir rüyalar âlemidir. Onu matematik çizer ama kalplerimiz besler.

Haritalar hayallerimizdir.

80

Endülüs'ün güneyindeki Sierra Morena Dağları'nı Guadalquivir Nehri bir bıçak gibi kesiyordu. Kayalık dağların arasındaki nehir bazen öyle uzun ve derinden akıyordu ki kilometrelerce uzunluğunda uçurumlar oluşuyor, dağın iki yamacıyla arasındaki ulaşımı neredeyse imkânsız hale getiriyordu.

Davud ve beraberindekiler uçurumun kenarı boyunca saatlerce yürüdükten sonra eski de olsa, belki de on yıllardır kullanılmayan, karşılıklı iki halat ve aralarındaki tahtalardan mürekkep asma bir köprü gördüklerinde rahatladılar. Davud, köprünün başına geçip iki eliyle halatları tarttı. Oradan karşıya belki elli metre vardı; bu da aşağı yukarı yetmiş, seksen adım ederdi. Arkasındakilere dönerek, "Bu köprüden hep birlikte geçmemize imkân yok," dedi. "Sırayla ilerleyeceğiz. Önce kadınlar, sonra yaşlılar, en son da erkekler."

Diğerleri başlarını sallayarak bu öneriyi kabul ettiler.

Esther, köprünün başına geldi ve ilk adımını önündeki yarısı parçalanmış tahtanın hâlâ ayakta kalan kısmına attı. Tahta hemen çatırdayınca Esther son anda başka bir kısma ayağını koydu. İki eliyle de köprünün iki tarafındaki urganları tutuyordu. David, Davud'a bakarak, "Bu köprünün teker teker bile olsa bizi taşıyacağından emin misin?" dedi.

"Ağır ağır ve urganlardan da yapışılarak ilerlenirse bir şey olmaz. Ama ani hareketlerden kaçınmamız lazım."

David, Esther köprünün uçuruma açılan kısmına çıkmadan önce ona sımsıkı sarıldı. Kız da onun beline dolandı.

"Merak etme," dedi adam, "Sapasağlam urganlara yapış ve ağırlığını tam tahtalara vermeden önce bastığın yerleri yokla."

Yehuda, "Daha fazla vakit kaybetmeden ilerlesek iyi olur, hava kararmaya başladı," dedi.

Esther usul usul tahtaların üzerinde ilerledi. Uçuruma bakmamaya çalışıyor ama bastığı tahtaları da görmek zorunda olduğundan kafasını önüne çeviremiyordu. Köprünün ortalarına geldiğinde bir tahta parçası daha ikiye ayrılarak hızla aşağıya, kayalıklara çarparak, gürül gürül akan Guadalguivir Nehri'ne düştü ve gözden kayboldu. Esther'in kalbi güm güm atarken köprünün sağlam yerlerinden yoluna devam etti ve öbür tarafa ulaştı.

Neredeyse tüm süre boyunca nefesini tutan David, derin bir oh çekti.

Bu şekilde sırayla David ve Davud hariç herkesin köprüden geçmesi bir buçuk saati almıştı. Havada yıldızlar belirmeye başlamıştı. Sıra, bu ikiliye geldiğinde köprü iyice hırpalanmış, adım atacak çok az yer kalmıştı. Üstellik urganlar da gittikçe incelmiş, birkaç yerden kopacak gibi olmuştu.

David ve Davud birbirlerine baktılar. Beriki, "Haydi ilerle, fazla zamanımız kalmadı," dedi.

David, ısrar etmenin faydasız olacağını biliyordu. Diğerleri gibi ağır ve dikkatli adımlarla köprüde ilerlemeye başladı.

Karşıdakiler nefeslerini tutmuş David'in ilerlemesini izlerken, Abdullah, "Allah kahretsin!" diye bağırdı. Uçurumun öte yakasında sanki bir hayalet görmüş gibi gözlerini karşıya dikmişti. Diğerleri de hemen Abdullah'ın gördüğü şeyi fark ettiler ve aynı korkunç tepkiyi verdiler. Esther elini ağzına götürdü, gözleri faltaşı gibi açılmıştı.

Samuel, "Davud! Tam arkandalar!" diye bağırdı.

Türk, arkasına baktığında ağaçların ardından bir papaz ve üç Santa Hermandad şövalyesinin çıktığını gördü. Atın üstündeki adamlardan biri çapraz yayını kullanarak hemen karşı taraftaki, uçurumun ötesindeki kalabalığa doğru bir ok fırlattı. Ok, Esther'in tam ayaklarının dibine düştü. Bir diğer atlı okunu köprünün üstündeki David'e fırlattı ama isabet ettiremedi.

Davud, "Çabuk olun! Oradan uzaklaşın! Ağaçların arasına gidin!" diye bağırdı.

David köprünün tam ortasındaydı. Başını çevirip çaresizlikle Davud'a baktı. Geri dönüp ona yardım etmeli miydi? Öteki, "Aklından bile geçirme!" dedi keskin bir ifadeyle. "Sen diğerlerine lazımsın. Bahsettiğimiz yoldan ilerlemeye devam edeceksiniz. Sakın geri dönmeyi düşüneyim deme!"

Davud cümlesini bitirmemişti ki,Yahudi'nin omzunu bir ok daha yalayıp geçti. Karşıdakiler, "Çabuk ol! Devam et! Ne bekliyorsun!" diyerek David'e bağırıyorlardı.

David kararsızlıkla adımlarını hızlandırarak köprüde ilerledi. Santa Hermandad şövalyeleri Davud'a iyice yaklaşmışlardı. Türk, belinden kılıcını çıkartarak, David'in son adımlarını atmak üzere olduğunu gördü ve Abdullah "Hayır, yapma!" diye bağırırken köprüyü tutan halatları tek darbeyle kesti. Köprü uçurumun öbür yakasına doğru savrulurken Yahudi son anda kendini karşıya attı ve diğerlerinin arasında katıldı.

Davud, şövalyelerin karşıya geçmelerini imkânsız hale getirmişti. Ama kendi de orada kapana kıstırılmıştı.

Ağacın ardından David, Abdullah ve diğerleri şövalyelerin Davud'a ne yapacaklarını korku ve endişeyle izlemeye başladılar.

Adamların ikisi daha atlarından inmeden Davud'un bacaklarına ve omuzlarına birer ok fırlattılar. Oklar çok yakın mesafeden atıldıkları için Davud'un bedenini delip öte taraftan çıkıyorlardı.

Rahip, "Bu bize diri lazım, sakın öldürmeyin!" diyordu. Üçüncü ok Davud'un kılıç tutan eline atıldı. Türk'ün eli kanlar içindeyken kılıç yere düştü. Bir şövalye Davud'un boynuna bir halat attı ve boynuna geçer geçmez onu kendine çektirerek urganın sımsıkı, adamın boynunu sarmasını sağladı. David de diğerleri gibi, saklandıkları ağaçların ardından karşıdaki manzarayı izliyordu. Türk dizlerinin üzerine çöktü. Atından inip de arkasına dolaşan bir şövalye kılıcının kabzasını Türk'ün ensesine öyle bir geçirdi ki, adam baygın halde yere yığıldı.

Rahip ve şövalyeler karşılarına baktılar. Ağaçların arasındaki Yahudileri seçebiliyorlardı. Yehuda, "Haydi kaçalım buradan! Adamlar bize ulaşmanın bir çaresini bulmadan kaçıp gidelim!" dedi.

Şövalyelerin bakışları arasında grup ağaçların içine daldı.

Davud yerde, tepesindeki üç şövalye ve bir rahibin ayakları dibinde hareketsiz yatıyordu. Omzu, bacağı ve bir eli oklarla delik deşikti. Kanı, yerdeki toprakların üzerinde hızla yayılıyordu.

81

"Ne yani, onu böylece bırakacak mıyız?" diye sordu David. "Bizim için yaptığı onca şeyden sonra?"

Abdullah, Samuel, Zeydve De Silva ailesi terk edilmiş bir Yahudi evinde geceyi geçirmek üzere sığınmışlardı. Ertesi sabah erkenden Malaga'ya doğru yola koyulacaklardı. Ancak David, Türk'ü arkada bırakıp gitmeye razı olmuyordu.

Yehuda, "Ne yapabiliriz ki?" dedi. "Şimdiye kadar onu çoktan ya öldürmüşler ya da işkenceden hareket edemez hale getirmişlerdir. Biz kendimizi kurtarmaya bakmalıyız."

De Silva, "Yehuda doğru söylüyor evladım. Bizim elimizden bir şey gelmez. Hem onu nasıl bulabiliriz ki? Bulsak bile hiçbir şey yapamayız," dedi.

Talan edilmiş, yerdeki halılarına varıncaya kadar tüm eşyaları çalınmış salonun köşesinde David bir o tarafa, bir bu tarafa yürüyor, eli kolu bağlı oturmayı, hayatlarını kurtaran adama sırtlarını dönmeyi kabul edemiyordu. Esther ve Beatrice duvarın dibinde dizlerini karınlarına çekmişler, çaresizce oturuyorlardı.

Abdullah odanın diğer köşesindeki eski bir masanın üzerinden başını kaldırıp, "Onu yakalayanlar Dominik şövalyeleriydi. Bu civardaki tek Dominik Kilisesi, Sierra Morena dağının güneybatı yamacındaki küçük bir manastır."

David, "Nereden biliyorsun?" diye sordu.

"İşte bu haritada yazıyor." Abdullah, masanın üstüne serdiği bir haritadaki noktayı işaret ediyordu.

David masanın yanına geldi ve eğilerek haritayı inceledi.

"Buradan ne kadar uzakta?"

"İki, bilemedin üç kilometre uzakta. Nehrin öbür yakasında."

Samuel, "Nehrin karşısına tek geçiş yeri olan köprünün artık olmadığını unutuyorsunuz herhalde!" dedi.

"Evet ama dağların güneydoğusunda, kiliseye beş yüz metre kala dağların yüksekliği iyice alçalıyor."

"Bunu da o haritadan mı görüyorsun?!" diye söylendi Yehuda.

Abdullah, "Bu bir Arap haritası," dedi. "Üzerindeki her renk hesapla, kitapla yapılmıştır. Solgun renkler dağların daha alçak olduğunu gösterir. Bunlardan yüzlercesini ben yıllardır alıp satıyorum."

Beatrice ayağa kalktı, masanın başına geldi:

"Ne diyorsun yani, nehirden karşıya geçilip manastıra ulaşılabilir mi?"

David ve Abdullah şaşkınlıkla kadına baktılar.

David, "Bence denemeye değer," dedi, "ama sen..."

"Ama ben ne?!" diye çıkıştı Beatrice.

Abdullah, "Bu işi sadece erkekler halletse daha iyi olur," diye söze girdi.

Beatrice gülümsedi:

"Ne yapacaksınız peki, olmayan kılıçlarınızla bir manastıra girip üç şövalyeyi alt mı edeceksiniz? Bir matbaacı ve bir ciltçi, sırf erkek olduğunuz için askerlerin haklarından geleceğinizi mi sanıyorsunuz?"

David, "Burada çaresizce oturmaktan yeğdir!" diye yanıtladı. Aslında odadaki herkes Beatrice'in haklı olduğunu biliyordu.

Beatrice, "Benim bir planım var," dedi.

Hava kapalı olduğu için, gece karanlığındaki Santa Maria Manastırı'nı aydınlatan ne bir Ay parçası ne de bir yıldız vardı. Manastırın kapısındaki görevli muhafız yarı uykulu gözlerle oturduğu tabureden sağ elindeki mızrağına yaslanmış görev süresinin dolmasını bekliyordu. Bir-iki saat içinde gün ağardığında nöbeti bitecekti. Karşısındaki karanlıkta kıpırdayan bir siluet gördüğünde ilk başta onun etrafta çokça bulunan yaban domuzlarından biri olduğunu düşündü. Ama sonradan figürün bir kadın olduğunu, üstelik göğüslerinin neredeyse açık ve kendisine gel gel yapan güzel biri olduğunu anlayarak ayağa kalktı. Onun manastıra zorla getirilen ama rahibe olmaktan sıkılan bir başkası olduğunu düşünerek kadına yaklaştı. Ne de olsa bu, rahibelerle ilk defa işi pişirişi olmayacaktı.

Kadına yaklaşırken onun göğüslerinin ne kadar dolgun, dudaklarının ne kadar kalın ve kalçasının ne kadar da yuvarlak olduğunu düşünüyordu. Tam da sıkılmaya başlamışken gecesine renk geldiği için seviniyordu. Üstelik kadının kestane rengi saçları karanlıkta bile parlıyordu. Asker belki de uyuyakalmış, rüya görüyordu.

Asker, Beatrice'in tam önüne gelip de elini kadının göğüslerine atacakken kafasında şiddetli bir acı hissetti ve gözleri kararak yere yığıldı. David, saklandığı yerden çıkarak adamın tam kafasına elindeki koca bir odun parçasını tüm gücüyle indirmişti.

"Çabuk çabuk, üzerindeki anahtarları ve bütün silahlarını al," dedi Beatrice.

"Sen benim ne yaptığımı sanıyorsun!" diye sessizce çıkıştı baygın adamın üzerini arayan David. Anahtarları, adamın bir kılıcını, bıçağını ve çapraz yayını alıp doğrulduktan sonra, "İşte şimdi işin zor kısmı başlıyor," dedi.

İkili, manastırdan içeri girdiklerinde sağa sola uzanan, bazıları sönmüş, diğerleri de sönmeye yüz tutmuş duvara dayalı meşalelerin titrek ışığında azıcık da olsa aydınlanan bir koridorla karşılaştılar.

"Ne tarafa gideceğiz şimdi?!" diye sordu Beatrice. "Zindan acaba nerede?!"

O sırada sağ koridorun kıvrımından iki keşişin gölgesi

duvarda gittikçe büyümeye başladı. İkili, hemen ters tarafa yöneldi. Önlerinde uzanan koridor otuz metre kadar sonra aşağıya giden daracık bir merdivene açıldı. İkilinin burnuna gelen garip kokular onlara doğru yolda olduklarını hissettiriyordu. Merdiven aşağıya indikçe uğultular ve iniltiler de artıyordu.

Basamaklar bittiğinde zemine ilk ayağını basan David oldu. Önünde hiçbir şey göremiyordu. Beatrice de hemen arkasındaydı. İkisi de karanlığa gözlerinin alışmasını bekliyorlardı. Bir süre hareketsiz durdular.

David'in gözleri önünde, zindanların ortasındaki yolu henüz seçmeye başlamıştı ki karşıdan "Olduğunuz yerde durun!" sesini işitti.

İkilinin önünde bir muhafız elindeki çapraz yayı onlara doğru tutuyordu. David, kendi elleriyle zindana teslim olduğunu düşündü. Beatrice çaresizce kendilerine yöneltilen okun ucuna bakıyordu.

82

Genç adam, atının üstünde, göz alabildiğine uzanan buğday tarlarının arasında dört nala gidiyordu. Güneş bembeyaz bulutların arasından öyle güzel ışıklarını saçıyordu ki, buğdayların her biri bir altın tanesi gibi parıldıyordu. İstanbul'un ne çok sıcak, ne de çok soğuk olduğu, havada nemden eser olmayan nadir havalarından biriydi o gün. Belki yılda üç-beş sefer görülebilecek bir rahatlık, bir ferahlık vardı.

Davud, atını koşturdukça yüzüne vuran o güzel esintiyi, o taze havayı ipek mendilin yüzünü okşaması gibi hissediyordu. Elif'in kokusunu yüzünde hissettikçe hızlanıyor, bembeyaz atını bir kere daha, bir kere daha mahmuzluyordu. At hızlandıkça yeleleri öyle güzel havalanıyordu ki, üstündeki sahibinin boynuna inen saçlarıyla paralel rüzgarda dans ediyordu. Atın altın koşum takımları da tıpkı buğdaylar gibi ışıl ışıldı. Hayvanın elbiseleri, sanki üstündeki savaşçıya denk olsun diye özellikle belirlenmişti. Adamın dik yakalı keten gömleği bembeyazdı ve yakasından itibaren düğmeler sık aralıklarla aşağıya iniyordu. Beyaz gömleğinin üstünde yensiz, adamın gözleriyle aynı mavilikteki bir kaftan uzanıyor, belini kırmızı bir kuşak sarıyordu. Sol tarafında kılıcı, atının iki yanında ise adamın ok tirkeşi ve altın işlemeli, ortası kırmızı kalkanı asılıydı. Adamın kollarındaki kolçaklar, göğsündeki meşin giysi sanki bir savaştan döndüğünü anlatır gibiydi. Atın sırtındaki örtüde çin bulutu desenleri vardı.

Davud, nereden geldiğini bilmiyordu. Tek bildiği İstanbul'da evinin arka bahçesindeki uzun vadide olduğu ve uzaktaki ufukta Elif'i kucağında bebekleriyle beraber onu beklerken gördüğüydü.

Güneşin altında, yemyeşil büyük bir çınar ağacının gölgesinde Elif'in silueti bembeyaz parlıyordu.

Davud, buğday tarlarını aşıp da yeşil vadiye vardığında atına bir kere daha "Deh! Hadi aslanım! Deh!" diye haykırdı. Ufuktaki Elif'in görüntüsü büyüdükçe kalbi güm güm atmaya başladı. Sanki at değil o koşuyordu! Adam, kadının yüzünü görür gibi oldu. Elif, ona gülümsüyordu. Sade, utangaç bir gülümseyişti. Davud, o gülümsemeyi, o gamzeyi, o saf dudakları hiçbir zaman unutmamıştı ki!

Sonra birden gülümseme kayboldu.

At görünmez bir duvara çarpmış gibi birden durdu, huysuzlandı ve ön ayaklarını havaya kaldırarak şaha kalktı. Davud, beklemediği bu tepki karşısında arkasına aştı ve yere düştü. Kafası yerdeki bir kaya parçasına isabet etti.

Güneş ve aydınlık kayboldu, Davud'un kafasında müthiş bir ağrı başladı.

Davud'un beyni zonkluyordu. Hareket etmek istiyordu ama sanki tüm vücudu tutmaz olmuştu. Ne kollarını ne de bacaklarını kıpırdatabiliyordu. Göz kapaklarını açmaktan bile âcizdi.

Sonra kafası sallanmaya başladı. İstemdışı olarak suratı iki tarafa hareket ediyor, yanaklarında darbeler hissediyordu.

Ve sonunda yüzünde hissettiği müthiş bir soğuklukla gözlerini açtı.

David, Abdullah ve Beatrice onun başına eğilmişler, "Haydi uyan! Kalk!" diye fısıldayarak sesleniyorlardı. David, onun suratına kenarda bulduğu bir kova suyu çarpmasa Davud'un kendine geleceği de yoktu. Omuzları ve bacaklarındaki oklar çıkarılmış ama yaralar öylece açıkta bırakılmıştı.

David ve yanındakiler insan dışkısı, fare pisliği, kan ve kusmuk kurusu dolu zindanda Davud'u köşeye kıvrılmış baygın bulduklarında kendi canlarını da yeni kurtarmışlardı.

Abdullah, daha önce sözleştikleri gibi manastırın arkasından dolaşmış ve orada dökülmüş bir arka duvar bularak içeriye sızmıştı. Zindanda David ve Beatrice'i yakalayan muhafızın ardından usulca yaklaşarak adamcağızın kafasına koca bir taş parçasını geçirmiş ve onları kurtarmıştı.

"Fazla vaktimiz yok, birileri geliyor!" dedi Beatrice merdivenlerdeki ayak sesleri zindanda yankılandığında.

David ve Abdullah, gözlerini henüz açan Davud'u yerden zar zor kaldırarak yürütmeye çalıştılar. Türk, kendine geldikçe gücünü de kazanıyor gibiydi ama iki tarafında destek olmadan henüz yürüyemiyordu. Ne David, ne de Abdullah, onun bu kadar kaslı ve taş gibi bir gövdesi olduğunu daha önce fark etmişti. "Yahu adam sanki betondan yapılmış!" dedi Abdullah. Davud'u ayakta tutmak gerçekten çok güçtü, ikisi de şimdiden kan ter içinde kalmıştı. David de dişlerini sıkarak olan gücüyle Türk'ü yürütmeye çalışıyordu.

Ne ki birkaç adımdan sonra Davud biraz daha kendine geldi ve kendini taşımaya başladı.

İki keşiş o gece zindana inip de yerde yatan muhafızı ve kapısı açık bir zindanı gördüklerinde, o sabah yakaladıkları Türk'ün nasıl olup da oradan kaçabildiğine bir türlü akıl erdiremediler. O sırada Türk ve beraberindekiler, Abdullah'ın bulduğu oyuktan dışarı çıkmışlar, taşı da tekrar yerine koymuşlardı. Sadece yarım saat içinde nehrin çoktan öbür yakasına ulaşmışlardı bile. Şimdi en büyük sıkıntı Davud'un vücudundaki ok yaralarının ölümcül olup olmadığıydı.

Finis Terræ

Santiago de Compostela kasabasında izini sürdüğüm matbaaya ait yasaklı Latince kitapların olduğunu duyduğumda kalbimde derin bir sızı hissettim. Rahmetli anneciğim bu şehirde, Santiago Manastırı'nda bir rahibe iken bana hamile kalmış, sonra kiliseden kötü kadın muamelesi görerek atılmıştı.

Hâlbuki annem Toledo'daki başka bir manastır yetimhanesine beni bırakmadan önce kim bilir kaç sefer anlattığı hikayesinde tek suçunun bir gece manastırı ziyaret eden esrarengiz bir rahibe yardım etmek olduğunu, bir ay kadar manastırda yaşayan bu rahibin sonra yine birden geldiği gibi esrarengiz bir şekilde kaybolduğunu anlatmıştı. Annem hayatı boyunca başka kimseyi sevmemiş, yılların verdiği acıyla ve çileyle yakalandığı ölümcül hastalıkla boğuşurken beni yetimhaneye bırakmıştı. Ama o zamanlarda bile benim hiç tanımadığım rahip babam hakkında kötü bir söz söylemezdi. Santiago Manastırı'nı ise her zaman evi gibi görmüş, bana sırf bu yüzden Santiago ismini vermişti.

Annemin çektiği sıkıntıları çok net hatırladığımdan olsa gerek, hayatım boyunca Santiago de Compostole'ya hiçbir zaman gidemedim. Üstelik Hz. İsa'nın on iki havarisinden biri olan Aziz James'in türbesinin de burada oluşundan ötürü Roma'daki Aziz Peter Bazilikası'ndan sonra en çok ziyaret edilen hac güzergâhı olmasına rağmen oraya gitmeyi hiçbir zaman göze alamadım. Oysaki, Fransızlar, İtalyanlar, İngilizler, Avusturyalılar ve dünyanın daha pek çok ülkesinden hacılar aylarca süren uzun bir yolculuğun ardından geldikleri bu kasaba bana sadece üç günlük uzaklıktaydı.

Aklımın allak bullak, kalbimin ise garip bir ıstırap içinde olduğu bu günlerde bana verilen bu görevi hemen kabul ettim. Zaten Yüce Kilisemizin beni layık gördüğü bir vazifeyi geri çevirmem düşünülemezdi ama ben Santiago Kilisesi'nin, adını taşıdığım azizin bana huzur vereceğini, artık onunla buluşmam gerektiğini hissettiğim için görevi kabul etmiştim.

İspanya'nın en kuzeybatı ucundaki şehre giderken Roman lejyonerlerinin buraya neden Finis Terrae, "Dünyanın Sonu" dediklerini düşünüyordum. Avrupa'nın ortasından, Afrika'dan, Kudüs'ten, hatta Asya'dan aylar süren bir yolculuğun ardından okyanusun bir bıçak gibi kestiği bu yarımada elbette insanoğlu için *finis terrae* idi. Çamurlu, taşlı, kayalıklı yollardan, yağmurlu, karlı, fırtınalı havalardan, bazen açlıkla, bazen veba ile ve daha kim bilir ne engellerle yapılan Hac yolculuğunun ardından Santiago'ya ulaşan insanlar için de burası yeryüzünün son noktası gibi hissedilmiş olmalıydı.

Öte taraftan, zihnimde "sed accipietis virtutem supervenientis Spiritus Sancti in vos, et eritis mihi testes in Ierusalem, et in omni Iudæa, et Samaria, et usque ad finis terræ" ayeti yankılanıyordu. Yüce İsa çarmıhtan sonra on iki havarisini etrafına toplamış ve bir bulutla birlikte gökyüzüne yükselmeden önce onlara son sözü bu olmuştu. "...eritis mihi testes ad finis terræ;" "...dünyanın sonuna kadar benim şahidim olacaksınız!" O anda orada bulunan Aziz Santiago, acaba bunu zaman olarak değil coğrafi bir konum olarak algılamış ve bundan on beş asır önce İspanya'ya, sonraları onun adını alacak bu topraklara, dünyanın son noktasına kadar Yüce İsa'nın adını taşımak, Vandallara, Vizigotlara ve pek çok barbar kavme Tanrı'nın emirlerini anlatmak, İsa'nın insanoğluna rahmetini bildirmek; kavga ve çatışma, kan ve yağma dolu bir dünyaya barışı ve huzuru anlatmak için gelmiş olabilir miydi? Aziz Santiago, Hz. İsa'nın bir elçisiydi. Sırdaşı Aziz Peter'in Roma'da yaptığını, Santiago İspanya için yapmış olabilir miydi?

Hâlbuki Santiago İspanya'ya ilk geldiğinde çoktanrılı paganlar onu kin ve nefretle karşılamış, ona olmadık hakaretlerde bulunmuşlardı. Yüzüne pislik atanlar, derisini yüzmekle tehdit edenler, onlar taştan, topraktan ve altından yaptıkları görkemli putları gösterirken Santiago'nun neden çok sevdiği Tanrı'sını bir kere bile gösteremediğini sorgulayanlar ve bu yüzden onu sahtekârlıkla suçlayanlar... Bir küfür ordusu yıldırmıştı Santiago'yu. Dediği hiçbir şeye inanmamışlar, bir kişiyi bile ikna edememişti kutsal mesajına.

İşte o zaman görmüştü Meryem Ana'yı. Şimdi benden iki günlük bir mesafedeki Zaragossa'nın yakınlarına, ülkeyi terk etmek üzereyken görünmüştü ona kutsal annemiz. "İspanya'dan bu kadar çabuk vazgeçme! Sabret," demişti bir dağın tepesindeki ışık. Ancak ondan sonra Santiago cesaretini ve gücünü tekrar toplayıp geri döndü ve insanlara Tanrı'yı anlatmayı, onun merhametinden bahsetmeyi sürdürdü.

Aziz Santiago öldüğünde, arkasında bıraktığı dindarlar çığ gibi büyüyecek ve yeryüzünün en büyük Katolik topluluklarından biri olacaktı.

Ne var ki, hikâye burada bitmiyor. Burada bitmesini, Santiago'nun merhamet ve barış mesajının bu topraklarda dünyanın sonuna dek hüküm sürmesini ne kadar da çok isterdim!

Asırlar sonra bir çoban, koyunlarını güderken bir ağacın altında uyuyakalır ve hava kararır. Uyandığında gökyüzünde değişik bir yıldız kümesini fark eder. Yıldızların altına geldiğinde Aziz Santiago'nun kabrini bulmuştur. Dönemin kardinali de hemen oraya şimdiki Santiago Manastırı'nın ilk halini, mütevazı bir mabet yaptırır. Fakat, onuncu asırdan itibaren bu mütevazı mabet Leon ve Kastilya krallarının işgüzarlıklarıyla Hıristiyan olmayanlara karşı yürütülecek kutsal bir savaşın simgesi haline getirilir.

Müslümanlara karşı beş asırdır sürdürdüğümüz savaşta Santiago gibi bir barış ve merhamet elçisini savaş uğruna ikonlaştırmak! Peki ya sözde Santiago'nun adına can alan o şövalyelere ne demeli?! Tanrı insanoğluna akıl fikir versin!

Elime geçen pek çok kitapta Santiago de Compostela'daki ikinci kısmın Latincedeki campus stellarum'dan geldiği, yani azizin kabrinin bulunmasını sağlayan "yıldızlar kümesi" sözünden türediği yazıyor. Kralların ve kardinallerin de bu söz, kendi görkemlerine yaraşır durduğundan bunu tercih ettiklerine şüphe yok. Ama bana kalırsa compostela'nın "compositus"dan, "gömü yeri"den geldiği su götürmez bir gerçek. Benim Santiago'ya inanmam için abartılı mitlere ihtiyacım mı var, ya da Hz. İsa'ya güvenmek için kutsal bir savaşa?

İşte Santiago de Compostela kasabasına giderken böyle karmakarışık duygular içindeydim. Sanki dünyanın sonuna giderken, kendi belirsizliğime, hatta kendi başladığım yere, aslıma geri dönüyordum.

Bu yolculuk boyunca karanlıktan aydınlığa, soğuktan sıcağa, ya da dağın bir yüzünden öbür yüzüne geçen, eşiğin öbür tarafına adımını atan garip bir varlık gibi hissediyordum kendimi. Benim başlangıcım, Romalılar ve Hıristiyanlar, hatta Santiago için dünyanın son noktasıydı. Ama belki de asıl başlangıç, bu son'un ardından başlıyordu.

Kasabaya geldiğimde burada hayal ettiğimden çok daha büyük bir insan kalabalığıyla karşılaştım. Roma'dan, Paris'ten, Viyana'dan, Prag'dan, Oxford ve Canterbury'den, adını ilk kez duyduğum pek çok yerden; Toul, Lyon ve Reims'den ırk ırk, renk renk, çeşit çeşit, genç yaşlı, kadın erkek, her kesimden Katolik, Santiago'ya akıyordu. Buraya gelen milyonlarca insan için Kutsal Hac Yolu'nun sonu burada bitiyordu, ama belki de manevi hayatlarının miladı burasıydı. Yeni yazacakları hayat kitaplarının ilk sayfasını burada doldurmaya başlıyorlardı. Etkileyici, insana Katolik oluşundan ötürü gurur verici bir manzaraydı. Böylesi bir hissi bir de Roma'da Aziz Peter'in yanında yaşamıştım.

Kasabaya vardığımda, orada konaklayacağım, hacılar için inşa edilmiş Hostal dos Reis Católicos'a bile uğramadan Santiago Katedrali'ne gittim. Daha mabedin batı kapısından içeri girerken, bu kutsal yerin büyüsü altında kaldım. Üç girişli, taş heykelerle işlenmiş sütunların üstünde yükselen Portico de Gloria'da önce Yargıç ve Kurtarıcı Hz. İsa'nın elleri ve ayakları yaralı, hüzünlü tasvirini gördüm. Yüce İsa, onun çilesini resmeden meleklerle ve tetramorph ile çevrilmişti. Sonra taşlara oyulmuş eski peygamberlere, Daniel'in esrarengiz gülüşüne baktım. Hepsi de farklı renkli bir taştan yapılan polikrom bu heykeller sanki çok uzun bakıldığında insana bir şeyler fısıldar gibiydiler. Fakat benim bakışlarımı asıl cezbeden, adını hayatım boyunca taşıdığım, bu kasabaya ve bu kiliseye adını veren Santiago'nun heykeliydi. Ortadaki payandada tek başına yükselen azizin yüzünde mutluluk ve huzur karışımı, dingin bir ifade vardı. Elindeki büyük kâğıtta ise Misit me Dominus, "Tanrı beni gönderdi" yazıyordu. Yazıyı tekrar tekrar okudum.

Misit me Dominus.

İçerisi beşik-tonozlu, Roman tarzı, devasa bir çarmıh planına göre yapılmıştı; adeta koca bir dağın içi oyulmuş, kayalıklar sütunlara ve tasvirlere dönüştürülmüştü! Cehennemden tasvirlerin ve Hz. İsa'nın insanları kurtarışını tasvir eden kabartmalara bakarak devam ettim. Kalabalığın içinde zar zor yürüyerek Santiago'nun kutsal kalıntılarının bulunduğu bölmeye kadar ilerleyebildim. Demir parmaklıkların arasından az ötede duran tabuta dikkatle baktım.

Tam o sırada önümdeki oldukça yaşlı bir hacı elindeki kitabı yere düşürdü. Ona yardım etmek için eğildim, kitaba uzandım ve sahibine vermek üzere ona yapıştım. Fakat açık olarak yere düşen kitabın sayfasındaki yazılardan hem kitabın yazarını hem de hangi kitabı olduğunu hemen anlamıştım. Bir kilisenin ortasında, üstelik Santiago'yu huşuyla izleyen bu adamın neden bu kitabı taşıdığına bir anlam verememiştim. Yine de kitabı yerden aldım ve tam sahibine uzatırken, yaşlı adam benden önce davrandı ve onu elimden onu hızla çekip aldı. Adamın yüzüne baktığımda korktum. Kaşlarını çatmış, dimdik bana bakıyordu. Yüzünü buruşturmuş, bembeyaz sakalı ve saçları arasında kaybolmuş gözlerini kısmış ve dudağını kindar bir ifadeyle büzmüştü. Ağzımı açsam bu yaşlı adamın beni oracıkta yere yıkacağından, gırtlağımı tutup canımı tek bir seferde alacağından korktum. Gözlerindeki nefret ve ateş içimi ürpertmişti. Oysa adamı ilk defa gördüğümden emindim.

"Ben sadece size yardım etmek istemiştim," diyebildim bir süre sonra.

Hemen karşılık verdi:

"Elindeki ateş benim kitaplarıma yardım edemez!"

Sesindeki netlik ve ağırlık da bir tokat gibi suratıma çarpmıştı.

"Size Büyük Katolik Kilisesi'nin bir elçisiyle konuştuğunuzu hatırlatırım," diye çıkıştım. Ondan korktuğumu belli etmemeye çalışıyordum.

"Ben de sana Tanrı'nın bir hizmetkârıyla konuştuğunu hatırlatırım," diye yanıt verdi. "Ben buraya cehennem ateşini değil, cennetin pınarlarını bulmaya geldim!"

Bu sözle birlikte kalabalığa karıştı ve ortadan kayboldu. Bana söylediği son cümleyle beraber sanki ağzım mühürlenmiş, ayaklarım zincirlenmişti. Ne bir karşılık verebildim ne de hacının arkasından gidebildim.

Aziz Santiago'ya döndüm ve beni içinde bulunduğum buhrandan kurtulmam için ona dua ettim. Sonra kilisenin duvarlarına, kim bilir rahmetli annemin kaç sefer ayaklarını bastığı taşlara, ellerini sürdüğü heykellere tekrar tekrar baktım. Annem için de dua ettim; onun beni koruyup kollaması için Tanrı'dan yakarışta bulunmasını istedim.

Kilisenin ardından Hostal Catolicos'a, konaklayacağım yere kendimi zor attım.

Yol yorgunluğu, yaşadığım manevi bitkinlik beni iyice yıpratmıştı. Manastır görevlileriyle yarın görüşmeye karar vererek bana verilen yatağa yattım ve rüyamda annemi görmeyi ümit ederek uyudum.

Fakat rüyamda ne annemi gördüm ne de bana huzur veren başka bir şeyi!

Tüm gece, sabaha kadar beni sırılsıklam terleten bir kâbusla geçti. Binası harabeye dönmüş olmasına rağmen tüm raflarında kitapların sapasağlam durduğu bir kütüphanedeyim. Çok büyük üç katlı bir bina. Her katında raflar, labirentimsi koridorlar ve yüzlerce kitap. Kütüphanenin girişinde oldukça büyük bir baykuş, parçalanmış bir sütunun üstünde durmuş, nöbet tutuyor. İnsanüstü bir güçle raflardaki tüm kitapları yere atıyorum, etrafa saçıyorum. Amacım hepsini de raflarından koparmak.. Üçüncü kattaki onlarca rafı boşaltıyorum, koridorları kitap yığınlarıyla dolduruyorum. Arapça, İbranice ve Latince sayfalar oraya buraya saçılıyor.

Tam soluklanıp dinlenecekken, bomboş rafların yerine bir de ne göreyim, tüm kitaplar tekrar raflarında! Koridorlar, yerler bomboş!

Öfkelenerek, kan ter içinde raflara bir daha saldırıyorum, bu sefer kitapları daha uzaklara, bulundukları yerlerden çok daha öte koridorlara doğru fırlatıyorum. Ama onca uğraşıdan sonra, bomboş raflar değil, her zamankinden daha dolu, daha sıkışık raflar bana bakıyor!

Bu sefer iyice öfkeleniyorum, kitapları yere değil dışarıdaki meydana çıkartıyorum. Birkaç saat uğraştıktan sonra ne kadar kitap varsa dışarıya kitaplardan bir dağ yapıyorum. Kitap üstüne kitap, sayfa üstüne sayfa yığıyorum. Sonra bir yerlerden bir meşale bulup sayfa ve mürekkep dağının içine atıyorum. Alev öyle bir parlıyor ki sanki koca bir orman yanıyor! Ateşin harı göğe doğru yükseliyor. Fakat bu sefer de ateşin öte tarafında, karşımda belli belirsiz, bana sırıtan o gün gördüğüm yaşlı hacının siması beliriyor. Kitap dağının ötesinde durmuş, kıs kıs gülerek beni izliyor. Sonra kitaplar neden sonra tamamen kül olup, ateş dinmeye yüz tutunca arkamı dönüyorum ve içeriye son bir kez bakmak için giriyorum.

Heyhat! Bir de göreyim! Kütüphane uçsuz bucaksız bir şekilde, sanki arka arkaya yüzlerce devasa ayna konulmuş da birbirini sonsuzluğa kadar yansıtıyormuş gibi gözün alabildiğine ilerliyor! Onlarca raf yüz binlerce, yüzlerce kitap milyonlarca olmuş! Upuzun koridorlar, birbirini takip ediyor. Farklı tonlardaki deri kapaklardan oluşan sayısız kitap!

İşte o zaman çığlık atarak uyanıyorum.

Güneş doğarken kendimi dışarı attım. Gördüğüm kâbus, beni bekleyen belanın küçük bir habercisiymiş oysa!

84

Davud, sağ omzunda bir yanma hissederek gözlerini açtı. Beatrice karşısına geçmiş, tahta bir kabın içindeki koyu yeşil, çamurumsu bir karışımı onun ok yaralarına sürüyordu. Kadın olabildiğince yumuşak davranmasına rağmen parmaklarını yarada her gezdirdiğinde adamın ıstırabı bir kere daha artıyordu.

"Biliyorum," dedi kadın, "dokunduğumda çok acıyor, biraz da yakıyor. Ama sabret, çok geçmeden rahatlığını hissetmeye başlayacaksın."

Davud, kadın ve diğerlerinin saklandıkları terk edilmiş Yahudi evindeki salonda üstü delik deşik bir döşeğe yatırılmış, başının altına eski bir yastık konmuş, kenarda uzanıyordu. David ve Abdullah az ötede merakla onu izliyorlardı. Diğerleri odanın çeşitli yerlerine ya oturmuşlarya da uzanmışlardı. Yehuda, bulduğu çürük bir elmanın yenebilir yerlerinden ısırmaya çalışıyordu.

Davud, tekrar yanına diz çökmüş, turuncu saçları önünde dalgalanan kadına baktı. Onun elindeki karışımın ne olduğunu anlamaya çalışıyordu.

Kadın, Davud gözlerini açınca elindekileri bir kenara bırakarak daha önceden hazır ettiği bir tası adamın ağzına uzattı ve ona içirmeye çalıştı:

"Nar suyu, sana güç kuvvet verir, mide bulantını alır."

Davud sesini çıkarmadan kendini kadının ellerine bıraktı.

Abdullah, "Bu kadın ne sürüyor adamcağıza!" diye söylendi. "Bunu neden cadı diye yakaladıklarını şimdi anlıyorum. Baksana, gitti, ormandan çalı çırpı bitki bir şeyler topladı, sonra geldi, bunları ilaç diye adama sürüyor."

Yehuda kıs kıs güldü.

Beatrice hiç aldırış etmeden önündeki kaptan bir parça karışım daha alıp Davud'un diğer omzuna sürdü.

"Sen onlara bakma," dedi Davud'a. "Söğüt yaprağı, çam sakızı, yumurta beyazı, laden reçinesi, salyangoz kurusu, bakır cevheri ve çamsakızı gibi bazı bitkilerden oluşan bir karışım. Açık yaralara iyi gelir."

Davud'un midesi bulanıyor, gözleri kararıyordu. Zar zor, kadının bahsettiği bitkilerin yararlı olup olmadığını hatırlamaya çalıştı. Balın yaraya antiseptik etki yaptığını, söğüt ağacının ağrıkesici olarak kullanılabileceğini ve yumurta akının kanamayı durdurduğunu El Zahrawi'nin *El Tasrif*'inde okumuştu. Gelgelelim çamsakızının, bakır cevherinin, en kötüsü de salyangozların bir şeye fayda ettiklerini hiç duymamıştı. Bunlar büyük ihtimalle İspanya'da İbn-i Sina ya da El Zahravi gibi âlimlerin öğretilerinden uzak kalmış cahil köylülerin uydurmaları olmalıydı.

Ne var ki, kadın bu karışımı sürdükçe Davud rahatladı. Zaten karşı çıkacak gücü de yoktu. Sesini çıkarmadan kadını izlemeye devam etti.

Beatrice onun içinden neler geçtiğini anlamış olacaktı ki, "Bana güven," dedi, "Yıllardır bildiğim karışımlar bunlar, bana da büyükannem öğretmişti."

Abdullah ve David kuşkuyla birbirlerine baktılar. Abdullah fısıltıyla, "Cadılık aileden geliyor olsa gerek!" diye kıkırdadı.

Samuel, "Nasıl olup da onu öldürmediklerine hayret ediyorum," dedi.

David, "Engizisyon'un her zamanki yöntemi; öldürmek onların bir insana yapacakları en büyük iyilik olur. Onların amaçları yaşatmak, yaşatmak ve daha çok acı çektirmek!"

"Doğru söylüyorsun. Büyük ihtimalle okları da kendi elleriyle çıkarmışlar, adamın kendine gelmesini bekliyorlardı. Ertesi gün işkenceye başlarlardı."

Esther, "Bu kanamayla biraz zor başlarlardı" diyerek oturduğu yerden ayağa kalktı. Türk'ün kanaması geçmek bilmeyen sağ bacağına bakıyordu. Her nasılsa bu bacaktan oluk gibi kan çıkıyordu. Davud'un omzundaki ve elindeki yaralar nispeten daha iyi durumdaydı ama bu bacaktaki yara gittikçe kötüye gidiyordu. Manastırdan saklandıkları eve kadar yürümek de onu iyice kötületmişti.

Türk, halsiz bir şekilde, "Yaranın üst kısmına bir bez dolayın," dedi.

Beatrice eline geçirdiği bir bez parçasını burduktan sonra adamın bacağına sardı ve tek seferde sert bir düğüm attı.

Abdullah, "Adamın canına okudun! Biraz yavaş olsana," dedi.

Beatrice, "Bilmediğin işlere burnunu sokma. Eğer düğüm yeterince sıkı olmazsa hiçbir faydası olmaz."

Davud masanın üstündeki şarap şişesini gözüne kestirerek, "Şu şişeden azar azar yaranın üzerine dökün," dedi. Sesi ancak işitilecek kadar çıkıyordu.

Abdullah şişeyi alıp Beatrice'e verdi. Beriki, Türk'ün söylediği gibi şarabı azar azar yaranın üzerine döktü. Derinin üzerindeki kanlar iki tarafa aktıkça, yaranın dehşeti gözler önüne seriliyordu. Buraya giren ok, adaleyi öyle bir parçalamıştı ki, bacağın üstünde üç parmaklık bir yarık oluşmuştu. Beatrice korkuyla yutkundu.

"Şimdi dışarıda bir ateş yakın," dedi Davud, bir süre soluklandı ve devam etti: "Sonra üzerinde bir bıçak ya da maşa gibi bir metal parçasını kızdırın."

Samuel, "Düşündüğüm şeyi yapacak olamaz, buna can mı dayanır!?" dedi. Çoğalttığı bazı İbranice kitaplarda yaranın yakılarak kapatıldığını şans eseri okumuştu ama daha önce bunun yapılışına ne o ne de odadaki diğerleri tanık olmuştu.

David kısa bir süre sonra elinde ucu kırmızı bir bıçakla

içeriye geldi ve Türk'ün başında bekleyen Beatrice'e bıçağı verdi.

Kadın, Davud'un rengi kaçmaya başlamış mavi gözlerine baktı, "Biraz acıyacak," dedi.

Öteki bir tahta çubuğu dişlerinin arasına konulmasını istedi. Hazır olduktan sonra Beatrice'e, "Tamam, şimdi," diyen gözlerle baktı.

Kadın bıçağı yaranın üzerine tek seferde sert bir şekilde bastırdı. Sıcak metalin suya girdiğinde çıkardığı gibi bir coslama sesi duyuldu odada. David dişlerinin arasındaki tahta parçasını öyle ısırdı ki, tahtanın içine dişleri gömüldü. Beatrice yaranın iyice dağlandığından emin olduktan sonra bıçağı yukarı kaldırdı. Yanık kan kokusu odayı sarmıştı.

Davud artık baygındı.

85

Kolombus ve üç gemilik filosu yola çıkalı neredeyse bir ay olmuştu ama ortalıkta hâlâ en ufak bir kara belirtisi yoktu. Yiyecekler ve içme suyu iyice azalmış, en başından beri Kolombus'a güvenmeyen mürettebattaki huzursuzluk son haddine gelmişti. Gün geçmiyordu ki, hapishane kaçkını korsanlar birbirlerine girmesin. Üç geminin üçü de; Santa Maria, Pinta ve Nina hasta ve yaralı doluydu. Yaralıların kimi fırtınalı bir havada kontrolü güç bir halatın gazabına, kimi rüzgârda ikiye parçalanan bir direğin hıncına, ama çoğu da kavga ederken rakiplerinin kılıç, bıçak ve balta darbelerine maruz kalmaktan oluşmuştu. Gemide Martin Alonzo Pinzon ve kardeşleri olmasa şimdiye gemileri idare edecek ne serdümen ne de yelkenci kalmıştı. Pinzon, Akdeniz'in azılı Portekiz korsanlarıyla savaşmak zorunda kalmadığı için yine de şükrediyordu.

Pinzon, Nino ve Kolombus yine Santa Maria'nın kamarasında bir araya gelmiş, önlerindeki haritalarda ve Nino'nun tuttuğu çizelgelerde nereye gittiklerini ve nerede olduklarını anlamaya çalışıyorlardı.

"Anlamıyorum," dedi Kolombus, "Bu kitaplara göre şimdiye kadar çoktan Asya kıtasına varmış olmalıydık!"

Nino, "Sana elli kere anlattım, amiral," dedi bıkkınlıkla, "O kitaplardaki deniz milini sen yanlış okuyorsun. O yazılarda 1 deniz mili dendiğinde Arap mili kastediliyor. Sen ise hesapları kendi alıştığın şekilde, yani İtalyan miline göre yapıyorsun. Hâlbuki Arap mili 188 cm, İtalyan mili 121cm; arada dörtte birlik bir fark var! Burada yüzlerce milden bahsettiğimizi düşündüğünde yaptığın hataları sen hesap et!"

Pinzon, "Dünyanın çapını da bu hesaplara göre yaptıysan, doğru, birkaç haftada devrialem yapacağını sanırsın!" dedi.

Kolombus Arap mili hesaplarındaki hatasını fark etmişti ama yine de İtalyan denizcilerin haritalarına güveniyordu:

"Fakat Toscanelli'nin haritasında da Lizbon-Asya arası okyanustan doğru 3bin mil olarak gösterilmiş. Bu da Arap mili kullanmıyor ya!"

Nino, "Bu adam beni deli edecek!" diye mırıldanarak karşılık verdi:

"Amiral, iyi söylüyorsun da, Toscanelli dediğin adamın hesaplarının çoğu yanlış. O da senin gibi İtalyan ve Arap milini birbirine karıştırdıktan sonra abuk subuk hesaplamalar yapmış. Adam utanmasa, İspanya'nın kıyılarından Asya'nın ışıkları görünecek yazacakmış! Üstelik onun bakıp bakıp arakladığı haritaların çoğu işte şimdi bizim önümüzde duruyor. Granada yanarken, Müslümanların kütüphanelerinden arakladığımız kitaplar işte Toscanelli ve Thomas Behaim gibi adamların kullandığı kaynaklar zaten!"

"Afrikalı, sen kendin demedin mi El Memun ve El Mesudi'nin kitaplarında okyanusun aşılabildiği yazıyor. Daha 9. yüzyılda Müslümanlar okyanusun ötesine geçtiler diye!?"

Bu sefer susma sırası Nino'daydı. Kitaplarda bunların yazdığını biliyordu.

"Öyle görünüyor ki," dedi bir süre sonra, "Onların kaptanları bizden daha yeteneklilermiş!"

Kolombus bu söz üzerine kapıyı çarpıp çıktı. Pinzon ve Nino birbirlerine bakıyorlardı. Bu işin nereye varacağını ikisi de bilmiyordu.

Kolombus henüz dışarı, geminin güvertesine çıkmıştı ki, dışarıda büyük bir gürültü koptu.

Pinzon dışarıya koştuğunda Kolombus'un bir düzine kişinin ortasında yerde yattığını, daha da kötüsü adamlardan birinin onun tam gırtlağına bir kılıç dayamış olduğunu gördü.

Diğerleri kılıç tutana, "Bitir şu pezevengin işini! Canımıza okudu!" diye bağırıyorlardı.

Adam kılıcı büyük bir hınçla Kolombus'un gırtlağına bir santim kala tutuyordu.

Martin, adamın "Olduğun yerde kal kaptan!" demesiyle birlikte durmuştu. Kolombus'la arasında en az beş adım vardı.

"Bir aptallık yapmaya kalkma evlat!" dedi. "Bu adamı öldürmen bizi eve götürmez."

"Onu öldürmesem de biz zaten bu sularda kaybolacağız! En azından bu gemidekilerin hıncını almış olurum!"

Kolombus soluk soluğaydı. Boynundaki adem elması kılıca değer diye yutkunmaktan bile korkuyordu.

"Bu kadar uğraştık," dedi Martin, "Yolun sonuna gelmiş sayılırız. Biraz daha sabret."

"Sana istediğin kadar altın veririm, bulduğun tüm yerliler senin olur!" dedi Kolombus can havliyle.

Martin, Kolombus'un sessiz durmasını tercih ederdi.

Adam daha da kızdı:

"Söz verdiğin altınlar ve köleler bir türlü ortaya çıkmadı, Amiral! Görmüyor musun gebermek üzereyiz. Susuzluktan deniz suyu içenler bile var! Bu kadar çaresiziz!"

Martin bir an düşündü, adamın Kolombus'un canına okumasını istemiyor da değildi. Ama Kolumbus öldürülürse İspanya'ya geri döndüğünde bir kaçak olarak yaşamak zorunda kalacaktı. Bizzat kraliyetle anlaşmış olan bu adamın katledilmesini İzabella ve Ferdinand kendilerine yapılmış bir hakaret olarak görecek ve tüm tayfayı büyük ihtimal ipte sallandıracaktı. O da eğer şansları varsa, çünkü ihanetin bedeli ya kelleyle ya da yanarak ödenirdi. Martin, okyanusun ötesine ulaşıp ulaşmayacaklarını bilmiyordu ama bildiği tek şey bu gemiyi tekrar gerisin geri İspanya'ya götürebileceği ve ondan sonra da hayatına kaldığı yerden devam edeceğiydi. Fakat Kolombus'un ölümü bu ihtimali tamamen ortadan kaldıracaktı.

"Öldür şu Cenevizli'yi!" "Sen yapmazsan ben yapacağım!" gibi laflar geliyordu güvertedeki adamlardan.

Martin adamın gözünün döndüğünü, Kolombus'un gırtlağını kesmesinin an meselesini olduğunu ona baktıkça fark ediyordu.

"Tamam," dedi sonunda, "Eğer üç gün içinde kara görünmezse hepimiz geri döneceğiz. Ben, Martin Alonso Pinzon buna söz veriyorum."

O anda adamın yüzünde bir yumuşa oldu. Kolombus ise şaşkınlıkla Martin'in yüzüne baktı; karşı çıkacaktı ki, gırtlağındaki kılıcı hatırladı, sustu.

Tayfalar arasında bir homurdanma başladı. Kimse neye inanacağını bilmiyor gibiydi; Pinzon'un adamı durdurmak için mi böyle bir şey dediğini yoksa gerçekten mi söylediğini anlamaya çalışıyorlardı. Pinzon'la daha önceden çalışan onun kendi adamları, kaptanın hiçbir şekilde yalan söylemeyeceğini, sözünde kesinlikle duracağını biliyorlardı.

Martin tekrarladı:

"Bak evlat," dedi, "Eğer bu Cenevizli'yi öldürürsen ben de bizzat kendi ellerimle senin kellerini keserim. Ama eğer yaşamasına izin verirsen, sözüm söz, üç gün içinde karayı gördük gördük, yoksa geri döneceğiz." Daha sonra etraftaki diğer adamlara baktı ve devam etti: "Bu sözlerim hepiniz için geçerlidir. Bu Cenevizli'den en az sizin kadar ben de bıktım, ama onun canına dokunanı yakarım!"

Adam bir an tereddütten sonra kılıcını geri çekti ve kınına koydu.

Kolombus ayağa doğrulur doğrulmaz kendisine kılıç kesen adamı işaret ederek, "Öldürün bu haini!" diye bağırdı.

Kimse kılını kıpırdatmadı.

Kolombus Pinzon'a bakarak, "Emrediyorum, gebertin şu pisliği!" dedi.

Pinzon bir adım ileri giderek, "Hayır," diye karşı çıktı. "Sözüm sözdür, çocuk yaşayacak. Üç gün içerisinde de kara görünmezse geri döneceğiz."

Denizci, Pinzon'a yaklaşarak fısıltıyla ama öfkeli bir şekilde, "Sen neden bahsediyorsun!? Her şeyden bu kadar kolay vazgeçeceğimi mi sandın?!" diye çıkıştı.

Pinzon aynı kararlılıkla, "Az önce hayatını kurtardım, Amiral. Yerinde olsam şansımı zorlamazdım, çünkü bir dahaki sefere seni öldürmek isteyene karşı koymayacağım," dedi.

Bunun üzerine Kolombus, yakasını düzeltti, etrafına son bir kez bakındı ve bir daha bir şey söylemeden güverteden ayrıldı. Pinzon'a baş eğmekten başka çaresi yoktu.

86

Davud, uzaktan, belki iki-üç yüz metre öteden gelen at nallarının tıkırtısını duyduğunda atının yularını çekti. Arkasındakiler de onunla birlikte durdular. Ağaçlarda ve yerdeki yeşilliklerde bir gariplik vardı. Davud, beş adım önündeki ağacın gövdesinde bir halat izini hemen fark etmişti.

"Pusuya düştük," dedi. Önce atlarını gizlice çaldıkları bir köylünün onları bulduğunu sanmıştı, ama hayır, daha farklı bir şeydi bu.

Davud, Beatrice yaralarını sardıktan sonra kendini toparlamış, ertesi gün tekrar hemen yola koyulmuşlardı. Yol Malaga'ya yaklaştıkça tehlikeler de gittikçe artıyordu. İşte şimdi böyle bir belanın daha eşiğindeydiler.

David, "Bunu da nereden çıkardın, etrafta kimse yok ki," dedi.

Abdullah, "Haydi yolumuza devam edelim, ne bekliyorsunuz," diye seslendi arkadan.

Türk, sesini yükselterek, "Herkes olduğu yerde kalsın," dedi gruba.

David'in "Emin misin?" demesine kalmamıştı ki burnunun ucundan koca bir mızrak geçip hemen yanı başındaki ağacın gövdesine saplandı.

Korkuyla mızrağın geldiği yöne baktıklarında yeşilliklerin içinden gözleri hariç tüm vücudu siyahlar kaplı bir adam belirdi. Başındaki Suriye'ye özgü litam sarık kafasında dolanıyor, sonra adamın yüzünü ve omuzlarını kaplayarak bir atkı gibi önüne ve arkasına sarkıyordu.

"El-Mohadlar!" dedi Abdullah farkında olmadan.

Bu siyah cüppeli adamı, onun arkasından ve iki yanından gelen beş savaşçı daha takip etti. Davud diğer tarafına baktığında, yarım düzine El-Mohadlının da baştan aşağı silahlı olarak ortaya çıktıklarını gördü.

El-Mohadlar, Katolik ordularının sürekli saldırdığı Müslüman şehirlerinden ve Granada gibi krallıklardan çıkan ve gerilla taktiğiyle Haçlı ordularına karşı savaşan gruplara deniyordu. Çoğu Suriye kökenli bu gruplar, Hıristiyan krallarla anlaşmalar yapan Müslüman prenslerinin emirlerini tanımıyor ve kendi oluşturdukları çok düzenli bir hiyerarşi ve organizasyon ile neredeyse Endülüs'ün tamamında seyrek de olsa etkili olmaya çalışıyorlardı.

Ağaçların arasından bir düzine El-Mohadlı çıkmıştı ki, Davud ve yanındakilerin tam karşısında bir grup atlı daha belirdi. Ortadaki kişinin bunların liderleri olduğuna şüphe yoktu. Onun da diğerleri gibi üstünde siyah cüppesi, ve başında lacivert renkte, yine Suriye tarzı litam sarığı vardı. Ama adamın cüppesinin altından paçaları görünen beyaz çarşafı, belindeki kırmızı kuşağı, gövdesini, omuzlarını ve kasıklarını kaplayan kalın deri ve keçeden yapılma Afrika usulü zırhı, belindeki kılıcının işlemeli sapı ve kuşağına sokulmuş fildişi hançeri onu rahatlıkla diğerlerinden ayırıyordu. Adamın kılıcı yeryüzünün en iyi çeliği olan Şam işi yapılma bir Dımışki idi.

Davud, etraflarını saran ve sayıları iki düzineyi bulan savaşçıların küçük bir orduya yetecek kadar silah taşıdıklarını görebiliyordu. Sağ tarafındaki harmaniye giymiş adamın belindeki kılıcın Arap tarzı bir Sayf-El-Hind kılıcı olduğunu gördü, ki, bu usta Müslüman kılıç ustalarının kullandığı bir silahtı. Öte taraftaki atlının elindeki ve atının sırtındaki onca mızraktan başka bir bıçağı bile olmayışı bu adamın bir mızrak ustası olduğunun habercisiydi. Bunun dışında çıplak kollarına deri kayışlarla bıçaklar geçirilmiş, omuzlarındaki tirkeşlerin oklarla dolu olduğu zenciler meşhur Sahra okçularıydı.

David, Samuel, Abdullah ve gruptaki herkes El-Mohadların yakaladıkları gayrimüslimlere acımadıklarını ve onları canice öldürdüklerini anlatan en az bir-iki hikâye dinlemişlerdi. Ama Abdullah hariç bunların hepsi de ilk defa bu adamlarla karşılaşıyorlardı.

Davud, karşı karşıya geldiği, grubun liderleri olduğunu düşündüğü adamı, "Selamınaleyküm," diye selamladı. Diğerlerinin korkudan ağızlarını bıçak açmazken, Türk, soğukkanlılığını koruyordu.

Lacivert sarıklı lider bu selamı duyduğunda irkildi. Başını hafifçe kaldırıp önünde duran keşiş kıyafetli adamın gözlerine dikkatle baktı. El-Mohadlı savaşçı, yıllardır girdiği gerilla savaşlarında sayısız peder ve rahibin kendisinden kurtulmak için Müslüman selamı verdiğini, hatta bazılarının namaz kılmayı bile bildiklerini iddia ettiklerine tanık olmuştu. Ancak bunların neredeyse hepsi daha abdest alırken yakayı ele veriyor, yaptıkları ufak bir yanlıştan Müslüman olmadıklarını açık ediyorlardı.

El-Mohadlı neden sonra, "Ve Aleyküm Selam ve Rahmetullah," dedi. Gruptakileri gözleriyle süzmeye devam ediyordu. David'e, Esther'e, Beatrice'e ve Abdullah'a dikkatle baktı, gözlerini tekrar Türk'e çevirdi.

"Benim adım Ali bin Abdullah. Şimdi söyleyin bakalım, siz kimsiniz ve nereye gidiyorsunuz?"

Davud, Ali'nin belindeki Zülfikar kılıca özellikle dikkat etti.

"Ben ve arkadaşlarım, Malaga Limanı'na gidiyoruz. Orada Türk gemilerini yakalamaya çalışacağız."

"Sen Türk müsün?"

Davud, hiçbir şey söylemeden El-Mohadlı'nın gözlerine baktı.

El-Mohadlı, zeki, bakışları okuyabilen türden adamlardandı. Devam etti:

"Türklerden umudu herkes kesti. Onların gelmeyeceklerini söylüyorlar."

Davud yine sessiz kaldı. "O, benim sorunum," der gibiydi.

El-Mohadlı, "Peki ya bunlar kim?" diye sordu bu sefer Türk'ün arkasındakileri işaret ederek.

"Bunlar, Engizisyon'dan kaçan suçsuz insanlar."

"Müslüman mı bunlar?"

"Sadece bazıları."

"Hangileriniz Müslüman?" diyerek gruba döndü El-Mohadlı.

Abdullah ve Zeyd şaşkınlıkla ellerini kaldırdılar.

El-Mohadlı, Abdullah'ı tanır gibi olmuştu, ona Arapça bir şeyler söyledi. Abdullah atıyla öne çıktı ve El-Mohadlı'nın yanına geldi. İkisi farklı bir Arapça lehçesiyle konuşmaya başladılar.

Abdullah, Davud'a dönerek kendisinin El-Mohadlıyla aynı aşiretten olduklarını, gruptaki Müslümanların yaşamalarına müsaade edeceğini ama diğerlerine esir olarak el koyacaklarını anlattı.

Abdullah'ın konuşması bitmemişti ki El-Mohadlı adamlarına Arapça bağırarak bir şeyler söyledi. Onun emriyle birlikte Davud, Abdullah ve Zeyd hariç gruptaki herkes yaka paça atından indirildi. Adamlar yere indirdiklerinin ellerini arkadan bağlamaya başladılar.

Davud hiddetle, "Ne yapıyorsunuz?! Bu adamların bir suçu yok!" diye karşı çıktı.

El-Mohadlı istifini bozmadan cevapladı:

"Sen ve bu iki Arap istediğiniz yere gidebilirsiniz ama diğerleri bizim tutsağımız olacaklar."

David ve Esther korkudan ürperdiler.

Davud, "Buna müsaade edemem," dedi, "Bu insanların hiç kimseye zararı dokunmadı."

El-Mohadlı bu cüretkâr cevabı beklemiyordu. Atını iki adım ileri sürerek Davud'un tam karşısına geldi. Yüzünü kaplayan peçeyi bir eliyle kenara çekti. Adamın simsiyah gür sakalı, kartal burnu ve bir zenci olmamasına rağmen karaya çalan teni ortaya çıktı.

"Bunların kimseye zararı dokunmadı mı?! Bak Türk, sen ne kadar süredir bu topraklarda yaşıyorsun, kimsin ve burada ne yapıyorsun bilmiyorum. Ama Katoliklerin bu Yahudilerin yaptıkları para yardımlarıyla bu topraklarda yaşayan Müslümanlara savaş açtıklarını, bu Yahudilerin zenginlikleriyle Granada'ya karşı ordu kurduklarını, ve bunların gücüyle İslam'ı bu topraklardan silmeye hazırlandıklarını biliyor olmalısın."

Davud, El-Mohadlı'nın söylediklerinde gerçeklik payı olduğunu, Ferdinand ve İzabella'nın yıllarca Yahudi tüccar ve diplomatların servetleriyle ayakta kalıp ordularını beslediklerini biliyordu. Ama bu, bütün gayrimüslümanları suçlu haline getirmezdi:

"Bu zavallıların şu anda Engizisyon'un hedefinde olduklarını, suçsuz yere her şeylerine el konduğunu, cayır cayır suçsuz yere yakılacaklarını da sen biliyor olmalısın."

El-Mohadlı ağzını eğerek, dalga geçen bir tavırla karşılık verdi:

"Sıranın kendilerine geleceklerini bilememeleri benim suçum değil. Hatta takdir-i ilahi! Onu Müslümanlara arka çıkmazken düşüneceklerdi."

"Çaresiz yüz binlerce Yahudi'yi, kral ve kraliçenin adını bilmeyen, Müslümanlarla yüzyıllarca komşuluk yapan bu insanları, dini inançlarını siyaset ve ticarete değişen bir avuç saray ahalisiyle aynı kefede tutamazsın."

El-Mohad aynı keskinlikle karşılık verdi:

"Bu Yahudilere gereğinden fazla ilgi gösteriyorsun, Türk. Ama onların ellerinde olsan seni bir kaşıkta boğarlardı. Bu adamların gözünde sen bir hiçsin. Hepimiz bir hiçiz. Bunların kendilerini yeryüzünün seçkin insanları olarak gördüğünü unutuyorsun."

"İnsanların dinlerini sorgulamak benim işim değil. Herkes istediği şeye inanmakta özgürdür, diğerinin yaşamasına karışmadığı sürece."

"*Kafirler birbirlerinin dostlarıdır*, Türk!"

Davud, Enfal suresinin ayetine, başka bir ayetle karşılık verdi:

"İyilik yaparak kendini Allah'a teslim eden ve tevhidi olan İbrahim'in dinine uyandan daha güzel dinli kimdir?"

"Bunlar Allah'a inanmıyorlar ki."

"Onu sen bilemezsin. Allah'a tapanlar arasında kafirler, kafir görünüp Allah'a tapanlar vardır. Allah Kerim."

"*Müminlerden başka dost edinmeyin!*"

"*Eğer Allah dileseydi, herkesi tek bir millet yapardı! O, insanları erkek ve kadın, kabileler ve milletler halinde çeşit çeşit yaratmıştır ki, birbirinizi tanıyasınız diye.* Allah Kerim."

"Dikkat et de onları tanıyorum derken sen de onlardan olup çıkma!"

"*Ben onların taptıklarına tapmam. Onlar da benim taptıklarıma tapmazlar. Onların dini onlara, benim dinim de banadır. Dinde zorlama yoktur.*"

El-Mohadlı, Davud'a sessizce baktı. Karşısındaki Türk belli ki yetkin bir hafızdı. Bu hoşuna gitti. Simsiyah sakallarının arasında belli belirsiz bir tebessüm belirdi.

Adamlarına ilk emri gibi katı bir ses tonuyla Arapça bir kere daha seslendi. Adamlar bu sefer bağladıkları elleri çözdüler, David ve diğerlerinin yanından kenara çekildiler.

"Peki," dedi, "Dediğin gibi olsun. Ama bir daha karşımıza çıkarsanız, sadece bu Yahudileri değil, seni de kafir bileceğim, haberin olsun."

Davud ve beraberindekiler yollarına tekrar koyulurken El-Mohadlı arkadan seslendi:

"Yerinizde olsam güneydoğuya o yoldan gitmem, Santa Hermandad şövalyeleri o yolu tamamen tutmuş durumda." Abdullah'a selam verdikten sonra gözden kayboldu.

Oysaki o yol, Malaga'ya giden en kısa yoldu ve farklı bir güzergâh Davud'un Türk gemilerini kaçırması anlamına geliyordu.

87

Mavi Aslan, gecenin sessizliğinde bir beşik gibi sallanıyordu. Gökyüzünde Ay'ın ilk hali henüz yeni belirdiğinden ortalıkta hiçbir aydınlık yoktu. Kemal Reis'in savaşçıları ve mürettebatı mışıl mışıl uyuyordu.

Fakat iki topçu yamağı Kelle Emin ve İri Hamdi, Reis'in hususi kamarasının tam ağzında dikiliyorlardı. İkili, sırtlarını kamaraya vermiş, karanlığın içinde kaybolmuşlardı.

"İçerdedir kaltak," dedi Emin fısıltıyla. "Artık bu gece bu yosmanın tadına bakmanın zamanı geldi!"

Kaç gündür gözlerini üzerinden ayırmadıkları Matmazel Veronika'nın içeride olduğunu biliyorlardı. Kadını birkaç gündür izliyorlardı ve bu geceyi beklemişlerdi.

"Ah o güzelim memelerini ellerimle hapazlamak için sabırsızlanıyorum!" diye aynı iştihla karşılık verdi Hamdi.

Emin kamaranın kapısını usulca açmaya çalıştı ama yapamadı.

"Kapıyı kilitlemiş kancık!" diye söylendi öfkeyle. Kendi deyimiyle "bu gevur"un hafifmeşrep bir kadın olduğundan emindi ve kapıyı kilitli bulması onu şaşırtmıştı.

İri Hamdi, "Çekil sen kenara," deyip Emin'le yer değiştirdi. Lakabını boşuna almamıştı. Kapının kolundan tutup omzunu kütten tahta parçasına bindirince kilidin menteşesi mıhlandığı tahtayla birlikte kopuverdi.

Emin işkillenerek etrafına bakındı. Küt diye kısa süreli bir ses olmuştu kapı kırılırken. İkili birkaç saniye kapının ağzında dikilip sesi duyan olup olmadığını anlamaya çalıştılar. Gelen giden olmayınca ikisi de içeri sıvıştılar.

İçeri ilk giren Hamdi, Reis'in yatağında tek başına yatan Matmazel'i görünce gözleri dört açıldı. Kadın derin bir uykudaydı ve bir başına olmanın verdiği rahatlıkla vücudunun yarısından fazlası çıplak bir şekilde sere serpe yatıyordu. Hamdi'nin bakışlarına, Emin'inkiler katıldı. İkisinin de gözleri kadının bedeninde geziniyordu. Büyük bir av yakalamış iki çakal gibi önlerindeki kadına nereden yaklaşacaklarını bilemez gibiydiler. Emin, kadının kalçasına ve bacaklarına bakarken, Hamdi de kadının dolgun göğüslerine dikmişti gözlerini.

"Bugün bizim şanslı günümüz!" dedi Hamdi pis pis sırıtarak ve kadının bacaklarına yöneldi.

Emin, hemen o anda yapılan içgüdüsel bir anlaşmayla işin kendine düşen kısmını yerine getirmek için baş kısmına geçti. O, Matmazel'in kollarını zaptederken Hamdi de kadının üzerine çullanacaktı.

Veronika gözlerini açıp da tepesinde iki çam yarmasını bulunca kısa zamanlı bir şok geçirir gibi oldu ve sesi çıktığında çığlık atmaya çalıştı. Fakat Emin, kadının ağzını koca eliyle arkadan öyle sert tutuyordu ki Veronika'nın değil çığlık atması, nefes alması bile çok güçtü. Alt tarafından kendisine yaklaşan adama ayaklarıyla çırpınırken topuğunu adamın burnuna rastgele isabet ettirdi. Hamdi burnundan gelen kanı görünce elini çözmeye çalıştığı şalvarından alıp kadının suratına şamarı indirdi. Veronika'nın canı kesilir gibi oldu.

Hamdi, "Ben sana gününü gösteririm orospu!" diyerek kadının elbiselerini paramparça etti ve üzerine yığıldı.

Ne var ki korsan, bu gece giriştiği işin kendince en zevkli yanına başlamak üzereyken sanki bir kasırga gelmiş de kendisini gökyüzüne çekmiş gibi kamaranın tavanına fırladı. Nereden geldiğini bir türlü anlayamadığı bir güç onu yukarı çekmişti. Sonra yine aynı şaşkınlıkla, yukarı çıktığı hızla yere, yatağın tam yanına yere çakıldı. Ardına dönüp baktığında tepesinde Kemal Reis'in şimdi Emin'in suratına bir yumruk geçirdiğini gördü.

Gemisinin güvertesine bir iğne düşşe bile haberi olan Reis, kamaranın kapısı kırıldığında oluşan gürültüyü işitmiş ve kadırgayı teftişe çıkmıştı.

İri Hamdi hemen ayağa kalktı ve belindeki bıçağı çekip Reis'e uzattı.

"Bak Reis, biz sorun istemiyoruz. Bırak şurada iki keyfimize bakalım," dedi. "Bir gevur için değer mi şu bize yaptığın!"

Bu sırada Kelle Emin de sırtında sürekli sakladığı usturayı bir çırpıda açtı ve Reis'in öbür yanından saldırmaya hazırlandı. Emin'in lakabı taşıdığı usturayla rakiplerinin kellelerini keşisinden ileri geliyordu.

"Hamdi doğru söyler, Reis," dedi Emin. "Biz senin emrindeyiz, ammavelakin bu gece ayıp ediyorsun."

Kemal Reis hazırlıksız yakalandığı bir dövüşün ortasında ikisi de bıçaklı iki kişinin arasında kalmıştı. Veronika nefesini tutmuş, içini çeke çeke ağlıyordu.

"Ulan siz nerede gördünüz benim gemimde misafire yan gözle bakıldığını, emanete hıyanet edildiğini!?" diye kükredi.

"Ne misafiri, Reis," dedi Kelle. "Bu orospunun Fransa'da üzerinden geçmeyen kalmamıştır. Biz de iki nasiplensek ne çıkar!? Şu gevurun nesini koruyorsun bize?"

"Ulan köftehor," dedi Reis daha da öfkeli bir sesle, "misafirin Türkü, gevuru mu olur?! Hıristiyan bildiğin her kadın kötü olacak diye bir şart mı var?!"

Bu sefer öbür taraftan İri Hamdi, "Kaptan bu şerefsiz Fransızlar bizim karılardan birini ele geçireydi senin kadar cömert davranmazlardı amma!" dedi.

"İyi ya işte, kendin söylüyorsun. Biz Fransız mıyız da onların kadınlara gösterdikleri muameleyi biz onlara reva görelim?!"

İri Hamdi, onun ikna olmayacağını anlayınca cümlesi biter bitmez elindeki bıçağı hızla Reis'in karnına çaldı. Reis usta bir hareketle adamın bıçağı tutan elinin bileğinden yapıştı ve kendisine doğru çektiği adamın suratına kafayı gömdü. Kafasına kaya çarpmışa dönen Hamdi yere yığıldı. Bu sefer de Kelle arka taraftan usturayı Reis'in suratında fırıl fırıl döndürüyordu.

Kemal Reis yanağını yalayan usturanın birkaç hamlesinden sonra Emin'in ustura tutan elini kaptı ve adamı hızla duvara dayadı. Duvarla Kemal Reis arasında sıkışan Emin, usturayı olanca kuvvetiyle Reis'in suratına itiyordu. Fakat Reis öyle kuvvetliydi ki usturayı önce kendi suratından uzaklaştırdı, sonra da Kelle'nin kendi yanağına yapıştırdı. Adamın yüzünü boydan boya çizerken Kelle'nin suratı kanlar içinde kaldı. Istraptan gücü kesilen adamın direnci zayıfladı ve Reis adama elinin tersiyle vurup yere yıktı.

Gürültüye gelen gemi mürettebatı Reis'in kamarasına geldiklerinde yerde yatan iki adamı ve ayakta dimdik duran Kemal Reis'i buldular. Reis, yatakta uzanan Matmazel'in üzerini örtmüş, onu teselli etmeye çalışıyordu.

Matmazel Veronika ise her seferinde kendisini kurtaran ve her seferinde onu şaşırtan Reis'e daha da bağlanıyordu.

Piri Reis ise bu hengamede bile odasında, defterinin başındaydı...

Piri Reis'in Defterinden: Yıldızlar

İnanmak isteyene bir yıldız yeter!

Bazı insanlar kuyruklu yıldızlara, Güneş ve Ay tutulmalarına, beş on yılda bir zar zor görülebilen birtakım istisnai gökyüzü oyunlarına hayran oluyorlar. Ben ise her gece bütün yıldızlara yeniden âşık oluyorum. Tek bir tanesine bile hayatımın sonuna kadar baksam doyamayacağımı düşünüyorum. Kafasını arada bir göğe çeviren insan için onda ne hazineler var! Ama yıldızları uyuyanlar göremez ki. Sürekli yeri gözetleyenler yükseklere kör olurlar...

Yıldızların her biri bir Güneş.

Onların da gezegenleri, dünyaları var mı? O dünyalarda da bir Piri yaşıyor mu acaba?

Ama yanlış söylüyorum; Yıldızların her biri bir değil, bin güneş!

Geceleri gökyüzüne her baktığımda başımı döndüren bu sorularla boğuşuyorum. Kainatın büyüklüğünü, evrenin hacmini aklım almıyor. Tarık nedir, sen kavrayabilir misin? Semadaki sayısız yıldızları izledikçe, bu yıldızların büyüklüklerini hesap etmeye çalıştıkça ve bu hesapları dünyaya kıyasladıkça Sahra Çölü'nün kum deryasında dünyanın bir toz zerresi kadar bile büyük olmadığını anlıyorum.

Dünya, Ay'dan neredeyse dört kat daha; Satürn, Dünya'dan on kat daha ve Güneş de Satürn'den on bir kat daha büyük. Hayatın kaynağı, yeryüzünün ışığı, ısısı ve enerjisi olan bizim dev Güneşimiz elbette kendi galaksisinin sultanı, kralı, şahı... Ama diğer yıldızlarla kıyaslandığında Güneş bile cüceleşiyor. Gecelerin güneşi, Antik Yunanlıların Sirius, Müslüman âlimlerin ise El Şira dedikleri o büyük mavi yıldız El Sufi'nin gözlemlerine göre Güneş'in iki katı. Amcam Kemal Reis bir yıldız olsa şüphesiz bu olurdu. Mavi Aslan'ın, her gece parıl parlayan bu mavi ışıktan, El Şira'dan ne farkı var? Boğa'nın Gözü, Arapların Takipçi dedikleri Eldeberan; işte şimdi bana göz kırpan şu kırmızı yıldız ise El Şira'nın yarıçapından kırk kat daha cüsseli! Peki ya gecelerin asıl hâkimi Avcı'nın, Yunanlıların deyimiyle Orion'un parçalarını nasıl hesap etmeli? Avcı'nın Ayağı, yani Rigel, Eldeberan'ın yüz katı!

Ve Yed-el-Cevze, yani Dev'in Eli! Araplar neden bunu Avcı'nın eli olarak görmüşler merak ediyorum. Çünkü bana daha çok onun omzunu çağrıştırıyor. Latince bazı kitaplarda bunun Arapçadan çevrilirken yanlışlıkla Betelgeuse diye yazıldığına da tanık oldum. Fakat ismi ve pozisyonu ne olursa olsun şurası bir gerçek ki, bu hafif kırmızı, hafif turuncu yıldız kış gecelerinin güneşidir. Ama ona güneş demek yıldıza haksızlık oluyor. Biz güneşi büyüklük, yücelik, en büyük, en yüce anlamında kullanmaya alışığız ama bu kavram Dev'in Eli adlı o yıldızı anlatmaya kafi değil. Burak Reis de bu kırmızı yıldız olurdu; onun kırmızı Hilal-i Sefer'i Yed-el-Cevze gibi metanetli ve kendinden emin!

Aslında tüm bu katlar ve yarıçaplar, hatta bu büyüklükleri hesaplamakta kullanılan en pratik yöntem praxis bile karşı karşıya olduğumuz büyüklüklerin boyutu hakkında kafa karıştırıcı olabilir. Belki de şöyle demeli: Eğer tüm kainatı büyük bir saraya benzetirsek, bu sarayın her birinin metrelerce kare büyüklüğündeki odalarının birinde, metrelerce yükseklikteki duvarlarındaki küçük bir sineği Güneş olarak düşünebiliriz. Yeryüzünün kainattaki yeri okyanustaki bir damla, çöldeki bir kum tanesi ya da Amazon ormanlarındaki bir yaprak parçası kadar bile değil. Bir Güneş bir yıldız, bir yıldız bir kar tanesi!

Bunun ayırdına varan insan yaratılanların ve yaratılacakların, öteki dünyaların, bedenden sonra başlayacak ebediyetin gerçekliğinden şüphe eder mi? Katlanarak devam eden bu zenginliği, gökyüzündeki milyonlarca yıldızı gören insan Kadir-i Mutlak'ın kudretinden titremez ve yine o kudrete güvenmez mi?

İşte ben yıldızlara bakınca önce bu hacim karşısında şaşkına dönüyorum. Bedevilerin uçsuz bucaksız çöllerde, gece karanlığında bu ışıl ışıl manzaraya baka baka onları nasıl adlandırdıklarını, onlarla nasıl yönlerini bulduklarını, nasıl hayatlarını anlamlandırdıklarını anlıyorum. Onların çöllerin ortasında güvendikleri yıldızlara şimdi ben Akdeniz'in ortasında, Mavi Aslan'ın güvertesinde güveniyorum. Asırlar önce belki çölde kaybolmuş, çaresizlikten bitap düşmüş yorgun bir bedevinin bakıp da gülümsediği Kuzey Yıldızı'na işte şimdi ben de bakıyor ve yönümüzü belirliyorum. Yeryüzündeki onca kargaşaya, kaosa, değişime rağmen, işte gökyüzünün bu sabırlı ve vakarlı değişmezliği beni etkiliyor. Krallar ölüyor, sultanlar doğuyor, şahlar diyarları fethediyor, prensler toprakları kaybediyor, birileri savaşıyor, birileri ölüyor, başkaları doğuyor, bazıları tartışıyor, bazıları konuşuyor, birileri uyuyor, birileri çalışıyor, denizler aşılıyor, karalar fethediliyor, kaleler kuşatılıyor, kuleler yıkılıyor, saraylar inşa ediliyor, imparatorlukların doğumları ve ölümleri arasındaki zaman bir dala konup da az sonra oradan uçuveren bir kuş kadar bile uzun sürmüyor. Ama Kuzey Yıldızı hep bize aynı yerden yol göstermeye devam ediyor. Avcı gökyüzünde bin yıldır avını izliyor!

Belki asırlar önce Büyük İskender'in ordusunda yolunu kaybetmiş bir askerin ona bakıp da evini düşündüğü Ay'a şimdi ben bu denizin ortasında bakarak geldiğimiz ve gideceğimiz yerleri düşünüyorum.

Bir keresinde İstanbul'da bulunduğum yıllarda Ali Kuşçu bana Satürn'ün Güneş etrafındaki yörüngesinin tam otuz yıl sürdüğünü söylemişti. Demek ki ortalama bir insan hayatı Satürn, Güneş'i bir kere turladığında yarısına geliyor. Satürn'de iki yıl olduğunda insanoğlunun ömrü tükenmiş oluyor! İki Satürn dönümü bir ömür bizimkisi! Uranüs'in Güneş etrafındaki yörüngesi ise tam 85 yıl. Çoğumuz, daha Uranüs'te daha bir yıl bile olmadan, doğuyor, evleniyor, çoluk çocuğa karışıyor, torun sahibi oluyor, yaşlanıyor ve ölüyor. Neptün'ün Güneş etrafındaki 184 yıllık dönüşünün yarısına bile çoğu insanın ömrü yetmiyor. Neptün'de tek mevsim başlayıp bittiğinde, yeryüzünde yeni bir nesil doğuyor ve ölüyor. Her biri bir yörüngede yüzüp giderler.

Tüm bunlar bizim küçücük Güneş'imizin etrafındaki gezegenlerin başına gelenler. Peki ya Sirius'un gezegenleri!? Dev'in Eli'nin etrafında dönen dünyalar?! Ya onları nasıl hesap etmeli, nasıl anlamalı!? Öyle gezegenler var ki dört bin yılda bir kıl kadar yer değiştirmiyor! Bu sükunet, bu vakar, bu metanet bana huzur veriyor. Gökten yere her işi çekip çevirir. Sonra sizin saymakta olduğunuz bin yıla denk bir günde O'na yükselir.

Yıldızlara bakmak sadece insanın ruhuna iyi gelmekle kalmıyor insana gerçek anlamda da yol gösteriyor. İşte asırlardır denizcilerin gerçek dostu Kuzey Yıldızı. Bedeviler çöllerde, biz leventler ise denizlerde onun ışığına sığınırız. Hayyum, insanlara karanlıkta bile yollarını gösterecek bir ışık veriyor. O, karanın ve denizin karanlıklarından yolunuzu bulmanız için size yıldızları var edendir. Pusulalar bozulduğunda, haritalar yanıp kül olduklarında ve beşer ürünü ne varsa şaştığında, insanoğluna bir yıldız yeter.

Ben bir yıldız olsam en çok Kuzey Yıldızı olmayı isterdim. İnsanlara denizlerde, çöllerde, dağlarda ve ovalarda, uçsuz bucaksız topraklarda haritalarımın onlara bir Kuzey Yıldızı gibi yön ve güven vermelerini dilerdim.

Tarık, o vuruşlu yıldız nedir, sen kavrayabilir misin?

Ey Piri, dünya uyuyorken sen gözlerini aç! Varsın öbür dünyalardaki Piriler uyusun! Gökyüzü uyanık olanı ödüllendirir.

ALTINCI BÖLÜM

Yeni Dünya

89

Torquemada'nın başmuhafızı Lukas liderliğindeki Santa Hermandad Şövalyeleri El İznajar ormanlarının güneyinde yaşlı bir Yahudi kadını ve kocasını bulduklarında önce pek aldırış etmediler.

Hanna De Silva, sık ağaçların olduğu bir köşede, eski bir kulübenin hemen yanında, bir tencerenin içinde yumurta haşlıyordu. Abraham De Silva ise kendi yaktığı ateşin sönmemesi için etraftan çalı çırpı toplamaya gitmişti. Yaşlı çift bu gece dinlenecekleri yerde yemek yapmaya uğraşırlarken, grubun geri kalanları da yakınlardaki terk edilmiş evlerden ilaç ve erzak bulmaya çalışıyorlardı.

Lukas'ın yanındaki askerlerden biri, "Bu o kadın!" diye bağırdı. "Bunlar De Silvalar! Toledo'dan Türkle birlikte kaçanlar!"

Lukas, etrafındaki diğer askerler gibi baştan aşağıya zırhlı ve silahlıydı. Kafasında her zamanki ürkütücü boynuzlu miğferi, boğazını tamamen kaplayan çelik boğazlığı vardı ve miğfere takılı açılır-kapanır vizörü yüzünü örtüyordu. Lukas'ın *köpek yüzlü* adı verilen bu vizörü bir pitbullun suratını andıracak şekilde bir karış ileriye uzanıyor, metalin altından nefes delikleri görülüyordu. Şövalye, gözlerinin önündeki tek çizgi aralıktan etrafı görebiliyordu. Zırhının göğüslüğünde her zamanki gibi koca bir haç kabartması vardı.

Hanna De Silva, tepesinde dikilen atlıyı gördüğünde önce bir canavarla karşılaştığını sandı. Atının üstündeki garip zırhlı şövalye o kadar iri ve sıradışı görünüyordu ki kadıncağız korkudan elindeki tencereyi devirdi. İki yumurta parçalara ayrılırken su da etrafa yayıldı. Hanna De Silva'nın elleri titremeye başladı. Kadın, başına gelecekleri bilmiş gibi gözünden yaşlar akıyordu.

Şövalyeden yarı hayvani, yani insani bir ses çıktı:

"Söyle diğerleri nerede?!"

Kadın sesin şiddetinden hıçkırarak cevap verdi:

"Yemin ediyorum... Yemin ediyorum bilmiyorum. Bize burada beklememizi söylediler."

Lukas, yanındaki iki adamına kafasını çevirdi. Aralarında sanki esrarengiz bir iletişim varmış gibi görünen bu adamlar, üstatlarının bakışıyla birlikte hemen atlarından indiler ve kadını palas pandıras iki kollarından tutup yere diz çöktürdüler.

Kadın, "Bırakın! Yalvarıyorum, bana ne yapacaksınız, bırakın! Size doğruyu söylüyorum!" diye haykırıyordu. Çırpınışlar içersinde kadının başı açıldı ve gri tişel omuzlarına düştü.

Askerlerden biri etraftan bulduğu bir kütüğü kadının önüne getirdi.

Hanna De Silva, adamların neye hazırlandığını anlamaya çalışıyor, diğer taraftan da kendini kurtarmaya çabalıyordu ama bu insan azmanlarına güç yettirmesine imkân yoktu. Bir taraftan da içinden Abraham De Silva gelmesin, en azından o canını kurtarsın diye dua ediyordu.

Askerler kadını birer kolundan tutup yüzükoyu kütüğün üzerine yatırdılar. Hanna De Silva dizlerinin üzerine çöküp göğsü ve yüzü önündeki kütüğün üzerine gelecek şekilde yere yıkıldı. Karşısında güç yettiremediği iki asker onu birer kolundan tutmuş, ileriye doğru çekiyordu. Yaşlı kadın idam cezası verilen suçluların kellelerinin bu şekilde kesildiğini kim bilir kaç sefer şehir meydanında görmüştü. Çaresiz bir şekilde kaderine boyun eydi.

Lukas, kadın yere diz çökünce atından indi ve onun arkasına geldi. Hanna De Silva, başını kesecek bir kılıç ya da balta görmeyi beklerken arkasına yaklaşan şövalyenin zırh seslerini işitmeye başladı. Lukas, belini ve kasıklarını koruyan tassetlerin kayışını gevşetti ve onları çıkarmasıyla birlikte içine giydiği zırhlı yeleğin beline düşen alt kısmı ortaya çıktı. Askerlerin bakışları ortasında, önüne eğdirilen kadının arkasında tek dizinin üzerine çöktü ve tek hamlede kadının elbisesinin belinin altını kaplayan etekliğini yırtıp attı.

Kadıncağız ölüme razı olurken, şimdi arkasındaki adamın böylesine adi bir şekilde onun onuruyla oynamasına dayanamıyordu. Ne kadar da aptaldı! Torquemada'nın köpeklerinin bir insanı öldürmenin ona yapacakları en büyük iyilik olduğunu ne çabuk unutmuştu! Ölen kurtulurdu... Elbette ona bu şekilde işkence edeceklerdi. Arkasındaki askerin büyükannesi yaşındaki bu kadın daha nasıl küçük düşürülebilirdi ki!

Lukas ise bu iğrençlikten büyük bir zevk alıyordu. Onun için yaşlı ya da çocuk fark etmezdi ki! Kendi vücut boyutlarıyla orantılı erkeklik organıyla kadının içine girdiğinde Hanna'nın kalçası kanlar içinde kaldı. Yaşlı kadıncağız acıyı kadınlığında değil de kalçasında hissetmişti.

Kadın, alçaklığın ve acının daha fazlasını hayal edemiyordu ki, işte o anda başka bir şey daha oldu. Abraham De Silva kucağında odunlarla karısının ve onun tepesindeki askerlerin karşısında beliriverdi. Adam çıldırmış gibi, diğerlerini yere atarken elinde tuttuğu bir odunla Lukas'ın üzerine doğru koştu.

"Sizi Engizisyon piçleri!" diye bağırıyordu. Yüzü kıpkırmızıydı ve Lukas'ın etini çiğ çiğ yese hıncını alamayacak gibiydi.

Fakat Abraham De Silva'yı tutmaya üç şövalye yetti. Kavgada De Silva'nın sürekli bir nişan gibi taşıdığı mavi çizgili tallit'i omuzlarından yere düştü. Adamın kippası da aynı şekilde yerlerde sürünüyordu.

Lukas, "Öldürmeyin sakın!" dedi.

Adam böğrüne ve suratına atılan yumruklarla önce yere yıkıldı, sonra karısının karşısına, üç metre kadar önüne sürüklendi. Arkasındaki bir şövalye adamın saçlarından tutup, ötekinin görmek istemediği manzaraya onu baktırmaya çalıştı. Abraham De Silva bakmaya zorlandığı bu manzara karşısında aklını yitirmek üzereydi. Belki de yitirmişti. Çünkü artık gözlerindeki anlam uçmuş gitmiş, ölü bir adamın hissiz bakışları kalmıştı. Bayan De Silva ise yarım asra yakın hayatını paylaştığı adama zor günlerinde yaptığı gibi, "Ne olur üzülme, her şey yoluna girecek, yine mutlu olacağız," demek ister gibi bakıyordu. Ama faydasızdı. Artık hiçbir şeyin eskisi gibi olmayacağını, böylesi bir barbarlıktan sonra ikisinin de ruh sağlıklarını yeniden kazanamayacaklarını biliyordu. Kadıncağızın kafası arkasındaki darbelerle ileri geri hareket ederken Abraham De Silva gözlerini sımsıkı kapadı.

Davud, David, Esther ve diğerleri De Silvaları bıraktıkları yere geri döndüklerinde ilk çığlığı Esther attı.

Diğerleri hayalet görmüş gibi başlarını yukarı kaldırarak karşılaştıkları korkunç manzaraya bakakaldılar.

Koca bir ağacın kalın bir dalından sarkan urganın bir ucunda Abraham De Silva, diğer ucunda ise Hannah De Silva sallanıyordu. Santa Hermandad Şövalyeleri gittikten sonra çift yaşadıkları acıya ve utanca daha fazla katlanamayarak ilmikleri birbirlerinin boyunlarına kendi elleriyle geçirmişler ve son bir kez daha birbirlerine sarıldıktan sonra aynı anda kendilerini boşluğa bırakıvermişlerdi.

90

Şehzade Bayezid, Şeyh Hamdullah'ın önüne oturmuş, hocasının harflerini kontrol edişini izliyordu. Her meşkten sonra olduğu gibi, Hamdullah, öğrencisinin yazılarını dizinin üstüne koyuyor, kırmızı mürekkeple harflerin yanlış yerlerini düzeltiyor, gerekirse her harfin altına doğrusunu yeniden yazıyordu. Bazen de figürlerin kenarlarına murabbalar koyarak, harflerin kendi aralarındaki orantıları öğrencisine anlatıyordu.

Şehzade, sıkıntılı bir şekilde, "Dün gece garip bir rüya gördüm," dedi.

Şeyh kalemi kâğıttan kaldırarak, "Hayırdır, şehzade," dedi.

"Hayır mı şer mi orasını bilemem, üstad, ama dinle de yor bakalım, sen ne diyeceksin, merak ediyorum."

Hamdullah kalemin ucunu silip yanındaki yazı aletlerini içeren gümüş tepsinin üstüne koyduktan sonra anlatmasını ister gibi şehzadeye baktı.

"Gözümü bir kâğıdın üstündeki *vav* harfiyle açtım," diye başladı Bayezid rüyasını anlatmaya. "Harf, kâğıdın üstünde sabit durmuyor, müthiş bir enerjiyle kendi etrafında dönüyordu. Fırıl fırıl, gözümün önünde dönen harf hareket ettikçe okyanus ortasındaki bir girdap gibi dalga dalga oluyordu. Bakışlarımı ne yaparsam yapayım bu tesir edici hareketten alamıyordum. Sonra harf gerçekten bir girdap oldu ve gittikçe genişleyerek beni içine aldı. Şimdi girdabın etrafında ben de dönüyor, *vav*'ın merkezine doğru hızla ilerliyordum. Öyle güçlü bir akıntıydı ki, değil beni, koca bir İspanyol kalyonunu bile rahatlıkla içine çekebilirdi.

"Girdabın merkezine gelip de suyun altına sürüklendiğimde boğulmayı beklerken tam tersine, olabildiğince ferah bir duyguyla yeniden gözlerimi açtım. Gökyüzünden yere doğru hızla düşüyordum. Neden sonra yere çarpıp havaya baktığımda hayatımda hiç görmediğim kadar büyük bir caminin kubbesini gördüm. Caminin merkezini kaplayan bu devasa kubbenin tam merkezinde yine aynı harf, *vav* duruyordu. Ama bu sefer etrafında diğer başka harfler de vardı. Kubbenin göbeğinde, kenarlarında, caminin duvarlarında hiç görmediğim güzellikte harfler bir araya gelmişler, çeşitli ayetleri meydana getirmişlerdi. Üstelik harfler sanki bir suyun üstündeymiş gibi hareket ediyorlar, ama bu hareket onların güzelliğinden hiçbir şey almıyor, tam tersine sanki onlarda dans ediyorlarmış gibi bir etki uyandırıyordu. Ayetler ve hadisler, elifler ve mimler, siyah, kırmızı ve altın renklerinde yazılmış yüzlerce, binlerce harf bu devasa caminin duvarlarında yüzüyordu.

"Caminin kapısından sızan ışığa yöneldim, dışarı baktım. Şimdiye kadar gördüklerim hiçbir şeydi. Hayretler içinde etrafıma bakıyordum. Gökyüzündeki görkemli bir Güneş'in ışıkları etrafımdaki her türlü nesneye belirgin bir gölge veriyordu. Beni hayretler içinde bırakan da bu gölgelerdi. Her bir gölge bir harf olmuştu. Yolun kenarındaki ağaçların gölgeleri bir *elif*, bir *vav*, bir *mim*, bir *kaf* olarak yere düşüyor, sonra bunlar yan yana geldiklerinde bir başka ayet ya da hadis meydana geliyordu. Minarenin gölgesi, yanındaki ağaçlar ve kulelerle karışıp yere düştüğünde celisülüs tarzında yazılmış müthiş bir yazı oluşturuyordu. Ağaçların arasına daldığımda, her bir yaprağın damarlarının da birer harf olduğunu gördüm. Milyonlarca harf! Bu ağaçların arasında yüzlerce sahaf tezgâh açmışlardı ve üzerinde türlü türlü metinler yazan kitapları satın almak için insanlar birbirleriyle yarışıyorlardı.

"Bu harflerin arasında ne kadar yürüdüm bilmiyorum,

ama en sonunda kendimi büyük bir sarayın tam karşısında buldum. Duvarlarındaki taşlara ayeti kerimelerin işlendiği büyük bir saray. Gergef gergef işlenmiş kemerli bir kapıdan içeri girdiğimde sarayın içindeki mermer sütunların, duvara dayalı raflardaki porselen tabakların, asılı halıların, pencerelerdeki desenlerin, masaların, içerdeki her şeyin ama her şeyin harflerle işlendiğini gördüm.

"Uzunca bir koridordan geçtikten sonra kendimi bir gözlemevinde buldum. Burası saraya bitişik miydi, yoksa rüyanın geri kalanı gibi farklı bir zamanda ve farklı bir yerde miydim bilmiyorum. Tek bildiğim, içerde gökyüzüne doğrultulmuş teleskoptan gökyüzüne baktığımda yıldız kümelerini Arap harfleri olarak gördüğümdü. İkizler, bir *sin* oluyor, yaz üçgeni bir *nun* oluyor, Orion avcısı görkemli bir *sad* olarak karşıma çıkıyordu. Sonra..."

Şehzade Bayezid rüyasının bu kısmında durdu, camdan dışarı baktı, derin bir iç çekti. Sanki buradan sonrasını anlatmak istemiyor gibiydi. İsteksizce devam etti:

"Sonra gözlerimi teleskoptan alıp da tekrar etrafıma çevirdiğimde garip kıyafetli, garip serpuşlu adamlar görüyorum. Sırtları bana dönük bu adamlar masaların üstündeki aletleri nasıl kullanacaklarını bilemiyormuş gibi evirip çeviriyorlar, abuk subuk şeyler yaptırmaya çalışıyorlardı. Bir tanesi eline geçirdiği usturlabı ondan ses çıkmasını beklermiş gibi kulağına götürüyor, aletten ses gelmediğini anlayınca çekiç gibi masaya güm güm vurmaya çalışıyordu. Bir başkası elinde tuttuğu zic levhasını ters düz ederek okumaya çalışıyor, ama ne rakamları, ne tarihleri ne de üzerindeki çizelgeleri anlamlandırabiliyordu. Levhadan umudunu yitirince onu ayaklarının altına alıp üstünde öfkeyle tepiniyordu. Bir başkası benim az önce hayranlıkla izlediğim teleskopa gözünü tekrar tekrar dayıyor ama hiçbir şey göremiyormuş gibi sıkıntıyla söyleniyordu.

"Şimdiye kadar sırtlarından izlediğim bu adamlardan biri arkalarında beni fark edip de bana döndüğünde yerimde donakaldım. Adamların gözbebekleri yoktu. Gözleri vardı ama gözlerinin akının ortasındaki gözbebekleri yoktu! Sonra anladım ki bu adamlar aletlerin üstünde yazanları anlamıyorlardı ya da tam göremiyorlardı. Fakat her nasılsa yazıdan başka her şeyi rahatlıkla görebiliyorlardı. Ben onların kıyafetlerini nasıl garipsediysem onlar da benim üstümdeki kıyafeti öyle garipseyip üzerime yürümeye başladılar. Kendimi gözlemevinin kapısından dışarı zor attım ve hızla koşmaya başladım.

"Her bir tarafı eşsiz mobilyalarla çevrili, enfes harflerle süslü saraya geldiğimde ise burayı bir harabeye dönmüş olarak buldum. O güzelim mermer sütunlar parçalanmış, üzerlerinde ayetler bulunan porselenler kırılmış, binanın harflerle işlenmiş duvarları yosun tutmuştu. Arkamda beni kovalayan adamlardan bazıları buraya da gelmişti. Bir tanesi yazılarla işlenmiş bir masayı baltayla parçalayarak kenarda yaktığı ateşe odun olarak kullanıyor, bir diğeri duvardaki işlemeli halıları makasla didik didik ediyordu. Adamların tüm işi gücü tüm yazıları tahrip etmekmiş gibi sanki bir büyü altındaymışçasına, insanı ürküten bir itaatle işlerini sürdürürken beni fark edince hemen düşman kesiliyorlar, o korkunç gözleriyle üzerime yürüyorlardı.

"Birkaçını elimle iterek aralarından kaçıp kurtuldum ve kendimi dışarıdaki ağaçlıklara attım. Fakat heyhat! Her biri harften damarla işlenmiş yapraklar kül olmuş, ağaçlar simsiyah cansız direklere dönüşmüştü. Gökyüzündeki güneş kaybolmuş, yerini kapkara bulutlara ve fırtınalı bir havaya bırakmıştı. Daha da kötüsü, sokaklar bu garip kıyafetli, gözbebekleri olmayan adamlarla doluydu. Az önce bir sahaf cenneti olan sokağın üzerinde bir güruh halinde insanlar dolaşıyor, ayaklarının altına kitap sayfalarını yol yapıyorlardı. Yere eğilip de bir tanesinin ayağının altındaki *Elif* harfini yerden kaldırmak istemiştim ki, adam önündeki yemeğine uzanılmış kuzgun bir köpek gibi kolumu ısırdı. Kolumun acısıyla camiye kaçtım.

"Kaçmaz olaydım! Keşke burada rüyam bitseydi de ayetlerin ve hadislerin raks ettiği o camiye bir daha girmemiş olaydım!

"Burayı da gözsüz adamlar kaplamıştı. Ama asıl acı veren her birinin elindeki çekiçti. Bir ellerinde demirden halkalar tutuyor, bunları çat küt duvara mıhlıyorlar ve halkalara geçirdikleri zincirlere de yerlerinde duramayan kuduz köpeklerini bağlıyorlardı. Dans eden harfler çoktan cansız birer çizgiye dönüşmüşler, pek çoğu yerinden sökülmüş, parçalanmış, ayetler okunamaz, hadisler seçilemez hale gelmişti. Kolumun acısını unutmuş, gördüğüm dehşetin etkisi altındaydım. Azgın köpekler beni görünce daha da hırlamaya, içeri bir yabancı girmiş gibi huysuzlanmaya başladılar. Arkamda da beni kovalayan adamlar yığılmıştı. Çaresizce caminin içinde ilerledim. Şimdi her yanım gözsüz adamlar ve hırlayan köpeklerle çevrilmişti. Caminin tam merkezindeydim. Buranın gökyüzünden düştüğüm yer olduğunu hatırladım ve garip bir içgüdüyle tavana baktım. Adamların ulaşamadıkları tek yer kalmıştı, o da kubbenin tavanı. Orada rüyamın başında ilk defa gördüğüm *vav* sapasağlam duruyordu. Hangi ayetin, hangi kelimenin bir parçasıydı, bilmiyorum, çünkü artık ayetin geri kalanından eser kalmamıştı, ama *vav* oradaydı. Herkes üzerime çullanıyor, etrafım gittikçe daralıyordu. Gözlerimi o harfe diktim ve içimden Allah'a yakardım.

"O sırada uyanmışım. Kendimi meşk ettiğim bir *vav* harfinin önünde buldum. Yorgunluktan yazının başında uyuyakalmışım."

Şeyh Hamdullah rüyayı dikkatle dinlemişti. Düşünceli ve sıkıntılıydı.

"Sana," dedi, "bir pencere açılmış rüyanda, Şehzade. Gelecekten bir pencere. Osmanoğulları'na verilen kudret seninle ve senden sonra asırlarca devam edecek Allah'ın izniyle. Yeryüzünün en güzel mabetleri bu topraklarda yapılacak, ilmin ve imanın doruklarına bu imparatorlukta ulaşılacak. Hatt, gökyüzündeki yıldızlar kadar kıymetli; yazı, insanın yemek yediği bir tabak kadar günlük hayatın bir parçası olacak. Harflere hürmet ettiği sürece insanoğlu medeniyetin doruklarında at koşturacak."

Şeyh Hamdullah bir süre durdu, önündeki yazıya baktı, sonra tekrar başını kaldırarak devam etti:

"Ama bir vakit gelecek, bizim bu yazdığımız harfler anlamlarını yitirecek. İnsanlar ne bu yazıları okuyabilecek ne de onların kıymetini anlayabilecek."

Bayezid, "Ama bu nasıl olur," diye sordu. "İnsanlar kitapları, kütüphaneleri mi yakacaklar? Hani bir zamanlar Moğolların Bağdat'ta yaptıkları gibi?"

Hamdullah, "Daha kötüsü," dedi. "Bir kütüphane yakarsın, on tanesi ayakta kalır. Bir sayfa yırtarsın, diğer sayfalar sana yeter. Senin gördüğün o türden bir şey değil. Çok daha vahim.İnsanlar kendi harflerine yabancı kalacaklar, kütüphaneler ve kitaplar ayakta kalacak ama onları okuyamayacaklar, anlayamayacaklar... Gün gelecek bir *vav* harfinin güzelliği insanı mest edecek, gün gelecek koca bir kitabın yerdeki toz zerresi kadar kıymeti kalmayacak."

Şehzade'nin kafası karışmıştı. Harflerle çevrili bir dünyada harfleri okuyamamak! Kelimeleri anlamlandıramamak! Madde ve manaya kör olmak!

"Bir daha böyle bir rüya gördüğün zaman hemen abdest alıp iki rekat namaz kıl, Şehzade. Kadir-i Mutlak'a yakar ve de ki, Ey Harflerin Yaratıcısı, Ey Kalemle Yazmasını İnsana Öğreten, Ey Âlim, bize harflerin anlamlarını, yeryüzündeki işaretlerin anlamlarını unutturma, yerde ve gökte ne varsa bize seni anlatan ayetlerine bizi kör bırakma, bizi görüp de okumayan, okuyup da anlamayanlardan eyleme!"

"Amma şimdi," diye ekledi Hamdullah elindeki meşk kâğıdını öğrencisine uzatarak, "Şu harfleri adam gibi yazmasını öğren de duan makbul olsun!"

91

Haham dua ederken Esther De Silva, karşısındaki ufka bakıyordu. Güneş, Villenueva Dağları'nın ardını yeni yeni turuncuya boyamaya başlamıştı. Mavinin yer yer koyulaştığı, kadifeleştiği doğu ufkunda akşam yıldızı ürkek ürkek parıldıyordu ama utangaçlığı güzelliğini tüm haşmetiyle yeryüzündekilere göstermesine engel olamıyordu.

Haham'ın önünde duran David ve Esther yan yana geçmiş, birbirlerinin ellerini tutuyorlardı. Başlarının hemen üzerinde, ancak ikisinin altına geçebileceği büyüklükte, kare şeklindeki bir bez parçası duruyordu. Bezin dört köşesine geçirilmiş çomakların her birini bir kişi, Davud, Beatrice, Abdullah ve Zeyd bin Osman tutuyor, bu şekilde dört kişi çiftin etrafını sarmış oluyordu.

Haham nikah duasına devam etti:

"Baruch Ata Adoni Elohainu Melech HaOlam..."

Yüce Tanrımız, Yeryüzünün Hükümdarı, her şey senin şanının eseridir...

Hannah De Silva kızının nikahında kullanılmak üzere daha o küçücük bir kızken uçlarını kendi ördüğü dantelalarla süslediği ipekten bir örtüyü huppah olmak üzere hazır etmişti. Yıllarca Esther'in çeyiz sandığında beklettiği bu güzelim ipek de ne yazık ki De Silvaların talan edilen evlerinde kimbilir hangi açgözlünün elinde paralanmıştı. Onun yerine, şimdi etrafta terk edilen evlerin birinden buldukları bu bez parçasını ve yine etraftaki çalı çırpılardan yaptıkları çomakların ucuna geçirmişler ve bunu Yahudi nikahlarının vazgeçilmez parçası olan huppah olarak kullanmaya karar vermişlerdi. Tevrat'ta yazdığına göre, diye anlatırdı Esther'in annesi, Hz. İbrahim ve Sare evlerine gelenlere öyle misafirperver davranırlarmış ki işte bu dört tarafı açık huppah da yeni çiftin bir çatı atlında birliğini temsil ederken onların diğer insanlara da misafirperver davranmaları gerektiğini hatırlatırmış.

Yüce Tanrımız, Yeryüzünün Hükümdarı, insanoğlunun yaratıcısı...

Esther De Silva, küçük bir kızken Katoliklerin kiliselerdeki tantanalı düğünlerini ilgiyle izler, neden Yahudi düğünlerinin de onlar gibi bu bol resimli ve renkli binalarda yapılmadığını merak ederdi. Hannah De Silva, "Gökyüzünde, Güneş'in ve Ay'ın atlında, yıldızların şahitliğinde yapılan bir nikah, dört duvarın altındaki bir nikahla bir olur mu kızım?" diye açıklamıştı bir keresinde. Esther De Silva bir an için bu düşüncenin büyüsüne kendini kaptırdıysa da, çok geçmeden yine Katolik kiliselerinin rengârenk büyüsü onu etkilemeye devam etmişti.

Yüce Tanrımız, Yeryüzünün Hükümdarı, Sen insanoğlunu Kendi suretinde yarattın, onun için sonsuzluğu hazırladın, Sen ki insanoğluna suret verdin...

Ama şimdi, yıllar sonra, yıldızların altında nikahı kıyılırken, Güneş ve Ay, genç kadının sağdıçları olurken, Esther, annesi orada olsaydı onunla ne kadar gurur duyacağını düşündü. Şimdi anlıyordu Esther evliliğin kainata açılan bir kapı olduğunu, evlenmenin bir kadın için eve kapanmak değil, tam tersine yeryüzüyle, doğayla, Tanrı'yla bütünleşmek olduğunu...

Gözleri doldu. Annesinin başından alıp kendisine taktığı tiçel eşarbını okşadı. Hannah De Silva'nın kokusu hâlâ tiçeldeydi. Başını çevirdi, hayatını ebediyen paylaşmak üzere seçtiği genç adama, David'e baktı.

Cennetin bahçelerindeki yarattıkların gibi sevgili kullarını mesut ve mutlu eyle. Yüce Tanrımız, Sen ki damat ve gelini mesut ve mutlu edensin.

David'in omuzlarında Abraham De Silva'dan aldığı mavi çizgili beyaz talit atkı dolanıyordu. Yaşlı adamcağızın Santa Hermandad Şövalyeleri'yle boğuşurken yerlerde sürüklenen talliti toprak karasına bulanmış, sağ ucundaki şişitlerden biri yırtılmıştı. David, yıllardır beklediği bu anı belki binbir şekilde düşünmüş, binbir şekilde kafasında hayal etmişti. Ama hiçbiri, onu şimdi yaşadığı duygu fırtınasına hazırlamamıştı.

Endülüs'ten kaçan bir kafileden rica ettikleri, hiç tanımadıkları bir haham İbranice duaları ardı ardına sıralarken onun gözünün önüne yine *alef*'ler, *nun*'lar, *kaf*'lar geliyor; harfler tersinden oluşmuş kelimelere, kelimeler tersinden kurulan cümlelere dönüşüyor, satırlar satırlar altına işleniyordu. Hahamın nikah kıyarken kullandığı her bir duanın her bir İbranice harfi matbaanın metal harflerinin şak şak sayfaya basılması gibi onun beynine ve ruhuna işleniyor, sanki kainatın görünmeyen bir sayfasında kendisinin ve Esther'in geleceği yazılıyordu. Onun gözünün önünde beliren bu hayali sayfalar, içinde bulunduğu durumun tersine gece karanlığını aydınlatan bir ay gibi bembeyazdı.

Yüce Tanrımız, Yeryüzünün Hükümdarı, Sen ki, mutluluk ve huzuru yaratansın. Sen ki, damadı ve gelini, zevki, bereketi, kardeşliği ve barışı ve arkadaşlığı yaratansın. Bu çiftin mutluluk sesleri yeryüzünde yankılansın!

Gelin de damat da hüzünlüydüler. De Silvaların başına gelenlerden sonra çift artık her şeye hazırlıklıydı ve en azından öbür dünyada beraberliklerini garanti altına almak istiyorlardı.

Gökyüzünün laciverti artarken, akşam yıldızlarına yenileri katılıyordu. Yıldızlar ardı ardına gökyüzünde beliriyordu. Huppah çomaklarının birini çekingen bir şekilde tutan Davud'un gözleri gökyüzüne doğru dalıyordu. Henüz yeni beliren Başak yıldız kümesindeki Virgo yıldızını gördüğünde Türk, kalbinde bir yanma hissetti. Yıldıza baktıkça kalbindeki yanma arttı...

92

Gecenin lacivertine bürünen Davud'un gözbebeklerinde, Samanyolu Galaksisi'nin sarmalı parlıyordu. Elif'in yanına, bir yamacın üstüne yüzükoyun uzanmış genç adam gözlerini gökyüzüne dikmiş, ellerini başının arkasında kavuşturarak yastık yapmış, milyonlarca yıldızı hayranlıkla izliyordu.

Bir kervan yolu gibi kıvrılarak ilerleyen galaksiye neden bu adın verildiğini düşündü Davud. Işıldayan milyonlarca yıldızın ortasında yarı bulut yarı toz kümesini andıran yolu Bedeviler belki de bir kervan yoluna benzettikleri için ona Samanyolu adını vermişlerdi. Atların ve develerin sırtlarındaki saman balyalarından yolculuk boyunca yere düşen saman parçaları yolu belirgin hale getiriyor, bu yol üzerinde gide gele "samandan bir yol" oluşuyordu.

Evet, Samanyolu'nun anlamı bu olmalıydı. Arapçada buna *Darb El Tabbana*; yani "saman tüccarlarının yolu" denmesi de bunun bir göstergesiydi.

Peki ya *Darb El Labbana*? Yani "sütlü yol." Acaba bu, Yunancadaki "sütlü yol" anlamına gelen *galaksi* kelimesinin bir dil sürçmesiyle oluşan yanlış bir çevirisi olabilir miydi? Batlamyus'un yıldız haritasını didik didik eden Müslüman astronomları, geceleri tüm uykularını kaçıran gökyüzündeki bu toz kümesine *Labbana* yerine *Tabbana*, süt yerine saman demeyi daha mı uygun görmüşlerdi?

Davud, "Sence neden Yunanlılar, Samanyolu'na *Sütlü Yol* demişler?" diye sordu Elif'e.

Elif, ıslak toprak rengindeki gözlerini genç adama çevirdi ve gülümsedi:

"Büyükannem bana daha küçücükken anlatırdı bunu. Akşamları beni pencerenin yanında dizine oturtur, o eski antik Yunan masallarını anlatırdı."

Davud, gökyüzündeki ışıltıya şimdi âşık olduğu kızın kadife sesi de eklenince cennetteymiş gibi hissetti kendini.

"Efsaneye göre, Zeus, ölümlü bir kadından doğurduğu oğlu Herakles'i kendisi gibi tanrısal özelliklere sahip olsun diye Tanrıça karısı Hera'ya gizli gizli emzirmiş. Fakat Hera uyanıp da göğsünde bir ölümlüyü bulunca onu şaşkınlıkla çekip almış. Kadının göğüslerinden bu sırada etrafa saçılan süt işte bu yolu oluşturmuş."

İkili bir süre sessizce gökyüzünü izledikten sonra Elif yine gülerek devam etti:

"Bu masalı bana büyükannem her anlattığında eğer Ermeni komşumuz o sırada bizim evdeyse sitem ederek homurdanır, 'O çoktanrılı Yunanlılar çok uydurmuş!' derdi. Samanyolu'nun adının bir Ermeni efsanesinden geldiğini herkes çok iyi bilirmiş. Milyonlarca yıl önce öyle çetin bir kış olmuş ki, ateş tanrısı Vahagn, yakmak için Asur Kralı Barşam'dan gidip saman çalmış. Geri dönüş yolunda da kucağında taşıdığı samanlar yerlere saçılınca işte bu Galaksi ortaya çıkmış... Bunu büyükannemin Ermeni arkadaşı anlattığında bu sefer söylenme sırası ötekine gelirdi. 'Yunanlılar çoktanrılıymış da, sizin Ermeniler çok mu farklıymış sanki!?' derdi. Sonra ikisi de gülüşür, hiçbir şey olmamış gibi ellerindeki yünleri örmeye devam ederlerdi."

Davud Elif'i dinliyordu ama onun aklı Yunan masalında kalmıştı. Yanındaki kadının da bir gün kendi çocuklarını emzirmesini ne kadar da çok istiyordu.

Genç adamın gözleri sonra Başak yıldız kümesine kaydı.

"İşte!" dedi parmağıyla gökyüzünü işaret ederek. "İşte sen O'sun! Gökyüzünün masum güzeli!"

Batlamyus'un *Virgo* yani *Bakire* adını verdiği; Arapların

Güzel Melek dedikleri bir kadın figüründen oluşan yıldız kümesi, Davud'a göre gökyüzünün en ilginç ışıltısıydı. Okuduğu yıldız haritalarında her yıldız kümesinin bin farklı adı ve anlamı vardı. Galaksinin adına bile Yunanlılar farklı, Araplar farklı, Farslar farklı adlar veriyorlardı. Birinin deve dediği diğer bir kültürde at oluyor, birinin prenses ilan ettiğini diğeri sakallı bir sultan olarak gösteriyordu.

Ama ya Virgo öyle miydi? Hangi haritaya bakarsa baksın, bu yıldız kümesi saflığın ve güzelliğin sembolü olan, elinde bir tutam başak tutan genç bir kadın olarak resmediliyordu. Bu Batlamyus'da da böyleydi, El Sufi'de de. Onda Müslümanlar da, antik Yunanlılar da, Hıristiyanlar da aşkı görüyorlardı.

Elif'in yüzü kızardı. Gözlerini Davud'dan kaçırarak gökyüzünde yıldızları birleştirmeye, genç adamın bahsettiği figürü hayalinde yaratmaya çalıştı.

Müslümanların *El Edra El Natifeh*, *Suçsuz Bakire*, Hıristiyanların ise aynı yıldızı daha evlenmemişken bir çocuğu olan Meryem Ana'ya benzeterek *Kutsal Bakire* demeleri boşuna değildi. Bazı Bedeviler ise ona *El Simak El Azal*, yani *Savunmasız Kız* demişlerdi. Mısırlılar İsis, Babilliler İştar, hatta Çinliler bile *Suçsuz Güzel* diye anarlardı onu.

"Bu Masum Kız, bir zamanlar, insanoğlunun altın çağında yaşarmış," diye anlattı Davud. "Yeryüzünde gezer, insanlara elindeki başaklardan vererek yiyecek dağıtırmış. Yüzyıllar boyunca insanlar mesut, mutlu yaşamışlar. Haksızlık, savaş, açlık, hastalık, ayrılık nedir bilmemişler. Adalet ve huzur, inanç ve güç onlarla birlikteymiş. Sonra insanlar tanrıları unutmuşlar, kusursuz düzenlerini kendilerinden bilmişler, gökyüzüne şükretmeyi bırakmışlar. Bu Masum Kız onları uyarmış, Tanrıların gazabına hazır olun demiş. Fakat insanoğlu ona yüz çevirmiş. Açlık, hırsızlık, haksızlık, ölüm ve savaşla tanışmış insanoğlu. Elinde başaklarıyla insanlara yemek dağıtan bu kız kaçmış, dağlara sığınmış, sonra yeryüzünde barbarlık ve savaş hüküm sürmüş. Gökyüzü acımış bu kıza ve onu semaya, kendi yanına almışlar. İşte o gün bugündür, yüzyıllardır insanoğlunun savaşını ve üzüntüsünü elinde kalan bir tutam başakla izlermiş bu güzel kız."

"Bir gün," dedi Elif, "Belki bir gün, yeniden yeryüzüne iner. Belli mi olur?"

İkisi de gülümsediler.

"Belki o zaman yeryüzünde yeniden adalet ve huzur hüküm sürer."

Davud, "Zaten indi," dedi.

Elif başını çevirerek genç adamın yüzüne baktı şaşkın gözlerle. Oğlanın demek istediğini anlamamıştı.

Davud devam etti: "İşte şimdi benim yanımda duruyor."

"Davuuud," dedi Elif. Sesindeki ürkeklik heyecanının göstergesiydi. Gözleri yıldızların ışıltısıyla yıkanıyordu.

Genç adam kafasını Elif'e çevirdi. Gökyüzünde baktığı yıldızların mı yoksa şimdi başını döndüren ışıltının mı daha güzel olduğunu düşündü.

"Davud, haftaya evleniyoruz. Sonra hayatımızın sonuna kadar birlikte yaşayacağız. Düşünsene!"

Davud, genç kadının ellerine uzandı. Onları sımsıkı tuttu.

Elif yıldızdan gözlerle ona baktı:

"Bir bebeğimiz olsun, oğlan olsun, gözleri seninki gibi mavi olsun."

"Hayır," dedi Davud. "Kız olsun, senin gibi tatlı olsun. Her şeyi annesine benzesin."

Elif gülerek, "Sonra ikimiz senin hakkından geliriz, bilmiş ol!" dedi.

Davud çok kısa bir süre sonra evleneceklerine hâlâ inanamıyordu.

"Haydi çifte kumrular," diye bir ses geldi arkadan. "Artık bu kadar muhabbet yeter." Elif'in annesi evlerinin penceresinden izlediği kızının ve nişanlısının yanına gelmişti. Yarın sabaha yetiştirilecek daha yığınla iş vardı.

Bu, çiftin düğününden önceki son görüşmesiydi. Bir daha yıldızlara baktıklarında karı koca olacaklardı.

Davud; Elif ve annesi gittikten sonra bir süre daha gökyüzüne baktı. Sadece bir yıl sonra tüm hayatının altüst olacağını, şu anda baktığı Samanyolu'nun kervanının yolcuları gibi sürekli oradan oraya savrulacağını, sevdiği kızın, onu benzettiği yıldız kümesinin efsaneleri gibi büyük bir trajediyle ortadan kaybolacağını aklında bile geçirmiyordu.

Tek düşündüğü, Elif'le evlenecek oluşuydu. Yüzünde hilale benzeyen bir mutluluk gülüşü vardı.

Gecenin lacivertine boyanmış gözbebeğinde *Masum Kız* ona göz kırpıyordu.

93

Davud ve beraberindeki kafile Malaga'ya bir günlük uzaklıktaki Antequera bölgesinin gür ormanlı bir bölümünde dinleniyorlardı. Güneşin turuncusu gözden kaybolmak üzereydi. Geceyi burada geçirip sabah tekrar, son defa yola koyulacaklardı.

David bölgede İslam Emirliği döneminden kalma eski bir kütüphane olduğunu ezelden işitirdi ve diğerleri uyuduklarında bu kütüphaneyi bulup oradan değerli bir-iki düzine elyazması kitabı yanına almayı planlıyordu. Bunu Davud'a birkaç sefer söylemiş ama her seferinde bunun büyük bir risk olacağını, kütüphanelerin şimdi kitap avcılarıyla kaynadığını ve Katolik din adamlarına yakalanmanın an meselesi olduğunu dinlemişti.

Bu yüzden güneş batıp da herkes ağacın dibine kıvrıldığında Yahudi hiç kimseye söylemeden, bir-iki saat uzaklıktaki kütüphaneyi bulmaya gitti. Bu kitaplar olmadan bu toprakları terk etmek onun için ruhsuz bir bedenle yaşamaya devam etmekti. Hayatının geri kalanında bu metinlere ihtiyacı vardı.

David, yola koyulduğunda en kötü ihtimalle gece yarısı olduğunda diğerlerinin yanına dönebileceğini umuyordu.

Fakat sabah olduğunda ilk önce Esther fark etti David'in grubun içinde olmadığını. Diğerleri Esther'in çığlığıyla gözlerini açtılar. Davud hemen tahmin etmişti Yahudi'nin nereye kaybolduğunu. Öfkeden burnundan soluyordu.

Davud, herkese burada beklemelerini tembihledikten sonra temkinli bir şekilde bölgedeki kütüphanenin yolunu tuttu.

Üç-dört saat kadar sonra tekrar geri döndüğünde elinde kitap dolu bir çuval vardı. Yüzünden düşen bin parçaydı.

Grubun ortasına çuvalı attı. Bir iki İbranice elyazması çuvaldan dışarı düştü.

Esther başta olmak üzere herkesin gözü Davud'un söyleyeceklerindeydi.

"Kitapları almayı başarmış," dedi Davud sıkıntıyla. "Ama geri dönüş yolunda yakalanmış."

"Bunları nereden buldun?" diye sordu Samuel. Esther hıçkıra hıçkıra ağlıyordu.

"Buraya bir saat kala bir mesafede."

"O kütüphaneye gidip onu hemen kurtarmalıyız!" diye ayağa kalktı Samuel.

"Kütüphanede yok," dedi Davud. "Artık çok geç."

"Nereden biliyorsun?!" diye çıkıştı Samuel.

"Çünkü oradan geliyorum. İki Santa Hermandad şövalyesi ve bir rahip güneş doğmadan oradaki mahkûmları götürmüşler."

"Peki nereye?" diye sordu Abdullah. "Nereye götürmüşler? Bari onu öğrenebildin mi?"

Davud bir süre sessiz kalıp derin bir nefes aldıktan sonra, "Evet," dedi. Hem Yahudi'nin götürüldüğü yeri öğrenmiş hem de Peder Paolo'nun ona bahsettiği kişi ile, yani keşiş Santiago ile tanışmıştı. Tüm bilgileri de zaten ondan almıştı. Emin olduğu tek bir şey vardı, artık David'in kurtarılmasının imkânsız olduğu.

"Peki nereye götürmüşler söylesene!" diye yakındı Samuel.

Esther de, "Nerede David?!" diye hıçkırıyordu.

Davud'un ağzından çıkan söz sanki grubun ortasına bir kor gibi düştü:

"Elkazaba."

Abdullah, "Lanet olsun!" diye ayağını yere vurdu.

David artık Malaga'nın en iyi korunan kalesinde, İspanya Krallığı'nın en son zafer bölgelerinden birinde tutsaktı.

Oraya diri girip sağ çıkmanın mümkün olmadığını kafiledeki herkes biliyordu.

El Hakim'in Kütüphanesi

Malaga'ya bir gün uzaklıktaki Angiquara bölgesinde yani benim Engizisyon katipliği yaptığım Elkazaba'ya çok yakın bir yerde El-Hakim'in kütüphanesinde saklı kalan yüzlerce kitap olduğunu duyduğumuzda buna önce grubumuzdaki hiç kimse inanmadı. Kutsal Kilisemizin sadık ve çilekeş hizmetkârları gibi ben de çok iyi biliyordum ki, Yüce İsa'dan on asır sonra yaşayan bu Muhammedi hükümdarın efsanevi kütüphanesi asırlar önce yok edilmişti. Bir zaman tutucu El-Mohadlar, bir zaman, başka bir Muhammedi tarikat, Fas'tan gelen barbar El-Moravidiler ve çoğu zaman da Kutsal Kilisemiz emrindeki muzaffer Hıristiyan hükümdarlar El-Hakim'in yüz binlerce kitaptan oluşan hazinesinden geriye pek bir şey bırakmamışlardı.

Bu yüzden üç katip keşiş ile beraber yola çıkarak daha çok bir harabe görünümündeki medreseye ulaştık. Kapıda birkaç engizisyon muhafızı nöbet tutuyordu. Yeni bir kütüphane bulunduğunda ilk iş, onu etraftaki Yahudi ve Müslümanların hırsızlıklarına karşı korumaktı. Gerçi bu kuş uçmaz kervan geçmez yere bizden başka pek kimse uğrayacağa da benzemiyordu. Biz açıkçası bu harabede değil bir kütüphane, bir elyazması kitap dahi bulacağımızı beklemiyorduk.

Fakat bu taş binaya girip de, çatlak olmalarına rağmen sapasağlam yerlerinde duran merdivenlerinden yukarıya çıkınca gözlerimize inanamadık! Koca bir kat, neredeyse küçük bir tarla büyüklüğündeki, en az iki yüz metrakarelik bir alan kitaplarla doluydu! Sadece beş-on sıra raflarla kaplı duvarlar değil, ortadaki meydan da sıra sıra yükselen kitaplıklardan mürekkepti. Birbirlerine bakan ya da birbirlerini kesen o kadar çok kitaplık vardı ki içerde, devesa bir labirentin içinde hissediyordum kendimi.

Diğer iki katibin yüzlerindeki karmaşayı da okuyabiliyordum. Biri sanki etle dolu bir mezbaha bulmuş bir çakal gibi pis pis sırıtırken, yakacağı kitapları hesap ediyordu, diğeri ise bu kadar kitap çok fazla iş demek olduğundan somurtuyordu. Bense ikisinin ortasında bir yerde, bu kadar kitabı nasıl hakkıyla eleyip tasnif edeceğimizi, hangilerinin yasaklılar kategorisine gireceğini, hangilerinin kilise kütüphanesine teslim edileceğini, tüm bunların zorluğunu düşünüyordum. Oysa bizim bu iş için sadece yarım günümüz vardı!

İlk başta ortaklaşa karar alarak her türlü Arapça ve İbranice kitabı eleyecek, Latincelere dokunmayacaktık. Tüm Arapça kitapların Kur'an, her İbranice kitabın da Tevrat olmadığını artık çok iyi biliyorduk, ama yüce katedralimiz Cisneros'un bu konudaki öngörülerini dinleyerek Arapça ve İbranice hiçbir şeyden hayır gelmez düşüncesini kendimize rehber bellemiştik. Latince kitapları ise daha sonra, içeriklerine göre ikinci bir elemeye tabi tutacaktık.

Olgun buğday başaklarıyla dolu bir tarlanın üç ucundan içeri dalan üç aç boğa gibi kütüphanenin üç farklı köşesinden işe koyulduk. İlk başta her şey güzel gidiyordu, gayet hızlı ilerlediğimizi sanıyorduk. Raflardaki bir kitabı alıyor, sayfalarını gelişigüzel karıştırıyor ve dilini anlar anlamaz yere fırlatıyorduk. Yerdeki kitapları daha sonra Engizisyon muhafızları yakılmak üzere toplayacaklardı. Bazen kitapları açmaya bile gerek kalmıyordu, o kadar güzel ciltlenmişlerdi ki, kitapların kapaklarında ve sırtlarında ya başlıkları ya da yazarları yazıyordu.

Böyle böyle yüzlerce kitap eledik. Aradan bir-iki saat geçmişti ki, etrafımıza bakıp ne kadar kitabı raflardan boşalttığımızı anlamaya çalıştık. Herhalde kütüphanenin yarısını elemişizdir diye düşünüyordum. Fakat ayaklarımızın altına ve geri çekilip tekrar raflara baktığımızda kütüphanenin yüzde birini dahi eleyemediğimizi gördük! Duvarlardaki ve ortadaki yüzlerce raf kitaplarla doluydu. Bu şekilde işin içinden çıkamayacağımızı anlayınca kitapları hiç açmadan sırf şekillerine göre elemeye başladık. Sırtında ya da kapağında Latince yazmayan ya da dışında herhangi bir Arapça ya da İbranice harf olan tüm kitapları raflardan elimizin bir hareketiyle dışarı çekiyor ve yere atıyorduk. O kadar keyfi davranıyorduk ki, bu bana aylar önce görünüşlerine göre Müslüman mı Yahudi mi olduklarına karar verilen, Hıristiyan olmayanların Engizisyon muhafızlarınca hücrelere atıldığı uygulamaları hatırlattı. Aklımın bir köşesinde İbn Rüşd ve İbn Meymun geziniyor, diğer tarafında ise onları bastırmak istercesine başka bir güç, "Hadi devam et! Durma devam et!" diye haykırıyordu.

İki saat kadar sonra geri çekilip kütüphaneye tekrar baktığımızda bu sefer rafların beşte birini temizlediğimizi gördük. Demek ki biraz daha hızlı hareket edersek birkaç saate tüm Arapça ve İbranice kitaplardan kurtulacaktık!

Hızla işimize geri döndük ve bu sefer iki elimizle birden kitapları ayıkladık. Üç saat sonra kollarımın artık iyiden iyiye ağrıdığını hissediyordum. Kendi payıma düşen son duvardaki rafları da temizledikten sonra diğer iki meslektaşımın yanına gittim ve başardığımız manzaraya baktım. Fena görünmüyordu. Raflarda Latince olduklarından emin olduğumuz eserlerin dışında hiçbir kitap durmuyordu. Labirentimsi koridorlar kitap dalgaları haline gelmişti. Yerdeki sayfaları açık Arapça ve İbranice metinler gözümüze iliştikçe kendimizle gurur duyuyorduk.

Fakat artık kendimi kandırmanın bir anlamı yok. Ben gurur değil, daha çok sıkıntı duyuyordum. Yaktığım her kitapla, İbranice, Arapça ya da Latince her metinle içimdeki ateşi söndürebileceğimi, rahatlayacağımı, içimdeki savaşı kazanacağımı sanıyordum ama bu kendimi kandırmaktan başka bir şey değildi. Yaktığım her kitap benim içimdeki koru daha da alevlendiriyordu.

İşte o anda bir şey oldu. Gece saatleriydi, işimiz bir türlü bitmemişti. Sabah erkenden Malaga'ya geri dönmeyi planlıyorduk. Kütüphanenin alt katlarında bir gürültü koptu. Aşağıya indim, Engizisyon şövalyelerinin bir Yahudi'yi kitap çalarken yakaladıklarını, adamın önce kaçtığını ama daha sonra onu yolda yakalayıp tekrar buraya getirdiklerini öğrendim. Buraya kadar her şey sıradandı. Ama sabah saatlerinde, ertesi gün bir keşiş geldi yanıma. Bana yıllar önce elinde yetiştiğim Peder Paolo'dan bahsetti. Onyıllardır adını duymadığım rahibin adıyla sanki oracıkta çocukluğuma geri döndüm, yaptığım işten utandım. İçimdeki tüm sıkıntı su yüzüne çıktı ve hayatımı bir kitap avcısı olarak geçirdiğim için kendimden utandım.

İşte orada, bakışlarına ve sözlerine güvendiğim o adamla anlaştım ve ona yardım etmeye karar verdim.

Neden bunu yaptığımı hâlâ bilmiyorum.

95

Genç adam yatak odasının ahşap üzerine çiçek işlemeli dolaplarının arkasından gelen su sesini duyduğunda karısının yıkandığını anladı. Maşrapadan yere dökülen su sesi bile adamı tahrik etmeye yetiyordu. Karısının bedenini hayal etmek, suyun o narin vücudun kıvrımlarından akıp gidişini, ıslak saçlarının omuzlarına ve sırtına düşmesini ve suyun damlalarının kadının en mahrem yerlerinde gezindiğini düşünmek...

Davud, banyo dolabını yavaşça açtı ve Elif'i üç metre kadar ötesinde ona sırtı dönük bir şekilde ahşap bir taburenin üzerinde otururken buldu. Genç kadın, sobanın önüne oturmuş başını sabunluyordu. İçinde sıcak suyun bulunduğu parıl parıl ışıldayan bakır suluğun sırtı, sobadan yukarı çıkan boruya yarım daire şeklinde yaslanıyordu. Hem suyu hem de dört metrekarelik banyoyu ısıtan soba harıl harıl yanıyordu ama içeri henüz giren adamın ateşi bu sobadan değil karşısında onu büyüleyen güzellikten kaynaklanıyordu.

Kadının buğday teninde suyun buharlaşması ve duman duman tütmesi güneş doğduğu zaman yeryüzündeki çiğin buharlaşıp kaybolması gibi görünüyordu. Karşısındaki manzara Davud için güneşin doğuşundan da, geceleri tüm ışıkları gölgesinde bırakan ay parçasından da daha güzeldi.

Genç adam, daha elbiselerini bile çıkarmadan içeri girdi, karısına yaklaştı ve onun uzandığı su kabının içine eline daldırdı. Kadın başına su dökmek için elini bakır kabın içinde gezdirdiğinde aradığını bulamamıştı.

"Davud!" dedi yarı şaka yarı ciddi, "Gözlerime sabun kaçtı! Versene şu maşrapayı!" dedi.

Genç adam gülümseyerek suyu kadının başından aşağıya yavaşça döktü. Sabun, kadının kumral saçlarından aşağıya, sonra omuzlarına, koynuna ve oradan göğüslerinin yanından kavis çizerek aktı. Sabun, sanki göğüsleri üzerine geldiğinde burada biraz oyalanmak ister gibi kıvrımlar çizdikten sonra bir uçurumun üzerinden yere akan bir şelale gibi ilerledi.

Davud,maşrapayı suya bıraktıktan sonra kadının arkasına oturdu ve ona sarıldı. Elif'in mis gibi tenini sanki koklamıyor da, onu bir hayat kaynağı gibi soluyor, boynunu, gerdanını, omuzlarını derin derin içine çekiyordu.

Elif, bundan hoşlanmışçasına irkildi, kafasını arkaya çevirdi. Adam, kadının sıcaktan iyice kıpkırmızı olmuş dolgun dudaklarına kendi dudaklarını değdirdiğinde sanki o andaki temastan etrafa kıvılcımlar yayılmıştı. Kadının kalbi de, erkeğinki de yerlerinden fırlayacakmış gibi çarpıyordu. Adam ve kadın sanki öpüşmüyor, ruhlarını değiş tokuş ediyorlardı. Adam sanki çölde günlerce susuz kalan bir bedevinin bulduğu vahada lıkır lıkır su içer gibi hissediyordu. Kadın ise sanki yıllarca tutuklu kaldığı bir kuleden onu kurtaracak prensi gelmiş gibi bedeninin ve ruhunun anahtarını genç adama sunuyordu.

Adamın üstü başı kadının bedenindeki sudan sırılsıklam olmuşken, Elif ayağa kalktı ve arkasına döndü. Davud, karısının oturmasına izin vermeden kadını yakaladı ve kafasını onun karnına dayadı. Yıllarca dünyayı dolaştıktan sonra yeryüzünün merkezini bulmuş bir seyyah gibi onu öpmeye ve koklamaya koyuldu. Kadın elleriyle adamın başını tutuyor, saçlarını okşuyordu. Genç adam kulağını bir süre kadının bedenine dayadı ve onun sadece kalp atışlarını değil, vücudundaki kanın dolaşımını, hücrelerindeki hareketi, sanki tüm varlığını dinledi. Tüm hayatını bu kalp atışlarını dinlemek için verebilir, hayatının geri kalanını bu kadın uğruna feda edebilirdi.

Banyodaki ateş çıtırtıları, ikili birbirlerine değdikçe çıkan kıvılcımlardan mı geliyordu, yoksa sobada yanıp kül olan odunlardan mı, ikisi de kestiremiyordu. Kadın adamın karşısına oturup, onun suya bulanmış gömleğini başının üzerinden çekip aldı. Adamın sanki bir kayadan yontulmuş geniş omuzları ve kaslı göğüsleri tüm haşmetiyle ortaya çıktı. Kolları sanki birer fildişiydi. Kadın, yeryüzünün tek hâkimi gibi gördüğü kocasının bir mermer gibi sert bedeninde ellerini dolaştırdı, hayranlıkla erkeğini izledi. Güçlü ama tehlikeli, zarif ama gözü pek bu savaşçıya âşıktı. Sonra iki eliyle adamın yanaklarına yapışıp onu kendine doğru çekti. Adamın mavi gözlerine baktıkça kendini bir okyanusun derin sularında kayboluyormuş gibi hissediyor, bazen de gökyüzünde uçuyormuş gibi bir hisse kapılıyordu. O öpüşürken, sırf bu derinlikte kaybolmak için gözlerini kapamıyor, o maviliğe daha çok bakıyordu. Bu mavilik onun tüm vücudunu yılan sokmuş gibi uyuşturuyor, vücudunda güç kuvvet bırakmıyordu. Elif'e göre yiğitliğin ve mertliğin tanımı işte bu vücuttu.

Adam da kadını bir haritanın üzerindeki kıvrımları inceler gibi inceliyor, peşinde olduğu hazinenin izini süren bir denizci gibi parmaklarını kadının sayfaları üzerinde gezdiriyordu.

Davud, kadını tek seferde kucakladı ve ayağa kaldırarak kadını banyonun duvarına dayadı. Banyo duvarları sımsıcak olmasına rağmen, ikilinin bedenleri öylesine ateş gibiydi ki, duvarın soğuğu kadını rahatlattı. Genç adam, sanki kılıcını sivrilten bir demirci ustası gibi ritmik hamlelerle hareket ediyor, yüz derecelik ateşin altında çalışan o demirci ustası gibi terlere boğuluyordu. Kadının da, erkeğin de nefesi gittikçe kesikleşiyor, vücutlarından çıkan terler suyla karışarak, patlayan bir yanardağın eteklerinde ilerleyen bir lava gibi ağır ağır bedenlerinde akıyordu.

Elif'in Yunan tapınaklarının sütunlarını andıran pürüzsüz bacakları titrerken, Davud'un Tac Mahal'in duvarlarındaki mermerden farksız vücudu zangır zangır sallanıyor, sanki yeryüzündeki tüm tapınakları ve sarayları yerle bir edecekmiş gibi bir zelzele bakır kabın içindeki suları dışarı sıçratıyor, kızgın sobanın üstüne düşen sular cız cız ses çıkartıyor, banyonun dolapları güm güm birbirine vuruyordu. Adamın kasları sanki patlamaya hazır birer bomba gibi çarpıyordu. Davud'un vücudundan sobaya sıçrayan ter damlaları Roma İmparatorluğu'nun duvarlarını paramparça eden güllelerden farksızdı. İkilinin ağızlarından çıkan alevden nefesler bir yanardağın dumanı gibiydi.

Bu zelzeleye sanki daha fazla dayanamıyormuş gibi bakır kabın içindeki maşrapa önce sobanın üzerinde sonra da yere "Şırrak!" diye yuvarlandı. İçindeki su sobaya büyük bir buhar ve ses çıkararak alabildiğine boşaldı.

İkilinin zerre kadar umurlarında değildi. Onlar sanki, Adem ve Havva'nın kaybettikleri cenneti şimdi yeniden bulmuşlardı.

Genç adam ve genç kadın, yeryüzünün en yüksek dağlarından birinin doruğuna tırmanmış gibi solukları tükenmişken, sadece üç mevsim sonra, bir bahar günü filizlenecek bir çiçeğin tohumlarını attıklarından habersizdiler.

Elif, Davud'un gözlerinin içine baktı, "Seni seviyorum, Davud," dedi.

Adam aynı şekilde karşılık verdi:

"Seni seviyorum, Elif. Allah bizi hiç ayırmasın."

96

Martin Alonso Pinzon, ufukta gördüğü, karaya yaklaştıklarını gösterebilen bazı işaretleri Kolombus ile paylaşmak için Santa Maria'ya geçmiş, Amiral'in kamarasına gelmişti. Yumruğuyla tahtaya vurduğunda, kapı kendinden ağzına kadar açıldı.

Pinzon, Kolombus'un içeride olduğunu düşünerek içeri girdi.

Kolombus'un odası küçük ama gösterişliydi. Duvarın orta yerinde Afrika'ya Portekizlilerle yaptığı seferlerden ele geçirdiği bir Jaguar postu, boynuzları kafasının beş katı kadar daha büyük bir geyik kafası, yerlerde siyah beyaz çizgili zebra postları ve köşelerde bir insan boyunda, tahtadan oyma Afrika yüzleri bulunuyordu.

Pinzon, kenardaki bir hasır sepetin içinde kimbilir hangi zavallı hayvanlardan alınan yarım düzine fil dişini gördü. Bunların bir tanesine İtalya'da tonla para verecek aristokrat bulunabilirdi. Bir fildişinden acaba kaç satranç takımı çıkardı? Kaptan, odada gezinirken gülümseyerek ama hakir bir ifadeyle bu garip nesnelere bakıyordu.

Kolombus'un orada olmadığını anlayınca pruvaya gitmek için tam dışarı çıkacaktı ki, arkasını dönünce istemeyerek odanın ortasındaki masaya çarptı. Yere bir defter düştü. Amiral'in seyir defteri olsa gerek, diye düşünerek defteri tekrar masaya koymadan önce sayfalarını karıştırmaya başladı.

Rastgele seçtiği bir sayfayı okumaya koyuldu...

97

7 Ekim 1492

Bu yolculuk saçlarımı hiç olmadığı kadar aklaştırdı. Denize her bakışımda, suda yansıyan adamın saçlarının daha da beyazladığını görüyorum. Belki Asya'ya vardığımda, o zengin topraklarda saçın ağarmasına da biz İspanyolların henüz keşfetmediği bir çözüm, bir bitki, oralardaki yerlilerin bulduğu bir ilaç bulabilirim. Pliny'nin Historia Naturalis'ini geçen akşamın sessizliğinde, mum ışığında bir kere daha karıştırdım. Eşek dölünün saç dökülmesini ve ağarmasını giderdiğini söylüyor. Hayvanın hayalarından bu dölün nasıl sağılacağını da uzun uzun anlatmış. Gerçi en son önerisini tatbik etmemden bu yana, bir daha onu dinlemem diye ahdetmiştim ama talihin bana yeni güldüğü böyle bir dönemde erken yaşlanmaya hiç niyetim yok. Evet, keçi boynuzlarının tozları saçımda bir işe yaramamıştı; üstelik her şeyi de Pliny'nin anlattığı gibi yapmıştım.

Ama kaybedecek bir şeyim yok. Ne yapıp edip bu ak saçlara bir çare bulmalı.

Bu notları günlüğüme yazarak umudumu tazelemeye çalışıyorum. Hint topraklarına ulaşacağımı, eninde sonunda bu geminin karayı göreceğini, elime geçecek toprakları, altınları, kıymetli taşları, ve kim bilir bizim bilmediğimiz, henüz keşfetmediğimiz nice zenginlikleri bulabileceğimi düşünerek kendimi teşvik etmeye uğraşıyorum.

Zira her geçen gün bu yolculuk daha da imkânsız bir hal alıyor. Mürettebatın morali bitti tükendi. Adamların zaten bana karşı hiç güvenleri yoktu; aradan haftalar geçmesine rağmen tek bir kara parçasına dahi rastlayamayışımız onları bana iyice düşman hale getirdi. Her akşam kat ettiğimiz yolu defterime not ediyorum.

Bugün, güneş batışına kadar 138 deniz ligi yol kat etmişiz. Parekete hesabına göre çıkan bu rakam her geçen akşam büyük ölçüde artıyor, ama bunu gemidekilere söylemekten korkuyorum. Ölçümü, üçte bir oranında düşürdükten sonra adamlara kat ettiğimiz yolu bildiriyorum. Böylece tayfanın yavaş gittiğimiz ve bu yüzden çok fazla yol alamadığımız hissine kapılmalarını sağlayarak İspanya'dan ne kadar çok uzaklaştığımızı anlamalarına engel oluyorum. Adamlar şu anda karadan fersah fersah uzak olduğumuzu bilseler beni hemen katlederlerdi.

Yüce İsa'ya şükürler olsun, Pinzon sözünün eri bir kaptan, kimse onun lafından dışarı çıkmıyor. Fakat sorun şu ki, haritaların, yıldız kitaplarının ve usturlabının başından ayrılmayan Afrikalı, kat ettiğimiz gerçek mesafeyi biliyor gibime geliyor. Bunu bana söylemiyor, diğer adamlara da söylemiyor. Bunun zarardan başka bir şey getirmeyeceğini biliyor olmalı. Buna rağmen onu Granada'dan son anda bu sefere kattığıma şükrediyorum. Afrikalı çok ketum biri; sormadıkça konuşmuyor; sorulanı cevaplıyor, sürekli hesaplamalar yapıyor. Elinde iki karışlık bir usturlab var, üzerinde hiç görmediğim kadar alidade, karıncanın üçte biri kadar boyutta Arapça harfler ve sayılar, üzerindeki pirinç tabakalarda mevsimlere göre tasarlanmış yıldız haritaları, enlemler boylamlar ve daha benim anlayamadığım bir sürü çizelge var.

Afrikalı, güneşin altında güverteye çıkıp da bu usturlabı eline bir aldı mı, bir altın gibi parlayan bu alete baka baka yeryüzünün neresindeyiz, hangi enlemdeyiz hemen biliyor. Sonra da bana bakıp, "Yine yalan söylüyorsun" der gibi anlamlı anlamlı sırıtıyor. Bildiklerini mürettebata söylemediği sürece benim için sorun yok. Aksi takdirde onun da benim de başım büyük beladadır demektir.

Keşke bu Afrikalı'da karayı gösteren bir alet daha olsaydı! İşte o zaman her gördüğümüz kara bulutu uzaktaki bir kara parçası sanmaktan kurtulurduk. Çölde kaybolan insanların vaha görmesi gibi, denizde kaybolanlar da tam aksine kara parçası görüyorlar. Gün geçmiyor ki, güvertedeki çaresiz bir denizci "Kara! Kara! İşte orada!" diye eliyle bir yönü işaret etmesin. Biz de her seferinde belki bu sefer gerçektir, belki bu sefer gerçekten de Asya'ya varmışızdır diye heyecanla adamın gösterdiği yöne bakıyoruz. Sonra geminin burnunu o yöne çevirip saatlerce, bazen birkaç gün o tarafa doğru gidiyoruz. Ama sonunda herhangi bir karayla karşılaşmadığımız gibi yolumuzdan da durduk yere sapıyor ve zaman kaybediyoruz. Üstelik adamların morali bir kere daha altüst oluyor. Böyle daha ne kadar daha dayanabiliriz bilmiyorum.

Dün elli mil kadar ötemize büyük bir ateş topu düştü. Adamlar bunun şeytanın ateş topları olduğunu, artık dünyanın sonuna geldiğimizi iddia ettiler. Hâlbuki ben bunun yeryüzüne düşen bir yıldız olduğundan emindim. Afrikalı ve Pinzon ben böyle deyince kahkaha attılar. Neden güldüklerini sorduğumda Nino, en küçük bir yıldızın bile dünyadan onlarca kat büyük olacağını, yıldızın yere düşmesi gibi bir şeyin söz konusu olmadığını söyledi. Peki o zaman bunun ne olduğunu sordum, o zaman da taşın bir meteor ya da yakınlardaki bir volkanik dağdan fırlayan bir lava parçası olduğunu anlattı. Adamlar bunu duyunca şeytan safsatasını unuttular da yolumuza bir süre daha rahat rahat devam ettik. Fakat eminim, kısa zamanda bir kargaşa daha çıkacak, mürettebat yine geri dönelim diye tutturacak.

Hâlbuki bu insanlar benim bildiklerimi bilseler, benim hayal ettiklerimi görseler, bu yolculuğa değil haftalar, aylarca dahi katlanabilirlerdi!

Sürekli batıya giderek Hindistan kıyılarına ulaştığımızda Muhammedcilerin tekellerine geçirdikleri Akdeniz ticaretini ve İpek Yolu'nu es geçerek Asya'nın hazinelerine doğrudan konmuş olacağız! Bu topraklara ulaşmak adeta kayıp cennetin yeniden bulunması olacak! Gözün henüz görmediği meyveler, dillerin henüz tatmadığı yiyecekler, İspanyol marevedisiyle paha biçilemeyecek kadar değerli altınlar ve taşlar, ve binlerce köle bizim emrimizde olacak! Adamları biraz daha cesaretlendirmek için onlara karayı ilk görene on bin marevedi ödül vereceğimi söyledim. Bu onları oldukça heyecanlandırdı. Elbette benim yanımda böyle bir para yok ama eminim karaya ulaştığımızda kazanacağımız hazinenin yanında on bin marevedi çok küçük bir miktar olacaktır.

Öğlen saatlerinde beyaz bir kırlangıç gördük. Pinzon bunun bir kara kuşu olduğunu, fazla açıklara uçamayacağını söyledi. Bu da demek oluyor ki karaya artık iyice yaklaştık. Deniz yüzündeki yosunlar ve tahta parçaları da yine bunun bir göstergesi.

Toledo'dan Louis de Torres'i yanıma almakla çok iyi yapmışım. Dünyanın öbür tarafında karşılaşacağımız adamlar büyük ihtimal ya Arapça ya İbranice konuşacaklar. Şimdiye kadar kaliteli ve değerli ne kadar gelişme varsa bu kültürlerden çıkma. Usturlab Arapların icadı, yıldızları keşfedip adlandıran bunlar, şimdiye kadar gördüğüm en detaylı haritaları yapıp, en teferruatlı yerküre hesaplarını, Ay'ın ve Güneş'in konumlarını ölçenler yine bunlar. Zaten Yahudi'nin anlamadığı dil yok; Arapça, İbranice, İtalyanca, Osmanlıca, Yunanca, Latince ve daha benim adını bile duymadığım pek çok dil. Bulduğumuz karada her kiminle karşılaşırsak karşılaşalım eminim Yahudi'nin anladığı bir dil olacaktır. Adam, İspanya'daki vahşetten sonra ona nasıl davranırsam davranayım aldırmıyor, bir dediğimi iki etmiyor. Benden tek istediği, bir daha onu İspanya'ya götürmemem. Gittiğimiz yerde neyle karşılaşırsak karşılaşalım, oraya yerleşmeyi şimdiden kafaya koydu. Şimdilik bu isteğine ses çıkarmıyorum, ama bu adam Asya'ya vardığımızda onu serbest bırakacağımı düşünüyorsa yanılıyor! Onu daha çok uzun süre Araplar ve Türklerle olan karşılaşmalarımda kullanmayı planlıyorum.

Bu yetenekli insanları İzabella ve Ferdinand'ın neden gözden çıkardıklarını aklım almıyor. İnsanlar Musevi ya da Muhammedci olsunlar, beni ilgilendirmiyor. Hatta bu sefere çıktığımızdan bu yana Pinzonların Muhammedci olduklarını düşünmeye başladım. Belki de Engizisyon'un Martin Alonzo Pinzon'u içeri atması boşuna değildi. Bir seferinde onun gemisi Pinta'ya çıktığımda onu suyla kollarını ve kulaklarını yıkarken yakaladım. Karşısında bir adam ibriği tutuyor o da bir şeyler mırıldanarak aynı Muhammedcilerin yaptığı gibi suyu vücudunun uzuvlarına sürüyordu. Beni geminin güvertesinde görünce irkildi ama sonra hemen kendini toparladı. Ellerini mi yıkıyordu yoksa Muhammedcilerin ibadet etmeden önce yaptıkları gibi suyla temizleniyor muydu emin değilim ama bu adamdan şüpheleniyorum. Bana belli etmemeye çalışsa da Arapçayı çok iyi biliyor. Muhammedcilerin çoğu gibi verdiği sözü yerine getirmekte aşırı titizlik gösteriyor. Daha da ilginci onun şimdiye kadar bir kere bile Yüce İsa'nın adını ağzına aldığını görmedim. Yemin edeceği zaman, "Tanrı aşkına!" ya da "Tanrı adına" gibi sözler ediyor. Gemisinde hiçbir şekilde domuz eti bulundurmuyor. Bunun nedenini kendisine sorduğumda, domuz etinin onu hasta ettiğini söyledi ve soruyu geçiştirdi. Şaraba da ağzını sürmüyor, akıllı kaptan ayık durur, diyor. Kendinden konuşmayı hiç sevmiyor ve bu tür sorular sorduğumda hemen *geçiştiriyor. Ayrıca içki içmemek için Müslüman olması gerekmediğini, şarabın tüm dinlerde yasaklandığını iddia ediyor.*

Pinzon bana itaat ettiği sürece onun dini umurumda değil. Ama bana bu sefere mal olacak bir şey yaparsa, geri döndüğümde ilk işim onu tekrar engizisyona teslim etmek olacak. Ona da Yahudi ve Afrikalıya davrandığım gibi şimdilik sesimi çıkarmıyorum. Bu yolculuğa engel olacak en ufak bir şey yapmayacağım. Öte taraftan başıma bir iş gelirse ya da denizde kaybolan pek çok kişiye olduğu gibi hafızamı kaybedersem bu defter gerçekleri bir bir ortaya koyacaktır. Zaten karayı bulduğumuzda bu yolculuk Muhammedci Türklere en büyük zararı verecektir. Akdeniz ve Orta Doğu ticareti onların tekelinden çıkacak ve yeryüzüne biz Tanrı'nın sadık kulları egemen olacak...

Pinzon, bu sayfaların ardından hemen masadaki haritaların altını karıştırdı ve Kolombus'un bahsettiği ikinci defteri okumaya başladı. Bu, kral ve kraliçeye gönderilmek için hazırlanmış bir mektup gibiydi. Bu sefer kafası iyice karıştı. Yazılanlar aynı günlerin farklı şekilde anlatılışıydı. İkinci günlükte Pinzon ve Afrikalı'nın sefere katkılarından zerre kadar eser yoktu; Kolombus her şeyi kendine mal ediyordu... Ama Pinzon'un şaşkınlığı fazla sürmedi. Çok geçmeden Amiralin neler çevirdiğini anlamıştı. Kolombus, bir tane kendi güvenliği için --sadece kendisi için-- bir günlük, bir de herkesin görebileceği, mürettebatı kandırdığı ikinci bir günlük tutuyordu.

98

7 Ekim 1492

Yüce İsa'nın sadık kulları Kraliçe İzabella ve Kral Ferdinand'ın destekleriyle çıktığım bu seyrüsefer planlandığı gibi devam ediyor. Bugün gün batışına kadar 78 deniz mili yol kat ettik. Rüzgrlar ve akıntılar tam istediğimiz gibi gitmediği için biraz yavaş yol alıyoruz. Çok yakında karaya ulaşacağımızdan hiç şüphem yok. Tek başıma yaptığım hesaplamalar, haritalardan edindiğim bilgiler ve geceleri gökyüzüne bakarak okuduğum yıldızlar bana doğru istikamette olduğumuzu gösteriyor.

Daha şimdiden bu yolculuk bize semerini vermeye başladı. Okyanus, Akdeniz'de hiç görmediğim kadar mavi ve parlak ve göz kamaştırıcı. Hava serin ve nemsiz. Su çoğu zaman, Seville nehri kadar sakin. Sanki yaklaştığımız yeryüzü cennetinin kokuları yüzümüze çalınıyor. Bir bülbüllerin sesi eksik. Yüce İsa'nın, Musevi ve Muhammedcileri İspanya'dan temizledikten sonra ulaştığımız kıtalarda iyilik ve adaleti dağıtmak, yobazlara medeniyeti taşımak için bizi seçtiğine hiç şüphe yok. Yeryüzü artık dinsiz Muhammedcilerin boyunduruğundan kurtulacak ve adalet biz asil Katoliklerin sayesinde tüm dünyada hâkim olacak.

Ulu Krallığımızın sancağını yüzyıllarca Muhammedcilerin egemenliğindeki El Hamra'da gördüğümde ve Arapların büyük kralı Boabdil'in Kraliçemiz İzabella'nın eteklerini öptüğüne bizzat şahit olduğumda artık sapkın Müslümanların döneminin bittiğine ve yeryüzünün her noktasının Tanrı'nın biz gerçek hizmetkârları tarafından onurlandırılması gerektiğine inandım. Vardığımız topraklarda artık herkes Yüce İsa'nın mesajını dinleyecek ve barbarlıktan kurtulacak.

1453'teki bahtsız olaydan sonra Doğu Roma Türklerin eline geçebilir ama biz aradan daha yarım asır bile geçmeden dünyanın merkezine, Kudüs'e Batı'dan ulaşacağız ve Katolik bayrağını tekrar kutsal topraklarda da dalgalandıracağız. Romalılar, Papa'nın yolundan şaşıp Ortodoksluk ile dinlerini sapkınlığa alet ettikleri için Türkler tarafından cezalandırıldılar. Oysa biz Katolikliği yaydıkça, Musevi ve Muhammedcilere layık oldukları muameleyi yaptıkça Yüce İsa bizi ödüllendirmeye devam edecektir.

İşte ben fakir Kristof Kolombus, Okyanus Gemilerinin Kaptanı ve Amirali, yolculuk boyunca yaptığım hesaplamaları, gözlemlerimi, enlem boylam çizelgelerimi ve çizdiğim portolanları böyle notlarla destekliyorum ki benli ya da bensiz kutsal krallığımız devam ettirebilsin ve Yüce İsa'nın mesajından tüm insanlık faydalanabilsin. Sabahları güneşi, rüzgârı ve akıntıları izleyerek, aldığımız yolu hesap ederek, kum saatini gözetleyerek; akşamları da bu gözlemlerimi not edip yorumlayarak işte bu satırları yazıyorum. Evet, belki uykumdan oluyor, kendi sağlığımdan feragat ediyorum ama bu kutsal vazifede biraz uykusuz kalmamın benim için önemi yok.

Bu sefer sayesinde Türklerin Akdeniz'deki boyunduruğundan kurtulacağız ve kafirlerin kalbine büyük bir darbe indireceğiz. Varsın benim uyumayı unutarak yaptığım haritalarla yeryüzünün tamamına kutsal krallığımız hâkim olsun ve barbarların hükmüne son verilsin. İncil'de ve kutsal azizlerin kitaplarında Yüce İsa'nın yeryüzünde görünmesinden tam olarak bin beş yüz yıl sonra insanlığın sonunun gelip, tekrar Tanrı'nın krallığına kavuşacağımız, kovulduğumuz cennete yeniden gireceğimiz yazıyor. 1500 yılına sadece yıllar kalmışken giriştiğim bu seyahat şüphesiz işte bu kehanetlerin en büyük belirtisi olsa gerek. Bu, biz Tanrı'nın sadık kullarının yeryüzünde cenneti yeniden kuracağı anlamına da gelebilir. İnancım odur ki, kutsal toprakların da tekrar İsa'nın ordularının emrine girmesiyle Zion'da tekrar gerçek muzafferlerin bayrağı dalgalanacak. Nasıl ki artık Granada'da İzabella ve Ferdinand'ın sancakları gökleri süslüyorsa...

Bu yolculukta bana Batlamyus ve Strabo'nun Coğrafya'sı, Pierre d'Ailly'nin Imago Mundi'si, Marko Polo'nu Seyahetler'i, Toskanelli ve Behaim'in haritaları yol gösteriyor. Bu Katolik denizcilerin ve seyyahların ışığı *sayesinde Kara Okyanus aydınlanıyor ve Santa Maria'nın önü açılıyor. Yüce İsa'ya olan inancımız olmasa bu ikinci el gemilerle; iki karavel ve bir karaka ile bu okyanusun aşılmasına imkân yok. Fakat yıllar boyu Akdeniz'de edindiğim deneyimler, Tanrı'ya olan inancım yolumuza sapasağlam devam etmemizi sağlıyor.*

Bugün bir kırlangıç gördüm, uzun kuyruklu, beyaz bir kuştu. Bu kuşların, karadan fazla uzaklaşmadıklarını, en azından denizde uyumadıklarını biliyorum. Bu da demek oluyor ki karaya iyice yaklaştık.

Karayı ilk gören kişiye 10 bin marevedi ödül vereceğim. Bu, adamları biraz heyecanlandırdı. Dahası, suyun yüzünde yeşil yosunlar görmeye başladık. Karaya belki iki, en fazla üç gün uzaklıktayız demek... Fakat mürettebatın bu olumlu işaretleri gördükçe sabırsızlıkları artıyor, kısa zaman içinde karayı göremezlerse bana olan güvenleri zedeleniyor. Dün öğlen saatlerinde denize büyük bir ateş topu düştü. Bazı adamlar bunun yine şeytanın bir işi olduğunu, artık geri dönmemiz gerektiğini iddia ettiler. Ancak, ben onlara bunun bir meteor olduğunu, daha önceden bu tür şeylerle çok karşılaştığımı ve korkacak bir şey olmadığını anlattım, bu şekilde onları rahatlattım.

Tanrı büyük, artık kısa zamanda karayı bulacağız, buna dair inancımdan ve bu uğurdaki inadımdan hiç kimse beni vazgeçiremeyecek.

Öfkeden kıpkırmızı olan Pinzon, karşılaştığı alçaklık karşısında o anda kararını verdi. Ama asıl zor olan, bu kararı soğukkanlılıkla uygulayabilmek, Kolombus'u bizzat kendi elleriyle boğmadan ona söyleyebilmekti! Ne var ki, Kolombus şimdi kapıda gizli defterlerini okuyan Pinzon'a bakıyordu.

99

"Bu nasıl bir alçaklıktır, Amiral!?" diye tekrar bağırdı Pinzon öfkeyle. Yüzü öfkeden kıpkırmızıydı.

Kolombus, Pinzon'un gizli mektuplarını okuduğunu anlayınca işi hemen pişkinliğe vurmuş, önemsiz bir şeymiş gibi olayı geçiştirmeye çalışmıştı.

"Ne var canım bunda? Ne yapsaydım yani, mürettebata kat ettiğimiz yolu doğru söyleseydim de canımızdan mı olsaydık?! Sen hiç beyaz yalan nedir duymadın mı be adam?"

Konuşurken, masanın etrafında dönüyordu.

"Sen hangi beyaz yalandan bahsediyorsun, Amiral?! Yazdıklarının hepsi büyük bir aldatmacadan ibaret! Ama ben senin asıl ne yapmaya çalıştığını anlıyorum. Karaya ulaştığımızda aynı teraneyi anlatan mektuplar göndererek, belki de tuttuğun bu yalan yanlış defteri bizzat Kral ve Kraliçeye göndererek tüm bu seferin başarısına oturmayı, bulduğun toprakların yegane sahibi olmayı amaçlıyorsun! Yazdığın satırlarda ne benden ne de Nino'dan bahsediyorsun, tüm başarıları senin bir eserin gibi gösteriyorsun! Tüm seferin tek muzafferi sanki sensin! Yazdıklarını başka nasıl yorumlamalı?!"

Kolombus masanın başında durarak altın ve fildişi işlemeli bir kupaya testiden şarap koydu.

"Yok canım, fazla abartıyorsun, Martin. Tek yapmaya çalıştığım gemide huzuru sağlamaktı..."

Pinzon, "Bırak bu palavraları!" diyerek onun sözünü kesti. "Haydi seferin başarısına oturmanı geçtik. Tüm hayatlarını sana sunan doksan denizciye nasıl yalan söyleyebiliyorsun?! Dişleriyle tırnaklarıyla senin acayip ve neidüğü belirsiz planlarına katlanan doksan hayattan bahsediyorum! Öyle ağzını buruşturma. Kendimi geçtim, Afrikalı'yı geçtim, bu mürettebat sayesinde bu yolculuğu yapıyorsun, Amiral! Sende hiç utanma yok mu?!"

Kolombus konuşmadan artık sıkılmış gibi elindeki kupayı tekrar doldurdu ve bu sefer onu Pinzon'a uzattı.

"Bırak şimdi, Martin. Bak sana kendi özel şarabımdan ikram ediyorum."

Pinzon şaşkınlıkla kupaya baktı.

"Ne oldu, neden bu kadar kızdın?" diye devam etti Kolombus. "Yoksa o defterde yazılanlar gerçek mi? Yoksa seni geri döndüğümüzde saklı bir Müslüman diye Engizisyon'a mı teslim etmeliyim?"

Bu üstü kapalı tehdit karşısında Pinzon bir süre durdu, hiçbir şey söylemedi. İki adım ileri geldi, kendisine hâlâ daha uzatılan şarabı Kolombus'un elinden alıp ağzına götürdü. Kolombus, bir muzaffer edasıyla tam gülümsemeye başlayacaktı ki, kaptan bardağı hınçla duvara fırlattı. Duvara çarpan kupa geyik kafasını yere düşürdü. Asılı jaguar postu da şarapla kıpkırmızı kesilmişti. Kolombus korkuyla yere düşen geyik kafasına bakıp da başını tekrar Pinzon'a çevirmek üzereydi ki kaptan, Cenevizli'nin gırtlağına yapışıp onu duvara dayadı. Bir dakika öncesine kadar geyik kafasının bulunduğu yerde şimdi Kolombus'un kellesi dayalıydı.

"Bak," dedi Pinzon elleri Kolombus'un gırtlağında, "bir kere daha beni tehdit edersen, senin kelleni kendi kılıcımla doğrar bu duvara asarım!"

Kolombus'un boynundan yukarı kan gitmiyordu. Yüzü mora kesmeye başlamıştı. Bir şeyler söylemeye çalışıyordu ama beceremiyordu. Ağzından hırıldanmalardan ve tükürükten başka bir şey çıkmıyordu.

Pinzon, Cenevizli'yi bir kere daha silktikten sonra salıverdi.

"Şimdi beni iyi dinle, Amiral," diye devam etti. Öteki, gırtlağını ovuşturuyordu. "Sana değil ama bu doksan kişiye söz verdiğim için bu seferi bitireceğim. Karayı buluncaya kadar seninle birlikte bu yolculuğa devam edeceğim. Ama şunu iyi bil, karayı bulduktan sonra ben yokum."

Kolombus asıl darbeyi sanki şimdi yemiş gibi gözlerini açıp Martin'e baktı.

"Evet, Amiral, iyi duydun. Geri dönüş yolunda herkes kendi başına! Artık başının çaresine bakarsın."

Cenevizli, Pinzon olmadan nasıl geri döneceğini düşünürken öteki kapıyı hızla çarpıp dışarı çıkmıştı bile. Kolombus, yerdeki geyik başıyla göz göze geldi. Hayvanın şaraba bulanan gözleri kıpkırmızıydı.

100

Elif. Mim. Ba.

Şeyh Hamdullah, Şehzade Bayezid'in çeşitli yazılardan mürekkep murakkasını özenle eline aldı ve okumaya başladı. Sayfanın en üstündeki besmelenin ardından bu üç harf yazıyordu. Murakkada yazanların ruhunu temsil eden üç harf.

Şehzade Bayezid, ustasının karşısına geçmiş, heyecan ve merakla bekliyordu.

Kâğıdın dış çerçevesi koyu bej renkle, içteki, yazının hemen sınırlarındaki çerçeve ise safran, kalay ve Arap zamkı karışımıyla elde edilen altın yaldızlı mürekkeple kaplanmıştı. Altın mürekkep parıl parıl parlıyor, sanki güneş ışıklarının yeryüzünü ışıtması gibi önündeki beyaz sayfayı aydınlatıyordu.

Sayfada yazılanlar beş ana dikdörtgene bölünmüştü; her biri aklam-ı sitte'den bir örnek teşkil eden beş bölüm.

Hamdullah ilk çerçevenin içindeki ayeti dikkatle okudu:

Kitapta İbrahim'i de an. Şüphesiz ki o, özü sözü doğru bir kimse, bir peygamber idi.

Yazının sağında ve solundaki boşluklara birer kare kondurulmuş, bunların içine de birer servi ağacı şeklinde, yeşil mürekkepten motiflerle bezenmişti. Hamdullah, selvi ağaçlarını görünce gülümsedi; bunlar şüphesiz, Şehzade ve Şeyh'in uzun zaman önce kabristandaki ilk derslerine yapılan zarif bir göndermeydi. Bu, Hamdullah'ın hoşuna gitti. Sülüs tarzıyla yazılan bu ilk hatt, geçer not almıştı.

Şeyhin gözleri daha sonra bir alttaki satıra, Kitap'ta en çok adı geçen peygamberin bahsedildiği ayete kaydı.

Musa'ya da kitap verdik ve Beni bırakıp başkasını vekil edinmeyiniz diye onu İsrailoğulları için bir hidayet rehberi kıldık.

Hamdullah, İsra suresinin bu 2. ayetini dikkatle inceledi. Harflerin kaşlarına, gözlerine, kıvrım noktalarına teker teker bakıyordu. Mürekkebin rengine, parlaklığına, siyahın koyuluğuna, harflerin kürsülerine oturup oturmadığına, harflerin başlangıç ve bitiş noktalarına bakıyor ve daha binbir türlü ayrıntıyı kılı kırk yararcasına inceliyordu. Satırın boş kalan bir yerine altın yazmalı, iç içe geçen iki üçgenden mürekkep bir Süleyman yıldızı kondurulmuştu; yazı ve desen, madde ve mana birbirini bütünlüyordu.

İkinci satır da testi geçmişti.

Sonra küçük bir güneş şeklindeki bölme işaretinin ardından ikinci ayeti okumaya başladı Hamdullah:

Ey Meryem, Allah sana kendisinden bir Kelime'yi müjdeliyor. Adı Meryem oğlu İsa'dır. Mesîh'tir; dünyada da, ahirette de itibarlı ve Allah'ın kendisine yakın kıldıklarındandır.

Bu, Al-i İmran suresinin 45. ayetiydi. İki satırı dolduran harfleri aynı incelikle analiz eden Hamdullah buradaki harflerin de gayet akışkan ve doğal göründüklerini, hattatın ruhundaki temizliğin satırlara aktığını hissetti. Yazıdaki zarafetin huysuz, kibirli, sabırsız bir elden çıkmasının mümkün olmadığını düşündü. Bu, şüphesiz ne yazdığını ve neden yazdığını bilen bir hattatın elinden çıkma bir muhakkak yazıydı.

Ayetin kenarlarındaki tezhip, yazıdaki huzuru tamamlar nitelikteydi. İnsanın içini ferahlatan, opak tonlardaki, suluboya renkler, çiçek desenlerini ve bereketin simgesi buğdayı resmediyordu. Yer yer yeşil yapraklar kompozisyonu tamamlıyordu.

Sonraki çerçevede Hamdullah'ı reyhani tarzda yazılmış başka bir ayet bekliyordu:

Eğer yeryüzündeki ağaçlar hep kalem olsa, denizler de mürekkep;

arkasından yedi deniz daha kendisine destek olsa, yine de Allah'ın kelimeleri yazmakla tükenmez.

Hamdullah yine gülümsedi. Bu ayeti öğrencisine kim bilir kaç sefer söylemişti. "Hattatın işi hiç bitmez, yazacak kelam hiçbir zaman tükenmez," derdi sürekli. Hamdolsun, diye düşündü, okuduğu yazının güzelliği, yazının haykırdığı gerçeğe layıktı. Yazının iki tarafındaki gece laciverdi alanlara sarı altın yaldızlı noktalar serpiştirilmişti. Gören bir göze bunlar, gökyüzündeki yıldızları izliyormuş gibi etki yapardı.

Ve son satırda, Hamdullah'ın asıl erbabı olduğu nesih tarzında bir kutsi hadis vardı:

Sen olmasaydın, sen olmasaydın, yıldızlı alemleri yaratmazdım!

Şeyh, cümleyi okur okumaz salavat getirdi. Bayezid, Halilullah ile başladığı ayetlerini Kelimullah ve Kelimetullah ile devam ettirmiş, en son olarak Habibullah ile bitirmişti. Bu son satırın iki kenarına pembe mürekkeple birer gül kondurulmuştu. Güllerin çevreleri hurma yaprakları süslü hartuç çerçevelerle süslenmişti.

Hamdullah önündeki sayfanın madden ve manen tam olduğuna kanaat getirdi. Öğrencisiyle gurur duyuyordu. Bu öyle bir murakka idi ki hem yazıya hürmet ediyor, hem de Kadir-i Mutlak önünde eğiliyordu. Matematik ve estetik, geometri ve sanat bu sayfada buluşuyordu.

Hamdullah artık emindi. Şehzade Bayezid bütün dersleri başarıyla geçmişti.

Usta hattat eline kalemini aldı, hokkasına kalemini bandırdı, karalama kâğıdına bir elmas murabba kondurdu ve bismillah diyerek sayfanın en altındaki dikdörtgen kareyi rik'a üslubunda doldurmaya başladı:

İnsana bilmediğini, *ona kalemle yazmayı öğreten Allah'a şükürler olsun. "Çocuklarınıza yazmayı öğretin" diye öğütleyen Hz. Peygambere, onun ailesine ve sahabelerine selam olsun. Ben bu sayfanın kalemi tarafından görevlendirildim ve bu kaleme icazet verdim. Ben, Yakut yolunda Maraşlı Hayrettin'in çırağı, günahkâr, fakirler fakiri Hamdullah izin verdim ki Bayezid bundan sonra yazdıkları-*

na ketebe *desin; imza atsın. Allah onun hikmetini ve hidayetini artırsın. Onun elinden ve dilinden çıkma her söz ve her yazı insanlığa adalet ve hayır getirsin. Yazı, onun elinde yücelsin!*

Yazıyı bitirdikten sonra Hamdullah ayağa kalktı, kendisiyle birlikte doğrulan Bayezid'e icazetnamesini uzattı.

"Allah hayırlı uğurlu kılsın, Şehzade. Ama unutma ki, asıl ders şimdi başlıyor. Ruhunda hissettiğini sayfaya yazdın. Şimdi onu yaşayacak, yaşatmaya çalışacaksın. Senin kaleminden nice fakirler beslensin, senin kelamından nice garipler nasiplensin, senin kelimelerinle yeryüzü huzur bulsun. Yazının düsturunu hayatına ve imparatorluğuna taşımak senin görevin. Kalemin hakkını hiçbir zaman unutma."

Bayezid hamdederek hocasının elini öptü.

YEDİNCİ BÖLÜM

Cennetin Kapıları

101

İspanya'nın güneydoğu ucundaki Malaga, krallığın en büyük liman şehriydi. Doğu'dan gelen binbir türlü baharat ve kumaşı taşıyan gemiler bu limana yanaşır, Akdeniz'e ve Afrika kıyılarına açılan tüm İspanyol gemileri bu limandan yola koyulurlardı. Krallığa giriş çıkışlar, gelen malların gümrük işlemleri, krallığa giriş yapan yabancıların uyrukları, ülkeyi terk edenlerin kimlikleri vesaire derken, Malaga sadece Ferdinand ve İzabella'nın krallığının değil, asırlar boyunca burada hüküm süren tüm imparatorlukların resmi işler şubesi gibi işlemişti. Önce Fenikeliler, sonra Roma İmparatorluğu ve son olarak da Büyük İslam Emirliği Akdeniz'e buradan açılmış, Akdeniz, Batı Avrupa yarımadasıyla burada buluşmuştu. Malaga'da Roma antik tiyatrosunun taşlarıyla Fenike duvarları yan yana durur, Mağrib işi zarif yapılar görenleri büyülerdi.

Fakat bu bürokrasi yoğunluğu Davud'u korkutuyordu. Bürokrasi daha fazla asker, daha fazla kontrol ve daha fazla risk demekti. Zaten David'i ve diğer ağır hükümlü tutsakları bu şehirde tutmalarının asıl nedeni de buydu.

Şehirde son birkaç haftadır yaşanan kalabalık bu toprakların zengin tarihinde asırlardır belki de hiç görülmemişti. Çok kültürlülük şehirdeki her bir taşın içine işlemişti.

Ta ki bugüne kadar...

Bugün, 3 Ağustos 1492, İzabella'nın krallığının Yahudilerden arınması için son gündü. Dinlerini değiştirmektense ülkelerini değiştirmeyi göze alan onbinlerce Yahudi ve son zamanlarda sıranın kendilerine geldiğini anlayan binlerce Müslüman Malaga'daki limana yanaşan gemilerle bilinmez bir geleceğe doğru yol alıyorlardı.

Bu on binlerin kaderlerini neler beklemiyordu ki! Önceki haftalarda ve aylarda bu rıhtımlarda buldukları ilk gemilerle yola koyulanların haberleri tekrar geri gelmişti bile. Zavallı insanları kurtarmak umuduyla gemilerine alan İspanyol ve Portekizli korsanlar Venedik ve Amsterdam gibi köle merkezi olan limanlara yanaşarak gemilerdeki yüzlerce insanı fahiş rakamlara satıyorlar, bu zavallı insanlar kurtulmak umuduyla özgür olarak bindikleri gemilerden hiç beklenmedik bir şekilde, yarı hayvan yarı insan muamelesi görecekleri birer köle olarak iniyorlardı. Anneler çocuklarından, kadınlar kocalarından ayrılıyor, gencecik kızlar Avrupalı tüccarların haremlerinin birer parçası haline geliyorlardı. Yaşlı olup da para etmeyeceğine inanılan kadın erkek bir o kadar kişi de denizlere açılır açılmaz Akdeniz'in dibine savruluyordu.

Bazı gemiciler de vardı ki, işi daha kestirme bir yoldan kâra dönüştürmüşlerdi. Önce güler yüz ve şefkatle Yahudi ve Müslümanları Malaga Limanı'ndan gemilere yüklüyorlar, sonra gözden kaybolacak kadar rıhtımdan uzaklaşınca Yahudilerin taşımalarına izin verilen, ellerinde avuçlarında ne kadar altın, gümüş varsa el koyuyorlar, sonra tarihin yazmadığı bir barbarlıkla bu insanları denize atıp gerisin geri dönerek yeni zavallılar avlıyorlardı. Özellikle İspanyol denizciler Yahudilerin evlerini terk etmeden önce altınları yutup midelerinde sakladıklarını öğrenmişlerdi ve şüphelendikleri kişilerin karınlarını diri diri deşmekten geri durmuyorlardı.

İşte böyle bir geleceğe doğru o gün on binlerce Yahudi yürüyordu. Kimileri başlarına geleceklerden şüpheleniyor, kimileri ise yepyeni, tertemiz bir hayatın umudunu taşıyordu. Malaga'nın rıhtıma çıkan tüm sokakları, Calle Molina, Calle del Cister, Calle Mundo ve daha onca sokak okyanusa boşalan, gürül gürül akan nehirler gibi insanla akıyordu.

Baş Engizitor Torquemada ve Kraliçe İzabella'nın emrindeki Katolikler de elbette bu kaçışa sessiz kalmayacaklardı. Ya ülkeden kaçan bu kurbanları av haline getiren denizcilerle el altından işbirliği yapıyorlar, ya da daha yoldayken Engizisyon ve Kraliçe'nin şövalyeleri Yahudi ve Müslümanları talan ediyorlardı. Daha vicdanlı din adamları ise çareyi en başından beri insanları Katolikliğe çevirme yönünde çaba sarf ediyorlardı. Bu din adamlarının kışkırttıkları kalabalıklar şimdi Malaga sokaklarında Yahudi ve Müslümanların konvoylarını yararak onları "Hıristiyan olun!", "Tanrı'dan kaçamazsınız!" gibi sloganlarla onları girdikleri yoldan döndürmeye çalışıyorlardı. Ayın Ağustos olması işi daha da kızıştırmıştı. Torquemada bu zamanlamayı özellikle mi planlamıştı bilinmez ama Malaga'da Ağustos ayı şehrin Müslümanlardan alınışından bu yana Hz. İsa adına yapılan kutsal törenlerle kutlanır olmuştu. Birkaç yıldır olduğu gibi bu yıl da omuzlarında Hz. İsa'nın heykellerini, Meryem Ana'nın tablolarını taşıyan kalabalıklar Yahudi ve Müslüman konvoylarına sanki bir misilleme gibiydi.

İki yüz elli kişilik bir Katolik grubu ortalarına aldıkları tahtı güçlükle taşıyordu. Tahtın üstünde etrafı devasa mumlarla çevrili koca bir çarmıh, çarmıhın üstünde de ustalıkla şekillendirilmiş bir Hz. İsa figürü bulunuyordu. Grubun hepsi de beyaz renkte cüppeler giymişler, kafalarına uzunlukları yarım metreyi bulan sivri uçlu başlıklar geçirmişlerdi. Arkadan gelen bir grup davul ve trampetlerle ilahiler çalıp söylüyor, etraftaki uğultuyu iyice çekilmez hale getiriyorlardı.

Tüm bunlar yetmezmiş gibi Torquemada bugüne özel, fermanın son günü oluşuna değin Malaga'da özel bir *Auto da fe* yapılmasını emretmişti. Şehrin göbeğindeki, rıhtımın hemen önündeki ana meydanda son hazırlıklar yapılıyordu. Birkaç saat sonra mahkûmların yakılmaya başlanacakları çalılar ve kazıkların önüne, kardinal ve kraliçenin ve diğer üst düzey yetkililerin rahatlıkla izleyebilmeleri için bir sahne hazır ediliyordu. Sahnenin hemen yanına da yasaklı kitaplar bir dağ gibi yığılıyordu. İbranice, Arapça ve hatta İslam'dan ve

Musevilik'ten bahsettiği sanılan binlerce Latince elyazması ya da David'in matbaasından çıkan kitaplar kitap avcıları tarafından meydana kucak kucak getiriliyordu. Torquemada'nın Katolik Batı Avrupa'nın inşaasının artık bugün tamamlanacağına olan inancı yeğdi ve İzabella'yı hiçbir hazırlıktan geri durmaması için ikna edebilmişti.

İşte tüm bu hengamenin dışında, şehirdeki Roma antik tiyatrosunun kalıntıları üzerinde bir grup, şehrin ortasında yükselen iki tepeye dönük duruyorlardı.

Davud ve beraberindeki grup endişeliydi.

Türk, girişmek üzere olduğu işin imkânsızlığını bir kere daha anlamıştı.

102

1492 yılının 3 Ağustos'unda güneybatı İspanya'nın açıklarında iki kadırga görüldü.

Tam tepede ışıl ışıl parlayan güneşin ışıkları Akdeniz'in en uç noktasına doğru hareket eden kadırgaların bembeyaz yelkenlerine öyle güzel vuruyordu ki Malaga Limanı'ndan bakanlar önce bunların hayal mi gerçek mi olduklarını anlayamadı. Biri denizin rengine boyanmış, diğeri güneşin kırmızısına bürünmüş iki kadırga ufukta büyüdükçe onların yalnız olmadığı anlaşıldı.

Kemal Reis'in Mavi Aslan'ı ve Burak Reis'in Hilal-i Zafer'i artlarında ikişer karaka ve birer Göke ile deve katranı halinde, yani dümdüz ilerleyen birer üçgen şeklinde Malaga Limanı'na yaklaşıyorlardı.

Piri Reis'in tam hesap ettiği gün ve saatte Malaga Limanı'na varılmıştı. Hem Kemal Reis'in hem de Burak Reis'in mürettebatı böylesine ince hesap yapılabildiğine daha önce şahit olmamışlardı.

Yol aldıkça arkalarında bıraktıkları beyaz köpükten çizgileriyle bu iki küçük eskadron daha çok gökyüzünde uçan kuşlara benziyordu. Hava sıcak olmasına rağmen karadan esen garip bir rüzgâr gemilerin yelkenlerini şişirmişti ve kadırgalar hiç küreksiz, orsa alabanda yol alıyorlardı.

Geminin baş kasarasında, kadırgasına adını veren, mahmuzun hemen ardındaki, geminin sivri ucundaki mavi aslanın tepesinden dimdik önüne bakan Kemal Reis'i de işte bu endişelendiriyordu. Rüzgâr neredeyse tam karadan, Malaga Limanı'ndan esiyordu.

"Hayırdır Reis," dedi Parmaksız Şakir, "Yüzün yine düştü. Çok şükür geldik Endülüs'e; neden canını sıkarsın?"

"Rüzgâr," dedi Kemal Reis mavi gözlerini aralarında bir millik bir mesafe kalmış olan limandan ayırmadan.

Parmaksız'ın kafası karışmıştı:

"Dert ettiğin şeye bak, Reis; daha iyi ya, forsalar yorulmadan yol almış olacağız işte!"

"Rüzgâr," dedi Reis, "kadırgaya bir yararsa, ona bin yarar. Rüzgâr bizi hareket ettirirse, onu uçurur!"

Parmaksız, kafası daha da karışmış halde Reis'e bakıyordu:

"Kimden, neden bahsediyorsun Reis, Allahaşkına?"

Kemal Reis'in gözleri limanda, ağzından tek söz çıktı:

"Kalyon. İspanyol Kalyonu."

Parmaksız, iyice yaklaştıkları, artık kıyısındaki gemilerin iyice seçilebildiği karaya doğru başını çevirdiğinde anladı Kemal Reis'in ne demek istediğini. Gözleri yerlerinden fırlayacak gibi açılmış, şaşkınlıktan çenesi yere düşmüştü. Karşısında yükselen gemilerin türünü mürettebatın çoğu gibi o da ilk defa görüyordu.

Malaga Limanı'ndan çeyrek mil kadar ötede üç kalyon demirlemişti. Her biri de koca bir canavarı andıran bu kalyonların en küçüğü, Göke'den bir buçuk kat kadar daha büyük, Kemal Reis'in en küçük gemisinden ise on kat daha cüsseliydi. Daha gerideyse İspanyol kraliyetinin armadası uyuyan bir dev gibi koyun içinde duruyordu.

Burak Reis'in mürettebatı da pruvadaki küpeştelere dayanmışlar, önlerinde dağ gibi büyümekte olan İspanyol kalyonlarına bakıyorlardı.

Çıngıraklı, "Oha! Çüş!" diye bağırdı. "Bunlar gemi değil, her biri birer ada yahu! Adamlar bunları denizde yol alalım diye mi yapmışlar yoksa karadan elimizi eteğimizi çekelim, artık bunların içinde yaşayalım diye mi?!"

Bezirgan Koca Ahmet, "Ne sandın Çıngıraklı!" dedi, "Bunlar senin alışkın olduğun kadırgalara benzemezler. Şimdi bakalım el mi yaman bey mi yaman!"

Çıngıraklı, Bezirgan'a hiç aldırış etmeden kendi kendine devam ediyordu:

"Ah ulan, şunlardan bir tane de bana verseler, vallahi de billahi de karaya bir daha ayağımı basmam. Karı dırdırıdır, çoluk çocuk gürültüsüdür nedir tarihe karışır. Sonra gel keyfim gel!" Yerde, ayağının dibinde kuyruğunu sallayan köpeğini kucağını aldı. "Gel Kıtmir gel, sen de gör bak, nasıl oluyormuş kalyon dedikleri ada-gemiler! Gerçi sana bu gemi de bir dünya gibi geliyor ya, çaktırma..."

Çıngıraklı'nın normalde herkesi güldüren lafları bile bu kez pek işe yaramıyor gibiydi. Geminin güvertesindekilerin çoğu yutkunarak savaşmak zorunda kaldıklarında ne yapacaklarını düşünerek kalyonlara bakıyorlardı.

Burak Reis ise soğukkanlılığını hiç kaybetmeyenlerin en başında geliyordu. Ellerini Hilal-i Zafer'in pruvasındaki küpeşteye dayamış, kafasında limana Göke'yi nasıl yanaştıracağının planını yapmaya koyulmuştu. Kendisinden yirmi kulaç ötede giden Kemal Reis'e bazen bakışlarını çeviriyor, onunla sanki hiç konuşmadan kafasında fikir alışverişi yapıyordu. Gözlerini denizlerde açmış, küçüklü büyüklü pek çok kapışmada ve savaşta yan yana çarpışmış bu iki usta denizcinin anlaşmaları için sanki konuşmalarına gerek yoktu. Her ikisi de aynı anda limanın neresinden yanaşılacağını, hangi kadırganın nerede demir alacağını, herhangi bir saldırı ihtimalinde en iyi nasıl bir yol izlenmesi gerektiğini aynı anda düşünüp taşınıyor, sanki ikisi de aynı sonuçlara ulaşıyorlardı.

"Kaptan," dedi Sessiz Yusuf, Burak Reis'in yanına yanaşarak, "Benim gördüğümü sen de görüyor musun?"

Sessiz'in gözleri üç kalyondan da en soldakindeydi. Kalyonun künderinde Lodoviko D'Varthema'nın arması dalgalanıyordu.

"Görmez olur muyum," dedi Burak Reis. O da daha ilk

bakışta görmüştü Malta açıklarında ellerinden kaçıp kurtulan ünlü İspanyol korsanını.

"İspanyol Armadası bu işe bulaşmak ister mi istemez mi orasını bilmiyorum ama dua edelim de bu çakal bizi tanımasın. Aksi takdirde kendi sularında olmanın verdiği güvenceyle gözünü kırpmadan bize saldırır, civardaki diğer Katolik korsanları da bize saldırmaları için kışkırtır."

"Hepi topu bir kalyon," dedi Sessiz. "Saldırsa bile cevabını alır."

Fakat Burak Reis, gemideki bir numaralı adamı, onun sağ kolu Sessiz Yusuf kadar rahat değildi. Pek normal görünmeyen bir şey vardı ama adını bir türlü koyamıyordu.

Mavi Aslan'ın güvertesinde de Kemal Reis ve Yelkenci Cevher benzer bir konuşma yapıyordu:

"Ben bu limanın şeklini hiç beğenmiyorum, kaptan," dedi Yelkencibaşı. "Her şey çok karman çorban, insanı ürküten bir kargaşa var. Hele şu Lodoviko'nun kalyonunun orada demirlemiş olması hiç iyi olmadı."

"O üçkâğıtçı beni o kadar korkutmuyor," dedi Kemal Reis. "Asıl sıkıntı o limana yanaşmak. Etraf altının kokusunu alan çakallarla dolu. Bu garipleri kurtarmak bahanesiyle kim bilir onları hangi köle pazarlarına taşıyacak onca gemi görüyorum etrafta. Limana baksana, Venedikliler, Cenevizliler, Portekizliler, kim ararsan var. Hepsi de çapulcu tayfası. Yazık ki ne yazık!"

Kemal Reis ve beraberindekiler daha iki gün önce Barcelona'nın güneyindeki İbiza adasının açıklarında görmüşlerdi o hazin manzarayı. Sislerin içinde bir Hollanda karakası gemide ne kadar yaşlı varsa hepsini de denize boşaltmıştı. Reis ve donanması oraya vardığında iş işten geçmiş, karaka kayıplara karışmıştı. Yüzmeyi iyi bilen yaşlı bir kadın sudan son anda kurtulmuş, kadıncağız ağlaya ağlaya anlatmıştı gemidekilerin hikâyelerini. Amsterdamlı bir kaptan, Toledo'dan başlayarak Seville ve Granada'da bulabildiği ne kadar Yahudi varsa hepsini belirli bir ücret karşılığında Hollanda ve Venedik'e taşıyacağını söylemiş, bu kişilerin ellerinde avuçlarında, taşıyabildikleri tüm değerli eşyalarını evlilik yüzüklerine varıncaya kadar almış, gemiye bindirdiği beş yüz kişiden yaşlı diye daha fazla taşımak istemediklerini İbiza'nın açıklarında gestado diye denize atmış, diğerlerini de köle olarak satmak üzere Amsterdam limanının yolunu tutmuştu. Geminin içindeki otuz kadar gözü dönmüş korsan, bir karıncayı bile incitmekten âciz insanlara istedikleri her şeyi yaptırabiliyorlardı.

İşte şimdi Kemal Reis, bunun gibi etrafta onca kaptan olduğunu görüyor, hissediyor, duyuyordu. Bunların bazılarına korsan olduğu günlerde bizzat kendisi derslerini vermiş, bazılarına da Kaptan-ı Derya olduktan sonra deniz savaşlarında kan kusturmuştu.

"Kaptan," dedi Yelkenci Cevher, "bunların arasında bizi tanıyanlar çıkarsa işimiz zor."

Kemal Reis endişeyle Malaga Limanı'na bakıyordu. Yerinde öylece duran kalyonlara bir anlam veremiyordu. O da tıpkı Burak Reis gibi ters giden bir şeyler olduğunu seziyordu. Ne ki, yarım saat kadar sonra her şey anlaşılacak, Reis, kendini ateşten bir cehennemin tam ortasında bulacaktı.

103

Davud, şehrin doruklarında tüm haşmetiyle dikilen, birbirini selamlarmış gibi duran, bölgenin en yüksek iki ucuna Müslümanlar tarafından ustalıkla yerleştirilen iki kaleye baktığında az sonra girişeceği işin delilikten başka bir şey olmadığını bir kere daha hissetti.

"Aman Allahım!" dedi Abdullah. "Elkazaba!"

Samuel, "ve Jibrelfaro" diye ekledi. "Dedikleri kadar varmış."

Girmek üzere oldukları şehrin eteklerinden karşılarında göğe yükselen iki yapıya bakmak bile insanı korkutuyordu. Elkazaba, şehrin tam merkezindeki bir dağın tepesine 11. yüzyılda Müslümanlar tarafından yapılmıştı ve dönemin mimari zekâsını ve sanatını en iyi şekilde bünyesinde toplamıştı. Beş asır sonra bile sanki dün yapılmış gibi dimdik ayakta duruyordu. Kale duvarlarının köşe başlarını kapmış, sayıları belki de bir düzineyi bulan kare kuleleri, her biri yarım insan boyundaki milyonlarca taştan mürekkep setler, burçlar ve kalenin tam merkezinde, şimdi sadece çatıları görünen zindanlar...

Samuel, "Ağabeyim işte burada olmalı," dedi. Sesindeki endişe gruptaki diğerlerinin yüzüne yansımıştı. Esther o kadar umutsuzdu ki ağzını bıçak açmıyordu.

Malaga, güçlü jeo-stratejik pozisyonu ve işte bu güçlü kaleleri sayesinde Katolik ordularının istilasına en uzun süre dayanan Müslüman şehri olmuştu. Kuzeyden itibaren başlayan, Katoliklerin "Yeniden Fetih" diye adlandırdıkları *Reconqestia* önüne kattığını deviren bir çığ gibi güney sahillerine kadar ilerlemiş ama Granada Krallığı'na geldiğinde birkaç asır daha beklemek zorunda kalmıştı. Ne var ki on yıllar boyu güneydeki cephelere yığınak yapan Katolik Krallığı, Granada'nın gözbebeği Malaga'yı köşeye sıkıştırmış ve beş yıl kadar önce 1487'de ele geçirmişti. Zaten Malaga'nın düşüşüyle birlikte Granada şehrinin kaderi de o gün mühürlenmişti.

Davud şehrin kaderini hatırlarken az sonra girişeceği planın detaylarını kafasından bir kere daha geçiriyordu.

Katolikler Malaga'yı aldıklarında yaptıkları ilk iş Elkazaba'yı bir Katolik Manastırı'na dönüştürmek oldu. Torquemada, pek çok Müslüman ve Yahudi'nin düşmanlığını kazanarak hayatları her geçen gün daha da tehlikeye giren kardinal ve rahipler için bölgede sığınaklı bir yeri İzabella'dan bizzat talep etmiş, kraliçe de ona Elkazaba'yı hediye etmişti. Şimdi Elkazaba'nın içi neredeyse Seville'deki Suprema'ya kafa tutacak kadar üst düzey bir Engizisyon Mahkemesi, işkence odaları ve yüzlerce keşiş, onlarca kardinalle kaynıyordu.

Davud'un gözleri Elkazaba'dan onun hemen karşısındaki Jibralfaro'ya kaydı. Bu, kraliyetin şehirdeki asker merkeziydi. İzabella, aslan payını, şehrin en yeni kalesini kendine ayırmıştı. Güneye geldiğinde güven içinde konaklayabileceği ve şehrin savunmasında ihtiyacı olacağı, krallığının en yetkin askerlerini orada konuşlandıracağı Jibralfaro bu iş için biçilmiş kaftandı. Henüz bir asır önce yapılmış olan kale, Granadalı I. Yusuf'un şehre armağanıydı. "Işık Dağı" demekti Jibralfaro. Buradaki deniz feneri, sadece Müslüman denizcilere değil, belki bin yıl boyunca Fenikelilere ve Roma İmparatorluğu'nun bahriyelerine yol göstermiş, Akdeniz'in ortasındaki deniz adamlarını bir mıknatıs gibi kendine çekmişti. I. Yusuf da bu fenerin etrafını yüksek setlerle ve kulelerle donatarak Elkazaba'nın tam karşısına görkemli bir kale daha kondurmuştu.

Davud, Jibralfaro'nun şimdi yüzlerce şövalye ile dolup

taştığını, şehrin askeri teçhizatının burada saklandığını, askerlerin burada konakladığını bilmek için kahin olmak gerekmediğini düşündü. David'i Elkazaba'dan kurtarırken ne olursa olsun Jibralfaro'daki askerlerin dikkatini çekmeden bu işi yapmalıydı. Aksi takdirde Engizisyon Şövalyeleri'ni uyandırdığında olacakları düşünmek bile istemiyordu. Gerçi düşünecek bir şey de yoktu. Jibralfaro şövalyeleri sadece ve sadece ölüm demekti. İçerde belki birkaç yüz tane Santa Hermandad şövalyesi vardı.

Türk'ün gözleri iki kaleyi birleştiren tek yapı olan rampaya kaydı. Elkazaba ve Jibralfaro üç yüz metrelik bir set ile birbirine bağlıydı ve iki yapı arasındaki tek iletişim buradan sağlanıyordu.

"Buraya girmek," dedi Abdullah, "Aslanın ağzındaki lokmayı almaktan da beter!"

"Aslan değil," dedi Yehuda, "Ejderha!"

Davud, omzuna düşen keşiş başlığını kafasına geçirdi ve Romalılardan kalma antik tiyatronun basamaklarından bir başına çıkarak Elkazaba'nın kapılarına doğru ilerledi.

Beatrice, Davud'un arkasından koşup onu yakaladı ve ona sormadan bir çırpıda adamın yüzünü tutup dudaklarına bir öpücük kondurdu.

Türk'ün şaşkın gözlerine bakarak, "Kendine dikkat et," dedi ve tekrar geri, diğerlerinin yanına döndü. Davud'un bakışları kadına teşekkür eder gibiydi. Beatrice, Samuel, Abdullah, Esther, Zeyd ve diğerleri merdivenleri çıktıkça küçülen figürü hüzünle ama umutla ve dualarla izlediler. Bir süre sonra yanlarından akıp giden insan seline, Endülüs'ü terk etmeye hazırlanan binlerce Yahudi ve Müslüman'dan mürekkep kalabalığın arasına karıştılar.

"Unutmayın," demişti Davud, "Sancaklarında üç hilal olan gemileri bulacaksınız! Diğerlerini değil!"

Santiago'nun Son Rüyası

Yüce Tanrım bana yardım et!

Artık dayanamıyorum. Ruhum, yaktığım kitapların küllerinden farksız, sanki yanan binlerce sayfalık Aristolar, İbn Rüşdler, İbn Arabiler, Maimonidesler değil, benim ruhum. Yaktığım her kitaptaki her bir harf benim bir hücrem, bir kılım!

Geceleri gözlerimi ne zaman kapatsam karşımda alev alev tutuşan bir sayfa görüyorum. Sabahlara kadar ya yanan bir Büyük Şerh sayfasıyla, ya bir Arabi risalesiyle, ya da Talmud'un parçalarıyla kıvranıyorum. Sadece uyumak mı?! Gözlerimi her kırpışımda karanlığın içinde alevden bir alef, kordan bir elif beliriyor, kızgın demirden Arapça ve İbranice karakterleri vücuduma teker teker dövüyorlar, etime cıs cıs değen her bir vav'ı, her bir ba'yı, her bir harfin kıvrımlarını tenimin derinliklerinde hissediyorum. Fakat kızıl kızıl tüten bu harfler soğumuyor, tam tersine tenime dokundukça harlanıyor, harlandıkça bedenimi delip öbür tarafa geçiyorlar.

İşte gerçek acı o zaman başlıyor. İnsan maddi acıya belki biraz dayanabiliyor, ona alışıyor, dayanamadığı yerde bayılıyor, kendinden geçiyor. Ama ruhun acısı öyle mi?! Alevden harfler içime düştüklerinde sanki dipsiz bir kuyuda hızla hareket ediyor, hızlandıkça alevler körükleniyor ve tüm ruhum binlerce alev harfle kavrulmaya başlıyor. Yanan bir kâğıdı bir su söndürür, yanan bir bedene bir merhem fayda eder. Peki ya yanan bir ruha ne iyi gelir?!

Tanrım bana yardım et! Artık dayanamıyorum.

Bu işe ilk atandığım zamandan bu yana yıllar geçmişti. Manastırımızın girişindeki revakların altına oturup da soluklandığımda geçmişimi düşündüm. Artık yaptığım işin benim memnun etmediğini biliyor, onu her defasında daha da sorgulayarak yaptığımı biliyordum. Ama işimi sorguladıkça, kilisemize itaatimi kendime kanıtlamak istercesine, bazı zamanlar herkesten çok kitabı ben yakıyor, herkesten çok yasaklı kitabı ben buluyordum. Bazı zamanlar da oluyordu ki yaptığım işten tamamen utanıyor, bir bahane bularak diğer keşişlere bir şeyler uyduruyor, başım ağrıyor, hastayım, karnımı doyuracağım gibi şeyler mırıldanarak o anda içinde bulunduğumuz yerden uzaklaşıyordum. Bazen bir caminin içindeydik, bazen bir sinagogun, bazen de bu ikisinden birinden kiliseye çevrilen bir binanın saklı bir kütüphanesinde.

Fakat dün akşam, kilisemizin kemeraltında otururken artık yaptığım işten tiksindiğimi, bunu daha fazla yapamayacağımı düşündüm. Günün geri kalanında kimseyle konuşmadım. Daha önce de böyle zamanlarım olmuştu, o günün sıkıntısı ve buhranı akşam üzerime çok kötü çökerdi. Yatıp dinlendiğimde, biraz uyuduğumda enerjimi yeniden toplayıp, sabah ışıklarıyla yeniden kitap avına çıkabileceğimi umardım. Çoğu zaman da öyle olurdu. Ama dün gece, gözlerimi kapattığımda sadece yanan alevler, vücudumu dağlayan harfler tekrar gözümün önünde belirmekle kalmadı, beni sarsan, iyiden iyiye dişlerimi söküp atar gibi, ruhumun tüm tereddütlerini çekip alan bir rüya gördüm. Yoksa kabus mu demeliyim?!

Tanrım ben Cennet'i mi gördüm yoksa Cehennem'i mi?!

Gözlerimi kapadığımda (İbn Arabi'ye göre açtığımda!) daha ilk anlarda önümde bir çift kapı yükseldi. Demirden dövülme bu kapılar öyle büyük ve öyle parlaktı ki arkamdan gelen güneş ışıklarının yansıması yüzüme vuruyordu. Gümüş rengindeki kapı, güneş ışıklarıyla altın sarısına bürünmüştü. Benim boyumdan belki üç kez daha uzun olan bu devasa kapıları ellerimle ittim ve şaşırtıcı bir kolaylıkla iki tarafa uzanan bu demirlerin ardından içeri girdim. Güneş ışığı kapıların açılmasıyla birlikte içeri sızınca, her tarafı yine metalden yapılma binayı ışıl ışıl aydınlattı. Hayatımda daha önce hiç böyle bir şey görmemiştim. Bir çeşit mabedin içinde olduğumu içerdeki sütunlardan ve geniş alandan anlıyordum ama aklım altından mı, gümüşten mi, yoksa ham demirden yapılma mı olduğunu anlayamadığım binanın malzemesindeydi. Yerler, duvarlar, sütunlar, çatı, sütunların aralarındaki kemerler, hatta pencereler... Her şey ama her şey metalin ışıltısıyla parlıyordu.

Ayağımın altında bir sıcaklık hissediyordum ve bunu yansıyan güneş ışıklarının demiri ısıtmasına veriyordum.

Önümde uzanan koridoru aştıktan sonra karşıma çıkan duvarda Tevrat Sandukası'nı gördüm ve o zaman bir sinagogda olduğumu anladım. Yahudilerin kutsal kitaplarını sakladıkları bu büyük dolap binanın doğu duvarlarına bitişik inşa edilmişti ve bu da diğer her şey gibi metaldendi. Sandukanın kapılarına çeşit çeşit yıldız işlemeleri dövülmüştü. Altı köşeli, sekiz köşeli, on iki köşeli binlerce yıldız... Sandukanın hemen üstündeki kavisli çıkıntıdan, altın zincirlerle sarkan bir lamba öyle bir ışık saçıyordu ki etrafa tüm duvarlar bir kere daha göz kamaştırıcı yansımalarla parlıyordu. Bu yansımadan ötürü gözlerimi bir ara oldukça kısmak zorunda kaldığımı hatırlıyorum. Kapıyı açtığım aynı dürtüyle sandukanın dolaplarını araladığımda Yahudilerin kutsal metinleri beni karşıladı. İki ucunda metal rulolar bulunan açık bir parşömende İbranice harflerle on emir yazılıydı. Ellerimle uzanıp bu metni tutmak istedim. Ama metal rulolara parmağımı değdirir değdirmez müthiş bir yanma hissiyle elimi geri çektim.

İşte o zaman ayaklarımın altındaki sıcaklığın neden olduğunu da anladım. Tüm bina kızgın ateşte dövülen bir demirden farksızdı. Sanki benim bilincimle binanın ateş derecesi harlanıyormuş gibi, ben içinde olduğum durumun ayırdına vardıkça tapınak da gittikçe kızarmaya, kızardıkça daha da ısınmaya başladı. Önce sütunlar, sonra duvarlar, sonra sanduka, onun önündeki tebah, her şey ama her şey yarı turuncu, yarı kırmızı renkteki bir kor haline geliyordu. Sonra iki tarafımdaki yedi uçlu menora şamdanlarından çıkan ateşler birer lav parçaları gibi yere düşmeye başladı. Sonra meşalelerin kendileri de eriyip yere aktı. Sütunlar, pencereler, duvarlar ve karşımdaki sanduka ağır ağır erimeye, tüm bina bir yanardağdan çıkan lav nehirleri gibi ağır ağır üzerime çökmeye başladı.

Kalbim güm güm atarken, kan ter içinde buradan bir an önce kurtulmaya çalışıyordum. Ama insan bir yanardağın merkezinden nasıl kurtulabilir ki!? İşte o anda önümdeki sandukanın içindeki parşömenin sapasağlam kaldığını gördüm ve kendimi sandukanın içine atarak, kutsal metnin yanı başında iki büklüm, ana karnındaki bebek gibi kıvrıldım, gözlerimi sımsıkı kapadım.

Orada korkuyla ne kadar bekledim bilmiyorum. Gözlerimi açtığımda kendimi ahşaptan bir dolabın içinde buldum. Vücudumdaki terler gitmiş, alnım kurumuş, içime bir ferahlık gelmişti. Küçücük bir alanda dizlerimin üzerine çökmüş, başımı önüme eğmiş, ellerimi önümde kavuşturmuştum.

İçinde bulunduğum ahşap dolabın duvarlarında delik delik gözenekler bulunuyor, duvarlar bir çeşit muşabakı andırıyordu. İçerisi karanlıktı ama bu deliklerden içeriye sızan ışıklar başucumda duran bir kitabı fark etmemi sağladı. Ortasından iki tarafa açık duran sayfaların üzerindeki satırları hemen seçtim. Bu, Latince yazılı Yeni Ahit'in ta kendisiydi!

O zaman anladım ki ben bir günah çıkarma odasındayım.

Ayaklarımın üzerinde doğruldum, odanın kapısını açıp dışarıya çıktım. Ahşaptan yapılarla donatılmış eşsiz güzellikteki bir kilisedeydim. Kilisenin iki tarafında uzanan tahta direklerin aralarından geçerken sanki bir ormanın içinde, ağaçların arasında yürüyormuşum gibi hissettim kendimi. Hissettiğim huzur kilisenin göbeğine geldiğimde daha da arttı. Sağımda ve solumda uzanan sıralar bomboştu. Hepsi de koyu kahverengi, sanki yeni verniklenmiş gibi ışıl ışıl parlayan ahşap sıralardı bunlar. Ortadaki yoldan ilerlerken ellerimle bu sıraların başlarında ellerimi gezdiriyor, onları bir bahçıvanın çiçekleri okşaması gibi okşuyordum.

Gözlerimi duvarlarda gezdirdiğimde her biri birbirinden canlı onlarca tablo bana bakıyordu. Meryem Ana'nın kalbi, İsa'nın doğuşu, Aziz Yusuf'un sadakati ve Aziz Peter'in acısı hayatımda hiç görmediğim renklerin tonlarıyla sanki canlanıp da kilisenin ortasına atlayıvereceklermiş gibi duruyorlardı. Üç kralın hediyelerini; Meliçior'un altını, Kaspar'ın buhru ve Baltazar'ın merhemi Hz. İsa'ya sunuşlarını hiç bu kadar yakından izlememiştim. Madde, mana ve ölüm!

Resimlerin büyüsüyle kendimden geçmek üzereyken mihrabın önüne geldim. Önümde yanan yüzlerce mumun üstüne doğru başımı kaldırdım. Bu güzel kilisede O'nu görmek için sabırsızlanıyordum.

Ama heyhat!

Başımı mumlardan kaldırıp da duvardaki devasa haça baktığımda bir de ne göreyim?! Hz. İsa orada yok! Koca, boş bir çarmıh!

Şaşkınlığım geçmemişti ki, alnımdaki boncuk boncuk terler yeniden oluşmaya, sırtımdan sanki bir kan deryası akmaya başladı. Mihrapdaki mumlardan bir tanesinin alevi haçın en alt kısmını birdenbire tutuşturdu. Çarmıh harıl harıl yanarken geri adım atarak oradan uzaklaşmaya çalıştım. Ama bu sefer de iki tarafımdaki tüm sıralar alev almışlardı ve üstelik bu alevler öyle korkunç bir manzara oluşturuyordu ki, sanki ateşten insanlar o sıraların üzerinde oturuyorlar, çarmıhta olmayan, O'nun yerine şimdi beliren ateşten İsa'ya dua ediyorlardı. Sıraların üzerinde gerçekten alevden figürler var mıydı, yoksa ben sıraların üzerinde hareketlenen ateşi insanlara mı benzetiyordum bilmiyorum.

Çok geçmedi, duvarlardaki tabloların boyaları yere alev parçaları halinde akmaya başladı. Resimlerde az önce tüm netliğiyle gördüğüm tüm karakterler, Meryem Ana, Hz. İsa, Aziz Peter, hepsi de ama hepsi de alevden çerçevelerin arasında eriyor, akıyor, yüzler yaratıklara, o güzelim saf ifadeler öfke dolu, dehşet dolu bakışlara dönüşüyordu. Az önce cennet ehli olarak gördüğüm bu yüzler şimdi sanki cehennem zebanileri kadar sevimsizleşmişti.

Kilisenin direkleri bir bir yıkılıp, ahşap çatı alevlere yenik düşerken soluğu yine günah çıkarma odasında aldım. Çaresizlikle içeri girdim, İncil'i kucağıma aldım ve dizlerimin üzerine çökerek gözlerimi yine sımsıkı kapattım.

Aradan fazla geçmemişti ki ensemde bir esinti hissettim. Kulağıma yaprak hışırtıları ve su şırıltısı sesi geliyordu. Gözlerimi açtığımda kendimi bir-iki metrekarelik bir odada buldum. Önümdeki kapının altından içeriye günün ışıltısı sızıyordu. Kucağımdaki kitabı alıp yanımda duran rahleye koydum. Muhammedilerin kutsal kitaplarını okurken kullandıkları bu küçük masanın neden burada olduğunu düşünürken elimdeki kitabın da, sayfalarındaki Arapça ayetlerden aslında bir Kur'an olduğunu fark ettim.

Kapıyı açıp dışarı çıktığımda kesme taştan inşa edilmiş bir caminin avlusundaydım. O zaman anladım ki, içinden çıktığım oda da Muhammedi âlimlerin kendilerini ibadete kapattıkları bir halvetiydi. İçinde bulunduğum geniş alanda, etrafımı bembeyaz mermerlerin üzerinde yükselen kesintisiz kemeraltılar sarıyordu. Alanın tam ortasında altıgen bir çeşmenin tüm musluklarından gürül gürül su akıyordu. Yüzümde hissettiğim serinlik beni iyice rahatlattı. Caminin taşları birbirine öyle güzel oturtulmuş, öyle iyi kaynaştırılmıştı ki önümde yükselen bu pekpare mabede baktığımda bir dağa mı yoksa bir binaya mı baktığımı bazen karıştırır gibi oluyordum. Caminin dört köşesinden yükselen minareler öyle ulu, öyle yüksekti ki, sanki semaya merdiven olsun diye yapılmışlardı.

Garip bir ferahlıkla içeriye, ibadethaneye girdim. İçerdeki devasa tavan dört tek parça filayağı, yani tek parça mermerin üzerinde yükseliyordu. Bu dört koca sütun o kadar yukarıya çıkıyordu ki sanki göğe uzanıyorlardı. Başımı iyice yukarıya kaldırınca görebildiğim büyük kubbe de sanki göğün ta kendisiydi. Kubbenin merkezine Muhammedilerin kitaplarından Arapça ayetler müthiş bir sanatla yazılmıştı. Mavi, yeşil ve kırmızının binbir tonu kubbede ve duvarlardaki taşların üzerine ustalıkla işlenmişti. Duvarları çevreleyen camlardan içeriye giren güneş ışıkları bulutların arasından yeryüzüne yansıyor gibiydi.

Bu ışıklardan bir tanesi caminin güneydoğu duvarındaki mermerden mihraba vuruyor ve gözlerimi alıyordu. Mihrabı zümrüt, safir ve daha nice kıymetli taşlar süslüyordu. Sağ tarafta, yine aynı duvara bitişik yükselen, mermerden minber sanki cennete yükselen bir merdiven gibi ihtişamlıydı ve mermerin üzerindeki işlemeler bir dantela şeklinde oyulmuş gibiydi. Hilal ve sekizgen yıldızlar bu mermerlerin üzerine işlenmiş en güzel desenlerdi. Hayranlıkla bu işlemelerin insanlar mı yoksa melekler tarafından mı yapıldığını düşünüyordum ki kâbus yine geri geldi!

Tavandan yere sarkan incecik zincirlerin üzerindeki, mum büyüklüğündeki yüzlerce kandilin ateşinde önce bir parlama oldu, sonra suyun kabından taşması gibi, alevler lambalardan taşarak yerdeki güzelim kırmızı halılara damlamaya başladı. Yere düşen her bir ateş, sanki bir alev parçası değil de küçük bir lav topu, kızgın bir gülle gibi yeri delip geçiyordu. Halıların üzerinde nokta nokta yanıklar oluşmakla kalmıyor, sanki zemin de deliniyordu.

Sonra biri bu ateşin kaynağını körüklemiş gibi lambalardan düşen alev topları kat kat daha hızlı yere düşmeye başladı. Tavanda o kadar çok lamba vardı ki, sanki kubbeden yere ateş yağmuru başlamıştı. Ellerimle başımın üstünü kapatarak hızla geri, kapıya doğru koşmaya başladım. Ne var ki, halılardaki dolu tanesi büyüklüğündeki delikler şimdi ikişer üçer karış, hatta kimi yerlerde beni içine alabilecek kadar genişlemişlerdi ve koşarken bunların bazen yanından geçmek, bazen de üzerlerinden atlamak zorunda kalıyordum. Kimi yerlerde halılar tutuşmuş, göğe yükselen alevlerle, gökten düşen ateş arasında garip bir birlik oluşmuştu. Artık alevler havadan mı düşüyor, yoksa yerden mi yükseliyor ayırt edemiyordum.

Kapıya iyice yaklaşmıştım. Dışarıdaki ışığı görüyor ve avludaki çeşmenin su şırıltısını duyabiliyordum. Bir adım şu alevin yanından geçtim mi, bir adım şu çukurun üstünden atladım mı, üç adım sonra kapıdaydım.

Fakat olmadı.

Önümdeki çukurların birinin üzerinden sıçramaya gücüm yetmedi ve tepetaklak yerdeki oyuğun içine düştüm. Bu koca deliğin içinde ne kadar süre yuvarlandım, ayağımın altında gördüğüm kızgın alevlerin merkezine doğru ne kadar ilerledim bilmiyorum. Tek bildiğim, kendimi metrelerce derinlikteki bir çukurdan sanki cehennemin tam merkezine düşüyor gibi hissettiğimdi.

Kendimi sert bir zeminin üstünde bulduğumda kafatasımın çatladığını, bir-iki kaburga kemiğinin ve üzerine düştüğüm, sürekli yazı yazan sağ elimin ve kolumun kırıldıklarını hissettim. Sol bacağımı da hissetmiyordum. Yarı baygın, yarı ayık yerde uzanırken etraftaki kızıllıktan ve sıcaklıktan ateşlerle sarıldığımı görüyordum. Sert bir şekilde yere çakılmamın etkisiyle net görüşümü kaybetmiştim, her şey bulanık ve birbirine girmişti. Çakıldığım yerden kafamı biraz daha kaldırdığımda o korkunç manzarayla yüz yüze geldim. Görüşümdeki netlik yavaş yavaş düzeliyordu ama yine de her şey bulanık ve sisliydi.

Ateşlerin ortasında üç büyük kazık yükseliyordu ve bunların her birine bağlı, benim daha ilk bakışta içgüdüsel bir şekilde üç peygamber olduklarını anladığım üç insan yükselmekteydi. Vücutlarını saran urganlarla kazıklara bağlanan figürler ayaklarından yukarı doğru çoktan yanmaya başlamışlardı. Sol başta Hz. Musa, ortada Hz. İsa ve en sağda da Hz. Muhammed yükseliyordu. Görüşüm bulanık olduğu için bu üç figürün şemaillerini tam olarak göremiyordum ama nedense hepsinin de yüzlerindeki vakarı, ama daha da kötüsü öfkeyi rahatlıkla seçebiliyordum. Sanki esrarengiz bir güç bana onların yüzlerini göstermiyordu ama orada yandıklarını gösteriyordu, bana onların kaş göz renklerini, saç ve sakallarının şekillerini göstermiyordu da yüzlerindeki gazabı gösteriyordu!

Şimdi ateşin sıcaklığına, etraftaki dumana bir de yanık insan eti kokusu karışmıştı. Yerimden kıpırdayamıyordum.

Daha fecisi ise, önümdeki üç figürün vakarlı bir şekilde yanmalarına rağmen kulaklarımı sağır edecek bir çığlıktır başladı. Öyle bir çığlıktı ki, hıçkırışlar ve ağlamalar, feryat edişler ve of çekmeler buna eşlik ediyor, kulak zarımı delercesine bir kadın sesi beynimde yankılanıyordu.

Zar zor doğrulmaya çalıştım, kırılmamış sol koluma ve sağlam olan sağ bacağıma dayanarak ıstıraplar içinde ayağa kalktım. Arkamı döndüğümde tüm manzaraların en dehşetlisiyle karşılaştım.

Zavallı anacığım, benim için hayatı boyunca ıstırap ve çileden başka bir şey görmeyen bir tek anacığım, dördüncü bir kazığa bağlanmış, cayır cayır yanıyordu. Gözlerinden akan yaşlar alevlere yenik düşüyor, daha gözünden çıkar çıkmaz buharlaşıyordu. Anacığımın beni kim bilir kaç sefer salladığı ayakları, bacakları, saçımı kim bilir kaç sefer okşadığı canım elleri çoktan yanmış, beni saatlerce emzirdiği göğüsleri birer alev topuna dönüşmüştü bile. Müthiş bir öfke ve acıyla ateşlerin arasına atlayıp onu kurtarmaya çalıştım ama ateş sanki beni hissetmiş gibi ona yaklaştıkça harlanıyor, bir anda önüme ateşten duvarlar örülüyordu.

Bu sefer arkamdan ardı ardına üç cümle işittim. Hayır, sanki işitmedim de, kızgın demirden damgalarla yüreğimde hissettim!

Sağ arka tarafımdaki ses bana bir soru sordu:

"Benden neden vazgeçtiniz?"

Tam arkamdan gelen ses sanki benden şikâyet ediyordu:

"Tanrım benim dilim bağlıdır, beni dinlemezler."

En sonuncu ses ise bana öğüt verir gibiydi:

"Asıl cihad, insanın kendisiyledir."

Kafam allak bullaktı.

Anamın yüzünü ateşler içinde görürken bayıldım.

Manastırımızdaki odamda, küçük yatağımda gözlerimi açtığımda terler içindeydim. Yastığım, çarşaflar, üzerimdeki battaniye ve koynum sırılsıklamdı, kalbim göğsümden çıkacak gibi çarpıyordu. Dışarıda inanılmaz bir yaz yağmuru yağıyor, büyük büyük damlalar manastırın pencerelerini zorluyordu.

Artık ne yapacağımı biliyordum.

Tanrım bana yardım et!

105

İki keşiş, Elkazaba'nın karanlık bir köşesinde karşı karşıya geldiler.

Görünüşte birini öbüründen ayıran en küçük bir detay bile yoktu. İkisinin de abası kahverengi çuhadandı, ikisinin de kapüşonları başlarındaydı. Yüzleri elbette farklıydı ama bu karanlıkta ve kafalarında yüzlerini çevreleyen başlıklarıyla bu farklılık kaybolup gidiyordu.

"Konuştuğumuz gibi," dedi Davud.

"Konuştuğumuz gibi," dedi Santiago.

Türk ve kitap avcısı karşı karşıyaydı. Santiago boynundaki halkayı kafasından çıkardı ve halkaya geçirilmiş anahtarları ötekine uzattı.

Kitap avcısı, "Sorgulama bir saat sonra başlayacak," dedi. "Bu anahtarlar seni doğruca sorgulama odasına götürecek."

Sonra koynundan ağzı mühürlü, katlanmış bir kâğıt çıkardı ve ekledi:

"İşte bunlar da senin katiplik belgelerin. Zindanlara giden koridorlar boyunca üç ayrı kontrolden geçeceksin. Soran olursa bunları göstereceksin. Unutma, bunları kaybettiğin zaman her şey bitti demektir."

Davud anahtarları ve kâğıdı tereddütle teslim alırken sordu:

"Peki ya sen? Sen ne yapacaksın anahtarlar ve bu yazı olmadan?"

Santiago bu soruyu bekliyormuş gibi hemen yanıtladı:

"Beni boş ver," dedi. "Ben çok uzun zamandır yapmam gereken bir şeyi yapıyorum. Sonrasındaki bedeli ödemeye hazırım. Zaten Peder Paolo sana güvendiyse, doğru kişisin demektir."

Daha fazla konuşmak istemiyormuş gibi kestirip atmıştı Santiago. Konuyu değiştirerek, "Fazla zaman kalmadı. Yapacaklarını biliyorsun. Sorgulama odasına girdiğinde sol köşede, kardinallerin bulunduğu masanın hemen yanında tek kişilik bir masa göreceksin. Onun arkasındaki sandalyeye otur ve önündeki deftere ne duyuyorsan ve ne görüyorsan yazmaya başla. Gerisi sana kalmış. Fırsatını bulduğunda harekete geçersin. Elkazaba'nın tepesine geldiğinde gizli bir tünel doğrudan sizi limana götürür, ama kimseye görünmemelisiniz. Aksi takdirde tünel de sizin ölümünüz olur."

Davud Elkazaba'nın planını daha önce de gözden geçirmişti, tamam anlamında hafifçe başını salladı. Karşısındaki adamın gözlerindeki kararlılık onu korkutuyordu.

"Artık git," dedi Santiago. "Unutma, yazıyı kaybedersen işin bitmiş demektir. Ve ne olursa olsun Jibralfaro Şövalyeleri'ni uyandırma."

"Senin için dua edeceğim," dedi Davud.

Santiago gülümsedi:

"İhtiyacım olacak. Ama benden önce senin daha çok ihtiyacın olacak."

Konuşma bittiğinde karanlık koridorun iki ayrı ucuna doğru yol alan iki keşiş de kararlıydı. Ne pahasına olursa olsun baş koydukları işi tamamlayacaklardı.

106

Mahkûm, *escalara* adı verilen tahta düzeneğin üzerine yatırıldı.

Karanlık bir odaydı, titrek mum ışıkları belli belirsiz papazların yüzlerini aydınlatıyordu. Kenardaki katip mumun tam dibine oturmuştu, önündeki kâğıt görünüyor ama yüzü karanlıkta kalıyordu.

Mahkûmun kafasının, ayaklarından daha aşağı gelecek şekilde yatırılması, işlemin en önemli noktalarından biriydi. Peder Cisneros, Baş Engizitor Kardinal Torquemada'nın *Directorium*'unu harfi harfine uygulamakla ünlüydü. Engizisyon'un sorgulama yöntemlerini tüm ince hatlarıyla anlatan bu kitabı Cisneros sanki ezberlemişti. Muhafızlar, genç adamın iki yanına geçerek, yatık bir tahta merdiveni andıran düzeneğe mahkûmu bileklerinden bağladılar. Sonra ayaklarını da iyice gerdirerek halatlarla tutturdular.

Cisneros adamın el ve ayak bileklerini kontrol ederek sıkıca bağlı olduklarından emin oldu. Mahkûmun parmaklarındaki mürekkep lekelerine tiksintiyle baktı. "Sapkınlığının en büyük alameti!" diye söylendi. Engizisyon yasalarına aykırı olmadığını bilse, genç adamın ince uzun parmaklarını hemen orada kırıverecekti. Sonra genç adamın yüzüne göz gezdirdi; onun hiçbir karşılık vermeyişini neye yoracağını bilemedi. "Sapkın bir converso daha!" diye düşündü. Hıristiyan dönmelerinin sonra tekrar Yahudi geleneklerini uygulamalarını köpeklerin kusmuklarını yemeleriyle eş görürdü.

Adamı günlerdir zindanda tuttuklarından, onun hareket edemeyecek kadar yorgun olduğuna kanaat getirdi. Yüzü kül gibi ve gözlerinin altı kapkaraydı.

Mahkûm ise ne açlıktan ne de bitkin olduğundan karşı koymazlık ediyordu. Pek çok kereler adını duyduğu bu odada direnmenin bir sonuç vermeyeceğini, odaklanması gerekenin ne olursa olsun itirafta bulunmamak olduğunu çok iyi biliyordu. Bütün enerjisini buna yoğunlaştırmalıydı. Dün gün boyu yemek niyetine verilen ıslak, küflü ekmeklerin de kendisine yedirilmediğini anlayınca bugün bu odaya getirileceğini anlamıştı. Mahkûmun sorgulama süresince kusması etrafı kirletebilirdi.

Birkaç gündür kaldığı zindandaki insan dışkısı, kurumuş kan ve rutubet kokusunun burnunu artık duyarsız hale getirdiğini sanıyordu. Ama şimdi bu odadaki kesif idrar kokusu ona yanıldığını gösterdi. Bu yüzden burun deliklerini tıkadıklarında rahatladı. Fakat sadece ağzından nefes alabilmesi için işkence muhafızlarının yaptığı bu iş, mahkûmun keyfini düşündüklerinden değil, az sonra başlayacak sorgulamayı daha etkili kılmak içindi.

"Çatal diş!" diyerek emretti Peder Cisneros.

Genç adam, kimbilir daha önce kaç kişinin tükürüğüne bulanmaktan küflenmiş demir ağızlığı gördüğünde irkildi. Kıpırdamaya çalıştı ama ipler bileklerini acıtıyordu.

Cisneros'un emriyle muhafızlardan biri mahkûmun çenesini iyice sıktı ve ağzını gerebildiğince açtı. Diğer muhafız çatal dişi mahkûmun ağzına sıkıca yerleştirdi.

Son olarak ağzının üstüne bir bez parçası koydular.

Artık her şey hazırdı. Muhafızların gözü yerdeki su kovalarındaydı.

Odada dört kişi daha vardı. Sorgulamanın bütün detaylarını kenardaki masada yazan bir kâtip ve siyah bir örtüyle kaplı uzunca bir masanın arkasındaki üç üst düzey görevli daha: Torquemada'nın başkanlığındaki Suprema'dan, yani Engizisyon İdare Mahkemesi'nden hazır bulunan gözlemci bir keşiş, Cisneros'un meslektaşı bir peder daha ve bir hekim. Cisneros, mahkûmun sorgulanmaya hazır hale gelmesinin ardından arkasını dönerek bu doktora baktı.

Hekim, sıranın kendisine geldiğini anlayarak gayet rahat bir şekilde yerinden kalktı ve tahta düzeneğin üzerinde yatan mahkûmun yanına geldi. Genç adamı gelişigüzel kontrol ettikten sonra Cisneros'a dönerek, "Devam edebilirsiniz" dercesine başını öne eğdi ve kenara çekildi. Torquemada'nın Engizisyon yasalarına göre sapkın suçlamasında bulunulan kişi, suçunu sağlıklı ve bilinçli bir şekilde, kendi iradesiyle itiraf etmeliydi; söylenenleri duymalı ve zihni açık olmalıydı. Aksi takdirde itiraf geçersiz kabul edilebilirdi.

Masanın ardındaki rahip ayağa kalktı ve arada önündeki belgelere bakarak konuşmaya başladı. Katip tüm konuşmaları kaydediyordu.

"Biz—Yüce Katolik Kilisesi'nin Seville Kardinali Peder Cisneros, Kastilya Kraliyeti'ne bağlı Suprema Yüksek Engizisyon Mahkemesi'nden Peder Françesko Sançez de la Fuente ve ben Din Hukuku Uzmanı Peder Pedro Diaz— Büyük Kastilya Krallığı ve Baş Engizitor Torqueamada'nın verdiği yetkiye dayanarak," dedikten sonra önünde yatan adam hakkındaki bilgi ve suçlamaların olduğu kâğıdı eline aldı ve devam etti:

"Toledo'nun Montalban kasabasında yaşayan, Sanık, kuyumcu David ibn Nahmias Marrano'nun 19 yaşındayken 1481 yılında vaftiz edilerek on yılı aşkın bir süredir Hıristiyan olmasına rağmen Musa'nın geleneklerini devam ettirdiğine ve O'nun öğretilerini uyguladığına dair duyumlar aldık..."

"Kendisine karşı Yüce Kilisemize itiraflarda bulunan tanığın verdiği bilgilere göre Sanık David Marrano cumartesi günleri çalışmaktan çekinmiş, Şabat'ı kutlamak için cuma akşamları evinde mum yaktığı gözlenmiş ve evinde İbranice elyazmaları ve kitaplar bulunmuştur..."

Peder Pedro Diaz suçlamaları okudukça Kardinal Cisneros'un yüzündeki nefret giderek artıyordu.

"Ayrıca suçlunun Almanların icadı baskı aletini Montalban kasabasındaki gizli bir yerde kardeşi Samuel ibn Nahmias ile inşa ettirdiği, bu aletle yüzlerce İbranice metni, Talmud ve Gemara öğretilerini çoğalttığı, Eski Granada Emirliği'nde yaşayan Muhammed'in dinine mensup sapkınlarla işbirliği içinde, kilisemizce yasaklı kabul edilen sapkın Averroes ve onun Aristo yorumlarını, eski Helen filozoflarının felsefelerini ve yine sapkın Maimonides'in kitaplarını hem İbranice hem Arapça bastığı öne sürülmüştür..."

Kardinal Cisneros suçlamaların bitmesi için sabırsızlanıyordu.

"Sanık tüm suçlamaları reddetmiş, yıllardır Yüce İsa'nın yolunda yürüyen iyi bir Hıristiyan olduğunda ısrar etmiş, kendisine yöneltilen iddiaların bir iftira olduğunu ileri sürmüştür. Bu nedenle sorgulamanın en iflah olmaz sapkınları bile bezdiren escalara üzerinde devam ettirilmesine karar verilmiştir."

Peder Diaz'ın oturmasıyla birlikte Cisneros muhafızlara baktı. Beklediği an gelmişti.

Bir tanesi elindeki metal huninin ucunu sanığın ağzına soktu, diğeri yerdeki kovalardan birini alarak suyu huniden aşağı, adamın ağzına boşaltmaya hazırlandı.

Genç adamın gözleri dehşetten dört açılmıştı.

Cisneros'un işaretiyle muhafız kovayı yavaşça eğdi. Suyla birlikte bez parçası genç adamın gırtlağına tıkandı. Adam burnundan nefes alamadığı için ağzından yutkunmaya çalışıyor, fakat şimdi su bütün boğazını doldurduğundan çaresizce çırpınıyordu. Su, sürekli boşaltılmaya devam ettiğinden mahkûm kendini boğuluyormuş gibi hissediyor, bir an önce ölüp kurtulmak istiyordu. Fakat escalara'nın en önemli özelliği, diğer Engizisyon işkenceleri gibi, öldürmeden ve kan dökmeden sanığa en büyük acıyı, uzun sürecek şekilde yaşatmaktı. Sorgulama esnasında kan akıtılması Yüce İsa'nın insanlar için kendini feda etmesini çağrıştırdığından kesinlikle yasaktı.

"Söyle!" diye bağırdı Peder Cisneros, "Musa'nın dinine inandığını kabul ediyor musun?"

"Söyle, cuma akşamları Şabat'ı kutladın mı?!"

Muhafızlar kovayı ve huniyi yere bıraktıktan sonra adamın cevap verebilmesi için ağzındaki metal çatalı aldılar ve boğazındaki bezi çıkardılar.

Genç adam öksürük içindeydi. Başını yattığı yerden olabildiğince dikerek ciğerlerine dolan suyu büyük bir ıstırap içinde çıkartmaya çalıştı. Bembeyaz olan yüzü şimdi kıpkırmızı kesilmişti.

Peder, bir cevap beklercesine adamın yüzüne baktı. Mahkûm soluk soluğa nefes alıyordu. Hiçbir cevap vermedi, kafasını tekrar yere bıraktı.

Cisneros'un işaretiyle muhafızlar metal çatalı adamın ağzına geçirdikten sonra tekrar bezle birlikte adamın boğazından, bu sefer çok daha hızlı bir şekilde suyu boşaltmaya başladılar.

Mahkûm panik içinde çırpınıyordu, elleri ve ayakları kendini kurtarmak istercesine iki tarafa, öne arkaya hareket ediyordu. Sanki bir okyanusun dibindeymiş de üzerinde tonlarca ağırlığında su baskı uyguluyormuş, ya da diri diri gömülmüş de üzerine küreklerce toprak atılmış gibi hissediyordu kendini.

Escalara, Torquemada'nın keşfettiği en kansız ama en acımasız işkenceydi.

Boğulma ve panik hissi hem fiziksel hem de ruhsal bir çöküntü yaratırdı. Cisneros, ikinci seferden sonra pek çok iflah olmaz sapığın bile bülbül gibi öttüğünü, en ketum suçluların listeler dolusu kişinin adını kiliseye verdiğini çok iyi bilirdi. Masanın üstünde duran İbranice bir baskı sayfasını eline aldı ve tekrar başı öne dikilen mahkûmun karşısına geçerek, "Söyle!" dedi, "Bunu sen mi yazdın?!"

Mahkûm kâğıda baktı, ve etraftakilerin şaşkın bakışları altında yüzünde bir tebessüm belirdi. Gözleri, kâğıdın başındaki, diğer siyah karakterlerden hem kırmızı rengiyle hem de büyüklüğüyle ayrılan "א" alef harfindeydi. Yüzünde aniden beliren tebessüm, geldiği gibi hızla kayboldu ve genç adamın gözlerinden yaşlar akmaya başladı.

David Marrano, Esther'i düşündü.

Kâğıda baktıkça hatırlıyor, hatırladıkça hüznü ve acısı artıyordu; üç ay öncesi, her şeyin başladığı o günün tüm detayları gözünde canlanıyordu.

Peder Cisneros, muhafızlara üçüncü sefer için işaret verirken yandaki hekim, "Çok hızlı gitmiyor musunuz? Adam ölebilir," diyerek karşı çıktı.

Cisneros "O zaman bu, Kilisemizin salahiyeti için göze alabileceğimiz bir risk olur," dedi.

Hekim, "Ama..." diyecek olduysa da Cisneros, "Sizin büyükannenizin Yahudi olduğunu duymuştum, doktor, acaba doğruluk payı olabilir mi?" diyerek onu imalı bir şekilde tehdit etti. Hekim, Cisneros'un çok rahat bir şekilde kendisini "sapık" suçlamasıyla yargılatabileceğini düşündü. Bu, Cisneros'un ilk vukuatı olmazdı. Hekim, susarak geri çekildi.

David Marrano, Esther'i ve her şeyi başlatan adamı, nereden çıktığını bir türlü anlayamadığı o Türk'ü; yani Kara Davud'u düşünüyordu. Kardeşi Samuel, Beatrice, Jativalı Abdullah ve Zeyd bin Osman... hepsi de gözünün önünden geçiyordu.

Muhafızlar mahkûmun ağzından suyu tekrar boşaltmaya başladılar.

107

Davud, işkencenin ikinci ayağı başladığında artık harekete geçmesi gerektiğini anladı. Sorgulamanın başından beri köşede oturduğu masasında olup bitenleri yazıyormuş gibi yaparak en uygun zamanı kolluyordu. Odadaki kardinalleri alt etmek kolaydı ama iri kıyım iki işkenceci muhafız gereksiz bir gürültü meydana getirebilirdi. Hâlbuki dışarı çıkıncaya kadar kapıdaki iki muhafızın hiçbir şeyden şüphelenmemeleri gerekiyordu. Davud ne yapacaksa gürültü çıkarmadan yapmalıydı. Gelgelelim David gördüğü işkenceyle her dakika daha da güçsüz düşüyordu.

Davud daha fazla bekleyemezdi.

"Efendim," dedi katip ayağa kalkarak. "Mürekkep bitti."

Peder Cisneros katibin bu garip çıkışı karşısında ilk önce ne diyeceğini bilemedi. İşkenceci muhafızlar da su dökmeyi bırakmış, kâtibe bakıyorlardı. Masadaki kardinallerin gözleri de hayatlarında daha önce şahit olmadıkları bir şey görüyormuş gibi katibin üstündeydi.

"Mürekkep bitti, efendim, olayları kayıt altına alamıyorum. Siz de biliyorsunuz ki bu, uymamız gereken bir zorunluluk."

Bu ikinci cümleyi söylerken Davud masanın arkasından kalkarak boş hokkayı göstermek istermiş gibi pedere yanaşmıştı. Şimdi iki muhafız sağında ve solunda duruyordu. Sorgulamanın yarıda kesilmesini gerektirecek böylesine saçma bir bahaneyi daha önce kimse işitmediğinden muhafızlar da dahil herkes garip bir şaşkınlık içindeydi. Davud bu şaşkınlığı çok hızlı değerlendirmeliydi.

Cisneros her şeyin dört dörtlük yapılmasından emin olmalıydı. Önündeki katip hokkayı kendisine daha da yaklaştırırken, "Tamam tamam, git nereden buluyorsan bul gel mürekkebini..." diyordu ki, Davud elindeki hokkanın içindeki mürekkebi pederin yüzüne hızla fırlattı.

Hokkadan çıkan mürekkep Cisneros'un gözlerini ve suratını kaplarken Davud ustalıkla onun arkasına dolandı ve adamın çığlık atmasına bile zaman bırakmadan kolunu adamın boynuna doladı. Şaşkınlıklarına yenik düşen muhafızlar oldukları yerde kalakalmışlardı. Davud hemen ses tonunu değiştirerek, "Şimdi beni iyi dinleyin," dedi. "En ufak bir bağırmada, en basit hatanızda kardinalin boynunu kırarım. Ne diyorsam onu yapacak, sesinizi çıkarmadan uygulayacaksınız."

Kardinal bir iki çırpınıştan sonra boynuna dolanan kolun şakası olmadığını anladı. Sanki boynundaki etten kemikten bir insan uzvu değildi de betondan bir kirişti. Davud kolunu öyle ölçülü sıkıyordu ki adamın gözleri kararmaya başlamıştı ama hâlâ ayıktı. Pederin boynuna giden damarları azıcık daha sıksa adam bayılır, beş saniye daha bu şekilde tutarsa beyin ölümü gerçekleşirdi.

"Şimdi escalara'daki adamı çözün ve ayağa kaldırın."

Cisneros'un bugün ölmeye hiç mi hiç niyeti yoktu. Hele hele dinsiz bir Yahudi için canını hayatta tehlikeye atmazdı. Başını endişeyle hızlı hızlı aşağı yukarı hareket ettiren Peder, "Dediğini yapın geri zekâlılar!" diye çıkıştı muhafızlara.

O zamana kadar ağızları açık ayakta dikilen adamlar isteksizce emre itaat ettiler. Muhafızlardan biri Yahudi'nin kafasındaki bezi ve ağzındaki çatalı çıkarırken diğeri onun ellerini ve ayaklarını çözdü.

Escalara'nın üzerinde doğrulan Yahudi bir süre boğazını oğuşlayarak ve öksürerek kendine gelmeye çalıştı. Karşısında Davud'u gördüğünde gülümsedi. Olanlara inanmazmış gibi başını iki yana salladı.

"Seni her seferinde hafife alıyorum," dedi tebessümle.

Davud, "Senin çok fazla su içmekten hoşlanmayacağını düşündüm," dedi.

"Esther?" diye sordu hemen David.

"Merak etme, o güvende. Muhtemelen bir Türk gemisinde seni bekliyordur."

David hiç vakit kaybetmeden kendini toparladı ve karşısına çıkan bu yeni umutla güç bularak ayaları üzerine sıçradı. Ayakları yere basar basmaz ilk yaptığı iş yarım saattir boğazından aşağı su boşaltan muhafızlardan birine yumruk çakmak oldu. Adamın kafası tahmin ettiğinden daha kalındı ve eli acımıştı. Ne de olsa daha önce hiç kimseye bu kadar öfkeli yumruk sallamamıştı. Fakat muhafızın da burnu kırılmış, suratı kanlar içinde kalmıştı. Adam acısından dizlerinin üzerine düşmüş, burnunu tutuyordu.

Diğer muhafız başına gelecekleri tahmin etmiş gibi yanındaki işkence aletlerinin durduğu masadan hızla bir ustura kapıp Yahudi'ye savurdu. Davud hemen sağ ayağını adamın karnına geçirdi ve ustura David'e isabet etmeden muhafız arkasına yığıldı ve duvara çarpıp yere düştü. Adamcağız karnına bir tekme mi yoksa bir balyoz mu yediğinden emin değildi. Zira kafasını duvara vurduğundan şimdi bilinçsiz bir şekilde halde yatıyordu.

On dakika kadar sonra bir keşiş, kafasına kapüşonu geçirilmiş bir kardinal ve ortalarında kafasına bez geçirilmiş bir mahkûmla birlikte kapıyı sadece kendilerinin çıkabileceği kadar açıp dışarıda belirdiler.

Kapıdaki iki muhafız kenara çekildi.

Keşiş, "Adam daha fazla dayanamayıp bayıldı," dedi. "Peder zindanında ona günah çıkarttıracak. Kardinal ve heyeti bir süre rahatsız edilmeden sorgulamanın sonuçlarını görüşmek istiyorlar. İşleri bittiğinde onlar size seslenecekler."

Muhafızlar bir süre daha boş boş duracakları için sevinerek, "Tamam" anlamında başlarını salladılar ve tekrar kapının iki tarafında yerlerini aldılar.

Uzunca bir koridordan sonra merdiven altına ortalarındaki işkenceci muhafızı bırakan Davud ve David hızla yukarıya çıktılar. Davud elindeki anahtarla tüm kapıları açabiliyor, önüne çıkan muhafızlara elindeki kâğıdı gösteriyordu.

Arkalarında bıraktıkları sorgulama odasında iki işkenceci yerde ve üç din adamı başları önlerindeki masaya düşmüş, baygın halde yatıyorlardı. Uzunca bir süre de ayılacağa benzemiyorlardı. Kardinallerden biri üzerindeki elbiseleri David giydiği için çıplaktı.

108

Burak Reis, Hilal-i Zafer kaptanlığında peşine taktığı iki Göke'yi limana usul usul sokmak üzereydi. Planın tüm detaylarını Kemal Reis ile konuşmuşlar, beraber şekillendirmişlerdi. Burak Reis'in kadırgası önden limana girip Bayezid'in sırf İspanya'daki mazlumları taşımak için yaptırdığı iki ağır yolcu gemisine yol açacaktı. Kemal Reis de yanındaki iki parça kadırgayla bunlara eskortluk ederek limanın açıklarında ortalığı kolaçan edecekti. Herhangi bir saldırı ya da yolunda gitmeyen bir şey olduğunda hem önde hem de arkada iki usta denizci harekete geçerek durumu kontrol altına almaya, bir an önce yolcu gemilerine alabildikleri kadar insanla oradan uzaklaşmaya çalışacaklardı. Ne olursa olsun İspanyol armadası kışkırtılmayacak, onlarla herhangi bir çatışmaya girilmeyecekti. Aksi takdirde bu, Osmanlıların topyekün Katolik dünyasıyla savaşa girmesi demekti.

Burak Reis iki Göke ile limana girinceye kadar her şey yolunda gitti. Hatta o kadar yolunda gitti ki uzaktan Burak Reis'i izleyen Kemal Reis, Yelkenci Cevher'e, "Bu hiç iyi olmadı, Cevher; bu işte bir bit yeniği var!" demekten kendini alıkoyamadı.

Binlerce Yahudi ve Müslüman, Malaga Limanı'nı doldurmuş, önlerine çıkan her gemiye dolmaya çalışıyorlardı. Dinlerini korumak istiyorlarsa bugün İspanya topraklarını terk etmek zorundaydılar. Geride kalanlar ya Katolik olacaklar ya da şimdi onlarcası çoktan hazırlanan, ülkenin dört bir köşesinde düzenlenen *Auto da fe* törenlerine yakılmakla yüz yüze geleceklerdi.

Burak Reis bu kargaşada iki büyük gemiyi, yolcuların güvenle binebilecekleri bir şekilde limana yanaştırmaya çalışıyordu. İşte ne olduysa bu sırada oldu ve limanın çeyrek mil açıklarında demirleyen Ludeviko D'Varthema'nın kalyonu demir alarak hızla en arkada, limanın dışında kalmış Kemal Reis'in kadırgasına doğru yol almaya başladı.

Burak Reis, koca kalyonun karadan esen rüzgârla yelkenlerini birer bulut gibi şişirerek tam yol Kemal Reis'in üzerine gittiğini gördüğünde "Allah kahretsin!" diye veryansını bastı. Kolay kolay soğukkanlılığını kaybetmeyen, en zor durumlarda bile metaneti elden bırakmayan Burak Reis iyi planlanmış bir tuzağın içine düştüklerini anlamıştı. Zira ikinci bir kalyon şimdi limanın ağzını boylu boyunca kapatıyor ve Hilal-i Zafer'i limanın içine hapsediyordu. Belli ki Lodoviko'nun amacı Kemal Reis'i tek başına yakalamaktı ve Burak Reis iki Göke ile beraber limana hapsoluncaya kadar sinsice beklemişti.

Kemal Reis de olan biteni anlamış ve mürettebatına savaş konumuna geçmeleri emrini vermişti bile. Yerlere az sonra sıçrayacak su ve kanın üzerinde kayıp düşmemek için kum serpiliyor, alabandalara çuha, kendir, hasır, saman ve toprak gibi karışımlardan mürekkep usturmaçlar diziliyordu ki top darbelerine karşı kadırganın bir şansı olabilsin. Bu işlem her savaştan önce zaten yapılırdı ama bir İspanyol kalyonundan çıkabilecek topların sayısı düşünüldüğünde usturmaçların dikkatle dizilmesi kat kat daha fazla önem taşıyordu.

Orayon Orhan iki eli toprak dolusu çuvalları alabandalara dizerken diğer taraftan da üstlerine gelen koca gemiyi izliyordu. "Bir kalyonda kaç batarya olur?" diye sordu yanında duran geminin topçusu Kürt Mahmut'a.

Kürt, isteksizce, "Sen de yüz, ben diyeyim yüz elli! İskelesi, sancağı, pruvası, kıçı, kat be kat, alt alta, üst üste bataryalarla doludur da bir kattakiler birini ateşlerken diğer kattakiler sonraki tura hazırlanırlar!"

Orayan Orhan bir süre olduğu yerde yutkundu, sonra çuvalları dizmeye devam etti. Kürt Mahmut ve topçu yamakları da Reis'ten aldıkları emirle alt kattaki cephanelikten topları yukarı çıkarıyorlardı. Bir kolunu kaybeden Kürt, sağlam koluyla çalışmaya devam ediyor, yamaklar yelken bezlerine sardıkları topları uçlarından birer kişi tutarak yukarı, bataryaların yanına çıkartıp hazır ediyorlardı. Yere toprağı serpen bir kişinin ardından bir ikincisi az sonra bataryalardan sıçrayacak kıvılcımların ahşap ve ziftten yapılma güverteyi tutuşturmaması için su döküyordu. En önemlisi de barut ambarına herhangi bir alevin, kıvılcımın sıçramaması çok önemliydi ki bunun için de ıslak yelken bezleri deponun kapısına bir perde gibi çekilmişti. Hekim İlyas yine her savaştan önce yaptığı gibi alet çantasını dualarla açıyor, az sonra kim bilir hangi arkadaşına sarmaya başlayacağı bezleri, mikrop öldürücü alkolü, dikiş iplerini, çeşitli boydaki neşterleri, bıçakları gemideki kendine ayrılmış köşede önüne diziyordu. Parmaksız Şakir palasını taşa sürterken Bezirgan İbrahim de mutfak önlüğünü çıkarmış piştovları dolduruyor, her biri sadece bir kez ateşlenebilen bu silahları savaşçılara dağıtıyordu. Kendisi de beline bunlardan üç tane sokmayı unutmadı.

Ludoviko'nun kalyonu sarı kırmızı İspanyol forsunu dalgalandırarak yaklaşmaya devam ediyordu.

"Ulan köftehorlar!" dedi Parmaksız bilediği palasından başını kaldırarak, "Adamların forsu neredeyse bizim kadırga kadar!"

Gerçekten de ince uzun, çatal ağızlı fors dalgalanırken tam açılınca uzunluğu belki elli metreyi buluyor, bir yılan dili gibi kıvrılıp duruyordu. Nasıl ki sürüngen avına yaklaştıkça onu dilindeki koku algılayıcılarıyla tanımaya çalışır, kalyon da sanki öyle Mavi Aslan'ı tanımaya çalışıyor, onu yutmadan önce neye benzediğini anlamak istiyordu.

Kalyonun on metrelik mahmuzunun ardından geminin üç katlı gövdesi başlıyordu. En alt sırada on batarya, onun üstünde yirmi beş batarya ve en üst de de tam otuz batarya bulunuyordu. Pruvada ve kıçta da bunların yarısı kadar büyüklükte toplam belki yirmi batarya daha vardı. Geminin omurgalarından yukarıya doğru üç ana direk yükseliyordu ki bunların her biri otuz yıllık bir çamın gövdesi kadar kalın ve uzundu. Ortadaki en uzun grandi direğinin boyu otuz metreyi aşıyordu. Bu her bir direğin üst noktalarında gözcü ve savaşçı çanakları bulunuyor, bunların içine yirmişer okçu rahatlıkla sığıyordu. Geminin güvertesinde yüzü aşkın korsan ve Türklerden hırslarını almak isteyen elli kadar şövalye Mavi Aslan'ın içindeki mürettebat tarafından yavaş yavaş seçilmeye başlıyordu.

Kemal Reis ve askerleri durumun bundan daha kötü olamayacağını düşünüyorlardı ki grandi direğinin çanağındaki Gözcü İsa'nın haykırmasıyla ne kadar yanıldıklarını anladılar.

"45 derece sancak tarafında!" diye bağırıyordu gözcü.

Kadırgadakiler görmekte oldukları işleri bırakıp gözcünün işaret ettiği tarafa doğru baktıklarında geminin sancak tarafından yanaşmakta olan bir kalyon daha gördüler. Simsiyah renkteki bu kalyonu Kemal Reis hemen tanıdı. "San Mateo" sözü döküldü dudaklarından. Bunlar üç ay kadar önce Reis'in Adriyatik'te kapıştığı Cenevizli korsanların gemileriydi.

Bu sefer gözcü İsa'dan "45 derece iskele tarafında!" haykırışı duyuldu. Parmaksız Şakir, Serdümen Musa, Hekim İlyas ve diğerleri önce gözcüyü yanlış işittiklerini sandılar. Fakat gözcü tekrar aynı yere işaret edince bu sefer mürettebat sol taraflarına baktı. Bayraklarından Portekizli oldukları anlaşılan bir kadırga hızla kendilerine doğru yol alıyordu.

Gözcü İsa üçüncü sefer, "Tam arkamızda, kıç tarafında!" diye bağırdığında Kemal Reis kendisine bir mil kadar uzaklıktan yanaşmakta olan bir başka İspanyol kalyonunu fark etti. Bu da ünlü korsan gemisi San Sabestian'dı. Olacak şey değildi!

Mavi Aslan pruvasından, kıçından, sağından ve solundan; dörtbir taraftan sarılmak üzereydi.

Parmaksız, "Kaptan, anlaşılan bu adamları biraz fazla kızdırmışsın," dedi.

Öyle görünüyordu ki Türklerin İspanya'ya yol aldıklarını anlayan Ludoviko ayartabildiği ne kadar korsan, şövalye, Türk düşmanı çakal varsa hepsini de kışkırtmış, Kemal ve Burak Reislerin eskadronu yaklaşmadan önce Malaga Limanı'nın açıklarına dört ayrı noktaya konuşlanmışlardı. Dürbünlerle işaretleşen bu dört gemi sözleştikleri gibi Ludoviko'nun hareket etmesiyle birlikte bekledikleri sinyali almışlar ve Kemal Reis'in kadırgasına saldırmak üzere harekete geçmişlerdi. Kemal Reis, bir cehennemin tam ortasındaydı. Her bir kalyon bulut bulut şişmiş yelkenleriyle her biri ayrı bir fırtına gibi yaklaşıyordu.

Düşman, şakasının olmadığını hiç vakit kaybetmeden gösterdi ve Ludoviko önüne çıkan ilk kadırgayı salvo ateşiyle daha ilk raundda alevler içinde bıraktı. Kemal Reis'in yanıbaşındaki Türk kadırgası göz açıp kapanıncaya kadar denizin dibini boylamıştı bile.

109

Davud ve David, Elkazaba'nın karanlık koridorlarından aydınlığa çıktıklarında kendilerini bir surun üstünde buldular. İkisinin de yüzü gülüyordu. Şimdi tek yapmaları gereken şey kimsenin dikkatini çekmeden kalenin duvarlarının dışına çıkmak ve vakit kaybetmeden limana ulaşmaktı.

Fakat arka arkaya yaşadıkları iki şok, kalplerindeki ve yüzlerindeki tüm umudu silip attı. İkili şehrin en doruk noktası olan bulundukları yerden limana baktıklarında Türk gemilerinin İspanyollar tarafından kuşatıldığını gördüler. Davud; Kemal ve Burak Reislerin flamalarını hemen tanımıştı. Bu iki usta denizcinin İspanyolların üstesinden geleceklerini düşünüyordu ama Türklerin kadırgalarını devasa deniz canavarları gibi çevrelemiş İspanyol kalyonları insanın gözünü korkutuyordu.

Fakat şimdi Davud Türk denizcilerini değil kendini düşünmeliydi. Zira, karşısında uzanan rampanın diğer ucunda, Jibralfaro Kalesi'nin hemen ağzında bir grup şövalye kendisine bakıyordu. Aralarında üç yüz metre bulunan rampanın ötesinde kendisine saldırmaya hazırlanan şövalyelerin gerisindeki kişiyi gördüklerinde Türk ve Yahudi neyin döndüğünü anladılar. Biraz daha yakın olsa Yehuda'nın kin dolu suratını görebileceklerdi.

Gemiye giden konvoydan ayrılarak soluğu Jibralfaro kumandanlığında alan Yahudi az önce oradaki askerlere olup biteni anlatmış, karşılığında özgür bir şekilde bu topraklarda yaşamasını garantileyen bir mükafata konmuştu. Hemen yanı başında Türk'ü ve beraberindekileri uzun zamandır takip eden Lukas duruyordu. Önü köpek burnu, kafası boynuzlu miğferi ve iri yarı cüssesiyle diğerlerinden rahatlıkla seçiliyordu.

Davud o anda bütün her şeyin bittiğini, artık ne David'in ne de kendisinin Türk gemilerine ulaşabileceğini, tüm uğraşlarının hiç olduğunu düşündü. Her şey boşa gitmişti! Bu şövalyeleri alt edip limana kaçmanın imkânı yoktu. Sırtından kaynar sular dökülürken köşede duran bir muhafızı fark ederek adamı yere yıktı ve onun elindeki yayla sırtından bir ok kaparak rampanın öte yanına nişan alıp fırlattı.

Ok, karşıdaki şövalyelerin hiç beklemediği bir hızla üzerlerine fırladı ve Lukas ile Yehuda'nın bulunduğu noktaya geldiğinde şövalye anlık bir refleksle boynunu kenara çekti. Adamın boyunluğunu yalayan çubuk Yehuda'nın tam gırtlağına saplandı.

"Bunu çok önceden yapmalıydık," dedi David. Davud Yehuda'yı her seferinde bağışlamış ama beriki her seferinde de ihanet etmişti.

Yahudi kanlar içinde böğürerek yere yığılırken şövalyeler ileri doğru atılmışlardı bile. Onlar ile ikili arasında üç yüz metrelik bir mesafe vardı.

"Şu adamın ayağının dibindeki Tatar yayını al," dedi Davud sur mazgallarının ardına saklanarak. "Yapabildiğin kadar hızlı oku yaya gererek karşıda gördüğün şövalyelerin tam ortasına nişan alıp atmaya başla."

Tatar yayları mekanik olduklarından kurulmaları zaman alırdı ve dakikada en fazla iki ya da üç ok atılabilirdi. Daha önce hiç silah kullanmamış David de zaten bu kadarını anca yapabilirdi. Davud tüm bunları hesap ederken ve David'e yapacaklarını tembihlerken kendisi karşıya ok yağdırıyordu. Dakikada elli-altmış ok atabilirdi. Tek sorun, elinde sınırlı sayıda ok oluşuydu.

"Ya Hakk!" diyerek fırlatmaya başladığı okların her biri

bir askere çarpıyordu. Ama adamların çoğu tam takım zırhlı olduklarından oklar metale çarpıp yere düşüyordu. Davud yine de okları adamların eklem yerlerine özellikle boyunlarına isabet ettirerek hızla üstüne gelen savaşçıları yavaşlatmayı başardı.

Ah şimdi bir Türk yayı olsaydı, diye düşündü Davud. Hıristiyan ordularınınkinin aksine, Türk yayları çok daha gergin yapıldığından müthiş bir pazu kuvvetiyle çekilirler ve iyi bir okçunun elinde bir buçuk kilometre öteden bile şövalye zırhlarını delebilirlerdi. David'in elindeki Tatar yayı bu işi görüyordu ama onun kurulması da çok uzun zaman alıyordu ve pek işlerine yaradığı söylenemezdi.

Üstelik şimdi karşıdaki askerlerden bazıları da yaylarına sarılmış, adeta kapana kısılmış Türk ve Yahudi'ye ok yağdırıyorlardı. Kalenin iki mazgalı arasına sığınan ikili hem üstlerine gelen oklardan korunmaya çalışıyor, hem de karşıda hızla kendilerine ilerleyen şövalyeleri durdurmaya çalışıyorlardı.

Davud önünde belki bir düzine daha ok kaldığını gördüğünde Yahudi'ye döndü, "Beni iyi dinle!" dedi. Kendisine gelen oklardan sakınarak üç adım ötedeki demirden kapağın yanına yuvarlandı ve kapağı gürültüyle açıp sırtını tekrar duvara dayadı.

"Sen buradan atlayıp hiç arkana bakmadan hızla ilerle. Bu tünel seni limanın tam önüne çıkaracak. Eğer acele edersen, dışarıda kimse ne olduğunu bilmiyor, gemileri yakalayabilirsin."

David endişeyle Türk'e baktı:

"Ya sen?!"

"İkimiz birden gidemeyiz. Arkamızdan gelip bizi yakalamaları an meselesi. Ama ben onları oyalarsam, senin kaçmak için bir şansın olur."

"Unut bunu!" dedi Yahudi. "Sensiz bir yere gitmiyorum!"

Davud, Yahudi'nin yakasından öfkeyle yapıştı, adamın sırtını duvara hızla dayadı. Şakası yoktu.

"Allah'ın belası, şimdi buradan atlayacak ve hızla koşacaksın. Anlamıyorsun, kalırsan ikimiz de öleceğiz! Merak etme, ben başımın çaresine bakarım!"

David korkuyla yutkundu, kendini toparlayınca yine itiraz etmeye girişecekti ki, Davud onun bir daha ağzını açmasına izin vermeden adamı yaka paça tutup tünelin içine fırlattı. David elleriyle etrafa tutunmaya çalıştıysa da kendini tepetaklak yerde buldu. Tünelin kapağı şimdi kendisinden bir metre yükseklikteydi.

Davud, metal kapağı tekrar tutup kaldırdı, tünelin ağzını kapatacaktı ki, durdu, David'e baktı: "Sultana söyle, Allah benim dualarımı kabul etti."

David bunun ne anlama geldiğini düşünüyordu ki metal kapak şıranktan üzerine kapandı. "Hayır!" diye bağırdı.

Davud doğrulduğunda şövalyelerin rampayı geçmek üzere olduklarını gördü, aralarında elli metre kalmıştı.

110

Kemal Reis üç tarafı üç kalyon tarafından, bir tarafı da Portekizli bir kadırga tarafından sarılmış, kendini cehennemin tam ortasında bulmuştu. Burak Reis ise limanın ağzını tıkayan bin tonluk bir kalyonla limana hapsedilmişti. Burak Reis, vakit kaybetmeden iki ayrı Göke'yi limana yanaştırdıktan sonra onlara hemen yolcuları bindirme emrini verdi. Bir gözü limanda çıkış yolu ararken, diğer gözü de limanın dışında çepeçevre sarılmış Kemal Reis'in kadırgasındaydı.

"Kaptan," dedi Çıngıraklı, "Burada böyle durup hiçbir şey yapmadan bakacak mıyız?!"

"Ulan Çıngıraklı," diye çıkıştı Bezirgan Koca Ahmet, "Yine patavatsızlığın üzerinde! Sen kaptandan daha mı iyi bilecen!"

Burak Reis, Çıngıraklı'yı duymuştu. Pekâlâ o da istemiyordu Kemal Reis'i bir başına bırakmayı ama işin bu noktasını tekrar tekrar konuşmuşlardı, ne olursa olsun Burak Reis, Göke'ler dolmadan limanı terk etmeyecekti. Gerçi şimdi Göke'ler dolsa da önünde bin tonluk bir engel onu bekliyordu!

Bu sırada Kemal Reis'in yanı başındaki yardımcı kadırgası Ludoviko'nun toplarıyla suyun dibini boylamıştı bile.

Kemal Reis, gemideki askerlerine dönerek, "Alınyazımızda bugün burada ölmek varsa, ölürüz arkadaşlar. Allah'ın verdiği canı kimse ne bir dakika uzatabilir, ne de bir dakika kısaltabilir! Amma öleceksek adam gibi ölelim, savaşarak ölelim! Ya Allah, Bismillah!" diyerek seslendi ve galeyana gelen askerleri savaş gülbankı tutturarak kaptanın heyecanına eşlik ettiler.

Kemal Reis; okçu ustası, Yelkenci Cevher, Topçubaşı Kürt Mahmut ve Serdümen Musa'nın yanlarına sırasıyla giderek bir çırpıda izleyecekleri taktiği, her birinin yapması gerekenleri sıraladı. Reis, önce Ludoviko'nun işini bitirmesi gerektiğini düşündü. Çünkü belli ki diğer üç çakal onun kışkırtmasıyla cesaret bulmuşlardı ve Reis düşmanın ayakları ve kollarıyla uğraşmaktansa doğrudan başını kesmek niyetindeydi. Gemisindeki yeniçeri okçularına Ludoviko'nun güvertesindeki korsan ve şövalyelere ok yağdırmasını emretti. Bu sırada Serdümen Musa dümeni iskele tarafına kıracak, Cevher, yelkenleri bu açıya göre konumlandıracak, Kürt Mahmut ise topları ateşlenmeye hazır edecek ama Reis'in işaretini beklemeden gülleleri salıvermeyecekti. Vardiyan Cihan da yine Reis'den aldığı emirlerle, "Al Beraber! Al Beraber!" diyerek kadırganın sancak tarafındaki forsalara hızla kürek çektiriyor, iskele tarafındakilerden sadece on kadarını yönü dengeleyebilmek için kullanıyordu.

Yelkencisinin, serdümeninin, okçusunun, vardiyanının bu şekilde komplike bir manevrayı başarıyla ve şimşek hızıyla gerçekleştirebilmesi her birinin ayrı ayrı ustalığını gerektirir, daha da önemlisi tüm bu faktörleri tek elden kontrol eden Reis'in pürdikkat hareket etmesini zorunlu kılardı. Kadırga Mavi Aslan, Reis Kemal, mürettebat da onun onlarca çatışmaya girip çıktığı adamları olmasa böylesi bir dönüşün, hele hele diğer üç taraftan düşman top yağdırmaya hazırlanırken yapılması mümkün değildi.

Okçuların fırlattığı ilk oklardan biri hiç beklenmeyen bir adama, Ludoviko'nun serdümenine, üstelik tam gözünden isabet etti. Gözünün olduğu yerde şimdi yarım metrelik bir okun ucu saplı olan adam suratı kanlar içinde çığlık atarak yere yıkıldığında geminin kaptanı Ludoviko, Kemal Reis'in kolay kolay pes etmeyeceğini anladı. Bu isabetli oku diğerleri takip etti. Dakikada atmış ok atabilen bu adamların bir önceki attıkları oklar neredeyse hedeflerini bulmadan onlar bir diğerini savurmuş oluyorlardı. Kimisi sırtlarındaki tirkeşlerden, kimisi de önüne yığdığı kartal çubuklarından hızla kapıyorlar ve hareket halindeki kadırganın hızını, gidiş yönünü ve sallantısını hesap ederek Ludoviko'nun güvertesine bırakıyorlardı.

Ludoviko ise direklerinde ve serenlerinde belki yüz kişi bulunan gemisinin yelkencilerine ağzından tükmükler çıka çıka bağırıp çağırıyor, emirler yağdırıyor, oka saplanan adamlarına, "Geri zekâlılar!" diyerek bir tekme de o geçiriyordu. Ludoviko'nun yelkencilerine yaptırmaya çalıştığı tek şey Mavi Aslan'ı bordasına bakacak şekilde, yani kadırgaya paralel olarak yanına alabilmekti. Bu şekilde, bir kalyonun asıl gücünü teşkil eden bordalarındaki üç kat topları düşman gemisine rahatlıkla boşaltabilecekti.

Ne var ki, Kemal Reis'in verdiği emirlerle Mavi Aslan öyle manevralar yapıyordu ki Ludoviko'nun bordasından hem kaçıyor hem de kalyonu San Mateo ve diğerleriyle arasına getirerek onların toplarına hedef olmaktan kurtuluyordu. Özellikle San Mateo ve diğer İspanyol kalyonu San Sebastian'ın toplarına aynı anda yakalanmanın, hele hele bir çapraz ateş altında kalmanın sadece kendisi için değil, Burak Reis ve buradan taşımaya geldikleri yüzlerce Yahudi'nin de sonu olacağını biliyordu. Ludoviko'nun pruvasındaki küçük toplar ve San Mateo'nun bordasından çıkan gülleler Reis'in yanı başına düştükçe deniz köpürüyor, gökyüzüne sudan sütunlar yükseliyordu.

İşte tam bu sırada Mavi Aslan'ın tam kıç kasarasında müthiş bir patlama duyuldu. San Mateo'nun bir güllesi kadırganın arka kısmında, küpeşteler ile suyun arasında kalan kısma isabet etmiş, usturmaçların zayıf bir noktasını yakalayarak gemiyi bir kâğıt gibi delmişti. İçeri giren iki yüz kiloluk gülle parçası kadırganın kontra mizan direğine çarpınca durmuştu.

Kadırganın parçalanan alabandasından etrafa sıçrayan tahta parçalarının her biri birer bıçağa dönüşmüş, etrafta ne kadar tayfa, asker, yamak varsa onların boyunlarına, kollarına, bazılarının yanaklarına saplanarak altı kişiyi yaralamış, alabandanın hemen dibindeki iki forsayı öldürmüştü.

Kadırganın marangozları geminin hemen bu kısmında oluşan deliği bir çırpıda kapatıp toprak dolusu çuvallarla kavilerken Mavi Aslan kendini dört düşmanın arasından kurtarmış ve Ludoviko'nun arkasına dolanmıştı.

David, Esther, Beatrice ve beraberindeki Yahudiler ve Müslümanlar limanda yeşil üzerine beyaz hilallerin dalgalandığı bayrakları gördüklerinde az kalsın sevinç çığlıkları atacaklardı. Okyanusa akan bir nehri andıran insan selinin arasından iki Göke'den en yakınına binebilmek için ite kaka rıhtıma geldiler. David'in kafası sürekli arkaya dönüyordu. Aklı Davud'daydı. Acaba gemiye yetişebilecek miydi? Bir yolunu bulup ülkesine geri dönebilecek miydi? O olmadan ayakları geri geri gidiyordu. Yanında Esther olmasa çoktan geri dönecekti. Ama Davud'un onlar için katlandığı onca sıkıntı boşa çıksın istemiyordu. O artık bu saatten sonra hem Esther hem de Davud için yaşayacaktı. Ayrıca bu Türk'ün ne yapıp edip gemiye yetişeceğinden şüphesi yoktu. Beatrice'in gözleri de sürekli kalabalık arasında Davud'u arıyordu.

Burak Reis, iki Göke'nin de yarısından fazlasının kısa sürede dolduğunu gördü ama hââ sabırsızlanıyordu. Gemiler dolar dolmaz harekete geçecekti. Göke'nin iskelesine Sessiz Yusuf'u, Göke II'nin girişine ise Çıngıraklı ile Koca Ahmet'i yerleştirmişti. Bu adamları herkesin hızlı ama nizami bir şekilde gemilere alınmasından sorumlu tutmuştu. Çıngıraklı, bazen yolda gördüğü, kalabalığı caydırmaya çalışan, Katolikliğe davet eden papazlara dik dik bakıyor, başını kızgınlıkla iki tarafa atarak, "Fesuphanallah!" çekiyordu. "Ulan bunlar ne laf anlamaz insanlarmış yahu!" dedi Koca Ahmet'e, "Millet doğduğu büyüdüğü topraklardan vazgeçmiş, varını yoğunu bırakıp inançları uğruna yola koyulmuş, bunlar da hâlâ tutturmuş Katolik olun! Ulan pezevenk, adam buraya kadar gelmiş, olacağı varsa da olmaz! Şeytan diyor, atıl şunların arasında, çek palanı, Allah artık ne verdiyse, kimisinin kaşına, kimisinin gözüne bir iki tane salla gel!"

Bezirgan Koca Ahmet, "Aman etme Çıngıraklı, bunlara en ufak bir hareket kraliçenin ordusunu üzerimize salar. Unutma, ne olursa olsun İspanyol kraliyet askerlerine ya da Katolik papazlarına saldırmak yok!"

"Çok siktimin çok saygın majestelerinin askerleri!" diye bastı küfürü Çıngıraklı.

"Hevesini az sonra tutuşacağımız çatışmaya sakla. Baksana, kalyon limanın ağzında tıkıldı kaldı. Şu gemiler bir dolsun, bizim Reis o şerefsizlerin yanına bırakmaz."

"Valla biraz daha beklersek olan Kemal Reis'e olacak!"

Kemal Reis, Ludoviko'nun ardına dolaşır dolaşmaz Kürt Mahmut'un yarım saattir beklediği işareti verdi. Kürt "Haydi Bismillah!" deyip sağlam elindeki meşaleyi hemen önünde duran bataryanın falya çubuğuna dokundurup çekti. Ateşi falyadan kaldırır kaldırmaz müthiş bir gürültüyle fırlayan top hedefindeki kalyonun bordasına, grandi direği ile kontra mizana direğinin tam ortasındaki kısma gümden bindirdi. Onunla birlikte kadırganın sancak tarafındaki bir düzineyi aşkın topçu da bataryaları ateşlediler. Toplardan neredeyse hepsi de kalyonun kıç kısmı ile ortasına kadar olan bordalarına, kimileri de suyun altına girerek geminin karinasına isabet ettiler.

Reis, yılların verdiği tecrübeyle böylesine büyüklükteki bir kalyonla, bir kadırgayla nasıl savaşılacağını çok iyi biliyordu. Kadırganın cüssesini kendi avantajına çevirmek için Ludoviko'ya sokulabildiği kadar sokuluyor, kalyonun bataryaları yukarıya doğru baktıklarından Mavi Aslan'a ağızlarını uzatamıyorlardı. Kalyonun kıçından bordasına gelen ne kadar top varsa kadırganın tepesinden aşıp öte tarafa düşerek sudan minareler oluşturuyorlardı. Öte taraftan Mavi Aslan'ın karşısında heyula gibi yükselen kalyonun bordasına atılan bütün toplar koca geminin muhakkak bir yerine çarpıyor, müthiş zayiatlar veriyordu. Ayrıca kalyon rüzgârın eline bıraktığı kaderiyle serenlerde ve yelkenlerde binbir türlü yapılan değişikliklerle kadırgayı top menziline sokmaya çalışırken, hantal vücudunu hareket ettirmekte zorlanıyor, o bir manevra yapıncaya kadar Mavi Aslan kürekçilerin kıvrak hareketleriyle beş manevra yapıyor, kalyonun lombarlarından alev dillerini uzatan bataryalarından ne yapıp edip kurtuluyordu.

Ne var ki Cenevizli korsanların kalyonu San Mateo, Reis'in kadırgasına iskele tarafından bir kere daha yanaştı. Rüzgâr öyle kuvvetliydi ki Kemal Reis'in tahmininden de daha hızlı bu kalyonu hareket ettirmişti. Öte taraftan diğer İspanyol kalyonu San Sabestian da Mavi Aslan'ı sıkıştırmak üzereydi. Kemal Reis bir kere daha ablukaya alınıyordu. Üstelik ilk seferki şaşkınlıklarını atlatan kalyonlar daha temkinli hareket ederek, Mavi Aslan'ın manevra alanını iyice daraltıyorlar, aralarından kaçıp gitmesine engel olmak istiyorlardı. Kalyonlar birbirlerine neredeyse burun buruna değecekmiş gibi sokuldular. San Mateo'nun ve San Sabestian'ın lombarları tak tak açıldı ve toplar kafalarını dışarı çıkardı. Reis, hayatında ilk defa bir ablukadan kurtulamayacağını düşündü.

Burak Reis iki Göke de dolar dolmaz gemilere demir aldırmış sonra da kafasında kurduğu planı adamlarına anlatarak işe koyulmuştu. İki Göke'nin önünde Hilal-i Zafer gidiyordu ama içinde Burak Reis yoktu. Reis, kendi kadırgasının önüne karakayı geçirmiş ve onun dümenine geçmişti. Karakada da ondan başka kimse yoktu. Reis, karakanın yelkenlerini şişirmiş, apazlama rüzgârla limanı kapatan kalyona doğru hızla yol alıyordu. Silahlarını ve ayakkabılarını çıkarmış, üstündeki mintanını da yırtıp atmıştı. Güneş, Burak Reis'in kaslı göğüslerini ve omuzlarını birer metal parçasıymış gibi parlatıyordu. Reis'in yanık teni sanki bir kaya parçası gibi dümenin başındaydı.

Limandaki kalyon üstlerine dikine gelen karakayı gördüklerinde Türklerin deli olduklarına bir kere daha kanaat getirerek topların lombarlarını açtılar ve vakit kaybetmeden salvo top ateşine başladılar. Reis'in karakasının yanında Apollo tapınağı gibi sütunlar yükseldi, toplardan bazıları da karakanın pruvasını, mahmuzunu, ana güvertenin uç kısmını paramparça etti. Kalyonun içindeki korsanlar kahkahalar atarak adeta intihar eden Türk kaptanına bakıyorlardı.

Karaka ile kalyon arasında otuz kulaç kalmıştı ki karaka iyiden iyiye su almaya başladı. Toplar gemiyi kafese çevirmek üzereydi.

Arkadan onu izleyen Hilal-i Zafer'in içindeki Çıngıraklı, "Valla ben Reis'in bu planı çok düşündüğünü sanmıyorum," dedi. "Bir daha bizim kaptanı görmezsek hiç şaşmam."

"Kapat şu şom ağzını!" diyerek çıkıştı Bezirgan Koca Ahmet. Fakat o da biliyordu ki Burak Reis adeta ölüme gidiyordu.

Osmanoğulları'nın iki usta denizcisi İspanyol kalyonları tarafından harcanmak üzereydi.

111

Davud, David'i tünele attıktan sonra arkasını döndü ve şövalyelerin hızla kendisine yaklaştığını gördü. Arada çok az bir mesafe kalmıştı. David'in arkasında bıraktığı Tatar yayını eline aldı ve rampanın ortasında şövalyeleri karşıladı.

Önüne çıkan ilk askerin tam karnına tek eliyle tuttuğu yaydaki oku yarım metre kala bıraktı. Adamcağız elindeki şövalye kılıcını Davud'a savuracaktı ki, zırhı delen ok adamın ciğerini deşti. Şövalyenin elinden bıraktığı kılıcı Davud havada yakaladı ve kolu yere inmeden önüne çıkan bir başka şövalyenin üzerine yukarıdan aşağıya indirerek adamın omzunu biçti. Bu, adamakıllı yapılan, güçsüz bir kolun yerine getirdiği bir darbe olmuş olsa adamın belki beş yüz altınlık zırhı onu korumaya yeterdi ama kılıcı tutan Davud olunca iş değişiyordu.

İki şövalyenin Türk'le karşılaşır karşılaşmaz yere yığıldığını gören arkadaki grup yavaşladı. Karşılarındaki savaşçıya daha temkinli yaklaşmaya başladılar. Davud bu sırada yere düşen ikinci askerin de kılıcını diğer eline almıştı.

Başlarındaki sıradan baskinet miğferden vasıfsız asker oldukları anlaşılan üç asker ileri atıldı. Davud soldaki adamın kolunu, sağındakinin bacağını usta kılıç darbeleriyle biçerken karşısındakinin karnına ayağının tabanıyla öyle bir tekme geçirdi ki adam arkadaki iki kişinin üzerine yığıldı.

Sonraki iki şövalye Türk'e yaklaşmadan onu etkisiz hale getirmeye çalıştılar. Bir tanesi elindeki iki metre uzunluğundaki baltalı mızrağı hasmının üzerine hızla savurdu. Baltanın keskin ucu güneş ışığıyla parıldarken hemen yere eğilen Türk'ün rüzgarda savrulan başlığından bir karış kopardı aldı. Baltadan kaçan savaşçıya öte taraftaki şövalye elindeki zincirleri fırlattı ve adamın boynuna nişan aldığı demirden halkalar Türk'ün sağ elindeki kılıca dolandı.

Davud, doğrulurken bir elindeki silahı zincirlere teslim etmişti. Önünü gördüğünde yaptığı ilk iş iki metrelik baltalı mızrağı kendisine doğrultan savaşçının tam suratına diğer kılıcı fırlatmak oldu. Kılıç adamın görmesini sağlayan, tek çizgi şeklindeki vizöründen içeri girip suratına saplandı.

Davud, işte şimdi rampayı tam anlamıyla tutabileceği silahı ele geçirmişti. Hepi topu iki metre genişliğindeki setin ortasında bir duvar gibi dikildi ve elindeki uzun saplı baltayı ustalıkla iki yana savurarak karşısına çıkan yarım düzine kişiyi rahatlıkla ardı ardına yere yıktı. Bu setten arkasına geçit vermemesi onun tek hedefiydi. Tünele gidecek bu şövalyeler sadece David'i değil, Türk gemilerine binecek tüm Yahudilerin hayatını tehlikeye atacaktı. Belki Osmanlı gemilerinin hepsine birden topyekun savaş ilan edilecek, her şey ama her şey boşa gidecekti.

Davud, iki kişiyi daha yere yıkmıştı ki usta bir şövalye elindeki mızraklı baltayı bir zincirle çekip aldı. Türk'ü silahsız yakalayan üç şövalye onun üzerine çullandılar. Davud, solundakinin kılıç darbesini yere indirmesine fırsat vermeden adamın kolunu havada kaptı, bileğini sımsıkı tutarak şövalyenin zırhına kafasını geçirdi. Vizörü suratına geçen şövalye baygın halde yere yığılırken Davud hemen arkasındakinin burnuna dirseğiyle tersten vurarak adamın burun kemiğini tuz buz etti. Bu sırada ortadaki şövalye salladığı kılıcı Davud'un koluna, omzuyla dirseği arasına çalmayı başardı ve Türk'ün kolunda bir parmak kalınlığında kesik oluştu. Bu arada Davud'un bacağındaki omzundaki ve elindeki eski ok yaraları da gittikçe açılıyor, tekrar kanlanıyordu.

Davud beliren acıya aldırmaksızın üzerine çullanan adamlarının kimisini yumrukla, kimisini tekmeyle, kimisini diz darbeleriyle, bazısını da suratlarına kafa geçirerek yere yığıyordu.

Fakat o sırada bacağına, ok yaralarının tam üstüne bir kılıç darbesi daha aldı. Sonra sağ omzuna bir kesik daha derken suratına yediği zırhlı bir yumruk darbesi onu yere yıktı.

Şövalyelerden beşi birden üzerine gömüldü.

Arka taraftan yaklaşmakta olan Lukas, "Onu canlı istiyorum!" diye bağırıyordu.

Adamlardan biri Türk'ün bir ayağından, diğeri bir diğer ayağından tutuyor, iki kişi de onun kollarını ve bir beşincisi kafasını zapt etmeye çalışıyordu. Azgın bir boğa gibi yerde çırpınan Türk'ü sabit tutmak çok güçtü.

Tüm bunlar yetmezmiş gibi, Davud o sırada arkasındaki kaleden, Elkazaba'dan kendisine yanaşmakta olan diğer şövalyeleri fark etti. Kafası eğik arkasına baktığından dünya ters düz olmuş gibi rampa yukarıda duruyor, başları aşağıya eğik bir düzine asker ayakları yukarıda koşarak kendisine geliyordu. Kan ter içinde çırpınan Türk artık sonunun geldiğini hissetti.

İki kalenin tam ortasında, rampanın üstünde Davud köşeye kıstırılmıştı ve Santa Hermandad Şövalyeleri tarafından linç edilmek üzereydi.

112

Davud'u kafasından tutup boynunu koparacakmış gibi çeken şövalyenin kellesine saplanan mızrak adamın tam kulağına isabet etmişti. Adamcağız önünde hareketsiz hale getirmeye çalıştığı Türk'ü bırakıp da müthiş bir çığlık atarak yere yığıldığında ilk başta kimse ne olduğunu anlamadı. Yerdeki Türk'ün elleri kolları zaptedebilmişti ve onun karşı koymasına engel yoktu. Peki mızrak nereden gelmişti?

Şövalyelerin yaşadıkları şok geçmemişti ki bir ok da Davud'un sol bacağını tutan adama saplandı. Sonra onu bir düzine diğer ok daha takip etti. Rampaya fırlayan her ok bir askere saplanıyordu.

Davud ve tepesinde geriye doğru kaçmaya başlayan askerler rampanın aşağısına baktıklarında ne olduğunu anladılar.

Davud belirli belirsiz "El Mohadlar!" diye mırıldandı.

Rampanın eteklerine, eski antik Roma tiyatrosunun merdivenlerine konuşlanmış iki düzine Sahra okçusu rampaya sürekli ok yağdırıyordu. Hepsi de siyah ya da koyu lacivert, Suriye usulü litam yaşmaklarla kaplıydı. Bunlar bir hafta kadar önce Davud'un yolda karşılarına çıkan gruptu.

Davud rampanın üstünde doğrulurken arkasından gelen askerlerin de aslında Elkazaba'ya girmeyi başaran El Mohadlardan kaçtıklarını anladı. Zira grubun lideri elindeki Zülfikarl'a önüne çıkanı acımadan yere seriyordu. Ali'ydi bu, Davud onu çok iyi hatırlıyordu. Adamları iki tarafından karşı tarafa ok yağdırarak rampanın ortasındaki şövalyeleri geri püskürtüyordu. Peki onu nasıl bulmuşlardı? Burada olduğunu nasıl biliyorlardı? Onu kurtarmaya mı gelmişlerdi?

Sonra tüm bu sorular cevabını buldu: Ali'nin arkasından Abdullah, Jativalı Abdullah belirdi.

Ali, Davud'un yanına geldiğinde ona elini uzattı. Orası burası doğranmış halde ayağa kalkan Davud, "Bir daha karşılaştığımızda beni de kafirlerden sayacaksın demiştin," dedi kuşkuyla.

Ali yüzündeki peçeyi indirdi. Adamın gür sakalının arasından dudakları hafif bir tebessümle hareket etti:

"Fikrimi değiştirdim," dedi. Arkasında duran Abdullah'a baktı, "Bize yardıma ihtiyacın olduğunu söylediler, biz de geldik. Düşmanımın düşmanı dostumdur."

Sonra bakışlarını Jibralfaro kulelerinde yoğunlaşmaya başlayan şövalye kalabalığına kaydırdı.

"Ama fazla zamanımız yok. Sadece birkaç dakika içinde tüm kraliyet ordusunun şövalyeleri burada olacak."

Yarım saat kadar önce David'in girdiği tünelin kapağını bu sefer Ali kaldırıp açtı. Davud ve Abdullah'a bakarak, "Şimdi dua edin de tünelin ucunda sizi Türk gemileri bekliyor olsun."

Davud, "Peki ya sizler?" diyecekti ki, Ali, "Aklından bile geçirme," dedi. "Bizim evimiz burası. Biz Endülüs'te doğduk, Endülüs'te öleceğiz. Gün gelecek, bu topraklara yine biz hâkim olacağız. Belki bu yıl değil, belki bu asırda da değil. Ama bir gün bu topraklarda tekrar İslam bayrakları dalgalanacak. İşte o zaman bizim şahadetimiz bu ufuklarda yeniden yankılanacak."

Davud ve Abdullah tünele atlayıp da hızla koşmaya başladıklarında Ali ve adamları geldikleri yerden güvenle geri dönmeye hazırlanıyorlardı.

Jibralfaro Kalesi'nin ağzında adamlarıyla beraber kendine emin bir yer edinmiş Lukas ise karşı hisarda olup bitenleri izlemişti. Arkasını dönüp, yarım düzine adamına "Benimle gelin!" dedi. Kalenin içindeki karanlıkta kaybolan adamlar merdivenlerden aşağıya doğru inmeye başladılar. Jibralfaro'nun sahile bakan çıkış kapılarına gidiyorlardı.

113

Abdullah ve Davud on beş dakikadır koşuyorlardı. Tünelin ucundaki beyaz ışık gittikçe büyüyordu. Davud kollarındaki ve bacaklarındaki yaralardan ötürü oldukça kan kaybetmişti ve Abdullah kadar hızlı koşamıyordu. Abdullah onun kolunun altına girmiş, gücü yettiğince Türk'e destek vermeye çalışıyordu.

Tünelin ağzına iki metre kala Abdullah, "Geldik! Kurtulduk!" diye haykırarak kendini ileri attı. Davud'un "Dur, bekle!" demesine kalmadı, gün ışığına çıkıp iki adım atan Abdullah dizleri üzerine çöktü. Tam bağrına saplanan bir şövalye baltası onu gözleri açık yere yıkmıştı.

Davud ıstırapla Abdullah'ın yanına yığıldı, adamın kafasını tuttu.

Ama artık çok geçti.

Başını yukarı kaldırdığında etrafının yarım düzine atlı şövalye ile sarıldığını gördü. En ortada köpek burunlu miğferiyle ve iri cüssesiyle diğerlerinden rahatlıkla ayrılan Lukas ve iki tarafındaki birer adamı duruyordu.

"Buraya kadar," diye bir ses çıktı Lukas'ın canavar görünümlü miğferinden. Şövalyenin sesinde insanın tüylerini diken diken eden bir hırıltı vardı; sanki bir insandan ziyade kükreyen bir canavardan çıkan boğum boğum, ağızdan çok gırtlaktan çıkan bir sesti.

"Önce senin işini bitireceğim daha sonra da limanda koştuğun gemilerin hepsine tam taarruz emri vereceğim." Başını limana doğru çevirip birbirleriyle didişen Türk ve İspanyol gemilerine baktıktan sonra ekledi: "Tabii eğer o zamana kadar dostlarının işi çoktan bitmemişse."

Davud, Abdullah'ın kafası kucağında, bu işin içinden nasıl çıkacağını hesap ediyordu. Sağ elini Abdullah'ın arkasına usulca saklayarak yerden bir avuç kum aldı. Lukas başını limana çevirir çevirmez bir çırpıda doğrularak kendisine en yakın duran atın suratına toprağı hızla fırlattı.

Hayvan burnuna ve gözlerine kaçan tozla birlikte huysuzlanarak şaha kalkınca Davud da hayvanın ayakları altından yuvarlanıp olabildiğince hızlı kaçmaya başladı. Kaybettiği kan ve tünel boyunca koşması onda neredeyse hiç güç bırakmamıştı ama en azından yakınlardaki bir binaya başını sokabilirse ve belki eline de bir silah geçirebilirse şövalyelere karşı bir şansı olabilirdi. Sokaklardaki kalabalık dini tören alayları ve şehirden kaçmaya çalışan Yahudi gruplar şimdi onun lehineydi.

Lukas ve iki adamı atlarını hiç umursamadan kalabalığın üzerine üzerine sürdülerse de hayvanlar gürültü ve karmaşadan ürkerek dörtnala koşmuyorlardı. Şövalye ve bir adamı iki koldan Türk'ün izini sürmeye çalışırken bir üçüncüsü, daha fazla asker çağırmak için oradan ayrıldı.

Davud, Malaga'nın sokaklarında kısa bir süre koştuktan sonra camiden kiliseye çevrilmekte olan yarı inşaat, yarı baruthane halindeki bir mabedin kapılarından içeri kendini zor attı. Caminin içinde duvardaki Mağribi işi hat süslemelerini kazımak ve Katolik imgelerini resmetmek, Hz. İsa ve Meryem Ana heykellerini dikmek için duvarlara iskeleler dayanmıştı. Binanın içi bir şantiye görünümündeydi. Çekiçler, tokmaklar, yığınla kalas, çiviler, testereler, murç keskiler ve daha onca alet... Şehirdeki festival için bugün belli ki işçiler bile ara vermişti.

"Eski cephaneliğe girdi!" diye bağırdı şövalyelerden biri. Belli ki burası Granada'ya karşı yapılan savaşta gizli bir silah ve barut deposu olarak da kullanılmıştı. Savaş bitince de kiliseye çevriliyordu.

Davud'un kalasların arasından eğilerek içeri girdiğinde yaptığı ilk iş ince bir urgan bulmak oldu. Bu urganı Uzakdoğu dövüş sanatı Muay Tay savaşçılarının bin yıldır yaptığı gibi kırık eline dolamaya başladı. Her bir parmağı arasından geçirdiği urganı bileğine kadar götürüyor, sonra işlemi yeniden tekrarlıyordu. Böylelikle urgan gitgide katman katman oluyor ve el bir yumruk şeklinde sıkıldığında vuruşlardaki darbeyi ve hasarı kat kat artırıyordu. Davud hem yaralı elini bu şekilde kullanılır hale getiriyor hem de az sonra karşılaşacağı belaya karşı kendine bir şans yaratmaya çalışıyordu. Güçsüz ve bitaptı.

114

Burak Reis'in tek başına dümenine geçtiği karaka şimdi dimdik üzerine gittiği bin tonluk İspanyol kalyonu tarafından salvo ateşiyle bir kafese dönmek üzereydi. Kemal Reis ise Ludoviko'nun kalyonunu tam alt edebilecekken San Mateo ve San Sabestian kalyonlarıyla yeniden ablukaya alınıyordu.

İşte o anda bu iki büyük deniz adamının kaderlerini değiştirecek iki şey oldu. Kul çabalasın, Allah yardım eder, derdi Kemal Reis ve o gün dediği gibi de oldu.

Önce kalyonların ekmeği suyu olan ve son iki saattir dinmek durulmak bilmeyen rüzgâr birdenbire kesildi. Akdeniz'in suyu bir cam gibi pürüzsüzleşirken kalyonların bulut bulut şişen yelkenleri söndü. Rüzgârsız bir kalyon denizin üstünde ölü bir tahta yığınından farksız olurdu. Hareketinin, hızının ve yönlendirilmesinin tamamını yelkenlerle bağlı olan bu gemiler küreklerle çekilemezdi. Bundan sonra Mavi Aslan kalyonların etrafında forsalarının gücüyle fır fır dönecek, kafasına göre onları topa tutabilecekti.

Ne var ki sayıca üstünlük yine de düşmanın elindeydi. Kalyonlar durdukları yerlerden dört taraflarına sürekli top atsalar hiç hareket etmeden bile Mavi Aslan'ı batırabilirlerdi.

İşte o anda ikinci mucize gerçekleşti. Reis'in askerleri dinen rüzgârın onlara verdiği fırsatı kaçırmamak için yaptıkları işe daha şevkle sarılıyorlardı ki herkes durdu. Bir salvo ateşi gürültüsüdür başladı. Fakat toplar ne kendilerinden çıkıyordu ne de düşmanın gemisinden. Neden sonra gürültünün

San Mateo kalyonundan geldiği anlaşıldı ama toplar ondan çıkmıyordu. Tam tersine onun ardında, şimdi Mavi Aslan'dakilerin burnunu gördüğü bir kadırga San Mateo'ya topları veriyor alıyordu.

"Çelebiler!" diye bağırdı Parmaksız.

Diğerleri hemen ona katıldılar: "Çelebiler! Çelebiler!"

Kemal Reis'in eski dostu onu yalnız bırakmamıştı.

San Mateo'nun arkasına sokulan gemiyi İspanyol kalyonu San Sebastian'ın ardından beliren bir başkası izledi. Baba Çelebi yanında en sadık adamlarını, Çaka Bey'i ve Kara Mürsel'i de getirmişti. Anadolu'nun güneybatı sahillerinin en baba korsan dayılarıydı bunlar.

"Gel dedin, geldik, ey Reis!" diye bağırdı Baba Çelebi kadırgasının pruvasından. Reis'i tek başına düşman sularına göndermeye içi el vermemişti Baba Çelebi'nin.

Çaka Bey hem Reis'i selamlamak hem de bir an önce işe girişmek mahiyetinde önündeki kalyona salvo ateşine başladı. Kara Mürsel ise iskele tarafındaki Portekiz kadırgasını gözüne kestirmişti.

Katolik korsanlar ve şövalyelerden mürekkep düşman gemileri Mavi Aslan'ı sıkıştıralım derken kendileri hiç beklemedikleri bir ablukanın tam merkezine düşmüşlerdi. Kalyonların nitelik olarak üstün olmalarına rağmen her savaşın bir numaralı faktörü yani psikolojik üstünlük artık Osmanlılardaydı. Düşman, şaşkınlığına yenik düşmek üzereydi.

Burak Reis'in bin tonluk kalyona ilerleyen karakası paramparça oluyordu, pruvası ve bordasının yüzde altmışı bombalanmıştı, ama Reis onu öyle bir hedefe kilitlemiş, hızını öyle güzel hesap etmişti ki karaka dur durak bilmeden hâlâ kalyonun üzerine gidiyordu. Hedefine çarpmasına on beş kulaç kala Reis karakanın kıçından suya atladı.

Bu arada beklediği işareti alan Kör Ali, önünde hazır ettiği okunun ucunu tutuşturdu ve Burak Reis'in tembih ettiği noktayı hedefleyerek oku bıraktı. Ok, karakanın arka tarafındaki bir top lombarına girer girmez müthiş bir patlama oldu. Karaka kalyona tam çarpacakken gerçekleşen bu patlamayla birlikte bin tonluk İspanyol gemisi de tutuştu ve cayır cayır yanmaya başladı.

Burak Reis karakanın içinde, önden kolay kolay darbeye maruz kalmayacak bir noktayı barut fıçılarıyla doldurtmuş, sonra Kör Ali'ye bu noktayı iyice tembih etmişti. Bu işte zamanlama ve çeviklik çok önemliydi. Karaka erken patlarsa kalyona hasar vermeden batabilir, ya da Kör Ali hedefini kaçırırsa karakanın burnunun kalyona bir patlama olmadan dokundurması İspanyol gemisinin başa çıkabileceği bir hasar meydana getirebilirdi. Ama şimdi, koca kalyonun sancak tarafı alevler altında kalmış kadırgada ne kadar kişi varsa hepsini de su taşımak zorunda bırakmıştı.

Ne var ki, koca kalyonun içindeki beş yüzü aşkın mürettebat, denizden su çekerek kalyonun hasarlı yanını kontrol altına almakta gecikmediler. Alevlerin yerini şimdi siyah dumanlar almıştı. Ama Burak Reis bunu da düşünmüştü. Zira, şimdi siyah dumanların ardından birer hayalet gibi Türk korsanları çıkıyordu. Çıngıraklı, Bezirgan Koca Ahmet ve diğerleri ardı ardına kalyona hücum ediyordu. Hilal-i Zafer karakanın ardından hızla yaklaşarak, kalyondakiler ateşle uğraşırken onların top atmalarını engellemiş ve koca gemiye bordalamıştı.

115

Lukas, inşaatın önüne geldiğinde atından indi ve kılıcını çekti. Adamına, "Sen burada bekle, diğerleri gelince içeri girersiniz," diye emir verdi. Elindeki silah bir buçuk metre uzunluğunda, bir karış eninde, iki ucu da keskin, iki elle tutulan cinsten bir şövalye kılıcıydı. Lukas, pekçok akranının aksine, o ince ve sivri İspanyol meçlerini kadınca bulur, çoğu kişinin iki eliyle tutmadan hareket ettiremediği elindeki silahı o kimi zamanlar tek eliyle savururdu.

Şövalye, mabetten içeri girdiğinde bir elinde üzerinde Santa Hermandad haçı bulunan üçgen kalkanını, diğerinde havada sallamaya hazır ettiği kılıcını tutarak, temkinli ve ağır adımlarla ilerledi. Lukas, hiçbir hasmını hafife almamayı öğrenmişti ama Türk'ün art arda sergilediği yetenekleri onu daha da ciddiye almasını sağlamıştı. Binanın içine girdiğinde gözlerinin karanlığa bir süre alışmasını bekledi. Başını ağır ağır 160 derece çevirerek miğferinin vizöründen tek çizgi halinde etrafına baktı. Karanlığın içindeki tahta iskeleleri, mermer sütunları ve heykelleri, ilerde mihrabın yanında yükselen eski bir minberi sanki bir sis perdesinin ardından görüyordu.

Etraf yavaş yavaş seçilmeye başlıyordu ki sol omzunda bir darbe hissetti.

Rakibine saldırmak için elinde koca bir kalasla hazır bekleyen Davud fırsatını ilk yakaladığında adamın tam kafasına koca kalası geçirmişti. Fakat kalas, Lukas'ta bir etki yapmak şöyle dursun, adamın omzuna çarpınca ortadan ikiye ayrıldı. Gerçi şövalyenin tam kafasını hedef almıştı Davud ama hasmının cüssesi öyle büyüktü ki elindeki kalas adamın omzuna geldiğinde kafasına çarpmadan ikiye yarılmıştı.

Lukas ani bir refleksle sol çaprazında duran Türk'e kalkanıyla öyle bir geçirdi ki Davud bir tonluk kaya üzerine yıkılmış gibi geri sıçradı ve arkasındaki iskeleleri parçalayarak sırtüstü yere yığıldı. Lukas vakit kaybetmeksizin Davud'un üzerine yürüdü ve kılıcını hiddetle yerde, parçalanmış tahtaların arasında yatan rakibinin üzerine indirdi. Kılıç, kafasını ikiye biçecekken Davud son anda yan tarafa yuvarlandı ve çelik, bir tahta parçasını daha ikiye ayırdı.

Davud yerinden doğrulurken Lukas da tekrar saldırı konumuna geçmiş, Türk'ün üzerine ardı ardına kılıcını savuruyordu. Bir darbe Davud'un omzunu yalayıp duvar iskelesini tutan bir demire isabet etti ve kıvılcımlar çıkardı; bir diğeri Davud'un boynunu enine biçecekken caminin mermer sütunlarından birine çarptı, bir başkası ise Davud'un hızlı bir hareketiyle boşlukta kaldı. Kılıç o kadar hızlı geliyordu ki metal ya da taş neye çarparsa bir kıvılcım çıkıyordu.

116

Mavi Aslan, Ludoviko'nun kalyonuyla yan yanaydı.

Parmaksız Şakir ucunda kanca bulunan bir halatı fırlatıp karşısındaki kalyonun grandi direğindeki bir serene tüm gücüyle savurdu. Kanca sereni yakaladıktan sonra onun etrafında üç-beş tur döndü ve durdu. Halatı kendisine doğru çektirerek onun iyice sabitleştiğinden emin olan Parmaksız halata tutunarak, "Ya Allah!" dedi ve kendini karşıya bıraktı. Bir sarkaç gibi hareket eden halatın ucundaki usta korsan kendini Ludoviko'nun kalyonunda bulundu. Daha yere düşerken iki adamın tepesine zebella gibi binmiş ve elindeki palasıyla önüne kim çıkarsa doğramaya başlamıştı.

Parmaksız onunla aynı yöntemle, borda merdivenleriyle ya da doğrudan karşıdaki geminin küpeştelerine, lombar kapaklarına ve bordalarına sıçrayarak kalyona atlayan Mavi Aslan'ın savaşçılarından sadece biriydi. Reis'in, "Alabildiğine borda!" hücum emri ardından kadırgada kim varsa kalyona üşüşmüştü.

Yelkenci Cevher, Vardiyan Cihan ve Serdümen Musa ellerinde yatağanlarla, Orayon Orhan beline sıkıştırdığı piştovlarla, Bezirgan İbrahim karşısına çıkana dürttüğü bir mızrakla ve daha onca Osmanlı savaşçısı onlarca çeşit silahla Ludoviko'nun korsanlarına ve şövalyelerine göz açtırmıyordu.

Baba Çelebi, San Mateo'nun güvertesinde önüne çıkan Cenevizli şövalyenin kafasını daha miğferinin içindeyken ceviz kırar gibi lobuduyla güm güm parçalıyordu. Arkasında oğlu bir hilal şeklindeki kılıcını her savurduğunda bir korsana isabet ettiriyordu. Çelebi'nin kalyonun içini dolduran adamları da bu adamlara kan kusturmak niyetindelerdi.

Yaşadıkları şaşkınlığın ardından bu işin hiç de lehlerine gitmediğini fark eden Portekiz kadırgası çoktan sırra kadem basmış, Çaka Bey ve Kara Mürsel de ortalarına aldıkları San Sabastian kalyonuyla uğraşır olmuşlardı. İki tarafından birden bordalanan geminin savaşçıları güvertede satırla, baltayla, tokmaklarla gözleri dönmüş bir yığın korsanı görünce korkudan küçük dillerini yutmuşlar ve kılıçlarını bir kere bile sallamadan aman dilemeye girişmişlerdi.

Kemal Reis'in elindeki kılıcı gökyüzünde her parladığında yere ya bir kol ya bir kulak, bazen de bir kelle düşüyor, denizci, Akdeniz'in hâkimi olduğu kadar, elindeki silahın da ustası olduğunu kanıtlıyordu. Bir ara sırtını kalyonun pruva direğine veren usta savaşçı sağına Yelkenci Cevher'i, soluna da Vardiyancı Cihanı alarak üzerlerine kim geldiyse bir biçerdöver gibi yere yıktılar.

Burak Reis'in elindeki usta korsan silahı palası o gün kalyondaki savaşçıların hayatlarında gördükleri en son şey oluyordu. Reis'in Dımışki çeliğinden yapılma palası ne şövalye zırhı dinliyor, ne de her türlü hinliği çatışmalarda caiz sayan üçkağıtçı korsanların oyunlarına geliyordu.

Çıngıraklı, "Al ulan pezevenk!" "Sen de buna istavroz çıkar ulan şerefsiz!" diye bir taraftan sövüyor, diğer taraftan da elindeki gümüş savatlı piştovları adamların suratına sıkıp yere fırlatıyordu. Beline hiç yoksa en az yarım düzine piştov sokuşturmuştu.

Bezirgan Koca Ahmet ise paladan vazgeçmemiş, eski dostunun yanında, onun elinden kaçanları doğramakla meşguldü. "Yine çenen düştü be Çıngıraklı, bi sus da işimize bakalım!" diyordu.

İşte o ne olduysa o anda oldu ve kalyondaki insan azmanı

bir korsan, Çıngıraklı'nın tepesindeki bir serenden adamcağızın üstüne atladı ve elindeki bıçağı onun tam kalbine saplayıverdi.

"Yandım anam! Tepeme maymun bindi!" diye son anda bile yanındaki arkadaşlarını güldüren Çıngıraklı yere yığıldı. Bezirgan onun tepesindeki korsanın kellesini tek seferde biçti attı. Kontra mizana direğinin tam dibine düşen Çıngıraklı'nın üzerine eğildiğinde Bezirgan onun ölümcül bir darbe aldığını fark etmişti.

"Ah be Çıngıraklı! Bu bana yapılır mı be!" diye hıçkırmaya başladı Bezirgan. Savaş falan umurunda değildi.

"Kıtmir," dedi zar zor Çıngıraklı. "Kıtmir'e iyi bak, Bezirgan."

Bezirgan yutkunarak kırk yıllık dostunun başını tutuyordu. "Merak etme," diyebilmişti ki, Çıngıraklı'nın gözleri mavi gökyüzüne bakarak dondu.

Öfkesinden deliye dönmüş Bezirgan eline tekrar geçirdiği palasıyla, yüzü kıpkırmızı, etrafında kimi bulduysa ikiye biçti.

Sessiz Yusuf tam bu sırada, "Kalyonu terk edin! Barut deposu ateş almak üzere!" diye kükrer gibi haykırınca güvertede kim varsa kendini suya attı. Şövalyeler zırhlarıyla suyun dibini boylarken canını kurtarabilen İspanyol korsanlar iki tarafa kulaç attı. Türk korsanlar ise gerisin geri Hilal-i Zafer'e tırmandılar. Çıngıraklı'yı düşman gemisinde bırakmaya Bezirgan'ın gönlü elvermemiş, bir çırpıda sırtına aldığı cesedi kendisiyle birlikte suya atmıştı. Çok geçmeden kalyonun barut deposu öyle bir patladı ki tepesinde büyük bir mantar bulutu oluştu. Fazla sürmedi, bin tonluk kalyon alevler içinde suya gömüldü. Limanın ağzı artık açılmıştı.

Kemal Reis, Çelebiler ve adamları üç kalyonu da zaptetmişlerdi. Herkes artık arkasını dönüp Burak Reis ve Göke'lerin limandan çıkmalarını bekliyordu.

Fakat sorun şuydu ki bu sefer de rüzgarın olmayışı işlerini

zora sokmuştu. Her iki Göke de bir nevi kalyon gibi inşa edildiklerinden yolcuyla dolu olduklarında yelkenlerine güvenmek zorundaydı. Özellikle şimdi her bir gemide iki bin kişiyi aşkın yolcu bulunduğu düşünüldüğünde Göke'lere demir aldırmak imkânsız hale geliyordu.

Burak Reis hiç vakit kaybetmeden Sessiz Yusuf'u Göke I'e, Yelkenci Cevher'i Göke II'nin pruvalarına geçirdi. Gemiler kancalı halatlarla birbirlerine bağlandı ve Vardiyan Mikail'in "Al Beraber! Haydi beraber!" diyen haykırışlarıyla Hilal-i Zafer'in payzenleri küreklere sarıldılar. Göke'lerin alt katlarındaki tek sıra kürekçi localarına da yolculardan güçlü erkekler ve gençler geçerek Türk denizcilerin gösterdikleri gibi küreklere asıldılar.

Ancak gemiler o kadar ağırlaşmıştı ki ne öndeki kadırga, ne de kalyonlardaki yetersiz sayıda kürek gücü onları hareket ettirebiliyordu. Vardiyan Mikail, "Al Beraber! Haydi beraber!" diye tekrar tekrar bağırdı, hatta bir ara o da küreğin bir ucuna geçerek forsalara yardım etti.

Kemal Reis olan biteni endişeyle izliyordu. Göke'ler sanki yerlerine çakılıp kalmışlardı.

117

Davud üzerine savrulan kılıca öyle odaklanmıştı ki rakibinin tekme darbesini gözden kaçırdı ve Lukas'ın zırhlı sabatan tabanını kaburgalarında hissederek, tavana yükselen iskelelerin üzerine gerisin geri yığıldı. Göğüs kafesindeki üç kemik kırılmıştı. Onun tahtaları dağıtmasıyla birlikte otuz metre yüksekliğindeki iskele, iskambil kaâğıtları gibi bozuldu, takır tukur yere düşmeye başladı. Tın tın yere düşen demir çubukları ve tahtalar birbirine girmiş, toz dumana karışmıştı. Şövalye kendini tahta ve demir parçalarının altından son anda geri çekilerek kurtardı.

Duvar iskelesinden eser kalmayıp da toz yere çökmeye başladığında Lukas tahta yığınının üstüne gitti. Davud'un bu tahtaların altından canlı çıkmasına imkân yoktu. Şövalye, zırhlı ayaklarıyla tahta ve demir yığınlarını bir kenara ite ite Türk'ün düştüğü yeri aralamaya başladı. Onun ölüsünü görmeden adamı bırakmaya niyeti yoktu. Fakat bir-iki tahtayı ayıkladıktan sonra gördü ki ortada Davud'un oraya buraya sürülen kanından başka bir şey yoktu.

Şövalye kızgınlıkla burnundan soluyarak kılıcına ve zırhına bir kere daha sımsıkı yapışıyordu ki bir çift kolu boynunda, bir çift bacağı da sırtına geçirilmiş buldu. Davud, üzerine düşen kalas yığınlarından kaçmış, tozun dumana karıştığı sırada Lukas'ın arkasına dolaşmış ve tavandaki caminin kandillerini tutan bir avizeye sallanarak rakibinin tepesine sıçramıştı. Bacaklarıyla adamın zırhını sarmış, bir kolunu da adamın boynuna geçirmişti. Diğer elinde de yerden kaptığı bir çekici şimdi adamın kafasına kafasına geçiriyordu. Çekiç, herifin miğferini; tepesini, vizörünü tın tın dövüyordu. Lukas sağa sola silkelendiyse de Davud'un kolu ve bacakları adama sımsıkı yapışmıştı ve Davud'un onu kolay kolay koyuvermeye niyeti yoktu.

Şövalye bu sırada dengesini kaybederek elindeki kalkanını yere düşürdü ama kılıcını bırakmıyordu. Sonunda arkasındaki bir direğe geri geri geldi ve sırtını direğe hızla verdi. Davud sırtını mermer direğe öyle sert çarptı ki tüm canı kesilir gibi oldu. Kolu ve bacakları gevşedi, tepesine bindiği adamın sırtından yere düştü. Davud, sol kürek kemiğinin kırıldığını hissetti, yere düştüğü direğin dibinde ıstırapla kıvranıyor, Lukas'ın öldürücü darbeyi vurmasını bekliyordu.

Fakat başını kaldırıp da tepesine baktığında şövalyenin bir ama gibi elleriyle etrafı yokladığını, hiçbir şey görmediğini fark etti. Lukas'ın miğferine yediği çekiç darbeleri adamın görüş alışını, nefes alma düzenini tamamen bozmuş, kafatası ve yüzü çekiç darbelerinden zarar görmese de miğferin kendisi kullanılamaz olmuştu. İnsan azmanı şimdi iki eliyle miğferinin boynuzlarından tutmuş, ondan kurtulmaya çalışıyordu.

Davud bu fırsatı kaçırmadan ayağa kalktı. Yerdeki üç metre uzunluğundaki kalın bir demir parçasını kaptı ve tüm gücüyle adamın göğsüne geçirdi. Zırhın çelikten yapılma göğüslüğü yediği darbenin şeklini alarak içeri göçtü ve bu sefer Lukas kalasların üzerine yığıldı. Çelikten bir gülle yere düşmüş gibi duvarın bu kısmındaki tahtaları tuz buz etti. Davud vakit kaybetmeksizin adamın üzerine geldi ve demir çubuğu tekrar şövalyenin üstüne indirdi ama rakibi bu sefer miğferinin nefes alan deliklerinden üzerine gelen darbeyi gördü. Üstelik zırhlı eldiveniyle demiri yakalamakla kalmadı, Davud'u üzerine çekerek diğer eliyle Türk'ün yüzüne sert bir yumruk geçirdi.

Davud zırhlı yumruğu suratına yiyince arkasını aşarak

tekrar yere düştü. Lukas onun yerde oluşundan istifade ederek önce başındaki miğferi boynuzlarından tutup çekip aldı, sonra da ayağa kalktı.

Davud tepesine baktığında Lukas'ın çirkin yüzünü ilk defa gördü. Lukas'ın yüzünü ilk kez gören her insan gibi tüyleri diken diken oldu. Adamın asimetrik yüzü, yamuk burnu ve koca kafası ilk bakışta insanı ürkütmeye yeterdi.

Şövalye sadece miğferini değil, göğsüne yediği demirden ötürü yamulan göğüs zırhlığını da büyük bir hınçla çıkarıp attı. Adam zırhları sanki bir elbise parçasıymış gibi üstünden çıkarıyordu! İçindeki mintanını da bu sırada kızgınlıktan ikiye parçalamıştı. Elindeki çelik eldivenleri ve beline kadar olan zırhı sapasağlam duruyordu. Davud, adamın gövdesindeki kırbaç ve çivi yaralarının izlerini gördüğünde onun arınmak için kendine işkence eden sapkın rahiplerden olduğunu hemen anladı. Bunun onu ilgilendiren kısmı şuydu ki bu herif her türlü bıçak, yumruk ve tekme darbesine hem fiziken hem de ruhen olağandışı dayanıklıydı. Şimdi anlamıştı Davud kalasların ve demirlerin adamın üzerinde neden kolay kolay etki etmediklerini. Kendini böylesine günlük şiddete maruz bırakan bir bünyeye kolay kolay hiçbir acı etki etmez, beyin işler kaldığı sürece vücut tepki vermeye devam ederdi.

Davud daha kendine tam gelemeden, Lukas onu yaka paça tutup duvara fırlattı. Türk yere düşünce Lukas onu bir kere daha kaldırıp diğer duvara savurdu. Davud bir torba gibi Lukas'ın elinde oradan oraya savruluyor, Şövalye, hasmını sanki duvarlara dövdürüyordu. O duvardan bu duvara çarpan Türk'ün isabet ettiği noktalardaki seramikler parçalanıyor, caminin üstü sıvanan, yontulan, bozulan hüsnü hat desenleri, kırmızı güller, laleler yeniden ortaya çıkıyordu.

Lukas, Davud'u dördüncü ya da beşinci kez tutup savurmak üzereydi ki Davud yerden can havliyle şövalyenin baldırına sert bir tekme geçirdi ve adam dengesini kaybedip yere yığıldı. Davud bu fırsattan istifade eline geçirdiği bir murcu sağlam eliyle tutup tüm gücüyle yerde yatan şövalyeye savurdu. Lukas son anda kenara kaçınca murç şövalyenin sağ dizinin az yukarısına, baldırına saplandı. Bir santim kalınlığındaki demir, zırhı delip, Lukas'ın kemiğine kadar batmıştı. Lukas çığlık atarak ayağa kalkarken Davud da gücünü bir kere daha toplamış, doğruluyordu.

Şövalye bacağındaki murcu acıyla çekip çıkarmaya çalışırken onun kafası, Davud'un ulaşabileceği bir noktaya geldi. Türk, önce urganlı eliyle adamın tam burnuna sağlam bir yumruk geçirdi sonra da dirseğinin tersiyle adamın kulağına sert bir darbe indirdi. İnsan vücudunun en harab edici noktası olan dirsek, doğru kullanıldığında çarptığı yerde bir tonluk darbe etkisi yaratırdı. Dirseği bu kadar güçlü yapan sadece ve sadece kemikten oluşması ve sivriliğiydi. Davud, adamın kafasını duvara çarpsa bundan daha fazla etki yapamayacağını biliyordu, zira insan kemiği betondan kırk kat daha dayanıklıydı.

Lukas bacağındaki murcu tam çıkarmıştı ki kulağına yediği bu dirsek darbesi kafasında müthiş bir uğultu meydana getirdi. Dengesini kaybedip sendeledi ama yere yıkılmadı. Davud şimdi de adamın kalbinin üstüne yumruk ardına yumruk bindiriyordu. Gerçi boy farkından dolayı kalbinin tam üstüne darbeleri isabet ettiremiyordu ama adamın göğüs kafesindeki bir-iki kaburgayı kırabilmişti. Özellikle Çin savaşçılarının kullandıkları bu Wing Çen yumrukları hızlı ve ardı ardına yapıldığında adamın soluğunu keserdi. Her biri 200 kiloluk etki yaratan yumruklardı bunlar. Bazıları bir evin tepesinden düşen kaya parçası kadar etkiliydi.

Lukas'ı böyle böyle on adım gerileten Davud son olarak iki ayağıyla birden havaya sıçrayarak adamın çenesine dizini öyle bir geçirdi ki Lukas kendini bir kere daha yerde buldu. Bu iki bin yıllık diz darbesi Tayland'ın Ramayana destanlarında bile geçerdi. Davud bunu babası bir Asya seferinde kaldığı aylarda Budist bir savaşçıdan öğrenmişti. Ama belli ki Lukas, bir dizin nasıl olup da iki buçuk tonluk bir güç oluşturduğunu bugün öğreniyordu.

Davud, adamın çenesini kırdığından emindi. Lukas'ın işi bitmek üzereydi.

Ama onun üzerine atlayıp bir kere daha saldırmak için Lukas'a yaklaştığında ne kadar yanıldığını anladı. Şövalye kendisine yaklaşan savaşçıyı yattığı yerden ayağının tabanıyla uzaklaştırmakla kalmadı, Davud dengesini kaybettiği için şövalye ayağa kalkacak zamanı da buldu. Hızla Türk'ün üzerine geldi. Davud, iyi bir savunmanın en iyi saldırma şekillerinden biri olduğunu iyi bilirdi. Ayakları üzerinde bir kaya gibi durdu ve üzerine gelen insan azmanını Uzakdoğu savaşı jiujitsu tekniğiyle yere fırlattı. Bu tekniği Kyoto samurayları sekizinci asırda zırhlı rakiplerini yere yıkmak için bulmuşlardı. Rakibin ağırlı ve zırhı ne derece yoğun olursa olsun, onun kendi hızı kullanıldığından savaşçıların avantajına işlerdi. Davud yıllar önce 100 kiloluk tam donanımlı bir savaşçının doğru teknikle uygulandığında jiujitsu sayesinde beş yaşındaki bir çocuk tarafından bile yere yıkılabileceğini öğrendiğinde Avrupa'daki şövalyelere karşı bunu kullanabileceğini düşünmüş ve yanılmamıştı. Bu *uçi mata* atışı silahsız yakaladığı her zırhlı şövalyede işine yaramıştı. Bu, vücut gücünden çok zamanlama ve denge meselesiydi.

Fakat sorun şuydu ki Davud'un artık gözleri kararıyor, başı dönüyordu. Kesik yaralarından kaybettiği kanlar etkisini iyice göstermeye başlamıştı.

O daha ne olduğunu anlayamadan sağ bacağının üzerine yediği bir darbeyle dizinin üstüne çöktü. Bir bacağı kırılmıştı. Yerde diz çökerken Beatrice'in onu benzettiği Herkül takım yıldızına ne kadar da benziyordu.

118

Rakibinin bacağı kırılır kırılmaz üstünlüğü eline geçiren Lukas, Davud'u saçından tutup sürükleye sürükleye binadaki birkaç mermer heykelden birinin yanına getirdi. Bu Meryem Ana heykeli kiliseye çevrilen camiye daha Katolik bir görünüm vermek için özellikle inşa edilmişti. Lukas, mermer heykelin yanına sürüklediği savaşçının kafasını Meryem Ana'nın ayaklarına hızla çarptı. Mermer iki parçaya ayrılırken Davud alnından kanlar akarak yere yığıldı. Lukas, onu bir kere daha tuttu, bu sefer sol kolunu tersine tek hareketle bükerek Davud'un kolunu kırdı. Şimdi yerde yatan Türk'ün böğrüne böğrüne zırhlı tekmelerini geçiriyordu.

Bu sırada mabetten içeriye oluk oluk Santa Hermandad Şövalyeleri girmeye başladı. Lukas'ın adamı Jibralfaro'dan gerekli birliği toplamış, belki beş düzine askeri içeri yığıyordu. Hepsi de tam donanımlı ve zırhlı onlarca asker caminin içine sıralandı. Ortalarına aldıkları bir kırıntı parçasını yemeye hazır olan böcekler gibi Davud'un etrafını sarıyorlardı.

Davud ise kanlar içersinde sağlam koluyla kendini çektirerek Lukas'ın önünden kaçmaya çalışıyordu ama kendini her çektirişinde böğrüne yediği bir tekmenin kurbanı oluyordu. Artık kan kusmaya başladı.

Kim bilir kaçıncı tekmeden sonra Lukas onu bir kere daha kaldırdı ve caminin yerinden sökülmeye başlayan minberine doğru fırlattı. Davud, minberin yıldız işlemeli ahşabını parçalayıp da sırtüstü yere düştüğünde gözleri caminin kubbesine çevrildi. Kubbeye yükselen iskele hâlâ duruyordu ve göbekte yazan ayetler henüz tam olarak kazınamamıştı. Davud kubbenin tam ortasında yarı beline kadar kazınmış, diğer yarısı ve başı hâlâ daha duran bir *elif* gördü. Yarı düş, yarı gerçeklik içinde, yarı baygın, yarı ayık bir halde sağlam kolunu, o harfi tutacakmış gibi gökyüzüne uzattı. Fakat Lukas, adamın koluna bir tekme daha geçirip onu tekrar yere yıktı.

Davud yere düşen elinin ucunda bir toz hissetti. Kendine geldi, yanına baktı, bunun bir toz değil, caminin içinde Granada savaşında Müslümanlarla yapılan muharebelerde kullanılan, yığınaklardan kalma barut olduğunu fark etti. Gözleriyle minberin içine, merdivenlerin altına doğru baktığında orada en az yarım düzine fıçı barut olduğunu gördü.

Lukas neredeyse tüm kemiklerini kırdığı Türk'e son darbeyi indirmek için kılıcını alıp geldiğinde Davud kendini iki adım daha yana taşıyarak bedenini barut tozlarının üstüne serebilmişti.

Şövalye, Davud'un yanına geldi, kılıcını iki eliyle kavradı ve önünde, minberin tam yanında yatan adama bütün gücüyle indirdi.

Davud, gözlerini kapatmış, kılıcın sesini dinliyordu. Kılıcın rüzgârını tam ensesinde hissedince kalan son gücüyle bir karış kadar kenara yuvarlandı ve betona gürültüyle çalınan çeliğin çıkardığı kıvılcımlar bir anda barutu tutuşturdu.

Mabet bir bölük dolusu şövalye ile birlikte havaya uçarken Davud'un gözleri kubbedeki *elif*'e ve şahadetin sağlam kalmış diğer harflerine bakıyordu.

Türk'ün dudaklarında hafif bir tebessüm vardı.

119

Ortalıkta hiç rüzgâr yokken ve Gökeler limana çakılmışken Reis, başını gökyüzüne kaldırdı ve gözlerini kapatarak şu cümleleri söyledi:

"Allahım Sen büyüksün! Hayyumsun, Kayyumsun! Bizi mahcub etme ya Rabbim! Düşman topraklarında bizi zelil ziyan etme Allahım! Sen Kadir-i Mutlak'sın, Muktedir'sin, Zul Celali ve İkram'sın! Yardım eyle Allah'ım!"

Daha gözlerini açmamıştı ki burnunun ucunda bir esinti hissetti. Gözlerini açtı, Mavi Aslan'ın babafingo çubuğunun ucunda dalgalanan forsasına baktı. Forsa şap şap uzayarak dalgalanmaya başladı. Reis, kafasını tekrar limana çevirdiğinde Göke'nin yelkenlerinin hareket etmeye başladığını gördü.

Burak Reis, "Yelkenler fora!" diye kükrer gibi bağırdı. Serendebazlar Göke'nin ne kadar yelkeni varsa hepsini açtılar, cambaz gibi oradan oraya fırlayarak gemiyi rüzgâr alır hale getirdiler.

İki Türk kalyonu Göke, önde Hilal-i Zafer olmak üzere limanın ağzından çıkmaya başladılar.

David, arkadaki Göke'nin kıç kasarasında küpeştelere ellerini dayamış, Malaga'ya bakıyordu. Yanında yolculuğunun başından beri taşıdığı kitap çuvalı vardı. Gözleri hâlâ Davud'daydı.

Mavi Aslan'ın güvertesinde Kemal Reis'in yanına gelen Baba Çelebi, "Kaptan," dedi, "Yerinde olsam fazla sevinmezdim."

Reis, Çelebi'nin bakışlarının uzadığı yere gözlerini kaydırdığında limandaki iki düzine İspanyol armadasının demir alarak savaş pozisyonunda kendilerine doğru geldiklerini gördü. Yeryüzünün en güçlü armadası, müthiş bir rüzgârla birlikte Türklere hücum etme kararı almıştı. İki düzine İspanyol gemisi Türklerin üzerine yelken açmışlardı!

İşte o sırada Malaga'da, limanın hemen ardında müthiş bir patlama meydana geldi. Karadaki eski bir cami havaya uçmuştu.

"Davud!" sözü çıktı David'in dudaklarından. Beatrice'in yanaklarından damlalar dökülmeye başladı.

Bu patlamayla birlikte İspanyol armadası limanın burnunun öte tarafından ve hatta karadan şehre bir saldırı yapıldığını sanarak burunlarını tekrar Malaga Limanı'na yönelttiler.

Onlar bir daha ne olup bittiğini anlayıncaya kadar Türklerin konvoyu, Mavi Aslan önderliğinde ufukta kaybolmak üzereydi. İki Göke'de dört bini aşkın Yahudi ve Müslüman vardı. Limandaki patlamanın dumanları şehirdeki *auta da fe*'lerin dumanlarıyla karıştı. Kâğıtların ve insan bedenlerinin alevleri metrelerce yukarıya yükseliyordu.

Sacrificium

Ben, Malagalı Keşiş Santiago, işte şimdi hakkımı buldum. Benim hikâyem de burada bitiyor. Ayağımın altında tutuşmamı sağlayacak çalı parçaları, tüm vücudumun bağlı olduğu bir kazık, üstümde bir sapkın olduğumu haykıran sarı bir senbenito. Çalıları çoktan tutuşturdular bile. İşte ayaklarım da hızla ısınmaya başladı, acıyor.

Fakat benim asıl acım, yüz metre ötemde yakılan kitaplardan geliyor. Pek çoğunu kendi ellerimle bulup Engizisyon'a ben teslim etmiştim. Her bir kitabın kapağı benim yüzüm, her birinin sayfası benim bir uzvum! Beni değil, asıl bu önümde yanan kitapları söndürün gücünüz yetiyorsa!

Önümde kendinden geçen bir kalabalık, arkamda yanışımı izleyen bir kral ve kraliçe, etrafımda onlarca din adamı. Bazıları daha düne kadar arkadaşımdı. Şimdi ise hepsi bana düşman, bazıları yaptığım şeyin şaşkınlığıyla bana bakıyorlar, neden zindandaki bir suçlunun bilerek ve isteyerek kaçmasına yardımcı olduğumu, Elkazaba'nın anahtarlarını ve izin kâğıtlarını neden bir yabancıya teslim ettiğimi sorguluyorlar...

Şimdi ateş bacaklarıma doğru çıkıyor. Tenimdeki tüyler yenmeden önce hazırlanan bir hindininkiler gibi dağlanıyor; bunun kokusu çok kesif. Tutuşan ayaklarım belki de çoktan eridiler de ayak kemiklerim ortaya çıktı. Aşağıya bakmaya korkuyorum. Sanki yükseklik korkusu olan birinin aşağıya bakmaması gibi eğer beni yakan ateşe bakmazsam katlanmakta zorluk çektiğim bu acının hafifleyeceğini sanıyorum.

Fakat o koku! Ah bu kokuyu ne yapmalı!? Sanki insan kendi etini kızartıp da çiğniyor. İnsan etinin yanışı önce ekşi bir kokuyla başlıyor. Fakat bu yanan et, insanın yediği sığır ya da koyun eti gibi hiçbir etin pişmesine benzemiyor. İnsan etinin farklılığı bir kenara, yanan insandaki pazular, iç organları, akıtılmayan kan ve insanda bulunan metal ve bakırı zengin minareler yandıkça açığa çıkıyor. İnsanın pek çoğu sıvı dolu iç organları ateşi yavaşlatıyor ama kokuyu ve acıyı daha da katlanılmaz hale getiriyor.

İşte mürekkepli ellerim! Parmaklarım, kim bilir kaç bin sayfa yazı yazdığım en sevdiğim uzuvlarım da şimdi birer meşaleye dönüştü.

Bu eller attı nice kitapların sayfalarını ateşlere, bu eller tuttu raporlarını yüzlerce suçsuz insanın işkence raporlarını. Bunlar yanmasın da ne yansın heyhat!

Ben, Keşiş Santiago yanıyorum, ama artık içimdeki kor ateş sönüyor.

Vücudumun ateşi harlandıkça ve ateş bedenimden yukarı doğru tırmandıkça, benim ruhumdaki közlere su serpiliyor. Bana acı veren kendi yanan vücudum değil, şimdiye kadar yaktığım binlerce sayfa, sessizce yanışlarını izlediğim yüzlerce insan!

Belki onlardan birini kurtardım ya da kurtarılmasına sebep oldum. Belki bu barbalığa şimdiye kadar boyun eğişim affolur. Belki de olmaz.

Bildiğim tek şey artık huzur bulduğum. Artık bu ellerin Aristoları, İbn Rüşdleri, İbn Meymunları yakamayacak oluşu bana huzur veriyor. Artık bu gözlerin yanan bedenleri izleyemeyecek oluşu acımı unutturmasa da hafifletiyor.

İşte artık saçlarım da tutuştu. Az sonra alevler beynimin katmanlarında gezinecekler. Zihnim ve hafızam yok olacak, gözbebeklerim kafatasımdaki oyuklarından akıp gidecek, eriyecek, dilim bir et parçası gibi közlenecek.

Ama ruhum bir gün arınacak.

Hıristiyanlık bir gün barbarların elinden kurtulacak ve gerçek mesajına yeniden kavuşacak!

Tanrı'dan tek dileğim bu.

İşte şimdi karşımda sevgili annem bana bakıyor.

SON

Elif

121

David, Topkapı Sarayı'nın Arz Odası'ndan içeri girdiğinde içini garip bir rahatlığın kapladığını hissetti. Saraya gireli beri içinde beliren ferahlık iyice artmıştı. İstanbul Hahambaşı'nın liderliğini yaptığı kafilede yanı başında Esther, kardeşi Samuel ve diğer bir-iki önde gelen Yahudi'yle birlikte bugün sultanın karşısına çıkacaktı. Eski adıyla Beatrice olan Hıristiyan dönmesi Billur Hanım da onlara eşlik ediyordu. Başındaki eşarbının kenarları yeni yeni nakşetmeyi öğrendiği dantelalarla dolalıydı. O da Topkapı Sarayı'nın büyüsüyle içindeki acıyı unutuyordu.

Sarayın birinci kapısı İmparatorluk kapısıydı. Türkler buna "Bab-ı Hümayun" derlerdi. David, bunun Latincedeki, Roma İmparatorluğu'nda kullanılan *Porta Augusta*'dan geldiğini düşünmüştü. Kapının etrafını çevreleyen mermer ve beton karışımı duvarlar, kapının üstündeki gösterişli bir hatt ve iki küçük mihrabın selamladığı ortadaki büyük mihrap tavanlı giriş şüphesiz İmparatorluğu'nun merkezine gelindiğinin kanıtıydı.

Bu vakur kapının ardında geniş, yeşilliklerle kaplı ferah bir avlu insanı karşılıyordu. Vakarın ardındaki kendine güven ve bu güvenin yarattığı huzur insanda derin bir etki bırakırdı. Biraz daha ilerledikten sonra David'i iki sivri kule selamladı. "Bab-üs Selam," yani Selam kapısıydı burası. Etraftaki yeşillikler arttı, iki tarafa hareket eden yeniçeriler, saray görevlileri, ve içoğlanlar David'in daha önce görmediği bir nizamla hareket ediyorlardı. Sağdaki onlarca mutfak bacasından dumanlar yükseliyor, insanın etrafını yüzlerce revak çevreliyordu. Sol taraftaki Adalet Kulesi'ni David ilk defa Göke'nin içinde, koca kalyon İstanbul limanına yanaşırken görmüş, daha geminin güvertesindeyken öğrenmişti bunun adını ve manasını. Kemal Reis ona, "Saltanatın gözüdür bu kule," demişti. "Sadece payitahtı değil tüm imparatorluğu koruyup gözetir."

David, Huzur Kapısı'nı geçip de avlunun merkezindeki büyük çeşmedeki su şırıltılarıyla ve etrafı saran binbir çeşit çiçekle karşılaştığında içindeki darlıktan iyiden iyiye kurtuluyor gibiydi. Yabancısı olduğunu düşündüğü bu kültür, bu insanlar, bu topraklar onu sanki taşıyla toprağıyla binasıyla bile güleryüzle selamlıyor, onda tahmin etmediği bir sıcaklık hissi uyandırıyordu. Kulaklarına çalınan su şırıltısı ve gözlerinde beliren renk renk çiçeklerin ortasında sanki etrafındaki ağaçlarla birmiş gibi yeşil porfiri mermer sütunlar yükseliyordu. Bunlar sanki kul yapısı değildi de yerden bitmişlerdi. İçinde beyaz dalgaları bulunan bu mermerlerin hemen ardında Arz Odası'nın Endülüs mimarisini andıran kapısı beliriverrmişti. Bir sıra yeşil, bir sıra beyaz taşlarla çevrili bu kapı, kırmızı ve beyaz sıra taşlarla çevrili El Hamra'nın kapılarına ne kadar da çok benziyordu. Sanki bu imparatorluk, diye düşünüyordu David, Roma'yı, Endülüs'ü ve daha nice imparatorlukların en güzel özelliklerini kendi bünyesinde toplamış, Doğu'nun ve Batı'nın insanoğluna kattığı ne kadar zenginlik varsa hepsini burada, bu merkezde buluşturmuştu. Roma'nın ihtişamı da Endülüs'ün nezaketi de bu topraklardaydı.

Bahçenin kenarında belli ki az önce Arz Odası'ndan çıkmış ya da onlardan sonra içeri girmeyi bekleyen diğer konuklar vardı. David, grubun arasındaki bir adamın kucağındaki beyaz Malta cinsi köpeğin şirinliğine tebessüm etmekten kendini alamadı.

Sultan Bayezid Arz Odası'nın ortasında birden beliriverince David bir an onun dışarıdaki topraktan oluşuverdiğini düşündü. Sultanın üzerindeki menekşe rengindeki, kürk astarlı üst kaftanı, başında bir mermer sütun gibi yükselen kavuğu, bedenini kaplayan, dışarıdaki ağaçların ferahlığındaki dar yenli yeşil entarisi ve ayağındaki toprak rengi deri çizmeleri onu doğanın, İstanbul'un, İmparatorluk'un bir parçası yapıyordu. Ya da şöyle demeliydi: Bu İmparatorluk işte bu adamın bir ürünüydü.

Sultanın tahtının iki kenarında onları taşıyan Reisler hazır bulunuyordu. Kazandıkları başarıdan sonra Kemal Reis'in rütbesi ve tımarları artırılmış, Burak Reis ve adamları binlerce altın değerindeki kalyonlara konmuş, Çelebilere ise Manisa'nın valiliği verilmişti.

Billur Hanım, Burak Reis'in gözlerindeki derinlikte okyanusu tekrar tekrar görür gibi oluyordu. Acaba Kemal Reis'in Matmazel Veronika'yı kendine zevce yapması gibi o da bir yabancı kadınla ilgilenir miydi, diye düşünmekten kendini alamıyordu.

Hahambaşı sultana sunduğu teşekkür konuşmasını, "Tanrı sizden razı olsun ve imparatorluğunuzun kudretini artırsın," diye sonlandırıyordu. "Hz. Musa denizi yararak bizleri Firavun'dan kurtardı. Siz de aynı onun gibi denizleri aşarak bizleri alevlerin ortasından çekip aldınız, Firavunların elinden kurtardınız!"

Sultan Bayezid, "Biz, İslam'ın bize emrettiğinden başka bir şey yapmadık," dedi. "Ayrıca bu Ferdinand ve İzabella ne akılsız kişilerdir ki, kendi ülkelerini böylesine değerli hazinelerden mahrum bırakıp, benim topraklarımı zenginleştiriyorlar!"

Bayezid'in çokkültürlülüğü bir zenginlik ve övünç kaynağı olarak anladığını gösteren bu büyük iltifat Arz Odası'ndakileri daha da mutlu etti.

Ardından David ve Samuel çıktı Bayezid'in huzuruna.

David de şükranlarını sultana ilettikten sonra Bayezid, "Hahambaşı, sizin iyi bir âlim ve teknisyen olduğunuzdan bahsetti," dedi. "Yeni bir teknolojiyle kitap çoğaltıyormuşsunuz."

David, "Hahambaşı teveccüh buyurmuşlar," diye yanıtladı. "Evet, hareketli harflerle matbaada kitap basıyorum. Müsaade ederseniz kardeşim ve ben bu topraklarda elimizde kalan İbranice kitapları basmaya devam etmek isteriz. Endülüs'te yakıp yıkılan binlerce kitaptan sonra bunu yapmak boynumuzun borcu oldu."

David bunu söylerken kendini büyük bir riske attığının farkındaydı. Zira, Osmanlı hattatlarının da Endülüs'tekiler gibi matbaa sayfalarına olumsuz baktıklarını duymuştu. Sultanın da iyi bir hattat olduğunu işitip onların tarafını tutması olasıydı. Ama David, yaşadıklarından sonra kendilerine yeni bir hayatın kapılarını açan bu sultana arzusunu iletmekten çekinmedi.

Bayezid, "Ben o teknolojiyi inceledim," dedi David'i şaşırtan bir ilgiyle. "Henüz çok yeni. Evet, yazı çoğalıyor ama güzelliği kayboluyor. Bizde yazı kutsaldır. Bu kutsiyete değecek şekilde yazılmalı ve çoğaltılmalıdır."

David işte bu noktada tüm umutlarının suya düştüğünü, sultanın İstanbul'da matbaaya müsaade etmeyeceğini düşündü.

Ama sultan devam etti:

"Fakat şurası da var ki, her yeni teknoloji gibi onun da sıkıntıları zamanla aşılacaktır elbet. Bu da kendiliğinden olmaz; birilerinin bu işi sürdürmesi gerekiyor. Ben derim ki, sen kardeşinle beraber bu matbaayı aç, yakıp yıkılan kitaplarını yeniden çoğalt, kendi milletin arasında dağıt." Bayezid bu sırada Amasyalı Hamdullah'a dönerek, "Şimdilik bizim hattatlar iyi iş görüyorlar. Varsın onlar İslam harflerini hatta devam etsinler," dedi. Hamdullah sultana onaylar gibi baktı, başını hafifçe büktü. Zaten Hamdullah'ın aklı, sultanın ondan daha da kusursuz hale getirmesini emrettiği nesih üslubunun geliştirilmesindeydi.

David sevinçten sultanın boynuna sarılmak istedi. Özgürce, kimseye hesap vermeden matbaasını kuracak, dilediği gibi İbranice kitaplar basabilecek, bunları tüm Yahudilere, tüm imparatorluğa dağıtabilecekti. En büyük izni, en büyük otoriteden almıştı. Her şey rüya gibiydi!

Ama eksik olan bir şey vardı. İçinde hâlâ bir kor duruyordu. Yüzü düştü.

"Keşke," dedi, "Bizi kurtarmakla görevlendirdiğiniz o Türk de şimdi bizimle burada olabilseydi. Biz, hayatımızı ona borçluyuz. Keşke şimdi o da sürekli hayalini kurduğu eşiyle ve kızıyla birlikte olabilseydi."

Sultan Bayezid bu son cümleyi duyduğunda şaşırdı, kaşlarını çattı. Yanı başında duran Şeyh Hamdullah'a baktı. Sonra gözlerini Kemal ve Burak Reislerin üzerinde gezdirdi. "Bu adam neden bahsediyor?" der gibiydi.

"Davud'dan mı bahsediyorsun?" diye sordu Bayezid.

David, sultanın şaşkınlığına bir anlam veremeyerek, "Evet," dedi. "Keşke o da şimdi ailesinin yanında olabilseydi."

Sultan Bayezid ayağa kalktı. Arz Odası'ndaki erkan sıradışı bir şey olmadıkça yabancı misafirlerin huzurunda ayağa kalkmayan sultanın bu hareketiyle hareketlendi. Bayezid hareket ettikçe sanki salonda görülmeyen halka halka dalgalar etrafa yayılarak herkesi etkiliyormuş gibiydi.

Elini David'in omzuna koyan Bayezid onu salonun tenha bir köşesine doğru, pencerenin yanına çekti. Dışarıda Marmara'nın mavisi uzanıyordu. Güneş, suyu altın gibi parlatıyordu.

"Senin ve diğerlerinin şimdiye kadar bunu öğrendiğini sanıyordum," diye başladı Bayezid. "Ama Davud'un ne kadar ketum biri olduğunu unutmuş olmalıyım. Bu yüzden buna aslında hiç şaşırmadım."

David'in kafası allak bullak olmuştu. Sultan neye şaşırmamıştı? David neyi şimdiye kadar öğrenmemişti?

Bayezid gözlerini denizin mavisine uzattı ve eski dostunu hatırladı. "Davud," dedi, "karısını ve çocuğunu henüz evliliğinin ilk yılında yitirdi."

Sultan konuştukça sesindeki ağırlık artıyordu.

"Ben onu yıllar önce, gençliğimin dönüm noktasında, Amasya'daki küçük bir camide tanıdım. Benim hayatım geri dönülmez bir şekilde değişirken karşıma çıkan bu adamın hikâyesi beni öylesine etkiledi ki ben de ona yardımcı olmak istedim. Yıllar yılı o krallıktan bu krallığa gezerek bana istihbarat gönderdi ve acılarından kaçarcasına İstanbul'dan hep uzak yaşamak istedi. Gurbet onun için bir kurtuluştu... Gerçi son zamanlarda artık doğduğu topraklara geri dönmek istediğini işitmiştim. Bu, onun son görevi olacaktı."

David, "Ama bu imkânsız!" dedi. Şaşkınlığı bir sultanın huzurunda olduğunu ona unutturuyordu. "Sürekli karısının ismini sayıklar, tekrar ailesiyle birlikte olacağı günlerin umuduyla yaşardı, bunun için hep dua ederdi! Dalıp dalıp ailesini hayal ederdi."

İşte bu sırada David'in aklına Davud'un son sözleri geldi. *Sultana dualarımın kabul olduğunu söyleyin!*

"Ölüm," dedi Bayezid, "inançlı insanlar için bir bitiş değil, başlangıçtır. Davud, kaderini ne kadar sorgularsa sorgulasın, hiçbir zaman isyan etmedi ve bir gün tekrar ailesiyle kavuşacağına her zaman inandı. Hayatı onlardan ayrı bir sürgün olarak gördü. Katlanılması gereken bir sürgün. Onun duaları da her zaman bu sürgünün bir an önce bitmesiydi."

David sonraki günlerde öğrenecekti Davud'un hikâyesinin detaylarını; onun karısı ve kızının bir deniz yolculuğunda amansız bir Akdeniz fırtınasına yenik düşerek sulara gömülen bir gemide olduklarını ve onların ölümünden sonra bir daha evine ayak basamadığını, hayatın onun için anlamını yitirdiğini ve kendini imparatorluğun bir ucundan bir ucuna atarak derman bulmaya çalıştığını... David bunları her duyuşunda suların mahkûmu olan bir adamın kendisini ateşten kurtardığını anlayacak ve bu hikmetin anlamını tekrar tekrar düşünecekti. Davud'un aslında her günü ölmek için beklediğini çok sonraları anlayacak, onun acısını yıllarca kendi acısıymış gibi taşıyacaktı.

"Ateş ya da su, bunlar sadece birer vesiledir," dedi Sultan. "Hayatı veren de alan da O'dur."

David, karşısında duran sultana kendini toparladıktan sonra, "Size şunu söylememi istedi," dedi. Sultan dönüp ona baktı.

"*Dualarım kabul oldu.* Duyduğum son sözleri bunlardı."

Sultan Bayezid bakışlarını tekrar denize çevirdi, belli belirsiz bir tebessüm etti. Gözleri buğulanıyordu. "Mekânı cennet olsun, kim bilir belki ona kavuşma anının yaklaştığı malum olmuştur." Ve sonra ekledi: "Büyük insanların büyük sınavları olur. Onun sınavı çok çetin oldu."

Bayezid tekrar David'e dönerek bu ağır havayı dağıtmaya çalıştı:

"Ama şimdi sen bir an önce şu matbaa işine giriş de Endülüs'te yakılan kitapları yeniden çoğaltmaya bak. Yakılan kitapların ve yıkılan kütüphanelerin sayısı eğer gerçekten duyduğum kadarsa bir an önce işe girişmen gerekiyor!"

Son Sefarad, sultanın dediği gibi yapacaktı. İstanbul'da, Osmanlı topraklarında yepyeni bir hayat artık onu ve Esther'i bekliyordu.

122

Genç adam buğday tarlasındaki başakların arasında, bembeyaz atının üzerinde hızla ilerliyordu. Tepedeki güneş öyle güzel parlıyordu ki adamın atı sanki gümüşten, başaklar da sanki altındandı. Atın koşu yolunun hemen yanında bir nehir gürül gürül akıyor, güneşin yansıttığı ışıklarıyla nehrin suyu bir gökkuşağına bürünüyordu. Sanki burası yeryüzü değildi de cennetten bir parçaydı.

Atın üstündeki genç adam kendini hayatında hiç olmadığı kadar zinde, huzurlu ve ferah hissetti. Yüzüne vuran hafif rüzgâr güm güm atan kalbinin onda yarattığı heyecanı ve ateşi hafifletiyordu. Rüzgârın kokusunda yıllardır özlemini duyduğu kişi vardı. Atın üstündeki savaşçı karşısındaki siluete kilitlenmişti. Büyük bir çınarın gölgesinde narin bir kadın, kucağında kuzu yavrusu gibi bebeğiyle birlikte atın üstündeki savaşçıyı bekliyordu.

Yıllardır birbirlerini görmemişlerdi. Yıllardır birbirlerine hasrettiler.

Çölde su bulan bir bedevi gibiydi adam. Kadınsa sanki yıllar yılı Odesa'nın dönüşünü bekleyen Penelope idi..

Genç adam daha önce de bu manzarayı görmüş, daha önce de bu başak vadide şimdi onu bekleyen karısına koşmuştu. Ama bu sefer farklıydı. Daha öncekilere tezat, bu sefer ne kolçakları, ne atında asılı kalkanı, ne de onun üstünde kılıcı vardı. Üstündeki belirli belirsiz beyaz gömleğinin yakaları bağrına kadar açıktı ve adamın pazulu göğüslerini ortaya çıkartıyordu. Adam bir kuş gibi hafif hissetti kendini.

Davud, Elif'in ve bebeğinin yanına geldiğinde atının yularını çekti. Bir çırpıda yere sıçradı ve karısının ıslak bir toprak rengindeki gözlerine baktı. Kadının yüzünde beliren gülümsemeyle birlikte güneş sanki Davud'un önünde yeniden doğmuştu.

Genç adam, karısına ve bebeğine hasretle sarıldı.

Sanki burası dünya değildi de cennetten bir parçaydı.

123

12 Ekim 1492'de Pinzon Kardeşler'in kaptanlığını, Nino'nun haritacılığını ve onlarca Müslüman ve Yahudinin mürettebatlığını yaptığı Kristof Kolombus'un üç gemisi önlerinde uzanan ufukta karayı gördüler.

Kolombus, Asya kıtasına dolandığından emindi.

Fakat Martin Alonso Pinzon, bir zümrüt gibi görünen denizin yeşilliğinden ve kumsalın bir pırlanta kadar parlak oluşundan farklı bir yerde, hatta farklı bir dünyada olduklarını hisseder gibiydi. Nino ise yaptığı hesaplamalardan o kadar emindi ki, buranın Avrupa ve Asya arasındaki farklı bir kıta olduğunu düşünüyordu.

"Cennet!" diye bağırdı Kolombus. On hafta süren bir okyanus yolculuğunun ardından karayı gördüğünde Kolombus, Hz. Adem'in kaybettiği cenneti yeniden görmüş gibi sevindi. Avrupa'ya geri döndüğünde İspanya Kraliyeti de onunla aynı fikirde olacak, kayıp cennetin hazinelerini yağmalamak için yüzlerce gemilik armadalar göndereceklerdi.

O gün ne Kolombus ne de Pinzon, yeni bir dünyanın kapılarını araladıklarından haberdardı.

124

New York'ta, Times Meydanı'na üç-beş blok ötedeki Endülüs Kuyumcusu'nun içinde, tezgâhın hemen önündeki sandalyede oturan Beyazıt'ın çayı buz gibi olmuştu. Dinlediği hikâyenin heyecanıyla o da, hemen karşısında oturan David Marrano da çaylarını unutmuşlardı. Ama bu, ikisinin de umurlarında değildi.

Beyazıt'ın önündeki tezgâhta iki büyük levha duruyordu. Bunlar duvarda, dükkânın tam merkezinde asılı duran levhalardı.

"İşte bu," dedi David Marrano birinci Arapça levhayı göstererek, "Sultan Bayezid'in -mekânı cennet olsun- nesih hat meşkinden bir parçadır."

Özenle çerçevelenmiş ve bir camın ardına hıfzedilmiş, rengi kahverengiye çalan sayfada iç içe geçen *elif*'ler ve *vav*'ların güzelliği insanın başını döndürüyordu.

"Sadece bu sayfaya sahip olabilmek için küçük bir servet ödedim," dedi Marrano. "Ödediğimin on katını daha vermeye razıydım," diye de ekledi.

İkili, bakışlarını hemen yandaki levhaya, İbranice metne çevirdiler.

"İşte bu da," diye açıkladı Marrano, "sizin az önce hikâyesini dinlediğiniz David ve Samuel'in İstanbul'da kurdukları matbaanın ilk ürününün ilk sayfasıdır. İspanya'dan İstanbul'a gelir gelmez işe koyulan David bir yıl içinde, 1493'te matbaayı aktif hale getirmiştir. Bu, Orta Doğu'daki ilk, dünyadaki de en erken İbranice baskı metnidir."

Marrano, İbranice metni Bayezid için çevirdi:

Tanrı'nın gazabı insanların üzerine oldu ve İspanya'daki tüm Yahudiler adları tarihte her daim kara birer leke olarak kalası Ferdinand ve İzabella'nın barbar fermanıyla yurtlarını terk etmek zorunda kaldılar. Yakılanlar hem Yahudiler hem de onların yüzlerce yıllık kültürleriydi. Yüz binlerce sayfa, on binlerce kitap vahşice ateşlere teslim edildi, kütüphaneler harabe, sinagoglar ahır oldu. Her şey bitti dediğimiz bir anda, yüzlerce Yahudi kazıklarda yakılırken, binlercesi zorla vaftiz ettirilirken Koca Türk Sultanı bize cennetin kapılarını aradı ve ben David ibn Nahmias Marrano ve kardeşim Samuel ibn Nahmias Marrano'ya matbaa ile İbranice kitapları basmamıza müsaade etti. Tanrı, Sultan Bayezid'in gücünü artırsın ve onun bizim üzerimizdeki himayesini, merhametini ve şefkatini daim kılsın. Bayezid'in imparatorluğu, hükmettiği karalarda ve denizlerde muzaffer olsun!

125

Topkapı Sarayı'nın Marmara'ya bakan kuzeybatı eteklerinde Sultan Bayezid ve Şeyh Hamdullah ilerliyorlardı. On kilometre karelik bu bahçe tamamen saraya aitti ve etrafı surlarla ve yeniçerilerin nöbet tuttukları kontrol noktalarıyla sarılıydı. Yeniçeri Ağası'nın bilgisi olmadan bu bahçeye bir tavşan dahi giremezdi. O sabah bahçede Bayezid ve Hamdullah'tan başka kimse yoktu.

İkili, Ayasofya'da kıldıkları sabah namazının ardından soluğu burada almışlardı. Bir Ağustos sabahıydı ve İstanbul'un insanı rahatsız eden nemli sıcağı henüz etkisini göstermeye başlamamıştı. Tatlı bir rüzgâr hafif hafif üflüyordu. Güneşin turuncusu ufuktan yeni yeni yükseliyordu. Gökyüzü mavinin ve sarının çeşitli renkleriyle donanıyordu.

Hamdullah gülerek, "Bunu yapmak istediğinden emin misin?" diye sordu yanı başındaki sultana.

Bayezid hiç düşünmeden, "Hem de çok uzun zamandır," dedi. Bugünü sanki yıllardır bekliyor gibiydi.

Bir ağacın altına geldiklerinde sultan durdu. Ağacın dibindeki bir tirkeş onları bekliyordu.

"Yoksa bu," dedi Hamdullah, "o tirkeş mi?"

"Ta kendisi! Hem de o yay ve iki ok."

"Nereden buldun bunları?" diye sordu Hamdullah.

"Hiç kaybetmedim ki!" dedi Bayezid.

Altın işlemeli kırmızı tirkeşin içindeki yayı bir çırpıda kuran Bayezid onu Hamdullah'a uzatarak, "Bu sefer önce sen," dedi.

Hamdullah yayı aldı ve yerdeki bir oku tirkeşe gerdirerek bir çırpıda nişan aldı ve dudaklarının kıpırtısıyla birlikte ok yaydan çıktı. Geniş bir kavis çizdikten sonra yere düştü. Neredeyse iki bin gezlik bir mesafe katetmişti.

Bayezid, "Eski formundan hiçbir şey kaybetmemişsin," dedi.

Hamdullah, "Gündüzleri sürekli yazı yazdığımı sanıyorsan yanılıyorsun," dedi gülerek. "Sıra sende."

Yayı eline alan Bayezid diğer oku çileye geçirdi, dikkatlice nişan aldı ve oku kulak memesine kadar çekti. Okun burnunu otuz derece kadar yukarı vererek onun kavisli bir şekilde çok daha uzağa gitmesini sağlamaya çalıştı. Tek gözünü kıstı ve "Ya Hakk!" dedikten sonra oku bıraktı. Yayın çilesini sanki onu koparacakmış gibi çekmiş, kolunun bütün pazuları gerilmişti.

"Bu rövanş için kaç yıl bekledim," dedi.

Gökyüzünün mavisi ile yerin yeşili arasında ıslık çalarak hızla ilerleyen ok sanki dünyanın öbür ucuna yetişecekmiş gibi havaya fırlamıştı. Havaya iyice yükseldikten sonra geniş bir kavis çizerek yere doğru düşmeye başladı. Hamdullah'ın okuna yetişmek üzereydi, belki de onu geçecekti.

Bayezid'in oku gökyüzünde hızla ve süratle ilerlemeye devam ediyordu.

Sultan Bayezid 1492 yılı boyunca İspanya'dan toplam 150.000'e yakın Yahudi'yi kurtarmış, bunları İstanbul, Amasya, Selanik ve Safed gibi merkezlere yerleştirmiştir.

Bayezid, bu Yahudilerin ferah ve varlık içinde yaşamaları için her türlü önlemi almış, Yahudilerin hiçbir suretle rahatsız edilmemesi için cezaları çok ağır kanunnameler çıkarmıştır.

Portekiz, İtalya ve Hollanda gibi merkezlere kaçan on binlerce Yahudi ise sonraki yıllarda İspanya'daki kaderlerini tekrar yaşamak zorunda kalmışlar, gittikleri pek çok yerde üçüncü sınıf insan muamelesi görmüşler, vaftiz edilmeye zorlanmışlar ya da sınırdışı edilmişlerdir. Bu ülkelere kaçanların bir çoğu daha sonradan yine Osmanlı'ya sığınmışlardır.

Bayezid'in açtığı yolu sonraki Osmanlı sultanları izlemiş ve döneminin en varlıklı Yahudileri olan Nassiler ve Hamonlar başta olmak üzere pek çok aile İmparatorluk topraklarına göçmüştür. Bunların pek çoğu vezirlik ve hekimlik yaparak Osmanlı siyasi ve ilmi hayatına büyük katkılarda bulunmuşlardır.

Nahmias Kardeşlerin matbaası, Osmanlı topraklarında kurulan ilk matbaadır ve Orta Doğu'da türünün ilk örneğidir.

1492 El Hamra Fermanı, II. Dünya Savaşı'nda meydana gelen Holacaust ve onlarca yıldır devam eden Filistinlilerin çilesinden sonra, tarihin en büyük insanlık trajedisidir.

Aynı dönemde Yeni Dünya'ya ayak basan Kolombus yönetimindeki İspanyollar asırlarca sürecek bir köle ticareti başlatmışlar, Afrika'dan on binlerce insanı Yeni Dünya'ya taşımışlar, oradaki Aztek ve İnka medeniyetlerini katletmişlerdir.

Amerika'nın keşfinde İslam ilminin rolü yadsınamaz olmasına karşın bugün yerli yabancı tüm tarih kitaplarında bu bilgi halen yok sayılmakta, kültürel engizisyon devam etmektedir.

"Hıristiyan Avrupa" mantığı ne yazık ki Ortaçağ Engizisyonu'nun 21. yüzyıla değil devam eden en büyük başarısıdır.

İMPARATORLUK III

Kız hızla koşuyordu.

Korkudan ve yorgunluktan soluk soluğa, kan ter içindeydi. Bardaktan boşanırcasına yağan yağmur işini hiç ama hiç kolaylaştırmıyordu. Yaklaşık yarım saattir yol aldığı tarlalardaki çamurlu topraklara bata çıka hiç durmadan koşmuş, rastıkları toprakla dolmuş, eteğinin altındaki rengarenk basma şalvarı çamur karasından siyaha çalar olmuştu. Oysa o, büyükannesinin onun için diktiği bu güzelim basmayı bugün ilk defa giymişti. Bugün onun için özel bir gündü. O, ne hayal etmişti, ne bulmuştu!

Şimdi bir de kolundaki çamurlardan dışarıya sızan kırmızılık vardı ki, kolundaki kesik yaranın iyiden iyiye derin olduğunu gösteriyordu.

Ufak tefek gözlerini gökyüzünde gezdirdi, kurşuni bulutlarla göz göze geldi.

"Allahım, yardım et! Ne olur Allahım yardım et!" diye yakarıyordu. Gözlerinden çıkan damlalar yüzünü ıslatan yağmurla karışıyordu.

Kaçmaya devam etti.

Önünde uzanan bir ekin tarlasına geldiğinde durdu, arkasında bıraktığı vadiye baktı. Yokuşu henüz çıktığı için önce kimseyi göremedi. 'İzimi kaybettirdim Allahım! Şükürler olsun, beni artık bulamasınlar!' demesine kalmamıştı ki, önce bir buhar, sonra da bir miğfer belirdi vadinin ucunda. Şövalyenin dörtnala koşan atının burnundan çıkan nefes, üstündeki savaşçının zırhına doğru yükseliyordu. Adamın zırhı gökyüzündeki kurşuni bulutlarla aynı renkteydi.

O, yamacı çıkar çıkmaz hemen ardından bir ikinci şövalye daha belirdi. O da, diğeri gibi atının böğrüne mahmuzları hiç acımadan geçiriyordu.

Kız bir kere daha yıkıldı ama kendini hemen toparlayıp, belki izimi kaybettiririm, umuduyla boyları kendisini aşan ekinlerin arasına daldı. Yerini belli etmemek için ayaklarının uçlarına basa basa, ekinlere zarar vermemeye çalışıyordu. Tarlanın ortasına geldiğinde yere eğildi ve sessizce beklemeye başladı. 'Ne olur Allahım! Yalvarıyorum beni kurtar!' diye içinden geçiriyor, kalbi yerinden fırlayacak gibi atıyordu.

İki şövalye ekinlerin başına geldiklerinde durdular. Miğferlerinin ince vizörleri arasından etrafı taradılar.

"Sen şu taraftan git! Ben de güney tarafını kontrol edeceğim," diyerek önde giden şövalye yanındakine emir verir gibi eliyle işaret etti. Bu, onun üstat, diğerinin de yamağı olduğunun göstergesiydi. Hâlbuki ikisi de birinci sınıf birer savaşçı görünümündeydi. Atlarının koşum takımları ve kılıçlarının kabzalarındaki işlemeler göz kamaştırıyordu. Yağmur suyu gümüşü iyice parlatıyor, bu iki savaşçıya uhrevi bir görünüm kazandırıyordu.

İkili, tarlanın içine girdiklerinde bir süre ağır ağır ilerlediler. Gözleriyle ekinlerin arasını süzdüler. Atların nalları başakları ezip geçiyordu. Kız, nefesini tutmuş, vücudunu iyice yere vermiş, yüzünü de çamura dayamıştı. İçinden bildiği ne kadar sure ve ayet varsa okuyor, kurtulmak için yalvarıyordu. Bu şövalyelerin ona neler yapacaklarını düşündükçe çıldıracak gibi oluyordu.

Uzaklarda bir yerden güm güm hafif bir ses işitiyordu ama bunun tam olarak ne olduğunu anlayamadı. Gök gürültüsü olsa gerekti.

Bu sırada emir veren şövalye başaklardan bazılarında kırmızı kan lekesini gördü ve diğerine sessizce işaret ederek onun bulunduğu tarafa gelmesini söyledi. Kan izini takip ettiğinde yerde yatan kızın tam tepesine gelmişti.

Kız, at nallarını işitir işitmez son bir can havliyle ayağa sıçradı ve hızla koşmaya başladı. Tüm hayatı, namusu, ırzı, her şeyi ama her şeyi bu koşuya bağlıydı.

Şövalyeler hemen atarını mahmuzladılar. Atlar o kadar

güçlüydüler ki önlerine çıkan ekinleri birer tırpan gibi yere savuruyorlardı. Kız arkasında parçalanan başakları sanki birer top gümbürtüsü gibi işitiyor, adamlarla arasındaki mesafenin kapandığını anlıyordu.

Kız, ekinlerin arasından çıkıp da önünde uzanan yaylaya vardığında hayatının son anlarına geldiğinden emindi. Korkudan önündeki taş parçasını görmedi ve ona takılarak yüzükoyun yere yığıldı.

Sonra bir şey oldu. Hiç kimsenin beklemediği bir şey..

Müthiş bir gökgürültüsü, kulakları sağır eden bir gürültü duyuldu.

Şövalyeler kızın tam başına varmışlardı ki bu gürültüyle birlikte atlar irkildi, bir tanesi şaha kalktı. Atın üstündeki usta bir savaşçı olmasa şimdiye çoktan çamuru boylamıştı.

Etraf şimşeklerle bir kere daha aydınlanırken iki savaşçı oldukları yerde donakaldılar. Kız, neden onların hâlâ bir şey yapmadıklarını, neden kendisine saldırmadıklarını merak ediyordu. Başını yerden kaldırdı, karşısına baktı.

Gökgürültüsü ve şimşeklerin eşliğinde karşısında 'O'nu gördü. Az ötede bir gölge yükseliyordu.

Genç adam sanki semadan inmiş bir melek gibi göründü ona. Hâlbuki yüzündeki sert ifade bir cehennem zebanisininkinden farksızdı. Kız kendini toparladığında genç adamın odun kütükleriyle çevrili olduğunu, ekinlerin arasında işittiğinin balta sesi olduğunu anladı.

Genç adam bir elinde balta, diğer eli yumruk, hareketsiz bir şekilde atlarının üstündeki şövalyelere bakıyordu.

"Bu, 'o' mu?" diye sordu şövalyelerden biri diğerine. Endişelendiğini belli etmemek ister gibiydi. Ama adamın çoktan elleri titremeye başlamıştı.

Kısa bir aradan sonra diğer şövalye cevap verdi:

"Bilmiyorum... Buraya kadar yaklaştığını tahmin etmiyorum. 'O' olmasına imkân yok... Olsa olsa çapulcu bir göçebedir. Hem bana bir şey yapmayı göze alamaz."

"Emin misin?" diye sordu diğeri. Korkuyla yutkundu.

Üstat şövalye karşısındaki adamı bir kere daha süzdükten sonra atını mahmuzladı ve kızın yanından geçerek hasmının karşısına geldi. Hiçbir uyarıda bulunmadan belindeki uzunluğu iki metreye varan, bir karış kalınlığındaki kılıcını çekti ve adamın boynuna çalmaya hazırlandı. İşini şansa bırakmaya hiç niyeti yoktu.

Arkada kalan şövalye ise tüyleri diken diken olmuş, karşısında cereyan adan manzarayı izliyordu. O daha harekete bile geçemeden Türk yerinden fırlamış, inanılmaz bir hışımla şövalyenin üzerine, üstelik tam atının üstüne fırlamıştı. Bu nasıl bir hızdı!? Bu nasıl bir çeviklikti!? Savaşçı, havada uçanın, kanatlanmış bir zebani olduğuna yemin edebilirdi. Hayatı boyunca onca savaşa katılmış, yüzlerce insan öldürmüştü. Ama karşısındaki adam kadar hızlı ve öfkeli hareket edenini hiç görmemişti.

Yerdeki kız gibi olup biteni korkuyla izleyen savaşçı ne yapması gerektiğini düşünüyordu ki, arkadaşının kellesi atının ayakları altına yuvarlandı.

Türk, şimdi onun üstüne geliyordu. Yüzü, şövalyenin kanına boyanmıştı.

Evet, bu hiç şüphesiz 'o'ydu.

Şövalye, sadece kendinінkinin değil, tüm dünyanın kaderinin değişmek üzere olduğunu derinden derine hissetti.